第七四册 小乘律（八）

彌沙塞部和醯五分律

宋罽賓三藏佛陀什共竺道生譯

清刻龍藏佛說法變相圖

彌沙塞部五分律卷第九

宋罽賓三藏佛陀什共竺道生譯

初分第五九十一單提法之四

佛在拘舍彌國爾時世尊未制比丘飲酒有諸比丘於酒肆中或白衣家飲酒大醉或墮坑塹或突壁物或破衣鉢傷壞身體諸白衣見譏訶言我等白衣尚有不飲酒者沙門釋子捨累求道而皆洪醉過於俗人空著壞色割截之衣無沙門行破沙門法爾時世尊從拘舍彌國往跋陀越邑時彼編髮梵志住處有一毒龍常雨大雹壞諸田苗彼諸居民常作是念沙門婆羅門中誰有威德能降此龍者聞佛與千二百五十弟子俱來此邑莫不歡喜皆出奉迎頭面禮足白佛言世尊此邑常有一惡毒龍破壞田苗我恒願得大威德

人而降伏之時娑竭陀在佛後扇佛佛即顧問汝聽此諸居士所説不答言聽第二第三問答亦如是娑竭陀作是念世尊反覆三問已爲勑我降此惡龍即前禮佛足右遶而去向彼龍所作是念我今當降此龍令不壞形而使其身微細如楮即入其室却坐一面龍身便出煙娑竭陀身亦出煙龍舉身火然娑竭陀亦舉身火然龍火出五色娑竭陀火亦出五色於是化龍身令如楮内著鉢中持至佛所白佛言此惡毒龍今已降伏當著何處佛言可著世界中間娑竭陀受敎如人屈伸臂頃持著世界中間須臾便還於是世尊從跋陀越邑欲還拘舍彌時跋陀越邑諸居士聞娑竭陀降伏惡龍皆大歡喜問諸比丘誰是娑竭陀時娑竭陀在佛後諸比丘言佛後者是諸居士即前禮足白言願受我請默然受之諸居士言大德須何等食答言我白衣時性好酒肉居士歡喜即爲辦之娑竭陀往到其家食肉飲酒極飽滿已還拘舍彌於僧坊外醉卧吐泄衣鉢縱横於時世尊天眼遥見告阿難共汝僧坊外看受敎從佛出外見之佛與阿難舉還著井邊佛自汲水使阿難洗著衣卧繩牀上令頭向佛須臾轉側伸脚蹹佛佛以是事集比丘僧問諸比丘娑竭陀先敬佛不答言敬又問今能敬不答言不能又問應飲是酒失本性不答言不應又問娑竭陀先能伏惡龍今能降蝦蟆不答言不能諸比丘復以前事具白世尊佛以彼此因縁種種訶責諸比丘已告諸比丘今爲諸比丘結戒從今是戒應如是説若比丘飲酒波逸

提時娑竭陀佛制戒已不敢復飲以先習故氣絶欲死飲食不消不知云何以是白佛佛言令嗅酒器嗅酒器不差佛言以酒著餅中若羹粥中令噉噉猶不差佛言聽以酒與之娑竭陀得已便差即以白佛佛言已差應漸漸斷之乃至嗅酒器不復惡者不得復嗅有酒酒色酒味酒香有酒酒色酒香無酒味有酒酒色酒味無酒香有酒無酒色香味飲令人醉若飲皆波逸提有非酒酒色酒味酒香飲使人醉若飲突吉羅有非酒酒色酒香酒味不令人醉欲飲聽屏處飲若比丘飲酒咽咽波逸提比丘尼亦如是式叉摩那沙彌沙彌尼突吉羅五十七事竟

佛在舍衛城爾時六羣比丘不敬和尚阿闍梨不敬戒有諸比丘亦効如是諸長老比丘見種種訶責以是白佛佛以是事集比丘僧問六羣及諸比丘汝等實爾不答言實爾世尊佛種種訶責已告諸比丘今爲諸比丘結戒從今是戒應如是說若比丘輕師波逸提若比丘輕三師及戒一一波逸提若輕餘比丘突吉羅乃至師令掃地不掃教順掃而逆掃皆突吉羅比丘尼亦如是式叉摩那沙彌沙彌尼突吉羅五十八事竟

佛在拘薩羅國與大比丘僧五百人俱向阿荼脾邑時彼諸比丘聞佛當來無有堂舍便共自作伐草掘地乃至佛種種訶責如上作講堂中說告諸比丘今爲諸比丘結戒從今是戒應如是說若比丘自掘地取土波逸提時六羣比丘使守園人沙彌掘地取土諸比丘見言佛制不得掘地汝今云何作此惡業

答言我使人掘諸比丘言使人掘自掘有何等異以是白佛佛以是事集比丘僧問六羣比丘汝實爾不答言實爾世尊佛種種訶責已告諸比丘從今是戒應如是說若比丘自掘地若使人掘波逸提有諸白衣送物爲僧作房久久來視見房不成問作房比丘何不爲我速成此福答言佛不聽我等自掘地使人掘云何得成以是白佛佛以是事集比丘僧告諸比丘若須土應語淨人言知是看是我須是與我是從今是戒應如是說若比丘自掘地若使人掘言掘是波逸提比丘尼亦如是式叉摩那沙彌沙彌尼無事掘地突吉羅若取燥土不犯五十九事竟

佛在舍衛城爾時六羣比丘與諸比丘共鬭共鬭已在戸外聽語聽已諸比丘言汝何以作如是語問言汝從誰聞答言我在戸外聽諸長老比丘聞種種訶責以是白佛佛以是事集比丘僧問六羣比丘汝等實爾不答言實爾世尊佛種種訶責已告諸比丘今爲諸比丘結戒從今是戒應如是說若比丘於屏處默聽他比丘所說波逸提時諸比丘與比丘諍理辯是非有比丘隔壁聽生疑我故當不犯波逸提耶或有出罪悔過者以是白佛佛以是事集比丘僧告諸比丘若比丘默聽諍理辯是非犯波逸提者無有是處從今是戒應如是說若比丘共諍已默聽作是念諸比丘所說我當憶持波逸提默聽比丘尼式叉摩那沙彌沙彌尼語突吉羅比丘尼聽比丘比丘尼語波逸提聽式叉摩那沙彌沙彌尼語突吉羅式叉摩那沙彌沙彌尼默聽五

衆語突吉羅六十事竟

佛在舍衛城爾時十七羣童子父母愛念母作是言我子不慣勤苦體性軟弱教何技術得終安樂父言當教筭計書畫母言若教書畫恐壞其眼若筭恐其指痛若計恐其心痛復共議當使於釋子中出家現世無爲後世長樂彼十七羣童子欲出家共相語言我要當待優波離來與共辤别時優波離行還到諸童子所諸童子言汝知不我等欲於如來法中出家待汝辤别優波離聞亦樂共去還白父母父母即聽作是念當令誰作師又作是念畢陵伽婆蹉從賊中拔其將還今當與爲弟子便各將其子詣畢陵伽婆蹉白言大德大德於此兒有大恩今以奉給願納爲弟子畢陵伽婆蹉即便度之與受具足戒既受戒已夜不能獨至廁上及洗手處恒自送之有時闇中見師不識便謂是鬼失聲大喚言毗舍遮毗舍遮師言莫怖是我非鬼也或夜索食師言僧有食曉當與汝又問僧若無食當何處得師言僧若無當乞食聞是語已便大啼言比乞食還我等已死佛夜聞之即問阿難是誰啼聲阿難具以白佛佛以是事明旦集比丘僧問畢陵伽婆蹉汝實爾不答言實爾世尊佛種種訶責汝不應與未滿二十人受具足戒未滿二十多所不堪致有破戒訶已告諸比丘今爲諸比丘結戒從今是戒應如是說若比丘與不滿二十歲人受具足戒波逸提爾時童子迦葉不滿二十受具足戒後方生疑不知云何以是白佛佛以是事集比丘僧問諸比丘童子迦葉有所得不答

言得須陀洹佛言此人乃是第一受具足戒然不名白四羯磨如法受戒令聽數胎中年足爲二十若猶不滿又聽以閏月足若復不滿又聽以沙門年足從今是戒應如是說若比丘知不滿二十歲與受具戒波逸提是人不得戒諸比丘亦可訶是法應爾未滿二十未滿二十想未滿二十疑波逸提滿二十未滿想滿二十疑突吉羅若知不滿二十生念欲與受具戒及作方便至第四羯磨未竟皆突吉羅第四羯磨竟和尚波逸提餘師僧突吉羅六十事竟

佛在拘薩羅國與大比丘僧五百人俱向迦維羅衞城諸釋種聞佛從彼國來共立制若不出迎佛罰金錢五百便各將大小出迎世尊頭面禮足却住一面佛爲說法示教利喜共請佛及僧夏四月安居世尊默然許之諸人各隨力設供或一家作一日乃至十日或二家共作一日乃至十家或但作前食或但作後食或但作怛鉢那或但作粥或作浴者作過中飲者或施塗身油及塗足然燈油者爾時釋摩男不在未有受其施者問左右人言竟誰受我施答言未有受者又問佛及僧未受何等施答言惟未受藥便請佛及僧施夏坐藥或自送或使人送又到六羣比丘所言大德須藥恣意來取六羣比丘作是念今王請佛及僧安居四月給藥或使人送乃至自送而令我等自往取之觀王此心是輕我等我等當伺其五親會時從索最難得藥彼必不辨使其羞恥復作是念此王福德或能無藥不有先當訪索人所無者然後從乞即

訪索之惟無一種於是伺王五親會時便從其乞王即令人國中遍覓悉不能得王語六羣比丘諸處求索絕不可得六羣比丘便語王言王自請佛及僧四月給藥而今不能與我一種王言大德非不欲與亦非無物但訪索此藥絕不可得又四月已過何爲相苦六羣比丘便於衆前折辱王言先請我等隨所求藥而今不能得此一種餘比丘聞問六羣比丘汝說何等六羣比丘以實而答諸比丘種種訶責以是白佛佛以是事集比丘僧問六羣比丘汝等實爾不答言實爾世尊佛種種訶責已告諸比丘今爲諸比丘結戒從今是戒應如是說若比丘受四月自恣請若過是受波逸提爾時諸比丘得秋時病釋摩男入房見之問言大德所患何等答言我得秋病即請諸比丘言可從我取藥諸比丘言王先請四月於今已過佛不聽我過此受藥王即更請一月諸比丘言佛未聽我更受請不知云何以是白佛佛以是事集比丘僧告諸比丘今聽諸比丘更受一月請從今是戒應如是說若比丘受四月自恣請過是受除更請波逸提又諸居士來僧房看見諸比丘得秋病問言須何等藥我當送之諸比丘言佛未聽我等受自送藥不知云何以是白佛佛以是事集比丘僧告諸比丘今聽諸比丘受自送請從今是戒應如是說若比丘受四月自恣請過是受除更請自送請波逸提時釋摩男作是念六羣比丘以藥故於衆人前折辱我我今寧可多集諸藥即多集之集已作是念如我此藥盡壽用之不能令盡我今當

請諸比丘盡壽與藥即往長請諸比丘諸比丘言佛未聽我等受長請不知云何以是白佛佛以是事集比丘僧告諸比丘今聽諸比丘受長請從今是戒應如是說若比丘受四月自恣請若過是受除更請自送請長請波逸提若人施僧藥佐助衆事比丘應問此藥當留聚落中爲著僧坊内若言留著聚落中須時應語我須如是藥爲我辦勿使有乏若言著僧坊内應著中央房令取易得僧應作白二羯磨一比丘唱言大德僧聽今以其房安僧藥若僧時到僧忍聽白如是大德僧聽今以其房安僧藥誰諸長老忍默然若不忍者說僧已用某房安僧藥竟僧忍默然故是事如是持諸比丘不知誰應守僧藥以是白佛佛言僧應白二羯磨差一比丘作守藥人一比丘唱言大德僧聽今差某甲比丘爲僧作守藥人若僧時到僧忍聽白如是大德僧聽今差某甲比丘爲僧作守藥人誰諸長老忍默然誰不忍者說僧已差某甲比丘作守藥人竟僧忍默然故是事如是持時諸比丘差無智比丘不堪守藥以是白佛佛言不應差無智比丘若成就五法應差作守僧藥人何等五不隨愛恚癡畏知藥非藥彼守僧藥比丘應以新器盛呵梨勒阿摩勒鞞醯勒畢跋羅乾薑甘蔗糖石蜜若器不漏應盛酥油蜜應持皮結口題上作藥名若病比丘須者應歡喜與若病者自知須此藥應自取服若不知應問醫若無醫應問和尚阿闍梨我如是如是病應服何藥若和尚阿闍梨不知應取藥再三服不差復應取餘藥服比丘尼亦

如是式叉摩那沙彌沙彌尼突吉羅六十二事竟

佛在舍衛城爾時六羣比丘數數犯戒諸比丘諫言汝等數數犯戒當自見罪如法悔過莫以此行負人信施長夜受苦六羣比丘言我不學是戒我當先問持法持律智慧勝汝者諸比丘種種訶責以是白佛佛以是事集比丘僧問六羣比丘汝等實爾不答言實爾世尊佛種種訶責汝愚癡人不應作此惡業諸比丘欲不與汝共布薩自恣作諸羯磨慜念汝故如法諫汝汝云何言我不學是戒我當先問持法持律智慧勝汝者訶責已告諸比丘今為諸比丘結戒從今是戒應如是說若比丘數數犯罪諸比丘如法諫作是語我不學是戒當問餘比丘持法持律者波逸提比丘欲求解應問持法持律者是法應爾持法者誦佛所說法持律者有五事一者誦四事至二不定法二者誦四事乃至三十事三者廣誦二百五十戒四者廣誦二部戒五者廣誦一切律若比丘不誦戒非安居時應依前四種持律安居時要應依廣誦一切律者若不依突吉羅比丘尼亦如是式叉摩那沙彌沙彌尼突吉羅六十三事竟

佛在舍衛城爾時六羣比丘數數犯戒諸比丘諫乃至莫不長夜受苦皆如上說六羣比丘問言佛於何處制此法諸比丘言汝不知耶答言不知諸比丘言今當語汝制法處所於說戒時便語言佛於此中制法六羣比丘言我今始知是法半月布薩戒經中說諸比丘種種訶責以是白佛佛以是事集比丘僧問六羣比丘汝等實爾不答言實爾世尊佛

種種訶責已告諸比丘令爲諸比丘結戒從今是戒應如是說若比丘說戒時作是語我今始知是法半月布薩戒經中說諸比丘知是比丘已再三說戒中坐是比丘不以不知故得脱隨所犯罪如法治應訶其不知所作不善說戒時不一心聽不著心中波逸提若比丘與比丘受具足戒即應教爲廣說若二若三於説戒中坐若知若不知作是語波逸提比丘尼亦如是事竟六十四

佛在舍衛城爾時諸比丘數入波斯匿王宮見諸美女生染著心不樂修梵行或有反俗作外道者諸大臣見作是言王何以不深藏宮女乃使種種異姓見之爾時阿難常受王供養晨朝著衣持鉢入於後宮時王與末利夫人同寢未起夫人見阿難來即便狼忙被衣下牀所被之衣極細而滑不覺墮落慙羞蹲地王便譏訶言我王事鞅掌昏夜寢息起不得早如何比丘晨朝徑來阿難慙恥即還佛所具以諸比丘入宮及已事白佛佛以是事集比丘僧問諸比丘汝等實爾不答言實爾世尊佛復自說阿難事種種訶責告諸比丘入王後宮有十過失一者若王醉時近餘宮女醉醒便忘彼忽有身必疑比丘二者宮女見比丘或有戲笑疑有情故三者若王有密謀外人得知便當疑是比丘所傳四者若王宮内亡失寶物便當疑是比丘所取五者若奪一臣位外人必言由比丘故六者若有遭罪外人必疑比丘所爲七者若有未應得官而王與之亦復疑是比丘之力八者若王好出遊觀勞費事多亦復疑嫌比丘使然九

者宮內多諸美色珍玩服飾比丘見之必生染著犯戒反俗十者若王子中有反逆者必復疑是比丘所教訶責已告諸比丘今爲諸比丘結戒從今是戒應如是說若比丘入王宮過門限波逸提時諸比丘佛制戒後便不敢踰城門限乞食不知云何以是白佛佛以是事集比丘僧告諸比丘今聽入宮但不得過後宮門限從今是戒應如是說若比丘入王宮過後宮門限者波逸提爾時波斯匿王年年與諸宮女出行國界處處皆有離宮別館有諸比丘暮至村落求索宿處諸居士言王今不在此宮可入中宿王信樂佛法聞必歡喜諸比丘不敢便無宿處以是白佛佛以是事集比丘僧告諸比丘今聽諸比丘入王空宮宿從今是戒應如是說若比丘王未出寶未藏寶若入過後宮門限波逸提寶者所重之物及諸女色皆名爲寶未出者女在宮中未出未藏者女在此宮未使藏隱爾時入後宮門限雙脚過波逸提隨入遠近步步波逸提若一脚過突吉羅入餘大臣長者家過內門限突吉羅沙彌突吉羅若王請入不犯

六十五事竟

佛在王舍城爾時拘薩羅摩竭二國互相抄掠二國中間道路斷絕王舍城比丘安居竟作是念我今正當與賊同伴乃得自致問訊世尊設彼戍邏以共賊伴收捉我者波斯匿王信樂佛法必不見罪便與賊俱到彼國界果爲所捉將至邏將所白言此是賊邏將言著袈裟者復是何等答言亦是賊比丘便自說言我非賊是沙門釋子於王舍城安居竟

應問訊世尊道路難險故與共伴耳邏將言汝非沙門釋子必假此服來作細作便送王所比丘自說如前王便放之左右羣臣有不信是沙門者言此賊假比丘服王信樂佛法其於放之諸長老比丘聞種種訶責以是白佛佛以是事集比丘僧問諸比丘汝等實爾不答言實爾世尊佛種種訶責已告諸比丘今爲諸比丘結戒從今是戒應如是說若比丘共賊伴行波逸提有諸比丘共賊道路行不知是賊既知便慙愧謂犯波逸提或下道避之或留在後賊即問言汝何故爾答言佛制不聽共汝伴行賊聞是語便大瞋恚打諸比丘剥衣赤肉諸比丘還以是白佛佛以是事集比丘僧告諸比丘若不知是賊共行犯波逸提者無有是處從今是戒應如是說若比丘知是賊共伴行波逸提有諸比丘在道路行與賊相遇便生慙愧謂犯波逸提以是白佛佛以是事集比丘僧告諸比丘若不期共賊行道路相遇犯波逸提者無有是處從今是戒應如是說若比丘與賊期共伴行波逸提有諸比丘與賊期共近道行有不去者有從異道者皆生疑我等將無犯波逸提耶以是白佛佛以是事集比丘僧告諸比丘雖與賊期共近道行竟不去及從異道路去犯波逸提者無有是處從今是戒應如是說若比丘與賊期共道行從此聚落到彼聚落波逸提若共惡比丘期行突吉羅比丘尼亦如是式叉摩那沙彌沙彌尼突吉羅若諸難起共期行不犯（六十六事竟）

佛在舍衛城爾時諸比丘與女人共道行或

一比丘與一女人乃至衆多或二比丘乃至衆多與一女人乃至衆多共行渡水更相見形生染著心或有反俗作外道者諸居士見譏訶言沙門釋子共女人同道與將婦行有何等異誰知此輩行於梵行無沙門行破沙門法爾時有一居士數打其婦打已出行婦作是念夫數打我寧能見殺今當避之於是便去出聚落外見一比丘往趣問言大德何行答言欲至某處於是女人便隨後去彼夫作是念我向打婦或能自殺即便還家覓之不見問隣人言見我婦不皆言不見便出聚落見一外道女問言頗見如是如是婦人不答言見沙門釋子將去彼人即急追之及已語比丘言何故將我婦走比丘答言我不作惡業汝婦與我同道行耳婦復語夫言勿生惡心於此比丘我共同道如親無異夫聞婦語作是念乃爾相歎必已有惡事便打比丘垂死乃置彼比丘被打已作是念我今委頓不任進路當入大光三昧以自消息使身有力然後前進念已收斂衣鉢入火光三昧身中出煙彼婦見已語其夫言不信我語觀彼比丘身之所出彼比丘須臾舉身洞然婦復語言不信我語復觀比丘其身云何彼比丘即以此三昧力往到佛所并以前事具白世尊佛以是事集比丘僧問諸比丘汝等實爾不答言實爾世尊佛種種訶責已告諸比丘今爲諸比丘結戒從今是戒應如是說若比丘與女人共道行波逸提有諸比丘共伴行中道見諸女人亦行此路心生疑悔我等將無犯波逸提耶以是白佛佛以是事集比丘

僧告諸比丘若比丘不期與女人共道行犯波逸提者無有是處從今是戒應如是說若比丘與女人期共道行波逸提有諸比丘與女人期共道行後不敢去或從餘道猶生疑悔以是白佛佛以是事集比丘僧告諸比丘若比丘雖先與女人期共道行竟不去或從餘路去犯波逸提者無有是處從今是戒應如是說若比丘與女人期共道行從此聚落到彼聚落波逸提比丘尼亦如是式叉摩那沙彌沙彌尼突吉羅六十七事竟

佛在拘薩羅國與大比丘僧千二百五十人遊行人間諸比丘或得屋中或在樹下或在露地時六羣比丘共十七羣比丘大聚薪草露地然火在邊坐炙時有一虵從木孔出諸比丘見以物擲之虵即還入得熱復出諸比丘復更擲之虵復還入須臾復出擲一比丘齧之即死諸比丘圍遶啼泣諸長老比丘問汝等何故啼泣答言此比丘為虵齧命過具說上事諸長老比丘種種訶責汝等云何見虵再三出猶故不避致令齧死以是白佛佛以是事集比丘僧問六羣諸比丘汝等實爾不答言實爾世尊佛種種訶責已告諸比丘今為諸比丘結戒從今是戒應如是說若比丘然火波逸提時六羣比丘使守園人沙彌然火諸長老比丘見訶責言汝豈不聞佛制不得然火耶答言我使守園人沙彌然非為有犯諸比丘言自然使人然有何等異以是白佛佛以是事集比丘僧問六羣比丘汝實爾不答言實爾世尊佛種種訶責已告諸比丘從今是戒應如是說若比丘自然火若使

人然波逸提有諸病比丘問醫醫言應服如是藥然火洗浴病比丘言佛不聽我自然火及使人然願更教我服於餘藥醫言大德王應服此藥然火洗浴諸比丘作是念佛若聽我自然火若使人然病乃得差以是白佛佛以是事集比丘僧告諸比丘今聽病比丘然火若使人然從今是戒應如是說若比丘無病若自然火若使人然波逸提有諸比丘須煑羹粥不敢然火以是白佛佛以是事集比丘僧告諸比丘今聽諸比丘煑羹粥不得爲炙從今是戒應如是說若比丘無病爲炙故然火波逸提諸比丘欲熏鉢然火及遮惡獸然燈燭不知云何以是白佛佛以是事集比丘僧告諸比丘今聽諸比丘有如是因緣自然火若使人然從今是戒應如是說若比丘無病爲炙故自然火若使人然波逸提若爲炙然火餤高乃至四指波逸提比丘尼亦如是式叉摩那沙彌沙彌尼突吉羅六十八事竟

佛在舍衛城爾時諸比丘往知識家見嚴身寶捉看還著故處後爲人所偷主還覓之不知所在有人言我見比丘捉便往問比丘言我失如是如是寶比丘見不答言我向捉還著故處主言從比丘捉便不復見可以還我比丘答言我實不取主不信便與比丘作惡名聲爾時有一外道囊盛五百金錢到水邊飲忘不持去有一比丘從後來見作是念此是誰物即四顧望見前一人便作是念必是彼許當持還之即取持去彼人未遠還憶念金囊即便馳還比丘問汝何故還彼人便瞋言不吉利物何以問我比丘言縱使我不吉

利汝應語我還意彼人便言我忘一囊在水邊故還覓耳比丘即出示之此是汝囊非彼人既見囊已復更瞋言不吉利物何以捉我囊汝小住待我數囊中物比丘答言我竟不解此囊亦不看之若欲取者豈當示汝恐汝失之故持相還耳彼人復言我囊中有千金錢今少五百可以還我比丘答之如初彼人便强牽比丘到斷事人所時斷事人不信樂佛法便非理斷即取反縛打驢鳴鼓於四衢道頭欲殺之時波斯匿王在高樓上遥見問左右言彼是誰答言是沙門釋子王即勑將還斷事處吾當自出即出問彼人汝何以苦此比丘彼人如上白王王復問比丘比丘亦如上答王王問彼人此實汝囊非答言是王即以五百金錢盛彼囊中而囊不受王復語言汝云囊中有千金錢今何故不受彼人便自首言本實五百我瞋故誣比丘耳王即問斷事者若人面欺王當與何罪斷事人言此人應死財物没官王即用此法籍取其財反縛此人打驢鳴鼓於四衢道頭殺之有人語言汝誣沙門釋子應受此罪若復誣謗後當劇是或復有言沙門釋子有曾取我寶恐令是實時比丘白王言願賜此人命勿令佛法致惡名聲王即放之訶責斷事人言若後復有如此斷事當如向治汝諸不信樂佛法者種種譏訶我等俗人猶耻捉寶沙門釋子何故復爾無沙門行破沙門法諸長老比丘聞種種訶責以前後事具白世尊佛以是事集比丘僧問諸比丘汝等實爾不答言實爾世尊佛種種訶責已告諸比丘今爲諸比丘結

戒從今是戒應如是說若比丘若捉寶若寶等物波逸提爾時毗舍佉母著極上寶嚴身之具與諸親里遊戲園林林近祇洹觀察衆人歡暢未已作是念我今不宜同此放逸幸可因此問訊世尊便將婢詣祇洹到門復作是念我今不宜著此飾好覲於世尊即脱寶衣著於塹邊時舍利弗經行遥見毗舍佉母前禮佛足却住一面佛爲種種說法示教利喜須臾而退係念所聞忘所著寶還城門閉後乃憶之作是念若我語人失此寶者或損佛法默然至曉時舍利弗以是白佛佛告舍利弗汝往取來受教即取語舍利弗明日晨朝自送還之受教即送毗舍佉母讃言善哉我有如是大師及同梵行若餘外道得此物者何緣還我我昨夜已捨今應平之即持施四方僧白舍利弗可以此作招提僧堂舍利弗不敢受以是白佛佛言受之復有諸居士五日一入僧坊問訊或脱指環或脱耳寶去時皆忘諸比丘見不敢取有異人見便取持去諸居士還入僧坊求覓問諸比丘我失如是如是寶比丘見不答言我見不敢取諸居士言大德見之如何不取可以還我出家之人何須此物答言我實不取彼遂不信便與比丘作惡名聲復有諸比丘共伴行一處宿伴中有忘物去者比丘見不敢取餘人取之諸伴問比丘我失如是如是物大德見不答言我見不敢取諸伴言大德見之如何不取可以還我出家之人何須此物答言我實不取彼遂不信便與比丘作惡名聲諸比丘作是念若世尊聽我等於僧坊内及宿處若自

取寶若使人取者居士可不失寶亦使我等不致惡名以是白佛佛以是事集比丘僧告諸比丘今聽諸比丘於僧坊内若宿處自取寶若使人取從今是戒應如是説若比丘若寶若寶等物若自取若教人取除僧坊内及宿處波逸提若僧坊内及宿處取寶寶等物後有主索應還是事應爾寶者真珠摩尼瑠璃珂玉金銀寶等物者一切餘物僧坊内者僧住處屬僧地宿處者僧坊外他家宿及共伴行野宿處比丘僧坊内見物應使淨人取若無淨人應自取舉之若有人索應集僧問其所失物相然後還之若取舉已欲餘行者應囑後人若比丘到他家見有物應使淨人舉若無淨人應自舉若有人應即囑此人而去若無人應呼主人出付囑然後去比丘共伴同道行若見物應使淨人取若無淨人應自取還之還時應集衆人先問汝失物不若言失應問何物若如其語然後還之若與伴别道行而不相及至聚落應寄信樂優婆塞還之比丘尼亦如是式叉摩那沙彌沙彌尼突吉羅 事竟 六十九

佛在王舍城爾時諸比丘日再三浴多用澡豆諸居士見譏訶言此諸比丘數數浴所用澡豆如王大臣其本出家欲求解脱不念誦經惡露等觀而反日夜修飾身體無沙門行破沙門法時有相師語瓶沙王言尋當有一不吉星出王應在其泉水中浴以禳其灾若不爾者或致失國或憂身命王便勑左右料理彼泉即受教往見諸比丘滿中洗浴還以白王王言待比丘浴竟如是晝夜各三遣衆

一去一來都無空缺婆羅門復語王言此星垂出若出後浴便無所益王聞此語即嚴駕出到泉水所於下流浴諸臣以此譏訶沙門釋子不知時宜不勤不念觀身惡露但志修飾洗浴身體無沙門行破沙門法諸長老比丘聞種種訶責以是白佛佛以是事集比丘僧問諸比丘汝等實爾不答言實爾世尊佛種種訶責已告諸比丘今爲諸比丘結戒從今是戒應如是說若比丘半月內浴波逸提有諸病比丘醫言洗浴乃差諸比丘言佛不聽我等數浴願思餘方醫言唯有洗浴更無餘治諸比丘作是念佛聽病時數浴者我病便差復有諸比丘種種作泥土汙身衣被垢穢以此益疲作是念佛聽作時數浴者疲極必差衣被淨潔復有諸比丘在路行疲極欲洗浴而不敢作是念佛聽行路時數洗浴者疲極得差復有諸比丘風雨塵坌泥汙衣服作是念佛聽風雨塵坌泥汙時數洗浴者可得不爲塵泥所汙春餘一月半夏初一月諸比丘熱悶汗出作是念佛聽熱時數洗浴者可無此患各以白佛佛以是事集比丘僧告諸比丘今聽諸比丘病時作時行路時風雨時熱時數洗浴無犯從今是戒應如是說若比丘半月內浴除因緣波逸提因緣者病時作時行路時風雨時熱時是名因緣病時者疾病須浴作時者料理種種事乃至掃房內地行路時者一由旬二由旬乃至行半由旬風雨時者爲風雨塵泥之所汙泥熱時者熱悶汗出比丘尼亦如是式叉摩那沙彌沙彌尼突吉羅若洗浴師及病人身體已濕因浴

不犯七十事竟

佛在舍衛城爾時十七羣比丘作新房六羣比丘欲在中住驅十七羣比丘十七羣比丘不肯出便打之彼即大喚諸長老比丘問何故大喚答言六羣比丘打我諸長老比丘種種訶責以是白佛佛以是事集比丘僧問六羣比丘汝等實爾不答言實爾世尊佛種種訶責已告諸比丘令爲諸比丘結戒從今是戒應如是說若比丘打比丘波逸提有比丘食噎倩比丘椎背諸比丘不敢便死以是白佛佛以是事集比丘僧告諸比丘若比丘不以瞋心打比丘犯波逸提者無有是處從今是戒應如是說若比丘瞋故打比丘波逸提若打比丘尼式叉摩那沙彌沙彌尼餘人及畜生突吉羅若比丘尼打比丘比丘尼波逸提打式叉摩那沙彌沙彌尼餘人及畜生突吉羅式叉摩那沙彌沙彌尼打五衆餘人及畜生突吉羅七十一事竟

佛在舍衛城爾時六羣比丘復來十七羣比丘房中求住彼不肯出便以手擬如打相彼復大喚諸長老比丘聞出問汝何故大喚答言六羣比丘欲打我諸長老比丘種種訶責以是白佛佛以是事集比丘僧問六羣比丘汝等實爾不答言實爾世尊佛種種訶責已告諸比丘令爲諸比丘結戒從今是戒應如是說若比丘以手擬比丘波逸提有諸比丘說法時以手擬或示處所便生疑悔我將無犯波逸提耶以是白佛佛以是事集比丘僧告諸比丘若比丘不以瞋心手擬比丘犯波逸提無有是處從今是戒應如是說若比丘

瞋故以手擬比丘波逸提若擬手及波逸提擬手不及突吉羅餘如上打比丘中說七十二事竟

佛在舍衛城爾時十七羣比丘受所作房六羣比丘以上座故次入中住彼便避在左右房六羣比丘作是議言十七羣比丘慙愧畏慎逼近我住必見我過我等當作方便令其遠去便往語言此先是空房多有恐怖事汝等莫於中住十七羣比丘言我堅閉戶何所應畏六羣比丘於夜闇中作種種恐畏相明旦問十七羣比丘汝等昨夜得安眠不答言我等聞恐畏相閉戶思惟都無所畏六羣比丘復共議言我等不能以此令其恐怖當伺其出外入其牀下即便盜入於夜闇時或牽其衣或牽其脚或舉其牀移著異處於是十七羣比丘便大驚喚諸長老比丘來問何故大喚答言此間不應有賊不知誰牽我衣誰牽我脚誰舉我牀移著異處諸長老比丘即持火照見六羣比丘蹲其牀下問言汝等何爲在此答言欲恐怖十七羣比丘諸長老比丘種種訶責以是白佛佛以是事集比丘僧問六羣比丘汝等實爾不答言實爾世尊佛種種訶責已告諸比丘今爲諸比丘結戒從今是戒應如是說若比丘恐怖比丘波逸提有客比丘問舊比丘言此房中應何所畏或不敢語或語已生疑懼犯波逸提罪以是白佛佛以是事集比丘僧告諸比丘若比丘不故恐怖比丘犯波逸提無有是處從今是戒應如是說若比丘故恐怖比丘波逸提餘如打比丘中說七十三事竟

佛在舍衛城爾時達摩比丘作是念跋難陀

先奪我衣佛由是訶責我爲諸比丘結戒我今當於僧中說其犯僧伽婆尸沙念已即往上座比丘所語言跋難陀與女人身相觸麤惡語讚歎自供養身諸比丘問汝云何知荅云我共行見作此事諸長老比丘訶責言汝云何不瞋時覆藏瞋使發露訶已以事白佛佛以是事集比丘僧問達摩汝實爾不荅言實爾世尊佛種種訶責已告諸比丘今爲諸比丘結戒從今是戒應如是說若比丘覆藏比丘麤罪波逸提有諸比丘不知他所犯是麤罪後乃知之生疑悔我將無犯波逸提耶以是白佛佛以是事集比丘僧告諸比丘若不知比丘所犯是麤罪犯波逸提無有是處從今是戒應如是說若比丘知比丘犯麤罪覆藏過一宿波逸提若從平旦至明相未出一時突吉羅明相出波逸提沙彌突吉羅若欲說無人若恐難起覆藏不犯七十四事竟

佛在舍衛城爾時跋難陀作是念達摩比丘許我共行以衣與之旣不肯去還取其衣世尊以此見責爲諸比丘結戒彼後復出我罪我今當以無根僧伽婆尸沙謗之作是念已語諸長老比丘言我實觸女人身作麤惡語自歎供養身達摩比丘亦復如是諸比丘問汝云何知荅言我共行見諸比丘訶責言汝云何以無根僧伽婆尸沙謗比丘以是白佛佛以是事集比丘僧問跋難陀汝實爾不荅言實爾世尊佛種種訶責已告諸比丘今爲諸比丘結戒從今是戒應如是說若比丘以無根僧伽婆尸沙謗比丘波逸提謗比丘尼式叉摩那沙彌沙彌尼突吉羅比丘尼謗比

丘比丘尼波逸提謗式叉摩那沙彌沙彌尼突吉羅式叉摩那沙彌沙彌尼謗五衆突吉羅七十五事竟

佛在舍衞城爾時跋難陀作是念達摩比丘許我共行乃至復出我罪亦如上說我以無根僧伽婆尸沙謗之不能有損我今當復以餘事治之便至其所語言汝是我弟子我是汝師汝先犯我我亦犯汝今共和解勿復相嫌便可如先共至諸家食多美食彼即和解隨從而行跋難陀輒將至無食處有來請者便眴眼手語作相令去籌量已還寺不復及中便發遣之語言此令無食汝可還寺彼既去已至所請家食多美食達摩還寺遂不及中跋難陀食後還歸問達摩言汝及食不答言不及復詐慰喻言汝今雖失一食明當令汝得極美者明日所往亦復如上如是至三語達摩言我比將汝所詣皆是得美食處而不得之恐是汝先人所責天神所忿或復是汝罪業所致勿怨於我汝可速歸及中至寺達摩馳還復不及中積日飢羸不復能起跋難陀食後還至所住復問汝及食不答言不及便語言汝欺誑師應如是治汝後若復作當使劇是達摩於是始覺師詐大喚瞋言云何比丘作是欺誑使我三日絕食殆死諸長老比丘問汝何故大喚答言跋難陀三日惱我使我絕食諸長老比丘種種訶責以是白佛佛以是事集比丘僧問跋難陀汝實爾不答言實爾世尊佛種種訶責已告諸比丘今為諸比丘結戒從今是戒應如是說若比丘語比丘共到諸家與汝多美飲食而不與發

遣令還波逸提有諸比丘將諸比丘共至諸家不能得食生慚愧心作是念我將無犯波逸提耶以是白佛佛以是事集比丘僧告諸比丘若比丘不爲惱他不得食犯波逸提無有是處從今是戒應如是說若比丘語彼比丘共到諸家與汝多美飲食爲惱故不與發遣令還波逸提有諸比丘將看病比丘到諸家爲病比丘請食恐病人失中遣令速還旣發遣已便生慚愧我故當不犯波逸提耶以是白佛佛以是事集比丘僧告諸比丘若比丘不爲獨食故發遣他比丘犯波逸提無有是處從今是戒應如是說若比丘語彼比丘共到諸家與汝多美飲食旣到不與作是言汝去共汝若坐若語不樂我獨坐獨語樂欲令彼惱波逸提若比丘作此惱比丘尼式叉摩那沙彌沙彌尼乃至畜生突吉羅若比丘尼作此惱比丘比丘尼波逸提惱式叉摩那沙彌沙彌尼乃至畜生突吉羅式叉摩那沙彌沙彌尼作此惱五衆突吉羅 七十六事竟

佛在舍衛城爾時衆多比丘共伴行入拘薩羅國遇賊剝脫衣鉢都盡到一邏所邏將問言大德何處遇賊答言其處即與邏人共議若王聞比丘在我等界遇賊必當罪我便語比丘言大德小住我當逐取此賊便出追逐須臾及之即便重圍索諸衣物皆悉得之染衣白衣各著一處邏人議言當先還誰有人言應先還比丘王信樂佛法聞者必喜便語比丘言可各取衣諸比丘於衣上生疑惑言是我衣或言非我衣遂不敢取邏人問何以不取答言我不自識衣是以不取邏人言次

識者取於是外道便取比丘好衣比丘後得外道惡者邏人知沙門釋子皆著好衣而今反得外道惡服語言汝等沙門有何奇特尚不知衣相云何知心若知衣相外道何由得汝好服諸比丘往到佛所以是白佛佛以是事集比丘僧更問諸比丘汝實不識衣相不答言實爾世尊佛種種訶責已告諸比丘今爲諸比丘結戒從今是戒應如是說若比丘得新衣應三種色作誌若青若黑若木蘭若不以三色作誌波逸提若不作誌若著著著波逸提若不著宿宿波逸提比丘尼亦如是式叉摩那沙彌沙彌尼突吉羅若新得衣先已作誌不犯七十七事竟

佛在舍衛城爾時十七羣比丘衣鉢付物布散諸處不得技斂六羣比丘便取藏之彼既覺失問六羣比丘言我如是如是物在此在彼誰持去者答言向來人非一故當不持去耶即問向者來人皆何處去答言東西南北莫知所之時十七羣比丘四出追逐及向來人語言我失衣鉢坐具針筒可以還我諸人言大德我爲法來不爲作偷得此語已羞慙而反六羣比丘問言汝等竟見向來人不答言見得衣不答言不得於是六羣比丘出衣鉢示之此是汝衣鉢非答言是諸餘比丘見種種訶責以是白佛佛以是事集比丘僧問六羣比丘汝等實爾不答言實爾世尊佛種種訶責已告諸比丘今爲諸比丘結戒從今是戒應如是說若比丘自藏比丘若衣若鉢坐具針筒如是一一生活具若使人藏波逸提復有比丘不舉衣鉢什物諸比丘不敢爲

舉便失去以此被疑得惡名聲作是念若佛聽我等爲人舉衣物者彼旣不失我等不致此惡名聲以是白佛佛以是事集比丘僧告諸比丘若不爲藏故爲人舉衣犯波逸提無有是處從今是戒應如是說若比丘爲戲笑故藏比丘若衣若鉢坐具針筒如是一一生活具若使人藏波逸提若藏比丘尼式叉摩那沙彌沙彌尼乃至畜生物突吉羅若比丘尼藏比丘比丘尼物波逸提藏餘人物突吉羅式叉摩那沙彌沙彌尼藏五衆物突吉羅

七十八事竟

佛在舍衛城爾時六羣比丘有勢力餘善比丘無有勢力六羣比丘遮善比丘羯磨乃至佛種種訶責皆如前如法斷事中說告諸比丘今爲諸比丘結戒從今是戒應如是說若比丘僧斷事時如法與欲竟後更訶波逸提後更訶者言我本不作如是與欲若僧不作羯磨斷事後訶突吉羅比丘尼亦如是式叉摩那沙彌沙彌尼突吉羅

七十九事竟

佛在舍衛城爾時諸比丘須一一衣衆僧已與後時更得現成三衣共議言今此衣應當與誰或有言應先與世尊或有言應先與大迦葉大迦葉世尊常所讚歎又是上座六羣比丘言應先與瞿伽梨諸比丘以是白佛佛問諸比丘迦葉少多求衣不答言不求與然後取佛因是說偈言

此衣無欲衣　不施有欲者　不能調其意
不任此袈裟　已能離貪欲　於戒常一心
如是調心者　乃應此衣服

佛語諸比丘應以此衣與迦葉即以與之於

是六羣比丘作是言令諸比丘隨知識迴僧物與諸長老比丘聞種種訶責以是白佛佛以是事集比丘僧問六羣比丘汝實爾不答言實爾世尊佛種種訶責已告諸比丘今爲諸比丘結戒從今是戒應如是說若比丘作是語諸比丘隨知識迴僧物與波逸提比丘尼亦如是式叉摩那沙彌沙彌尼突吉羅十八事竟

佛在舍衛城爾時達摩比丘作是念跋難陀先奪我衣佛訶責我爲諸比丘結戒我說其犯僧伽婆尸沙彼復以無根僧伽婆尸沙謗我又斷我食至于三日我當云何以報此怨復作是念彼於我間作淨施衣不復還之足以報耻便不復還跋難陀後從索衣達摩言師先布施令云何索跋難陀言我作淨施不作布施猶不還之跋難陀便强奪取彼即大喚諸長老比丘聞皆出問何故大喚答言跋難陀强奪我衣諸長老比丘訶責跋難陀云何淨施與不可信人而復還奪復訶責達摩人淨施汝云何不還以是白佛佛以是事集比丘僧問跋難陀汝愚癡人實淨施與不可信人不答言實爾世尊復問達摩汝愚癡人他實淨施汝汝不肯還不答言實爾世尊佛種種訶責已告諸比丘不應淨施與五種人一者不相識二者未相諳悉三者未相狎習四者非親友同師五者非時類無此五法然後可以淨施與之復有二法不應淨施一者不能讃歎人二者不能與人作好名稱復有二法不應淨施一者不能爲人受重物淨施護如已有二者已有重物不能淨施彼用不

恨復有二法不應淨施一者不知彼在世以不二者不知彼在道以不諸比丘作是念佛聽我等淨施便淨施父母兄弟姊妹以是白佛佛言不應淨施白衣應淨施五衆有諸比丘獨住房中有長衣不知云何作淨施以是白佛佛言應作遙示淨施若於三衣中須有所易應偏袒右肩脫革屣胡跪捉衣心生口言我此某衣若干條今捨第二第三亦如是說然後受所長之衣亦如前法心生口言我此某衣若干條受第二第三亦如是說如是受已所捨之衣應用淨施復應如前法心生口言我此長衣淨施某甲從彼取用若不須易受者所長之衣應即如是淨施獨淨施法至十一日復應如前法心生口言我此長衣從某甲取還然後更如前法受持淨施若對人淨施應作展轉淨施如前法捉衣作是念我此長衣於長老邊作淨施彼比丘應問言長老此衣於我邊作淨施我持與誰答言於五衆中隨意與之彼比丘即應語言我今與某甲長老若須從彼取用好愛護之彼受作淨施比丘後以此事語所稱名比丘所稱名比丘恐犯長衣罪不敢受不知云何以是白佛佛以是事集比丘僧告諸比丘不應語所稱名比丘今為諸比丘結戒從今是戒應如是說若比丘與比丘比丘尼式叉摩那沙彌沙彌尼淨施衣還奪波逸提比丘尼亦如是若與彼衣從索彼還而取不犯八十一事竟

彌沙塞部五分律卷第九

音釋

雹蒲各切雨氷也　櫡遲倨切與筯同　蝦蟆蝦胡加切蟆莫霞切　鞅於兩切鞅掌煩勞也　齧五結切噬也　覲渠吝切見也　坌蒲悶切塵坋也　諳烏含切歷也

彌沙塞部五分律卷第十

宋罽賓三藏佛陀什共竺道生譯

初分第五九十一單提法之五

佛在王舍城爾時跋難陀常受一家供養彼後請僧時跋難陀晨朝著衣持鉢入城到諸家處處語說彼唱時至諸比丘著衣持鉢往到其舍衆坐已久語主人言日時欲過何不下食答言我爲跋難陀故請僧須待其到時跋難陀遍中方至諸比丘有食者有少食者有不食者主人以此嫌訶跋難陀言沙門釋子有何急事先受我請而過諸家遍中方來令諸比丘不得食我所供養食使我多辦飲食而成無用諸比丘種種訶責跋難陀言汝不能饒益佛法乃至如是苦惱衆僧以是白佛佛以是事集比丘僧問跋難陀汝實爾不答言實爾世尊佛種種訶責已告諸比丘今爲諸比丘結戒從今是戒應如是說若比丘受他請食前至餘家波逸提後時跋難陀主人自擔熟食詣僧坊供養僧及跋難陀跋難陀食先竟便去行到餘家彼更集僧欲下異食以跋難陀不在久不下之諸比丘語言日時垂過何不下之答言我本爲跋難陀須來便下跋難陀竟不來遂不得下彼種種譏嫌跋難陀諸比丘亦訶責以是白佛佛以是事集比丘僧問跋難陀汝實爾不答言實爾世尊佛種種訶責已告諸比丘從今是戒應如是說若比丘受他請食前食後行到餘家波逸提有諸比丘有僧事塔事私事須入餘家不敢去以是白佛佛以是事集比丘僧告諸比丘今聽諸比丘白餘比丘然後得去從今

是戒應如是說若比丘受他請食前食後行到餘家不白餘比丘波逸提或有諸比丘相嫌不共語或坐禪或熟眠不知白誰出門見諸比丘便走逐大喚遙白諸居士見譏訶言諸比丘如鹿走如兎走如禿梟鳴無沙門行破沙門法諸長老比丘聞種種訶責以是白佛佛以是事集比丘僧問諸比丘汝等實爾不答言實爾世尊佛種種訶責已告諸比丘不應遙白從今是戒應如是說若比丘受他請食前食後行到餘家不近白餘比丘波逸提諸比丘作是念衣時亦當白不以是白佛佛以是事集比丘僧告諸比丘除衣時從今是戒應如是說若比丘受他請食前食後行到餘家不近白餘比丘除因緣波逸提因緣者衣時是名因緣若白至東家而至西家不名爲白若不白到諸家一脚入門突吉羅兩脚入門波逸提比丘尼亦如是式叉摩那沙彌沙彌尼突吉羅若白至一家因此至餘家不犯若無比丘可白亦不犯（八十二事竟）

佛遊拘薩羅國與大比丘千二百五十人俱諸比丘或得房宿或得樹下或在露地時六羣比丘晨朝著衣持鉢於街巷中共諸白衣論說世事至于日暮行人見之譏訶言此非出家語論之處何不住阿練若處守攝諸根或有言此輩不樂佛法不敬戒律得語戲處便忘日暮耳諸長老比丘聞種種訶責以是白佛佛以是事集比丘僧問六羣比丘汝等實爾不答言實爾世尊佛種種訶責已告諸比丘今爲諸比丘結戒從今是戒應如是說若比丘非時入聚落波逸提有諸比丘有緣

事須非時入聚落而不敢入以是白佛佛以是事集比丘僧告諸比丘今聽有緣事非時入聚落從今是戒應如是說若比丘非時入聚落不近白善比丘除因緣波逸提因緣者難時是名因緣沙彌突吉羅若行路經聚落若暮須往宿若入難起不犯 八十三事竟

佛在王舍城爾時去城不遠有一神樹衆人奉事至節會時七日乃止四種兜羅貯薦褥之而去諸比丘於後收取以貯繩牀木牀及作枕褥諸白衣見譏訶言此物臭穢好生諸蟲云何比丘坐卧其上無沙門行破沙門法諸長老比丘聞種種訶責以是白佛佛以是事集比丘僧問諸比丘汝等實爾不答言實爾世尊佛種種訶責已告諸比丘今爲諸比丘結戒從今是戒應如是說若比丘以兜羅貯坐卧具波逸提兜羅者柳華白楊華蒲梨華睒婆華若發心及方便欲貯皆突吉羅作成波逸提若不壞若坐坐波逸提若卧卧卧波逸提若他與受波逸提要先棄然後得悔過若不爾罪益深比丘尼亦如是式叉摩那沙彌沙彌尼突吉羅 八十四事竟

佛在舍衛城爾時諸比丘畜高牀老病比丘上下牀時墮地破傷或露形體諸白衣見譏訶言此諸沙門如王如貴人奢豪無儉時波斯匿王以所坐卧牀與跋難陀跋難陀得已於房內敷世尊常法五日一按行諸房跋難陀白佛言看我住牀佛訶責言汝愚癡人如何安生死窟宅無求出意汝不應自畜高畫牀敷錦繡褥犯者突吉羅即以是事集比丘僧告諸比丘今爲諸比丘結戒從今是戒應

如是說若比丘自作坐卧繩牀木牀足應高修伽陀八指除入陛若過波逸提若自作牀若使人作若高皆應截罪應悔過若得高牀施受時應作是念此牀不如法我當更截若不作是念受波逸提亦應先截然後悔過比丘尼亦如是式叉摩那沙彌沙彌尼突吉羅八十五事竟

佛在王舍城爾時諸比丘用骨牙角作針筒便諸處求若糞掃中拾用作之諸居士見譏訶言此諸沙門如狗如鳥如牙角師不淨可惡復有諸比丘至屠殺處見欲殺時預從乞之諸屠殺者皆譏訶言觀此沙門唯欲多殺見殺便喜晝夜常說慈愍護念衆生而今無有仁惻之心時有牙角師信樂佛法常供給諸比丘或自出牙角爲作或索牙角而爲作之以是致弊餘人不得復有所作家人白相謂言若常爲沙門作奴我等便應各分生活隣人語言汝信敬沙門方當窮困諸長老比丘聞種種訶責以是白佛佛以是事集比丘僧問諸比丘汝等實爾不答言實爾世尊佛種種訶責已告諸比丘今爲諸比丘結戒從今是戒應如是說若比丘用骨牙角作針筒波逸提若比丘發心及方便欲作突吉羅成已波逸提亦應先壞然後悔過作灌鼻筒不犯餘如牀中說八十六事竟

佛在舍衛城爾時諸比丘不敷坐具坐僧牀褥垢膩汙之復有一比丘失於大便謂是風出既覺洗浣於房前曬世尊問阿難此是誰褥即具以答佛以是事集比丘僧問諸比丘汝等實爾不答言實爾世尊佛種種訶責已

告諸比丘不應不敷坐具坐僧牀褥犯者突吉羅今聽諸比丘護身護衣護僧牀褥故畜坐具諸比丘作是念佛已聽我等作坐具便廣大作垂地汙泥諸居士見問諸比丘此是何衣垂地答言是我等坐具便譏訶言大德何不稱身作之雖不出家財豈應不惜釋子常說少欲知足而今如此無沙門行破沙門法諸長老比丘聞種種訶責以是白佛佛以是事集比丘僧問諸比丘汝等實爾不答言實爾世尊佛種種訶責已告諸比丘今爲諸比丘結戒從今是戒應如是說若比丘作尼師壇應如已量作長二修伽陀搩手廣一搩手半若過波逸提長老優陀夷身大坐具小不足容膝於佛行房時牽挽坐具如牽皮法佛問何故作此答言世尊我身大而坐具小作此牽挽欲令廣長佛訶責言汝愚癡人猶不離戲笑今聽更益頭一搩手即以是事集比丘僧告諸比丘從今是戒應如是說若比丘作尼師壇應如量作長二修伽陀搩手廣一搩手半若續方一搩手若過波逸提續方一搩手者截作三分續長頭餘一分帖四角不帖則已除比丘尼式叉摩那沙彌尼餘如牀中說八十七事竟

佛在舍衛城爾時毗羅茶比丘體生癰瘡膿血流溢衣服著瘡脫時剥痛佛行房見問彼比丘汝病小差苦可忍不答言病不差苦不可忍衣服著瘡脫輒剥痛佛以是事集比丘僧告諸比丘今聽諸比丘護身護衣護僧坐褥故畜覆瘡衣用細滑物作諸比丘作是念佛聽我等作覆瘡衣便大作通裹頭足曳地

汙泥諸居士見種種譏訶如尼師壇中說諸長老比丘聞種種訶責以是白佛佛以是事集比丘僧問諸比丘汝等實爾不答言實爾世尊佛種種訶責已告諸比丘今爲諸比丘結戒從今是戒應如是說若比丘作覆瘡衣應如已量作長四修伽陀搩手廣二搩手若過波逸提覆瘡衣病瘡時著瘡差應淨施餘如坐具中說 八十八事竟

佛在舍衛城爾時佛聽毗舍佉母施僧雨浴衣諸比丘便廣大作諸居士譏訶乃至諸比丘以是白佛皆如上說告諸比丘今爲諸比丘結戒從今是戒應如是說若比丘作雨浴衣應如已量作長五修伽陀搩手廣二搩手半若過波逸提餘如覆瘡衣中說 八十九事竟

佛在舍衛城爾時諸比丘作修伽陀衣已量衣若過居士譏訶乃至諸比丘以是白佛皆如上說告諸比丘今爲諸比丘結戒從今是戒應如是說若比丘作修伽陀衣已量衣若過波逸提修伽陀衣已量者長九修伽陀搩手廣六搩手是名修伽陀衣已量難陀短佛四指不知云何作衣以是白佛佛言聽難陀衣短佛衣二指復有諸比丘短小不知云何作衣以是白佛佛言聽隨身長短作衣餘如雨浴衣中說 九十事竟

佛在王舍城爾時難陀跋難陀共作是議世尊已制迴欲與僧物入已犯尼薩耆波逸提我等今當迴以相與便各說諸檀越更互得之諸長老比丘聞種種訶責以是白佛佛以是事集比丘僧問難陀跋難陀汝實爾不答言實爾世尊佛種種訶責已告諸比丘今爲

諸比丘結戒從今是戒應如是說若比丘知檀越欲與僧物迴與餘人波逸提餘如迴欲與僧物入已中說九十一事竟

初分第六四悔過法

佛在舍衛城爾時和伽羅母優婆夷信樂佛法常供養沙門爲人長雅其後以信出家少欲知足多致供養乞食持歸見一比丘問言何故行此荅言乞食又問能受我此食不荅言能即便與之復入一家乞食彼比丘語餘比丘言和伽羅母比丘尼能得飲食可從彼取諸比丘聞即便往就彼比丘尼得食輒復與之作是念我最後所得當持歸食既得持出復逢一比丘如前問訊又以與之空鉢而還諸比丘食後集議言彼比丘尼幸能多得飲食我等何煩餘處求乞但當日日共隨其後於是明旦入聚落中而尋隨之彼比丘尼得食輒與空鉢而歸而第三日晨朝行乞時有長者乘馬車行彼比丘尼適欲避之即便倒地時波斯匿王有令若於國內輕慢釋子沙門者當重治之彼長者即大惶怖下車扶起謝言我不相犯何以忽爾荅言實不見犯我飢乏故又問乞食不得耶荅言我所得食盡與比丘故致此惡又言願受我食默然許之即以衣轝還比長者下車人衆已多皆譏訶言此比丘尼施雖無猒受者應自知量此輩常說少欲知足而今貪取苦困同道諸長老比丘聞種種訶責以是白佛佛以是事集比丘僧問諸比丘汝等實爾不荅言實爾世尊佛種種訶責已告諸比丘今爲諸比丘結戒從今是戒應如是說若比丘從比丘尼受

食是比丘應向諸比丘悔過我墮可訶法今向諸大德悔過是名悔過法有諸比丘親里比丘尼能得飲食見諸比丘乞食艱難語言莫自苦困從我取之諸比丘言佛不聽我等從比丘尼受食諸比丘尼言惟親知應與知應取願以白佛諸比丘以是白佛佛以是事集比丘僧告諸比丘今聽諸比丘從親里比丘尼受食從今是法應如是說若比丘從非親里比丘尼受食是比丘應向諸比丘悔過我墮可訶法今向諸大德悔過是名悔過法又有諸病比丘牽病乞食病輒增劇諸比丘尼語言莫自苦困從我受食病比丘言佛不聽我從非親里比丘尼受食以是白佛佛以是事集比丘僧告諸比丘今聽病比丘從非親里比丘尼受食從今是法應如是說若比丘無病從非親里比丘尼受食是比丘應向諸比丘悔過我墮可訶法今向諸大德悔過是名悔過法時諸比丘尼或於僧坊或於自住處或在諸家爲諸比丘設前食後食怛鉢那及粥又與作浴施諸油酥諸比丘不知云何以是白佛佛以是事集比丘僧告諸比丘今聽受諸比丘尼施食不得於街巷中受從今是法應如是說若比丘無病在街巷中從非親里比丘尼自手受食是比丘應向諸比丘悔過我墮可訶法今向諸大德悔過是名悔過法若比丘在聚落外比丘尼在聚落內受食若比丘在聚落內比丘尼在聚落外受食若比丘在空比丘尼在地受食若比丘在地比丘尼在空受食皆突吉羅沙彌突吉羅

第一法竟

佛在王舍城爾時有居士請二部僧食六羣比丘與六羣比丘尼對坐互教下食人令相益餘善比丘不復得食語主人言汝今請僧何不益食答言今此比丘亂我意不知誰應益誰不應益主人便譏訶六羣比丘言此等更相勸食正似將婦共受人請無沙門行破沙門法諸長老比丘聞種種訶責以是白佛佛以是事集比丘僧問六羣比丘汝等實爾不答言實爾世尊佛種種訶責已告諸比丘今為諸比丘結戒從今是戒應如是說若比丘白衣家請食是中有比丘尼作是語與是比丘飯與是比丘羹諸比丘應語是比丘尼姊妹小却待諸比丘食竟若比丘中乃至無一比丘語是比丘尼姊妹小却待諸比丘食竟者是諸比丘應向諸比丘悔過我墮可訶法今向諸大德悔過是名悔過法爾時有五百比丘在一長者家食彼常所供養比丘尼來諸比丘便齊聲言小却小却彼比丘尼極大羞耻即便還去主人見已問諸比丘此比丘尼有何相犯齊聲驅遣或復有言此輩沙門恐比丘尼奪其食分是故如是同共出家而相嫉妒自不相喜況於餘人諸長老比丘聞以是白佛佛以是事集比丘僧告諸比丘若比丘食時比丘尼不隨欲瞋癡畏教益食及默然住犯波羅提提舍尼者無有是處從今是法應如是說若比丘白衣家請食有比丘尼教益食人言與是比丘飯與是比丘羹諸比丘應語是比丘尼姊妹小却待諸比丘食竟若衆中乃至無一比丘語者是諸比丘應向諸比丘悔過我墮可訶法今向諸大德

悔過是名悔過法若有比丘尼教益比丘食第一上座應語若不用上座語第二上座次應語如是轉下乃至新受戒者若式叉摩那沙彌尼教益比丘食比丘不語小却突吉羅若比丘教益比丘食不平等而食者突吉羅沙彌突吉羅第二法竟

佛在拘舍彌國爾時長者瞿師羅信樂佛法見法得果常供養佛及比丘僧彼於後時財物竭盡中表親戚送食與之諸比丘猶到其家取滿鉢去其家內人不堪飢苦隣人見之皆譏訶言施主雖無猒受者應知足如何侵損他家財物竭盡我等以食分與之猶復割奪無慈愍心苟欲快意無沙門行破沙門法諸長老比丘聞種種訶責以是白佛佛以是事集比丘僧問諸比丘汝等實爾不答言實爾世尊佛種種訶責已告諸比丘今聽諸比丘爲瞿師羅長者作學家白二羯磨乃至不聽一比丘入其家應一比丘唱言大德僧聽此瞿師羅長者諸比丘往到其家取種種食滿鉢而還不留遺餘遂使其家財物竭盡今作學家羯磨乃至不聽一比丘復入其家若僧時到僧忍聽白如是大德僧聽此瞿師羅長者諸比丘往到其家取種種食滿鉢而還不留遺餘遂使其家財物竭盡今作學家羯磨乃至不聽一比丘復入其舍誰諸長老忍默然不忍者說僧已與瞿師羅作學家羯磨竟僧忍默然故是事如是持時諸比丘便處處與餘家作學家羯磨以是白佛佛言不聽處處與餘家作學家羯磨若婦是聖人壻是凡夫或婦是凡夫壻是聖人皆不應與作學

家羯磨若夫婦俱是聖人無慳貪心財物竭盡然後乃與作學家羯磨時諸比丘皆不敢復往瞿師羅家彼家大小莫不思見時瞿師羅到僧坊白諸比丘言我歸三尊不復更求諸餘福田願諸大德來往我家諸比丘以是白佛佛言聽往諸比丘雖往而不飲食長者言我歸三寶不復更求諸餘福田願受我食諸比丘以是白佛佛言聽受鉢中三分之一佛既聽受三分之一諸比丘便盡往乞家財竭盡復甚於前諸長老比丘聞種種訶責以是白佛佛以是事集比丘僧問諸比丘汝等實爾不答言實爾世尊佛種種訶責已告諸比丘今為諸比丘結戒從今是戒應如是說若比丘有諸學家僧作學家羯磨若比丘於是學家受食是比丘應向諸比丘悔過我墮可訶法今向諸大德悔過是名悔過法彼瞿師羅財物未盡時別立一出息店請僧中病比丘以供養之復有一藥店亦如是諸病比丘有慙愧不敢受長者言我本為僧中病比丘出此財物及立藥店若使不受終不持歸諸比丘以是白佛佛以是事集比丘僧告諸比丘是彼財物未竭盡時請施今聽諸比丘隨意受從今是戒應如是說有諸學家僧作學家羯磨若比丘無病先不受請於是學家受食是比丘應向諸比丘悔過我墮可訶法今向諸大德悔過是名悔過法復有一比丘無病從羯磨學家取食受已心疑我故當不犯波羅提提舍尼耶持還與餘比丘餘比丘食已問言汝何故不食答言我無病從羯磨學家取此食恐犯波羅提提舍尼彼比丘言

如汝所疑我今犯之以是白佛佛以是事集比丘僧告諸比丘若從羯磨學家取食不食而與他食皆不犯從今是戒應如是說有諸學家僧作學家羯磨若比丘無病先不受請於是學家自手受食是比丘應向諸比丘悔過我墮可訶法今向諸大德悔過是名悔過法若學家財物竭盡僧有園田應與令知使畢常限餘以自供若無園田僧坊異供養時令其家作使得遺餘若復無此乞食得已應就其家食與其所餘若不能爾應將至僧坊給其房舍卧具次第與食非時漿飲皆悉與之若有可分之衣亦應與分彼學家婦女諸比丘尼亦應如是料理沙彌突吉羅第三法竟

佛在迦維羅衛城尼拘律園爾時有諸比丘住阿練若處諸白衣餉食爲賊所劫便嫌訶言何以不語我我若知之當持杖自衛亦可不來諸比丘以是白佛佛以是事集比丘僧問諸比丘汝等實爾不答言實爾世尊佛種種訶責已告諸比丘今爲諸比丘結戒從今是戒應如是說若比丘住阿練若處有疑恐怖先不伺視在僧坊內受食是比丘應向諸比丘悔過我墮可訶法今向諸大德悔過是名悔過法爾時諸釋五百奴叛住阿練若處諸釋婦女欲往問訊布施衆僧諸奴聞已共議言我等當於道中抄取諸比丘聞便往語諸釋婦女此中有賊欲抄取汝汝等莫來諸女便止諸奴復言諸釋婦女所以不來必是諸比丘先往語之即問諸比丘諸比丘不妄言以實而答奴便打諸比丘盡奪衣鉢垂死乃置諸比丘以是白佛佛言不應語有賊但

語使莫來時諸比丘不知外人當來以是白佛佛言應恒遠望若見人來馳往語之有食爲取速遺令反從今是戒應如是說若比丘住阿練若處有疑恐怖先不伺視在僧坊內自手受食又出外受是比丘應向諸比丘悔過我墮可訶法今向諸大德悔過是名悔過法有人送食忽至已入僧坊諸比丘不知云何以是白佛佛言聽一人即爲受自出一分餘行與衆以已一分從衆中一人貿食令速去若不得去應藏送食人勿令賊見若不得藏應與袈裟被送令去若復不得應權剃頭著法服令去沙彌突吉羅若軍行經過與食若賊自持食與不犯第四法竟

初分第七衆學法

佛在王舍城爾時諸比丘著下衣或太高或太下或參差或如多羅葉或如象鼻或如圓㮈或細襵居士見譏訶言此諸沙門著下衣或似婦人或似伎兒以此爲好無有風法尚不知著衣何況於理諸長老比丘聞種種訶責以是白佛佛以是事集比丘僧問諸比丘汝等實爾不答言實爾世尊佛種種訶責已告諸比丘今爲諸比丘結應學法從今是戒應如是說不高不下不參差不如多羅葉不如象鼻不如圓㮈不細襵著下衣應當學高著者半脛已上下著者從踝已下參差著者四角不齊如多羅葉著者前高後下如象鼻著者垂上一角如圓㮈者撮上令圓似襵腹前細襵者繞腰作細襵若不解不問而作此著突吉羅若解不愼作此著突吉羅若解輕戒輕人作此著波逸提比丘尼亦如是式叉

摩那沙彌沙彌尼突吉羅若病時泥雨時不犯佛在王舍城爾時諸比丘披衣或太高或太下或參差居士見譏訶乃至爲諸比丘結應學法皆如上説從今是戒應如是説不高不下不參差披衣應當學高下參差義如上説佛在王舍城爾時諸比丘不好覆身入白衣舍或以此白衣舍坐或反抄衣著右肩上入白衣舍或以此白衣舍坐或反抄衣著左肩上入白衣舍或以此白衣舍坐或左右反抄衣著兩肩上入白衣舍或以此白衣舍坐或搖身或搖頭或搖肩或携手或隱人或扠腰或拄頰或掉臂入白衣舍或以此白衣舍坐或高視或左右顧視入白衣舍或以此白衣舍坐或企行入白衣舍或以此白衣舍坐或蹲行入白衣舍或以此白衣舍坐或覆頭入白衣舍或以此白衣舍坐或戲笑入白衣舍或以此白衣舍坐或高聲入白衣舍或以此白衣舍坐或不庠序入白衣舍或以此白衣舍坐諸居士見譏訶如前諸長老比丘聞種種訶責以是白佛佛以是事集比丘僧問諸比丘汝等實爾不答言實爾世尊佛種種訶責已告諸比丘今爲諸比丘結應學法從今是戒應如是説好覆身入白衣舍應當學乃至庠序白衣舍坐應當學

佛遊婆伽國與大比丘僧五百人俱到首摩羅山住恐怖林爾時有菩提王太子於此山新立講堂未有沙門婆羅門入中坐者彼太子聞佛來到此山住恐怖林告薩闍子摩納汝以我名問訊世尊少病少惱起居輕利不我於此山新立講堂未有沙門婆羅門入中

坐者唯願世尊及與衆僧先受此堂於中薄設供養使我長夜安隱若佛有教我當諦受以此白佛速還報我摩納受教到巳頭面禮足却住一面具宣太子意佛默然受之時薩闍子知佛許巳還白太子太子通夜辦多美飲食明日自送至彼講堂其家內外皆敷雜色之衣時至白佛願屈威神佛與五百比丘前後圍遶到彼講堂止階道下太子偏袒右肩右膝著地合掌白佛唯願世尊登此陋堂使我長夜受獲安樂佛猶不上如是至三最後請時佛顧視阿難阿難承佛聖旨語太子言收此雜色衣佛不蹈上愍後世故太子即勑收衣復如前白於是世尊與衆僧俱上就坐太子自手下食諸比丘以一指或以二指捻鉢而受下食著中即皆失鉢飲食流漫汙其水精之地諸居士見譏訶言此諸比丘正似憍兒又如狡戲諸長老比丘聞種種訶責以是白佛佛以是事集比丘僧問諸比丘汝等實爾不答言實爾世尊佛種種訶責已告諸比丘今爲諸比丘結應學法從今是戒應如是說一心受食應當學一心受食者左手一心擎鉢右手扶緣

佛在王舍城爾時諸比丘溢鉢受食棄損羹飯諸白衣譏訶此諸比丘貪受無猒如飢餓人復有諸比丘於白衣家得飯食盡不待羹得羹復食盡不待飯諸白衣譏訶言此諸比丘貪食如狗復有諸比丘於鉢中處處取食復有諸比丘剜中央食復有諸比丘曲指收鉢食復有諸比丘嗅食食諸居士見皆譏訶長老比丘聞以是白佛佛以是事集比丘僧

問諸比丘汝等實爾不答言實爾世尊佛種種訶責已告諸比丘今爲諸比丘結應學法從今是戒應如是說不溢鉢受食羹飯俱食不於鉢中處處取食不刳中央食不曲指收鉢食不嗅食食應當學

佛在王舍城爾時諸比丘左右顧望食諸白衣譏訶此諸比丘如狗如烏自食並視人食尚不知食法況餘深理諸長老比丘聞以是白佛佛以是事集比丘僧問諸比丘汝等實爾不答言實爾世尊佛種種訶責已告諸比丘不應左右顧視食時諸比丘便不敢顧視閉目而食不見益羹飯六羣比丘取其可食物開目問言誰取我食答言汝等目不視乎反問傍人餘比丘種種訶責以是白佛佛以是事集比丘僧問六羣比丘汝等實爾不答言實爾世尊佛種種訶責已告諸比丘今爲諸比丘結應學法從今是戒應如是說諦視鉢食應當學諦視鉢者繫視在鉢視益食時

佛在王舍城爾時諸比丘棄損飯食諸居士譏訶此諸比丘如小兒食復有五百比丘於一居士家食諸白衣中有言比丘食都不棄飯有言棄者二人遂共賭之諸比丘爾日偶不棄飯後時見於餘處食棄飯譏訶如上諸比丘聞種種訶責以是白佛佛以是事集比丘僧問諸比丘汝等實爾不答言實爾世尊佛種種訶責已告諸比丘今爲諸比丘結應學法從今是戒應如是說不棄飯食應當學

佛在王舍城爾時諸比丘以食手捉淨飲器肥膩汙穢餘比丘惡之諸居士見譏訶言云何以食手捉淨飲器長老比丘聞種種訶責

以是白佛佛以是事集比丘僧問諸比丘汝等實爾不答言實爾世尊佛種種訶責已告諸比丘食時不應以右手捉淨飲器後時諸白衣行飯比丘以左手受白衣不與作是言不告諸比丘以是白佛佛以是事集比丘僧告諸比丘應淨洗手捉飲器今爲諸比丘結應學法從今是戒應如是説不以食手捉淨飲器應當學食手者食汙其手及肥膩

佛在王舍城爾時諸比丘吸食食復有諸比丘嚼食作聲諸居士見譏訶言此諸比丘食如狗嗒水復有婆羅門請諸比丘與粥諸比丘啜粥作聲有一比丘言今諸比丘食如寒戰時作是語已心生疑悔我今毀呰僧不知云何以是白佛佛以是事集比丘僧問彼比丘汝以何心作是語答言有恨心有戲心佛言恨心訶無犯戲心訶犯突吉羅告諸比丘今爲諸比丘結應學法從今是戒應如是説不吸食食不嚼食作聲應當學

佛在王舍城爾時諸比丘舐取食諸居士見譏訶言此諸比丘猶如牛食諸長老比丘聞種種訶責以是白佛佛以是事集比丘僧問諸比丘汝等實爾不答言實爾世尊佛種種訶責已告諸比丘今爲諸比丘結應學法從今是戒應如是説不舐取食應當學

佛在王舍城爾時諸比丘滿手食食棄落墮地復有諸比丘大張口食復有諸比丘飯未至大張口待蠅入口食竟多吐復有諸比丘縮鼻食諸居士見皆譏訶長老比丘聞種種訶責以是白佛佛以是事集比丘僧問諸比丘汝等實爾不答言實爾世尊佛種種訶責

已告諸比丘今爲諸比丘結應學法從今是戒應如是說不滿手食食應當學不大張口食應當學飯未至不大張口待應當學不縮鼻食應當學諸比丘飯至口猶不敢開汙口邊流墮地以是白佛佛言不遠不近便應開

佛在王舍城爾時諸比丘含食語食或落墮地或落衣上或落鉢中諸居士見皆譏訶諸長老比丘聞種種訶責以是白佛佛以是事集比丘僧問諸比丘汝等實爾不答言實爾世尊佛種種訶責已告諸比丘今爲諸比丘結應學法從今是戒應如是說不含食語應當學諸比丘後時白衣益食問須不不敢答便譏訶言諸比丘憍慢不共人語以是白佛佛言益食時聽言須不須

佛在王舍城爾時諸比丘滿口食兩頰脹起諸居士見譏訶言此諸比丘如獮猴食復有諸比丘齧半食殘還鉢中諸居士見譏訶言此諸比丘飲食不淨復有諸比丘舒臂取食諸居士見譏訶言此諸比丘如象用鼻復有諸比丘振手食諸居士見譏訶言此諸比丘如象掉鼻復有諸比丘吐舌食諸居士見譏訶言此諸比丘如狗吐舌復有諸比丘全吞食復有諸比丘摶飯遙擲口中諸居士見皆譏訶長老比丘聞種種訶責以是白佛佛以是事集比丘僧問諸比丘汝等實爾不答言實爾世尊佛種種訶責已告諸比丘今爲諸比丘結應學法從今是戒應如是說不脹頰食應當學不齧半食應當學不舒臂取食應當學不振手食應當學不吐舌食應當學不全吞食應當學不摶飯遙擲口中應當學

佛在王舍城爾時諸比丘以蕩鉢水瀉白衣屋内諸居士見譏訶言此諸比丘不知蕩鉢惡水所應瀉處況知遠事諸長老比丘聞種種訶責以是白佛佛以是事集比丘僧問諸比丘汝等實爾不答言實爾世尊佛種種訶責已告諸比丘不應以蕩鉢水瀉白衣屋内有諸白衣新作屋得比丘鉢中水灑地以爲吉祥諸比丘不敢灑諸居士言此諸比丘不堪人敬諸比丘以是白佛佛以是事集比丘僧告諸比丘聽諸比丘以鉢中無食水用灑地今爲諸比丘結應學法從今是戒應如是說不以鉢中有食水灑白衣屋内應當學

佛在王舍城爾時諸比丘以飯覆羹諸白衣謂未得更與之既知已譏訶言此諸比丘以飯覆羹如小兒諸長老比丘聞種種訶責以是白佛佛以是事集比丘僧問諸比丘汝等實爾不答言實爾世尊佛種種訶責已告諸比丘不應以飯覆羹有諸病比丘不敢以飯覆羹羹虫落羹中不能得去以是白佛佛以是事集比丘僧告諸比丘聽以飯覆羹不應更望得今爲諸比丘結應學法從今是戒應如是說不以飯覆羹更望得應當學

佛在王舍城爾時有諸比丘至白衣家嫌訶食復有諸比丘自索益食諸居士皆譏訶諸長老比丘聞種種訶責以是白佛佛以是事集比丘僧問諸比丘汝等實爾不答言實爾世尊佛種種訶責已告諸比丘不應嫌訶食自索益食諸比丘便不敢爲病比丘索益食以是白佛佛以是事集比丘僧告諸比丘聽爲他比丘索益食不應自爲今爲諸比丘結

應學法從今是戒應如是說不嫌訶食應當學不爲已索益食應當學

佛在王舍城爾時諸比丘視比坐鉢中多少諸居士見譏訶言此諸比丘如小兒視他鉢中汝得多我得少汝得少我得多諸長老比丘聞種種訶責以是白佛佛以是事集比丘僧問諸比丘汝等實爾不答言實爾世尊佛種種訶責已告諸比丘不應視比坐鉢中多少時五百比丘在一家食食已共相語言希有此食下座比丘言上座得好我等不得諸比丘作是念佛聽我等視他鉢者得知誰得誰不得不得者教與以是白佛佛以是事集比丘僧告諸比丘聽視比坐鉢不得生嫌心今爲諸比丘結應學法從今是戒應如是說不嫌心視比坐鉢應當學

佛在王舍城爾時諸比丘立大小便諸居士見譏訶言此諸比丘如驢如馬諸長老比丘聞種種訶責以是白佛佛以是事集比丘僧問諸比丘汝等實爾不答言實爾世尊佛種種訶責已告諸比丘今爲諸比丘結應學法從今是戒應如是說不立大小便應當學時諸比丘病不能蹲地以是白佛佛以是事集比丘僧告諸比丘聽諸比丘病時立大小便從今是戒應如是說不立大小便除病應當學

佛在王舍城爾時諸比丘水中大小便諸居士譏訶長老比丘聞種種訶責以是白佛佛以是事集比丘僧問諸比丘汝等實爾不答言實爾世尊佛種種訶責已告諸比丘今爲諸比丘結應學法從今是戒應如是說不大

小便水中應當學有諸病比丘醫語言汝可水中大小便我當視之知可治不諸比丘不敢語言願作餘方醫言惟視此然後知諸病比丘作是念佛若聽大小便水中者乃當得愈以是白佛佛以是事集比丘僧告諸比丘令聽病比丘水中大小便從今是戒應如是說不大小便淨水中除病應當學若大小便木上因此流入水中不犯

佛在王舍城爾時諸比丘大小便生草葉上諸居士見譏訶言此諸比丘似牛羊諸長老比丘聞種種訶責以是白佛佛以是事集比丘僧問諸比丘汝等實爾不答言實爾世尊佛種種訶責已告諸比丘今爲諸比丘結應學法從今是戒應如是說不大小便生草葉上除病應當學若大小便木上因此流草葉上不犯

佛在王舍城爾時諸比丘爲著屐革屣人說法諸居士見譏訶言是法尊貴第一微妙而諸比丘爲著屐革屣人說輕慢此法諸長老比丘聞種種訶責以是白佛佛以是事集比丘僧問諸比丘汝等實爾不答言實爾世尊佛種種訶責已告諸比丘今爲諸比丘結應學法從今是戒應如是說不爲著屐人說法應當學不爲著革屣人說法應當學有諸病人不得脱屐革屣而欲聞法諸比丘不敢說以是白佛佛以是事集比丘僧告諸比丘今聽諸比丘爲著屐革屣病人說法從今是戒應如是說人著屐不應爲說法除病應當學人著革屣不應爲說法除病應當學法者佛所說聲聞所說仙人所說天人所說及一切

如法說者若多人著屐革屣不能令脫但因不著者爲說不犯

佛在王舍城爾時諸比丘爲現胷人乃至拄杖不說法諸居士見譏訶如上諸長老比丘聞種種訶責以是白佛佛以是事集比丘僧問諸比丘汝等實爾不答言實爾世尊佛種種訶責已告諸比丘令爲諸比丘結應學法從今是戒應如是說人現胷不應爲說法應當學有諸病人欲聞法諸比丘不敢爲說以是白佛佛以是事集比丘僧告諸比丘聽爲現胷病人說法從今是戒應如是說人現胷不應爲說法除病應當學人坐比丘立人在高坐比丘在下人卧比丘坐人在前比丘在後人在道中比丘在道外爲覆頭人爲反抄衣人爲左右反抄衣人爲持蓋覆身人爲騎乘人爲拄杖人說法皆如上說

佛在王舍城爾時諸比丘爲捉刀人捉弓箭人說地獄若彼人聞已便大瞋恚斫射比丘比丘即死諸長老比丘聞以是白佛佛以是事集比丘僧告諸比丘令爲諸比丘結應學法從今是戒應如是說人捉刀不應爲說法應當學人捉弓箭不應爲說法應當學

佛在王舍城爾時六羣比丘爲十七羣比丘於請家取食分六羣比丘靳固十七羣比丘不早還日逼中十七羣比丘上樹望之諸長老比丘見以是白佛佛以是事集比丘僧告諸比丘令爲諸比丘結應學法從今是戒應如是說樹過人不得上應當學爾時有比丘向拘薩羅國道遇惡獸不敢上樹爲獸所害諸比丘以是白佛佛言從今是戒應如是說

樹過人不得上除大因縁應當學大因縁者惡獸諸難是名大因縁比丘尼除大小便生草葉上餘皆如上式叉摩那沙彌沙彌尼突吉羅

初分第八七滅諍法

於何處起應與現前毗尼與現前毗尼答言瞻婆國因誰起答言六羣比丘於何處起應與憶念毗尼與憶念毗尼答言王舍城因誰起答言陀婆力士子於何處起應與不癡毗尼與不癡毗尼答言王舍城因誰起答言伽伽比丘於何處起應與自言與自言答言舍衛城因誰起答言因異比丘於何處起應與多人語與多人語答言舍衛城因誰起答言因衆多比丘於何處起應與草布地與草布地答言舍衛城因誰起答言因衆多比丘於何處起應與本言治與本言治答言舍衛城因誰起答言優陀夷

彌沙塞部五分律卷第十

音釋

梟古堯切鳥名　睒失冉切　㨶陟葉切手度物　挽無遠切挽也　癰於容切癰也　餉式亮切饋也　叛薄半切背叛也　襵陟葉切猶摺也　脛胡定切脚脛也　踝胡瓦切腿兩旁曰內外踝　杈初牙切　頰古協切面旁也　企丘弭切舉踵也　捻奴協切指捻也　狡古巧切狂也　刳苦胡切虛其中也　嗒都合切舐嗒也　歠昌悅切大飲也　舐神帋切以舌取食也　屐奇逆切　靳居焮切吝也

彌沙塞部五分律卷第十一

宋罽賓三藏佛陀什共竺道生等譯

第二分初尼律八波羅夷法

佛在舍衛城爾時長老優波離問佛世尊已爲諸比丘結戒若比丘共諸比丘同學戒法戒羸不捨行婬法乃至畜生是比丘得波羅夷不共住是戒我當云何持爲應作一部僧持二部僧持佛言應作二部僧持從今是戒應如是說若比丘尼共諸比丘尼同學戒法戒羸不捨隨意行婬乃至畜生是比丘尼得波羅夷不共住爾時長老優波離復問佛世尊已爲諸比丘結戒若比丘若聚落若空地盜心不與取乃至不共住我當云何持佛言應作二部僧持從今是戒應如是說若比丘尼若聚落若空地盜心不與取若王若大臣若捉若縛若殺若殯語言汝賊汝癡是比丘尼得波羅夷不共住爾時優波離復問佛世尊已爲諸比丘結戒若比丘若人若似人若自殺乃至不共住我當云何持佛言應作二部僧持從今是戒應如是說若比丘尼若人若似人若自殺若與刀藥若教人殺若教人自殺譽死讚死咄人用惡活爲死勝生作是心隨心殺如是種種因緣彼因是死是比丘尼得波羅夷不共住爾時優波離復問佛世尊已爲諸比丘結戒若比丘不知不見過人法乃至不共住我當云何持佛言應作二部僧持從今是戒應如是說若比丘尼不知不見過人法聖利滿足自稱我如是知如是見是比丘尼後時若問若不問爲出罪求清淨故作是言我不知言知不見言見虛誑妄語

除增上慢是比丘尼得波羅夷不共住爾時
毗舍佉墸名鹿子鹿子敬毗舍佉猶如敬母
時人遂名爲毗舍佉鹿子母其孫名尸利跋
尸利跋常繫念於偷羅難陀比丘尼後請比
丘尼僧偷羅難陀託病不往共一小沙彌尼
坐守僧房時到比丘尼僧皆詣其家尸利跋
手自下食問言偷羅難陀何故不來諸比丘
尼答言以其病僧差守房是故不來彼下上
座食已便馳往問何所患苦答言骨節皆痛
彼即按摩比丘尼言聽汝處處按摩但不得
行欲既按摩已問言汝須何物答言我須乾
棗便買與之比丘尼以手捧棗問言汝見是
乾棗不答言見比丘尼言若人繫心於不可
行欲處神明乾縮亦如此也於是尸利跋與
此比丘尼種種身相觸已便出諸比丘尼食
還入門逢見咸疑已共偷羅難陀作不淨行
問言汝已破梵行耶答言我不破梵行唯與
男子身相觸耳小沙彌尼亦云如此諸比丘
尼種種訶責言佛種種毀呰與男子身相觸
種種讚歎不觸男子身汝今云何作此惡事
訶已往到佛所以事白佛佛以是事集二部
僧問偷羅難陀汝實爾不答言實爾世尊佛
如上種種訶責已告諸比丘以十利故今爲
諸比丘尼結戒從今是戒應如是說若比丘
尼欲盛變心受男子種種摩觸髮際已下膝
已上肘已後是比丘尼得波羅夷不共住比
丘尼者白四羯磨受具足戒釋欲盛變心已
下如比丘觸女人身戒中說爾時諸比丘尼
受男子捉手捉衣共期獨共行獨共住獨共
語獨共一座坐身親近男子以此欲染心不

復樂道或有反俗及作外道者時偷羅難陀比丘尼著新染衣摩拭身體畫治眉目往多人處有諸男子捉其手捉其衣言汝手柔輭好汝衣細滑好諸長老比丘尼見種種訶責以事白佛佛以是事集二部僧問諸比丘尼汝等實作上八法不答言實爾世尊佛種種訶責已告諸比丘今為諸比丘尼結戒從今是戒應如是說若比丘尼欲盛變心受男子捉手捉衣共期獨共行獨共住獨共語獨共一座坐身親近男子八法具者是比丘尼得波羅夷不共住捉手者從肘已前捉衣者身所著衣共期者期至某處行婬法或摩觸身往到彼獨共行者獨共男子一道行獨共住者獨共男子一處住獨共語者獨共男子一處語獨共一座坐者獨共男子一牀上坐身親近男子者共一座坐時身轉就男子若犯捉手乃至身轉就男子一一皆偷羅遮若犯七事雖已隨悔後犯一事滿八亦成波羅夷式叉摩那沙彌尼突吉羅

爾時闡陀比丘數數犯罪上牀下牀皆不如法數數食別衆食非時入聚落不白善比丘比丘僧與作不見罪羯磨其姊比丘尼名優蹉來往共語及與衣食諸比丘尼見語言姊妹此比丘比丘僧已和合與作不見罪羯磨諸比丘已不共住不共事不共語汝今云何來往共語與其衣食優蹉言此是我弟我若不視誰當視者諸長老比丘尼種種訶責以事白佛佛以是事集二部僧問優蹉汝實爾不答言實爾世尊佛種種訶責已告諸比丘應令一比丘尼與優蹉親善者往屏處諫汝

莫隨順僧羯磨不見罪比丘若受者善若不受應衆多比丘尼往諫若受者善若復不受應比丘尼僧往諫諸比丘受敎勑諸比丘尼令一比丘尼往諫乃至比丘尼僧往諫皆不受諸長老比丘尼以事白佛佛以是事集二部僧種種遥訶責優蹉巳告諸比丘今爲諸比丘尼結戒從今是戒應如是說若比丘尼知僧如法與比丘作不見罪羯磨諸比丘不共住不共事不共語而隨順之諸比丘尼語是比丘尼姊妹此比丘比丘僧巳作不見罪羯磨諸比丘不共住不共事不共語汝莫隨順如是諫堅持不捨應第二第三諫第二第三諫捨是事善不捨者是比丘尼得波羅夷不共住餘皆如調達破僧中說不犯亦如彼說

爾時修休摩比丘尼婆頗比丘尼常共行止後婆頗命過修休摩爲之悲泣諸比丘尼語言汝莫如是一切有爲悉皆磨滅如佛所說恩愛別離無長存者若有爲法不壞不散無有是處修休摩言我今不復爲其啼哭何以故彼生時不修梵行諸比丘尼問言汝云何知答言彼與我共行親見與男子行婬欲事諸比丘尼訶責言汝云何生時覆藏其罪死乃發露諸長老比丘尼種種訶責以事白佛佛以是事集二部僧問修休摩汝實爾不答言實爾世尊佛種種訶責巳告諸比丘今爲諸比丘尼結戒從今是戒應如是說若比丘尼見比丘尼犯波羅夷覆藏彼比丘尼後時若在若死若遠行若被擯若罷道若形變作是語我先親見其犯波羅夷是比丘尼得波

羅夷不共住覆藏從晨朝至初夜初分時時皆突吉羅從初夜初分至明相未出時時皆偷羅遮至明相出波羅夷式叉摩那沙彌尼突吉羅若欲說而無比丘尼未得說若入大捨定及八難起皆不犯八難者一病二王三賊四水五火六衣鉢七命八梵行

第二分第二尼律僧殘法

爾時長老優波離問佛世尊巳爲諸比丘結戒若比丘行媒法乃至一交會僧伽婆尸沙我當云何持佛言應作二部僧持從今是戒應如是說若比丘尼行媒法若爲私通事持男意至女邊持女意至男邊乃至一交會是比丘尼初犯僧伽婆尸沙可悔過

長老優波離又問世尊巳爲諸比丘結戒若比丘自不如法惡瞋故以無根波羅夷謗無波羅夷比丘乃至僧伽婆尸沙我當云何持佛言應作二部僧持從今是戒應如是說若比丘尼自不如法惡瞋故以無根波羅夷謗無波羅夷比丘尼欲破彼梵行是比丘尼後時若問若不問言我是事無根住瞋故謗是比丘尼初犯僧伽婆尸沙可悔過

長老優波離又問佛世尊巳爲諸比丘結戒若比丘自不如法惡瞋故於異分中取片若似片乃至僧伽婆尸沙我當云何持佛言應作二部僧持從今是戒應如是說若比丘尼自不如法惡瞋故於異分中取片若似片作波羅夷謗無波羅夷比丘尼欲破彼梵行是比丘尼後時若問若不問言我是事異分中取片若似片住瞋故謗是比丘尼初犯僧伽婆尸沙可悔過

爾時諸釋共作是要我等不與麤姓婚姻若有犯者當重罰之時釋種黒離車女喪夫大有弟欲取爲婦彼女不從如是三反誓不相許便作是念彼女必有外通意我當殺之便託爲兄作會語言爲汝夫作會汝來行香彼女便來到已飮酒令醉共行不淨然後以抓摑傷其肉告官司言黒離車女是我婦今與外人私通官即遣收彼女醉醒自見身體處處傷破作是念此人必當見殺便叛走向舍衛城到比丘尼所出家學道官收不得知向舍衛便作移書與波斯匿王言我國女人犯罪應死叛入彼國可送還我若彼有罪人叛來我國亦當送之時波斯匿王即問左右有此女人入我國不答言有諸比丘尼已度爲道王先有令若我國内有犯比丘比丘尼者當與重罪今已出家無敢毀辱者王便報移書言實有此女來入我國今已出家不可追罪若有餘事敬如來示諸釋便譏訶言凡有此罪不復得治亂我國矣諸比丘尼無復可度不可度者何道之有無沙門行破沙門法諸長老比丘尼聞種種訶責以事白佛佛以是事集二部僧問諸比丘尼汝等實爾不答言實爾世尊佛種種訶責已告諸比丘今爲諸比丘尼結戒從今是戒應如是說若比丘尼知有罪女度爲比丘尼者是比丘尼初犯僧伽婆尸沙可悔過復有諸賊女偷女應死女諸居士言若能出家我當活汝便求出家即白諸比丘尼願見度脫諸比丘尼言佛未聽我等度如汝輩以事白佛佛以是事集二部僧告諸比丘若主聽者聽比丘尼度之從

今是戒應如是說若比丘尼知有罪女主不聽而度者是比丘尼初犯僧伽婆尸沙可悔過復有犯罪女不得於佛法出家便入外道諸居士後見有言此是我等犯罪女當奪其外道衣服或有言外道出家已是重罰自可置去即便放之此諸女等後來投諸比丘尼作是言姊妹我等本非不敬信佛法於外道出家諸姊妹不肯見度逼不獲已入外道耳我等所畏今已見聽出家願見愍度諸比丘尼不知云何以是白佛佛以是事集二部僧告諸比丘若有罪女先已出家今聽度之從今是戒應如是說若比丘尼知有罪女主不聽度爲道除先出家是比丘尼初犯僧伽婆尸沙可悔過有罪者若犯對若偷盜是名有罪主者殺活所由是名爲主若比丘尼發心度此女及方便乃至集僧三羯磨未竟皆突吉羅三羯磨竟和尚僧伽婆尸沙餘尼師僧皆偷羅遮

爾時優蹉比丘尼數數犯罪上牀下牀皆不如法數數食別衆食非時入他家比丘尼僧與作不見罪擯時偷羅難陀比丘尼知優蹉心未調伏不敬衆僧便不隨衆自與眷屬於界外爲其解擯彼比丘尼既得解擯倍更憍慢不敬衆僧諸長老比丘尼見種種訶責以事白佛佛以是事集二部僧問偷羅難陀汝實爾不答言實爾世尊佛種種訶責已告諸比丘今爲諸比丘尼結戒從今是戒應如是說若比丘尼知僧如法擯比丘尼比丘尼心未調伏不隨順僧自與眷屬於界外解其擯者是比丘尼初犯僧伽婆尸沙可悔過欲解

擯及方便乃至三羯磨未竟皆突吉羅三羯磨竟羯磨師僧伽婆尸沙餘僧皆偷羅遮爾時諸比丘尼獨行道路諸白衣見調弄作麤惡婬欲語或捉摹摸或欲共爲不淨行復有衆多比丘尼與估客伴行偷羅難陀見一男子心生染著漸遲在後諸比丘尼語言汝何不速行及伴此處可畏勿爲惡人之所剥脱答言汝見後來人不諸比丘尼言見偷羅難陀言我見此人心甚樂著諸比丘尼訶責言汝云何於行路中染著男子復有衆多比丘尼渡河取牛屎既渡水漲不得還爲賊抄掠復有諸比丘尼獨宿失衣鉢破梵行諸長老比丘尼見聞種種訶責具以白佛佛以是事集二部僧問諸比丘尼汝等實爾不答言實爾世尊佛種種訶責已告諸比丘今爲諸

比丘尼結戒從今是戒應如是説若比丘尼獨行獨宿獨渡水於道中獨在後染著男子是比丘尼初犯僧伽婆尸沙可悔過時有諸比丘尼在路行有疑恐怖便走向聚落至親里家復有諸比丘尼行路疲極又有老病不能相及或有小水或有橋船不敢獨渡或有宿處畏諸男子不敢獨於餘處宿諸比丘尼不知云何以事白佛佛以是事集二部僧告諸比丘有因緣聽隨意獨去從今是戒應如是説若比丘尼獨行獨宿獨渡水於道中獨在後染著男子除因緣是比丘尼初犯僧伽婆尸沙可悔過因緣者恐怖走時老病疲極不及伴時水狹淺有橋船處畏男子處是名因緣若獨行無聚落處半由旬若有聚落處從一聚落至一聚落皆僧伽婆尸沙若在後

遥見比丘尼不聞聲或聞聲不見形皆突吉羅若不見不聞僧伽婆尸沙若獨渡水水廣十肘深半脞僧伽婆尸沙若减突吉羅若宿時應使手相及若不相及初夜中夜偷羅遮明相出僧伽婆尸沙式叉摩那沙彌尼突吉羅

爾時一長者以宅布施比丘僧比丘僧與比丘尼衆貿安陀林末利夫人後以王園施比丘尼僧比丘尼僧壞前所貿處屋於王園更起先處便成空地時施宅長者子作是念我父昔以施僧僧與比丘尼貿今諸比丘尼不復住中我可還取於中耕種即便取之諸比丘尼語言汝莫取僧地答言我父雖以布施僧僧不復用應還屬我諸比丘尼言我等不捨此地勿使詣官言汝更大輸物彼不肯還即詣官言之便大輸物諸居士見譏訶言云何比丘尼詣官言人使大失物此輩受彼供養猶尚言之况於餘人無沙門行破沙門法諸長老比丘尼聞種種訶責以事白佛佛以是事集二部僧問諸比丘尼汝等實爾不答言實爾世尊佛種種訶責已告諸比丘今爲諸比丘尼結戒從今是戒應如是說若比丘尼詣官言人是比丘尼初犯僧伽婆尸沙可悔過若比丘尼爲人輕陵應語其父母若無父母應語其親族若無親族應語比丘比丘尼優婆塞優婆夷若比丘比丘尼有勢力不援護者突吉羅語時應云彼輕陵我爲我訶諫不應言之若詣官言人一往反一僧伽婆尸沙式叉摩那沙彌尼突吉羅

爾時有一估客喪婦作是念我今當於何處

求索好婦時旃荼修摩那比丘尼有弟子名修摩色貌殊特彼見生染著心作是念以食誘之或可得果便語言汝若須酥油蜜石蜜蒲闍尼佉闍尼皆從我取彼比丘尼即便往取既相狎習便問比丘尼言汝知我與汝食意不答言汝爲求福故與我食彼言不以此事我喪失婦見汝清修甚相貪樂能降意不答言不能其人復言與我作婦當以奇珍相與衣服極麗飲食隨時要令無乏答亦如初餘估客見便助迫慴言汝若不欲爲他作婦何故受他飲食若必不能當奪汝衣鉢或復有言速遣令去勿使人聞若王得知必重治我等諸居士聞譏訶言云何比丘尼受他染著男子飲食此輩無沙門行破沙門法諸長老比丘尼聞種種訶責以事白佛佛以是事集二部僧問修摩比丘尼汝實爾不答言實爾世尊佛種種訶責已告諸比丘今爲諸比丘尼結戒從今是戒應如是說若比丘尼受他染著心男子飲食是比丘尼初犯僧伽婆尸沙可悔過有諸男子請比丘尼前食後食於中生染著心諸比丘尼知不敢受以事白佛佛以是事集二部僧告諸比丘若比丘尼無染著心受他染著心男子飲食犯僧伽婆尸沙無有是處從今是戒應如是說若比丘尼有染著心受他染著心男子飲食是比丘尼初犯僧伽婆尸沙可悔過復有一比丘尼有染著心從一染著心男子受飲食受已生疑我將無犯僧伽婆尸沙即持歸與餘比丘尼餘比丘尼問此美飲食汝何故不敢具以事答餘比丘尼言汝所畏我亦應畏以事白

佛佛以是事集二部僧告諸比丘若比丘尼有染著心自手受染著心男子食不食而與他食皆不犯從今是戒應如是說若比丘尼有染著心自手受染著心男子食食是比丘尼初犯僧伽婆尸沙可悔過式叉摩那沙彌尼突吉羅

爾時彼估客復作是念我先以食誘彼比丘尼日月淺近是以不果今當更以食誘引久意或迴便到其所語言我先虛戲遂至不遜願受我悔過從今如先從我取食彼比丘尼言止止男子汝先惱我使佛訶責爲諸比丘尼結戒今日何應再見玷辱彼比丘尼和尚語言汝先能得多美飲食今何故不復能得答言彼人先惱觸我佛因制戒不敢復取和尚復言汝但莫生染著取食何苦若他生染著何豫汝事彼比丘尼嫌訶和尚言佛種種毀呰親近男子讚歎遠離云何教我取染著心男子飲食諸比丘尼聞訶責彼師言云何教弟子受染著心男子食種種訶責已以事白佛佛以是事集二部僧問旃荼修摩那汝實爾不答言實爾世尊佛種種訶責已告諸比丘今爲諸比丘尼結戒從今是戒應如是說若比丘尼教他比丘尼作是語汝但莫生染著受染著男子飲食何苦是比丘尼初犯僧伽婆尸沙可悔過若作此教語語僧伽婆尸沙式叉摩那沙彌尼突吉羅

爾時優波離問世尊已爲諸比丘結戒若比丘爲破和合僧勤方便乃至僧伽婆尸沙我當云何持佛言當作二部僧持從今是戒應如是說若比丘尼爲破和合僧勤方便諸比

丘尼語是比丘尼汝莫爲破和合僧勤方便當與僧和合僧和合故歡喜無諍一心一學如水乳合共弘師教安樂行如是諫堅持不捨應第二第三諫第二第三諫捨是事善不捨者是比丘尼三諫犯僧伽婆尸沙可悔過

優波離又問世尊已爲諸比丘結戒若比丘助破和合僧乃至僧伽婆尸沙我當云何持佛言應作二部僧持從今是戒應如是說若比丘尼助破和合僧若一若二若多語諸比丘尼言是比丘尼所說是知說非不知說說法不說非法說律不說非律皆是我等心所忍樂諸比丘尼語是比丘尼汝莫作是語是比丘尼所說是知說非不知說說法不說非法說律不說非律皆是我等心所忍樂何以故是比丘尼非知說非說法非說律汝莫樂助破和合僧當樂助和合僧僧和合故歡喜無諍一心一學如水乳合共弘師教安樂行如是諫堅持不捨應第二第三諫第二第三諫捨是事善不捨者是比丘尼三諫犯僧伽婆尸沙可悔過

優波離又問世尊已爲諸比丘結戒若比丘惡性難共語與諸比丘同學戒經數數犯罪乃至僧伽婆尸沙我當云何持佛言當作二部僧持從今是戒應如是說若比丘尼惡性難共語與諸比丘尼同學戒經數數犯罪諸比丘尼如法如律諫其所犯答言阿姨汝莫語我若好若惡我亦不以好惡語汝諸比丘尼復有語言汝莫作自我不可共語汝當爲諸比丘尼說如法語諸比丘尼亦當爲汝說如法語如是展轉相教轉相出罪成如來衆

如是諫堅持不捨應第二第三諫第二第三諫捨是事善若不捨者是比丘尼三諫犯僧伽婆尸沙可悔過

優波離又問世尊已爲諸比丘結戒若比丘依聚落住行惡行汙他家乃至僧伽婆尸沙我當云何持佛言當作二部僧持從今是戒應如是說若比丘尼依聚落住行惡行汙他家行惡行皆見聞知汙他家亦見聞知諸比丘尼語是比丘尼汝行惡行汙他家行惡行皆見聞知汙他家亦見聞知汝出去不應是中住彼比丘尼言諸阿姨隨愛恚癡畏何以故有如是等同罪比丘尼有驅者有不驅者諸比丘尼復語言汝莫作是語諸阿姨隨愛恚癡畏有如是等同罪比丘尼有驅者有不驅者汝行惡行汙他家行惡行皆見聞知汙他家亦見聞知汝捨是隨愛恚癡畏語汝出去不應是中住如是諫堅持不捨應第二第三諫第二第三諫捨是事善不捨者是比丘尼三諫犯僧伽婆尸沙可悔過

爾時修休摩比丘尼婆頗比丘尼共作惡行有惡名聲更相覆罪觸惱衆僧諸比丘尼語言汝等作惡行有惡名聲汝相遠離捨是作惡觸惱僧事於佛法中增廣得安樂住二比丘尼言我等不作惡行無惡名聲亦不觸惱衆僧此中更有餘二比丘尼共作惡行有惡名聲觸惱衆僧諸比丘尼言汝等莫作是語何以故此中更無有餘二比丘尼作惡惱僧唯有汝等可相遠離捨是作惡觸惱僧事於佛法中增廣得安樂住如是諫堅持不捨諸比丘尼以事白佛佛以是事集二部僧問彼

二比丘尼汝等實爾不答言實爾世尊佛種種訶責已告諸比丘尼應令一比丘尼與彼二比丘尼親善者往屏處諫若受者善若不受應衆多比丘尼往諫若受者善若不受應比丘尼僧往諫諸比丘受教即勅諸比丘尼往諫三反皆不受諸長老比丘尼種種訶責以事白佛佛以是事集二部僧種種遥訶責彼二比丘尼已告諸比丘今爲諸比丘尼結戒從今是戒應如是說若二比丘尼共作惡行有惡名聲更相覆罪觸惱衆僧諸比丘尼語言汝二比丘尼作惡行有惡名聲更相覆罪觸惱衆僧汝相遠離捨是作惡觸惱僧事於佛法中增廣得安樂住彼二比丘尼言我等不作惡行無惡名聲不相覆罪不觸惱僧此中更有餘二比丘尼共作惡行觸惱衆僧諸比丘尼復語言莫作是語何以故此中更無餘二比丘尼作惡惱僧唯有汝等可相遠離捨是作惡觸惱僧事於佛法中增廣得安樂住如是諫堅持不捨應第二第三諫第二第三諫捨是事善不捨者是比丘尼三諫犯僧伽婆尸沙可悔過更相覆罪者若僧伽婆尸沙若偷羅遮若波逸提若波羅提提舍尼若突吉羅若不護口惱僧者若布薩若自恣若諸羯磨皆如調達破僧中說式叉摩那沙彌尼突吉羅

爾時修休摩比丘尼婆頗比丘尼共作惡行有惡名聲乃至於佛法中增廣得安樂住亦如上說二比丘尼言我等不作惡行亦不觸惱衆僧僧見我等羸弱輕易我故作如是語諸比丘尼復言汝等莫作是語何以故僧不

見汝羸弱輕易汝等汝等自作惡行觸惱衆僧可相遠離捨是作惡觸惱僧事於佛法中增廣得安樂住如是諫堅持不捨諸長老比丘尼訶責乃至今爲諸比丘尼結戒亦如上說從今是戒應如是說若二比丘尼共作惡行有惡名聲更相覆罪觸惱衆僧諸比丘尼語言汝二比丘尼共行惡行有惡名聲更相覆罪觸惱衆僧汝相遠離捨是作惡觸惱僧事於佛法中增廣得安樂住二比丘尼言我等不作惡行無惡名聲不相覆罪不觸惱僧僧見我等羸弱輕易我故作如是語諸比丘尼復言莫作是語何以故僧不見汝羸弱輕易汝等汝等可相遠離捨是作惡觸惱僧事於佛法中增廣得安樂住如是諫堅持不捨應第二第三諫第二第三諫捨是事善不捨者是比丘尼三諫犯僧伽婆尸沙可悔過餘如上說式叉摩那沙彌尼突吉羅

爾時闡陀母名修摩那爲人惡性時人遂號爲旃荼修摩那好共他鬪僧斷其事便言僧隨愛恚癡畏諸比丘尼語言汝莫好共他鬪莫作是語僧隨愛恚癡畏何以故僧不隨愛恚癡畏汝捨是語於佛法中增廣得安樂住如是諫堅持不捨乃至今爲諸比丘尼結戒亦如上說從今是戒應如是說若比丘尼好共他鬪僧斷其事便言僧隨愛恚癡畏諸比丘尼語言汝莫好共他鬪莫作是語僧隨愛恚癡畏何以故僧不隨愛恚癡畏汝等捨是語於佛法中增廣得安樂住如是諫堅持不捨應第二第三諫第二第三諫捨是事善不捨者是比丘尼三諫犯僧伽婆尸沙可悔過

餘如上說

爾時旃荼修摩那比丘尼好共他鬪僧斷其事便瞋恚言我捨佛捨法捨僧捨戒作外道餘沙門婆羅門亦學戒亦慚愧我當於彼淨修梵行諸比丘尼語言汝莫好共他鬪莫作是語我捨佛乃至於彼淨修梵行何以故餘沙門婆羅門無學戒無慚愧汝云何於彼得修梵行汝捨是惡見於佛法中增廣得安樂住如是諫堅持不捨乃至今爲諸比丘尼結戒亦如上說從今是戒應如是說若比丘尼好共他鬪僧斷其事便言我捨佛捨法捨僧捨戒作外道餘沙門婆羅門亦學戒亦慚愧我當於彼淨修梵行諸比丘尼語言汝莫好共他鬪莫作是語我捨佛捨法捨僧何以故餘沙門婆羅門無學戒無慚愧汝云何於彼得修梵行汝捨是惡見於佛法中增廣得安樂住如是諫堅持不捨應第二第三諫第二第三諫捨是事善不捨者是比丘尼三諫犯僧伽婆尸沙可悔過餘如上說

彌沙塞部五分律卷第十一

音釋

殯（必刃切殮也）佉（丘伽切）呰（將几切毀也）肘（陟柳切臂節也）蹉（七何切）擯（必刃切斥也）媒（莫杯切妹妁也）抓摑（抓側絞切指甲也摑古擭切批打也）叛（薄半切背也）摹摸（摹莫胡切摸慕各切摹摸捫摋也）漲（知亮切泛溢也）掠（離灼切捎取也）䏶（傍禮切股也）貿（莫候切易也）援（雨怨切救助也）愶（虛業切恐迫也）噉（徒感切食也）恚（於避切瞋怒也）

彌沙塞部五分律卷第十二

宋罽賓三藏佛陀什共竺道生等譯

第二分第三尼律捨墮法

佛在舍衛城爾時優波離問佛世尊已爲諸比丘結戒若比丘三衣竟捨迦絺那衣已長衣乃至十日若過尼薩耆波逸提乃至若比丘自捉金銀及錢若使人捉若發心受尼薩耆波逸提我當云何持佛言應作二部僧持從今是戒應如是說若比丘尼衣竟捨迦絺那衣已長衣乃至十日若過尼薩耆波逸提若比丘尼衣竟捨迦絺那衣已五衣中若離一一衣宿過一夜除僧羯磨尼薩耆波逸提若比丘尼衣竟捨迦絺那衣已得非時衣若須應受速作受持若足者善若不足望更有得處令具足成乃至一月若過尼薩耆波逸提若比丘尼從非親里居士居士婦乞衣除因緣尼薩耆波逸提因緣者奪衣失衣燒衣漂衣壞衣是名因緣若比丘尼奪衣失衣燒衣漂衣壞衣從非親里居士居士婦乞若居士居士婦欲多與衣是比丘尼應受二衣若過是受尼薩耆波逸提若非親里居士居士婦共議當以如是衣直作衣與某甲比丘尼是比丘尼先不自恣請便往問居士居士婦言汝爲我以如是衣直作衣不答言如是便言善哉居士居士婦可作如是如是衣與我爲好故尼薩耆波逸提若非親里居士居士婦共議我當各以如是衣直作衣與某甲比丘尼是比丘尼先不自恣請便往問居士居士婦言汝各爲我以如是衣直作衣不答言如是便言善哉居士居士婦可合作一衣與

我爲好故尼薩耆波逸提若王若大臣婆羅門居士爲比丘尼故遣使送衣直使到比丘尼所言阿姨彼王大臣送此衣直阿姨受之是比丘尼言我不應受衣直若得淨衣當手受持使言阿姨有執事人不比丘尼即指示處使便到執事所語言其王大臣送此衣直與某甲比丘尼汝爲受作取便與之使旣與已還比丘尼所白言阿姨所示執事人我已與竟阿姨須衣便可往取是比丘尼二反三反到執事所作是言我須衣我須衣若得者善若不得四反五反六反到執事前默然立若得者善若過若求得者尼薩耆波逸提若不得衣應隨使來處若自往若遣信語言汝爲某甲比丘尼送衣直是比丘尼竟不得汝自還索莫使失是事應爾若比丘尼自行乞縷雇織師織作衣尼薩耆波逸提若居士居士婦爲比丘尼使織師織作衣是比丘尼先不自恣請便到織師所作是言汝知不此衣爲我作汝爲我好織令極緻廣當別相報後若與一食若一食直得者尼薩耆波逸提若比丘尼與比丘尼衣後瞋不喜若自奪若使人奪作是語還我衣不與汝尼薩耆波逸提若比丘尼知檀越欲與僧物迴以入己尼薩耆波逸提若比丘尼病得服四種含消藥酥油蜜石蜜一受乃至七日若過尼薩耆波逸提若比丘尼前後安居十日未至自恣得急施衣若須應受乃至衣時若過尼薩耆波逸提若比丘尼鉢未滿五綴更乞新鉢爲好故尼薩耆波逸提若比丘尼種種販賣求利尼薩耆波逸提若比丘尼以金銀及錢種種賣

買尼薩耆波逸提若比丘尼自捉金銀及錢若使人捉若發心受尼薩耆波逸提
爾時偷羅難陀比丘尼從坐店人乞鉢彼即買鉢與之既得便言我不復須可以酥見施即復與之賣所買鉢比店人見語言汝賣店上物不得活耶乃復作販鉢人爲答言偷羅難陀從我乞鉢我買欲與彼不復用更從我乞酥以酥與之故賣此鉢耳諸人言乞人之法應隨所乞取何緣既得不取復索餘物此輩常說少欲知足而今無猒無沙門行破沙門法諸長老比丘尼聞種種訶責以事白佛佛以是事集二部僧問偷羅難陀比丘尼汝實爾不答言實爾世尊佛種種訶責已告諸比丘今爲諸比丘尼結戒從今是戒應如是說若比丘尼先乞是既得不用更乞餘物尼薩耆波逸提隨更乞多少一一尼薩耆波逸提式叉摩那沙彌尼突吉羅
爾時諸比丘尼非時衣作時衣受諸客比丘尼便不能得衣諸長老比丘尼見種種訶責以事白佛佛以是事集二部僧問諸比丘尼汝等實爾不答言實爾世尊佛種種訶責已告諸比丘今爲諸比丘尼結戒從今是戒應如是說若比丘尼非時衣作時衣受尼薩耆波逸提此衣應捨與僧不應捨與一二三比丘尼式叉摩那沙彌尼突吉羅
爾時有一下座比丘尼少於知識得未成衣不知作之持至諸比丘尼所語言我最下座少於知識願爲我作諸比丘尼言我事務多不得爲汝作汝可至偷羅難陀所問之彼多成衣或與汝貿易彼比丘尼即持往問偷羅

難陀便以成衣易之彼比丘尼得已還到所住處諸比丘尼問言汝得衣不答言得又問從誰得答言偷羅難陀諸比丘尼言取來共看便出衣示諸比丘尼言此衣勝汝衣數倍由來無人能得彼利汝今忽得甚爲希有時偷羅難陀隔壁聞便語彼比丘尼還我衣來不與汝貿諸長老比丘尼聞種種訶責乃至今爲諸比丘尼結戒亦如上說從今是戒應如是說若比丘尼與比丘尼貿衣後悔還索得者尼薩耆波逸提式叉摩那沙彌尼突吉羅若兩悔若得衣不如本要還取不犯

爾時毗舍佉母請比丘尼僧與遮月水衣遣信索身量即皆與之唯偷羅難陀不與更遣信索答言我已離欲無復月水不須此衣毗舍佉母作衣竟遣信白諸比丘尼衣已竟願各來取諸比丘尼皆往就坐時偷羅難陀月水正出便先取衣諸比丘尼次第取之衣少不足下座一人不得毗舍佉母問盡得衣不答言下座一人不得問何以故答言偷羅難陀先言不須不付身量今便先取是以不足毗舍佉母言云何先言不須臨時便取令他不得諸長老比丘尼種種訶責乃至今爲諸比丘尼結戒亦如上說從今是戒應如是說若比丘尼諸比丘尼語汝取遮月水衣自言不用臨時先取尼薩耆波逸提此衣應僧中捨不得與一二三比丘尼式叉摩那沙彌尼突吉羅先雖言不用最後有長而取不犯

爾時偷羅難陀比丘尼常出入波斯匿王宮內王言阿姨若有所須就我取之便語言我須重衣王言就後宮取即復言我欲得王所

著欽婆羅王即與之諸臣譏訶言此比丘尼於無爲法中出家著壞色割截衣而今云何乃索王所著者王雖無惜受者自應知量此輩常說少欲知足而今無猒無沙門行破沙門法時黑離車比丘尼爲毗舍離諸離車恭敬供養諸人若有官事能爲救解莫不歡喜言我蒙阿姨恩得免罪厄今有所須當以相奉便言我須重衣復言須幾價重衣答言須千錢價衣諸人便譏訶言我遭官事雖復費用五倍六倍不及此價此輩常說少欲知足而今無猒諸長老比丘尼聞種種訶責乃至今爲諸比丘尼結戒亦如上說從今是戒應如是說若比丘尼乞重衣應取賤價直四大錢者若受貴價衣尼薩耆波逸提重衣者寒時衣式叉摩那沙彌尼突吉羅

爾時偷羅難陀比丘尼復就波斯匿王索所著輕衣黑離車比丘尼從諸離車索五百錢價輕衣諸臣諸人譏訶乃至今爲諸比丘尼結戒亦如上說從今是戒應如是說若比丘尼乞輕衣應取賤價直二大錢半者若受貴價衣尼薩耆波逸提輕衣者熱時服式叉摩那沙彌尼突吉羅

爾時差摩比丘尼到舍衛城在露地布薩爲風雨塵土蚊蝱所惱舊住比丘尼語一居士言今比丘尼僧露地布薩有如是如是惱如佛所說若施僧堂舍最爲第一善哉居士可爲僧作布薩堂答言我多事不得自作今以此物付阿姨可共料理作竟語我我當自往施僧諸比丘尼既得物已共作是議我等衣服弊壞可分此物各用作之兼御露地布薩

之惱議已便分作衣作衣竟語居士言汝宜應歡喜諸比丘尼衣服弊壞汝所與物分用作衣作衣已竟居士聞已便譏訶言我不歡喜何以故前云作布薩堂最爲第一而今云何持用作衣諸長老比丘尼聞種種訶責乃至今爲諸比丘尼結戒亦如上說從今是戒應如是說若比丘尼爲僧爲是事從一居士乞而餘用者尼薩耆波逸提若發心欲分及方便皆突吉羅是物應捨與僧不得捨與一二三比丘尼式叉摩那沙彌尼突吉羅若雖爲是事乞檀越後自令作餘用不犯

爾時差摩比丘尼露地布薩乃至爲蚊䖟所惱如前說諸比丘尼爲作布薩堂故處處乞索乃至今爲諸比丘尼結戒亦如上說從今是戒應如是說若比丘尼爲僧爲是事從衆多居士乞而餘用者尼薩耆波逸提餘如上說

爾時差摩比丘尼無住止處詣一居士語言我無住止處爲我作精舍居士答如前便與物得物已作是念我衣麤弊壞當用作之住處自多便用作衣作衣竟往語居士乃至今爲諸比丘尼結戒亦如上說從今是戒應如是說若比丘尼自爲是事從一居士乞自作餘用者尼薩耆波逸提餘如上說

爾時差摩比丘尼無住止處從衆多居士乞乃至今爲諸比丘尼結戒亦如上說從今是戒應如是說若比丘尼自爲是事從衆多居士乞自作餘用者尼薩耆波逸提餘如上說

爾時諸比丘尼多聚積器物前後屋中處處皆有遇火燒屋輦出諸物無有極已諸白衣

救火見問言此是誰物答是諸比丘尼物便譏訶言此輩大不吉利於無爲法中出家著壞色割截衣而聚積器物如王大臣常說少欲知足而今藏積無猒無沙門行破沙門法諸長老比丘尼聞種種訶責乃至今爲諸比丘尼結戒亦如上説從今是戒應如是説若比丘尼藏積器物尼薩耆波逸提器物者資生器物唯聽畜盛酥油蜜香藥醬醋各一瓶又聽畜釜鎗杓各一及一小甕盛米食過是畜尼薩耆波逸提式叉摩那沙彌尼突吉羅

爾時諸比丘尼多聚積鉢乃至今爲諸比丘尼結戒亦如上説從今是戒應如是説若比丘尼多積聚鉢尼薩耆波逸提聽畜七種麤鉢一以盛飲食二以盛香三以盛藥四以盛殘食五以除唾六以除掃七以除小便式叉摩那沙彌尼突吉羅

第二分第四尼律墮法之一

佛在舍衛城爾時優波離問佛世尊已爲諸比丘結戒若比丘故妄語波逸提乃至若比丘知檀越欲與僧物迴與餘人波逸提我當云何持佛言應作二部僧持從今是戒應如是説若比丘尼故妄語波逸提若比丘尼毀呰比丘尼波逸提若比丘尼兩舌鬬亂比丘尼波逸提若比丘尼爲男子説法若過五六語除有別知好惡語女人波逸提若比丘尼知僧如法斷事已還更發起波逸提若比丘尼教未受具戒女人經並誦波逸提若比丘尼與未受具戒女人同室宿過二夜波逸提若比丘尼向未受具戒女人自説得過人法言我如是知如是見實者波逸提若比丘尼

知比丘尼麤罪向未受具戒女人説除僧羯磨波逸提若比丘尼作是語何用是雜碎戒爲説是戒時令人憂惱作如是毀呰戒者波逸提若比丘尼自伐鬼村若使人伐言伐是波逸提若比丘尼故不隨問答波逸提若比丘尼誣説僧所差人波逸提若比丘尼於露地自敷僧卧具若使人敷若他敷若坐若卧去時不自舉不教人舉不囑舉波逸提若比丘尼於僧房内自敷僧卧具若使人敷若他敷若坐若卧去時不自舉不教人舉不囑舉波逸提若比丘尼瞋不喜於僧房中自牽比丘尼出若使人牽作是語出去滅去莫此中住波逸提若比丘尼知他先敷卧具後來强自敷若使人敷作是念若不樂者自當出去波逸提若比丘尼僧重閣上尖脚繩牀木牀用力坐卧波逸提若比丘尼知水有蟲若取澆埿若飲食諸用波逸提若比丘尼數數食除因緣波逸提因緣者病時衣時施衣時是名因緣若比丘尼受别請衆食除因緣波逸提因緣者病時衣時施衣時作衣時行路時船上行時大會時沙門會時是名因緣若比丘尼無病施一食處過一食者波逸提若比丘尼到白衣家自恣多與飲食若餅若麨若不住其家食須二三鉢應受出外應與餘比丘尼共食若無病過是受及不與餘比丘尼共食波逸提若比丘尼食竟不作殘食法食波逸提若比丘尼知比丘尼食竟不作殘食法强勸令食欲使他犯波逸提若比丘尼不受食著口中除嘗食楊枝及水波逸提若比丘尼非時食波逸提若比丘尼食殘宿食波

逸提若比丘尼食家中與男子坐波逸提若比丘尼觀軍發行皮逸提若比丘尼有因緣到軍中乃至二三宿若過波逸提若比丘尼有因緣到軍中二三宿觀軍陣合戰波逸提若比丘尼作是語如我解佛所說障道法不能障道諸比丘尼語是比丘尼汝莫作是語莫謗佛莫誣佛佛說障道法實能障道汝捨是惡邪見如是諫堅持不捨應第二第三諫第二第三諫捨是事善不捨者波逸提若比丘尼知是比丘尼不如法悔不捨惡邪見共語共坐共宿共事波逸提若沙彌尼作是語如我解佛所說若受五欲不能障道諸比丘尼語是沙彌尼汝莫作是語莫謗佛莫誣佛佛說五欲障道實能障道汝沙彌尼捨是惡邪見如是敎堅持不捨應第二第三敎第二第三敎捨是事善若不捨諸比丘尼應語是沙彌尼汝出去從今莫言佛是我師莫在諸比丘尼後行如餘沙彌尼得共諸比丘尼二宿汝亦無是事癡人出去滅去莫此中住若比丘尼知如法擯沙彌尼畜使共住共語波逸提若比丘尼故奪畜生命波逸提若比丘尼故令比丘尼生疑悔作是念令是比丘尼乃至少時惱波逸提若比丘尼僧斷事時不與欲起去波逸提若比丘尼擊攊比丘尼波逸提若比丘尼水中戲波逸提若比丘尼與男子同室宿波逸提若比丘尼飲酒波逸提若比丘尼輕師波逸提若比丘尼自掘地若使人掘言掘是波逸提若比丘尼共諍已黙聽作是念諸比丘尼所說我當憶持波逸提若比丘尼受四月自恣請過是受除更請自

送請及長請波逸提若比丘尼數數犯罪諸比丘尼如法諫作是語我不學是戒當問餘比丘尼持法持律者波逸提若比丘尼說戒時作是語我今始知是法半月布薩戒經中說諸比丘尼知是比丘尼已再三說戒中坐是比丘尼不以不知故得脫隨所犯罪如法治應訶其不知汝所作不善說戒時不一心聽不著心中波逸提若比丘尼與賊期共道行從此聚落到彼聚落波逸提若比丘尼與男子期共道行從此聚落到彼聚落波逸提若比丘尼無病爲炙故自然火若使人然波逸提若比丘尼若寶若寶等物若自取若使人取除僧坊內及宿處波逸提若僧坊內及宿處取寶寶等物後有主索應還是事應爾若比丘尼半月內浴除因緣波逸提因緣者

病時作時行路時風雨時熱時是名因緣若比丘尼瞋故打比丘尼波逸提若比丘尼瞋故以手擬比丘尼波逸提若比丘尼故恐怖比丘尼波逸提若比丘尼以無根僧伽婆尸沙謗比丘尼波逸提若比丘尼語彼比丘尼共到諸家與汝多美飲食既到不與作是語汝去共汝若坐若語不樂我獨坐獨語樂欲令惱故波逸提若比丘尼新得衣應三種色作誌若青若黑若木蘭若不以三色作誌波逸提若比丘尼爲戲笑故藏比丘尼若衣若鉢若坐具針筒如是一一生活具若使人藏波逸提若比丘尼僧斷事時如法與欲竟後更訶波逸提若比丘尼作是語諸比丘尼隨知識迴僧物與波逸提若比丘尼與比丘比丘尼式叉摩那沙彌沙彌尼淨施衣强奪取

波逸提若比丘尼受他請食前食後行到諸家不近白餘比丘尼除因緣波逸提因緣者衣時是名因緣若比丘尼以兜羅貯坐卧具波逸提若比丘尼自作坐卧繩牀木牀足應高修伽陀八指除入陛孔若過波逸提若比丘尼用骨牙角作針筒波逸提若比丘尼作修伽陀衣量衣若過波逸提修伽陀衣量者長九修伽陀搩手廣六搩手是名修伽陀衣量若比丘尼知檀越欲與僧物迴與餘人波逸提

爾時諸比丘尼中前中後噉生熟蒜若空噉若合食噉房舍臭處諸居士來看聞蒜臭譏訶言正似白衣家作食處復有諸比丘尼至長者家長者聞噉蒜臭便語言阿姨遠去口中蒜臭諸比丘尼羞恥復有一賣蒜人請諸比丘尼與蒜以此致貧飲食不繼家人語言若不能與我食放我令去汝自長與比丘尼作奴隣人聞之訶言汝家自無食何豫諸比丘尼具以事答有不信樂佛法者語言由汝親近比丘尼故致如此苦若復親近方當劇是此等出家本求解脫而今貪著美味無沙門行破沙門法諸長老比丘尼聞種種訶責乃至今爲諸比丘尼結戒亦如上說從今是戒應如是說若比丘尼噉蒜波逸提若噉生蒜咽咽波逸提噉熟蒜突吉羅式叉摩那沙彌尼突吉羅若病時噉强力伏令噉不犯

爾時諸比丘尼以手拍女根生愛欲心遂有反俗作外道者偷羅難陀亦以手拍女根女根大腫不能復行弟子爲到常供養家云師病爲索食彼即與之其家婦女尋來問訊言

阿姨何所患苦答言我病又問是何等病同是女人何以不道便具以事答於是諸女譏訶言此等常毀呰欲欲想欲熱欲覺而今作如此事何不罷道受五欲樂無沙門行破沙門法諸長老比丘尼聞種種訶責乃至今爲諸比丘尼結戒亦如上說從今是戒應如是說若比丘尼以手拍女根波逸提若以手拍拍拍波逸提出不淨偷羅遮式叉摩那沙彌尼突吉羅

爾時諸比丘尼用胡膠作男根内女根中生愛欲心遂有反俗作外道者復有一比丘尼作繫著脚根内女根中時一式叉摩那煎油失火燒屋彼比丘尼惶怖忘解著脚出外諸救火人見問言阿姨脚邊何等具以實答即便譏訶乃至今爲諸比丘尼結戒亦如上說從今是戒應如是說若比丘尼作男根内女根中波逸提若内内波逸提出不淨偷羅遮式叉摩那沙彌尼突吉羅

爾時諸比丘尼或以一指乃至五指内女根中洗傷肉血出以此致病諸長老比丘尼見種種訶責乃至今爲諸比丘尼結戒亦如上說從今是戒應如是說若比丘尼以水洗女根波逸提佛既不聽洗便臭穢不淨熱時生蟲波闍波提比丘尼與五百比丘尼俱至佛所白佛言世尊我等女人形體臭穢正頼水洗願見聽許佛告諸比丘今聽諸比丘尼以水作淨佛既聽已復如前法諸比丘尼見種種訶責乃至告諸比丘亦如上說從今是戒應如是說若比丘尼以水洗女根應用二指齊一節若過波逸提式叉摩那沙彌尼突吉

羅若根內生瘡若有蟲入若草石入用指過一節不犯

爾時諸比丘尼剃上處毛腋下隱處生愛欲心遂有反俗作外道者時偷羅難陀亦自剃隱處毛其主人家嫁女女欲見之便遣信呼比丘尼即往時家爲女作浴女言先使比丘尼浴即呼令浴答言我不須浴諸女便强脫衣令浴因見其剃隱處毛即問阿姨何故剃此便反問言汝等何以剃之諸女言我爲男子故比丘尼言我亦如是諸女便譏訶言此等常毀呰欲而今作如是事不修梵行何不還俗自恣五欲無沙門行破沙門法諸長老比丘尼聞種種訶責乃至今爲諸比丘尼結戒亦如上說從今是戒應如是說若比丘尼剃腋下隱處毛波逸提若剃刀刀波逸提式叉摩那沙彌尼突吉羅若爲生瘡須剃若人强捉剃皆不犯

爾時諸比丘尼與比丘獨屛處共立共語生染著心遂有反俗作外道者諸白衣見作是言此比丘比丘尼獨屛處共立共語必說婬欲事無沙門行破沙門法諸長老比丘尼見聞種種訶責乃至今爲諸比丘尼結戒亦如上說從今是戒應如是說若比丘尼與比丘獨屛處共立共語波逸提式叉摩那沙彌尼突吉羅若衆多比丘尼一比丘若八難時不犯

爾時諸比丘尼與白衣及外道獨屛處共立共語致使摩觸身體說麤惡婬欲語或强逼作婬欲事諸長老比丘尼見種種訶責乃至今爲諸比丘尼結戒亦如上說從今是戒應

如是說若比丘尼與白衣及外道獨屏處共立共語波逸提餘如上說

露時諸比丘尼與比丘獨露處共立共語生染著心乃至今爲諸比丘尼結戒亦如上說從今是戒應如是說若比丘尼與比丘獨露處共立共語波逸提餘如上說

爾時諸比丘尼與白衣及外道獨露處共立共語致使摩觸身體乃至今爲諸比丘尼結戒亦如上說從今是戒應如是說若比丘尼與白衣及外道獨露處共立共語波逸提餘如上說

爾時諸比丘尼與比丘獨街巷中共立耳語遣伴比丘尼令遠去諸居士譏訶長老比丘尼聞種種訶責乃至今爲諸比丘尼結戒亦如上說從今是戒應如是說若比丘尼與比丘獨街巷中共立耳語遣伴比丘尼令遠去波逸提餘如上說

爾時諸比丘尼與白衣及外道獨街巷中共立耳語遣伴比丘尼令遠去居士見譏訶乃至今爲諸比丘尼結戒亦如上說從今是戒應如是說若比丘尼與白衣及外道獨街巷中共立耳語遣伴比丘尼令遠去波逸提餘如上說

爾時諸比丘尼裸形洗浴諸白衣見圍遶調笑諸長老比丘尼聞種種訶責乃至今爲諸比丘尼結戒亦如上說從今是戒應如是說若比丘尼裸形洗浴波逸提式叉摩那沙彌尼突吉羅若遮人不使來若屏處浴若樹若衣物障皆不犯

爾時諸比丘尼離水浴衣行不知著何物浴

諸長老比丘尼見種種訶責乃至今爲諸比丘尼結戒亦如上說從今是戒應如是說若比丘尼離水浴衣行波逸提式叉摩那沙彌尼突吉羅若染浣打若火燒水漂及壞不犯

爾時旃荼修摩那比丘尼弟子獨得五新衣白和尚言爲我先著使我獲福和尚旣著便不復還弟子著麤弊衣行諸比丘尼見問言汝獨得五新衣何故不著答言我先用供養和尚和尚不復見還諸比丘尼訶責旃荼修摩那云何弟子得新衣先以供養便不復還諸長老比丘尼以事白佛乃至今爲諸比丘尼結戒亦如上說從今是戒應如是說若比丘尼比丘尼得新衣先以供養便不復還波逸提若比丘尼得新衣供養彼比丘尼彼比丘尼應一日著若令更著復應爲著隨主意久近若過限波逸提式叉摩那沙彌尼突吉羅

爾時有比丘尼遮僧分衣餘比丘尼待之妨坐禪行道諸長老比丘尼訶責云何比丘尼遮僧分衣種種訶責乃至今爲諸比丘尼結戒亦如上說從今是戒應如是說若比丘尼遮僧分衣波逸提式叉摩那沙彌尼突吉羅若病不得往若不聞不犯

爾時有一下座比丘尼得未成衣少知識自不知作持至偷羅難陀比丘尼所求作答言我多事不得爲汝作復持至餘比丘尼所餘比丘尼爲作成偷羅難陀問言誰爲汝作取來看爲如法不即以示之便言此衣不如法可速撤壞我更爲汝作彼即撤壞持往便不爲作彼比丘尼不能得成者麤弊衣行所壞

衣段曬於屋上爾時失火爲火所燒風吹墮白衣屋上延燒諸家白衣見火從比丘尼住處來便瞋訶言我等供養此比丘尼反成怨家諸長老比丘尼聞種種訶責乃至今爲諸比丘尼結戒亦如上說從今是戒應如是說若比丘尼自撤比丘尼衣若使人撤不還縫成波逸提復有比丘尼撤比丘尼衣一日不得成四五日乃竟以事白佛佛以是事集二部僧告諸比丘今聽諸比丘尼撤衣四五日成從今是戒應如是說若比丘尼撤比丘尼衣若使人撤過四五日不成波逸提復有比丘尼撤比丘尼衣得病不能成以是白佛佛以是事集二部僧告諸比丘今聽諸比丘尼撤他衣已病不得成從今是戒應如是說若比丘尼撤比丘尼衣已無病過四五日不成波逸提式叉摩那沙彌尼突吉羅

爾時諸比丘尼離五衣著麤弊衣至諸家諸長老比丘尼見種種訶責乃至今爲諸比丘尼結戒亦如上說從今是戒應如是說若比丘尼離五衣行波逸提離五衣者從一家至一家乃至出所住門波逸提式叉摩那沙彌尼突吉羅若浣染打縫時不犯

爾時諸比丘尼以比丘尼衣與白衣及外道女彼便著行餘白衣見向作禮彼言我是白衣我是外道女諸白衣便譏訶言云何比丘尼以比丘尼衣與白衣及外道女諸長老比丘尼聞種種訶責乃至今爲諸比丘尼結戒亦如上說從今是戒應如是說若比丘尼以比丘尼衣與白衣及外道女波逸提比丘尼衣者有葉有緣有貼式叉摩那沙彌尼突吉

羅彼有比丘尼衣從貿易若負債用償皆不犯

爾時差摩比丘尼欲來舍衛城旃荼修摩那比丘尼聞其欲來便到其主人家語言差摩比丘尼當來可爲少多設供答言我亦聞其當來乃欲自竭辦美飲食及以衣施彼比丘尼便言何不以衣施僧僧中有正趣正行人無所不攝何用施一比丘尼爲主人聞已即轉施僧差摩比丘尼到爲設多美飲食手自斟酌食竟竊語今正是施衣時而旃荼修摩那比丘尼斷我此事諸比丘尼聞汝等何所說具以事答諸長老比丘尼種種訶責云何斷施人物與僧種種訶責乃至今爲諸比丘尼結戒亦如上說從今是戒應如是說若比丘尼斷施人物與僧波逸提施人者於僧中別有所與名爲施人式叉摩那沙彌尼突吉羅

爾時差摩比丘尼到舍衛城旃荼修摩那比丘尼語言我當囑主人令看視汝差摩言不須汝囑旃荼修摩那復言汝受我囑旣得利養又福度彼於是差摩默然許之彼即將到諸家差摩比丘尼有大眷屬行慈心三昧莫不宗敬無復供養旃荼修摩那比丘尼者便生嫉妬心言我囑諸家令彼多得供養而彼反更道說我惡使我不復得食諸比丘尼種種訶責言云何比丘尼護惜他家諸長老比丘尼聞種種訶責乃至今爲諸比丘尼結戒亦如上說從今是戒應如是說若比丘尼護惜他家波逸提護惜他家者欲使他家供養已不供養餘人式叉摩那沙彌尼突吉羅

爾時諸比丘尼不安居遊行人間或遇八月賊或遇水火諸難諸長老比丘尼見種種訶責云何名比丘尼不夏安居乃至今爲諸比丘尼結戒亦如上說從今是戒應如是說若比丘尼不安居波逸提安居者前後安居若無緣事待後安居突吉羅式叉摩那沙彌尼突吉羅若八難起不犯

爾時諸比丘尼於無比丘衆處安居便有諸疑可應度不可應度可與受戒不可與受戒作衣如法不如法於戒中有如是等種種疑不知問誰又爲惡人外道之所輕陵諸長老比丘尼見種種訶責以事白佛佛以是事集二部僧問諸比丘尼汝等實爾不答言實爾世尊佛種種訶責言我先不說八敬法比丘尼應依比丘衆安居耶訶已告諸比丘今爲諸比丘尼結戒從今是戒應如是說若比丘尼不依比丘衆安居波逸提雖依比丘衆而無教誡者突吉羅式叉摩那沙彌尼突吉羅若安居中比丘衆移去死亡罷道若爲强力所制若病皆不犯

爾時諸比丘尼雖安居於中遊行遇賊火諸難諸長老比丘尼見種種訶責乃至今爲諸比丘尼結戒亦如上說從今是戒應如是說若比丘尼於安居内遊行波逸提遊行者若從一聚落至一聚落若無聚落半由旬波逸提式叉摩那沙彌尼突吉羅若八難起不犯

九十一竟

彌沙塞部五分律卷第十二

音釋

絺丑知切　緻直利切密也　恣資四切　綴陟衛切聯也　販方願切買賤賣貴也　蝨莫耕切　釜扶雨切鍑屬　鎗七羊切　杓裳灼切挹抒之器　甕於貢切罌也　唾湯臥切口液也　澆古堯切灌也　麨尺小切乾糧也　擊攊擊古歷切攊郎擊切擊櫪以指打口也　擽陟革切手度物　蒜蘇貫切葷菜也　劇奇逆切甚也　腋羊益切脇下也　裸郎果切赤體也　涴胡玩切濯垢也　旃荼旃諸延切荼同都切　曬所戒切日乾也　斟職深切勺也

彌沙塞部五分律卷第十三

宋罽賓三藏佛陀什共竺道生等譯

第二分第四尼律墮法之二

爾時諸比丘尼安居竟不於比丘僧中請見聞疑罪無人教誡愚無所知不能學戒諸長老比丘尼種種訶責以事白佛佛以是事集二部僧問諸比丘尼汝等實爾不答言實爾世尊佛種種訶責言我先不說八敬法比丘尼安居竟應從比丘衆請見聞疑罪耶訶已告諸比丘今爲諸比丘尼結戒從今是戒應如是說若比丘尼安居竟不從比丘僧請見聞疑罪波逸提若僧不和集若八難時不犯

爾時諸長者請差摩比丘尼於舍衛城安居作是言若受我請當隨時供給便受其請遂長住不復餘行彼諸長者譏訶言我等應作餘事諸比丘尼不知籌量不復知去此等常說少欲知足而今無猒諸長老比丘尼聞種種訶責乃至今爲諸比丘尼結戒亦如上說從今是戒應如是說若比丘尼就安居請竟一宿不去波逸提式叉摩那沙彌尼突吉羅若病若恐怖若不齊限請若非受請處安居不去不犯

爾時諸比丘尼於國内恐怖處行無救護者爲惡人剥奪諸長老比丘尼見種種訶責乃至今爲諸比丘尼結戒亦如上說從今是戒應如是說若比丘尼於國内恐怖處無所依怙而獨行者波逸提離衆多比丘尼共行而無白衣强伴名爲獨行從一聚落至一聚落若無聚落行半由旬波逸提式叉摩那沙彌尼突吉羅若急難叛走皆不犯

爾時諸比丘尼出國境恐怖處行亦無救護者爲惡人剥奪乃至今爲諸比丘尼結戒亦如上說從今是戒應如是說若比丘尼出國境恐怖處無所依怙而獨行者波逸提餘如上說

爾時諸比丘尼在毗舍佉母所作精舍安居竟無所付囑空寺出行於後火起有人見之語毗舍佉母言汝所作比丘尼精舍爲火所燒彼便遣奴婢往救得不燒盡諸比丘尼後還毗舍佉母問言阿姨汝不失物不答言我失如是如是物遂過長說所失物毗舍佉母訶責言云何在我精舍安居不付囑而去致使火燒而復過長說所失物諸長老比丘尼聞種種訶責乃至今爲諸比丘尼結戒亦如上說從今是戒應如是說若比丘尼安居竟不付囑精舍出行者波逸提若不付囑行一脚出門突吉羅兩脚出波逸提式叉摩那沙彌尼突吉羅若更有比丘比丘尼來住若無人可付囑不犯

爾時諸比丘尼在毗舍佉母精舍安居竟不捨精舍還主而去於後火起有人見之語毗舍佉母言汝所作比丘尼精舍爲火所燒毗舍佉母言置使燒盡先諸比丘尼不付囑出行致使失火後還復過長說所失物貽我惡名彼比丘尼後復還來毗舍佉母問言阿姨去時留物精舍中不答言無便訶責言云何去不還我精舍致使燒盡若語我者自當守護不使致此諸長老比丘尼聞種種訶責乃至今爲諸比丘尼結戒亦如上說從今是戒應如是說若比丘尼安居竟不捨精舍還主

去者波逸提餘如上說
爾時諸比丘尼看王宮殿及看畫舍又遊觀諸嬉戲處到華池上彼處多人聚看比丘尼語諸男子言汝可小避莫近逼我諸男子言不吉利人剃頭著割截衣不應來此而來此者是欲求男子云何使我避去便捉牽曳作麤惡婬欲語諸長老比丘尼聞種種訶責乃至今爲諸比丘尼結戒亦如上說從今是戒應如是說若比丘尼種種遊看波逸提發心及方便突吉羅若發行步步波逸提式叉摩那沙彌尼突吉羅不爲看戲往皆不犯
爾時諸比丘尼半月布薩不來比丘僧中乞教誡師以無人教誡故愚闇無知不能學戒諸長老比丘尼見種種訶責以事白佛佛以是事集二部僧問諸比丘尼汝等實爾不答言實爾世尊佛種種訶責諸比丘尼我先不說八敬法教汝等半月乞教誡師耶訶責已告諸比丘今爲諸比丘尼結戒從今是戒應如是說若比丘尼半月不於僧中乞教誡師波逸提式叉摩那沙彌尼不求教誡悔過突吉羅若請不得若病不犯
爾時差摩比丘尼命過諸比丘尼於比丘僧坊中爲起骨塔其眷屬日三反圍遶啼哭言施我法者施我衣食牀卧具醫藥者如何一旦捨我長逝諸比丘猒患妨廢坐禪行道時優波離來入僧坊問舊住比丘此是何聲具以事答優波離即使人壞之諸比丘尼聞共作是議我等皆當持杖打彼比丘若不同往不復共住議已皆執杖詣僧坊見比丘便圍遶欲打知非乃止進前於狹路逢優波離前

後共遮舉杖欲打優波離即以神力飛到佛所以事白佛佛以是事集二部僧問諸比丘尼汝等實爾不答言實爾世尊佛種種訶責比丘尼言汝等所作非法云何比丘尼打比丘訶責已告諸比丘今爲諸比丘尼結戒從今是戒應如是說若比丘尼入比丘住處波逸提有諸比丘尼行路見空僧坊欲入禮拜而不敢入以事白佛佛以是事集二部僧告諸比丘今聽比丘尼入空僧坊從今是戒應如是說若比丘尼入有比丘住處波逸提有諸比丘尼於僧坊内有因緣事須入而不敢入以事白佛佛以是事集二部僧告諸比丘今聽比丘尼有緣事須入僧坊白比丘比丘聽然後入從今是戒應如是說若比丘尼入有比丘住處不白比丘波逸提有諸比丘尼有緣事欲入僧坊諸比丘或坐禪或眠不能得白以事白佛佛以是事集二部僧告諸比丘今聽諸比丘尼進入坊内見比丘便白從今是戒應如是說若比丘尼入有比丘住處見比丘不白波逸提有諸比丘尼急難時欲避難入僧坊而不敢入或爲賊所奪或爲惡獸所害以事白佛佛以是事集二部僧告諸比丘今聽比丘尼若急難時隨意入僧坊從今是戒應如是說若比丘尼入有比丘住處見比丘不白除急難時波逸提若不見比丘不得白而入須見比丘便往白彼比丘應籌量若可入時應聽入若不可入時不應聽入見而不白及不聽而入波逸提式叉摩那沙彌尼突吉羅

爾時諸比丘尼未滿十二歲畜眷屬不能教

誡不能攝取弟子愚闇無知不能學戒諸長老比丘尼見種種訶責乃至今爲諸比丘尼結戒亦如上説從今是戒應如是説若比丘尼不滿十二歲畜眷屬波逸提不滿十二歲者受戒未滿十二歲畜眷屬者爲人作和尚若發心欲畜衆至白四羯磨未竟突吉羅白四羯磨竟和尚波逸提餘尼師僧突吉羅

爾時諸比丘尼雖滿十二歲而聾盲瘖瘂種種諸病無所知而畜弟子不能教誡不能攝取弟子愚闇無知不能學戒諸長老比丘尼見種種訶責以事白佛佛以是事集二部僧問諸比丘尼汝等實爾不答言實爾世尊佛種種訶責言云何比丘尼盲聾瘖瘂種種諸病而畜弟子不能教誡不能攝取使弟子愚闇無知不能學戒訶已告諸比丘今聽諸比丘尼白二羯磨畜衆彼比丘尼應到比丘尼僧中脱革屣偏袒右肩胡跪合掌白言阿姨僧聽我某甲比丘尼已滿十二歲欲畜衆從僧乞畜衆羯磨善哉僧與我作畜衆羯磨如是三乞諸比丘尼應籌量觀察此比丘尼堪畜衆不若不堪不應與作畜衆羯磨若堪應與作應一比丘尼若上座若上座等知法知律者唱言阿姨僧聽此某甲比丘尼已滿十二歲欲畜某甲爲衆從僧乞畜衆羯磨僧今與作畜衆羯磨若僧時到僧忍聽白如是阿姨僧聽此某甲比丘尼已滿十二歲欲畜某甲爲衆從僧乞畜衆羯磨僧今與作畜衆羯磨誰諸阿姨忍者默然若不忍便説僧已與某甲比丘尼作畜衆羯磨竟僧忍默然故是事如是持今爲諸比丘尼結戒從今是戒應

如是說若比丘尼滿十二歲僧不與作畜衆羯磨畜衆者波逸提餘如上說

爾時諸比丘尼與未滿十二歲已嫁女受具足戒愚闇無知不堪學戒諸長老比丘尼見種種訶責乃至今爲諸比丘尼結戒亦如上說從今是戒應如是說若比丘尼與未滿十二歲已嫁女受具足戒波逸提未滿十二歲者雖已嫁而未滿十二歲嫁者已經男子餘如上畜眷屬中說

爾時諸比丘尼雖滿十二歲已嫁女而女聾瘂種種諸病與受具足戒愚癡無知不能學戒諸長老比丘尼見種種訶責乃至今聽諸比丘尼白四羯磨與滿十二歲已嫁女受具足戒彼欲受具足戒人應到比丘尼僧中白言阿姨僧聽我某甲已嫁滿十二歲求某甲和尚受具足戒今從僧乞受具足戒善哉僧與我受具足戒憐愍故如是三乞已諸比丘尼應籌量可與受不可與受應一比丘尼羯磨依如上說告諸比丘今爲諸比丘尼結戒從今是戒應如是說若比丘尼滿十二歲已嫁女僧不作羯磨與受具足戒波逸提餘如畜眷屬中說

爾時諸比丘尼與未滿十八歲童女受學戒愚闇無知不堪學戒諸長老比丘尼見種種訶責乃至今爲諸比丘尼結戒亦如上說從今是戒應如是說若比丘尼與未滿十八歲童女受學戒波逸提童女者未經男子發心及方便乃至白二羯磨未滿突吉羅白二羯磨滿波逸提餘師衆皆突吉羅

爾時諸比丘尼雖滿十八歲童女而女聾瘂

種種諸病與受學戒乃至今聽諸比丘尼白二羯磨與滿十八歲童女受二歲學戒欲受學戒人應到比丘尼僧中白言阿姨僧聽我某甲和尚某甲今從僧乞二歲學戒善哉阿姨僧與我受二歲學戒憐愍故如是三乞已諸比丘尼應善籌量可與受不可與受應一比丘尼羯磨依如上說告諸比丘今爲諸比丘尼結戒從今是戒應如是說若比丘尼雖滿十八歲童女僧不作羯磨與受學戒波逸提餘如上說

爾時偷羅難陀比丘尼主人婦求欲出家偷羅難陀言汝先與我衣我當度汝主人婦便訶責言我是主人云何先索我衣然後見度不欲度我生老病死反利我衣此等無沙門行破沙門法諸長老比丘尼聞種種訶責乃至今爲諸比丘尼結戒亦如上說從今是戒應如是說若比丘尼語白衣婦女先與我衣我當度汝波逸提若比丘尼語式叉摩那沙彌尼突吉羅若彼負債償然後度不犯

爾時偷羅難陀比丘尼語諸比丘尼言與我作畜衆羯磨諸比丘尼言如佛所說應與作畜衆羯磨者汝無是事不得與汝作畜衆羯磨彼比丘尼便言諸比丘尼隨愛恚癡畏畏者便與作不畏者便不與作諸長老比丘尼聞種種訶責乃至今爲諸比丘尼結戒亦如上說從今是戒應如是說若比丘尼諸比丘尼語言如佛所說應與作畜衆羯磨汝無是事便訶諸比丘尼者波逸提

爾時諸比丘尼教誡時不往聽羯磨時亦不往聽便愚闇無知不能學戒諸長老比丘尼

種種訶責乃至今爲諸比丘尼結戒亦如上說從今是戒應如是說若比丘尼教誡及羯磨時不往聽波逸提教誡者說八敬等法羯磨者白羯磨白二白四羯磨

爾時諸比丘尼有學戒尼滿二歲不與受具足戒彼後時得重病聾盲瘖瘂種種諸病遮受戒法差摩比丘尼弟子學戒滿二歲亦不與受具足戒語言汝且學是戒彼後時得白癩病不知云何諸長老比丘尼種種訶責乃至今爲諸比丘尼結戒亦如上說從今是戒應如是說若比丘尼式叉摩那滿二歲無難不與受具足戒語言汝且學是戒波逸提

爾時諸比丘尼度婬女不受教誡譬如穿領牛不堪駕車若駕車時但欲出轅諸長老比丘尼種種訶責乃至今爲諸比丘尼結戒亦如上說從今是戒應如是說若比丘尼度婬女波逸提發心乃至白四羯磨未竟突吉羅白四羯磨竟和尚波逸提餘尼師衆突吉羅彼猒惡女身度之不犯

爾時諸比丘尼與未滿二歲學戒尼受具足戒彼愚闇無知不能學戒諸長老比丘尼見種種訶責乃至今爲諸比丘尼結戒亦如上說從今是戒應如是說若比丘尼與未滿二歲學戒尼受具足戒波逸提餘如畜眷屬中說

爾時諸比丘尼雖二歲學戒尼而聾盲瘖瘂種種諸病與受具足戒諸長老比丘尼見種種訶責乃至今爲諸比丘尼結戒亦如上說滿十二歲巳嫁女中說從今是戒應如是說若比丘尼滿二歲學戒尼僧不作羯磨與受

具足戒波逸提餘如畜眷屬中說

爾時諸比丘尼與滿二歲學戒尼不學戒者受具足戒愚闇無知不能學戒諸長老比丘尼種種訶責乃至今爲諸比丘尼結戒亦如上說從今是戒應如是說若比丘尼與滿二歲學戒尼不學戒者受具足戒波逸提餘如畜眷屬中說

爾時諸比丘尼與懷妊女受具足戒入村乞食諸白衣見戲弄言此比丘尼擔重擔應速與食或有言且觀其腹或有言此等不修梵行或有言此修梵行是未出家時事便訶責諸比丘尼言何不待產竟然後出家以此毀辱梵行諸比丘尼不知可度不可度無沙門行破沙門法諸長老比丘尼聞種種訶責乃至今爲諸比丘尼結戒亦如上說從今是戒應如是說若比丘尼與懷妊女受具足戒波逸提發心乃至白四羯磨竟皆如上說若欲與受具足戒應先看乳若無見相不犯若受戒竟方懷妊亦不犯

爾時諸比丘尼與新產婦受具足戒一手提鉢一手抱兒行乞食諸白衣見戲弄言速與二人食諸白衣譏嫌長老諸比丘尼種種訶責乃至今爲諸比丘尼結戒亦如上說從今是戒應如是說若比丘尼與新產婦受具足戒波逸提餘如畜眷屬中說

爾時諸比丘尼年年與弟子受具足戒弟子衆多不能一一教誡愚闇無知不能學戒諸長老比丘尼見種種訶責乃至今爲諸比丘尼結戒亦如上說從今是戒應如是說若比丘尼年年與弟子受具足戒波逸提比丘尼

隔一年得與一弟子受具足戒餘如畜眷屬中說
爾時諸比丘尼於比丘尼僧中授弟子具足戒經宿然後就比丘僧受戒受戒人於一宿中得遮受戒病比丘僧不復與受諸長老比丘尼聞種種訶責乃至今爲諸比丘尼結戒亦如上說從今是戒應如是說若比丘尼異宿與弟子受具足戒波逸提從發心乃至明相未出突吉羅明相出和尚波逸提餘師僧突吉羅若僧不和集及八難起不犯
爾時諸比丘尼新受戒不依承和尚無人教誡故愚無所知不能學戒諸長老比丘尼見種種訶責乃至今爲諸比丘尼結戒亦如上說從今是戒應如是說若比丘尼新受具足戒不六年依承和尚若使人依承者波逸提式叉摩那沙彌尼突吉羅若和尚不須依承者不犯
爾時諸比丘尼與弟子受具足戒已不攝取不教誡不教誦習愚闇無知不能學戒諸長老比丘尼見種種訶責乃至今爲諸比丘尼結戒亦如上說從今是戒應如是說若比丘尼畜弟子六年中不自攝取不教人攝取波逸提若弟子不受教不犯
爾時諸比丘尼與弟子受具足戒不將離其本處先知識男子見生染著心便調弄共作麤惡婬欲語諸長老比丘尼見種種訶責乃至今爲諸比丘尼結戒亦如上說從今是戒應如是說若比丘尼畜弟子不自將不使人將離本處五六由旬波逸提本處者若生處若嫁處若弟子不從者不犯

爾時諸比丘尼同學病不看視故或不時差或至命過諸長老比丘尼見種種訶責乃至今爲諸比丘尼結戒亦如上說從今是戒應如是說若比丘尼同學病不自看不教人看波逸提同學者同和尚阿闍梨及常共伴式叉摩那沙彌尼突吉羅若住止不同不犯

爾時諸比丘尼度屬人婦女諸白衣譏訶言此諸比丘尼無可度不可度者諸居士有言應奪取衣鉢將付官者有言波斯匿王有令若輕陵比丘比丘尼者當與重罪應速放去莫令人聞皆言此等無沙門行破沙門法諸長老比丘尼聞種種訶責乃至今爲諸比丘尼結戒亦如上說從今是戒應如是說若比丘尼度屬人婦女波逸提屬人者若屬官若餘人發心乃至白四羯磨竟亦如上說若主聽不犯

爾時諸比丘尼度長病女人不堪學戒愚闇無知諸長老比丘尼見種種訶責乃至今爲諸比丘尼結戒亦如上說從今是戒應如是說若比丘尼度長病女人波逸提長病者長患寒熱發作有常發心乃至白四羯磨竟亦如上說若受戒後得此病不犯

爾時諸比丘尼度屬夫婦人白衣譏訶或欲奪衣或欲放遣乃至今爲諸比丘尼結戒皆如屬人婦女中說從今是戒應如是說若比丘尼度屬夫婦人波逸提發心乃至白四羯磨竟亦如上說

爾時諸比丘尼度負債女人乃至今爲諸比丘尼結戒皆如度屬人婦女中說從今是戒應如是說若比丘尼度負債女人波逸提發

心乃至白四羯磨竟亦如上說若言出家竟然後還債度此人不犯

爾時諸比丘尼於闇處與男子共立共語生染著心不樂修梵行致有反俗作外道者諸長老比丘尼聞種種訶責乃至今爲諸比丘尼結戒亦如上說從今是戒應如是說若比丘尼與男子闇處共立共語波逸提若闇處語語語波逸提式叉摩那沙彌尼突吉羅若疑怖處若燈卒滅不犯

爾時諸比丘尼隨所知識家輒坐其牀諸白衣譏訶言不喜見此不吉利物不知可坐不可坐無有風法諸長老比丘尼聞種種訶責乃至今爲諸比丘尼結戒亦如上說從今是戒應如是說若比丘尼不語主人輒坐其牀波逸提式叉摩那沙彌尼突吉羅若主人敎坐不犯

爾時諸比丘尼自手與白衣及外道男子食彼作是念此比丘尼必以染著心與我食便調弄說麤惡婬欲語諸長老比丘尼聞種種訶責乃至今爲諸比丘尼結戒亦如上說從今是戒應如是說若比丘尼自手與白衣及外道男子食波逸提式叉摩那沙彌尼突吉羅若不自手與及自手與親里皆不犯

爾時諸比丘尼向諸白衣說諸比丘過失言彼比丘破戒破威儀破見諸比丘聞便瞋不復敎誡諸長老比丘尼聞種種訶責以事白佛佛以是事集二部僧問諸比丘尼汝等實爾不答言實爾世尊佛種種訶責言我先不爲汝說八敬法耶種種訶責已告諸比丘今爲諸比丘尼結戒從今是戒應如是說若比

丘尼向白衣說比丘過波逸提式叉摩那沙彌尼突吉羅若白衣先聞而問應反問言汝云何聞若言我如是如是聞諸比丘尼聞亦如是然後以實答不犯

爾時旃荼修摩那比丘尼與人鬬諍已自搥自打大喚啼哭諸長老比丘尼聞種種訶責乃至今爲諸比丘尼結戒亦如上說從今是戒應如是說若比丘尼與人鬬已自打啼哭波逸提若自搥自打下下皆波逸提式叉摩那沙彌尼突吉羅

爾時諸比丘尼共遥指㸃旃荼修摩那說其鬬事便謂罵已復大喚言諸比丘尼罵我諸比丘尼即往問言我等作何等罵汝便不知何道諸長老比丘尼聞種種訶責言云何比丘尼不諦了人語而妄云罵已乃至今爲諸比丘尼結戒亦如上說從今是戒應如是說若比丘尼不諦了人語妄瞋他波逸提式叉摩那沙彌尼突吉羅

爾時諸比丘尼共諍各作呪誓言我若如是當墮地獄如調達瞿伽梨受罪我亦當爾我若不如是汝當受如是罪諸長老比丘尼聞種種訶責乃至今爲諸比丘尼結戒亦如上說從今是戒應如是說若比丘尼自呪誓實以呪彼波逸提作此呪誓語語波逸提式叉摩那沙彌尼突吉羅

爾時諸比丘尼擲屎尿於籬牆外汙泥人及非人時有婆羅門大臣被冕齋潔清淨晨朝洗浴著香熏衣欲至天祠求福其官裹頭行路恐見剃髮割截衣人至比丘尼牆外過值擲屎灌其頭上舉體流漫便大恚言我畏見

此不吉人而今乃爲擲屎所灌必是我命不吉祥事然我要當至波斯匿王所言殺秃婢於是便還逢一相師婆羅門婆羅門問言何故如此具以事答相師言乃是大吉汝今當得金錢一千復本官位猶瞋不已持此屎汙之形逕詣王所王問何故如此即具以事答王拍手大笑即勑賜金錢一千復先官位王諸傍臣便譏訶言擲屎汙人豈是求道濟物之意諸長老比丘尼聞種種訶責乃至今爲諸比丘尼結戒亦如上說從今是戒應如是說若比丘尼擲屎於籬牆外若使人擲波逸提式叉摩那沙彌尼突吉羅

爾時諸比丘尼擲糞掃及殘食於籬牆外汙泥人及非人諸白衣見譏訶言云何比丘尼隔牆擲糞掃汙泥於人此等無有法則諸長老比丘尼聞種種訶責乃至今爲諸比丘尼結戒亦如上說從今是戒應如是說若比丘尼擲糞掃及殘食於籬牆外若使人擲波逸提式叉摩那沙彌尼突吉羅

爾時王園精舍前地極平正生軟好草衆人常於中嬉戲亂諸比丘尼坐禪行道諸比丘尼猒患便共於中大小便汙使不淨以却衆人衆人後來如常嬉戲汙其手脚衣服器物便大恚言誰於此處漫縱屎尿有人言是比丘尼皆譏訶言此等出家求道清淨如何穢汙如此好處斷人樂事諸長老比丘尼聞種種訶責乃至今爲諸比丘尼結戒亦如上說從今是戒應如是說若比丘尼於生草上大小便波逸提式叉摩那沙彌尼突吉羅若急病不犯

爾時諸比丘尼復擲糞掃殘食於王園精舍前地以却衆人諸白衣譏嫌長老比丘尼聞種種訶責乃至今爲諸比丘尼結戒亦如上說從今是戒應如是說若比丘尼擲糞掃殘食生草上波逸提式叉摩那沙彌尼突吉羅若擲坑中非淨潔處不犯

爾時諸比丘尼於有食家宿聞彼夫婦交會時聲生愛欲心不復樂道遂有反俗作外道者諸長老比丘尼聞種種訶責乃至今爲諸比丘尼結戒亦如上說從今是戒應如是說若比丘尼於有食家宿波逸提有食者有男女情相食入式叉摩那沙彌尼突吉羅若病須宿及諸難起不犯

爾時諸比丘問諸比丘尼某甲家在何處此路向何處諸比丘尼輕慢不答諸比丘瞋嫌不復教誡便愚闇無知不能學戒諸長老比丘尼聞種種訶責乃至今爲諸比丘尼結戒亦如上說從今是戒應如是說若比丘尼比丘問不答波逸提時六羣比丘作麤惡語問比丘尼比丘尼雖答而懷羞恥以事白佛佛以是事集二部僧告諸比丘今聽諸比丘尼若比丘如法問者應答從今是戒應如是說若比丘尼若比丘如法問不答波逸提式叉摩那沙彌尼突吉羅若先相嫌不共語不答不犯

爾時諸比丘尼乘乘詣諸白衣諸白衣譏訶言此諸比丘尼如王夫人貴家婦女乘乘行來無有儀法諸長老比丘尼聞種種訶責乃至今爲諸比丘尼結戒亦如上說從今是戒應如是說若比丘尼乘乘行來波逸提乘者

車輿象馬乃至著屐皆名爲乘式叉摩那沙彌尼突吉羅若老若病若爲强力所逼若行路乃至脚指痛皆不犯一百四十竟

彌沙塞部五分律卷第十三

音釋

曳延結切拖也 屣踈士切履屬 妊汝鴆切孕也 搥直追切擊也 屐奇逆切木履也

彌沙塞部五分律卷第十四

宋罽賓三藏佛陀什共竺道生等譯

第二分第四尼律墮法之三

爾時諸比丘尼著革屣持蓋詣諸白衣識訶言此諸比丘尼如婬女行來諸長老比丘尼聞種種訶責乃至今爲諸比丘尼結戒亦如上說從今是戒應如是說若比丘尼著革屣捉蓋行來波逸提蓋者乃至草蓋革屣者乃至一重式叉摩那沙彌尼突吉羅不犯如上

爾時有夫婦二人俱時出家彼夫比丘乞食持還至婦比丘尼住處食其婦比丘尼捉水瓶立前以扇扇之與水輒問冷暖彼夫比丘低頭食不視不共語彼比丘先白衣時有私通女人亦出家在彼往來出見之比丘便笑其婦比丘尼嫉妬心發即以水瓶打比丘頭破諸比丘尼訶言云何比丘尼捉水瓶及扇立比丘前給水及扇遂復打其頭破諸長老比丘尼聞種種訶責乃至今爲諸比丘尼結戒亦如上說從今是戒應如是說若比丘尼捉水瓶及扇立比丘前若給水若扇波逸提若欲給水與竟應遠去不應住前立式叉摩那沙彌尼突吉羅

爾時諸比丘尼誦治病經方諸白衣譏訶言此等但學醫術無求道意何不以此誦讀佛經諸長老比丘尼聞種種訶責乃至今爲諸比丘尼結戒亦如上說從今是戒應如是說若比丘尼誦治病經方波逸提式叉摩那沙彌尼突吉羅若爲自病若慈愍若強力所逼看讀不犯

爾時諸比丘尼教他誦治病經方諸白衣譏訶諸長老比丘尼種種訶責乃至今爲諸比丘尼結戒亦如上說從今是戒應如是說若比丘尼教他誦治病經方波逸提餘如上說

爾時諸比丘尼爲人治病合和煑擣諸藥初夜後夜未曾休息諸白衣見譏訶言此等如醫如醫弟子何不求道療生死病而反營此世俗事爲諸長老比丘尼聞種種訶責乃至今爲諸比丘尼結戒亦如上說從今是戒應如是說若比丘尼爲人治病以爲生業波逸提式叉摩那沙彌尼突吉羅若憐愍若强力所逼不爲利養不犯

爾時諸比丘尼教人治病諸白衣來語言爲我說法便語言治熱如是治冷如是治風如是治諸病如是諸白衣言我爲法來不爲治病復譏訶言此等唯學醫術不知道法若不爾者何不以法教我諸長老比丘尼聞種種訶責乃至今爲諸比丘尼結戒亦如上說從今是戒應如是說若比丘尼教他治病以爲生業波逸提餘如上說

爾時諸比丘尼爲知識家作諸居士譏訶言此等捨本家作爲他家作無沙門行破沙門法諸長老比丘尼聞種種訶責乃至今爲諸比丘尼結戒亦如上說從今是戒應如是說若比丘尼以飲食故爲白衣家作波逸提式叉摩那沙彌尼突吉羅若憐愍若强力所逼不犯

爾時諸比丘尼與白衣及外道婦女同衣卧身體相觸生愛欲心不樂梵行遂致反俗作外道者諸婦女後隨知識語言某甲比丘尼

身體有如是如是好諸白衣後見比丘尼便指弄言好身體者此比丘尼是彼比丘尼是諸比丘尼以此羞恥諸長老比丘尼聞種種訶責乃至今爲諸比丘尼結戒亦如上説從今是戒應如是説若比丘尼共白衣及外道婦女同衣卧波逸提若同牀共被内衣應使有隔式叉摩那沙彌尼突吉羅

爾時諸比丘尼與比丘尼式叉摩那沙彌尼同衣卧乃至今爲諸比丘尼結戒亦如上説從今是戒應如是説若比丘尼與比丘尼式叉摩那沙彌尼同衣卧波逸提餘如上説

爾時諸比丘尼與白衣及外道婦女更相覆眠相見形體生愛欲心乃至今爲諸比丘尼結戒亦如上説從今是戒應如是説若比丘尼與白衣及外道婦女更相覆眠波逸提餘如上説若先已有覆重覆不犯

爾時諸比丘尼與比丘尼式叉摩那沙彌尼更相覆眠相見形體乃至今爲諸比丘尼結戒亦如上説從今是戒應如是説若比丘尼與比丘尼式叉摩那沙彌尼更相覆眠波逸提餘如上説

爾時諸比丘尼以香塗身亦使人塗生愛欲心不樂修梵行遂致反俗作外道者諸白衣聞其香氣譏訶言此等以香塗身同於婬女無沙門行破沙門法諸長老比丘尼聞種種訶責乃至今爲諸比丘尼結戒亦如上説從今是戒應如是説若比丘尼以香塗身波逸提香者根香莖香葉香華香蟲香膠香式叉摩那沙彌尼突吉羅若爲治病若强力所逼塗不犯

爾時諸比丘尼以澤枯揩身令有光潤諸白衣譏訶言此等以澤枯揩身令有光潤如婬女人無沙門行破沙門法諸長老比丘尼聞種種訶責乃至今爲諸比丘尼結戒亦如上說從今是戒應如是說若比丘尼以澤枯揩身波逸提時跋陀迦毗羅比丘尼身體少潤枯燥劈裂問醫醫言應用澤枯揩身答言佛不聽我澤枯揩身願更思餘治醫言更無餘治比丘尼作是念若世尊聽病時澤枯揩身我乃不復有此苦患以是白佛佛以是事集二部僧告諸比丘今聽比丘尼病時以澤枯揩身從今是戒應如是說若比丘尼無病以澤枯揩身波逸提式叉摩那沙彌尼突吉羅

爾時諸比丘尼畜華鬘或著生染著心不樂修梵行遂致反俗作外道者諸長老比丘尼見種種訶責乃至今爲諸比丘尼結戒亦如上說從今是戒應如是說若比丘尼畜華鬘若著波逸提乃至以草葉揷頭爲好皆名著華鬘式叉摩那沙彌尼突吉羅若强力所逼不犯

爾時諸比丘尼著寶瓔珞生愛欲心不樂修梵行遂致反俗作外道者諸長老比丘尼見種種訶責乃至今爲諸比丘尼結戒亦如上說從今是戒應如是說若比丘尼著寶瓔珞波逸提乃至以木作瓔珞亦如是式叉摩那沙彌尼突吉羅不犯如上

爾時諸比丘尼著甲身衣使形濃纖得中生愛欲心乃至今爲諸比丘尼結戒亦如上說從今是戒應如是說若比丘尼著甲身衣波逸提式叉摩那沙彌尼突吉羅不犯如上

爾時諸比丘尼畜種種嚴身具生愛欲心乃至今爲諸比丘尼結戒亦如上說從今是戒應如是說若比丘尼畜種種嚴身具波逸提式叉摩那沙彌尼突吉羅

爾時諸比丘尼畜髪乃至今爲諸比丘尼結戒亦如上說從今是戒應如是說若比丘尼畜髪波逸提比丘尼髪長波逸提式叉摩那沙彌尼畜髪及髪長不剃突吉羅半月一剃過此名爲髪長若無人剃及强力逼不得剃皆不犯

爾時諸比丘尼著女人嚴身具生愛欲心時偷羅難陀比丘尼主人新取婦以嚴身具與令著著已覆頭眠牀上壻從外還欲近其婦發頭方知訶言我若不發頭便行欲者豈不致大罪耶云何比丘尼作如此事無沙門行破沙門法諸長老比丘尼聞種種訶責乃至今爲諸比丘尼結戒亦如上說從今是戒應如是說若比丘尼著嚴身具波逸提式叉摩那沙彌尼突吉羅不犯如上

爾時諸比丘尼爲他作嚴身具諸白衣譏訶言此等如婬女人作嚴身具諸長老比丘尼聞種種訶責乃至今爲諸比丘尼結戒亦如上說從今是戒應如是說若比丘尼爲他作嚴身具波逸提式叉摩那沙彌尼突吉羅

爾時諸比丘尼績縷諸白衣譏訶言此等衣食仰他不念行道以報信施績縷何爲無沙門行破沙門法諸長老比丘尼聞種種訶責乃至今爲諸比丘尼結戒亦如上說從今是戒應如是說若比丘尼績縷波逸提式叉摩那沙彌尼突吉羅若作腰繩禪帶絡囊縫衣

縷不犯
爾時諸比丘尼隨知識白衣家敷卧具住諸白衣譏訶言云何出自家住他家我等不喜見此不吉利物諸長老比丘尼聞種種訶責乃至今爲諸比丘尼結戒亦如上說從今是戒應如是說若比丘尼不問白衣輒在其家敷卧具住波逸提式叉摩那沙彌尼突吉羅若親里家住不犯
爾時諸比丘尼在白衣家敷主人坐卧具若使人敷去時不自舉不教人舉諸白衣譏訶言云何比丘尼敷人坐卧具去復不舉我等常爲此等作奴婢諸長老比丘尼聞種種訶責乃至今爲諸比丘尼結戒亦如上說從今是戒應如是說若比丘尼至白衣家敷主人坐卧具若使人敷去時不自舉不教人舉波逸提式叉摩那沙彌尼突吉羅若囑舉不犯
爾時諸比丘尼自煮生物作食諸白衣譏訶言云何比丘尼自煮生物既自煮作食何爲復就人乞耶無沙門行破沙門法諸長老比丘尼聞種種訶責乃至今爲諸比丘尼結戒亦如上說從今是戒應如是說若比丘尼自煮生物作食波逸提若爲病不犯
爾時差摩比丘尼來至舍衛城掬荼修摩那比丘尼以精舍借令住止差摩得慈心三昧有大威德眷屬成就掬荼弟子皆共尊重並欲隨逐掬荼覺之便瞋罵言我以精舍借汝令住反更誘人弟子諸長老比丘尼聞種種訶責云何借他精舍而後瞋謗乃至今爲諸比丘尼結戒亦如上說從今是戒應如是說若比丘尼先聽住後瞋謗者波逸提式叉摩

那沙彌尼突吉羅若有實而瞋恨不犯

爾時跋陀伽毗羅比丘尼髀裏生癰不白僧輒使男子醫破出膿洗訖布藥諸長老比丘尼見訶責言汝已離欲故可如此若未離欲人不當犯大事耶乃至今爲諸比丘尼結戒亦如上說從今是戒應如是說若比丘尼不白僧輒使男子治病波逸提若欲使男子治病應打揵椎集僧來在病人前然後衣裹身體唯留可應治處式叉摩那沙彌尼突吉羅若女人治不犯

爾時諸比丘尼夜輒開都門出不語後人令閉夜有賊來奪諸比丘尼衣鉢諸長老比丘尼種種訶責乃至今爲諸比丘尼結戒亦如上說從今是戒應如是說若比丘尼夜輒開都門出不語餘比丘尼令閉波逸提式叉摩那沙彌尼突吉羅無恐怖處不犯

爾時諸比丘尼非時到白衣家有一家大富賊常欲劫之而未得便借問行人誰出入此家者有人言偷羅難陀比丘尼與此家善數相往返賊便往語偷羅難陀言阿姨其甲喚汝即從語暮往主人爲開門賊便突入劫物蕩盡主人瞋訶言若此比丘尼不非時來我不開門不遭此難供養望福而反致禍與養怨家有何等異諸長老比丘尼聞種種訶責乃至今爲諸比丘尼結戒亦如上說從今是戒應如是說若比丘尼非時入白衣家波逸提復有諸比丘尼白衣呼不敢往以是白佛佛以是事集二部僧告諸比丘今聽比丘尼白衣喚得往從今是戒應如是說若比丘尼白衣不喚非時入其家波逸提非時者從中

後至明相未出若白衣喚應詳察彼使是可信人不又應審問知其虛實若獨有疑至門應先問其家竟爲喚不然後乃入復應籌量非是可畏時不若非時往白衣家一脚出門突吉羅兩脚出波逸提式叉摩那沙彌尼突吉羅

爾時有居士請比丘尼僧食諸比丘尼食前著衣持鉢往到其家從作食人索飲或索釜燋或索飯作食人作是念今辦此食正爲此輩前與後與亦復何在便盡與之飯食都盡主人至時打揵椎集僧勑使下食作食人具以事答居士便譏訶言此諸比丘尼如小兒不能小忍貪食如此何道之有諸長老比丘尼聞種種訶責乃至今爲諸比丘尼結戒亦如上說從今是戒應如是說若比丘尼受請主人未唱隨意食食者波逸提若未唱隨意食食口口波逸提式叉摩那沙彌尼突吉羅

爾時諸比丘尼如法作驅出羯磨竟被驅比丘尼不肯去諸長老比丘尼種種訶責言被驅出羯磨與不被驅出羯磨有何等異乃至今爲諸比丘尼結戒亦如上說從今是戒應如是說若比丘尼被驅出羯磨不去者波逸提驅出羯磨者白四羯磨式叉摩那沙彌尼突吉羅若病若八難起若非法羯磨皆不犯

爾時諸比丘尼如法集僧時有比丘尼不即往諸比丘尼待之以妨行道諸長老比丘尼種種訶責乃至今爲諸比丘尼結戒亦如上說從今是戒應如是說若比丘尼僧如法集會不即往波逸提式叉摩那沙彌尼突吉羅若病若不聞若八難起不犯

爾時諸比丘尼往觀歌舞作伎生染著心不復樂道遂有反俗作外道者諸白衣見譏訶言此等觀歌舞作伎如婬女無沙門行破沙門法諸長老比丘尼聞種種訶責乃至今爲諸比丘尼結戒亦如上說從今是戒應如是說若比丘尼觀歌舞作伎波逸提式叉摩那沙彌尼突吉羅不犯如觀王宮觀畫中說

爾時諸比丘尼往至邊地邊地人抄取作婢或奪衣鉢或破梵行諸長老比丘尼聞種種訶責乃至今爲諸比丘尼結戒亦如上說從今是戒應如是說若比丘尼往邊地波逸提邊地者無比丘比丘尼處式叉摩那沙彌尼突吉羅若飛行不犯

爾時諸比丘尼度二根人諸白衣譏訶言云何比丘尼度二根人無可度不可度者無沙門行破沙門法諸長老比丘尼聞種種訶責乃至今爲諸比丘尼結戒亦如上說從今是戒應如是說若比丘尼度二根人波逸提若疑應先看發心乃至三羯磨未竟突吉羅竟和尚波逸提餘尼師僧突吉羅

爾時諸比丘尼度二道合作一道女人諸長老比丘尼種種訶責乃至今爲諸比丘尼結戒亦如上說從今是戒應如是說若比丘尼度二道合作一道女人波逸提若度竟有是病不犯餘如上說

爾時諸比丘尼度常有月水女人行乞食血流汙脚諸白衣見惡賤譏訶言諸比丘尼無可度不可度度如此輩汙人牀席無沙門行破沙門法諸長老比丘尼聞種種訶責乃至今爲諸比丘尼結戒亦如上說從今是戒應

如是說若比丘尼度常有月水女人波逸提餘如上說

爾時諸比丘尼不禮比丘不迎不送亦不請坐諸比丘瞋不復教誡諸比丘尼愚闇無知不能學戒諸長老比丘尼見種種訶責以是白佛佛以是事集二部僧問諸比丘尼汝等實爾不答言實爾世尊佛種種訶責言我先不說八敬法應禮比丘耶從今是戒應如是說若比丘尼見比丘不起不禮不請坐波逸提式叉摩那沙彌尼突吉羅若病若先有怨嫌不共語不犯

爾時諸比丘尼作是念佛不聽我等剃隱處毛今當火燒即便燒之時有婆羅門失羊覓之到比丘尼巷聞燒毛之氣謂比丘尼偷殺其羊便至王所以事白王王即呼比丘尼問言阿姨殺婆羅門羊不答言不殺又問若不殺那得有燒羊毛氣便以實答王聞大笑即放令去諸臣聞之譏訶言云何比丘尼不念行道乃燒隱處毛諸長老比丘尼聞種種訶責乃至今爲諸比丘尼結戒亦如上說從今是戒應如是說若比丘尼燒隱處毛波逸提餘如剃隱處毛中說

爾時諸比丘尼不著僧祇支往白衣舍風吹上衣露其身體諸白衣見便弄共說麤惡語以此羞恥諸長老比丘尼聞種種訶責乃至今爲諸比丘尼結戒亦如上說從今是戒應如是說若比丘尼不著僧祇支入白衣家波逸提式叉摩那沙彌尼突吉羅若浣染打縫若無皆不犯

爾時諸比丘尼與白衣對坐臨身相近說法

似若私語於中生染著心遂致反俗作外道者諸白衣譏訶諸長老比丘尼聞種種訶責乃至今爲諸比丘尼結戒亦如上說從今是戒應如是說若比丘尼與白衣對坐臨身相近說法波逸提式叉摩那沙彌尼突吉羅

爾時諸比丘尼自歌舞諸居士譏訶言此比丘尼自歌舞如婬女諸長老比丘尼聞種種訶責乃至今爲諸比丘尼結戒亦如上說從今是戒應如是說若比丘尼自歌舞波逸提式叉摩那沙彌尼突吉羅

爾時諸比丘尼遮受迦絺那衣諸比丘尼待久不至妨廢行道諸長老比丘尼種種訶責乃至今爲諸比丘尼結戒亦如上說從今是戒應如是說若比丘尼遮受迦絺那衣波逸提若病若不聞不犯

爾時諸比丘尼遮捨迦絺那衣乃至今爲諸比丘尼結戒亦如上說從今是戒應如是說若比丘尼遮捨迦絺那衣波逸提餘如上說

爾時差摩比丘尼聰明機辯難問諸比丘諸比丘不能答便大羞恥後見諸比丘尼輒下路避之遂無復教誡比丘尼者諸比丘尼愚闇無知不能學戒諸長老比丘尼聞種種訶責乃至今爲諸比丘尼結戒亦如上說從今是戒應如是說若比丘尼問難比丘波逸提有諸比丘尼有疑不敢問難以此復愚闇無知不能學戒以是白佛佛以是事集二部僧告諸比丘今聽諸比丘尼先白比丘聽問者問從今是戒應如是說若比丘尼不白比丘輒問義者波逸提式叉摩那沙彌尼突吉羅

爾時跋難陀常出入偷羅難陀比丘尼所後

時著衣持鉢往到彼所坐起輕脱更相見形跋難陀遂失不淨偷羅難陀取内衣浣以不淨自内形中遂有身諸比丘尼見問言汝不修梵行耶答言非不修梵行我以男子不淨自内形中致此身耳諸長老比丘尼聞種種訶責乃至今爲諸比丘尼結戒亦如上説從今是戒應如是説若比丘尼以男子不淨自内形中波逸提式叉摩那沙彌尼突吉羅

爾時諸比丘尼作外道事火法然火及誦其呪語諸居士譏訶言此等尚不能淨其見何況得道無沙門行破沙門法諸長老比丘尼聞種種訶責乃至今爲諸比丘尼結戒亦如上説從今是戒應如是説若比丘尼作外道事火法然火波逸提若以邪見作之偷羅遮若作種種諸外道事皆波逸提式叉摩那沙彌尼突吉羅

爾時諸比丘尼在有人處浴衆人見之觀看戲弄諸長老比丘尼見種種訶責乃至今爲諸比丘尼結戒亦如上説從今是戒應如是説若比丘尼在有人處浴波逸提式叉摩那沙彌尼突吉羅

爾時諸比丘尼誦外道呪術諸白衣譏訶此等誦外道呪無求道心乃至今爲諸比丘尼結戒皆如誦治病經方中説從今是戒應如是説若比丘尼誦外道呪術若教人誦波逸提式叉摩那沙彌尼突吉羅

爾時諸比丘尼衆自授具足戒彼愚闇無知不能學戒諸長老比丘尼聞種種訶責乃至今爲諸比丘尼結戒亦如上説從今是戒應如是説若比丘尼一衆授具足戒波逸提發

心乃至白四羯磨未竟突吉羅竟和尚波逸提餘師僧突吉羅

爾時諸比丘尼自作畜衆羯磨自作二歲學戒羯磨自授二歲學戒不能教誡弟子愚闇無知不能學戒諸長老比丘尼聞種種訶責乃至今爲諸比丘尼結戒亦如上說從今是戒應如是說若比丘尼自作畜衆羯磨波逸提若比丘尼自作二歲學戒羯磨波逸提若比丘尼自授二歲學戒波逸提餘如上說

爾時諸比丘尼作二歲學戒竟羯磨經宿乃與受具足戒中間有難遂不得受具足戒諸長老比丘尼聞種種訶責乃至今爲諸比丘尼結戒亦如上說從今是戒應如是說若比丘尼作二歲學戒竟羯磨經宿乃授具足戒波逸提發心乃至明相未出突吉羅明相出已和尚波逸提餘師衆突吉羅若病若難起若僧不集會不犯

爾時諸比丘尼作二歲學戒羯磨竟經宿乃授其學戒其中難起遂不得受諸長老比丘尼聞種種訶責乃至今爲諸比丘尼結戒亦如上說從今是戒應如是說若比丘尼作二歲學戒羯磨竟經宿乃授其學戒波逸提發心乃至明相未出突吉羅明相出已和尚彼逸提餘師衆突吉羅不犯如上說

爾時諸比丘尼自織作衣諸白衣譏訶言云何比丘尼不念行道身自織作如餘織師諸長老比丘尼聞種種訶責乃至今爲諸比丘尼結戒亦如上說從今是戒應如是說若比丘尼自織作衣者波逸提若織擲梭擲擲波逸提式叉摩那沙彌尼突吉羅若織腰繩禪

帶不犯

爾時波斯匿王左右人及諸比丘尼於恐怖處遊看爲賊所剥或破梵行或虜将去餘比丘尼以是白王王言我今不得自在當奈比丘尼何諸長老比丘尼聞種種訶責言何以於恐怖處遊行乃至今爲諸比丘尼結戒亦如上說從今是戒應如是說若比丘尼國内恐怖處於中遊行波逸提式叉摩那沙彌尼突吉羅若先在路行後有難起不犯

爾時諸比丘尼自作已像亦使人作時偷羅難陀亦使人作見已像已生染著心作是念我色貌如此云何毀之修於梵行諸長老比丘尼見種種訶責乃至今爲諸比丘尼結戒亦如上說從今是戒應如是說若比丘尼自作已像若使人作波逸提作已像者或畫或以木或以泥式叉摩那沙彌尼突吉羅若人密作之不犯

爾時諸比丘尼莊嚴女人便生不樂道心遂致反俗作外道者諸白衣譏訶言云何比丘尼莊嚴女人如莊毋耶與自莊嚴有何等異不念行道但作邪飾無沙門行破沙門法諸長老比丘尼聞種種訶責乃至今爲諸比丘尼結戒亦如上說從今是戒應如是說若比丘尼莊嚴女人波逸提莊嚴者爲其梳頭乃至插一華著一釧一一波逸提式叉摩那沙彌尼突吉羅

爾時諸比丘尼水中洗浴逆流行爲水所觸生愛欲心遂致反俗作外道者諸長老比丘尼聞種種訶責乃至今爲諸比丘尼結戒亦如上說從今是戒應如是說若比丘尼水中

逆流行波逸提若逆流行步步波逸提失不淨偷羅遮式叉摩那沙彌尼突吉羅若無欲心不犯

爾時諸比丘尼仰卧屋溜處滴入形中生愛欲心遂致反俗作外道者諸長老比丘尼聞種種訶責乃至今爲諸比丘尼結戒亦如上說從今是戒應如是說若比丘尼仰卧水來下處波逸提餘如上說

爾時諸比丘尼以繩纏腰欲使細好生愛欲心諸白衣譏訶言此等治腰使細如婬女人無有道心但作邪事諸長老比丘尼聞種種訶責乃至今爲諸比丘尼結戒亦如上說從今是戒應如是說若比丘尼治腰使細波逸提式叉摩那沙彌尼突吉羅

爾時諸比丘尼種種治身令好生愛欲心乃至今爲諸比丘尼結戒亦如上說從今是戒應如是說若比丘尼種種治身波逸提餘如上說

爾時諸比丘尼如伎女法著衣生不樂道心遂致反俗乃至今爲諸比丘尼結戒亦如上說從今是戒應如是說若比丘尼如伎女法著衣波逸提式叉摩那沙彌尼突吉羅

爾時諸比丘尼如白衣婦女法著衣生不樂道心乃至今爲諸比丘尼結戒亦如上說從今是戒應如是說若比丘尼如白衣婦女法著衣波逸提餘如上說

爾時諸比丘尼以欲心自觀形體生愛欲心乃至今爲諸比丘尼結戒亦如上說從今是戒應如是說若比丘尼以欲心自觀形體波逸提式叉摩那沙彌尼突吉羅

爾時諸比丘尼照鏡生不樂道心乃至今爲諸比丘尼結戒亦如上說從今是戒應如是說若比丘尼照鏡波逸提若水中照突吉羅式叉摩那沙彌尼突吉羅若面有瘡照看不犯

爾時諸比丘尼種種自卜亦從他卜諸白衣譏訶言此等不捨邪見何應得道諸長老比丘尼聞種種訶責乃至今爲諸比丘尼結戒亦如上說從今是戒應如是說若比丘尼自卜亦就他卜波逸提式叉摩那沙彌尼突吉羅

爾時諸比丘尼共私論議我等出家當得究竟爲不得究竟爲應罷道不應罷道若罷道者得好壻生兒子多少相祿云何因此論說生世俗情不復樂道遂致反俗作外道者諸長老比丘尼聞種種訶責言云何比丘尼作世俗論以忘道意乃至今爲諸比丘尼結戒亦如上說從今是戒應如是說若比丘尼隨世俗論者波逸提式叉摩那沙彌尼突吉羅

凡一百五戒

第二分第五尼律八提舍尼法

爾時諸比丘尼好食酥數從人乞諸白衣譏訶言酥令人悅澤世人所食云何比丘尼不求法味貪著嗜美味求好顏色與婬女何異無沙門行破沙門法諸長老比丘尼聞種種訶責以是白佛佛以是事集二部僧問諸比丘尼汝等實爾不答言實爾世尊佛種種訶責已告諸比丘今爲諸比丘尼結戒波羅提提舍尼法從今是戒應如是說若比丘尼食酥應諸比丘尼邊悔過我墮可訶法今向諸

阿姨悔過是名悔過法時諸比丘尼於僧中食請家食及乞食得酥不敢噉以是白佛佛以是事集二部僧告諸比丘今聽比丘尼不乞得酥應噉從今是戒應如是說若比丘尼乞酥食是比丘尼應諸比丘尼邊悔過我墮可訶法今向諸阿姨悔過是名悔過法有諸病比丘尼須酥不敢乞以是白佛佛以是事集二部僧告諸比丘今聽病比丘尼乞酥食從今是戒應如是說若比丘尼無病自爲乞酥食是比丘尼應諸比丘尼邊悔過我墮可訶法今向諸阿姨悔過是名悔過法式叉摩那沙彌尼突吉羅

比丘尼乞油乞蜜乞石蜜乞乳乞酥乞魚乞肉皆如上說

第二分第六尼律衆學法

爾時優波離問佛世尊已爲諸比丘結應學法不高著下衣應當學乃至樹過人不得上除大因緣應當學我當云何持佛言應作二部僧持從今是法應如是說不高著下衣應當學不下著下衣不參差著下衣不如多羅葉著下衣不如象鼻著下衣不如團捺著下衣不細襵著下衣不高披衣不下披衣不參差披衣好覆身入白衣舍好覆身入白衣舍坐不反抄衣著右肩上入白衣舍不反抄衣著右肩上白衣舍坐不反抄衣著左肩上入白衣舍不反抄衣著左肩上白衣舍坐不左右反抄衣著兩肩上入白衣舍不左右反衣抄著兩肩上白衣舍坐不搖身入白衣舍不搖身白衣舍坐不搖頭入白衣舍不搖頭白衣舍坐不搖肩入白衣舍不搖肩入白衣舍

坐不携手入白衣舍不携手白衣舍坐不隱人入白衣舍不隱人白衣舍坐不扠腰入白衣舍不扠腰白衣舍坐不拄頰入白衣舍不拄頰白衣舍坐不掉臂入白衣舍不掉臂白衣舍坐不高視入白衣舍不高視白衣舍坐不左右顧視入白衣舍不左右顧視白衣舍坐不蹲行入白衣舍不蹲行白衣舍坐不企行入白衣舍不企行入白衣舍坐不覆頭入白衣舍不覆頭白衣舍坐不戲笑入白衣舍不戲笑白衣舍坐不高聲入白衣舍不高聲白衣舍坐庠序入白衣舍庠序白衣舍坐一心受食不溢鉢受食羹飯俱食不於鉢中處處取食不刳鉢中央食不曲指抆鉢食不齅食食諦視鉢食不棄飯食不以食手捉淨飲器不吸食食不嚼食作聲不舐取食不滿手食食不大張口食飯未至不大張口待不縮鼻食不含食語不脹頰食不嚙半食不舒臂取食不振手食不吐舌食不含吞食不搏飯遥擲口中不以鉢中有飯水灑白衣屋內不以飯覆羹更望得不嫌訶食不爲已索羹食不嫌心視比坐鉢食不立大小便除病不大小便淨水中除病不大小便生草菜上除病人著屐不應爲說法除病人著革屣不應爲說法除病人現胷不應爲說法除病人坐比丘尼立不應爲說法除病人在高坐比丘尼在下不應爲說法除病人卧比丘尼坐不應爲說法除病人在前比丘尼在後不應爲說法除病人在道中比丘尼在道外不應爲說法除病不爲覆頭人說法除病不爲反抄衣人說法除病不爲左右反抄衣人說法除病

不爲持蓋覆身人說法除病不爲騎乘人說法除病不爲拄杖人說法除病不爲捉刀人說法不爲捉弓箭人說法樹過人不得上除大因緣應當學大因緣者惡獸諸難是名大因緣

彌沙塞部五分律卷第十四

音釋

煑章與切蒸也 擣都皓切舂也 療力嶠切治病也 揩口皆切擦也 劈普擊切破也 鬘英還切 揷楚洽切刺入也 縷力主切綫也 癰於容切癰也 梳山俎切梳理髮也 釧尺絹切臂鐶 溜力救切屋水流也 嗜常利切好也 襵陟葉切猶摺也 頰古協切面旁也 蹲徂尊切踞也 刳苦胡切虛其中也 抆武粉切拭也 齅許救切以鼻擥氣也 舐神紙切舌舐也 脹知亮切滿也 齧五折切噬也 摶度官切捏聚也

彌沙塞部五分律卷第十五

宋罽賓三藏佛陀什共竺道生等譯

第三分初受戒法之一

佛在王舍城告諸比丘過去有王名曰鬱摩有庶子四人一名照目二名聰目三名調伏象四名尼樓聰明神武有大威德第一夫人有子名曰長生頑薄醜陋衆人所賤夫人念言我子雖長才不及物而彼四子並有威德國祚所歸必鍾此等當設何計固子基業復作是念王見信愛兼除夫人正當先以情求次以理感即如其念便自嚴飾於王入時承敬備禮王欲附近即便白言恩愛致悅本由情對我今憂深無復世意微願若遂或有餘歡若不見許於是盡矣王言汝欲何願理苟可從誓不相負便白王言王四子者聰明仁智並有威德我子雖長頑薄醜陋承嗣大統必競陵奪若王擯斥四子我情乃安王言四子孝友於國無愆我今云何而得擯黜夫人又言我心劬勞實兼家國王此四子並有神武民各懷歸樹黨已立一旦競逐必相殄滅大國之祚飜爲他有願王圖之不私一子王言汝言是矣吾自知時即呼四子而告之曰汝得罪於吾吾不忍汝死各速出國尅已圖生勿復闚闞自貽後悔四子奉命即便莊嚴時四子母及同生姊妹並知無過而被擯黜不勝枉酷咸索同去又諸力士百工婆羅門長者居士一切人民多樂隨從王悉聽之於是四子拜辭而去經涉嶮阻度傍耆羅河到雪山北東西遐迥南北曠大地平如砥四望清淨多諸名果異類鳥獸四子見之即呼婆

羅門長者居士住共議言所經諸處無勝此者可以居乎咸無異議即便頓止營建城邑數年之中歸者如市遂大熾盛鬱爲奇國去後數年父王思之坐於高樓問傍臣言我四子者今在何許答言在雪山北近舍夷林築城營邑人民熾盛地沃野豐衣食無乏王聞歎曰我子有能如是三歎從是遂號釋迦種也尼樓有子名象頭羅象頭羅子名瞿頭羅瞿頭羅子名尼休羅尼休羅有四子一名淨飯二名白飯三名斛飯四名甘露飯淨飯有二子一名菩薩二名難陀白飯有二子一名阿難二名調達斛飯有二子一名摩訶男二名阿那律甘露飯有二子一名婆婆二名跋提菩薩有子名羅睺羅菩薩少小有出家志父王恐其學道常以五欲而娛樂之至年十四嚴駕遊觀出東城門逢見老人頭白背僂拄杖羸步問御者曰此爲何人答曰老人也又問何謂爲老答曰年耆根熟形變色衰坐起苦極餘命無幾故謂之老菩薩曰吾免之乎答曰未也便迴駕還宮自念未離老法愁憂不樂王問御者太子出爲樂不答言不樂父問何故答曰逢見老人是故不樂王恐相師言實出家不久復增五欲以娛樂之菩薩久後復勑御者嚴駕遊觀出南城門逢見病人形體羸瘦倚門喘息問御者曰此爲何人答曰病人也又問何謂爲病答曰四大增損飲食不能氣息羸微命在漏刻故謂之病又問吾免之乎答曰未也便迴駕還宮自念未離老病更增愁憂王復問御者太子此出樂不答言愈更不悅又問何故答曰逢見病人

是故不悅王恐出家不久復增五欲晝夜娛樂菩薩久後復勑御者嚴駕遊觀出西城門逢見死人舁屍在前室家男女哀號在後問御者曰此爲何人答曰死人也又問何謂爲死答曰氣絕神逝無所復知棄之空野長離親戚故謂之死又問吾免之乎答曰未也菩薩自念未離老病死法更增愁憂即迴車還逢見一人剃除鬚髮法服擎鉢視地而行問御者曰此爲何人衣服異世答曰出家人也又問何謂出家答曰善自調伏具諸威儀常行忍辱憐愍衆生故謂出家菩薩聞已三稱善哉唯是爲快至便下車恭敬而問何故形服與世絕異答亦如上菩薩復三稱善哉唯是爲快登車向宮有一女人遙見菩薩生欲愛心即說偈言

毋有此子樂　其父亦甚歡　女人有此壻
樂過於泥洹

菩薩聞說泥洹聲歡喜踊躍自念我何當得此無上泥洹還宮思惟未離生老病死之法王問御者太子今出樂不答言始出不悅還時甚樂又問何故答曰出逢死人是故不悅還見比丘是故歡樂王復念曰師相言實出家必矣復增五欲晝夜娛樂菩薩爲諸妓女所娛樂已便得暫眠衆妓女輩皆淳昏而寐菩薩尋覺觀諸伎直更相荷枕或露形體如木人狀鼻涕目淚口中流涎琴瑟箏笛縱橫在地又見宮殿猶如丘墓菩薩見已三反稱言禍哉禍哉走視父王所住宮殿宮殿變狀亦復如是復稱禍哉深生猒離於是菩薩勑奴闡陀汝起鞁馬勿令人聞闡陀白言夜非

行時不應遊觀又無怨敵逼於上宫不審何故夜勑鞁馬太子答言有大怨敵汝不知耶老病死怨怨之大者汝速鞁馬勿得稽留即鞁白馬牽至中庭白言馬已來此菩薩便到馬所將欲跨之馬大悲鳴天神恐有留難即散馬聲令人不聞菩薩跨馬向閤閤即自開復向城門門亦自開既出門已向阿㝹耶林去城不遠便下馬脱寶衣語闡陀言汝可牽馬并持寶衣還宫道吾拜白父母今辭學道不久當還願不垂憂闡陀涕泣長跪白言相師昔記太子當爲轉輪聖王七寶千子主四天下正法御世不用兵仗自然太平而今云何棄此王位脱身寶衣受苦山野菩薩反問相師爾時復何所記答言若不樂天下出家學道當成無上等正覺道菩薩語言汝聞此語今何爲憂但速還歸啓白父母設我骸骨枯腐不盡生老病死之原終不還反於是闡陀悲泣前禮右遶三帀牽馬持寶衣還宫菩薩前行見一獵人著袈裟衣往至彼所以所著衣價直百千用以貿之得著而去菩薩復前向須摩那樹樹下有剃頭師求令除髮即爲剃之釋提桓因如屈伸臂頃至菩薩前以衣承髮持還天宫剃已作是念我今已爲出家自然具戒於是漸漸遊行到王舍城𤷈沙王少有五願一者父王登遐願我紹位二者願爲王時遇佛出世三者願身見佛親近供養四者願發喜心得聞正法五者願聞法已即得信解菩薩入城乞食威儀庠序視地而行時未有鉢持蓮荷葉展轉道路葉不離根時王與諸羣臣於高樓上遥見菩薩以爲奇

雅顧語衆臣未曾見聞若斯人比必是神聖咸皆白言昔聞雪山北迦維羅衛城王名淨飯生子名菩薩相師相之若在家者當爲轉輪聖王主四天下七寶自至所謂輪寶象寶馬寶珠寶女寶臣寶主兵寶王有千子勇健多力以法御世兵仗不用自然太平若不樂世間出家學道道成號佛度人生死聞已出家此人必是王聞是語便大歡喜言吾昔五願一願已果餘有四願今必獲矣即勑二人往視菩薩於何憩止吾當出詣受教馳往見菩薩乞食畢還波羅柰山向波旬國結跏趺坐一人住視一人還白王即嚴駕出詣菩薩止頓山下王步上山至菩薩所菩薩言善來大王得無疲極王即稽首禮足却坐一面白菩薩言本生何國何姓出家菩薩答曰生雪山北舍夷國迦維羅衛城父名淨飯姓曰瞿曇王欲試菩薩語言比丘族姓尊貴世爲王胄聖德自然應居四海四海顒顒莫不企仰若能降志亦當稱藩北面相事菩薩答曰位莫尊轉輪王吾已棄之況四海乎所以出家求道欲度一切生死大苦何不請我道成先度乃反區區以此相要王言善哉斯語甚快道成之日願先度我及此國人菩薩許之王大歡喜禮足辭退王去後菩薩便向菩提樹去樹不遠見一人刈草名曰吉祥從乞少草持至樹下敷已結跏趺坐直身正意繫念在前即除五蓋離欲惡不善法乃至得第四禪遊戲其中通三十七道品之行以此淨心三明洞照所謂宿命明他心明漏盡明如瑞應本起中說於是起到鬱鞞羅聚落始得佛道

坐林樹下初夜逆順觀十二因緣是故有是緣滅則是滅所謂無明緣行行緣識識緣名色名色緣六入六入緣觸觸緣受受緣愛愛緣取取緣有有緣生生緣老死憂悲苦惱若無明滅則行滅行滅則識滅識滅則名色滅名色滅則六入滅六入滅則觸滅觸滅則受滅受滅則愛滅愛滅則取滅取滅則有滅有滅則生滅生滅則老死憂悲苦惱皆滅見此義已即說偈言

生緣法皆爾　梵志初始禪　既知此緣法
能除一切疑　生緣法皆爾　梵志初始禪
破魔之闇冥　如日昇虛空

爾時世尊身有風患摩修羅山神即取訶梨勒果奉佛願佛食之以除風患佛受爲食風患即除結跏趺坐七日受解脫樂過七日已從三昧起遊行人間時有五百賈客乘五百乘車中有二大人一名離謂二名波利二人昔善知識死爲善神恒隨逐之作是念今佛始成大道未有獻食者我今當令二人飯佛使長夜獲安即以神力車牛皆躓衆人怖懼四向求神彼神於空中語言汝等莫怖汝等莫怖今佛世尊初成大道靜坐七日從定起遊行坐彼樹下未有獻食者汝奉上麨蜜長夜獲安衆人歡喜即和麨蜜俱詣樹下遙見世尊姿容挺特諸根寂定有三十二大人之相圓光一尋猶若金山前禮佛足奉上麨蜜世尊作是念過去諸佛皆以鉢受當來諸佛亦復如是我今亦應用鉢受施四天王知佛意各取一自然香淨石鉢以奉世尊白言唯願哀納我等此器受賈人施佛復惟念若取

一王鉢不可餘王意便悉受四鉢累左手中右手按之合成一鉢以用受施受已語言汝等當歸依佛歸依法即受二自歸是爲人中二賈客最初受二自歸便爲説隨喜呪願之偈

二足汝安隱　四足亦安隱　去亦得安隱
還亦得安隱　如耕田有望　下種亦有望
汝今入海望　獲果亦如彼

爾時世尊説此偈已更爲賈人説種種妙法示教利喜已復至一樹下食麨蜜食麨蜜已復結跏趺坐入定七日受解脱樂過七日已到文鱗龍所坐一樹下龍從水出以非人食奉上世尊佛受食已復入定七日受解脱樂時雨七日其雲甚黑使人毛竪龍作是念今雨可畏我寧可化作大身遶佛七帀頭覆佛上勿使風雨蚊䖟惱亂世尊即便作之世尊過七日已從三昧起龍見雨止空中清明捨其本形化作年少稽首白佛我化大身圍遶七帀頭覆佛上欲以障蔽風雨蚊䖟不爲觸惱佛以此義便説偈言

靜處遠離樂　聞法見法樂　不惱世間樂
能慈衆生樂　世間離欲樂　等度恩愛樂
能伏我慢者　是爲最上樂

佛説偈已起到鬱鞞羅斯那聚落入村乞食次到斯那婆羅門舍於門外默然立彼女須闍陀見佛威相殊妙前取佛鉢盛滿美食以奉世尊佛受食已語言汝可歸依佛歸依法即受二自歸是爲女人中須闍陀最初受二自歸爲優婆夷佛食已復還菩提樹下結跏趺坐三昧七日受解脱樂過七日已從三昧

起著衣持鉢復到其舍斯那奉食受二自歸亦如上說佛後復往其舍其婦見佛奉食受二自歸亦如上說佛後復往其舍彼姊妹四人見佛奉食受二自歸亦如上說佛食已復還菩提樹下三昧七日起向阿豫波羅尼拘類樹中路見一女人鑽酪作酥便從乞食彼女取鉢盛滿酪奉佛受二自歸亦如上說佛食已前到樹下三昧七日過七日已從三昧起作是念我所得法甚深微妙難解難見寂寞無爲智者所知非愚所及衆生樂著三界窟宅集此諸業何緣能悟十二因緣甚深微妙難見之法又復息一切行截斷諸流盡恩愛原無餘泥洹盖復甚難若我說者徒自疲勞唐自招苦爾時世尊欲重明不可說義而說偈言

我所成道難　若爲窟宅說　逆流迴生死
深妙甚難解　染欲之所覆　黒闇無所見
貪恚愚癡者　不能入此法

爾時世尊以此默然而不說法梵天王於梵天上遥知佛意作是念今佛正覺興出于世不爲衆生說所悟法世間長衰永處盲冥死即當復墮三惡道念已如力士屈伸臂頃於梵天没涌出佛前頭面禮足却住一面白佛言唯願世尊哀愍衆生時爲說法自有衆生能受佛教若不聞者便當退落如是三反復以此義說偈請佛

先此摩竭界　常說雜穢法　願開甘露門
爲說純淨義　自我在梵宫　皆見古佛說
願唯今普眼　亦敷法堂教　衆生没憂惱
不離生老死　然多樂善者　願說戰勝法

於是世尊默然受之即以佛眼普觀世間見諸衆生根有利鈍有畏後世三惡道者有能受法如大海者有若蓮華萌芽在泥出水未出水不汙染者而説偈言

先恐徒疲勞　不説甚深義　甘露今當開
一切皆應聞

爾時梵天聞此偈已歡喜踊躍前禮佛足右遶三帀忽然不現還於天宫佛作是念甘露當開誰應先聞鬱頭藍弗聰明易悟此人應先念已欲行天於空中白言鬱頭藍弗亡來七日佛言苦哉彼爲長衰甘露法鼓如何不聞復更惟曰甘露當開誰應次聞阿蘭迦蘭聰明易悟次應得聞適起欲行天復白言阿蘭迦蘭昨夜命終佛言苦哉甘露法鼓而不得聞生死往來何由得息復更惟曰甘露當開誰應次聞父王昔遣五人隨侍勞苦此功應報今此五人在波羅柰國仙人鹿苑中念已便行未至中間道逢梵志名曰優波耆婆遥見世尊姿容挺特諸根寂定圓光一尋猶若金山便問曰本事何師行何道法以致斯尊爾時世尊以偈答曰

一切智爲最　無累無所染　我行不由師
自然通聖道　唯一無有等　能令世安隱
當於波羅柰　擊甘露法鼓

梵志復問自説最勝願聞其義佛復以偈答

能除一切結　滅盡三界漏　摧破諸惡法
是故我爲勝

梵志不受拍髀而去彼梵志宿世善神即於空中爲説偈言

佛始出世間　天上天下尊　如何汝遇之

而反棄捨去

梵志雖聞此偈猶去不顧於是世尊之波羅柰趣五人所五人遥見佛來共作要言瞿曇沙門昔日食一麻一米尚不得道今既多欲去道遠矣但爲敷一小座愼莫起迎禮拜問訊世尊既到五人不覺起禮爲捉衣鉢更爲敷好座以水洗足然猶向如來面呼姓名某甲可就此坐佛告五人汝等愚癡立要云何而不牢固汝莫輕於佛面稱姓名自使長夜受大苦報吾今已成無上正覺應共一心聽受教誡汝若隨順無違無逆不久當得族姓出家淨修梵行現證道果生死已盡梵行已立所作已作解了五陰止宿泥洹五人復言卿先如是難行苦行尚不得過人法聖利滿足況今失道放恣多欲過人之法其可得乎佛復告曰汝等莫輕如來無上正覺佛不失道亦不多欲五人聞已乃捨本心佛復告曰世有二邊不應親近一者貪著愛欲說欲無過二者邪見苦形無有道迹捨此二邊便得中道生眼智明覺向於泥洹何謂中道所謂八正正見正思正語正業正命正方便正念正定是爲中道復有四聖諦苦聖諦苦集聖諦苦滅聖諦苦滅道聖諦何謂苦聖諦所謂生苦老苦病苦死苦憂悲惱苦怨憎會苦愛别離苦所求失苦以要言之五盛陰苦是謂苦聖諦何謂苦集聖諦所謂有愛及俱生煩惱處處樂著是謂苦集聖諦何謂苦滅聖諦所謂愛斷無餘滅盡泥洹是謂苦滅聖諦何謂苦滅道聖諦所謂八正道是謂苦滅道聖諦是法我先未聞眼生智生明生覺生通生

慧生是法應知我先未聞眼生乃至慧生是法已知我先未聞眼生乃至慧生是苦聖諦是苦聖諦應知是苦聖諦已知我先未聞眼生乃至慧生是苦集聖諦是苦集聖諦應斷是苦集聖諦已斷我先未聞眼生乃至慧生是苦滅聖諦是苦滅聖諦應證是苦滅聖諦已證我先未聞眼生乃至慧生是苦滅道聖諦是苦滅道聖諦應修是苦滅道聖諦已修我先未聞眼生乃至慧生我已如實知是三轉十二行法輪得成無上正覺說是法時地爲六反震動憍陳如遠塵離垢於諸法中得法眼淨佛問憍陳如解未憍陳如解未憍陳如答言已解世尊地神聞已告虛空神虛空神告四天王天四天王天告忉利天如是展轉至于梵天言佛今於波羅㮈轉無上法輪

先所未轉若沙門婆羅門若天若魔若梵一切世間所未曾轉諸天歡喜雨種種華皆有光明如星墜地於虛空中作天伎樂於是憍陳如從坐起頂禮佛足白佛言世尊願與我出家受具足戒佛言善來比丘受具足戒於我善說法律能盡一切苦淨修梵行憍陳如鬚髮自墮袈裟著身鉢盂在手是爲憍陳如已得出家受具足戒自是已後名爲阿若憍陳如佛便爲四人說法教誡跋提婆頗二人得法眼淨見法得果已從坐起頂禮佛足白佛言世尊願與我出家受具足戒佛言善來比丘乃至鉢盂在手亦如上說復爲二人說法教誡頞鞞摩訶納得法眼淨見法得果已從坐起頂禮佛足白佛言世尊願與我出家受具足戒佛言善來比丘乃至鉢盂在手亦

如上説佛告五比丘汝等一心求正斷煩惱我先亦一心求正斷煩惱故得成無上正覺於意云何色爲是常爲無常乎答言無常又問若無常者爲苦爲樂答言苦又問若苦爲我爲非我答言非我受想行識亦如是問答亦如上是故諸比丘色若内若外若過去未來現在皆應如實見於非我受想行識亦如是夫爲聖弟子應作是觀猒離無染便得解脱得解脱智梵行已立所作已作説是法時五比丘一切漏盡得阿羅漢道爾時世間有六阿羅漢復有長者子名曰耶舍本性賢善猒離世間喜樂聞法世尊作是念彼耶舍長者子當以信出家便往婆羅水邊敷草坐宿時彼長者子五欲自娯已便得暫眠一切伎直悉皆昬眠長者子須㬰便覺視已屋舍猶若丘塚觀諸伎直皆如木人更相荷枕鼻涕目淚口中流涎琴瑟箏笛樂器縱横甚大驚怖生猒離心走向父所住處見亦如是益生猒離即便向閤閤忽自開向門及大城門皆自然開逕趣婆羅水邊高聲大唱我今憂厄無所歸趣爾時世尊申金色臂招言童子來此此處無爲無有憂厄耶舍聞佛語聲一切憂厄豁然消除即脱瑠璃屐著於岸邊度水詣佛遥見世尊姿容殊特猶若金山生歡喜心到已頭面禮足却坐一面佛爲説種種妙法示教利喜次説四諦苦集滅道即於坐上遠離塵垢得法眼淨後伎直覺共求耶舍不知所在白其父母父母四向推求絡繹而追兼募人言若知我子所在即以其身所著寶衣與之其父夜至城門待開出城見其屐跡

尋跡追之既到水邊見瑠璃屐在岸上作喜作悲即捨屐度水佛遥見之恐壞子善心化令有障使子見父而父不見子父問佛言沙門見我子不佛言且坐若在此者何憂不見聞此語已念言沙門必不妄語便前禮佛足却坐一面佛爲説種種妙法示教利喜所謂施論戒論生天之論五欲過患出生諸漏在家染累出家無著説如是種種助菩提法然後更説諸佛常所説法所謂苦集盡道彼即於坐上遠塵離垢得法眼淨見法得果已受三自歸次受五戒是爲諸優婆塞於人中耶舍父最初受三歸五戒耶舍聞佛爲父説四眞諦法漏盡意解然後令其父子兩得相見父語子言汝起還家汝母失汝憂愁殆死佛語其父言若人解脱於漏寧能還受欲不答言不能佛言我爲汝説法時耶舍觀諸法漏盡心得解脱其父白佛言佛爲我説法而使耶舍快得善利於是耶舍從坐起白佛言世尊願與我出家受具足戒佛言善來比丘乃至鉢盂在手亦如上説爾時世間有七阿羅漢時耶舍父從坐起頂禮佛足白佛言唯願世尊與耶舍受我明日食佛默然受之更頂禮足遶三帀而去還家辦種種多美飲食佛至時將耶舍著衣持鉢往到其家就座而坐長者夫婦手自下食食已行澡水畢婦取小牀於佛前坐佛言姊妹汝歸依佛歸依法歸依比丘僧即受三歸次受五戒是爲耶舍母初受三自歸五戒爾時世尊爲耶舍父母舉家大小説種種妙法示教利喜皆遠塵離垢得法眼淨見法得果已皆受三自歸次受五

戒爾時耶舍有四友人一名滿足二名善博三名離垢四名牛主聞耶舍於沙門瞿曇所出家修梵行共議言其道必勝乃使豪族不顧世榮我等可共到大沙門所淨修梵行四人欣悅慕道於心便往耶舍所問言汝所修梵行豈能具足爲最勝乎答言此道無量爲最勝也便將四人往到佛所頂禮佛足却住一面佛爲說種種妙法示教利喜皆於坐上遠塵離垢得法眼淨見法得果已頂禮佛足白佛言世尊願與我出家受具足戒佛言善來比丘乃至鉢盂在手亦如上說受戒未久勤修不懈得阿羅漢爾時世間有十一阿羅漢耶舍昔所交遊復有五十人聞耶舍於瞿曇所修行梵行共議出家乃至得阿羅漢皆如上說爾時世間有六十一阿羅漢相師阿夷知菩薩成佛當在波羅柰國仙人鹿苑中轉于法輪又念我命過後諸弟子中那羅摩納當紹繼我我之供養悉當屬彼彼必貪著無復憶佛出興世意我今寧可於鹿苑邊爲立舍宅敎其日日三念佛當出世若出世時汝當於彼淨修梵行念已即爲立宅如念敎之阿夷不久便命過那羅果得供養貪著心深都不復憶佛當出世時伊羅鉢龍王作是念昔迦葉佛記我於當來過百千萬億歲釋迦牟尼佛出現於世佛當記汝脫龍身時時今應至當往見佛彼龍爲見佛故於六齋日在恒水中用金鉢盛銀粟銀鉢盛金粟又莊嚴一女而說偈言

何者王中上　染與非染等　云何得無垢
何者名爲愚　何者流所漂　得何名爲智

云何流不流　而名爲解脱

龍王說此偈已念言若人有能解此偈者即是佛若從佛聞必示教我佛處我今不見餘沙門婆羅門諸天魔梵一切世間有能解此偈者念已唱言若有能解此偈我當與金銀鉢滿金銀粟及此一女爾時衆多餘沙門婆羅門長者居士竟欲爲龍解此偈義龍王爲說皆不能解爾時那羅摩納爲摩竭國人所共宗敬皆言此摩納有大知見必能解之便共往請摩納念曰我爲一國所宗若言不能便當爲彼衆人所棄我雖未能當作方便保全此譽便語衆人汝皆共我往到龍所我當解之於是衆人與摩納俱恭敬圍遶往到龍所語龍言可說汝偈我當敷演龍即說偈摩納言此甚易解我七日後當來解之即誦其偈先問餘沙門婆羅門不蘭迦葉六師等悉不能解皆詭顛罵咸言無義欲以掩藏不解之短摩納復念言師昔告我佛當出世於彼淨修梵行今沙門瞿曇在鹿苑中必能解之我當往問復作是念此六師等年耆博見尚不能解況沙門瞿曇既自年少出家始爾而能解乎復念明闇自然不可以先後相格瞿曇雖少不可輕也念已便到佛所頂禮佛足却住一面說龍王偈以問於佛佛即爲說

第六王爲上　染者與染等　不染即無垢
染者謂之愚　愚者流所漂　能滅者爲智
捨流不復流　是名爲解脱

摩納聞說偈已深知是佛誦習受持至第七日往到龍所時八萬四千人在恒水兩岸欲聽摩納解說偈義摩納更語龍言說汝先偈

龍王便說摩納即說佛所說偈而爲解之龍王聞偈歡喜踊躍念言佛已出世我今便爲已得見佛所以者何我不見餘沙門婆羅門諸天魔梵一切世間有能解此義者念已問摩納言汝實語我汝所說偈爲從誰聞我今不見諸餘沙門婆羅門一切世間有能說此偈者唯除佛若從佛聞答言我實語汝佛已出世我從其聞龍王歡喜問言佛今在何處我欲見之摩納胡跪舒右手指佛處方言佛今在彼龍王益復歡喜三反稱南無如來應供等正覺便語摩納言汝可送我往至佛所問訊世尊答言可爾龍王即自復身身體長大眼如大鉢喘息如雷口出火光水中逆上八萬四千人皆亦隨從既達渚次化作轉輪聖王上岸詣佛遥見世尊姿容殊特猶若金山龍王歡喜加敬無量佛見龍王稱其名曰善來伊羅鉢龍王龍王聞已復加喜敬世尊知我名修伽陀識我名前頂禮足却住一面更說本偈以問於佛佛爲說摩納所受之偈龍王聞已先大歡喜然後悲泣佛問龍王何故須臾作喜作悲答言世尊我憶過去迦葉佛所淨修梵行於後時捉紫華莖往到佛所問言世尊若比丘殺此草得何罪佛答我言以此因緣或有墮最苦地獄者我聞此語不信不敬便故刺伊羅樹葉作是念試看有何果報竟不捨此見亦不悔過命終之後生今長壽龍中因是葉故名我爲伊羅鉢龍既受身已後往佛所問言我何時當得脱此龍身佛答我言當來過若干百千億萬歲有釋迦牟尼佛出現於世彼佛當記汝得解脱時我

今既見世尊生希有心始知諸佛言無虚妄是以欣笑又念昔違佛教今復不能受佛明戒是以悲泣復白佛言願記我何時當得脱此龍身佛言當來過百千億萬歲有彌勒佛出現於世汝於爾時得脱龍身出家受戒廣修梵行得盡苦原佛便爲龍受三自歸爲優婆塞復爲八萬四千人説種種妙法示教利喜所謂施論乃至出要爲樂皆歡喜已更爲説諸佛常所説法苦集盡道八萬四千人即於座上遠塵離垢得法眼淨見法得果已受三自歸次受五戒於是龍王語摩納言汝今何爲須此龍女龍女多恚或以毒火共相傷害隨汝所須金銀寶物盡當相與答言止止龍王我不須龍女亦不須金銀我聞佛最後説偈得離欲界欲故佛説法已語龍王言汝可還歸所住龍王受教頂禮而退龍王去後摩納前禮佛足白佛言世尊願與我出家受具足戒佛言善來比丘乃至鉢盂在手亦如上説出家未久勤行不懈得阿羅漢爾時世間有六十二阿羅漢於是世尊從鹿苑漸漸遊行到婆羅林在樹下坐去林不遠有一園觀時有同友三十人各將其婦於中遊戲一人無婦雇一婬女假好衣服共遊此園方欲極情肆樂而彼婬女著其好衣忽然叛去相助追覓至婆羅林遥見世尊姿容挺特猶若金山見已生希有心皆到佛所頂禮佛足卻立一面問佛言大沙門見有一女人來不佛言寧欲自求爲欲求他答言我寧自求不求婦女佛言且坐爲汝説法皆受教更禮而坐佛爲説種種妙法示教利喜乃至苦集盡道

三十人皆遠塵離垢得法眼淨見法得果已白佛言願與我出家受具足戒佛言善來比丘乃至得阿羅漢亦如上說爾時世間有九十二阿羅漢時復有六十人爲婚姻事行過娑羅林遥見世尊姿容挺特猶若金山皆到佛所頂禮佛足佛爲說法乃至得阿羅漢皆如上說爾時世間有百五十二阿羅漢

彌沙塞部五分律卷第十五

音釋

殄徒典切絕也　祚昨故切位也　闚⿵門俞闚去規切⿵門俞羊朱切闚⿵門俞私視也　酷苦沃切苛虐也　砥諸市切平也　僂力主切傴也　喘昌兗切疾息也　舁以諸切共舉也　鞁毗意切馬駕具鞍上被也　㝹奴侯切　憩去制切息也　胄直祐切裔也　顒魚容切顒顒體貌敬順也　企去冀切舉踵望也　鞞府移切　躓支義切跲也　鑽借官切　頞烏割切　絡繹絡盧各切繹羊益切絡繹不絕也

彌沙塞部五分律卷第十六

宋罽賓三藏佛陀什共竺道生等譯

第三分初受戒法之二

於是世尊告諸比丘汝等各各分部遊行世間多有賢善能受教誡者吾今獨往優爲界鬱鞞羅迦葉所而開化之諸比丘受教分部而去世尊便到迦葉所迦葉事一毒龍著別靜室無敢入者唯除迦葉佛故投暮往到其所求索寄止龍室中宿答言甚不受也中有毒龍恐相害耳佛言無苦龍不害我答言若不畏者隨意入宿佛即持草入室敷座而坐作是念我當稍化龍身使形如箸內於鉢中以調伏彼適坐須臾龍大瞋忿身皆烟出佛亦出烟龍舉身火然佛亦舉身出火二火俱盛龍室洞然時迦葉及諸弟子來遶龍室悲慟言可惜大沙門不用我語爲龍所害明旦佛以鉢盛龍而出語迦葉言此鉢毒龍衆人所畏今以降矣迦葉心念是大沙門雖神不如我道眞世尊即以神力如力士屈伸臂頃持龍著世界中間還迦葉所迦葉問佛龍著何所答言置世界中間迦葉復念是大沙門極神須臾之間持龍乃著世界中間雖然故不如我已得阿羅漢道迦葉白佛願大沙門住此我自供養佛言汝若能日日自來請我當受汝請答言甚善去迦葉不遠有一茂林佛於中止夜四天王來下侍衛并欲聽法四王光明猶四火聚迦葉夜起見佛邊有似四大火聚不知何等明日請佛白言食具已辦願見顧食又問昨夜此間有四光聚似火而非爲是何等佛言昨夜四天王來下供養聽

法是其光耳迦葉復念是大沙門極大威神乃使四天王自來供養雖然故不如我已得阿羅漢道佛語迦葉汝且前去吾隨後到迦葉適去佛如屈伸臂頃到閻浮提樹取其果還迦葉未至已在其坐迦葉後至見佛問言我不從餘道還亦無經過處不見大沙門為從何道來佛言汝適去後我至閻浮提樹取其果還香美可食今以與汝可試食之迦葉復念大沙門有大神力然不如我已得阿羅漢道佛食已還彼林中夜釋提桓因自下侍衛并欲聽法帝釋光明遍照林中倍四天王迦葉夜見亦復不知是何等光明日復來請佛白食已辦并問光意佛言昨夜釋提桓因供養聽法是其光耳迦葉復念是大沙門神則神矣乃使帝釋自來供養然不如我已得阿羅漢道佛語迦葉汝且前去吾隨後到迦葉適去佛到閻浮提邊訶梨勒林取其果還迦葉未至已在其坐迦葉後至如上而問佛言汝適去後我到閻浮提邊訶梨勒林取其果還香美可食今以與汝可試食之迦葉復如上念佛食已還彼林中夜娑婆世界主梵天王自下侍衛并欲聽法梵王光明倍於帝釋迦葉夜見亦復不知是何等光明日復來請佛白食已辦并問光意佛言昨夜梵天王來下供養聽法是其光耳迦葉復念是大沙門神則神矣乃使梵王自來供養然不如我已得阿羅漢道佛語迦葉汝且前去吾隨後到迦葉適去復到閻浮提邊阿摩勒林取其果還餘如上說佛食已還彼林中爾時世尊須水澡洗尼連禪河自然曲流經佛邊過令

佛得用明日迦葉復來請佛白食已辦見河曲流即問誰曲此流佛言吾昨須水水自曲來迦葉復念是大沙門神則神矣發心念水水則曲流然不如我已得阿羅漢道佛語迦葉汝且前去吾隨後到迦葉適去佛到俱耶尼取彼牛乳餘如上說佛食已還彼林中爾時有斯那婆羅門婢死棄衣塜間佛取持還念當於何浣適發心時釋提桓因來下以手指地水出成池白佛言可於此浣阿毗釋迦山神送大石盆亦白佛言可用浣之復念我拄何物用浣此衣去池不遠有柯睺樹其神曲枝令佛攀之佛浣衣竟於虛空中曬迦葉明日復來請佛白食已辦見浣衣事皆以問佛佛具以答迦葉心念如前佛語迦葉汝且前去吾隨後到迦葉適去佛到鬱單越取自然粳米餘如上說佛食已還彼林中爾時迦葉明日節會念言今不請佛若衆人見者必當捨我競奉事之便止不請佛即遙知復到鬱單越取食而食過其日已迦葉復來請佛白食已辦又問佛昨不來竟於何食佛言汝昨節會念言佛若來者衆人共見必當捨我競共事之是故我到鬱單越取食而食迦葉復念是大沙門神則神矣乃知人念然不如我已得阿羅漢道於是佛與迦葉俱到其家食已還彼林中爾時迦葉五百弟子皆共破薪而斧不舉以事白師師言恐大沙門所爲汝往問之即以問佛佛問欲使舉不答言欲舉佛言可去斧自當舉既舉復不肯下復以白師師教問佛佛問欲使下不答言爾佛言可去斧自當下既下斧皆著薪又不得舉復

以白師師教問佛佛問欲舉不答言爾佛言可去自舉得用即皆得用復欲然火火不肯然復以白師師教問佛佛問欲使然不答言爾佛言可去火自當然火即自然既然復不肯滅復以白師師教問佛佛問欲使滅不答言爾佛言可去火自當滅火即自滅復欲瀉水滅炭水住瓶中終不肯出復以白師師教問佛佛言欲使出不答言爾佛言可去水自當出水即自出既出復不肯止復以白師師教問佛佛言欲使止不答言爾佛言可去水自當止水即自止爾時黒雲大雨七日佛所住林及迦葉家浩成一水迦葉恐佛爲水所漂乘船來視乃見世尊在尼連禪河水上經行迦葉復念是大沙門神則神矣水大暴長不爲漂没乃方在上經行然不如我已得阿羅漢道於是世尊飛昇虛空告迦葉言汝非羅漢何爲虛妄自稱得道迦葉白言實爾世尊實爾世尊復白佛言願得於大沙門所出家受具足戒佛言報汝弟子未答言未佛言可先報之迦葉受教即還語弟子言汝等知不我欲於大沙門所淨修梵行汝等從我爲善不樂隨意五百弟子同聲言我等見佛降龍已生信心但待師耳願皆隨從於是師徒共往佛所白佛言我等師徒俱欲出家受具足戒佛言善來比丘受具足戒於我善説法律能盡一切苦淨修梵行迦葉及五百弟子鬚髮自墮袈裟著身鉢盂在手既受戒已以先被服事火之具皆棄尼連禪河中是爲迦葉及五百弟子受具足戒迦葉有二弟大名那提迦葉小名伽耶迦葉大弟有三百弟子

小弟有二百弟子去兄一由旬居在下流見兄事火之具隨水來下恐兄爲惡人所害大水所漂二弟即將五百弟子逆水而上見兄師徒皆作沙門惟而問之何故如此答言此道最勝出要之法無有過者二弟及其五百弟子皆共議言我兄智慧第一而今樂之此道必勝皆當相與同兄出家即共詣佛頂禮佛足白佛言願與我等出家受具足戒佛言善來比丘乃至鉢盂在手亦如上説於是世尊作是念何處多有飲食卧具於中教誡此故梵志千比丘僧彼伽耶山多有飲食卧具念已將千比丘往到彼所以三事教誡一者神足教誡二者説法教誡三者教勑教誡何謂神足教誡如神通中説何謂説法教誡言比丘當思是不可思是當憶念是不憶念是當修是當斷是當依是行何謂教勑教誡言比丘一切熾然云何一切熾然眼熾然色熾然眼識眼觸眼觸因縁生受亦熾然以何熾然欲火熾然瞋欲癡欲熾然乃是意法亦如是聖弟子聞如是法生於猒離無有染著便得解脱解脱智生所作已作梵行已立不復受有説是法時千比丘漏盡心得解脱爾時世尊作是念吾昔與缾沙王要得道度之今應詣彼便與千比丘前後圍遶漸漸遊行向王舍城缾沙王聞佛成道度優爲迦葉兄弟三人及千弟子今來此邑即勑國界四萬二千聚落一聚落出豪傑二人出共迎佛八萬四千人乗象馬車前後導從爾時春末月熱已極盛衆人各念願得微陰時釋提桓因知彼念即化作雲蓋涼風微起自化爲梵天著

黄色衣執七寶杖七寶柄拂離地一肘於佛前導時摩竭人欲當佛前帝釋驅逐悉皆嫌之而說偈言

形如梵天王　執杖而躡虚　口宣柔軟語
是誰之給使

時釋提桓因以偈答言

解脱一切縛　最上調御士　應供已善逝
我爲彼給使

時缾沙王作是念佛止宿處我當即以此處施佛立於精舍佛知其意暮宿迦蘭陀竹園于時大衆咸生疑念不知佛與優爲迦葉誰是弟子佛知衆念便向優爲迦葉而說偈言

優爲汝何見　而捨事火法　吾今親問汝
汝可如實答

優爲迦葉以偈答言

常貪於美味　心馳色聲中　我見有斯垢
故捨事火業

爾時大衆雖聞佛與迦葉各說一偈未悟義旨猶有疑慮佛知衆心復以偈問

五味甘人口　聲色悦人心　汝見此爲垢
於何而得無

優爲迦葉復以偈答

我見休息道　一切無有著　不異不可異
於此捨火祠

爾時大衆雖重聞偈猶懷猶豫佛知其心便告迦葉汝起扇佛即受教起扇又語迦葉現汝神變即復示現種種神化分身百億還合爲一石壁皆過入地如水履水如地坐卧空中如鳥飛翔舉身洞然煙若雲起手捫日月乎立至梵自在無礙或身上出水身下火然

或身上火然身下出水然後來下稽首佛足右遶三帀長跪合掌白佛言世尊是我師我是世尊弟子如是三白已語大衆言吾之所知下及神變皆大師恩於是大衆始知迦葉是佛弟子便於佛所喜敬無量諸佛常法人心未轉不爲說法佛知大衆旣已喜敬爲說種種妙法示教利喜及說佛常所說法苦集盡道瓶沙王及八萬四千人即於座上遠塵離垢得法眼淨見法得果已受三自歸及受五戒於是瓶沙王稽首請佛及僧明日中食佛默然受歡喜還宮敕辦種種美饍明旦於竹園敷座自出白食具已辦佛與大衆隨次而坐王手自斟酌歡喜無倦食已行水在一面立白佛言今以此竹園奉上世尊佛言可以施僧其福益多王復白佛願垂納受佛言但以施僧我在僧中王便受教以施四方僧然後取小牀於佛前坐爲說隨喜呪願偈如爲毗蘭若所說說已更爲說種種妙法遣還所住王從座起頂禮佛足右遶三帀而退

爾時世尊在羅閱祇竹園精舍彼有一邑名那羅陀有故梵志名曰沙然受學弟子二百五十門徒之中有二高足一名優波提舍二名拘律陀爾時頞鞞著衣持鉢入城乞食顏色和悅諸根寂定衣服齊整視地而行時優波提舍出遊遥見頞鞞威儀庠序歎未曾有待至便問何所法像衣服反常寧有師宗可得聞乎頞鞞對曰瞿曇沙門是我大師我等所尊從而受學優波提舍言汝等大師說何等法頞鞞言我年幼稚學日初淺豈能宣師廣大之義今當爲汝略說其要我師所說法

從緣生亦從緣滅一切諸法空無有主優波提舍聞已心悟意解得法眼淨便還所住爲拘律陀説所聞法拘律陀聞亦離塵垢得法眼淨即問如來遊化今在何住答言今在迦蘭陀竹園拘律陀言如來是我等師便可共往禮敬問訊優波提舍言二百五十弟子師臨終時囑吾等成濟豈可不告而獨去乎二人即往弟子所語言我等欲從瞿曇沙門淨修梵行汝等各各隨意所樂時二百五十弟子皆悉樂從二人便將弟子俱詣竹園世尊遥見告諸比丘彼來二人一名優波提舍二名拘律陀此二人者當於我弟子中爲最上首智慧無量神足第一須臾來到佛爲漸次説法布施持戒生天之論訶欲不淨讚歎出離即於座上漏盡意解皆前白佛願得出家淨修梵行佛言善來比丘於我法中修行梵行得盡苦原即名出家受具足戒

爾時世尊遊羅閱祇鬱鞞羅迦葉兄弟及千弟子舍利弗目揵連及二百五十弟子皆出家學道羅閱祇諸豪貴族姓長者居士亦皆出家大衆圍遶集於彼國而爲説法

佛在王舍城爾時世尊未教諸比丘有和尚阿闍梨無和尚阿闍梨故威儀失節著上下衣皆不如法不知淨不淨事不繫念在前不善護諸根入聚落乞食受不淨食自手取食不從人受人授食時就彼手中抄撥而取手捻鉢緣不擎鉢受食時高聲亂語不信樂佛法者譏訶言此諸沙門甚於外道無有威儀乃至高聲亂語無沙門行破沙門法其所不經過處皆得善利復有一病比丘無瞻視者

由此命過諸長老比丘聞種種訶責以是白佛佛以是事集比丘僧問諸比丘汝等實爾不答言實爾世尊佛種種訶責言汝等云何散亂其心行止坐卧皆不如法訶已告諸比丘若被著上下衣不如法乃至食時高聲亂語皆突吉羅從今以十利故聽諸比丘有和尚自然生心愛念弟子如兒弟子自然生心敬重和尚如父勤相教誡更相敬難則能增廣佛法使得久住請和尚法應偏袒右肩脫革屣胡跪兩手捧和尚足作是言我某甲今求尊爲和尚尊爲我作和尚我樂爲尊和尚依尊爲和尚故得受具足戒如是三求和尚應答可爾當教誡汝汝莫放逸弟子應承奉和尚若不白和尚入聚落突吉羅若欲共餘比丘行亦應白和尚若不白若不聽而去皆突吉羅若餘比丘呼共行亦如是若欲就餘比丘取衣鉢革屣之屬亦應白若不白若不聽而取皆突吉羅若欲與餘比丘衣鉢亦如是若餘比丘欲爲擔衣鉢及爲取亦應白若不白若不聽而輒作皆突吉羅若餘比丘倩擔衣鉢及令取亦如是凡有所作乃至剃頭若爲人剃皆應白唯除大小便及用楊枝若和尚犯麤惡罪弟子應勤作方便令速除滅若不作方便突吉羅若僧應與和尚作别住若行摩那埵若行本日若行阿浮訶那弟子應勤作方便求僧速與作别住乃至阿浮訶那若不勤作突吉羅若和尚出罪之日弟子應爲掃灑敷座辦舍羅籌集僧求羯磨比丘若不爾突吉羅若僧與和尚作訶責羯磨驅出羯磨依止羯磨舉罪羯磨下意羯磨弟子

應勤求僧令莫作若不求僧突吉羅若僧必應作此諸羯磨弟子應求莫違法若不求突吉羅若和尚病弟子應扶侍左右若和尚有物應白取易隨病食隨病藥若和尚無物自有應爲易若復自無應爲索又應朝暮爲病和尚說法和尚病未瘥不得近行若不爾突吉羅若弟子犯麤惡罪乃至病未瘥和尚看視亦應如是爾時諸比丘一語授戒言汝歸依佛又有比丘二語授戒言汝歸依佛歸依法又有比丘三語授戒言汝歸依佛歸依法歸依僧以是白佛佛言不應一語二語三語授戒又有比丘作善來比丘授戒諸長老比丘訶責汝云何如佛作善來比丘授戒以是白佛佛言不應作善來比丘授戒爾時諸比丘作是念但佛與比丘受戒我等亦得若得者應云何授以是白佛佛言今聽汝等與比丘受戒應作白四羯磨授欲受戒者偏露右肩脫革屣禮僧右膝著地作是白大德僧聽我某甲從某甲和尚受具足戒今從僧乞受具足戒願僧濟拔我慈愍故如是三白衆中應一知法比丘若上座若上座等僧中白言大德僧聽此某甲欲受具足戒某甲爲和尚僧今與某甲授具足戒和尚某甲若僧時到僧忍聽白如是大德僧聽此某甲欲受具足戒某甲爲和尚僧今與某甲授具足戒和尚某甲誰諸長老忍默然若不忍說第二第三亦如是僧已忍某甲受具足戒和尚某甲竟僧忍默然故是事如是持時諸比丘便四人乃至九人與一人乃至衆多人受具足戒諸長老比丘訶責以是白佛佛言聽十衆授具

足戒諸比丘便以非人白衣滅擯人被舉人自言人不同見人狂人散亂心人病壞心人比丘尼式叉摩那沙彌沙彌尼足爲十衆授具足戒以是白佛佛言應如法比丘十人授具足戒諸比丘授眠人醉人狂人散亂心人病壞心人異見人具足戒以是白佛佛言不應授眠人乃至異見人具足戒應如法十比丘授如法人具足戒諸比丘以眠人醉人狂人散亂心人病壞心人爲和尚以是白佛佛言不應以此人爲和尚諸比丘復以二人乃至十人爲和尚以是白佛佛言應以一人爲和尚不應以二人乃至十人有說欲受具足戒不能得集十如法比丘作是念若佛聽我於布薩時自恣時僧自集時受具足戒者無如是苦以是白佛佛言聽同布薩時自恣時僧自集時受具足戒時六羣比丘與其和尚阿闍梨不和合便與受戒人作難以是白佛佛言受戒人若無難不應爲生難若爲生難突吉羅復有諸比丘以小似片事强與受戒人作難或言似瞎或言似跛見其短小便言未滿二十或言父母似未聽出家以是白佛佛言不應以小似片事與受戒人作難若作難突吉羅諸比丘猶爲作難以是白佛佛言若合和尚阿闍梨意應與受戒復有諸比丘於界內作別衆授戒以是白佛佛言應出界外白二羯磨作小界授戒先應一比丘唱四方界相一比丘白大德僧聽如某甲比丘所唱界相今僧結作戒壇共住共布薩共得施若僧時到僧忍聽白如是大德僧聽如某甲比丘所唱界相今僧結作戒壇共住共布薩

共得施誰諸長老忍默然若不忍說僧已結某甲比丘所唱界相作戒壇共住共布薩共得施竟僧忍默然故是事如是持諸比丘既結戒場不捨而去以是白佛佛言應白二羯磨捨界而去一比丘白大德僧聽此結界處僧今捨是界若僧時到僧忍聽白如是大德僧聽此結界處僧今捨是界誰諸長老忍默然若不忍說僧已捨是界竟僧忍默然故是事如是持時諸比丘將欲受戒人至受戒處語上座言爲作羯磨答言我不誦羯磨乃至下座亦如是不得爲受戒以是白佛佛言皆應誦羯磨若十歲已後不誦突吉羅諸比丘將二欲受戒人至受戒處欲爲受戒二人諍先不得爲受以是白佛佛言先到受戒處者應先與受戒若二人俱到年大者應先與受若同年和尚大者應先與受若和尚復同應一時羯磨先稱名者先受三人亦如是優波離問佛餘事亦得羯磨三人不佛言得又問得與四人作羯磨不佛言一切不得羯磨四人諸比丘將欲受戒人至受戒處欲爲受戒遇賊被剝殆死而還諸比丘作是念若世尊聽我等於僧坊內立受戒壇者不遭此難以是白佛佛言今聽於僧坊內白二羯磨結戒作受戒場應先白二羯磨捨僧坊界一知法比丘唱言大德僧聽此一住處僧共住共布薩共得施先結此界今解若僧時到僧忍聽白如是大德僧聽此一住處僧共住共布薩共得施先結此界今解誰諸長老忍默然若不忍說僧已解先所結界竟僧忍默然故是事如是持解僧坊界已然後結戒場應一比

丘唱戒壇四方相更一比丘白二羯磨如上說結戒壇已更結僧坊界應一比丘唱四方界相又唱除內地更一比丘白大德僧聽此某甲比丘唱四方界相及除內地今僧結作大界共住共布薩共得施若僧時到僧忍聽白如是大德僧聽此某甲比丘唱四方界相及除內地今僧結作大界共住共布薩共得施誰諸長老忍默然若不忍說僧已結某甲比丘唱四方界相及除內地作僧大界共住共布薩共得施竟僧忍默然故是事如是持

爾時有一外道摩納欲於正法出家受具足戒到舍利弗所白言無我出家受具足戒舍利弗不爲授如是遍至五百比丘所皆不與授便啼哭還歸佛以天眼觀見問舍利弗言此摩納何故啼哭而歸具以事答又問此人曾有一善言向諸比丘不答言有又問有何善言答言我先乞食此人讚我言此沙門釋子善好有德應與食佛言此恩應報汝可度之舍利弗受教即與授具足戒復有一外道摩納薄福乞食不能得作是念沙門釋子乞食易得病瘦醫藥人所樂與我今寧可就彼出家受具足戒念已便到僧坊白諸比丘言與我出家受具足戒諸比丘即與授具足戒薄福故遇僧次請食斷諸比丘語言汝可著衣持鉢乞食答言大德我畏乞食故於佛法中出家而今云何教我乞食諸長老比丘訶責云何度不能乞食人以是白佛佛言不應度此人度者突吉羅若度人時應先問汝爲何等出家若言爲飲食故不應度若言爲求善法猒生老病死憂悲苦惱者此應度若授

具足戒時應先爲說四依依糞掃衣依乞食依樹下坐依殘棄藥能盡壽依此四事不若言能應爲授若言不能不應爲授有大長者婆羅門猒患世間作是念沙門釋子等行正法廣修梵行於彼出家得盡苦際念已即到僧坊求出家受具足戒諸比丘言如來應供等正覺說四依法若能盡壽依此當與汝出家授具足戒婆羅門言云何爲四依諸比丘即爲說婆羅門言此四依世所薄賤我不能依此復言若大德先與我授具足戒然後說者我不獲已或能行之於是還歸諸比丘念言佛若聽我等授具足戒已然後說四依者不使此人於佛法退以是白佛佛言聽授具足戒已然後說四依爾時諸比丘授具足戒已在前還歸新受戒人於後見昔私通婬女婬女言汝不能生活故入道耶答言我猒生老病死憂悲苦惱欲盡苦原故於此中等行正法廣修梵行彼女復言若如汝語交會無期今可共我作最後行欲即共行之際暮乃還諸比丘問汝何故住後彼以實答諸比丘便驅出言汝出去汝滅去比丘法中若行此事非沙門非釋種子彼比丘聞悶絕躃地作是言若受戒時語我者正使失命豈當犯此諸比丘以是白佛佛言受具足戒竟便應爲說十二法四墮法四喻法四依法爾時佛未聽諸比丘有阿闍梨諸比丘和尚喪以無和尚阿闍梨故披著上下衣不如法乃至食時亂語皆如上說諸長老比丘以是白佛佛言從今以十利故聽諸比丘有阿闍梨阿闍梨自然生心視弟子如兒弟子自然生心視阿

闍梨如父事事如和尚中説佛既聽有阿闍梨不知有幾種阿闍梨以是白佛佛言有五種阿闍梨出家阿闍梨教授阿闍梨羯磨阿闍梨授經阿闍梨依止阿闍梨諸比丘不知云何是出家乃至依止阿闍梨以是白佛佛言始度受沙彌戒是名出家阿闍梨授具足戒時教威儀法是名教授阿闍梨授具足戒時爲作羯磨是名羯磨阿闍梨就授經乃至一日誦是名授經阿闍梨乃至依止住一宿是名依止阿闍梨佛既聽有依止阿闍梨便依止比丘尼式叉摩那沙彌沙彌尼狂心亂心病壞心人被舉人滅擯人異處住人别住人行摩那埵人行本日人應出罪人自言人多人語人諸羯磨人以是白佛佛言不聽依止如上諸人唯聽依止如法比丘此中有成乞依止有不成乞依止有成與依止有不成與依止有成受依止有不成受依止有不成乞依止者若比丘從比丘尼乞依止若從式叉摩那沙彌沙彌尼乃至諸羯磨人乞依止是名不成乞依止若從如法比丘乞依止而不作是語我某甲今求尊依止尊爲我作依止我依止尊住尊當教誡我我當受尊教誡是亦不成乞依止成乞依止者從如法比丘作如上乞是名成乞依止不成與依止者若比丘尼式叉摩那沙彌沙彌尼乃至諸羯磨人與比丘依止是名不成與依止若從如法比丘如法乞竟彼不語言汝莫放逸是亦不成與依止是名不成與依止成與依止者於如法比丘如法乞竟彼言汝莫放逸是名成與依止不成受依止者若比丘從比丘尼式叉

摩那沙彌沙彌尼乃至諸羯磨人受依止皆不名受依止若於如法比丘不作如上語我某甲今求尊依止乃至我當受尊教誡亦不成受依止是名不成受依止成受依止者於如法比丘作如上語我某甲今求尊依止乃至我當受尊教誡是名成受依止爾時諸比丘便隔壁障受依止或不恭敬覆頭覆肩著革屣坐卧受依止諸長老比丘以是白佛佛言應偏袒右肩脱革屣胡跪合掌面前作如上語我某甲今求尊依止乃至我當受尊教誡爾時六羣比丘不敬和尚阿闍梨不敬戒諸餘比丘亦有効者諸長老比丘以是白佛佛問六羣及諸比丘汝等實爾不答言實爾世尊佛種種訶責汝等愚癡云何不敬師不敬戒訶已告諸比丘從今諸比丘若不敬和尚阿闍梨不敬戒突吉羅諸比丘猶有不敬者以是白佛佛言應作不共語法諸比丘便與作盡形壽不共語法亦不相見或驅出所住亦與癡比丘無罪比丘作不共語法復不語其罪作不共語法以是白佛佛言不應盡壽與不敬和尚阿闍梨者作不共語法癡人無罪人不應與作不共語法亦不應不語其罪作不共語法不共語有五種一者語言汝莫共我語二者汝有所作莫白我三者莫入我房四者莫捉我衣鉢及助我作衆事五者莫來見我諸比丘便以小事作不共語法以是白佛佛言不應以小事作不共語法若弟子成就五事師應與作不共語法於師無慚無愧不敬不愛不供養是爲五事無此五事不應爲作不共語法有諸比丘既與弟子作

不共語法還復共語共住弟子倍更憍慢以是白佛佛言不應作不共語竟還復共語我不爲令彼失依止故作不共語爲調伏休息向泥洹故作不共語法若還共語突吉羅復有諸比丘爲弟子作不共語法餘比丘輒與共語弟子以此倍慢於師以是白佛佛言不應他與弟子作不共語法而共語佛既不聽他人與共語便以此事還俗或作外道以是白佛佛言若欲教彼悔過於師者聽得共語時有師與弟子作不共語弟子不肯悔過以是白佛佛言不應不悔過應作如是悔過偏袒右肩右膝著地以兩手捧師足極自卑下白言我小我癡後不敢復作爾時有師不受弟子悔過以是白佛佛言若還有慚愧敬愛供養不應不受悔過受悔過者罪則除滅復有諸師不知弟子犯戒不犯戒不知悔過不悔過見弟子犯戒不教訶以是白佛佛言師應知弟子犯戒不犯戒悔過不悔過見犯戒應教訶若不知不教訶突吉羅爾時常住比丘不禮來去比丘來去比丘亦不禮常住比丘常住比丘亦不相禮有一比丘到一住處不禮諸比丘諸比丘問言從何處來答言某處來諸比丘言當知汝住處諸比丘皆如此憍慢我等不應共住以是白佛佛言應盡禮若不禮突吉羅復有諸比丘或隔障禮或遥禮或卧口言和南或直舉手或小低頭諸長老比丘種種訶責以是白佛佛言不應作如是禮應一心恭敬脱革屣偏袒右肩兩膝著地接足而禮有諸比丘一一禮諸比丘便失伴以是白佛佛言但禮師總禮餘人而去

爾時優波斯那比丘二歲將一歲弟子到佛所頭面禮足却坐一面弟子後次禮佛衣囊隨佛膝上佛問優波斯那此是誰弟子答言是我弟子佛問汝幾歲答言我二歲又問弟子幾歲答言一歲佛種種訶責汝所作非法云何自未離乳而使乳人訶已告諸比丘不應一歲乃至九歲授人具足戒十歲如法然後得授若未滿十歲及不如法授人具足突吉羅九歲猶應依止他

彌沙塞部五分律卷第十六

音釋

箸 遲倨切與筯同 内 奴荅切入也 捻 奴結切指捻也 緣 以絹切邊側也 擎 渠京切舉也 擔 丁含切負荷也 倩 七政切借使人也 瘥 楚懈切也除也 瞎 許鎋切目盲也 跛 布火切偏廢也 足 躃 房益切倒也

彌沙塞部五分律卷第十七

宋罽賓三藏佛陀什共竺道生等譯

第三分初受戒法之三

佛在王舍城爾時有一裸形外道極大聰明摩竭國人謂之知者見者來至僧坊言沙門釋子誰敢共我論議者時諸比丘遊戲諸禪不共論議亦不共語舍利弗作是念彼作此語若無人共論議者必毀辱佛法我今寧可與共論議復念此尼揵爲摩竭國人之所宗敬若我以一句義問不能通者必失名聞不歸大法今當與之七日論議念已語言我當與汝七日論議時王舍城長者居士沙門婆羅門咸共議言沙門釋子舍利弗爲第二師期與尼揵第一師七日論議當共往聽至期一日至于六日論説餘事皆使結舌至第七日舍利弗説欲從思想生尼揵子説欲從對起時舍利弗而説偈言

世間諸欲本　皆從思想　住世間欲本
而有染著心

尼揵即以偈難

欲若思想生　而有染著生　比丘惡覺觀
便已失梵行

舍利弗復以偈答

欲非思想生　從對而起者　汝師長衆色
云何不受欲

尼揵聞此偈已不能加報便生善心欲於佛法出家學道時跋難陀在彼衆中色貌姝長而舍利弗形容短小彼作是念此短小比丘才智若斯而況堂堂者乎便往跋難陀所白言與我出家受具足戒跋難陀即便度之舍

利弗論議竟往到佛所頭面禮足却坐一面佛問言汝何故與尼揵七日論議具以事答佛讚言善哉善哉舍利弗汝多所憐愍多所利益彼尼揵比丘問跋難陀經律悉不能答便輕賤佛法謂諸比丘都無所知還復外道諸長老比丘聞訶責言云何比丘十歲而不知法不能爲弟子解疑使還復外道以是白佛佛問跋難陀汝實爾不答言實爾世尊佛如上訶責已告諸比丘若自不知法與人出家授具足戒突吉羅若比丘成就十法得授人具戒成就戒成就威儀畏愼小罪多聞能持佛所說法善誦二部律分別其義能教弟子增戒學增心學增慧學能除弟子疑亦能使人除其疑能治弟子病亦能使人治其病若弟子生惡邪見能教令捨亦能使人教令捨若弟子國土覺起能迴其意亦能使人迴之若滿十歲若過十歲又成就十法應授人具足戒知重罪知輕罪知麤罪知非麤罪知有餘罪知無餘罪知有羯磨罪知無羯磨罪知罪因緣滿十歲若過十歲又成就五法應授人具足戒能教弟子增戒學增心學增慧學所行審諦繫念在前又成就五法三法如上聰明辯才又成就五法戒成就定成就慧成就解脫成就解脫知見成就又成就五法自住戒教他住戒自住定教他住定自住慧教他住慧自住解脫教他住解脫自住解脫知見教他住解脫知見又成就五法成就無學戒衆無學定衆無學慧衆無學解脫衆無學解脫知見衆又成就五法能教弟子增上戒增上梵行知犯不犯知悔過未悔過滿十

歲若過十歲應授人具足戒度沙彌爲人作依止亦如是有一出家外道來到僧坊語諸比丘言大德與我出家受具足戒諸比丘不知云何以是白佛佛言應先與作四月日別住白二羯磨試之若合諸比丘意然後與出家受具足戒羯磨法應教外道脫革屣偏袒右肩一一禮僧足胡跪合掌白言大德僧聽我某甲先外道今求此法律中出家從僧乞四月日別住願僧憐愍故與我作別住法若合諸比丘意然後與我出家受具足戒如是三乞應一知法比丘白言大德僧聽此某甲先外道欲於此法律中出家受具足戒今從僧乞四月日別住法僧今與四月日別住法若合僧意當與出家受具足戒若僧時到僧忍聽白如是大德僧聽此某甲先外道欲於此法律中出家受具足戒今從僧乞四月日別住法僧今與四月日別住法若合僧意當與出家受具足戒誰諸長老忍默然若不忍說僧已與某甲外道四月日別住法竟僧忍默然故是事如是持不合僧意者若早入聚落際暮乃歸若數往寡婦婬女年長童女家數與共語作求色欲種種方便若聞毀呰本所事外道而懷瞋忿聞讚歎三寶不喜不樂不樂比丘威儀不樂誦習佛經不樂受教誡是名不合僧意若無此名爲合應與出家受具足戒爾時諸比丘度負債人與授具足戒受具足戒已入王舍城乞食債主見語言汝負我債誰聽汝出家有言應奪取衣鉢捉以付官或有言已入無畏城應放使去何以故瓶沙王有令若國內有毀辱比丘比丘尼者

當與重罪債主便譏訶言此諸沙門無有可度不可度者云何度負債人無沙門行破沙門法諸長老比丘聞種種訶責以是白佛佛問諸比丘汝等實爾不答言實爾世尊佛種種訶責已告諸比丘不應度負債人與授具足戒度及授具足戒時皆應先問汝負債不若言不負應度應授若言負不應度不應授若度若授皆突吉羅若不問亦如是度奴亦如是

爾時有一小兒父母教就師學書及諸技術彼師兼使餘作又數與杖便捨師歸父母即還還師所便作是念師既苦我父母復不念惜我今於何許得脫此患唯當出家受具足戒念已即往僧坊白諸比丘與我出家受具足戒諸比丘即便度之彼師既失問其父母父母言我即遣還何以不至於是父母及師四出追覓到僧坊問諸比丘諸比丘皆言不見唯師默然而住不得而歸此兒後入王舍城乞食師見譏訶言沙門釋子常說不應妄言如何度我作人而言不見諸長老比丘聞種種訶責以是白佛佛言不應受他作人亦如上說從今若度人應房房禮僧自稱名字令僧盡識

爾時舍衛城十七羣童子不滿二十畢陵伽婆蹉與受具足戒不堪忍飢喚呼求食如戒經中說與受具足戒時應問年滿二十不

爾時諸比丘度阿練若賊與受具足戒後入王舍城乞食諸居士見言此人先殺我如是如是親里劫我財物有言應捉付官乃至告諸比丘不應度亦如上說復有諸賊獸作惡

業求出家受具足戒諸比丘不知云何以是白佛佛言聽將至人不識處與出家受具足戒

爾時有一人為邑里所患白王願王勑之勿復作惡王言汝等將來我為汝殺彼人聞之即便叛走遍求不得復以白王王即舉令若有得者聽即殺之彼人復聞作是念我今於何得全性命唯有沙門釋子道中乃可濟耳便到僧坊求出家諸比丘即度之後入王舍城乞食諸人見便欲捉殺或有人言既已出家便是已死不須復殺或復有言此人已入無畏城乃至告諸比丘不應度亦如上說

爾時跋難陀有二沙彌一名騫荼二名磨竭陀更互行婬諸長老比丘聞以是白佛佛問跋難陀汝實畜二沙彌不答言實爾世尊佛種種訶責已告諸比丘不應畜二沙彌畜者突吉羅

爾時有一家為非人所害唯有父子二人父作是念我家喪破恐殃未已且復飢窮當於何處得免斯患復作是念沙門釋子多諸供養疾病醫藥我今便可將兒出家受具足戒念已往到僧坊白諸比丘與我出家受具足戒諸比丘便與出家受具足戒入城乞食一手抱兒一手擎鉢諸白衣見譏訶言此沙門釋子不修梵行或有言當是未出家時有此兒耳但諸比丘何不待大然後度之乃使此人抱兒乞食誰不謂此破於梵行諸長老比丘聞以是白佛佛言不應度小兒

爾時摩竭國人得七種重病舉身惡瘡癰白癩半身枯鬼著赤斑脂出治此諸病唯有耆

域餘無能者而瓶沙王有令勑耆域言汝當治我宮内及比丘比丘尼病不得治餘人由是諸病人皆求出家受具足戒諸比丘比丘尼與出家受具足戒爲索藥草和合煮擣多事多務妨廢行道諸白衣見譏訶言此諸沙門如醫如醫弟子常合湯藥度重病人無復可度不可度者無沙門行破沙門法復有一長者頓得七種重病往語耆域爲我治之答言汝豈不聞王有令乎長者復言密爲我治當雇汝百千金錢答之如初長者復加二百三百四百五百千金錢乃至合家財物及於妻子悉爲奴婢答亦如初彼長者復作是念如此不果唯當出家受具足戒便往僧坊白諸比丘與我出家受具足戒諸比丘即與出家受具足戒耆域爲治七日都瘥不復得治王宮人宮人病已有死者彼長者既瘥即便還俗耆域見問言汝已出家何以罷道答言我本無出家信以汝不肯爲我治病故權出家病既已瘥是故還俗於是耆域往到佛所具以白佛王若知此罪我不少願佛敎諸比丘不應度重病人佛爲耆域說種種妙法遣還所住佛問諸比丘汝等實度重病人不答言實爾世尊佛種種訶責已告諸比丘不應度重病人亦如上說

爾時諸比丘度屬官人後入王舍城乞食諸居士見譏訶言云何沙門釋子度屬官人此輩無可度不可度無沙門行破沙門法又阿闍世王有一健將力當千人時人號曰千大力士猒惡世苦作是念諸沙門釋子等行正法我當往彼出家以盡苦原即到僧坊求度

諸比丘即便度之王後欲出軍不見此人即問所屬所屬白王不知所在王便有令若軍集不至當以軍法罪之至軍集日復問彼人來未答言未來王言步軍無此人猶如象軍無第一象軍甲既解方聞沙門釋子度令出家王便瞋言如是不久沙門當度我兵盡王即立嚴制若復有度官人者當折其和尚肋骨截其阿闍梨舌與餘僧重生革沙鞕八下驅出國界諸長老比丘聞種種訶責以是白佛佛問諸比丘汝等實爾不答言實爾世尊佛種種訶責已告諸比丘不應度屬官人亦如上說

爾時諸比丘長住王舍城諸居士譏訶言外道尚知隨時移止沙門釋子樂著一處四時不動與世人何異諸比丘以是白佛佛告阿難汝可宣語諸比丘如來今當遊行南方若欲從者任意同去阿難受教遍宣此旨諸比丘中有一歲至九歲聰明慚愧欲學戒者作是念若我和尚阿闍梨去者當從不去則止何以故若我此請依止彼當復請則多事多務妨廢行道佛既發行從者甚少佛與少比丘遊行南方漸漸還王舍城以是事集比丘僧問阿難言從我南行比丘何以太少阿難具以事答佛種種讚少欲知足讚戒讚持戒已告諸比丘成就五法得離依止戒成就定成就慧成就解脫成就解脫知見成就皆如得授人戒中說

爾時世尊在釋迦國諸比丘度父母所不聽人諸居士譏訶如上於後世尊晨朝著衣持鉢到淨飯王宮時羅睺羅母將羅睺羅在高

樓上遥見佛來語言汝見彼沙門不答言見又語言彼是汝父可往索父餘財佛旣入宫於中庭露地坐羅睺羅馳下趣佛頭面禮足立佛影中白言是影甚樂願佛與我父餘財佛語言汝審欲得不答言欲得佛便將還所住告舍利弗汝可度之舍利弗白佛世尊先制不得畜二沙彌我巳有周那不復得度佛言今聽如汝等能教誡者畜二沙彌應作如是度先授優婆塞三歸法敎言我某甲歸依佛歸依法歸依比丘僧如是三說復教言我某甲歸依佛巳歸依法巳歸依比丘僧巳亦三說我是佛婆伽婆優婆塞復應教言我某甲盡壽不殺生盡壽不盜盡壽不邪婬盡壽不妄語盡壽不飲酒復應教言我某甲歸依佛歸依法歸依比丘僧如是三說我今於釋迦牟尼如來應供等正覺所出家作沙彌和尚某甲即應語言盡壽不殺生是沙彌戒盡壽不盜是沙彌戒盡壽不婬是沙彌戒盡壽不妄語是沙彌戒盡壽不飲酒是沙彌戒盡壽不歌舞作倡伎樂不往觀聽是沙彌戒盡壽不著華香塗身是沙彌戒盡壽不坐卧高大牀上是沙彌戒盡壽不受畜金銀及錢是沙彌戒盡壽不過時食是沙彌戒是爲沙彌十戒時淨飯王聞佛巳度羅睺羅便大懊惱出詣佛所白佛言佛昔出家尚有難陀不能令我如今懊惱難陀巳復出家餘情所寄唯在此子今復出家家國大計永爲斷絶未能忘情何能自忍王又推巳而白佛言子孫之愛徹過骨髓如何諸比丘誘竊人子而度爲道願佛從今勅諸比丘父母不聽不得爲道

佛為王說種種妙法示教利喜已辭退還宮即以是事集比丘僧問諸比丘父母不聽汝等實度與受具足戒不答言實爾世尊佛種種訶責已告諸比丘從今父母不聽不得度亦如上說

爾時王舍城有大富長者信樂佛法常飯食比丘比丘尼優婆塞優婆夷後為非人所害唯二小兒在遂大貧窮恒拾殘食二兒先數見諸比丘故遥見比丘便走往趣爲捉衣鉢坐比丘膝上諸比丘恐汙衣鉢輒避遠去諸居士見譏訶言此家先富一切沙門無日不往今既孤窮便捨遠避不知恩養唯食是親無沙門行破沙門法諸長老比丘聞種種訶責以是白佛佛問諸比丘汝等實爾不答言實爾世尊佛種種訶責已問阿難彼二小兒爲已幾歲能於食上驅烏未答言已能大者八歲小者七歲佛告諸比丘今聽度小兒乃至能驅烏者諸比丘既度二小兒已恒教驅食上烏而不與正食諸居士見此諸沙門常讃歎施平等食而今度二小兒但令驅烏不與正食諸長老比丘聞以是白佛佛言如上座所得食分亦應以此與沙彌驅烏小兒亦應等與

爾時有一摩納害母思惟罪重常有悔懼不知云何得滅此罪念言沙門釋子等行正法淨修梵行我若於彼出家罪應微輕便到僧坊白諸比丘與我出家受具足戒諸比丘問摩納汝外道不敬信佛法今何故欲於中出家便以實答諸比丘不知云何以是白佛佛言害父母人於我法中不復生不應與出家

受具足戒若已受具足戒應滅擯
爾時有阿練若賊殺一住阿練若處比丘從是已後心常惱熱猶如熱灰自炮其身晝夜苦痛無有暫寧作是念沙門釋子等行正法淨修梵行我若於彼出家可得離此熱惱念已即到僧坊求出家諸比丘語言汝是阿練若賊恒欲殺人奪人財物無憐愍心今何故於佛法律中出家便以實答諸比丘不知云何以是白佛佛言彼比丘是阿練若賊此人於我法中不復生不應與出家受具足戒若已受具足戒應滅擯
爾時調達惡心出佛身血諸比丘不知云何待遇以是白佛佛言惡心出佛身血於我法中不復生不應與出家受具足戒若已受具足戒應滅擯調達破僧不應與出家亦如是
爾時佛遊拘薩羅國與大比丘僧千二百五十人俱漸漸遊行到黒闇河邊止娑羅林下有一比丘從坐起偏袒右肩右膝著地合掌白佛言世尊此娑羅林是破衆多比丘尼梵行處佛問汝云何知答言我時在此又問汝破比丘尼梵行耶答言如是佛告諸比丘婬比丘尼人於我法中不復生不應與出家受具足戒若已受具足戒應滅擯
爾時有一阿修羅子猒生老病死作是念沙門釋子等行正法淨修梵行我當於彼出家盡諸苦源念已化作人形往僧坊求出家諸比丘即與授具足戒食一人分食乃至七人分食猶故不飽復食僧殘食亦復不足時王舍城有二居士同日各請五百僧諸比丘同往一家唯化比丘獨至一處須臾食五百人

分盡諸居士譏訶言云何諸比丘度非人彼比丘覺人知已忽便還本諸長老比丘聞以是白佛佛言於我法中非人不生不應與出家受具足戒若已受具足戒應滅擯授具足戒時應問汝是非人不

爾時善自在龍王猒生老病死念欲出家化作一摩納乃至諸比丘度與授具足戒亦如上龍法二時不能變形行欲時睡眠時於後眠熟身滿一屋喘息聲如雷震妨諸比丘坐禪皆出往視彼聞人聲便覺還作比丘形結跏趺坐喚令開戶彼則開戶諸比丘問汝是誰答言我是沙門釋子又語汝莫妄語彼化比丘便以實答諸比丘不知云何以是白佛佛言畜生於我法中不復生不應與出家受具足戒若已受具足戒應滅擯從今授戒不相識者應七日試看

爾時諸比丘度黃門與受具足戒便呼諸沙彌及守園人共作不淨行出外見人亦如是諸白衣見譏訶言沙門釋子度諸黃門必當共作不淨事此輩無可度不可度乃至若已受具足戒應滅擯亦如上說授具足戒時應先問汝是丈夫不二根亦如是

爾時有一家爲非人所害唯家主一人在作是念我今窮餓當作何方救全性命彼沙門釋子多得衣食疾病醫藥我今當自剃頭著袈裟住家中恒往僧中案次食念已即自剃頭作比丘往比丘住處覓食諸比丘禮皆受亦禮諸比丘諸比丘問汝何故禮他復受他禮汝爲幾歲何時受戒和尚阿闍梨爲是誰答言我自剃頭著法服無有和尚受戒年月

諸比丘不知云何以是白佛佛言若自剃頭自稱比丘於我法中不生不應與出家受具足戒若已受具足戒應滅擯

爾時跋難陀弟子尼犍比丘昔罷道者後復來求出家諸比丘不知云何以是白佛佛言捨内法外道人於我法中不生不應與出家受具足戒若已受具足戒應滅擯

爾時孫陀羅難陀跋耆子不捨戒行婬法彼後自說所犯諸比丘不知云何以是白佛佛言若自說犯邊罪於我法中不生不應與受具足戒若已受具足戒應滅擯授戒時應問汝先出家淨修梵行不

爾時諸比丘不受依止住無人教誡愚闇無知不能學戒諸長老比丘以是白佛佛言應受依止若一宿不受依止乃至不聽飲僧坊内水若飲突吉羅佛既不聽不受依止便不敢復住僧坊内時有一比丘避住止處往到佛所頭面禮足却坐一面佛問汝從何方來答言從某方來又問彼住處第一上座第二第三上座爲誰答言不識又問彼左右住處上座復是誰答亦不識又問汝何故不識答言我避住處不入彼衆是故不識又問汝何故避住處答言佛不聽不受依止若不受依止乃至不聽飲僧坊内水是故避之佛種種訶責彼比丘汝所作非法不應爲受依止故避住處訶已告諸比丘若爲受依止避住處突吉羅

復有諸比丘在道行見僧坊便入受依止値諸比丘坐禪或遇相瞋不得受以此失伴或受依止已即去諸比丘問汝何故受依止已

即去答言世尊不聽爲受依止避住處我今見僧住止處不敢不過受依止復應及伴是以便去彼失伴者道中遇賊諸長老比丘以是白佛佛言今聽一宿不受依止雖得一宿猶有諸難復以白佛佛言今聽不受依止乃至六宿復有諸比丘過六宿不受依止以是白佛佛言不聽過六宿過者突吉羅

時諸比丘趣與人作依止亦趣依止人以是白佛佛言皆不應爾應依止長老如法比丘善能教誡者若受依止人欲移餘處應先問和尚阿闍梨知彼有可依止人然可往往有諸弟子臨行時辭和尚阿闍梨佛言不聽臨行時辭要先二三日白師師應籌量所往處有可依止人乃至聽去到彼住處應先禮塔次禮上座索房舍然後求依止作依止比丘應問汝和尚阿闍梨是誰先住何處誦何經答若如法應與作依止若不如乃應語言汝不識我我不識汝汝可往識汝處求依止若疑應語小住受依止人應小住法至六宿觀之合意者應與依止若不合意應語如上復有病比丘求依止彼比丘作是念佛教比丘應如是如是視弟子今此人病我不能看便不與依止病比丘不知云何以是白佛佛言今聽病時不受依止病瘥然後受復有看病比丘求依止彼比丘語言佛教比丘應如是如是視和尚阿闍梨汝今看病不得與汝依止看病比丘不得依止慚愧便捨病去求依止病人無有看者或更增劇或有命過以是白佛佛言今聽看病比丘不受依止須病人瘥然後受復有諸比丘於稱意行道得道果

處求依止諸比丘不與便失道果以是白佛佛言若是稱意行道得道果處無人與作依止者聽於彼衆中上座若上座等心生依止敬如師法而住時諸比丘阿闍梨或喪或罷道或遠行或作外道或出界外不知失依止不以是白佛佛言失依止有八種若依止師遠行若罷道若死若作外道若見先和尚若依止師語汝更就某甲受依止若依止師出界經宿若滿五歲聰明辯才至明相出時是爲八皆失依止

爾時諸比丘與沙彌等分安居施物沙彌便不敬僧以是白佛佛言應以一比丘分與三沙彌沙彌猶不恭敬復以白佛佛言應罰之諸比丘不問沙彌師便罰師不悦以是白佛佛言應語其師其師作非法助沙彌以是白佛佛言師不應非法助沙彌復有一沙彌僧罰斷其食彼主人後請僧食諸比丘往次第坐主人不下食諸比丘言日時已至何故不下食答言須僧集諸比丘言僧已集主人言我所供養沙彌未至諸比丘言彼不得來問何故答僧罰不與食主人言餘罰不少何忍斷其食以是白佛佛言不應斷食應罰掃地除糞糞石治經行處作階道作如是等種種罰之

時有一比丘男根滅女根生諸比丘不知云何以是白佛佛言應即以此受戒即以此請師即以此年歲往比丘尼住處依比丘尼法住若先犯共比丘尼戒應於比丘尼中悔若先犯不共戒不復悔比丘尼根變亦如是有一式叉摩那根變不知云何以是白佛佛言

應即以出家若年滿二十於比丘衆中十人與受具足戒若年未滿二十即是沙彌沙彌尼亦如是有一沙彌根變不知云何以是白佛佛言應即以此出家若年應與二歲戒即於比丘尼衆受二歲戒若年未應與二歲戒即是沙彌尼

爾時有一比丘爲欲火所燒不能堪忍自截其形諸比丘以是白佛佛訶責言汝愚癡人不應截而截應截便不截告諸比丘若截頭及半突吉羅若都截偷羅遮若去一卵偷羅遮若去兩卵應滅擯若爲惡獸噉若怨家所害及自爛壞不復能男皆應滅擯

時諸比丘度被截手脚人爲受具足戒諸居士見譏訶言沙門釋子無可度不可度無沙門行破沙門法諸長老比丘聞以是白佛佛言不應度此等人若度得名受具足戒師僧突吉羅從令截手截脚截手脚截耳截鼻截耳鼻截指截男根頭挑眼出得鞭壞好相遭官罪攣躄失聲内外瘻身内曲身外曲身内外曲睞眼一臂偏長一臂偏短左手作啞聾盲乾痟病癲狂極老無威儀極醜毀辱衆僧者如是比皆不得度若已度得名受具足戒如上說諸比丘度吃人佛言不應度吃人與受具足戒

復有諸比丘不先與受沙彌戒便與受具足戒復有諸比丘不請和尚便與受具足戒復有諸比丘不乞受具足戒便與受具足戒復有諸比丘與裸形人受具足戒復有諸比丘與不具衣鉢人受具足戒以是白佛佛言皆不應爾

時有一比丘借他衣鉢受具足戒受具足戒已諸比丘語汝著衣持鉢共行乞食答言我無衣鉢諸比丘言佛不制無衣鉢不得受具足戒耶答言佛制我借他衣鉢受諸比丘不知云何以是白佛佛以是事集比丘僧告諸比丘聽將欲受戒者著戒壇外眼見耳不聞語處請十衆在戒壇上和尚應語羯磨師長老今作羯磨復應語教師長老今受羯磨羯磨師應如是白僧大德僧聽某甲求某甲受具足戒某甲作教師若僧時到僧忍聽白如是教師應從座起至和尚前問言已度此人未若言未度應語言先度之若言已度應問已爲作和尚未若言未作應語先爲作和尚若言已爲作和尚應問弟子衣鉢具未若言未具應語先爲具衣鉢若言已具應問自有從人借若言從人借應語可令主捨之若言自有便應往慰勞欲受戒人言汝莫怖懼須臾持汝著高勝處若先不相識不應雲霧闇時授其具戒教師因教著衣時應審如法視無重病不復應問汝三衣何者是僧伽梨何者是優多羅僧何者是安陀會彼若不知應語此是僧伽梨此是優多羅僧此是安陀會應與受三衣鉢復應語言汝某甲聽今是實語時我今問汝若實言實不實言不實人有如是等病癩白癩癰疽乾痟顛狂痔漏熱腫脂出汝有不若言無復應問汝不負人債不非官人不非奴不是丈夫不是人不年滿二十不衣鉢具不受和尚未汝字何等和尚字何等汝曾出家不若言曾出家應問汝本出家持戒完具不父母聽不欲受具戒不衆中

當更如是問汝汝亦應如實答若二問答皆如法教師應還壇上立語羯磨師言我已教授某甲如法竟羯磨師復應白僧大德僧聽某甲求某甲受具足戒某甲如法教授竟應使將來若僧時到僧忍聽白如是教師應將來次第禮僧足禮僧足已在羯磨師前向羯磨師右膝著地合掌教乞受具足戒教言我某甲求某甲和尚受具足戒今從僧乞受具足戒願僧拔濟我憐愍故如是三乞教師教竟還就本坐羯磨師應白僧大德僧聽此某甲求某甲受具足戒從僧乞受具足戒我今當問其難事及爲作受具足戒羯磨若僧時到僧忍聽白如是

次應語受戒人言今是實語時我今問汝實言實不實言不實人有如是等病癩白癩乃至欲受具足戒不亦如上問皆答如法已羯磨言大德僧聽此某甲求某甲受具足戒某甲自說清淨無諸難事三衣鉢具已受和尚父母聽許已從僧乞受具足戒僧今與某甲受具足戒和尚某甲若僧時到僧忍聽白如是大德僧聽此某甲求某甲受具足戒某甲自說清淨無諸難事三衣鉢具已受和尚父母聽許已從僧乞受具足戒僧今與某甲受具足戒和尚某甲誰諸長老忍默然若不忍說第二第三亦如是說僧已與某甲受具足戒和尚某甲竟僧忍默然故是事如是持應語受戒人言汝某甲聽世尊應供等正覺語是四墮法若比丘犯一一法非沙門非釋種子汝終不得乃至以欲染心視女人若比丘行婬法乃至畜生非沙門非釋種子汝盡形

壽不應犯若能當言能
汝終不得乃至草葉不與而取若比丘盜五錢若五錢物非沙門非釋種子汝盡形壽不應犯若能當言能
汝終不得乃至殺蟻子若比丘若人若人類自手殺若教人殺若求刀與若教死若讚死咄丈夫用惡活爲死勝生非沙門非釋種子汝盡形壽不應犯若能當言能
汝終不得乃至戲笑妄語若比丘實無過人法自稱得過人法諸禪解脫三昧正受及諸道果非沙門非釋種子汝盡形壽不應犯若能當言能
諸佛世尊爲示現事善說譬喻猶如人死終不能以此身更生如針鼻缺永不復得爲針用如多羅樹心斷更不生不增不廣如石破不可復合若比丘犯一一墮法還得比丘法無有是處
復語言汝某甲聽世尊應供等正覺說四依法比丘盡形壽依糞掃衣住出家受具足戒汝若能當言能若後得劫貝衣欽婆羅衣拘舍耶衣他家衣皆是長得
比丘盡形壽依乞食住出家受具足戒汝若能當言能若後得僧前食後食請食皆是長得比丘盡形壽依樹下住出家受具足戒汝若能當言能若後得大小屋重屋皆是長得比丘盡形壽依殘棄藥住出家受具足戒汝若能當言能若後得酥油蜜石蜜皆是長得
後應語言汝某甲聽汝已白四羯磨得如法受具足戒竟諸天龍鬼神皆作是願我何時當得人身於正法律中出家受具足戒汝今

已得如人受王位汝受比丘法亦如是當忍易共語恭敬受教誡餘戒和尚阿闍梨當廣為汝說汝當早得具足學戒學三戒滅三火離三界無復諸垢成阿羅漢

爾時受具足戒人不知年歲不知受戒時以是白佛佛言應教令知語言汝今受戒時某年某月某日某時汝應盡壽憶是事

復有諸犯麤罪別住比丘猒別住便捨戒罷道又行摩那埵本日阿浮訶那被訶責羯磨驅出羯磨依止羯磨舉罪羯磨下意羯磨如是諸比丘皆猒罷道後復欲於正法律出家受具足戒諸比丘不知云何以是白佛佛言應先問汝能還行先事能隨順僧求僧除滅先事不若言不能不應與出家受具足戒若言能應與出家受具足戒若受具足戒已若先別住使還別住乃至先作下意羯磨還與作下意羯磨

復有諸比丘和尚阿闍梨罷道後來就弟子求出家受具足戒諸比丘不知云何以是白佛佛言聽與出家受具足戒先弟子應與衣鉢助使得成出家受具足戒彼人即求先弟子作師諸比丘不知云何以是白佛佛言聽先弟子與作師復不知誰應恭敬諸比丘以是白佛佛言後更受戒者應如法敬師

爾時優波離白佛諸比丘先已作一語受戒二語三語受戒及善來比丘受戒眠時受戒醉時狂心散亂心病壞心受戒和尚眠時乃至病壞心二人乃至十人皆作和尚受戒是等得名受具足戒不佛言若未制前得名受具足戒制後不名受具足戒爾時舍利弗摩

訶目揵連大迦葉摩訶拘絺羅摩訶迦旃延阿那律富樓那彌多羅尼子羅睺羅阿難難陀此等諸大阿羅漢到世尊所頭面禮足却坐一面同聲如優波離問佛佛答亦如上

爾時諸比丘無上下座不相恭敬諸居士見譏訶言此輩沙門不知上中下座無有長幼無沙門行破沙門法諸長老比丘聞種種訶責以是白佛佛以是事集比丘僧問比丘汝等實爾不答言實爾世尊佛種種訶責已問諸比丘誰應受第一座第一施第一恭敬禮拜諸比丘或言刹利婆羅門長者居士出家者應受或言誦毗尼法師阿練若行十二頭陀乃至得阿羅漢者應受佛言不應

爾時諸比丘白佛若不爾誰應受佛言過去世時海邊有尼拘律樹覆五百乘車時有三獸住彼樹下一者雉二者獼猴三者象雖爲親友而不相推敬後作是議我等既爲親友如何不相推敬應計年長者爲尊少者爲卑議已問象汝憶何久遠事象言我憶此樹至我腹時復問獼猴獼猴言憶我平立齧此樹頭時復問雉雉言我憶昔於某處食此樹子來此吐核遂生此樹於是推雉爲上獼猴處中象爲下爲若欲行時獼猴負雉象負獼猴雉教二獸行十善業皆共受行世人聞之皆受其化遂名行善爲雉梵行行其法者命終生天諸比丘畜生猶尚知有尊卑況我正法而不相敬汝等從今先受具足戒者應受第一座第一施第一恭敬禮拜如是奉行

彌沙塞部五分律卷第十七

音釋

姝昌朱切美好也 呰將几切口毀也 騫去乾切 肋盧則切脇幹也 炮薄交切炙也 攣呂員切拘也 躄必益切跛也 瘻於郢切頸瘤也 睞落代切傍視也 吃居乙切言蹇也 疽七余切癰也 痔池爾切後病也 核下革切果中實也

彌沙塞部五分律卷第十八

宋罽賓三藏佛陀什共竺道生等譯

第三分第二布薩法

佛在王舍城爾時外道沙門婆羅門月八日十四日十五日共集一處和合布薩說法多有衆人來往供養缾沙王見之作是念若正法弟子亦如是者不亦善乎我當率諸官屬往彼聽法恭敬供養令一切人長夜獲安爾時世尊亦作是念我爲諸比丘結戒而諸比丘有不聞者不能誦學不能憶持我今當聽諸比丘布薩說戒缾沙王念已到佛所頭面禮足却坐一面以所念白佛佛爲王說種種妙法示教利喜已即便還宮佛以是事集比丘僧以缾沙王所白及已所念告諸比丘今以十利故聽諸比丘布薩說戒佛既聽布薩說戒諸比丘便日日布薩以是白佛佛言不應爾諸比丘復二日三日至五日一布薩以是白佛佛言亦不應爾聽月八日十四日說法十五日布薩諸比丘不知應說何法以是白佛佛言應讚歎三寶念處正勤神足根力覺道爲諸施主讚歎諸天諸比丘便合聲讚歎三寶以是白佛佛言不應爾聽請一人諸比丘請破戒破見比丘因此得勢以是白佛佛言不應爾應請學戒者諸比丘復請瞎眼諸病比丘毁辱衆僧者以是白佛佛言不應爾應請諸根具足成就記論持阿含者時衆中多有此人諸比丘不知請誰以是白佛佛言應次第請所請比丘說法疲極以是白佛佛言應更請代請比丘作歌詠聲說法以是白佛佛言不應爾說法時衆會不得盡聞以

是白佛佛言應敷高座在上説法猶不盡聞以是白佛佛言應立聽久立脚腫以是白佛佛言應行聽

時諸比丘露地布薩爲蚊䖟風雨塵土所困以是白佛佛言聽作布薩堂彼布薩堂無地敷汙諸比丘脚數洗生病以是白佛佛言應以泥塗地淨治令好亦聽敷十種衣及婆婆等柔軟草佛既聽敷衣便以錦布地諸居士見譏訶言此諸沙門如王大臣以是白佛佛言不應錦上經行時諸比丘以華散高座上比丘諸居士譏訶言如王大臣以是白佛佛言不應爾復有諸白衣爲供養法故欲以華散高座上比丘諸比丘不聽便瞋訶言諸比丘不應受供養以是白佛佛言白衣欲散華隨意若落比丘頭及衣上應拂去落高座上無若時諸白衣聞法歡喜欲布施諸比丘恐隋夆作數不敢受以是白佛佛言爲法供養聽受時諸比丘説法少時便止諸天鬼神謂竟便去須臾復説彼復來還如是非一便瞋恨言此諸比丘不齊限説法如小兒戲諸比丘以是白佛佛言應作齊限説法竟應呪願

爾時劫賓那住乙師羅山作是念我今當往僧集會處布薩不復作是念我常清淨何須復往爾時世尊知其所念於王舍城没涌出其前就座而坐語言汝莫作是念我常清淨何須復往布薩若汝等不往不敬重布薩誰當敬重者世尊如是教已便與俱没彼處出王舍城以是事集比丘僧説劫賓那念及已敎勑告諸比丘今聽諸比丘和合布薩若不往突吉羅應一知法比丘若上座若上座等

說言大德僧聽今十五日布薩說戒僧一心作布薩說戒若僧時到僧忍聽白如是諸大德今布薩說波羅提木叉一切共聽善思念之若有罪應發露無罪者默然默然故當知我及諸大德清淨如聖默然我及諸大德亦如是若比丘如是衆中乃至三唱憶有罪不發露得故妄語罪故妄語罪佛說遮道法發露者得安樂

是中波羅提木叉者以此戒防護諸根增長善法於諸善法最爲初門故名爲波羅提木叉復次數此戒法分別名句總名爲波羅提木叉諸比丘不知應幾種布薩以是白佛佛言有五種布薩一心念口言二向他說淨三廣略說戒四自恣布薩五和合布薩諸比丘不知應幾種說戒以是白佛佛言有五種說戒一說戒序已言餘僧所常聞二說戒序及四墮法已言餘僧所常聞三說戒序至十三言餘僧所常聞四說戒序至二不定法言餘僧所常聞五廣說戒諸比丘不知有幾種持律以是白佛佛言有五種持律如前說持律比丘有五種功德亦如前說持律比丘有七種宜一多聞諸法二能籌量是法非法三善籌量毗尼四善攝師教五若到他處所說無畏六自住毗尼七知共不共或復有七宜一自住戒威儀成就畏愼小罪二多聞能持佛所說法三誦二部戒四知犯五知不犯六知悔過七知不悔過復有七宜三如上四不隨愛五不隨恚六不隨癡七不隨畏

時諸比丘在界内作別衆不如法布薩復有和合不如法布薩復有如法別衆布薩復有

如法和合布薩以是白佛佛言前三布薩有過羯磨不成犯突吉羅後一布薩無過羯磨成就無犯
爾時瓶沙王作五歲一閏外道沙門婆羅門皆悉依承而諸比丘獨不肯用諸臣及民皆譏訶言沙門釋子在王境内不用王閏諸比丘以是白佛佛言應隨王法諸比丘不知云何隨王法以是白佛佛言聽少一夜布薩諸比丘便常少一夜布薩以是白佛佛言不應常少一夜布薩聽三足一少如是五歲爲長一月以順王閏
時諸比丘說戒日至諸處布薩或遇野火或遇水長或遭八月賊有梵行難衣鉢難命難以是白佛佛言不應說戒日爲說戒至他處去者突吉羅聽所住處若有平地若有柔軟草若有大樹若有盤石應白二羯磨結作布薩處一比丘白大德僧聽今結此作布薩處若僧時到僧忍聽白如是大德僧聽今結此作布薩處誰諸長老忍默然若不忍說僧已結作布薩處竟僧忍默然故是事如是持諸比丘於露地布薩爲風雨蚊蝱所困以是白佛佛言聽當中央房來往易處如上白二羯磨結作布薩堂諸比丘復欲羯磨衆多房作布薩處以是白佛佛言聽作諸比丘便復諍先以是白佛佛言不聽羯磨衆多房作布薩處有諸居士來入僧坊語諸比丘若於我所作房中布薩者我當供前食後食怛鉢那與塗足塗身然燈油諸比丘作是念若世尊還聽羯磨衆多房作布薩處者不使我等失此供養以是白佛佛言還聽羯磨衆多房作布

薩處次第於中布薩房小不相容受以是白佛佛言聽在前後簷下庭中坐諸比丘聞聲不了語恐不成布薩以是白佛佛言若爲布薩在中得名布薩

諸比丘布薩時不肯時集廢坐禪行道以是白佛佛言應唱時至若打揵椎若打鼓若吹螺諸比丘便作金銀鼓以是白佛佛言應用銅鐵毛木以皮冠頭不知誰應打以是白佛佛言應使沙彌守園人打彼便多打以是白佛佛言應三通打打竟懸著中庭外人來數打諸比丘謂行僧事皆出廢行道或雨濕不作聲以是白佛佛言應舉屋下屏處有客沙彌次打不知處失時節以是白佛佛言舊住人應打聽畜僧鼓私鼓四方僧鼓備豫一鼓諸比丘又作金銀螺以是白佛佛言應吹海螺若用角作沙彌守園人吹乃至備豫一螺亦如上說諸比丘不知以何木作揵椎以是白佛佛言除漆樹毒樹餘木鳴者聽作若無沙彌比丘亦得打餘如上諸比丘不知誰應三唱時至以是白佛佛言聽使沙彌守園人僧住處多不得遍聞以是白佛佛言應上高處唱諸比丘不知爲集未集以是白佛佛言比坐比丘應更相告知後有客比丘來不知以是白佛佛言應數之諸比丘數復忘以是白佛佛言應行籌收取數之一人行自收雜亂以是白佛佛言應別使一人收諸比丘便作金銀籌以是白佛佛言應用銅鐵牙角骨竹木作除漆毒樹諸比丘有短作有長作以是白佛佛言短應長並五指長應長拳手一肘諸比丘作或麤或細以是白佛佛言麤不

過小指細不減楮應漆以筒盛懸著布薩堂上諸比丘不知誰應行籌以是白佛佛言應使下座比丘行下座比丘不知行以是白佛佛言應取知者有比丘便擲籌與僧以是白佛佛言應手授收已不數數已不唱以是白佛佛言收已應數數已應唱唱云比丘若干沙彌若干出家合若干人時有白衣聽布薩後諸比丘犯罪白衣舉之以是白佛佛言不應令白衣聽沙彌亦如是諸比丘雖遣沙彌在不見處而猶得聞以是白佛佛言應著不見不聞處復有諸沙彌知當布薩預入牀下猶得聞戒以是白佛佛言應看牀下以火遍照火照熏屋或燒地敷以是白佛佛言應作燈籠燈趺僧及私畜皆得諸比丘便以金銀作以是白佛佛言應用銅鐵瓦木

有諸白衣新作屋竟請諸比丘先於中布薩說法爲入舍供養諸比丘不知云何以是白佛佛言聽受復有白衣家爲非人所惱請諸比丘家中布薩說法一爲安樂供養諸比丘不知云何以是白佛佛言聽受有居士行甘蔗諸比丘不敢受以是白佛佛言聽受有諸居士問諸比丘今日幾諸比丘不知便譏訶言沙門釋子日尚不知何況深理以是白佛佛言若欲往白衣家應先問師日數師若不知應問餘人時諸居士布薩日持時食時飲七日藥終身藥至僧坊供養欲聽法受八分戒諸比丘都不看視便瞋恚持歸以是白佛佛言上座應令下座掃地取水使淨人辦器盛其所賷物諸比丘食都不與客客便譏訶言沙門釋子常讚歎布施唯受人施而不施

人以是白佛佛言應與客食旣與著其手中不與器物復譏訶言諸比丘作小兒遇我以是白佛佛言應與器物下食食竟上座若上座等爲說法咒願客去後若四人若過四人應廣布薩若二人若三人應相向說淨言今僧十四日十五日布薩我某甲比丘清淨長老憶持如是三說若一人應小待若有人來共布薩若無人來應偏袒右肩胡跪合掌心念口言今十四日十五日衆僧布薩我今心受布薩如是三說告諸比丘是布薩法從今應盡壽如是奉行不者突吉羅

時諸居士入僧坊問諸比丘僧有幾人答言僧有若干彼言我等請僧明日食諸近處比丘聞明日盡往坐席不足飲食又少諸比丘言汝等請僧何以不與我食答言我昨問僧隨數設食先不相請而强求索不請而食甚於外道此輩無沙門行破沙門法諸長老比丘種種訶責以是白佛佛言不請不應往往者突吉羅復有諸比丘以因緣事應會日至請家慚愧不敢以是白佛佛言不爲食聽往

爾時有居士請僧食有客比丘來諸比丘不知云何以是白佛佛言應語主人有客比丘聽入不若聽入善若不聽復應語言與我等食分我自平等共食若得者善若不得應各以鉢受分出外共食若得者善若復不得僧坊內有食應將與之時世飢饉乞食難得餘處比丘盡捨住處集王舍城僧房皆空無人守護房舍臥具或爲火燒或爲水漬或爲蟲嚙以是白佛佛言近王舍城左右諸住處皆應白二羯磨如上捨界然後白二羯磨如上

通結作一大界使諸比丘不捨本住而得施分後時餘處復豐樂思見比丘遣信白言願遊人間我等供給衣食時瓶沙王亦欲令諸比丘遊行教化語言願爲遊行若有乏短當勑所在供給所須諸比丘以是白佛佛言先白二羯磨如上捨王舍城大界然後各隨意更唱界相還結小界有諸阿練若比丘不知已界應齊幾許以是白佛佛言自然界去身面二句樓賒若結界隨遠近時諸比丘結無邊界以是白佛佛言若結無邊界不成結界犯者突吉羅諸比丘復結十二由旬或十由旬界說戒時往四五日行乃至或遇野火或遇暴水或遇賊剥便有梵行難衣鉢難及命難以是白佛佛言若結十二由旬若十由旬界不成結界犯者突吉羅今聽極遠三由旬時諸比丘不唱四方界相而結界以是白佛佛言若不唱界相不成結界犯者突吉羅時諸比丘以衆生及煙火作界相或竝界或兩界相入以是白佛佛言皆不成結界犯者突吉羅

有二住處諸比丘欲共布薩共得施結界以是白佛佛言聽各白二羯磨解本界然後共集白二羯磨結共界復有諸比丘欲共住共布薩異得施結界以是白佛佛言聽解本界然後集結復有諸比丘欲共住共得施異布薩結界以是白佛佛言不應爾犯者偷羅遮復有一住處諸比丘欲異住異布薩異得施結界以是白佛佛言聽解本界已各更結復有諸比丘欲異住異布薩共得施結界以是白佛佛言聽結告諸比丘一切河一切湖池

一切海皆不得結作界若水中行以衆中有力人水灑所及處爲自然界

佛在竹園阿若憍陳如在慢求羅山布薩日輒化作青虹在中結跏趺坐來至佛所衆人多來看之以此故後便步出糞掃衣重道路疲極諸比丘作是念若世尊聽諸比丘於聚落中若聚落界結作不失衣界者不使長老疲極如此以是白佛佛種種讃戒讃持戒已告諸比丘今聽諸比丘於聚落中若聚落界白二羯磨結作不失衣界應一比丘白大德僧聽此結界處聚落中若聚落界共住共布薩共得施今結作不失衣界若僧時到僧忍聽白如是大德僧聽此結界處聚落中若聚落界共住共布薩共得施今結作不失衣界誰諸長老忍黙然若不忍説僧已結作不失衣界竟僧忍黙然故是事如是持

時諸比丘先結不失衣界後結大界以是白佛佛言應先結大界後依此結不失衣界諸比丘便一切時結衣界著麤弊衣行以是白佛佛言不應爾應白二羯磨解一比丘白大德僧聽此結界處聚落中若聚落界先結作不失衣界僧今解之若僧時到僧忍聽白如是大德僧聽此結界處乃至僧今解之誰諸長老忍黙然若不忍説僧已解先不失衣界竟僧忍黙然故是事如是持時諸比丘先解大界後解衣界以是白佛佛言應先解衣界後解大界時諸比丘爲護夏故失衣爲護衣故失夏以是白佛佛言聽還結衣界時有一住處布薩日弟子辭和尚欲行至其處和尚不知云何以是白佛佛言和尚應籌量若道

路有疑恐怖和尚聽去突吉羅若不聽弟子强去得輕師波逸提若道路雖無疑恐怖而彼方乞食難得若共行伴無所知不誦戒不知布薩不知羯磨若彼方無持法持律解律儀人若彼方好共鬪諍若彼方有破僧事若彼方得病無隨病食湯藥臥具看病人若彼方衣食難得聽去皆突吉羅若無如是諸事聽去無犯

有一住處十五日諸比丘集布薩説波羅提木叉請第一上座説戒上座云忘第二至下皆云不誦不得布薩諸比丘以是白佛佛言應白二羯磨一比丘令往他衆誦戒若略若廣及日還若不得不應住此處住者突吉羅時六羣比丘犯罪不悔過布薩以是白佛佛言不應爾犯者突吉羅復有諸比丘向犯罪人悔過以是白佛佛言不應爾有一住處布薩日一切僧犯罪諸比丘不知云何以是白佛佛言聽白二羯磨一比丘令往他衆悔過清淨還餘人於此比丘邊悔過若得者善若不得應盡集布薩堂一比丘白二羯磨大德僧聽僧今皆有此罪不能得悔過今共置之後當悔過若僧時到僧忍聽白如是大德僧聽僧今皆有此罪乃至後當悔過誰諸長老忍默然若不忍説僧已置此罪竟僧忍默然故是事如是持然後布薩不應不布薩有一病比丘犯罪語一比丘言大德我犯罪彼答我亦犯罪不得悔而命終諸比丘作是念若世尊聽向有罪比丘悔過者不使此比丘不悔而終以是白佛佛言聽向有罪比丘悔過但不得向同犯者悔過有一住處僧皆同犯

一罪不知云何以是白佛佛言亦應如上置罪有一病比丘犯罪語一比丘大德我犯此罪彼言我亦犯此罪不得悔過而終諸比丘作是念若世尊聽向同犯一罪比丘悔過者不使此比丘不悔而終以是白佛佛言今聽同犯不同犯皆得向悔

有一住處諸比丘集布薩說戒有一比丘語說戒比丘言住我憶有罪我欲悔過諸比丘訶責云何說戒時作此留難以是白佛佛言若說戒時憶有罪聽向比丘說若口言若心念我有此罪說戒竟當悔不應作留難疑亦如是

有一住處諸比丘不知布薩不知布薩羯磨有知法持律解律儀比丘來諸比丘不看視不與臥具彼比丘便去以是白佛佛言應好看視與臥具若不爾突吉羅

有一住處僧皆犯罪不知犯何篇罪有一知法持律解律儀比丘來諸比丘中一比丘往問言犯如是如是為是何篇罪彼答言是某篇罪便語言此住處一切僧犯如是罪即於彼比丘邊悔過悔過已還語諸比丘我等先犯如是如是某篇罪應共悔過莫汙染修梵行長夜受苦諸比丘瞋恚言汝何故向我說如是語以是白佛佛言諸比丘應在彼知法比丘邊悔過非不應語但不應趣人語語者突吉羅時舍利弗至六群比丘住處見其犯戒語言汝等莫作此罪六群比丘便觸惱問言何等應作何等不應作竟夜惱之舍利弗以是白佛佛種種訶責六群比丘汝愚癡人上座比丘憐愍教汝云何而反竟夜惱觸訶

已告諸比丘非不應教但不應趣教人若犯罪自知有過然後教之

時舍利弗目連遊行人間爲諸四衆國王大臣沙門婆羅門之所師敬到一比丘住處諸檀越爲二人故供養衆僧布施衣物乃及守園人復共得欽婆羅直估金錢一萬二千三反唱令須者取之竟無人取即還施主時會比丘漸漸遊行還到佛所佛如常法慰問諸比丘已問言舍利弗目連遊行豐足不答言甚豐世尊復見一希有事衆僧共得一欽婆羅直估金錢一萬二千三唱與諸比丘無人取者以還施主時有二摩訶盧比丘去佛不遠聞已一人作是言彼諸上座愚癡自失利養而使施主不得大福若我在彼當爲取之一人復言我是上座我應取遂致紛諍佛見已即說偈言

汝二摩訶盧　不在於彼衆　由此無諍訟
貴衣還本主

佛在舍衛城爾時優波離與諸持律遊行到比丘住處應爲作訶責羯磨驅出羯磨依止羯磨舉罪羯磨下意羯磨者悉爲作之應爲作別住摩那埵本日阿浮訶那者皆爲作之若界應解爲解若應結爲結應爲作教誡比丘尼羯磨爲作教誡羯磨不堪教誡應爲解教誡羯磨爲解教誡羯磨餘諸比丘聞作是念此諸持律比丘來必使我等多有疑悔便舉臥具閉戶捨住處而去又諸比丘尼見優波離瞋罵言坐此比丘恒問世尊此戒應作二部僧持作一部僧持佛便令作二部僧持由此使我多受困苦優波離所將比丘先還

者佛如常法問已又問優波離遊行處供養豐足不答言不足又問何故具以諸比丘捨住處及比丘尼瞋罵答佛佛以是事集比丘僧問彼諸比丘汝等實爾不答言實爾世尊佛種種訶責汝等愚癡不恭敬持律比丘誰應恭敬訶已告諸比丘今爲諸比丘結初應學法若比丘聞持律比丘來不應避去應爲掃灑整理房舍卧具若聞欲至出半由旬迎若有疑難要當出門若持律比丘有衣物應代擔爲辦澡洗水拭手脚巾爲作浴設過中飲請說法若實求解持律比丘應如法答若觸惱問不應答明旦爲作前食怛鉢那次作後食應爲求請主請留安居復應爲求施衣檀越應作如是供養若不爾突吉羅

佛在王舍城爾時世尊布薩日與諸比丘前後圍遶露地而坐告諸比丘汝等寂默今當布薩說波羅提木叉有一比丘從坐起白佛言伽伽比丘近得狂病有時來有時不來亦復不憶來與不來以是廢行僧事今復不來佛言遣一比丘呼來受教往呼遍求不得還以白佛佛言今聽諸比丘遥與作狂白二羯磨一比丘白言大德僧聽此某甲比丘狂病或來或不來亦復不憶來與不來以是廢行僧事僧今遥與某甲作狂羯磨若現在若不現在行僧事若僧時到僧忍聽白如是大德僧聽此某甲比丘狂病乃至若不現在行僧事者誰諸長老忍默然若不忍說僧已與某甲作狂羯磨竟僧忍默然故是事如是持彼後得差求解羯磨以是白佛佛言聽白二羯磨爲解病差比丘應到僧中偏袒右肩脫革

脭胡跪合掌白言大德僧聽我某甲比丘先得狂病或來或不來亦復不憶來與不來僧與我作狂羯磨我今已差從僧乞解狂羯磨如是三乞應一比丘白大德僧聽此某甲比丘先狂或來或不來亦復不憶來與不來僧與作狂羯磨今已差從僧乞解狂羯磨僧今與解狂羯磨若僧時到僧忍聽白如是大德僧聽此某甲比丘先狂病乃至僧今與解狂羯磨誰諸長老忍默然若不忍說僧已與某甲比丘解狂羯磨竟僧忍默然故是事如是持

爾時世尊布薩日與諸比丘前後圍遶露地而坐告諸比丘汝等寂默今布薩說戒有一比丘從坐起白佛言某甲比丘等病不來佛言應令一比丘將來諸比丘不知云何將來以是白佛佛言教拄杖使人扶若不堪以衣舁之即受教舁來勞動故病更困篤或有死者以是白佛佛言應取清淨欲來是中或有得名與清淨欲或有不得或有得名受清淨欲或有不得或有得名持清淨欲來或有不得名與清淨欲者若與比丘尼式叉摩那沙彌沙彌尼清淨欲與狂心亂心病壞心滅擯人被舉人自說罪人異界住人清淨欲若不如法三說我今與汝清淨欲汝受我清淨欲至如法僧事中爲我稱名說及捉籌皆不名與清淨欲若反上名與清淨欲不名受清淨欲者自不如法不識他姓名餘如上皆不名受清淨欲反此名受清淨欲得名持清淨欲來者若持清淨欲比丘來至布薩中便睡眠若狂心散亂心病壞心若僧與作不見罪羯

磨不捨惡邪見羯磨不悔過羯磨若變成二根黃門無根若忘說是亦得名持清淨欲來若睡眠若忘不說皆犯突吉羅罪若中路睡眠乃至忘說皆不得名持清淨欲來復有諸病比丘不能口語說清淨欲以是白佛佛言應身與清淨欲諸比丘不知云何身與清淨欲以是白佛佛言若舉手舉指搖身搖頭乃至舉眼得名身與清淨欲復有諸病比丘不能身與清淨欲以是白佛佛言應舉衆到病人所使說戒比丘於中央坐說戒令諸病比丘向說戒人復有諸病比丘不能向說戒人背而坐臥以是白佛佛言應出界外布薩不得在界內作別衆布薩

爾時世尊說戒日與諸比丘前後圍遶露地坐告諸比丘汝等寂默今當布薩說戒有一比丘從坐起白佛言某甲比丘爲官所執不得來佛言應遣一比丘語所由求還布薩若聽者善若不聽應語白衣小却爲取清淨欲若得者善若不得應語言一切僧當來就此比丘布薩若得者善若不得應出界外布薩不得界內別衆布薩有一阿練若處諸比丘十五日集布薩說戒時有賊來諸比丘便止不誦戒諸賊問言何故默住答言我等所說不應使白衣聞賊復問所說非佛語耶答言是復問若是佛語誰不應聞汝等今集必欲論說不利我等便打奪諸比丘衣鉢以是白佛佛言從今諸比丘若見賊來應即誦餘經不令斷絕爾時有王名優陀延善知相法有一夫人名月光容顏姝妙音伎兼人後於高閣上在王前舞王見死相不出一年諦視心

念顏色不悅夫人覺之便白王言我舞不好耶何以不悅王言不須問我夫人苦問至三王不獲已便具以告夫人白王若實爾者願聽出家王言我相敬愛死不相離餘歡少日如何生離夫人復白王言少染世榮迷昧道業即此從期唯與苦會願必垂愍聽遂出家王言汝少年修道識見明決必得生天若還相見當遂汝意夫人白言若此願果誓不違要便聽出家於是辭去行道不久得阿那含果即便命終生於梵天便作是念我得出家是王之恩恩重宜報要不可違即下在王宮上虛空中立語王言月光夫人即我身是先與王要故來赴信王語言我不識天可現本身即變爲昔形於王前立王見情重欲附近之便飛昇虛空語王言王何故猶習此愛欲欲爲無常苦空不淨若思此義可得解脫若不爾者必墮三塗自拔良難王聞此語心即調柔即釋王位付太子出家學道在城左右止林樹下太子見父出家而不遠去恒恐變悔還奪其位常願父王遠之他國時王比丘作是念我奉佛教而未見佛今當往彼禮敬世尊念已便行時太子與諸婆羅門在高樓上見出林去語新王言王比丘今已去矣太子欣悅王比丘忘坐具須臾憶之即便還取諸婆羅門復語新王言王比丘已復還將無有以太子惶怖便勑左右汝速往殺凡是沙門釋子亦盡殺之復勑言彼或畏死多作方便愼莫不殺而來見我受教即往語言新王勑我殺比丘比丘問言何故殺我答言以比丘出林還反恐奪其位是以相殺王比丘言

我不貪王位向忘坐具故暫還取如何以此而便見殺使復言重被王勑彼必畏死多作方便愼莫不殺而還見我我今云何而得徒反王比丘復言我出家所求未有所獲汝小寬我待彼樹影至使者聽之即勤思惟得須陁洹樹影既至使者復語樹影已至比丘復言我出家所求猶未盡獲可復見寬更待一影使者復聽如是四反得四沙門果便語使者汝可隨意還語汝王我不貪王位忘坐具所以暫還汝爲此殺我便是殺父殺阿羅漢念汝長夜受大苦耳言已就死使者殺已還到王所王遥見之即生悔心到已問言汝已殺耶答言已殺王復問言父王臨終有何所說使者嗚咽具以上答王聞此語血從口出即以生身入大地獄時瓶沙王與其隣國先聞其教盡殺沙門釋子恐入已界勑諸杖士守護比丘杖士受勑動止不離時王舍城一住處有五百比丘十五日集語令小却我欲布薩杖士答言我等受勑不得暫離豈敢公違大王之令諸比丘不知云何以是白佛佛言若不肯去者但說戒序竟言餘僧所常聞應作如是布薩不得不布薩

時諸比丘布薩日集欲說戒六羣比丘諍訟不住不得說戒瓶沙王來便得暫止去後續復共鬬不得說戒不知云何以是白佛佛言若有如瓶沙王比丘有所畏難鬬暫止時便說戒序說戒序竟言餘僧所常聞應作如是布薩不得不布薩僧布薩時欲作羯磨六羣比丘受他清淨欲竟不至僧中便出界外欲使僧羯磨不成諸比丘以是白佛佛言僧得

成羯磨受他清淨欲者犯突吉羅
時諸比丘常略說戒諸年少比丘言大德廣
說我等未曾聞以是白佛佛言不聽常略說
戒有十因緣聽略說戒一有貴人二有惡獸
三有毒蟲四地有生草五地有棘刺六有毒
蛇窟七病八閽九地有泥十坐迮是名十因
緣若猶得五種說戒者善若不得應言今十
四十五日布薩時各共正身口意莫放逸此
亦名得布薩應作如是布薩不得不布薩有
一住處說戒時更有比丘來若多若等若少
復有一住處說戒竟一切未起去更有比丘
來若多若等若少復有一住處說戒竟諸比
丘有起去有未起去更有比丘來若多若等
若少復有一住處說戒竟一切比丘起去更
有比丘來若多若等若少諸比丘不知云何
以是白佛佛言若說戒時更有比丘來若多
若等應更爲布薩說戒若少應聽次後戒若
說戒已竟一切比丘未起更有比丘來若多
若等應更爲布薩說戒若少應在僧中胡跪
說清淨若說戒竟諸比丘有起去者有未起
去更有比丘來若多若等應更爲布薩說戒
若少應求先比丘和合更布薩說戒若得者
善若不得應出界外布薩不應界內別布薩
若說戒竟一切比丘起去更有比丘來亦如
是若舊比丘集若舊比丘來若客比丘來若
舊客比丘來若客比丘集若客比丘來若舊
比丘來若客舊比丘來若客舊比丘集若舊
客比丘來若舊比丘來若客比丘來若多若
等若少乃至一切比丘起去皆如上說有一
住處布薩時諸比丘集欲說戒見異繩牀衣

鉢而不見比丘諸比丘不念此中有比丘無比丘便共説戒有一住處布薩時諸比丘集説戒見異繩牀衣鉢而不見比丘諸比丘作是念此中無比丘便説戒有一住處布薩時諸比丘集欲説戒見異繩牀衣鉢而不見比丘諸比丘作是念此中有比丘無比丘但説戒便説戒有一住處布薩時諸比丘集欲説戒見異繩牀衣鉢而不見比丘諸比丘作是念此中有比丘滅去失去以破和合僧心説戒有一住處布薩時諸比丘集欲説戒見異繩牀衣鉢而不見比丘諸比丘作是念此中有比丘不求不覓便説戒有一住處布薩時諸比丘集欲説戒見異繩牀衣鉢而不見比丘諸比丘作是念此中有比丘求覓不得便説戒有一住處布薩時諸比丘集欲説戒見異繩牀衣鉢而不見比丘諸比丘作是念比中有比丘求覓得共説戒諸比丘不知云何以是白佛佛言第一第二第三第五此四説戒皆有過羯磨不成犯突吉羅第四亦有過羯磨不成犯偷羅遮第六無過羯磨不成無犯第七無過羯磨成無犯

若舊比丘集不見舊比丘不見客比丘不見舊客比丘若客比丘集不見客比丘不見舊比丘不見客舊比丘若舊客比丘集不見舊客比丘不見舊比丘不見客比丘有過無過皆如上有一住處布薩時諸比丘集聞比丘若謦欬若縮鼻若振衣聲不作是念此中有比丘無比丘便説戒乃至有一住處布薩時諸比丘集聞比丘若謦欬若縮鼻若振衣聲作是念此中有比丘求得共説諸比丘不知

云何以是白佛佛答有過無過亦皆如上有一比丘受一比丘清淨欲一比丘布薩有二比丘受二比丘清淨欲二比丘布薩有三比丘受三比丘清淨欲三比丘布薩有衆多比丘受衆多比丘清淨欲衆多比丘布薩以是白佛佛言皆不應爾今聽多比丘集少比丘持清淨欲來

有一住處諸比丘集欲布薩說戒見異住比丘作同住想見已不憶不問便說戒有一住處諸比丘集欲布薩說戒見異住比丘作同住想見已憶而不問便說戒有一住處諸比丘集欲布薩說戒見異住比丘作同住想見已憶問共說戒有一住處諸比丘集欲布薩說戒見異住比丘於界疑於比丘無疑不憶不問便說戒有一住處諸比丘集欲布薩說戒見異住比丘於界疑於比丘無疑憶而不問便說戒有一住處諸比丘集欲布薩說戒見異住比丘於界疑於比丘無疑憶問共說戒有一住處諸比丘集欲說戒見異住比丘於比丘疑於界無疑不憶不問便說戒有一住處諸比丘集欲布薩說戒見異住比丘於比丘疑於界無疑憶而不問便說戒有一住處諸比丘集欲布薩說戒見異住比丘於比丘疑於界無疑憶問共說戒諸比丘不知云何以是白佛佛言六有過羯磨不成犯突吉羅三無過羯磨成無犯同住亦如是

客比丘言十四日舊比丘言十五日諸比丘不知云何以是白佛佛言客比丘應從舊比丘無舊比丘而客比丘自共作異如上不知云何以是白佛佛言後來應從先至有客比

丘一時來以是白佛佛言應問近處比丘若近處無比丘應問官日數從之
爾時諸比丘從有比丘住處往有比丘住處布薩往無比丘住處布薩往有比丘無比丘住處布薩往鬪諍比丘住處布薩往破僧比丘住處布薩以是白佛佛言布薩日往前四處突吉羅往後一偷羅遮
有一住處布薩日跋難陀爲上座衆僧請說戒答言誦忘諸比丘言若忘何以坐上座處以是白佛佛言應上座說戒若不說突吉羅諸比丘不知齊幾爲上座以是白佛佛言上無人皆爲上座
諸比丘說戒時中忘以是白佛佛言應傍人授猶忘更復授三忘應更差人續次誦不應重誦時六羣比丘布薩夜鬪諍妨僧說戒以是白佛佛言若容得說戒起者猶少應還集說戒起者若多若半應置聽明日布薩若說律說法論議若多得布施不容說戒皆聽至明日諸比丘先不請誦戒人以此稽留說戒以是白佛佛言應先請說戒人時諸比丘先說戒後作諸羯磨六羣比丘說戒竟便去不與僧和合作諸羯磨作諸羯磨不如法以是白佛佛言應先作諸羯磨然後說戒以是擯僧令不得去時諸比丘並誦戒以是白佛佛言不應並誦戒應請一人說有比丘作歌詠聲說戒以是白佛佛言應直說之時一住處布薩跋難陀爲上座唱言今僧十五日布薩說戒不來諸比丘欲及清淨僧今何所作爲諸比丘作何事諸比丘答言某甲比丘應與作訶責羯磨驅出羯磨依止羯磨舉罪羯磨

下意羯磨某甲比丘應與別住摩那埵本日阿浮訶那跋難陀言我不知羯磨諸比丘問若不知何故問僧及諸比丘作何事以是白佛佛言上座應說戒持律應羯磨時諸比丘或反抄衣或叉腰或著革屣或覆頭或臥或倚作如是等不恭敬聽說戒以是白佛佛言宜加恭敬不得反衣乃至臥倚而聽說戒犯者突吉羅

布薩日有一比丘熟眠說戒竟方驚起言僧集共說戒以是白佛佛言從今晝日都不得眠復有諸被羯磨執事比丘不得眠疲乏身不得安以是白佛佛言聽隱避處眠應語知識比丘我在其處眠若有僧事呼我復有一比丘說戒上眠覺方語諸比丘何不說戒諸比丘問汝憶何等答言得眠以是白佛佛言不應說戒上眠犯者突吉羅

有一住處布薩諸比丘在隱避處說戒客比丘來不知處所以是白佛佛言若無難事不應避隱處說戒有諸比丘不知說戒時至以是白佛佛言上座應知時至教下座比丘掃除敷置辦籌及燈火諸比丘以小事便囑授以是白佛佛言不聽以小事囑授諸比丘欲莊嚴布薩堂懸繒散華兼施僧過中飲亦因施衣物又欲以偈讚歎佛法僧以是白佛佛言皆聽若有種種福事應及時作

彌沙塞部五分律卷第十八

音釋

饉 具吝切菜不熟也　漬 資四切浸也　賒 式車切　棘 紀力切荊棘也
迮 側革切迫也　謦欬 謦宕定切欬苦蓋切謦欬逆氣聲也

彌沙塞部五分律卷第十九

宋罽賓三藏佛陀什共竺道生等譯

第三分第三安居法

佛在舍衛城爾時諸比丘春夏冬一切時遊行蹈殺蟲草擔衣物重疲弊道路諸居士見譏訶言此諸外道沙門婆羅門尚知三時夏則安居衆鳥猶作巢窟住止其中而諸比丘不知三時應行不行常說少欲慈愍護念衆生而今踐蹈無仁惻心無沙門行破沙門法諸長老比丘聞種種訶責以是白佛佛以是事集比丘僧問諸比丘汝等實爾不答言實爾世尊佛種種訶責已告諸比丘不應一切時遊行犯者突吉羅從今聽夏結安居結安居法應偏袒右肩脫革屣胡跪合掌向一比丘言長老一心念我某甲比丘於此住處夏安居前三月依某聚落某房舍若房舍壞當補治如是三說答言我知

諸比丘便日日結安居或二日乃至五日一結以是白佛佛言不應爾應於春末布薩日分房舍臥具於夏初一日結安居有比丘欲依象下或依車轝結安居復有比丘欲依覆鉢安居以是白佛佛言皆不應爾犯者突吉羅聽在結跏趺坐及衣鉢雨漏所不及處依此安居有諸比丘在無救護處安居爲賊劫奪復有諸比丘在塚間安居爲非人所惱復有諸比丘在空樹中安居爲毒蟲所困復有諸比丘在皮覆屋中安居鼻內生肉復有諸比丘露地安居肌皮剥脫以是白佛佛言皆不應爾

時諸白衣請比丘於無救護處安居白言大

德可於彼安居我當遥作救護以是白佛佛言聽受復有塚間比丘患人間無房舍卧具欲還塚間安居以是白佛佛言若能繫念在前無所畏者聽復有諸比丘欲治護空中樹於中安居以是白佛佛言聽應先以石擲樹若以杖打聽有何聲有何物出若無異聲無有物出者然後入中仰塞泥合得使平立作土埵泥四邊地安居户作開閉處

爾時阿耨達龍王請諸比丘於宮五百金銀衆寶窟中安居諸比丘不敢往以是白佛佛言聽往諸比丘欲作陛道安置坐石及洗脚石而皆是金銀慚愧不敢以是白佛佛言彼金銀猶此土石隨意用之

復有諸比丘安居有賊難王難親里難以是白佛佛言應避去餘處安居有二種安居前安居後安居若無事應前安居有事聽後安居後安居比丘至餘處彼比丘不與房舍卧具以是白佛佛言應與旣與不住奪他住房以是白佛佛言應隨所得而住比丘欲安居時應先籌量此處有難無難無難應住有難應去

爾時舍衛城有長者名憂陀延信樂佛法常供給諸比丘安居中爲僧作房設入舍食欲因以房施請左右住處諸比丘諸比丘慚愧不受長者便嫌訶言我散財物作此飲食而諸比丘不肯受請諸比丘以是白佛佛言聽受若作比丘尼屋及外道房乃至爲壘階道設食請施皆聽受若有請若無請須出界外一切皆聽七日往返

有一比丘自不知律不依持律安居中生疑

作是念世尊不聽我安居時遊行無有問處不知云何以是白佛佛言聽依有持律比丘處安居若持律住處房舍迮狹聽近持律七日得往返處於中心念遙依持律而安居有一比丘分房臥具竟不作是念我今安居口亦不言後生疑悔我不結安居爲成安居不以是白佛佛言爲安居受房舍數臥具雖不發心口言結之亦得名安居

時舍衛城人欲於祇洹作渠通水波斯匿王聞令言若有於祇洹通水者當與大罪後邊境有事王自出征後諸外道欲併力通渠諸比丘以此語諸優婆塞諸優婆塞言此非我等所制可往白王諸比丘言世尊不聽安居中過七日往返王去此遠何由得往便以白佛佛以是事集比丘僧告諸比丘從今若有佛法僧事若私事於七日外更聽白二羯磨受十五日若一月日出界行一比丘唱言大德僧聽此某甲比丘爲某事欲出界行於七日外更受三十夜還此安居若僧時到僧忍聽白如是大德僧聽此某甲比丘爲某事欲出界行於七日外更受三十夜還此安居誰諸長老忍默然不忍者說僧已與某甲更受三十夜出界行竟僧忍默然故是事如是持

有一比丘安居麤食不足作是念我此中安居麤食不足而世尊不聽破安居我當云何以是白佛佛言聽以此因緣破安居無罪

復有一比丘安居有一比丘尼誘共作不淨行作是念人心易轉後或失意而世尊不聽破安居我當云何以是白佛佛言聽以此因緣破安居無罪式叉摩那乃至黃門亦如是

若國王欲壞其梵行乃至父母親戚皆亦如是有一比丘安居見伏藏作是念此藏足我一生用若久住此或能失意而世尊不聽破安居我當云何以是白佛佛言聽以此因緣破安居無罪若見國王尊貴乃至見父母親戚苦樂恐退意亦如是有一比丘安居聞有比丘欲破僧作是念若有破僧事僧不和合不得安樂而世尊不聽破安居我當云何以是白佛佛言聽以此因緣破安居無罪

復有一比丘安居聞異住處有比丘欲破僧是已親厚作是念若我往諫必受我語而世尊不聽破安居我當云何以是白佛佛言聽以此因緣破安居無罪若能使人諫為此而去若彼處僧已破能自和合若使人和合為此而去皆亦如是比丘尼能和合僧亦如是

時有估客營任諸比丘欲依安居以是白佛佛言聽彼估客安居內忽然復去諸比丘不知云何以是白佛佛言聽隨去諸估客分作兩部諸比丘不知云何以是白佛若一部信樂所之豐樂隨去比丘有持律彼處亦多持律聽隨此部去若依牧牛羊人作簰栰人船行人安居皆亦如是有諸比丘安居中燒房舍卧具無有住處不知云何以是白佛佛言若火燒若水漂王難賊難非人難師子虎狼諸毒蟲難乃至蟻子水虱難皆聽破安居無罪時跋難陀受安居請布薩竟往中路見二住處多有衣食施便住其中二處各半皆欲取分諸比丘以是白佛佛以是事集比丘僧問跋難陀汝實爾不荅言實爾世尊佛種種訶責言汝愚癡人云何已受他請為利養故

住二處安居告諸比丘從今若比丘受他前安居請布薩竟徃中路見二住處多有衣食施便住無前後安居得違言突吉羅罪若比丘受他前安居請布薩竟徃不至至十七日明相出是比丘無前安居有後安居不破安居得違言罪若受他前安居請布薩竟徃結安居不受七日出界外七日内還不還是比丘無前安居有後安居不破安居得違言罪若受他前安居請布薩竟徃結安居受七日出界外不還無前安居有後安居不破安居得違言罪若七日内還不破安居不犯違言罪若受他前安居請布薩竟徃結安居未至自恣七日無七日法出界外亦無前安居有後安居不破安居得違言罪若有七日法出界外不破安居不犯違言罪若比丘受他前

安居請徃彼布薩亦如是

若比丘受他後安居請布薩竟徃中路見二住處多有衣食施便住不徃破安居違言二突吉羅罪若受他後安居請布薩竟徃不至至十七日明相出是比丘破安居違言二罪若受他後安居請布薩竟徃結安居不受七日出界外七日内若還若不還及受七日七日内不還皆破安居違言二罪若七日内還不破安居不犯違言罪若受他後安居請布薩竟徃結安居未至自恣七日無七日法出界外破安居違言二罪若有七日法出界外不破安居不犯違言罪若受他後安居請徃彼布薩亦如是

有一比丘求安居處見有空窟作是念我當於此安居復有衆多比丘見皆作是念而不

相知至安居前布薩日俱集於彼皆言我已先取此窟不知誰應得住以是白佛佛言若先至者應作相若題壁自名若語窟左右人後引爲證此人應得復有比丘先占住處後竟不來餘比丘不敢住遂空置此處以是白佛佛言應壞相若語人令知使餘比丘得住

第三分第四自恣法

佛在舍衛城爾時衆多比丘住一處安居共議言我等若共語者或致增減當共立制勿復有言若乞食先還便掃灑食處以瓶盛水出拭手脚中敷諸坐具置盛長食器量食有長減著其中如其得少從此取足食竟次第除屏物事若獨不勝招伴共舁如此安居得安樂住無復是非增減之患作此議已即便行之安居既竟諸佛常法歲二大會往到佛所頭面禮足却坐一面佛慰問言汝等安居和合乞食不乏道路不疲耶答言安居和合乞食不乏道路不疲又問汝等安居云何和合諸比丘即具以答佛佛種種訶責汝等愚癡如怨家共住云何而得和合安樂我無數方便教汝等共住當相誨誘轉相覺悟以盡道業於今云何而行瘂法從今若復立不共語法得突吉羅罪

爾時六羣比丘數數犯罪諸比丘以佛教應相誨誘便語言汝等數數犯罪應自見過而修改悔勿得汙染梵行自貽大苦負人信施空無所獲六羣比丘不自改過反更誣謗長老比丘犯種種罪彼鬬已慚愧便往佛所以是白佛佛以是事集比丘僧問六羣比丘汝實爾不答言實爾世尊佛種種訶責已告諸

比丘若有比丘犯罪應先問言我欲誨汝汝聽我不言聽則誨不聽則已若不聽犯突吉羅罪六羣比丘後時犯罪便逆問長老比丘我欲誨汝聽我不彼作是念佛制不得不聽便答言隨意說之六羣比丘復言若隨我意當隨我說何罪何時說何處說彼聞此語便逐其後不敢遠離以是白佛佛復問六羣比丘汝實爾不答言實爾世尊佛種種訶責已告諸比丘若成就五法不應問聽說罪無慚愧愚癡少聞自不如法苟彰人惡若有慚愧多聞智慧自如法實欲使人離惡乃應問聽說罪復有五法不應問聽說罪隨愛隨恚隨癡隨畏不知時非時反上應問聽說罪若成就五惡法而問不應敬聽說罪若成就五善法而問應敬聽說罪

時諸比丘作是議如世尊所說應問聽不應問聽應敬聽不應敬聽唯有羅漢然後應問我等云何而得行此以是白佛佛以是事集比丘僧問諸比丘汝等實作此議不答言實爾世尊佛告諸比丘從今以十利故爲諸比丘作自恣法應求僧自恣說罪言諸大德若見我罪若聞我罪若疑我罪憐愍故自恣說我當是罪悔過如是三說

時諸比丘作是念世尊教我等自恣應共奉行便日日自恣或二日三日至五日一自恣以是白佛佛言不應爾應夏三月最後日自恣諸比丘便於比丘尼式叉摩那沙彌沙彌尼前自恣若白衣外道狂心亂心病壞心被舉滅擯異見人前自恣以是白佛佛言不應爾應在如法比丘衆中自恣有諸比丘坐牀

上自恣以是白佛佛言不應爾諸比丘既下地自恣汙衣服以是白佛佛言應好泥治地布草於上自恣六羣比丘言若次至我然後下地以是白佛佛言不應爾應一比丘先唱言大德僧聽今僧自恣時到僧當和合作自恣白如是然後俱下地胡跪自恣諸比丘自恣未竟上座老病不堪久跪以是白佛佛言聽自恣竟者還坐諸比丘已自恣竟便出去以是白佛佛言不應先出要待都竟諸比丘一時向上座自恣不知誰已自恣誰未自恣以是白佛佛言不應一時自恣諸比丘便復一一從上座自恣有諸白衣欲布施聽法久不能得便譏訶言我等多務廢業來此而諸比丘不時受施爲我說法諸比丘以是白佛佛言不應一一自恣聽上座八人一一自恣自下同歲同歲一時自恣諸比丘不知自恣已至何處以是白佛佛言應白二羯磨差自恣人若二若多一比丘唱言大德僧聽此某甲某甲比丘能爲僧作自恣人僧今差某甲某甲作自恣人若僧時到僧忍聽白如是大德僧聽此某甲某甲比丘能爲僧作自恣人僧今差某甲某甲作自恣人誰諸長老忍默然不忍者說僧已忍差某甲某甲作自恣人竟僧忍默然故是事如是持

諸比丘差無智比丘作自恣人以是白佛佛言五法成就不應差隨欲恚癡畏不知時非時反上應差被差比丘應起語諸比丘言同歲同歲一處坐自恣人不知以何時當應自恣以是白佛佛言次第至已便應自恣諸比丘作如是自恣猶故遲諸白衣如上譏訶以

是白佛佛言被差人復應唱言各各相向自恣諸比丘自恣竟復更布薩以是白佛佛言自恣羯磨亦名布薩

爾時世尊自恣日與諸比丘前後圍遶露地而坐告諸比丘今僧和合自恣時到應共自恣有一比丘起白佛有病比丘不來佛言應差一比丘將來乃至出界自恣如說戒中說

時六羣比丘有罪自恣以是白佛佛言不應爾犯者突吉羅彼猶故有罪自恣以是白佛佛言應住其自恣諸比丘未羯磨時便住他自恣復有自恣竟方住以是白佛佛言不應爾羯磨竟未自恣時應住

告諸比丘有四不如法住自恣四如法住自恣何謂四不如法住自恣謂住無根破戒無根破見無根破威儀無根破正命若反上爲四如法住自恣復有七不如法住自恣七如法住自恣何謂七不如法住自恣謂住無根波羅夷無根僧伽婆尸沙無根偷羅遮無根波逸提無根波羅提提舍尼無根突吉羅無根惡說反上爲七如法住自恣復有八不如法住自恣八如法住自恣何謂爲八不如法住自恣謂住無根破戒無作無根破見無作無根破威儀無作無根破正命無作反上爲八如法住自恣復有九不如法住自恣有九如法住自恣何謂九不如法住自恣謂住無根破戒作不作無根破見無根破威儀亦如是反上爲九如法住自恣復有十如法住自恣十不如法住自恣何謂十如法住自恣有一比丘以此相以此事受如法治罪羯磨若比丘見其以此相以此事受如法治罪羯磨

是比丘後於餘僧中說其已受如法治罪羯磨住其自恣是謂如法住自恣若住其自恣時有難起僧皆散去後見之復如前住其自恣是謂如法住自恣若捨戒若犯波羅夷若犯僧伽婆尸沙若犯偷羅遮若犯波逸提若犯波羅提提舍尼若犯突吉羅若犯惡說若比丘以此相以此事於僧中說其犯住其自恣是名如法住自恣反上名爲不如法住自恣時優波離問佛言世尊比丘以幾法住他自恣佛言以五法住他自恣以實不以虛以時不以非時有利益不以無利益以慈心不以惡意以柔輭語不以剛强又問世尊欲住他自恣應幾法自籌量佛言應以五法自籌量應量我住彼自恣爲實爲虛若虛不應住若實應便審定爲時爲非時若非時不應住若時應更審定爲有利益爲無利益若無利益不應住若有利益應更審定爲當因此起諍破和合僧爲不破若破不應住若不破應更審定復應量我住彼自恣持法持律解律儀聰明辯才學戒比丘如法助我不若彼必助亦應更審已以時住自恣又問世尊欲住他自恣應幾法自觀佛言應五法自觀自觀身行清淨口行清淨意行清淨多誦修多羅善解阿毗曇不若身口意行不清淨諸比丘便當言汝身口意行不清淨云何住他若不多誦修多羅諸比丘便當言汝從誰聞何經中說未能不師人何能師物若不善解阿毗曇諸比丘便當言汝所說有何義汝自不知義云何住人

又問世尊有幾法住他自恣後無悔佛言有

五法住他自恣後無悔憐愍故利益故欲濟拔故使從惡戒出故住全戒中故又告優波離有五種住他自恣後生悔心諸比丘語言汝說他罪不實汝應止汝所說非時汝應止汝所說無有利益汝應止汝以惡意說他罪非是慈心汝應止汝所說剛强非柔軟語汝應止若反上後不生悔心
此彼住自恣比丘有五事不應憂諸比丘語言彼不實住汝自恣汝不應憂彼非時住汝自恣汝不應憂彼無利益住汝自恣汝不應憂彼以惡意住汝自恣汝不應憂彼非軟語住汝自恣汝不應憂
優波離問佛若比丘入僧中應以幾法佛言應以五法一下意二慈心三恭敬四知次第坐處五不論說餘事復有五法不應反抄衣不應左右反抄衣不應扠腰不應覆頭應恭敬僧優波離問佛比丘有幾法得與僧和合羯磨佛言有五法得與僧和合羯磨應同見應隨僧應信有事應自往若與欲復語優波離若有僧事不應不往若不往則異於僧有五種見於僧事爲不如法應心念而口語應口語而心念非法助僧助非法人犯言不犯若反上爲如法
有一比丘自恣日犯突吉羅罪向餘比丘說半云是突吉羅半云是惡說二部中各有持律聰明智慧有慚愧心樂學戒法共諍不決以住自恣諸比丘不知云何以是白佛佛言應一比丘將至眼見耳不聞處教作惡說悔過還白僧彼比丘已作法僧應自恣諸比丘不得問作何等法問者突吉羅復有一比丘

自恣日犯突吉羅罪向餘比丘說半云是波羅提提舍尼半云是突吉羅乃至半云是波羅夷半云是突吉羅二部中各有持律聰明智慧有慚愧心樂學戒法共諍不決以住自恣諸比丘不知云何以是白佛佛言應一比丘將至眼見耳不聞處教作突吉羅悔過還白僧彼比丘已作法僧應自恣諸比丘不得問作何等法問者突吉羅犯波羅提提舍尼乃至偷羅遮亦如是若犯僧伽婆尸沙若犯波羅夷應白羯磨停此事大德僧聽今停此事自恣後當如法斷白如是作此白已應自恣不得不自恣

有一比丘口恣日語諸比丘言有物無人因共空論半云有物無人半云有人無物共諍紛紜諸比丘不知云何以是白佛佛言應白停此事自恣不得不自恣若白停已有還發此論者犯波逸提

有病比丘住病比丘自恣病比丘住無病比丘自恣無病比丘住病比丘自恣不相順從諸比丘不知云何以是白佛佛言不應爾犯者皆突吉羅若病比丘住病比丘自恣諸比丘應語言汝今病何以住他若病比丘住無病比丘自恣亦應如是語若無病比丘住病比丘自恣諸比丘應語言汝且止此比丘病可待瘥住之有諸比丘遣使住他自恣諸比丘以是白佛佛言不應遣使住他自恣犯者突吉羅時跋難陀猶遣使住他自恣諸比丘以是白佛佛言受使人得突吉羅跋難陀犯波逸提或愚癡比丘住愚癡比丘自恣或愚癡比丘住智慧比丘自恣或智慧比丘住愚

癡比丘自恣不相順從諸比丘以是白佛佛言不應爾犯者突吉羅罪

若比丘住他比丘自恣衆僧知見彼人身口意業不清淨少聞愚癡者不應受其語但當自恣若僧見彼人身口意業有清淨有不清淨及少聞愚癡亦如是若僧見彼人身口意淨多聞智慧應受其語當問言汝見彼有何等過爲破戒爲破見爲破威儀爲破正命若言破戒應問汝知破戒相不若言不知諸比丘應訶令慚語言汝不知破戒相而在僧中説他破戒僧若不作此訶皆犯突吉羅若言知諸比丘應問何等是破戒答言犯波羅夷僧伽婆尸沙若言破見應問汝知破見相不若言不知諸比丘應如上訶若不訶皆犯突吉羅若言知應問何等是破見答言無今世後世無罪福報應無父無母無阿羅漢若言破威儀應問汝知破威儀相不若言不知諸比丘應如上訶若不訶皆犯突吉羅若言知應問何等是破威儀答言犯波逸提波羅提提舍尼突吉羅惡説若言破正命諸比丘應問汝知破正命相不若言不知諸比丘亦應如上訶若不訶皆犯突吉羅若言知應問何等是破正命若言諂曲心以求利養僧復應更問汝爲見爲聞爲疑若言見應問云何見何時見何處見汝在何處彼在何處若作是問不能答應如法治已自恣不應不自恣聞疑亦如是

有一住處衆僧於中安居三月皆得道證作是念若三月竟便自恣者便應移去則失此樂諸比丘不知云何以是白佛佛言今聽諸

比丘三月自恣日皆集一處應一比丘唱言大德僧聽我等於此安居得一心樂若自恣便去者則失此樂今共停此至八月滿作四月自恣白如是如是白竟若有欲遠行比丘聽自恣便去若有欲住其自恣者僧應爲如法檢校使得自恣而去若去比丘欲住後比丘自恣諸比丘應語言我等未自恣汝云何得住若彼去已至後自恣時還住諸比丘自恣者諸比丘應如法檢校竟應自恣

有諸比丘一處安居聞其處好鬭比丘當來作是議言彼來必住我等自恣諸比丘不知云何以是白佛佛言未至自恣二三日應自恣而去若聞今日至應即自恣而去若聞已入界内應疾出界外自恣而還若不得應出迎禮拜問訊爲捉衣鉢辦洗浴具將入浴室與塗身油蜜出界外自恣若復不得應爲辦食隨在界内外若在界内食食時應出界外自恣若在界外食食時應住界内自恣若復不得應共集自恣後一舊比丘白諸舊比丘言大德僧聽令共布薩説戒後四月黑十五日當自恣白如是客比丘若言何故四月黑十五日自恣舊比丘應答言本不共安居不應問我若客比丘復至黑十五日者舊比丘復應如上白後白十五日當自恣乃至不應問我亦如上客比丘復至白十五日者復應爲作食如上若得者善若不得便應强共和合自恣不得不自恣

彌沙塞部五分律卷第十九

音釋

踐（慈演切踏也）轝（雲俱切車也）壘（力軌切猶疊也）篺椃（篺步皆切椃房越切）

彌沙塞部五分律卷第二十

宋罽賓三藏佛陀什共竺道生等譯

第三分第五衣法之一

佛在王舍城爾時耆域乳母洗浴耆域諦觀其身而有恨色耆域覺之即問何故恨顏視我乳母言恨汝身相殊特而竟未親佛法衆僧耆域聞已讚言善哉善哉乃能教我如此之事便著新衣往至佛所遥見世尊容儀挺特有三十二大人之相圓光一尋猶若金山即生信敬前禮佛足却坐一面佛爲說種種妙法示教利喜所謂施論戒論生天之論在家染累出家無著示現如是助道之法次爲說諸佛常所說法苦集滅道即於座上遠塵離垢得法眼淨見法得果已歸依佛法僧次受五戒耆域善別音聲本末之相佛將至塚間示五人髑髏耆域遍叩白佛言第一叩者生地獄第二叩者生畜生第三叩者生餓鬼第四叩者生人道第五叩者生天上佛言善哉皆如汝說復示一髑髏耆域三叩不知所之白佛言我不知此人所生之處佛言汝應不知何以故此是羅漢髑髏無有生處爾時世尊身心有患語阿難言我病應服吐下藥阿難白佛當語耆域即往語之耆域言我不可以常藥令如來服當合轉輪聖王所應服者便以藥熏三優鉢羅華持至佛所白佛言願齅此華齅一華應十行下三華三十病乃都差世尊即齅二華得二十行下餘一華得九行下耆域須臾來至佛所白言藥得下不下爲多少佛言藥雖得行下猶少一耆域白佛應服煖水即便服之更得一行病即除差

耆域復白應須補養我當隨時供養所應佛默然受耆域便作栴檀糕羹以奉世尊世尊復嘗已復白佛言我爲國王臣民治病或得百十兩金七寶無數或得聚落或得一邑唯願世尊與我微願佛言諸佛如來已過諸願復白言願佛與我可得之願佛言若是可得不違汝意於是耆域即以一貴價衣價直半國奉上於佛白佛言此衣於諸衣中最爲第一願哀愍受又願聽諸比丘受家衣施佛即受之亦聽諸比丘受家衣施爲說種種妙法遣還所住佛以是事集比丘僧告諸比丘耆域治我病差持一上衣施我又願聽諸比丘受家衣施我爲受之亦聽諸比丘受家衣施從今諸比丘欲著家衣聽受然少欲知足著糞掃衣我所讚歎爾時王舍城諸居士聞佛聽諸比丘受家衣施共持青黄赤黒純色劫貝三十張施諸比丘諸比丘以色爲疑以是白佛佛言聽受應浣壞好色更染而著有諸比丘往塚間觀死屍從足至頭作不淨觀起屍鬼入死屍中張眼吐舌蹹諸比丘諸比丘恐怖又復便奪其精氣有命過者復有一比丘至塚間從足至頭觀新死女人生欲心便行不淨以是白佛佛言不應先從足觀復有比丘於傍觀死人起屍鬼復入屍中張眼吐舌以手打之以是白佛佛言莫於傍觀應在頭前觀復有諸比丘爲衣故掘出新死人諸居士見譏訶言此釋子沙門臭穢不淨云何以此入我家中諸長老比丘聞以是白佛佛言不應掘出死人犯者突吉羅復有諸比丘持死人骨著僧坊中有持死人髑髏著經行

處若牀下諸居士見譏訶言諸比丘不淨可惡云何持死人骨著僧坊内猶如塚間畜死人髑髏猶如畜鉢諸比丘以是白佛佛言不應爾亦不應以手捉死人骨犯者突吉羅有諸比丘患眼醫言以人額骨磨著眼中諸比丘言佛不聽我等捉死人骨更說餘方醫言更無餘治諸比丘作是念若世尊聽病時捉死人骨者病可得瘥以是白佛佛言聽屏處取骨如二指大磨著眼中有諸比丘食麻蜜魚肉往塚間求糞掃衣鬼神不喜以是白佛佛言不應食此諸物往至塚間有諸比丘於僧中及白衣家食麻蜜魚肉行路經由塚間而輒避去由此失伴以是白佛佛言若不畏者聽從邊過有諸比丘常往塚間乞得魚肉食不敢復還以是白佛佛言若不畏者聽還有諸比丘月八日十四日十五日往塚間求糞掃衣諸鬼神此日亦集語諸比丘言今是我等集日汝何爲來諸比丘以是白佛佛言不應以此日往塚間常住塚間及行路比丘此日皆不敢往以是白佛佛言若不畏者聽有諸比丘大小便塚間諸鬼神訶言云何於我住處大小便以是白佛佛言不應爾有塚間曠遠諸比丘經過不敢起止由此致病以是白佛佛言應先彈指然後便利若鬼神欲聞經典唄說法應爲作之時迦夷王以欽婆羅寶衣與耆域耆域即持至僧坊施僧諸比丘不知云何以是白佛佛言應受用莊嚴塔有諸比丘得長短毛及無毛雜色氍毹不敢受以是白佛佛言聽受雜色者聽浣壞色乃著若不能令純色壞者聽在僧坊内著有諸

比丘得巳成氈及未成者不敢受作以是白佛佛言聽受作有諸比丘欲於街巷中拾糞掃衣以是白佛佛言聽拾時有白衣於街巷中脫衣大小便諸比丘謂是糞掃衣便取彼言大德莫取我衣比丘答言我謂是糞掃衣是以取耳白衣復言汝不顧視而便取之是爲偷衣諸比丘以是白佛佛言應諦看之若塵坌日曝有久故相顧視問人然後取之諸比丘拾糞掃衣未浣著房中臭穢不淨以是白佛佛言不應未浣持入房有諸比丘拾糞掃衣不即浣生蟲以是白佛佛言應即淨浣有諸比丘於淨地中及上流浣糞掃衣以是白佛佛言不應爾有諸比丘以淨器浣糞掃衣以是白佛佛言不應爾

佛從王舍城與大比丘僧千二百五十人俱遊行人間諸比丘擔重擔衣佛見巳作是念我當爲諸比丘作劑限受家衣施時瓶沙王聞佛與千二百五十人俱遊行人間作是念我今寧可將四種兵侍衛世尊遊我境内念巳勑嚴四種兵侍從佛後佛展轉到恒水欲度到跋耆國目連念言若用船度恐王久留或有所廢我今當以神力令此水淺念巳即令水淺佛與比丘一時涉度佛度彼岸而說偈言

精進爲舟航　能濟深廣河　孰能覩若斯
不發信敬心

於是瓶沙王作是念佛巳出我界便應迴還即合掌遥禮而歸佛到屈茶聚落告諸比丘有四法我及汝未得時於生死中輪轉無際何謂爲四所謂聖戒聖定聖慧聖解脫今旣

得之生死已盡梵行已立所作已辦即爲諸比丘說偈言

戒定慧解脫　我今如是覺　已盡諸苦源

故爲汝等說

時佛將五百比丘遊行跋耆國欲到毗舍離城彼有婬女名阿范和利聞佛世尊有大名德號如來應供等正覺所可說法初中後善具足清白梵行之相遊行諸國將到此城歎言善哉我願欲見即嚴四馬車從五百妓女出迎世尊佛遥見之告諸比丘汝等各當繫念在前自防護心是諸佛教何謂繫念謂行四念處觀內身循身觀除無明世間苦觀外身內外身及痛心法亦如是何謂在前所謂若行若立若坐若臥若睡若覺若去若來若前後視瞻若屈伸俯仰若著衣持鉢若食飲便利若語若默常一其心此是我教阿范和利遥見佛容顏殊特諸根寂定有三十二大人相圓光一尋猶若金山便生信樂前至佛所頭面禮足却住一面佛爲說種種妙法示教利喜已白佛言世尊願佛及僧於我園宿受明日請佛默然受之阿范和利知佛受已禮繞而退時五百離車聞佛與比丘僧遊行國界來向此城共要迎佛若不出者罰金錢五百要已皆出域乘青馬青車一切眷屬衣服皆青黃黑赤白皆亦如是阿范和利中道相逢不避其路諸離車言何以不避使車馬相突阿范和利言我請佛及僧於園宿明日設食不暇相避諸離車言我等亦欲請佛汝聽我先答言已受我請不得相讓諸離車言與汝五百千兩金聽我在先答亦如上諸離

車復言與汝半國財物可乎答言正使舉國亦不可得若能保我三事無失爾乃相許諸離車言何謂三事答言一者保我身命必無夭奪二者保我財物必無損失三者保佛常住必無餘行諸離車言若財物損失我能相與若佛餘行我能請留汝命危脆誰能保者便瞋恚而去佛遥見諸離車來告諸比丘欲知忉利諸天出入與此無異諸離車見佛容顏殊特乃至猶若金山下車步進前至佛所頭面禮足却坐一面時彼衆中有一摩納名賓祇耶從坐起偏袒右肩胡跪合掌白佛言我欲以偈讚歎世尊佛言隨意即便說之

瓶沙得善利　鴦伽持珠鎧　佛昔出其國
聲若雷霆震　亦如華新開　其香甚芬馥
觀佛身光耀　如日麗於天　又如月盛滿
昇空無雲翳　世尊光明身　灼灼復踰此
佛慧無不鑒　消滅陰謀情　能施世間眼
決斷諸疑惑

諸離車聞偈歡喜即與五百領衣摩納言我不須衣願先請佛佛語離車可聽先請即便聽之與衣如故摩納得衣即以上佛佛爲受之告諸離車世有五寶甚爲難遇一者諸佛世尊二者善說佛所說法三者聞法善解四者如聞能行五者不忘小恩諸離車聞法歡喜共作是議佛不久住人人別供不得周遍今當斂物隨日供設非我種族不聽豫之阿范和利竟夜作種種美食旦持至園敷坐具畢白時已到佛告諸比丘汝等繫念共受彼食即皆就坐柰女手自斟酌歡喜無亂食畢行水却住一面白佛言毗舍離諸園觀中此

園第一我修此園本欲爲福今奉世尊願垂納受佛言可以施僧得大果報柰女重以上佛佛言但以施僧我在僧數柰女受教即以施僧便取小牀於佛前坐佛爲說隨喜偈如爲毗蘭若所說復更爲說種種妙法示教利喜即於座上得法眼淨次受三歸五戒從坐起禮佛而去諸離車於後如議供養佛從毗舍離漸漸遊行到鉢遮羅塔時冬大寒著一衣露地而宿初夜過已覺寒復著一衣中夜過已覺寒復著一衣不復苦寒作是念未來諸比丘若不耐寒著此三衣足以御之我今寧可爲諸比丘制畜三衣明旦以是集比丘僧告諸比丘我先於王舍城遊行見諸比丘擔重擔衣爾時欲爲制家施衣劑限昨夜極寒吾先著一衣中夜初覺寒復著一衣後夜初覺寒復著一衣便不復苦寒即作是念未來諸比丘有不耐寒者著此三衣足以御之我今寧可爲諸比丘制畜三衣今以十利故爲諸比丘制畜三衣不聽有長若衣弊壞聽補治以複線却刺亦聽直縫時諸比丘畜拘脩羅衣諸居士見譏訶言比丘著拘脩羅倚異我等著冠頭衣以是白佛佛言不聽畜拘脩羅衣犯者突吉羅有一比丘安陀會壞櫂縫合作拘脩羅著之後生疑悔以是白佛佛言聽暫作著有諸比丘畜冠頭及有袖衣拘攝被上以是白佛佛言不聽畜冠頭及有袖衣犯者突吉羅若得聽受壞作餘衣有一外道以雜色線縫著衣上作條幅處後於佛法中出家猶著此衣諸居士見譏訶言沙門釋子著外道衣不可分別諸比丘以是白佛佛

言不聽著外道衣犯者偷羅遮若不知是外道衣而非佛所聽皆應壞之若知是外道衣應擿綖布地令人蹈上速使壞盡有諸比丘在樹下坐禪衆鳥作聲亂其禪思屎汙身體以是白佛佛言聽驅鳥若作禪屋有諸比丘欲往塚間取死人衣以是白佛佛言聽取即便取之後有比丘亦往取衣見前比丘語言與我共分比丘不與以是白佛佛言應共分有諸比丘先在塚間得衣與後來比丘共分分時復有比丘來索分諸比丘不與以是白佛佛言亦應共分分衣已各欲還復有比丘來索分諸比丘不與以是白佛佛言亦應共分分已各還垂出塚界復有比丘來索分諸比丘不與以是白佛佛言亦應共分分已各還已出塚界復有比丘來索分諸比丘不與以是白佛佛言不應共分有一比丘著衣持鉢入村乞食作是念我今乞食猶早便往塚間多得諸衣得已復作是念若持入村擔重可恥若先持歸時或復過便束藏之然後乞食復有一比丘食後前至塚間求衣見前比丘所得衣便持歸前比丘後往取衣不知所在還到僧坊見一比丘浣之語言莫浣我衣彼比丘言非是汝物前比丘具以事語彼比丘言塚間無主物如何佔護以是白佛佛言應屬前比丘從今若先得衣置塚間者應作誌有比丘以死人骨作誌後諸比丘謂是鳥銜著上即便取之以是白佛佛言不應以死人骨爲誌又有比丘以絳汁作誌諸比丘謂是血汁即便取之以是白佛佛言不應以絳汁作誌應用青黑木蘭若以袈裟衣片貼上

有諸比丘共要伴入村乞食伴塚間求衣還共分之要已而去往塚間者大得諸衣悔言我得衣屬我彼得食屬彼不能復共乞食比丘還以食與之得衣比丘不受如上語之乞食比丘言先共明要如何中悔以是白佛佛言應共分取衣比丘得衣時共要若能擔此衣還所住者當與二分既擔還復悔不與以是白佛佛言應與浣亦如是有一比丘往塚間見一新死人欲取其衣起屍鬼入身中起語言大德莫取我衣答言汝已死非是汝衣便強奪取死人大喚遂到僧坊諸善鬼神不聽入便住門外見出入比丘語言有一比丘奪我衣來可令見還諸比丘入問外有一人云有比丘奪其衣來誰持來者得衣比丘言此是死屍非生人也諸比丘以是白佛佛言若新死身未有壞處起屍鬼猶著不應取其衣可以還之若取未傷壞死人衣突吉羅彼比丘即以衣還之死屍得衣便倒地彼比丘以是白佛佛言可持著塚間比丘即持衣行死屍復起逐後既到塚間以衣著地屍復還倒有一比丘往塚間見一人著新欽婆羅臥塚蔭中謂是死人作是念佛不聽我取未傷壞死人衣便打其頭破彼即驚起言大德有何相犯打我頭破答言謂汝是死人彼言汝豈不知有喘息耶如何為衣欲斷我命諸比丘以是白佛佛言不應自打若使人打死屍令傷壞者犯突吉羅時諸比丘得劫貝衣不截頭鬚而著諸居士見訶譏言沙門釋子亦著此衣與我何異諸比丘以是白佛佛言不應著犯者突吉羅

爾時世尊與大比丘僧千二百五十人俱遊行南方人間從山上下見有水田善作塍畔作是念我諸比丘應作如此衣即問阿難言汝見此田不答言已見又告阿難諸比丘宜著如此衣汝能作不答言能即受教自作亦教諸比丘作或一長一短或兩長一短或三長一短左條葉左靡右條葉右靡中條葉兩向靡作竟著之極是所宜佛見已告諸比丘阿難有大智慧聞我略說作便如法此名爲割截不共之衣與外道別異怨家盜賊所不復取從今聽諸比丘割截作三衣若破應補佛在毗舍離城有一住處地極卑濕多諸蚊蝱諸比丘不得住皆住舍衛城瞻婆城迦維羅衛城王舍城安居所住處空諸居士言大德可住此安居我等當供給飲食諸比丘言此間多有蚊蝱不能得住諸居士復言大德但住當送蚊㡡諸比丘不知得受不以是白佛佛言聽受諸比丘不知大小作以是白佛佛言應隨牀大小作諸比丘常著一衣入聚落及還僧坊杒不易脫垢膩不淨諸居士見譏訶言此沙門釋子可惡常著一衣出入聚落諸比丘以此白佛佛言於僧坊内應著襯身衣不應著入聚落衣諸比丘無房舍住欲作新房以是白佛佛言聽於僧坊内爲僧作餘比丘不助以是白佛佛言應助諸比丘便長助妨坐禪行道以是白佛佛言不應長助若力少不足然後助之諸比丘作時壞汙其衣數數補浣妨坐禪行道以是白佛佛言僧應作作時衣作時令著諸比丘慚愧不敢襯身著以是白佛佛言爲僧作時聽自恣著諸

比丘以著僧衣小汙便浣由是速壞以是白佛佛言不應數數浣作都竟然後浣舉諸比丘欲作新經行處以是白佛佛言聽作諸比丘便曲作以是白佛佛言應直作諸比丘欲高作經行處以是白佛佛言聽高作兩兩經行道數數壞以是白佛佛言聽白墡泥亦聽用衣及婆婆草布上大會時人多房少諸比丘無住處以是白佛佛言房內有容膝處聽衣布地坐留中央諸比丘既同房住便相鬧亂以是白佛佛言應以衣隔之亦聽作窟諸比丘倚壁坐諸居士見譏訶言此沙門釋子爲是老出家爲是無威儀云何倚壁而坐以是白佛佛言不應倚壁坐有諸老病比丘不能自持取草束倚坐汙織房中以是白佛佛言不應倚草束聽作隱几禪帶諸比丘廣作禪帶以是白佛佛言不聽過人八指諸比丘復狹作禪帶以是白佛佛言不應減五指諸比丘復作雜色禪帶以是白佛佛言應一種色作若雜種色應浣壞色然後聽畜時長老柯烋得一衣欲作安陀會太長欲作僧伽梨優多羅僧皆少數數牽挽佛行房見之問言汝作何等具以事答佛言若不足應三長一短若復不足聽兩長一短若復不足聽一長一短若復不足聽貼作葉長老柯烋復得一衣少不足作割截三衣以是白佛佛言聽作割截僧伽梨優多羅僧漫安陀會有大會時諸白衣以衣布施以是白佛佛言聽受諸白衣欲得呪願以是白佛佛言應爲呪願諸比丘不知呪願以是白佛佛言應使維那呪願不知持著何處以是白佛佛言應如前白二

羯磨當中央房著中不知誰應守護以是白佛佛言應如前白二羯磨一比丘令守護諸比丘便羯磨無知比丘不別衣好惡以是白佛佛言成就五法不應差守衣隨愛恚癡畏不知衣好惡諸比丘於閙處分失衣守衣比丘得惡名聲以是白佛佛言應靜處分分衣時有客比丘來舊比丘問汝某日在何處答在某處諸比丘言我等得衣日此比丘在我界內今不成分衣以是白佛佛言得衣日有比丘有比丘想不成分衣得突吉羅罪有比丘疑亦如是無比丘有比丘想成分衣得突吉羅罪無比丘疑亦如是無比丘無比丘想成分衣無犯時諸比丘不襯體臥僧臥具垢汙不淨復有一比丘不襯體臥僧臥具伸脚蹹破以是白佛佛言爲護身護衣護僧臥具

聽畜單敷敷僧臥具上時六羣比丘以佛不聽襯身臥僧臥具上便以廣數寸物敷僧臥具上以是白佛佛言廣長應如臥具諸比丘不繫念眠失不淨汙於單敷以是白佛佛言應以坐具敷單敷上有諸比丘爲壁虱所惱以是白佛佛言聽別作廣長單敷敷著敷下垂牀四邊各一尺時優波離問佛世尊幾種衣應受持佛言三衣應受持襯身衣被衣雨浴衣覆瘡衣蚊幮敷經行處衣障壁虱衣單敷衣坐具護髀衣護腨衣護頭衣拭體巾拭手面巾針線囊鉢囊革屣囊漉水囊如此諸衣若似衣皆應受持有一比丘白佛言世尊常爲我等讚歎少欲知足我甚樂之願聽我等裸形佛言愚癡人欲作外道儀法犯者偷羅遮有諸比丘白佛或欲作人髮衣鹿皮衣

羊皮衣鳥毛衣馬鬣衣犛牛尾衣草樹皮葉衣佛言愚癡人欲作外道儀法一切外道儀法皆不得作作者偷羅遮有一比丘白佛願聽我等内著冠頭衣跋那衣被上佛言愚癡人欲作白衣儀法犯者突吉羅有諸比丘内欲著冠頭衣外被劫貝衣或欲作蘇摩衣班劫貝衣或欲著指鐶畫眉眼著雜色華屣以是白佛佛言愚癡人此是白衣儀法一切白衣儀法皆不得作犯者突吉羅有一比丘白佛願聽我等著純青黄赤白黑色衣佛言純黑色衣産毋所著犯者波逸提餘四色突吉羅爾時諸比丘患頭冷病以是白佛佛言聽以衣覆亦聽作帽煖則止有諸比丘不著僧祇支入聚落露現胷臆諸女人見笑弄諸比丘以是白佛佛言不應爾入聚落應著僧祇支犯者突吉羅有諸比丘著僧祇支風吹落地以是白佛佛言應著帶有諸比丘在高上作帶諸女人在下見其形體笑弄諸比丘羞恥以是白佛佛言聽作時取衣後從岐間過襵著前時跋難陀知未分安居施物處輒往語言何不速分若不分或有蟲嚙水火等難若分可得自用若與弟子及作福事諸比丘即便分之跋難陀言汝等不別貴賤諸比丘言汝若善别爲我等分亦自取分即爲分之得分持去復往餘處如是非一得重擔衣還歸所住諸比丘見讚言汝大福德得如此衣答言非福所致諸安居處巧説得耳諸比丘種種訶責云何一處安居諸處受施分以是白佛佛以是事集比丘僧問跋難陀汝實爾不答言實爾世尊佛種種訶責言我常説少

欲知足汝今云何多受無猒訶已告諸比丘不應一處安居諸處受安居施分犯者突吉羅時諸比丘但著上下衣入聚落以是白佛佛言不應爾犯者突吉羅有比丘反著衣入聚落諸比丘見語言反著衣與著不割截衣有何異以是白佛佛言不應爾犯者突吉羅有諸比丘未入村及出村草木鉤衣破裂塵土入葉中欲反著不敢以是白佛佛言爲護衣故未入村及出村聽反著有諸比丘染漫衣作條又有縫葉著衣或襵作衣葉或半上向半下向作葉以是白佛佛言不應爾犯者皆突吉羅有諸比丘著雜色衣以是白佛佛言不應爾犯者突吉羅有諸比丘雨時倒著衣水入葉中爛壞以是白佛佛言雨時不應倒著若不雨隨意爾時諸比丘有衣鉢餘物

欲以施僧白佛佛言九種得施皆聽施僧一者界得施二者要得施三者限得施四者僧得施五者現前僧得施六者安居僧得施七者二部僧得施八者教得施九者人得施界得施者施主言施此界内僧是名界得施要得施者安居時異界住僧共要若一處得施盡共分是名要得施限得施者施主言施如是如是人是名限得施僧得施者施主施僧僧應知所施物隨宜處分是名僧得施現前僧得施者施主對面施僧是名現前僧得施安居僧得施者施主言施此安居僧是名安居僧得施二部僧得施者施主施二部僧若比丘多比丘尼少若比丘尼多比丘少皆應中分若有比丘無比丘尼比丘應盡分若有比丘尼無比丘比丘尼應盡分是名二部僧

得施教得施者施主教僧作如是如是用若共分是名教得施人得施者施主言我施其甲是名人得施復有五種得施施佛及僧施佛及比丘尼僧施佛及一部僧爲人施僧長請施有一沙彌命過諸比丘不知云何處分其物以是白佛佛言若生時已與人應與之若生時不已與人現前僧應分有一少知識比丘命過有上下衣及非衣諸比丘不知云何以是白佛佛言若生時不已與人現前僧應分若生時已與人而未持去者僧應白二羯磨與之一比丘唱言大德僧聽某甲比丘於此命過生存時所有若衣若非衣現前僧應分本與某甲若僧時到僧忍聽白如是大德僧聽某甲比丘於此命過生存時所有若衣若非衣現在僧應分今與某甲誰諸長老忍默然若不忍說僧已與某甲衣竟僧忍默然故是事如是持有一多知識比丘爲國王大臣衆人所供養命過其物甚多諸比丘不知云何以是白佛佛言若生時先已與人應白二羯磨與若生時不已與人有可分不可分者若婆那衣蘇摩衣劫貝衣拘攝毛長五指若僧伽梨優多羅僧安陀會若下衣若舍勒若單敷若襯身衣若被若坐具若針線囊漉水囊鉢囊革屣囊若大小鉢戶鉤如是等物是可分者現在僧盡應分若錦若綺若毛毴若氈若拘攝毛過五指若雨浴衣若覆瘡衣若蚊幮若經行敷若遮壁虱單敷若坐臥牀及踞牀除大小瓨鉢瓨澡罐餘一切瓨器除大小鐵鉢戶鉤截甲刀針餘一切鐵器除銅揵瓷銅多羅盛眼藥物餘一切銅器若織

蓋錫杖如是等物是不可分者應屬僧用有諸比丘得安居施未分或有命過者反俗者作外道者遠行者作沙彌者更受大戒者變成二根者根滅者諸比丘不知云何以是白佛佛言安居得施未分若命過者生時已與人應白二羯磨與之若生時不已與人現前僧應分反俗作外道遠行變成二根根滅亦如是作沙彌者與沙彌分更受大戒者應與大比丘分有諸比丘於安居中未得安居施或命過乃至根變後得施亦如是比丘尼亦如是時調達得安居施未分破僧諸比丘不知云何以是白佛佛言若僧未破僧物應等分若破後得物應隨所施分有諸比丘同界僧破後欲作諸羯磨與人受具足戒不知云何以是白佛佛言若僧已破雖同界聽作羯磨行僧事不犯別衆有一住處一比丘住非安居時得施僧衣作是念佛說四人已上名僧我今一人不知云何以是白佛佛言應受持若淨施若施人若不爾餘比丘來應共分若有比丘住處非安居時得施僧物若無比丘比丘尼應分若有比丘尼住處非安居時得施比丘尼僧衣若無比丘尼比丘應分若有比丘住處非安居時比丘命過無比丘比丘尼應分若有比丘尼住處非安居時比丘尼命過無比丘尼比丘應分安居時得施皆亦如是有一外道弟子於佛法律中出家其諸親族咸作是言云何捨我阿羅漢道於沙門釋子中出家當還取之復作是言彼若聞者或能逃避沙門釋子不破安居爾時往取必得無疑彼比丘聞不知云何以是白佛佛

言聽破安居去彼比丘便從一住處至一住處不知應於何處受安居施分以是白佛佛言若住日多處應於彼受分有二比丘共在道行一比丘病一比丘看之彼遂命過看病比丘持其衣鉢來至佛所以是白佛佛以是事集比丘僧告諸比丘看病甚難今聽以三衣鉢白二羯磨與之一比丘唱言大德僧聽某甲比丘命過三衣鉢現在僧應分今以與看病人若僧時到僧忍聽白如是大德僧聽某甲比丘命過三衣鉢現在僧應分今以與看病人誰諸長老忍默然若不忍說僧已與某甲比丘衣鉢竟僧忍默然故是事如是持有一比丘懶墯初不佐助衆事亦不給侍和尚阿闍梨得病無人看視屎尿汙身不淨臭穢佛案行房見自爲洗浴浣濯其衣除去不淨扶臥牀上在邊安慰汝莫恐怖汝今終不以此命過彼比丘聞已歡喜佛復爲說種種妙法遠塵離垢於諸法中得法眼淨佛以是事集比丘僧問阿難某房比丘何以無人看阿難具以事答佛語阿難汝等所作非法比丘無有父母自不相看誰看汝等今聽諸比丘看病人諸比丘不知誰應看病以是白佛佛言弟子應看和尚和尚應看弟子阿闍梨同和尚阿闍梨亦如是有客來比丘病無和尚阿闍梨亦無同師無有看者諸比丘不知云何以是白佛佛言應先勸一人看之若無此人應日日次第差一人若不肯如法治時諸比丘競往看視惱亂病者以是白佛佛言不應爾應兩三人往爲料理病所宜事時看病人求藥艱難而病人不肯服妨廢行道以

是白佛佛言病人有五事難看不能節量食不肯服病所宜藥不肯向看病人説病狀貌不從看病人教不能恒觀無常有五事不能看病不知病所宜藥不能得隨病食不能爲病人説法示教利喜惡猒病人屎尿涕唾爲利故看不以慈心有諸看病人或爲病人或爲私行去後病人命過餘人得其衣鉢以是白佛佛言不應趣與人應與究竟看病者有比丘病看病人多諸比丘不知幾人應得衣以是白佛佛言若比丘命過應與二人衣比丘沙彌雖父母兄弟亦不應與若比丘尼命過應與三人衣比丘尼式叉摩那沙彌尼有諸比丘分看病物與沙彌三分之一以是白佛佛言應等分與有命過比丘先以衣淨施諸比丘諸比丘不肯還以是白佛佛言若彼本非親善意施皆應還時舍利弗目連自恣竟於左右遊行同安居及近住處諸比丘多有隨從諸白衣見人人各念當爲舍利弗目連施僧安居衣即便施之大有所得彼得施處諸比丘語舍利弗目連言共分此衣答言我等不同安居正可得食無此衣分以是白佛佛言應盡共分時乙師達多跋陀羅自恣竟亦與衆多比丘於左右遊行諸白衣見作是言若比丘於我住處安居者我施此衣所得亦多彼諸客比丘索共分之答言施我界內安居比丘不得與汝以是白佛佛言不應共分時有估客齎欽婆羅從波利國來到拘舍羅聞佛出世有大威神諸弟子亦復如是便大持欽婆羅衣施僧諸比丘言佛未聽我等受欽婆羅衣以是白佛佛言聽受復別與

上座亦不敢受言佛未聽我等别受欽婆羅衣以是白佛佛言亦聽别受時毗舍佉母作是言若住我所作房者應著用我三衣襯身衣被衣雨浴衣覆瘡衣單敷衣遮壁虱衣蚊幮不得著用餘人衣諸比丘謂此屬四方僧不敢襯身著之以是白佛佛言若施主現在聽襯身著有諸比丘尼以衣鉢餘物施諸比丘諸比丘不敢受諸比丘尼言我當於何處更求福田以是白佛佛言聽隨意受時諸比丘得劫貝經欽婆羅緯衣不敢受以是白佛佛言聽受時舍衛城治欽婆羅人見諸比丘著欽婆羅衣語言大德所著若浣若蹹使毛出者極好鮮文諸比丘不敢以是白佛佛言聽浣蹹若不知聽雇人有諸比丘於露地浣蹹欽婆羅諸白衣見譏訶此比丘正似蹹欽婆羅師以是白佛佛言應在屏處蹹欲截欽婆羅頭不知以何截以是白佛佛言應作剪刀諸比丘著斑色線織衣諸白衣見譏訶言沙門釋子與世人何異諸比丘以是白佛佛言不應著斑色線織衣犯者突吉羅有一女人生兒輒死後生一男將至諸比丘所索袈裟衣與著諸比丘不敢與以是白佛佛言聽與有一少知識比丘無衣諸女人乞不得與彼言我自出物與我染之諸比丘不敢爲染以是白佛佛言聽爲染畢陵伽婆蹉父母貧窮欲以衣供養而不敢以是白佛佛以是事集比丘僧告諸比丘若人百年之中右肩擔父左肩擔母於上大小便利極世珍奇衣食供養猶不能報須臾之恩從今聽諸比丘盡心盡壽供養父母若不供養得重罪

彌沙塞部五分律卷第二十

音釋

髑髏髑徒谷切髏落侯切髑髏首骨也糂息感切米粒和羹也蹹徒合切踐也唄蒲拜切梵頌也氍毹氍強魚切毹山芻切氍毹毛席也坌蒲悶切塵坌也曝步木切日乾也劑在詣切分劑也脆此芮切物易斷也鎧苦亥切擿他歷切挑也綖先見切纏也塍神陵切畦埒也幮直誅切幔也烋火蚪切膊補各切肩甲也鬛力葉切馬騣也犛莫交切牛名⿰旁毛北朗切邪文毛布也氈之延切撚毛席也瓷在思切瓦器繖蘇旰切蓋也齎祖稽切持也

彌沙塞部五分律卷第二十一

宋罽賓三藏佛陀什共竺道生譯

第三分第五衣法之二

爾時舍夷國猶遵舊典不與一切異姓婚姻波斯匿王貪其氏族自恃兵强遣使告言若不與我婚當滅汝國諸釋共議當設何方免彼兇虐而不違我國之舊典僉曰正當簡一好婢有姿色者極世莊嚴號曰釋種而以與之如議即與波斯匿王備禮娉迎後生一男顏貌殊絶勑諸相師依相立字諸相師言王本以威而得其母依義應當字曰瑠璃至年八歲王欲教學作是念諸藝之中射爲最勝閻浮提界唯有釋種佛爲菩薩時射一由旬又一拘樓舍釋摩南射一由旬最下手者不減一拘樓舍當令吾子就外氏學即勑大臣子弟侍從太子就釋摩南請受射法爾時諸釋新造大堂共作重要先供養佛及諸弟子然後我等乃處其中瑠璃太子與其眷屬輒入遊戲諸釋見之瞋忿罵言下賤婢子我不以汝爲良福田云何世尊未入中坐而敢在先瑠璃太子即大忿恨勑一人言汝憶在心我爲王時便以白我即便出去諸釋於後掘去堂土更爲新地然後請佛及僧於中設食演說妙法瑠璃太子知射法已還舍衛城少年之中便紹王位先共學人皆居要職昔憂敎臣便白王言王憶其時諸釋罵不王言我憶臣復白言今不報之復欲何待王聞其語即嚴四種兵往伐諸釋世尊聞之即於路側坐無蔭舍夷樹下王遥見佛下車步進頭面禮足白佛言世尊好樹甚多何故乃坐此無

蔭樹下世尊答親族蔭樂王知佛意愍念諸釋即迴軍還如是再返彼臣又復如前白王王便嚴駕往伐諸釋佛知諸釋宿對叵避便止不出諸釋聞瑠璃王來伐其國亦嚴四兵出相御逆去一由旬以箭射之或從身穿中過或斷其髮鏟髮令盡鬚眉無餘及諸戰具一時斷壞而不傷肉瑠璃王問左右言諸釋去此近遠答言去此一由旬王大怖言軍鋒未交已尚如此若當相接吾軍敗矣不如返國啚令爲辜時彼一臣白言釋種皆持五戒寧失身命終不害物王但進軍勿憂喪敗王即從之勑軍進前釋種還城閉門自守瑠璃王遣使語言若即開門當有免者若吾攻得不放一人時目連聞瑠璃王欲攻舍夷白佛言願佛聽我化作鐵籠籠彼大城佛告目連汝雖有神力何能改此定報因緣佛以此義即說偈言

夫業若黑白　終不有腐敗　雖久要當至
還在現前受　非空非海中　非入山石間
莫能於是處　得免宿命殃　報應之所牽
無近遠幽深　自然趣其中　隨處無不定

爾時諸釋見彼軍盛或言開門身全或言以死固守紛紜不定便共行籌以少從衆時魔波旬在開門衆中七反取籌開門籌多即便開之瑠璃王得城已宣令三軍一切釋種皆悉殺之若非釋種慎勿有害三億釋聞皆捉蘆出言我是提蘆釋守門者信放令得去於是釋摩南到瑠璃王所瑠璃王以爲外家公白言阿公欲求何願答言願莫復殺我諸親王言此不可得更求餘願又言願從我没水

至出於其中間聽諸釋出凡得出者不復殺之瑠璃王作是念水底須臾何爲不可即便許之釋摩南便解頭沐没以髪繫水中樹根遂不復出王怪其久使人入水看之見其已死髪繫樹根以此白王王便歎言乃能爲親不惜身命即宣令三軍若復有殺釋種者軍法罪之時諸比丘聞瑠璃王誅殺舍夷國人以是白佛佛告諸比丘瑠璃王愚癡却後七日當受害學人罪其眷屬大小亦俱併命瑠璃王聞佛此教心念佛無空言餘若尚可唯畏火燒即與眷屬乘船入阿夷河七日期至水忽暴漲於是覆没一時死盡諸釋破滅之餘被剥赤肉到諸比丘所語言我是釋種世尊親族願乞少衣諸比丘不敢與作是念佛未聽我等與諸釋衣以是白佛佛言聽與復有五戒優婆塞被剥來至諸比丘所借衣諸比丘不敢借語言佛未聽我等借優婆塞衣以是白佛佛言聽借若還應取若不還則與時跋難陀爲安居施故二處結安居諸比丘以是白佛佛言二處皆應各與半分時諸比丘在路行不收攝衣曳地行裂以是白佛佛言不應爾犯者突吉羅應作囊盛諸比丘作囊太長以是白佛佛言不應爾極長使前至齋後至腰諸比丘以貴價物作衣囊以是白佛佛言不應爾應用麤物作有諸比丘在路行趣倩人擔衣亦趣爲人擔或自失衣或失他衣以是白佛佛言不應爾若倩人擔衣應先出示若爲人擔衣應出看之諸比丘盛衣囊中縫合其口欲取艱難以是白佛佛言不應爾應作帶繫若非常須亦聽縫之諸比丘

與欽婆羅劫貝衣各著一處生蟲齧壞以是白佛佛言應以劫貝開欽婆羅然後用屈尸羅香那毗羅香青木香如是諸香辟蟲者著中諸比丘後取衣不復識以是白佛佛言應題名作幟若比丘舉衣經十二年不還取者集僧平價作四方僧用彼比丘後還以四方僧物償若不受者善時阿難得施衣不須爲舍利弗受即使一比丘持衣與之彼比丘作是念舍利弗幸多供養而我無衣我無衣作同意取即便著之後生疑以是白佛佛言彼雖爲受而未是已捨若於所與比丘作同意取受持非善取受持若於所受比丘作同意取受持是善取受持阿難復得腰繩不須爲阿那律受亦使一比丘持往語言此繩已屬阿那律彼比丘亦如上念取後生疑以是白

佛佛言彼言已屬阿那律是爲已捨若於所與比丘作同意取受持是善取受持若於能使比丘作同意取受持非善取受持時諸比丘不著襯身衣披僧被汙泥不淨爲鼠齧壞以是白佛佛言不應爾犯者突吉羅時六群比丘作襯身衣大小如僧祇支或如泥洹僧以是白佛佛言不應爾應三種作上者從覆頭下至踝舒覆左手掩令等没中者從覆頭下至半脛舒覆左臂掩等至腕下者從覆頭下至膝舒覆左臂掩等半肘諸比丘不以襯身衣通覆右肩而通披僧被汙泥不淨爲鼠所齧以是白佛佛言不應爾有諸比丘受經時問訊和尚阿闍黎時披僧被偏袒垂地或夜起行不能收攝亦委於地泥土汙之以是白佛佛言受經時問訊應偏袒舉使離地夜

起時應收攝通披勿令汙泥諸比丘著僧披裂不補治以是白佛佛言應補治佛言若冬四月夏三月用者應治有諸比丘於阿練若處住去時不舉僧卧具致使爛壞以是白佛佛言應寄聚落中若無寄處應還作房主若有疑畏聚落人民皆悉移去亦應運持至安隱處諸比丘不隨後視卧具致有零落以是白佛佛言應隨後者旣到安隱處彼諸比丘不與房住亦不與房安諸衣物以是白佛佛言皆應與之若先處不復立應即在處用之若後還立應持餘者還若已盡無餘彼處比丘應少多分與有諸比丘以此房卧具於彼房用諸房主譏訶言云何以我房物於餘房用此則不與取也以是白佛佛言不應爾有諸客比丘欲問訊師及受經著住房卧具至彼房房主比丘不聽以是白佛佛言應先語本房比丘若聽者善若不聽亦著持去若於彼遠行應送還本房有諸比丘著僧衣入温室及作食處入僧中食及左右便利烟熏汙泥以是白佛佛言不應爾有諸病比丘須著至諸處不敢以是白佛佛言病聽著至餘處但愛護之唯不得著大小便利時六群比丘著上下衣持廣五指衣片當三衣而入聚落諸比丘見問言世尊不制不著三衣不得入聚落耶六群即以衣片示言此是我三衣諸長老比丘種種訶責以是白佛佛以是事集比丘僧問六群比丘汝實爾不答言實爾世尊佛種種訶責已告諸比丘不應爾犯者突吉羅從今聽作上中下三衣如𧜟身衣量有一住處僧得可分衣一比丘持至戒壇上獨

取受持以是白佛佛言不應爾犯者突吉羅現在僧應分有一上座比丘與諸比丘遊行人間其中有客有舊得可分衣少不足分以是白佛佛言舊比丘應語客比丘言長老此衣少不可分客比丘若言并持相與應取若言乃至一縷亦不相與便應共分客比丘語舊比丘亦如是有比丘取覆冢衣冢主失衣借問誰取我覆冢衣有人答言諸比丘取便瞋訶言諸比丘偷我先人衣諸長老比丘聞以是白佛佛言不應取若聚落移去於後有去聽作糞掃衣意取有諸比丘取神廟中旛蓋亦如是有諸比丘往鬬戰處取死人衣軍人識訶言此諸比丘欲令我等多殺人諸長老比丘聞以是白佛佛言不應爾有諸比丘少知識欲鬬戰處取死人衣不敢往以是白佛佛言聽軍人去後取有諸白衣軍人去後收斂骨肉尸喪見諸死屍悉被剥脱不可復識便譏訶言云何比丘剥我親里衣若有衣者便應可識諸比丘以是白佛佛言聽無人見時取王殺人處取衣亦如是有諸比丘取死人衣不壞作比丘衣畜諸白衣見言此是我親里衣便向啼泣諸比丘以是白佛佛言應速壞作比丘衣畜若鐵器應速用作大小鉢戸鈎諸所須物有一家大富賊劫之不能盡持去留藏糞掃中後還欲取晝日未敢進逢伺望之有比丘拾糞掃衣到彼藏物處見衣角出便取之賊逢語大德莫取我物遭劫家聞識是賊縛送官中官即殺之賊被縛時作是語若比丘不取我衣彼何由識我是為比丘殺我非是彼人諸比丘以是白佛佛言

若舉時重不應取有諸比丘街巷中視地而行諸白衣見或言覓錢或言覓糞掃衣有一外道弟子以衣裹錢著道中比丘見拾取便語衆人言諸比丘果是覓錢諸比丘以是白佛佛言不應取街巷中裹物有一比丘爲衣故至冢間見一新死女人頭前有函比丘謂是空函便取持歸到所住處開視見有諸嚴身具不知云何以是白佛佛言取時應先開視若不視取突吉羅有諸比丘與外道共道行爲賊所殺比丘便取其衣不壞色作比丘衣餘外道見之言此是我親里衣諸比丘必殺而取諸比丘以是白佛佛言不應取若已取即應壞色作比丘衣有諸比丘少欲知足不受他家施衣諸居士作是議我等何方令彼比丘受我施衣正當裂破火燒處處著街

巷中伺其入聚落時語言汝看左右所有所見取之即如議作彼比丘見作是念我等不受家施衣必是諸居士爲我等作此以是白佛佛言應作糞掃想取有一比丘命過諸比丘仰著中庭不以衣覆其身體男根脹起諸居士見譏訶言沙門釋子不修梵行乃使男根如此之大諸比丘以是白佛佛言不應即露應以衣覆犯者突吉羅有一肥大比丘命過諸比丘舉著生草上脂出流漫殺諸生草諸外道見譏訶言沙門釋子自云慈念而今云何傷殺生命諸比丘以是白佛佛言不應著生物上應埋若火燒若著石上有一比丘水所漂殺衣鉢掛著界内樹枝諸比丘見謂入僧界内應屬僧不敢取以是白佛佛言聽作糞掃衣取諸比丘不知有幾種糞掃衣以

是白佛佛言糞掃衣有十種王受位時所棄故衣冢間衣覆冢衣巷中衣新嫁女所棄故衣女嫁時顯節澡衣産婦衣牛嚼衣鼠嚙衣火燒衣時諸比丘著光色衣白衣譏訶以是白佛佛言不應著光色衣犯者突吉羅有比丘畜不滿五肘雨浴衣以是白佛佛言雨浴衣不應減五肘犯者波逸提時諸居士於安居内爲兒女剃頭故以衣施僧諸比丘受已欲迴爲安居施以是白佛佛言不應爾此名隨事施現在僧應分犯者突吉羅有諸比丘先所受三衣不捨更受餘衣以先所受衣淨施及施人後憶白佛佛言得名更受亦名淨施施人但不捨得突吉羅時諸比丘有尼薩耆衣未悔過而爲火所燒水所漂賊所奪失壞不知云何以是白佛佛言此即名捨但應作波逸提悔過時諸比丘畜衣不以淨施以是白佛佛言不應爾犯者突吉羅有一住處衆僧得錦施諸比丘不知云何以是白佛佛言應受迴莊嚴塔若作塔用若僧用有一住處僧欲分衣有少欲比丘不受分而須腰繩襌帶貿漉水囊諸比丘以是白佛佛言應與既與復索以是白佛佛言分物時應先問汝受分不若言受應等與若言須腰繩等應三分與一若復索不應與有一比丘有拘攝四方僧有僧伽梨欲貿之諸比丘不敢與以是白佛佛言聽易若拘攝價多應倍與比丘若僧伽梨價多比丘應倍與僧若貧無物可倍與僧而必是少欲知足亦聽與之餘衣亦如是時離婆多比丘苦脚冷從一婆羅門乞褁脚欽婆羅衣既乞生疑世尊制戒不聽我等

從非親里乞衣不知云何以是白佛佛言如是因緣聽乞所應受持衣若護蹲衣護髀衣護頭衣拭手面身體巾等時諸比丘於僧四方僧及塔不同意人邊皆作同意取衣以是白佛佛言不應爾於和尚阿闍黎同和尚阿闍黎若弟子及諸同意人邊乃得作同意取有諸比丘未命過處分物衣言我死後以此衣物施某甲以此衣物作如是如是用以是白佛佛言不應爾犯者突吉羅與不成與用不成用時阿難常出入蘆夷力士家後往不在作同意取貴價劫貝尋生疑悔作是念佛未聽我等於白衣作同意取衣以是白佛佛言亦聽於白衣作同意取時諸比丘離雨浴衣不知浴時應著何衣以是白佛佛言有五因緣得離雨浴衣不雨不疑雨不度水食病時作未成有因緣得留僧伽梨雨時疑雨度水食病時作未成有一住處僧欲分衣有客比丘來諸比丘得分少不欲分以是白佛佛言乃至得一腰繩直應分若少不足分應白二羯磨與一無衣比丘一比丘唱言大德僧聽此僧得衣若非衣今併與某甲比丘白如是大德僧聽此僧得衣若非衣乃至若不忍說僧已與某甲比丘衣竟僧忍默然故是事如是持

第三分第六皮革法

佛在舍衛城爾時摩訶迦旃延在阿濕波阿雲頭國波樓多山中住彼國有長者名沙門億耳信樂佛法常供給諸比丘見法得果受三歸五戒恒入僧坊聽受法教時沙門億耳屏處自念如佛所說在家染著不能廣修梵

行出家無著猶如虛空我今何不於無爲法中剃除鬚髮出家學道念已晨旦到迦旃延所頭面禮足具宣所念欲求出家受具足戒迦旃延言在家染著誠如汝言但出家苦節淨修梵行獨坐樹下常應一食汝本富樂此事甚難億耳聞已便歸其家如是至三見其意至便與出家彼國無有十衆作沙彌經歷六年迦旃延乃以神通力於餘國集十衆授具足戒億耳受戒已念言我聞如來應供等正覺而未奉見今當往詣問訊世尊念已到迦旃延所頭面禮足白求詣佛迦旃延言甚善吾隨汝喜宜知是時可以吾名問訊世尊復以五法白佛一阿濕波阿雲頭國無有十衆億耳作沙彌經歷六年不得受具足戒迦旃延以神通力於餘國集僧然後得受願世尊聽此國不滿十衆得受具足戒又此國多有沙石棘刺願聽此國比丘畜重底革屣又此國皆以皮敷地作坐卧具願聽此比丘以皮敷地又此國人日日洗浴願聽此國比丘日日洗浴又有比丘寄衣與餘方比丘衣未至有比丘語所與比丘比丘生疑恐犯長衣願爲除其此疑於是億耳受教而去旣到佛所稽首佛足宣和尚問訊佛語阿難汝爲此客比丘敷卧具阿難念言佛欲與此比丘共宿故今我爲敷卧具即於佛房而爲敷之佛與億耳共一房宿初夜中夜黙然無言至後夜時佛作是念此族姓子威儀調伏當令說法便語言汝可說法億耳受教即說十六義品經說已黙然而住佛言善哉彼國人語皆如此不答言有勝我者又問汝何以久住彼

國不來見我答言我早知欲見過患有因緣故不得早來爾時世尊因說偈言

見世之過患　身自依法行　賢者不樂惡

爲惡不樂善

於是億耳作是念和尚勑我以五法白佛今正是時便以白佛佛過夜已集比丘僧告億耳汝可更說迦旃延白五法億耳即更說之佛種種讚歎少欲知足讚戒讚持戒已告諸比丘從今聽阿濕波阿雲頭國及一切邊地少比丘處持律五人授具足戒亦聽有沙石棘刺之處著重底革屣亦聽有皮革處作皮敷卧具亦聽有須浴處日日洗浴若比丘寄衣與餘處比丘比丘雖先聞知衣未入手不犯長衣

爾時諸比丘作種種形種種色革屣以是白佛佛言不聽作異形異色革屣犯者突吉羅有諸比丘作馬皮象皮人皮革屣以是白佛佛言不聽作若用人皮偷蘭遮若馬象皮突吉羅時跋難陀常出入一牧牛家著衣持鉢往到其舍彼有斑色犢子跋難陀諦視生念欲得此皮作敷具主人問言何故諦視此犢答言此犢斑色可愛耐可作敷具彼即白言大德常料理我家豈惜一犢而不相與即於犢母前殺而與之跋難陀得已持還僧坊犢母隨後悲鳴逐之諸比丘問此牛何故悲鳴逐汝答言不知又問此牛逐汝不逐餘人云何不知乃具以事答諸比丘種種訶責以是白佛佛以是事集比丘僧問跋難陀汝實爾不答言實爾世尊佛種種訶責已告諸比丘從今不聽畜一切皮諸比丘後須小片皮而

不敢用以是白佛佛言聽用小片皮作物有諸比丘從外還徒跣上僧卧具汙泥不淨以是白佛佛言聽著出入革屣有老病比丘於恐怖處共伴道行遲不相及諸伴語大德速行勿使被剥答言我等老病不能行伴言此有象馬驢騾駱駝車牛可騎乘諸比丘不敢以是白佛佛言從今聽老病比丘騎但不得乘騎雌畜生有諸白衣以皮與施僧諸比丘不敢受以是白佛佛言聽受去皮以餘衣代有諸白衣以皮與別施上座不敢受以是由佛佛言亦聽私受去皮如上法諸上座老病比丘欲乘轝入聚落不敢乘以是白佛佛言聽不知使誰轝之以是白佛佛言使淨人轝有諸比丘於恐怖處欲度水無船有牧牛人驅牛度水語言可捉牛尾諸比丘不敢以是白佛佛言聽捉時六群比丘捉牸牛尾度水以手刺其瘡中以是白佛佛言不聽捉雌畜生尾度水有諸比丘欲度水亦無畜生可捉不知云何以是白佛佛言聽縛草木作栰自今聽諸比丘畜浮囊若羊皮若牛皮作僧及四方僧皆應畜

佛在王舍城爾時瓶沙王摩竭鴦伽二國有四萬二千聚落彼諸豪傑無有不信佛法僧者唯除瞻婆城中長者子名首樓那其人大當有二十億錢時人號曰首樓那二十億是人生便受樂手脚柔軟足下生毛瓶沙王作是念我界内有二十億未信佛法我當云何令彼信樂我若自往當大驚怖若召之必生疑長正當通命瞻婆城中六十家諸豪傑觀王子婚因此相見誨以道法念已即便呼之

時諸親族皆白王言二十億未曾履地足下生毛如人頂髮不堪恭到願王特賜停此一人王言可乘象馬車轝答言其身極輭亦不堪之王言今王子婚必宜相見聽汝親族盡自致方親族共議唯當鑿渠通船日行數里乃可不勞恭王命耳便共以此致之到王舍城親族白王二十億今始得至願聽如家法王言家法云何答言以衣敷地行上轝之王言可爾即勑為敷又爲敷細輭衣爲座令坐其上王問言汝足下實生毛不答言實爾大王王言我欲見之答言願使可信人看王言我欲自見答言願聽舒脚王言可爾即舒脚示王果如所聞光曜王目不得熟視生希有心念言我國乃生此大福德人顧視左右先有三人居士并二十億爲四問言汝各有幾財得爲居士第一人言我錢有十三億第二人言我有十四億第三人言我有十四億又有一無價摩尼珠二十億言我有二十億復有五百摩尼珠一摩尼寶牀王問二十億汝所從得此答言此實非父餘財亦不營得我於高樓上眠覺便在我前王聞此語倍生希有復作是念此人福德唯佛當知餘無能了即便嚴駕出詣佛所頭面禮足白佛言世尊二十億有五百摩尼珠一摩尼寶牀從何而來佛言此人先在忉利天有五百天女極相愛樂後彼來生天女皆念我等天子今於何生以天眼觀見生在此各持一摩尼珠及先所卧寶牀化令稱其今身著前而去王聞佛說禮畢退還集瞻婆城六十豪傑語言我今令二十億爲彼城中最大居士汝等宗之復

語二十億及六十人等我爲汝王以法治化已與汝等作現世利益今佛世尊在耆闍崛山各可往彼求從世利受勑皆往時長老娑竭陀於山中盤石上經行諸居士到其所語言大德爲我白佛瞻婆城二十億及六十居士欲問訊世尊娑竭陀於盤石上居士前沒踊出佛前具以白佛佛言汝可先去於盤石上敷座吾得後往受教於佛前沒踊出盤石衆居士前爲佛敷座佛以常威儀步行後至諸居士念言此比丘有大神力出沒盤石猶如入水咸共恭敬而慢世尊世尊既至就座而坐諸佛常法先使發歡喜心然後說法佛語娑竭陀汝起扇佛受教起扇須臾現種種神變如優爲迦葉還在佛前稽首禮足白佛言佛是我大師我是佛弟子如是三返已復

坐本位於是諸居士作是念弟子神力猶尚如是況於如來應供等正覺便迴心注仰佛爲說種種妙法示教利喜乃至苦集盡道皆於座上得法眼淨受三歸五戒二十億從座起跣足至佛前稽首作禮佛便微笑娑竭陀作是念佛何因緣笑念已從座起偏袒右肩胡跪白佛今何因緣而發微笑佛語娑竭陀此二十億九十一劫來始今足蹈於地又問二十億何因緣九十一劫足不蹈地佛言過去世時有佛世尊出現於世名毗婆尸父王治城長十二由旬廣七由旬多諸人衆安隱豐樂彼佛與大比丘僧六萬八千人俱皆是阿羅漢於彼止住其王日日請佛及僧於宮中食時大衆中有一人名修毗賒共衆人往詣王所白言王今作諸功德願聽我等亦得

像之王言今佛僧衆有六萬八千人恐汝等不辦或更惱僧復白王言我自堪辦願必聽許王言大善猶恐不辦勑作食如常彼若不足當以足之於是諸人設供過於王食如是多日王所作食竟不辦復設修毗賒次應設供使人掘路更以細輭土塡香泥泥之兩邊豎八十寶柱以雜色摩尼珠置於柱頭懸雜色旛張雜色縵彌覆路上處處路上種種漿於家敷六萬八千座一比丘坐一座各以五百釜羹而供養之一一比丘施劫貝二張革屣一量復爲四方僧作房地敷卧具皆悉妙好爾時修毗賒者今二十億是從是已後受天上人中福等無有異若今不見我者足猶不蹈地時二十億胡跪白佛願聽出家受具足戒佛言父母聽汝未答言未佛言父母不

聽不得出家答言我當還家啓白父母佛言大善今正是時於是二十億禮佛足右遶還瞻婆城白其母言我今欲出家學道母言止止何縁出家我唯有汝死尚不欲相離如何生離今我財物珍寶奴婢田宅無有限數可恣意作福受五欲樂苦請至三然後聽許前禮母足右遶三帀還詣佛所頭面禮足胡跪白佛母已聽許願便與我出家受具足戒佛言比丘來出家受具足戒廣修梵行我善說法能盡苦原說是語時二十億鬚髮自墮僧伽梨著身鉢盂在手出家不久於尸陀林精進經行足傷血流烏隨啄呑二十億作是念佛弟子中精進無勝我者而今未得盡諸苦原我家幸多財寶亦可反俗快作功德佛知其念從耆闍崛山來下見烏啄呑其血悶阿

難何故有此血烏競啄之答言二十億於此經行足傷血出世尊便往到其所問二十億汝實作是念不答言實爾世尊佛復語言我今問汝隨意答我汝在家時善彈琴不答言善又問琴弦急時聲調好不答言不好又問琴弦緩時聲調好不答言不好又問云何得好答曰不急不緩然後乃好佛言於我法中亦復如是太緩太急何緣得道若精進處中不久盡苦二十億聞佛說已即於經行處漏盡無餘世尊以二十億足下傷破告諸比丘今聽二十億著一重革屣二十億白佛言世尊我捨二十億錢五百摩尼寶珠一摩尼寶牀二十夫人無量婇女若著一重革屣人當譏我捨如此財寶而猶貪受一重革屣世尊若聽一切比丘著者我當著之佛便讚歎少欲知足讚戒讚持戒已告諸比丘從今聽諸比丘著一重革屣有諸比丘著兩重革屣以是白佛佛言不聽犯者突吉羅時六群比丘著革屣在和尚阿闍黎前後經行有餘比丘亦皆効之諸比丘以是白佛佛言不應和尚阿闍黎前著革屣犯者突吉羅有因緣於和尚阿闍黎前著革屣無犯若地有棘刺若地有刺脚草若地有沙石若病時若闇時時諸比丘著金銀象牙石屐諸居士見譏訶言此諸比丘如王大臣常說少欲知足而今奢費無度無沙門行破沙門法諸長老比丘聞種種訶責以是白佛佛以是事集比丘僧告諸比丘從今不聽著如上屐犯者突吉羅

佛在毗舍離有一住處下濕著皮革屣臭爛蟲生諸比丘以是白佛佛言聽諸比丘作婆

婆草迦尸草文柔草鳩尸草等𦃇諸比丘著水從下出漬脚以是白佛佛言聽用生皮底下有諸比丘畜著木屐木𦃇於僧坊内行作聲亂諸比丘坐禪復有一比丘著木屐下利夜踏殺蛇以是白佛佛以是事集比丘僧告諸比丘從今不聽著木屐木𦃇犯者突吉羅聽於三處著非行來屐大便處小便處洗手脚處有諸比丘著兜羅貯革屣以是白佛佛言不應爾犯者突吉羅有諸比丘革屣鼻破脚指以是白佛佛言聽以輭物貯鼻有諸比丘脚跟劈裂以是白佛佛言聽以熊膏塗熊皮裹時畢陵伽婆蹉常一心行不覺蹴脚指破佛見之告諸比丘從今聽諸比丘著富羅諸比丘作鞾大深諸居士譏訶言此比丘所著富羅如我等鞾以是白佛佛言不應深作鞾聽至踝上有諸比丘作鞾如靴諸居士譏訶如上以是白佛佛言應開前有諸比丘著畫革屣以是白佛佛言不應著犯者突吉羅若得聽壞色著時離婆多在陀婆國人間遊行遇寒雪脚凍壞還到祇洹頭面禮佛足却坐一面佛問言脚何故不能行具以事答佛問彼國人頗有所著不答言彼國人著富羅著屣佛種種讃歎少欲知足讃戒讃持戒已告諸比丘從今聽雪寒著之有諸比丘雪寒中行脚凍壞以是白佛佛言聽用酥鹽熊膏塗以熊皮作靴有諸比丘在道行不知用何物盛粮以是白佛佛言聽用羊皮牛皮鹿皮及市劫貝作囊有諸比丘以皮囊盛食汙泥白佛佛言應淨浣諸比丘便浣皮囊爛壞蟲生白佛佛言不應浣皮囊應及指拭若淨勿

復畜有諸阿練若住處比丘畜皮敷具諸惡獸聞氣來殺諸比丘諸比丘以是白佛佛言於阿練若處不應畜皮囊具應持與聚落住處以籍幽梯道有比丘在佛後剌剌脚不能行諸居士見語言大德佛去已遠何不駛行答言剌剌我脚不能行諸居士言能著韈不比丘不敢著至佛所白佛佛言聽著有比丘於冢間得革屣復不敢取以是白佛佛言聽取有諸比丘得種種形色種種皮革屣不敢取以是白佛佛言除人馬象皮餘聽取壞本形色若形色不可壞於僧坊内著不得出外有諸比丘得新革屣不敢受以是白佛佛言聽受應令淨人著行七步然後著之有諸比丘革屣富羅屐破壞不知令誰補治以是白佛佛言應借人補治若無人比丘能自補亦聽聽畜大小錐大小刀縫皮綖有諸比丘爲破見比丘補治革屣等物以是白佛佛言不應爲如此人作應爲慚愧欲學戒者作諸比丘不知用何物安皮作具以是白佛佛言聽皮囊盛之

彌沙塞部五分律卷第二十一

音釋

叵普火切不可也 鏟初諫切削也 辜攻乎切辠也 齋音齊 倩子正切假借也 嚙倪結切噬也 幟昌志切志也 襯初覲切近也 踝戶瓦切足骨也 脛形定切脚脛也 腕烏貫切 冢展勇切高墳也 貿莫候切易財也 蹲乳兗切腓腸也 䏶部禮切股也 屣所綺切履屬 轝雲俱切車也 栰房滑切箄也 輭乳兗切柔也 啄側角切鳥食也 屐竭戟切木屐也 屧悉協切屐也 跟古痕切足踵也 劈匹歷切破也 ⿰革雍於容切 鞾靴垂許遐切有靿履也 駛踈士切疾也 韈房發切足衣也 錐朱推切鑽也 綖私箭切與線同

彌沙塞部五分律卷第二十二

宋罽賓三藏佛陀什共竺道生譯

第三分第七藥法

佛在王舍城爾時諸比丘得秋時病佛行房見作是念世人以酥油蜜石蜜爲藥我今當聽諸比丘服以是事集比丘僧告言從今聽諸病比丘服四種藥酥油蜜石蜜諸比丘服酥苦臭以是白佛佛言聽熟煎若自煎若使人煎若無淨地聽非淨地煎諸比丘服酥嘔逆欲吐以是白佛佛言聽以訶梨勒阿摩勒果若蜜若蒜若麨諸所宜物敗口有一比丘得熱病應服酥諸比丘爲乞不得而得乳以是白佛佛言應使淨人作酥煎令熟作無食氣受七日服有一比丘得風病應服油諸比丘爲乞不得而得油麻以是白佛佛言應使淨人作油作無食氣受七日服有一比丘得熱病應服石蜜諸比丘爲乞不得而得甘蔗以是白佛佛言應使淨人作石蜜作無食氣受七日服諸比丘不知幾時應熟以是白佛佛言以杓舉瀉相續不斷爲熟有諸比丘得風病應服牛驢駱駝鱣脂諸比丘爲乞不得而得四種肥肉以是白佛佛言應使淨人煑接取膏更煎若時煑時煎時漉非時受不得經宿服若時煑時煎時漉時受得七日服有諸比丘得秋時病應服根藥以是白佛佛言一切根藥聽服果藥亦如是有諸比丘得秋時病應服草藥以是白佛佛言聽一切草藥聽服有比丘風病應取汗以是白佛佛言聽取有比丘風病應服赤白諸鹽以是白佛佛言聽服有比丘風病應合和小便油灰苦酒

用摩身體以是白佛佛言聽合和摩之有比丘患疥瘡欲治以是白佛佛言聽治有比丘患癰應以刀破藥塗以是白佛佛言聽有比丘患脚須著熊皮靴熊膏塗復須用麵蛇皮熊膏酥著苦瓠中漬以是白佛佛言皆聽有比丘隱處癰醫爲刀破佛經前過醫白佛言刀已至大便門世尊視之佛言此是難護之處若使凡夫命過便失大利從今不聽刀破隱處犯者偷羅遮有比丘得時行熱病佛言應服吐下藥消息節量食隨病食有比丘患眼佛言聽作眼藥時離婆多非時食石蜜阿那律語言莫非時食我見作石蜜時擣米著中彼即生疑以是白佛佛以是事集比丘僧問阿那律汝言見作石蜜時擣米著中彼何故爾答言作法應爾佛種種讚歎少欲知足已告諸比丘從今若合藥如此者聽非時服時長老優波離問佛言世尊若時藥非時藥合受應幾時服佛言應從時藥不得非時服七日藥終身藥亦如是又問若非時藥七日藥合受應幾時服答言應從非時藥不得經宿服終身藥亦如是又問若七日藥終身藥合受應幾時服答言應從七日藥不得終身服

第三分第八食法

佛在波羅㮈國爾時五比丘到佛所頭面禮足白佛言世尊我等當於何食佛言聽汝等乞食復白佛言當用何器佛言聽用鉢時諸比丘乞得粳米飯不敢受以是白佛佛言聽隨意受食時諸比丘乞或得種種飯或得種種餠或得種種麨或得種種熟麥豆或得種

種燒麥及糯米等或得種種羹或得種種苦酒及醬或得種種鹽或得種種肉或得種種魚或得種種乳酪或得種種菜或得種種根藕根等或得種種莖甘蔗等或得種種果菴羅椰子等皆不敢受以是白佛佛言皆聽隨意受食佛在毗舍離時世飢饉乞食難得諸比丘持食著餘處失之作是念若世尊聽我等共食一處宿者不致此苦以是白佛佛言聽共食一處宿諸比丘於餘處作食失之復作是念若世尊聽我等於住處作食者不致此苦以是白佛佛言聽在住處作食諸比丘雇人作食與價與食彼人復偷作是念若佛聽我等自作食者可無此費以是白佛佛言聽自作食諸比丘既自作食求人授之復索雇直作是念若世尊聽我等自持食求不倩雇人授者可無此費以是白佛佛言聽自持食求不倩雇人令授諸比丘得木果無人授以是白佛佛言聽如木想取食諸比丘得池果無人授以是白佛佛言聽就池水受諸比丘欲食果無淨人使淨以是白佛佛言聽先去核然後食之佛在毗舍離爾時世尊患風阿難自煮藥粥上佛佛問阿難誰煮此藥答言是我所煮佛告阿難我先聽諸比丘共食宿住處作食自作食自持從人受汝等今猶用此法耶答言猶用佛言汝等所作非法我先飢饉時聽今云何猶用此法從今犯者突吉羅佛在舍衛城問阿難我先聽諸比丘如木想取木果就池水受池果無淨人淨果先除核食汝等今猶用此法不答言猶用佛言汝等所作非法我先飢饉時聽今云何猶用

此法從今犯者突吉羅時舍衛城中有優婆夷字須卑信樂佛法見法得果歸依三寶常請一切僧供給湯藥彼於後時來入僧坊見一比丘服吐下藥問言大德今何所須答言我吐下虛乏思欲食肉語言大德我明日當送願爲受之於是歸家晨朝遣人持錢買肉爾日波斯匿王有令若有殺者當與重罪買不能得還白如此復更與錢令遍求之語言勿計價直若一錢得如一錢大亦當買之猶不能得優婆夷作是念我昨已許若不得者彼或命過即持利刀入屋割髀裏肉與婢令煑送與比丘比丘得便食之病即除差時壻行還不見其婦行來出入即問須卑何在答言在内病即入問言何所患苦婦具以事答壻言恐汝此病無復活理及未死頃可請佛及僧明設中食婦言甚善即令壻請佛及僧頭面禮足白佛願佛及僧明日顧食佛默然受還歸其家通夜作多美飲食晨旦敷座遣白時到佛與衆僧前後圍遶往到其家就座而坐壻自行水佛不受之語言呼須卑優婆夷令出即遣人語世尊呼汝答言可以我名問訊世尊病不堪出即以白佛佛猶呼之如是至三乃以衣轝至佛所既見世尊瘡即除愈肉色如先生希有心我有如是大師及諸同梵行人歡喜踊躍手自下食食畢行水取小牀於佛前坐佛爲説隨喜偈如爲毗蘭若所説更爲説種種妙法示教利喜已還歸所住佛以是事集比丘僧問彼比丘汝昨食何等答言食肉又問肉美不答言美佛言汝愚癡人云何不問而食人肉從今食肉不問犯

突吉羅罪若食人肉偷羅遮有諸比丘食象肉波斯匿王象死輒送諸鬼神以沙門食象肉故便殺諸象比丘使淨人取肉持還諸居士見譏訶言此沙門釋子無肉不食過於鵄梟云何噉此不淨臰穢來入我家無沙門行破沙門法諸長老比丘聞以是白佛佛以是事集比丘僧問諸比丘汝等實爾不答言實爾世尊佛種種訶責已告諸比丘從今食象肉突吉羅馬肉亦如是諸比丘食師子肉虎肉豹肉熊肉諸獸聞氣遂殺比丘諸居士見問何故爾有人言由食其類肉便譏訶乃至告諸比丘亦如上從今食此四種肉突吉羅諸比丘食狗肉諸狗聞氣隨後吠之諸居士見問言狗何以偏吠比丘有人言由食狗肉便譏訶乃至告諸比丘亦如上從今食狗肉突吉羅諸比丘食蛇肉諸居士譏訶善自在龍王化作人身來詣佛所稽首白言我諸龍等有大神力作種種形色遊行世間今諸比丘食蛇肉或能是龍傷害比丘願佛制諸比丘不食蛇肉佛爲說種種妙法示教利喜已遣還所住佛以是事集諸比丘以善自在龍王語告諸比丘從今食蛇肉突吉羅

佛在王舍城爾時有長者請佛及僧諸長老比丘問佛言世尊若人請僧爲請誰佛言若正趣正向人皆已被請諸比丘作是念如此諸人四方及天上無處不有我等將無犯別衆食耶便不敢往以是白佛佛言若於界內別請四人已上名別衆食若次請不犯有諸比丘作是念諸比丘尼式叉摩那沙彌沙彌尼優婆塞優婆夷亦在界內將無犯別衆食

耶以是白佛佛言若請僧應二衆食比丘及沙彌若請二部僧應五衆食比丘比丘尼式叉摩那沙彌沙彌尼有諸凡夫坐禪比丘作是念如世尊説若請僧正趣正向人皆已被請我今凡夫未是正趣正向將無食不與取食以是白佛佛問彼諸比丘汝等不爲解脱出家耶答言我爲解脱佛言若請僧時聖人坐禪人皆應食有諸誦經凡夫比丘作是念我非坐禪亦如上生疑以是白佛佛言誦經人亦應食有諸勸佐衆事凡夫比丘作是念我非坐禪誦經亦如上生疑以是白佛佛言勸佐衆事人亦應食告諸比丘若請僧時除惡戒人餘一切僧皆應食佛遊阿那頻頭邑彼邑有一大臣名好少請佛及僧辦多美飲食明日食時敷座自白食具已辦唯聖知時時諸比丘更受他前食請皆已飽滿佛與大衆前後圍遶往到其家就座而坐好少大臣手自斟酌而諸比丘皆不能食大臣言何不自恣食爲謂食少爲不甘口耶諸比丘答言食非不甘亦不謂少朝已飽食是以不能耳彼大臣便瞋恨言云何旣受我請於餘飽食諸比丘以是白佛佛言若已受他請聽歠畫不成字粥若得強粥及食應語主人我先已受請可施餘人時佛與大比丘僧千二百五十人俱遊行從王舍城向毗舍離二國中間有王舍城長者名象行將五百乘車從毗舍離來遥見世尊容顔殊特猶若金山發歡喜心前到佛所頭面禮足白佛言世尊有少石蜜欲奉世尊及比丘僧佛黙然受即便自下諸比丘不敢受以是白佛佛讚歎少欲知足

告諸比丘從今聽諸比丘飢時食渴時以水和飲彼長者行一瓶石蜜遍佛大衆猶故不盡白佛言我一瓶石蜜行遍大衆而猶有餘更應與誰佛言汝可持著無生草地若無蟲水中即受教著無蟲水中水即大沸烟起作聲如燒鐵投水長者恐怖還以白佛佛爲說種種妙法示教利喜所謂施論戒論生天之論欲爲過患在家染累出家無著次爲說諸佛常所說法苦集盡道即於座上遠塵離垢於諸法中得法眼淨佛復前行有一工師其女善能作羹請佛及僧純以羹施用當後食諸比丘不敢食言佛未聽我等以羹當食以是白佛佛言聽作後食意食佛漸遊行到毗舍離住獼猴江邊重閣講堂有一將軍名曰師子是尼犍弟子聞佛世尊來遊此城有大名聲稱號如來應供等正覺歎言善哉願見如是請佛即嚴駕出遥見世尊容顔殊特猶若金山前到佛所頭面禮足却坐一面佛爲說種種妙法乃至苦集盡道即於座上得法眼淨即從座起胡跪白佛願佛及僧明日顧我薄食佛默然受之將軍知受已還歸其家勑市買人此間所有死肉莫計貴賤盡皆買之如教悉買通夜辦種種美食晨朝敷座自往白佛食具已辦唯聖知時佛與比丘僧前後圍繞往到其家就座而坐將軍手自下食歡喜不亂時諸尼犍聞師子將軍請佛及僧極設餚饍生嫉妬心即於街巷窮力唱言師子將軍叛師無義今乃反事沙門瞿曇手殺牛羊而以供養諸比丘聞不敢食師子將軍胡跪白佛此諸尼犍長夜毀佛我今乃至絶

命終不故殺願勑比丘勿生嫌疑自恣飽食佛即告諸比丘隨意飽食食畢行水取小牀於佛前坐佛爲如前説隨喜偈從座起去佛以是事集比丘僧告諸比丘有三種肉不得食若見若聞若疑見者自見爲已殺聞者從可信人聞爲已殺疑者疑爲已殺若不見不聞不疑是爲淨肉聽隨意食若爲比丘殺比丘及沙彌不應食聽比丘尼式叉摩那沙彌尼優婆塞優婆夷食若爲比丘尼優婆塞優婆夷殺亦如是時摩竭國鴦伽國迦夷國拘薩羅國跋耆國滿羅國蘇摩國此諸國人聞佛出世有大威德弟子亦爾皆來雲集毗舍離城城中家家各各七寶車馬儐從皆已側塞餘有萬二千乘車城中不受營住城外皆競持時食非時食七日食終身食奉佛及僧積於中庭遂成大穢縱橫狼籍塵土汙泥烏獸集噉世尊行房見顧問阿難何故有此飲食棄於中庭具以事答無有安處所以致此佛讚少欲知足告諸比丘令聽以中房白二羯磨作安食淨處一比丘唱言大德僧聽今以某房作僧安食淨處若僧時到僧忍聽白如是大德僧聽今以某房作僧安食淨處誰諸長老忍默然若不忍說僧已以某房作僧安食淨處竟僧忍默然故是事如是持僧食盡後諸比丘於中煮羹粥合湯藥食前食後初中後夜有刀机男女狗吠之聲佛問阿難何故房中有此諸聲具以事答佛種種訶責言云何於僧房安食淨處作食合藥從今犯者突吉羅佛在王舍城諸比丘得秋時病爲合湯藥作隨病食故時非時皆入聚落遣火

水劫賊有衣鉢難梵行難身命難有一織師中路起屋於中織作見諸比丘時非時入聚落便語言若有所作可於此作欲有所留亦可留此諸比丘不敢以是白佛佛言聽於白衣舍作淨屋遂復閙亂主人妨其織作織師作是念我本爲織作此屋今既不得織便當近以施僧作淨屋即以施僧諸比丘以是僧屋不敢復於中作食合藥以是白佛佛言聽於施僧淨屋中作食有諸比丘新作住處未有僧淨屋不知云何以是白佛佛言若作新住處應先指某處作淨地便可以食置中若未羯磨比丘不得入中至明相出有一住處諸比丘久已捨去後來比丘不知何者是淨屋以是白佛佛言若十二年空聽諸比丘隨意更作淨屋有一住處無僧淨屋復未十二年比丘後來不知何處作淨地以是白佛佛言若有非行來及不須用處應權以作淨處有諸比丘著食淨屋中爲人所偷以是白佛佛言應羯磨中房作淨處有諸比丘欲羯磨一房牆內作淨地以是白佛佛言聽有諸比丘欲羯磨一房齋屋溜處作行淨地以是白佛佛言聽有諸比丘欲羯磨中庭作淨地以是白佛佛言聽有諸比丘欲羯磨房一角或半房作淨地以是白佛佛言聽有諸比丘欲羯磨机架作淨處安食以是白佛佛言不聽要應依地犯者突吉羅有諸比丘欲羯磨重屋上層作淨處以是白佛佛言不聽犯者突吉羅有諸比丘欲羯磨重屋下及通結作淨處以是白佛佛言聽有諸比丘欲羯磨乘作淨處以是白佛佛言不聽犯者突吉羅有諸

比丘欲通羯磨僧坊內作淨地以是白佛佛言聽應白二羯磨一比丘唱言大德僧聽此一住處共住共布薩共得施僧今結作淨地除某處若僧時到僧忍聽白如是大德僧聽此一住處乃至除某處誰諸長老忍默然若不忍說僧已結作淨地僧忍默然故是事如是持

佛在王舍城爾時跋提城有長者名文荼有大福德婦兒兒婦及奴婢皆有福德長者入倉時空中雨穀出然後止婦取飯器分布內外隨取隨滿無有窮盡兒捉金囊瀉出眞金注而不竭兒婦出米一斛得家內外一月日食而亦不盡其奴耕時輒成七壠其婢磨半兩塗香塗家內外亦不減盡四方人聞莫不來觀瓶沙王聞亦欲往視不豫勑外忽與眷屬而至其家長者聞王來至即出迎之見王問訊善來大王願垂臨幸王問言汝先聞我來不答言不聞王言我軍衆多不可卒供長者白言我自供王及諸大臣兒供太子婦供後宮奴婢足供一切士卒穀草亦足供軍象馬願便賜降王到其家坐已語言吾聞長者及婦兒兒婦奴婢皆有福德今悉欲見答言不敢有隱即勑除倉中米掃灑左右更敷御座請王入坐然後入倉自然五穀空中雨下王甚奇歎復欲見其婦福德之力即取一器飯著於婦前婦取分布一切軍衆皆悉充足猶不減盡復欲見兒福德之力即勑捉一金囊瀉金獻王及與大衆皆隨意取而亦不竭復欲見其兒婦福德之力即勑出一斛米供王大衆一月不盡復欲見其奴福德之力即

勑令耕輒成七壠復欲見其婢福德之力即勑令磨半兩塗香塗半由旬內聞之不異遍塗人衆猶故不盡王與大衆見福德力莫不歡喜即便還宮爾時世尊與大比丘僧千二百五十人俱遊行人間到跋提城文荼長者聞佛世尊今來到此冏林樹下欲出奉迎禮拜問訊諸外道聞便往語言汝勿出迎沙門瞿曇沙門瞿曇應來見汝何以故汝福德過人一切沙門婆羅門國王長者無不應來詣汝門者長者聞已此心便息後復作念沙門瞿曇到此已久不來見我彼道必勝何緣安住不往修敬便嚴駕出城遥見世尊容顏殊特猶若金山前到佛所頭面禮足却住一面佛爲説種種妙法乃至苦集盡道即於座上得法眼淨便從座起白佛言願佛及僧受我明日請食佛默然受長者還家辦多美飲食明日食時自行白佛唯聖知時佛與比丘僧前後圍遶往到其家就座而坐長者手自下食食畢行水與家小大於佛前坐佛爲説種種妙法乃至苦集盡道皆得法眼淨受三歸五戒長者白佛言世尊我婦及兒兒婦奴婢皆云是已福德竟是誰力願佛説之佛言汝等共有此福又問云何共有荅言昔王舍城有一織師織師有婦婦有一兒兒又有婦其家止有一奴一婢一時共食有一辟支佛來就乞食織師言汝等但食以我分與婦言持我分與兒乃至奴婢亦皆云爾辟支佛言汝等皆已捨分與我善心爲畢便可各分少許與我使汝食不少我亦得足即人減一匙已滿彼鉢辟支佛得食食已於虛空中現種種

神變然後乃去彼諸人命終生四天王天壽盡上生忉利天展轉至于他化自在天如是七返餘福來生爾時織師眷屬令汝等是於是長者在佛前請僧言我今請一切僧修無限施若有所須隨時多少皆從我取諸比丘不敢受念言佛未聽我等受無齊限施以是白佛佛言聽隨意受有諸比丘欲遠行從索道粮長者即使人賫金銀錢物送之既至所在所長甚多使還白言所賫資粮今大有餘長者語言我已爲施不應還取汝可持至僧房施僧即以施僧諸比丘不知云何以是白佛佛言聽僧淨人爲僧受以易僧所須物諸比丘不應知事於是世尊從罔林遊行人間文荼長者賫食具隨後欲於曠野無人處設之千二百五十象千二百五十犋牛千二百五十特牛人載五百乘車種種美食既至曠野頓止之處通夜辦之明日晨朝於一象蔭下敷一比丘座最大象蔭敷世尊座時到白辦諸比丘不敢坐念言佛未聽我等在衆生蔭下坐以是白佛佛言聽坐衆坐已定長者先令一人犂一牛乳與一比丘諸比丘不敢受念言佛未聽我等飲熱牛乳以是白佛佛言聽飲飲已長者手自下食食畢行水在佛前坐佛爲說隨喜偈如爲毗羅若說更爲說種種妙法示教利喜已還歸其家佛與大衆從座起去漸漸比行向罽那編髮外道住處罽那聞佛釋種出家成如來應供等正覺今暮當至作是念過去諸仙修梵行者中後不食而飲非時諸漿所謂菴婆果漿閻婆果漿周陀果漿波樓果漿蒲萄果漿俱羅果漿甘

蔗漿蜜漿沙門瞿曇亦應飲此吾當豫辦至便設之辦已與五百弟子出迎世尊遥見世尊容顏殊特猶若金山益生歡喜前至佛所立慰世尊善來瞿曇願我室坐佛即到其家與諸比丘次第而坐梵志便下非時漿諸比丘不敢受念言佛未聽我飲非時漿以是白佛佛言聽飲諸比丘復問佛以何因緣得飲佛言渴便得飲梵志復作是念我今當爲瞿曇諸沙門辦仙人食以供明日即作穄米粟米稗米䅉米拘留米飯明日食時白食已辦佛與大衆俱就其坐梵志手自下食諸比丘不敢食念言佛未聽我等食仙人食以是白佛佛言聽食食畢行水取小牀於佛前坐佛爲說隨喜偈如爲毗羅若說更爲說種種妙法示教利喜已便從座起向阿牟聚落時彼有剃頭師父子出家聞世尊欲至作是議此諸居士不敬三寶佛若至此必無人設粥我等當共爲人剃頭取直作之議已即行得物辦粥晨旦請佛及僧僧既食已佛問二比丘汝等云何得辦此粥具以事答佛種種訶責言汝所作非法云何賃與白衣剃頭從今若剃頭師出家不聽畜剃刀犯者突吉羅佛次之波旬邑波旬諸力士聞佛欲至即共議言若不出迎罰金錢五百皆與大小出迎世尊頭面禮足却住一面佛爲說種種妙法示教利喜已即請佛及僧夏安居四月佛默然受諸力士知佛受已或有一人辦一日食或二日乃至十日或二人共辦一日乃至十人共辦一日或但供前食或但作粥者或但作恒鉢那者時有一人字盧夷是阿難白衣時親

友問諸比丘阿難今在何許答言阿難敬佛法僧今在佛後彼即到阿難所禮足却住阿難語言我見汝迎佛甚用歡喜答言我非敬佛故來但親族共要若不出迎佛罰金錢五百是以來耳阿難聞已爲之悵然如何我親友而不敬信佛法衆僧即至佛所白言世尊我願此人信敬佛法佛語阿難此人信佛不難汝勿懷憂佛即以慈心遍滿其身已進入房中閉房而坐盧夷於後思念世尊如犢慕母見衆多比丘露地經行問言佛在何處諸比丘指示言在彼閉户大房中汝可徐往謦欬扣户世尊憐愍汝故當爲汝開即如語得開盧夷入已手捧佛足自稱姓名稽首作禮佛爲說種種妙法示教利喜所謂施論乃至苦集盡道即遠塵離垢得法眼淨見法得果

已受三歸五戒白佛言世尊我願佛及比丘僧恒受我食不受餘請佛言凡諸學人皆有此願吾已受此諸人夏四月請無復空缺彼作是念復有何施佛未受者使我不失如此福田唯未見有設佉陀尼者即便辦之食時輒行諸比丘不敢受念言佛未聽我等食時食佉陀尼以是白佛佛言聽食爾時毗舍佉母與僧作齊限施其時取爾所諸比丘以是白佛佛言聽受有諸居士請諸比丘隨己意施諸比丘白佛佛言不應受隨意施施者不應以金銀寶物某色施僧若比丘可其此施犯突吉羅若受應如法治有諸白衣次第請僧諸比丘以是白佛佛言應次第差受請比丘不知誰應差以是白佛佛言應白二羯磨一比丘作差受請人一比丘唱言大德僧聽

僧今差某甲比丘作差受請人若僧時到僧
忍聽白如是大德僧聽僧今差某甲比丘作
差受請人誰諸長老忍黙然若不忍説僧已
差某甲比丘作差受請人僧忍黙然故是事
如是持諸比丘便差無智比丘不知次第以
是白佛佛言不應差無智比丘若有五法不
應差隨欲恚癡畏不知已差未差有諸白衣
常作食餉諸比丘諸比丘不知云何以是白
佛佛言聽受有諸白衣爲僧新作房舍温室
浴室竟作施房飲食使比丘往取不知誰應
往取以是白佛佛言住其房中比丘應往取
佛在毗舍離城時世飢饉乞食難得故諸梵
志比丘作是念若世尊聽我等種果者可以
充飽以是白佛佛言聽種果成實已諸比丘
以自手種疑不敢噉以是白佛佛言聽隨意
噉有諸比丘就樹上捉果試看生熟以是白
佛佛言不應就樹上觸果有諸比丘見果落
非淨地使人拾聚一處經宿不知云何以是
白佛佛言若不知地是淨非淨聽食若知是
非淨地不應食時六群比丘先取好果噉餘
善比丘不得以是白佛佛言應白二羯磨差
一比丘作分果人若果多隨意食六群比丘
以僧果餉白衣白衣復從餘比丘索以是白
佛佛言不應以僧果餉白衣犯者突吉羅有
諸白衣來入僧坊見果從諸比丘乞諸比丘
不敢與即便譏訶以是白佛佛言應與佛在
毗舍離時世飢饉乞食難得故梵志比丘作
是念若世尊聽我等種菜者飢時可以足食
以是白佛佛言聽皆如上種果中説若白衣
僧地中種菜僧若須得三從索諸比丘使淨

人於非淨處洗菜未竟明相已出生疑以是白佛佛言無犯諸比丘無淨人不知誰應行僧食以是白佛佛言比丘應受已行之有諸木器行食肥膩不淨以瓦石揩洗破壞僧器以是白佛佛言不應以瓦石揩洗應沸湯灰洗有酥油蜜瓶應覆蓋無有淨人以是白佛佛言應用新物覆勿令手近瓶頸𦉽本無淨人可正以是白佛佛言應自正但勿使器離地有一比丘瞋嫌他持其酥瓶著非淨地經宿欲令不復得食以是白佛佛言於彼比丘爲不淨酥主比丘得食彼持著不淨地犯突吉羅諸比丘以船乘載飲食無淨人御乘行船以是白佛佛言若無淨人聽比丘自御乘自行船爾時衆僧以車運米有一婆羅門以僧不淨米一把投車中以是白佛佛言若可別除去若不可別趣去一把有野狐偷比丘酥瓶著不淨地經宿不知云何以是白佛佛言聽噉無犯有果樹根在不淨地枝覆淨地比丘亦在不淨地持飲食著樹枝上經宿不知云何以是白佛佛言枝著根爲不淨地不得食有果樹根在淨地枝覆不淨地比丘亦在淨地持飲食著枝上經宿不知云何以是白佛佛言聽食無犯有果樹根在淨不淨地枝覆淨不淨地比丘亦隨在淨不淨地果落淨不淨地經宿不知云何以是白佛佛言非比丘所爲皆得食無犯有比丘淨地取土不淨地起屋比丘持食著中謂以爲淨以是白佛佛言本依地爲淨不淨不得食有比丘不淨地取土淨地起屋不敢持食著中以是白佛佛言著食無犯有水漂麞鹿等死肉無淨

人取比丘自入水取之不知云何以是白佛佛言至岸令淨人截去比丘手所捉處餘得食無犯有住處比丘大得菴羅果食飽以餘與淨人淨人明日持作羮與比丘比丘不敢食以是白佛佛言本不作還食意皆聽食無犯有諸比丘食時不分與不得者諸白衣譏訶言沙門釋子如猫狸食不相分與諸比丘以是白佛佛言應相分與乃至不分與一人犯突吉羅有一婆羅門持麨寄比丘比丘持著非淨地經宿明日來取分與比丘比丘以已著非淨地不敢受食以是白佛佛言本是白衣麨聽受食無犯復告諸比丘雖是我所制而於餘方不以爲清淨者皆不應用雖非我所制而於餘方必應行者皆不得不行

第三分第九迦絺那衣法

佛在舍衛城爾時諸比丘三衣中若須一一衣於僧中取時阿那律衣壞諸比丘語言大德可於僧中取物作答言世尊不聽畜長衣我不能使一日成恐犯長衣罪復有波利邑衆所知識比丘來舍衛城後安居校一宿不至於婆竭陀安居安居竟十六日擔重衣冒泥雨至佛所頭面禮足却住一面世尊常法慰問客比丘言汝等安居和合乞食易得道路不疲耶答言安居和合乞食不乏道路遇泥雨擔衣重極大疲極諸比丘亦以阿那律事白佛佛以二事集比丘僧種種讚歎少欲知足讚戒讚持戒已告諸比丘從今聽諸比丘受迦絺那衣受迦絺那衣得不犯五事別衆食數數食不白餘比丘行到餘家畜長衣離衣宿若檀越持迦絺那衣物施僧諸比丘

中少衣者應白二羯磨與之一比丘唱言大德僧聽僧得此迦絺那衣物今與某甲比丘若僧時到僧忍聽白如是大德僧聽僧得此迦絺那衣物今與某甲比丘誰諸長老忍默然若不忍說僧已與某甲迦絺那衣物竟僧忍默然故是事如是持彼比丘得已應即日浣染打縫若獨能辦者善若不能成僧應白二羯磨差一比丘二三乃至衆多比丘助之一比丘唱言大德僧聽今差某甲某甲比丘助某甲比丘作衣若僧時到僧忍聽白如是大德僧聽今差某甲某甲比丘助某甲比丘作衣誰諸長老忍默然若不忍說僧已差某甲某甲比丘助某甲比丘作衣竟僧忍默然故是事如是持若衣竟僧所與物比丘應持衣到僧中偏袒右肩脫革屣胡跪白言僧得

此迦絺那衣物已浣染打縫如法作竟願僧受作迦絺那衣如是白已又起遍示衆僧諸比丘應答言長老我等隨喜與汝共之然後僧應白二羯磨受一比丘唱言大德僧聽僧得此迦絺那衣物浣染打縫如法作竟今受作迦絺那衣若僧時到僧忍聽白如是大德僧聽僧得此迦絺那衣物浣染打縫如法作竟今受作迦絺那衣誰諸長老忍默然若不忍說僧已受作迦絺那衣竟僧忍默然故是事如是持僧所與衣物比丘復應遍行言此衣僧已受作迦絺那衣諸比丘一一應言此衣僧已受爲迦絺那衣是爲善受此中所有功德盡屬於我是中有成受迦絺那衣有不成受迦絺那衣不成受者若浣染打縫不如法若小若大若是錦綺衣若未自恣竟受若

貪利養若欲故捨五事皆不成受反上成受
有八事失迦絺那衣一時竟二失衣三聞失
四遠去五望斷六衣出界七人出界八白二
羯磨捨有二因緣不得受迦絺那衣一作衣
未竟二捨住處去受迦絺那衣有三十日捨
亦有三十日若前安居七月十六日受至十
一月十五日捨若七月十七日乃至八月十
五日受至十二月十六日乃至十二月十四
日捨若後安居八月十六日受至十二月十
五日捨若衣時竟應白二羯磨捨應一比丘
唱言大德僧聽今捨迦絺那衣若僧時到僧
忍聽白如是大德僧聽僧今捨迦絺那衣誰
諸長老忍默然若不忍說僧已捨迦絺那衣
竟僧忍默然故是事如是持

彌沙塞部五分律卷第二十二

音釋

蒜蘇貫切葷菜也　麨齒沼切乾糧也　杓是若切把抒器也　鱣張連切魚名　癰於容切腫也　瓠胡故切匏也　糝桑感切以米和羹也　椰余遮切　鵄稱脂切鳶也　臰尺救切腐氣也　歠姝悅切飲也　机舉履切踞几也　溜力救切中庭也　㲉居候切取乳也　罽居例切　穄子計切黍穄也　稗蒲拜切草似穀者　秀以九切似稷無實者　謦欬謦古頂切欬口既切謦欬逆氣聲也　麞諸良切麋屬

彌沙塞部五分律卷第二十三

宋罽賓三藏佛陀什共竺道生譯

第四分初滅諍法

佛在舍衛城爾時諸比丘好共鬪諍更相言訟比丘比丘共諍比丘比丘尼共諍比丘尼比丘尼共諍比丘尼比丘共諍時闡陀捨比丘助比丘尼未生諍便生已生便增廣未滅者不滅已滅者更起諸比丘以是白佛佛以是事集比丘僧問諸比丘汝等實爾不答言實爾世尊佛種種訶責汝等所作非法不隨順道訶已告諸比丘從今比丘比丘共諍乃至捨比丘助比丘尼皆犯突吉羅有四種諍一言二教誡三犯罪四事以此事故爲諸比丘結七滅諍法若有諍起得以除滅應與現前毗尼與現前毗尼應與憶念毗尼與憶念毗尼應與不癡毗尼與不癡毗尼應與自言與自言應與多人語與多人語應與草布地與草布地應與本言治與本言治何謂言諍若比丘共諍有言是法有言非法是律非律是犯非犯是重非重是有餘非有餘是麤罪非麤罪是用羯磨出罪不用羯磨出罪是佛所說非佛所說是佛所制非佛所制以此致忿更相罵詈是名言諍何謂教誡諍若比丘教誡比丘言汝憶犯波羅夷不憶犯僧伽婆尸沙偷羅遮波逸提波羅提提舍尼突吉羅惡說不彼比丘不喜不受以此致諍是名教誡諍何謂犯罪諍若比丘犯波羅夷乃至惡説又若鬪諍相罵起身口意惡是名犯罪諍何謂事諍僧常所行事一切羯磨及諸有所作以此致諍是名事諍優波離問佛言世尊

言諍以幾事滅佛言以現前毗尼多人語滅又問云何得滅答言若比丘與比丘諍是法非法乃至是佛制非佛制僧如法如毗尼如佛教滅若彼言是法是佛教受是忍是是名現前毗尼滅何謂現前現前有三種僧現前人現前毗尼現前何謂僧現前僧和合集是名僧現前何謂人現前共諍人現前是名人現前何謂毗尼現前應以何法以何律以何佛教得滅而以滅之是名毗尼現前若如是滅已還更發起犯波逸提罪又若如是滅言諍言諍比丘不喜聞異住處有一比丘若二若三乃至一衆聰明智慧解波羅提木叉作是念往滅此事爲善者應往滅之應先向彼衆中知法比丘具說本末然後求集僧僧集已應語言汝且遠去我等共議汝事彼比丘遠去已僧應共議若彼比丘如實說求我等如法律滅此事者我等當共如法如律滅之若彼比丘不如實說我等不得如法如律滅其此事彼言諍比丘亦應共議若僧如法如律作齊限今日明日後日滅我等事者我等當於僧中具說本末委僧滅之旣至僧中具說本末若僧作二種語或言應爾或言不應爾不可定者僧應語言隨汝所取二種語中各四人作斷事僧言諍比丘各取四人已僧當白二羯磨差之應先再羯磨三人後羯磨二人一比丘唱言大德僧聽僧今差某甲某甲比丘作斷事人如法如律滅彼言諍若僧時到僧忍聽白如是大德僧聽僧今差某甲某甲比丘作斷事人如法如律滅彼言諍誰諸長老忍默然不忍者說僧已差某甲某甲

比丘作斷事人竟僧忍默然故是事如是持時諸比丘差無智比丘作斷事人以是白佛佛言成就五法應差受他語不瞋受他語不失善察語意問語不問不語語時不笑反此五法不應差復有五法應差不隨欲恚癡畏不竊語反此五法不應差若不被差比丘若一若二若三雖聰明智慧於座中坐欲干亂斷事者僧應驅出若復有比丘雖多誦習不解其義而干亂斷事者斷事人應語言經義不如此作如是滅言諍者是名現前毗尼滅若如是滅言諍時有比丘言應以多人語滅此事僧應語言汝此語善汝解多人語不若言不解僧應人人訶言汝不解多人語云何言應以多人語滅此事若僧不訶皆犯突吉羅罪若言解僧應問以何為多人語答言以多人語羯磨滅又問以何知多答曰應行籌僧復應語言汝所說善汝解幾種行捉籌如法幾種不如法若言不解僧亦應如上訶若言解僧應令說有十種行捉籌不如法十種如法何謂十種不如法若以小事行籌而捉若不知事根本行籌而捉若以不應求事根本行籌而捉若非法行籌而捉若欲多不如法行籌而捉若知多不如法行籌而捉若行破僧籌而捉若行知僧必破籌而捉若不隨善知識行籌而捉若僧不和合行籌而捉反上為如法若成就十四法僧應差作行籌人知十如法又不隨欲恚癡畏是為十四僧應作二種籌一名如法二名不如法唱言若言如法捉如法籌若言不如法捉不如法籌唱已行之自收取於屏處數若不如法籌多應

更令起相遠坐人人前竊語言此是法語律語佛之所教大德當捨非法非律非佛所教如是語已復更行籌若不如法人猶多應復唱僧令未斷是事可隨意散後當更斷如是不應以非法斷事若如法人多應白二羯磨滅之一比丘唱言大德僧聽僧今以多人語滅此諍事若僧時到僧忍聽白如是大德僧聽僧今以多人語滅此諍事誰諸長老忍默然不忍者說僧以多人語滅此諍事竟僧忍默然故是事如是持是名以多人語滅言諍

優波離復問佛教誡諍以幾事滅佛言以現前毗尼憶念毗尼不癡毗尼本言治滅又問云何得滅答言若比丘問一比丘言汝憶犯重罪波羅夷及波羅夷邊罪不答言不憶又再三問答亦如初如是比丘僧應白四羯磨與憶念毗尼不應從彼比丘而治其罪被問比丘應至僧中偏袒右肩脫革屣禮僧足胡跪白言我某甲比丘彼某甲比丘再三來至我所問我汝憶犯重罪波羅夷若波羅夷邊罪不我亦再三答言不憶今從僧乞憶念毗尼願僧與我憶念毗尼使彼不復數數問我如是第二第三乞僧應籌量此比丘先不缺戒威儀如法不身口意行清淨不好學戒不向一比丘語二人三人及僧語不異不僧如是籌量若知此比丘先缺戒具諸不善者不應與若知不犯波羅夷及波羅夷邊罪應白四羯磨與憶念毗尼一比丘唱言大德僧聽此某甲比丘於僧中乞言彼某甲比丘再三來至我所問我汝憶犯重罪波羅夷若波羅夷邊罪不我亦再三答言不憶今從僧乞憶

念毗尼願僧與我憶念毗尼使彼比丘不復數數問我僧今與其甲憶念毗尼使彼比丘不復數數問其罪若僧時到僧忍聽白如是大德僧聽此某甲比丘於僧中乞言彼某甲比丘再三來至我所問我汝憶犯重罪波羅夷若波羅夷邊罪不我亦再三答言不憶今從僧乞憶念毗尼願僧與我憶念毗尼使彼比丘不復數數問我僧今與某甲憶念毗尼使彼比丘不復數數問其罪誰諸長老忍默然不忍者說如是第二第三僧與某甲比丘憶念毗尼竟僧忍默然故是事如是持是名現前毗尼憶念毗尼滅教誡諍若比丘至比丘所語言汝憶犯重罪波羅夷若波羅夷邊罪不彼比丘答言不憶我先狂心散亂心病壞心多作非沙門法又再三問答亦如初如是比丘僧應與不癡毗尼不應從彼比丘而治其罪彼比丘應至僧中偏袒右肩脫革屣禮僧足胡跪白言大德僧聽我某甲比丘彼某甲比丘再三來至我所問我言汝憶犯重罪波羅夷若波羅夷邊罪不我亦再三答言不憶我先狂心散亂心病壞心多作非沙門法今從僧乞不癡毗尼願與我不癡毗尼使彼比丘不復數數問我如是三乞僧應籌量此比丘先不缺戒威儀如法不身口意業清淨不好學戒不向一比丘語二三比丘及僧語不異不若僧知其先有如此諸惡不應與若不爾應白四羯磨與不癡毗尼一比丘唱言大德僧聽此某甲比丘從僧乞言彼某甲比丘再三來至我所問我言汝憶犯重罪波羅夷若波羅夷邊罪不我亦再三答言不憶

我先狂心散亂心病壞心多作非沙門法今從僧乞不癡毗尼願僧與我不癡毗尼使彼比丘不復數數問我僧今與不癡毗尼使彼比丘不復數數問其罪若僧時到僧忍聽白如是大德僧聽此某甲比丘從僧乞言彼某甲比丘再三來至我所乃至僧今與不癡毗尼使彼比丘不復數數問其罪誰諸長老忍默然不忍者說如是第二第三僧已與某甲比丘不癡毗尼竟僧忍默然故是事如是持是名現前毗尼不癡毗尼滅教誡諍若比丘至比丘所問言汝憶犯重罪波羅夷若波羅夷邊罪不答言不憶三問乃答言我憶犯輕罪又再問汝犯輕罪猶不語人況復重罪汝善思之答言我都不憶復更問乃答言我憶犯波羅夷若波羅夷邊罪作是答已尋復言我不憶犯重罪向戲言耳如是比丘僧應與本言治本言有二種一可悔二不可悔彼比丘本言犯重罪應與作盡壽不可悔白四羯磨一比丘唱言大德僧聽此某甲比丘彼某甲比丘至其所問言汝憶犯重罪波羅夷若波羅夷邊罪不答言不憶再問亦言不憶三問然後言不憶犯重罪憶犯輕罪又問汝猶不發露輕罪況於重者汝今諦憶犯重罪不答言不憶又問亦言不憶至第六問然後言我憶犯重罪波羅夷若波羅夷邊罪作是答已尋復言我不憶犯重罪向戲言耳僧今與作本言治盡壽不可悔羯磨若僧時到僧忍聽白如是大德僧聽此某甲比丘彼某甲比丘至其所問言汝憶犯重罪乃至僧今與作本言治盡壽不可悔羯磨誰諸長老忍默然

不忍者說如是第二第三僧與某甲比丘本言治盡壽不可悔羯磨竟僧忍默然故是事如是持是名現前毗尼本言治滅教誡諍優波離問佛言世尊犯罪諍以幾事滅佛言以現前毗尼草布地自言滅又問云何得滅答言若一比丘至一比丘所偏露右肩胡跪合掌作如是言大德我某甲犯某罪今向大德悔過彼比丘應問汝自見罪不答言我自見罪又應問汝欲悔過耶答言我欲悔過彼比丘應語言汝後莫復作是名現前毗尼自言滅犯罪諍若一比丘至二比丘三比丘衆多比丘所若二比丘乃至衆多比丘至一比丘乃至衆多比丘所亦如是若有比丘鬬諍相罵作身口意惡業後作念我等鬬諍相罵作身口意惡業今寧可於僧中除罪作草布地悔過不此諸比丘聽僧中除罪僧應與作白二羯磨草布地悔過彼鬬諍比丘應盡來僧中偏袒右肩脫革屣胡跪白言大德僧聽我等共鬬相罵作身口意惡業後作是念我等共鬬相罵作身口意惡業今寧可於僧中除罪作草布地悔過不今從僧乞草布地悔過如是三說已皆舒手脚伏地向羯磨師一心聽受羯磨羯磨師唱言大德僧聽此諸比丘共鬬相罵作身口意惡業後作是念我等共鬬相罵作身口意惡業今寧可於僧中除罪作草布地悔過不今從僧乞草布地悔過僧今與某草布地悔過若僧時到僧忍聽白如是大德僧聽此諸比丘共鬬相罵乃至僧今與某草布地悔過誰諸長老忍默然不忍者說僧已與此諸比丘草布地悔過竟僧忍默

然故是事如是持是名現前毗尼草布地滅犯罪諍何謂草布地彼諸比丘不復說鬬原僧亦不更問事根本優波離問佛言世尊事諍以幾事滅佛言隨事諍用七事滅若一比丘至一比丘所作非法非律非佛教滅事諍言是法是律是佛教若以此滅事諍名爲非法滅若一比丘至二比丘乃至僧所若二比丘乃至僧至一比丘乃至僧所亦如是若一比丘至二比丘所作如法如律如佛所教滅事諍言是法是律是佛所教若以此滅事諍名爲如法滅若一比丘至二三比丘乃至僧所若二比丘乃至僧至一比丘乃至僧所亦如是

第四分第二羯磨法之一

佛在舍衛城爾時有一比丘故出不淨犯僧伽婆尸沙不覆藏不知云何問諸比丘諸比丘亦不知以是白佛佛以是事集比丘僧告諸比丘是比丘犯僧伽婆尸沙不覆藏今聽僧與彼比丘作白四羯磨六夜行摩那埵犯罪比丘應偏袒右肩脫革屣禮僧足已胡跪白大德僧聽我某甲比丘故出不淨犯僧伽婆尸沙不覆藏今從僧乞六夜行摩那埵願僧與我六夜行摩那埵如是三乞應一比丘唱言大德僧聽此某甲比丘故出不淨犯僧伽婆尸沙不覆藏從僧乞六夜行摩那埵僧今與某甲六夜行摩那埵若僧時到僧忍聽白如是大德僧聽此某甲比丘故出不淨乃至僧今與某甲六夜行摩那埵誰諸長老忍默然不忍者說如是第二第三僧與某甲比丘六夜行摩那埵竟僧忍默然故是事如是

持彼比丘應日日至僧中偏袒右肩脫革屣禮僧足胡跪白言大德僧聽我某甲比丘故出不淨犯僧伽婆尸沙不覆藏從僧乞六夜行摩那埵僧已與我六夜行摩那埵我今行摩那埵已若干日餘若干日在諸大德憶知過六夜已應從僧乞阿浮訶那白言大德僧聽我某甲比丘故出不淨犯僧伽婆尸沙不覆藏從僧乞六夜行摩那埵僧已與我六夜行摩那埵我六夜行摩那埵竟今從僧乞阿浮訶那願僧與我阿浮訶那如是三乞應一比丘唱言大德僧聽此某甲比丘故出不淨犯僧伽婆尸沙不覆藏從僧乞六夜行摩那埵僧已與六夜行摩那埵彼比丘六夜行摩那埵竟從僧乞阿浮訶那僧今與某甲阿浮訶那若僧時到僧忍聽白如是大德僧聽此某甲比丘故出不淨乃至僧今與某甲阿浮訶那誰諸長老忍默然不忍者說如是第二第三僧與某甲比丘阿浮訶那竟僧忍默然故是事如是持有一比丘故出不淨犯僧伽婆尸沙覆藏一夜不知云何問諸比丘諸比丘亦不知以是白佛佛以是事集比丘僧告諸比丘今聽僧白四羯磨與此比丘作一夜別住法犯罪比丘應至僧中如是白大德僧聽我某甲比丘故出不淨犯僧伽婆尸沙覆藏一夜今從僧乞一夜別住法願僧與我一夜別住法如是三乞應一比丘唱言大德僧聽此某甲比丘故出不淨犯僧伽婆尸沙覆藏一夜從僧乞一夜別住法今僧與某甲一夜別住法若僧時到僧忍聽白如是大德僧聽此某甲比丘故出不淨乃至僧今與某甲

一夜別住法誰諸長老忍默然不忍者說如是第二第三僧已與某甲比丘一夜別住竟僧忍默然故是事如是持彼比丘一夜別住竟應從僧乞行摩那埵乃至阿浮訶那僧亦如上與之有一比丘故出不淨犯僧伽婆尸沙不覆藏從僧乞行摩那埵於六夜中復犯亦不覆藏不知云何問諸比丘諸比丘亦不知以是白佛佛以是事集比丘僧告諸比丘今聽彼比丘更從僧乞行摩那埵僧亦應白四羯磨更與彼比丘行摩那埵彼比丘六夜行竟應復更從僧乞行本摩那埵僧亦應白四羯磨與之彼比丘更從僧乞言我某甲比丘先故出不淨犯僧伽婆尸沙不覆藏從僧乞行摩那埵僧與我行摩那埵我於六夜中更犯不覆藏今從僧更乞行摩那埵願更與我行摩那埵如是三乞應一比丘如其乞辭白四羯磨與之彼六夜行竟復更從僧乞行本六夜摩那埵言我某甲比丘先故出不淨犯僧伽婆尸沙不覆藏從僧乞行摩那埵僧與我行摩那埵我於六夜中更犯不覆藏復從僧乞行六夜摩那埵我已六夜行摩那埵竟今從僧乞行本六夜摩那埵願僧與我行本六夜摩那埵如是三乞應一比丘如其乞辭白四羯磨與之彼比丘行本六夜摩那埵竟應如上乞阿浮訶那僧亦如上與之有一比丘故出不淨犯僧伽婆尸沙覆藏一夜僧與一夜別住於中復犯亦覆藏一夜不知云何問諸比丘諸比丘亦不知以是白佛佛以是事集比丘僧告諸比丘今聽彼比丘更從僧乞一夜別住僧亦應白四羯磨更與一夜

別住彼一夜別住竟應復更從僧乞本一夜別住僧亦應白四羯磨與之彼比丘更從僧乞一夜別住言我某甲比丘先故出不淨犯僧伽婆尸沙覆藏一夜從僧乞一夜別住僧與我一夜別住我於中復犯亦一夜覆藏今更從僧乞一夜別住願僧更與我一夜別住如是三乞應一比丘如其乞辭白四羯磨與之彼一夜別住竟復應更從僧乞本一夜別住言我某甲比丘先故出不淨犯僧伽婆尸沙一夜覆藏從僧乞一夜別住僧與我一夜別住我於中復犯亦一夜覆藏復從僧乞一夜別住僧復與我一夜別住我已一夜別住竟今從僧乞本一夜別住願僧與我本一夜別住如是三乞應一比丘如其乞辭白四羯磨與之彼比丘本一夜別住竟應如上乞行

六夜摩那埵行摩那埵竟復應如上乞阿浮訶那僧皆應如上白四羯磨與之有一比丘故出不淨犯僧伽婆尸沙覆藏一夜僧如上與一夜別住於中復犯亦覆藏一夜僧復如上更與一夜別住行竟僧復如上與本一夜別住行竟僧復如上與六夜摩那埵於中復犯不覆藏復如上與六夜摩那埵彼六夜行竟僧復如上與行本摩那埵行竟然後如上與阿浮訶那若比丘犯一僧伽婆尸沙乃至衆多覆藏二夜乃至衆多夜僧若與別住者但計覆藏最久者隨日數與別住若僧與別住後於中更犯若覆藏僧應隨日更與別住若不覆藏僧應如上與六夜摩那埵更別住竟摩那埵竟僧復應如上更與本別住與本別住竟與六夜摩那埵若於中復犯僧復應

與六夜摩那埵行竟僧復應如上與本摩那埵然後如上與阿浮訶那有一比丘犯二僧伽婆尸沙同覆藏一夜而向僧說犯一覆藏一夜僧與一夜別住一夜別住竟心生悔我實犯二僧伽婆尸沙云何但說一覆藏一夜復來僧中白言我實犯二僧伽婆尸沙同一夜覆藏諸比丘以是白佛佛言聽更與一夜別住彼比丘應具說上事三乞應一比丘如其乞辭白四羯磨與之有一比丘犯一僧伽婆尸沙覆藏二夜向僧說覆藏一夜僧與一夜別住一夜別住竟心生悔我實二夜覆藏云何說一夜復來僧中以事白僧諸比丘以是白佛佛言聽僧更與一夜別住彼比丘應具說上事三乞僧亦如其乞辭白四羯磨與之有一比丘犯僧伽婆尸沙覆藏罷道後更出家受具足戒即日說先所犯諸比丘以是白佛佛言應隨彼比丘未罷道時覆藏日數與別住有比丘犯僧伽婆尸沙不覆藏未行摩那埵罷道後還受具足戒已覆藏以是白佛佛言應隨彼比丘後受戒來日數與別住若比丘犯二僧伽婆尸沙覆藏一不覆藏一罷道後還受具足戒已先所不覆藏更覆藏先所覆藏更不覆藏應隨彼比丘前覆藏至罷道日數後覆藏從更受戒日數與別住若比丘犯僧伽婆尸沙覆藏罷道後還受具足戒已復覆藏應隨彼比丘前後覆藏日數與別住若比丘犯僧伽婆尸沙不覆藏罷道後還受具足戒已亦不覆藏應與其六夜摩那埵若比丘犯僧伽婆尸沙作沙彌狂心散亂心病壞心僧與作不見罪羯磨不悔過羯磨

不捨惡邪見羯磨皆如罷道說若比丘犯僧伽婆尸沙知數多少或一罪或異罪覆藏罷道後還受具足戒已不覆藏或先不覆藏罷道後受戒已覆藏或先半覆藏半不覆藏後受戒已先覆藏者更不覆藏先不覆藏者更覆藏或先後皆覆藏行別住法皆如前說若前後皆不覆藏行六夜摩那埵亦如上若作沙彌乃至不捨惡邪見羯磨亦如是若比丘於別住中罷道後還受具足戒應計先別住日數但更足令足行本別住亦如是若作沙彌乃至不捨惡邪見羯磨亦如是若比丘於行摩那埵中罷道後還受具足戒足日亦如是行本摩那埵亦如是若作沙彌乃至不捨惡邪見羯磨亦如是若比丘行別住竟及行本別住竟未與摩那埵罷道後還受具足戒應令行摩那埵若行摩那埵竟及行本摩那埵竟未與阿浮訶那後還受具足戒應與阿浮訶那若作沙彌乃至不捨惡邪見羯磨亦如是若比丘犯僧伽婆尸沙知所犯數知覆藏日如法從僧乞別住如法從僧乞摩那埵如法從僧乞本日如法從僧乞阿浮訶那僧若皆如法與是人名爲清淨僧若一事不如法與是人不名清淨有二比丘犯僧伽婆尸沙一比丘知犯一比丘不知犯俱覆藏以是白佛佛言知犯者應與別住不知犯者應與摩那埵憶不憶亦如是有二比丘犯僧伽婆尸沙覆藏一比丘作一想一比丘作異想或言是波羅夷或言偷羅遮乃至惡說以是白佛佛言作一想者應與別住作異想者應與摩那埵有諸比丘或行別住時或行摩那埵

時或阿浮訶那時命過諸比丘以是白佛彼爲具戒命過爲是破戒命過佛言皆是具戒有比丘犯僧伽婆尸沙不知罪數亦忘覆藏久近以是白佛佛言從其憶犯已來與別住疑亦如是有比丘於一切人覆藏有比丘於彼人覆藏於此人不覆藏有比丘在此土覆藏在彼土不覆藏諸比丘以是白佛佛言一切覆藏名爲覆藏若於和尚阿闍黎所敬畏人聞覆藏不名覆藏於餘人聞覆藏名爲覆藏若於此土以多人識重不欲令知覆藏不名覆藏於彼土覆藏名爲覆藏

彌沙塞部五分律卷第二十三

彌沙塞部五分律卷第二十四

宋罽賓三藏佛陀什共竺道生譯

第四分第二羯磨法之二

佛在拘舍彌城爾時有一比丘犯戒不知所犯語諸比丘諸比丘或謂有犯或謂無犯謂無犯者語言汝不犯戒彼聞已便生不犯戒想謂有犯者語言汝犯戒應自見罪悔過勿汙染梵行負人信施長夜受苦彼比丘言我無所犯云何應自見罪悔過謂犯戒諸比丘便與作不見罪羯磨被舉已便入拘舍彌城求助伴黨語言我不犯罪彼諸比丘强言我有罪與我作不見罪羯磨是爲羯磨不成諸大德當如法如律救助於我復往城外諸比丘所如上求助諸比丘聞皆共佐助爾時世尊知僧已破從座起往到助彼被舉比丘衆中語言汝等莫作是語言彼比丘不犯罪若彼比丘實不犯罪而被舉者汝等猶應語言應自見罪悔過彼便當作是念若我言不見罪僧當與我作不見罪羯磨不共我住不共我布薩自恣作諸僧事汝等以此致諍令僧不和別住生諸塵垢當畏此事應令彼人自見罪悔過世尊說此已復至舉罪比丘衆中語言汝等勿强舉他罪若彼實犯罪僧語應自見罪彼若言我無罪可見僧猶應籌量若我等與作不見罪羯磨不共住不共布薩自恣作諸僧事以此致諍更相罵詈令僧不和別住生諸塵垢汝等當畏此事捨置勿舉諸比丘雖聞佛語猶諍不息便於食上高聲罵詈更相打擊佛復告言不應相罵不應食上高聲犯者皆突吉羅若相打者偷蘭遮諸比

丘雖聞佛語猶諍不息便於界內別作僧事
佛復告言若僧已破於界內別作羯磨如法
如律者亦名羯磨成就所以者何二部異見
不同住故不同住有二種有自作不同住有
僧羯磨與作不同住諸比丘雖聞佛語猶諍
不息佛復告諸比丘汝等勿共鬭諍更相誹
謗更相罵詈應共和同集在一處如水乳合
共弘師教諸比丘白佛言世尊願安隱住佛
雖法主我等自知佛三止之諸比丘答亦如
初佛復告諸比丘乃往過世拘薩羅國有王
名曰長壽所統處少兵衆寡弱隣國迦夷王
名梵達所統處廣兵衆强盛漸漸侵奪遂吞
其國梵達王得長壽王一臣甚寵遇之任以
國事時長壽王亦身將婦作婆羅門向波羅
柰國住陶師家婦忽作是念願得日初出時
四衢道中四種兵戰磨刀汁飲念已白王若
此願不遂於此便死王言此不可果汝今此
病必死無疑復語婦言若梵達聞此知我所
在必反縛我打驢鳴鼓分裂我身作五分矣
汝可小待吾當密就先臣問此意故語已便
往具以問之先臣答言須見夫人當自相之
便往至夫人所遥見夫人便偏袒右肩頭面
作禮三反稱言夫人今懷大福德子拘薩羅
國國嗣有繼復語王言明旦當使夫人所念
得果語已便還梵達所白言大王知不有如
是星出應集四種兵明旦日初出時在四衢
道作兩陣共戰而皆磨刀以禳其災若不爾
者必大凶衰梵達王言便可爲之於是大臣
即勑嚴四種兵明旦日初出時於四衢道兩
陣共戰而皆磨刀容令夫人住於一處以磨

刀汁與之夫人即飲長養於胎月滿生子顏貌姝妙字曰長生至年十歲父語之言梵達侵奪我國我與汝母逃走至此其日已久汝復長大彼或得聞父子便當一時併命汝可遠去勿戀父母長生悲泣禮父母足遶三帀而去修學伎藝筭書射術乘調象馬音樂之事莫不過人徧奉象師盡調象術長壽王昔剃髮人後與梵達作剃髮人往至其所求令剃髮彼即識之不敢藏隱具問舍止逃伏所在以告梵達梵達聞已即勑收之反縛夫婦打驢鳴鼓遍令里巷於四衢道分作五分受教即收長生聞之便往道側見已內崩便作是念父母之怨不同天地我今云何而安忍此匹夫之誠足以有感便欲沒命以報讎恥父遥見之知其必懷報怨之念便如狂人高聲獨語汝莫見長亦莫見短以怨報怨怨無由息報怨以德其怨乃已順父母心乃曰孝子卒情肆忍非吾謂道于時觀者咸言長壽王怖懼狂語唯長生聞深得父意剋已祇承情得暫息雖內崩絕而不形外即自抑奪還象師所而猶不忘報怨之術後於象廐中夜彈琴其聲清和梵達聞之即問廐中誰能作此荅言其甲象師有一弟子是其所作即呼令更彈聞已念言自我爲王未曾聞此遂便信任恒在左右彼王後時嚴四種兵將諸官人群臣太子田獵遊戲衆兵四散競逐諸鹿長生時御王車逸出軍前三由旬人無覺者王體疲極語長生言我欲小卧汝能護我不荅曰王但安眠我能護王王即往樹下枕其膝眠王防身劒自然拔出在長生前長生見

之便生是念此王於我有是大怨今日之遇豈可不乘即起捉劒欲刎王頸尋復念言父母恩重過於二儀臨終勑我汝莫見長亦莫見短以怨報怨怨無由息我今云何而違此論即還致劒侍寢如故王便驚覺長生問言王何故驚答曰我夢長壽王子執劒欲斷我命長生言此空野中何緣忽有長壽王子必是山神恐怖王耳王但安寢勿懷憂慮如是至三王最後眠長生復作是念父母臨終誨我苦切報怨以德其怨乃已向來云何三欲違逆從今剋念事王如親終不復生一毫害意作是念已王覺大喜長生問言何故大喜答言我夢長壽王子欲事我如親不復懷害是以大喜於是長生即白王言長壽王子即我身是王害我父母我志欲殺王三復遺勑王所以免然此心難保後或復生願王圖之勿貽後慮王言我行無道汝父子懷仁我今云何而有圖慮汝施我命誓不相負便即還軍集群臣共議若得長壽王子當云何治或言當截其手足或言當截耳鼻或言應以斧銼或言應以木弗炙王即指言此人便是長壽王子其人已施我命我今亦當以命報之一切不得懷惡意向於是還宮以女妻之左手捉金澡槃右手捉金澡鑵灌長生手還其本國復爲拘薩羅王隣國和好如是累世告諸比丘國王世人搆此大怨猶以不念反成親厚汝等出家求無爲道如何小事便共鬪諍以失大利當捨此心還共和同如水乳合共弘師教得安樂住諸比丘復白佛言世尊願安隱住佛雖法主我自知之猶故不捨佛

便飛昇虛空說是偈言
更相出諸惡　終無有勝法　僧破成二分
靡不由是事　斷骨奪人命　劫盜牛馬財
破國滅族怨　猶尚得和合　譬兩木相揩
俱出火自焚　無所不近及　遇忿亦如之
汝等相罵辱　執而不捨者　怨禍無由息
日夜增根栽　種種惡聲罵　若能不加報
此忍不致怨　有怨自然除　若以怨除怨
怨終不可息　不念怨自除　是則最勇健
世尊說此偈已即以神力飛到波羅聚落住
跋陀婆羅樹下無諸翼從時彼有一大象為
衆象所惱若欲飲水其衆象子前混令濁若
欲食草其諸象子於前食噉踐蹋汙穢彼象
念言我今為群象所困寧可避去念已即去
常得清水美草漸向跋陀婆羅林見佛歡喜
為佛取水除左右草佛以此象離衆快樂亦
自樂靜而說偈言
二龍自同心　俱患群衆惱　皆已捨獨逝
令樂此空林
佛說偈已從跋陀婆羅林之舍衛城住祇洹
精舍時優婆塞優婆夷國王大臣長者居士
外道沙門婆羅門供養恭敬尊重讚歎多得
飲食衣服布施世尊無著猶若蓮華時拘舍
彌城諸優婆塞咸作是言我等今失大利由
諸比丘好鬬諍故世尊不住當作方便令其
遠去便共立要不復共語及施衣食彼諸比
丘亦作是語由我等罪致使世尊捨此而去
我今寧可共往佛所苦自悔過便著衣持鉢
來詣佛所時舍利弗聞彼鬬諍比丘來與五
百比丘俱到佛所頭面禮足白佛言拘舍彌

鬪諍比丘今來我等當云何待佛告舍利弗汝當聽彼二衆語若如法如律如佛所教者善待遇之與爲伴黨又問世尊有幾事知彼語如法如律如佛所教幾事知彼語非法非律非佛所教佛言若成就十四法法言非法乃至是佛所制言非佛所制是爲非法非律非佛所教若反上是法是律是佛所教時摩訶波闍波提比丘尼聞彼鬪諍比丘來與五百比丘尼往到佛所頭面禮足白佛言世尊拘舍彌鬪諍比丘今來我等當云何待佛言汝當聽彼二衆語若如法如律如佛所教者善待遇之應從如法如律如佛教比丘求五事比丘尼半月應從如法比丘乞教誡人比丘尼要依有如法比丘處夏安居安居竟應從如法比丘請見聞疑罪式叉摩那學二歲戒已應在二部僧中受具足戒若比丘尼犯麤惡罪應在二部僧中半月行摩那埵摩那埵已應於二部衆各二十人中求出罪若比丘尼僧更有餘事應求如法比丘時給孤獨長者聞彼鬪諍比丘來與五百優婆塞往至佛所頭面禮足白佛言世尊拘舍彌鬪諍比丘今來我等云何敬待佛言汝當聽彼二衆語若如法如律如佛所教者受其教誡至於敬待供養悉應平等所以者何譬如眞金斷爲二段不得有異毗舍佉母與五百優婆夷往至佛所白佛佛答亦如是時阿難見彼比丘入舍衛城便往白佛彼鬪諍比丘已入我當云何爲敷卧具佛言應與邊房若不足者與中房不得令彼上座無有住處阿難受教即敷令住爾得彼被舉比丘於屛處作是念

我竟有罪爲無罪成被舉爲不成被舉羯磨如法爲不如法我今寧可謹依經律而思惟之旣思惟已知已有罪成被舉羯磨如法便到伴黨比丘所語言我已自見罪語諸大德爲我求和合解先羯磨諸比丘便將到與作不見罪羯磨比丘所語言此比丘已自見罪願爲解先羯磨於是二部僧將被舉比丘往到佛所頭面禮足以是白佛佛以是事集比丘僧告諸比丘此比丘犯罪非不犯罪成被舉非不成被舉羯磨成就非不成就僧今應與解先羯磨更白二羯磨爲作和合彼比丘應至僧中禮僧足白言我比丘某甲僧爲我作不見罪羯磨我今順僧悔過乞解不見罪羯磨願僧哀愍爲我解如是三說一比丘唱言大德僧聽此等比丘先共鬬諍更相罵詈或言犯或言不犯或言成被舉或言不成被舉或言羯磨成就或言羯磨不成就此比丘今自見犯罪非不見犯罪成被舉非不成被舉羯磨成就非不成就僧今爲解不見罪羯磨還作和合若僧時到僧忍聽白如是大德僧聽此等比丘先共鬬諍乃至還作和合誰諸長老忍默然不忍者說僧爲其甲比丘解羯磨還作和合竟僧忍默然故是事如是持佛言羯磨竟應即與共作和合布薩時優波離問佛言世尊比丘成就幾法得舉事佛言如住自恣中說

佛在瞻婆國住恒水邊去王舍城不遠一住處有一比丘姓迦葉作摩摩諦作是願願四方比丘多來集此令諸優婆塞優婆夷因此多作功德彼住處寬博於後所願得果時有

衆多知識比丘到彼住處迦葉比丘出迎禮拜問訊爲持衣鉢辦洗浴具設過中飲明日供前後食亦施衣服如是多日客比丘共作議言此比丘有慚愧修梵行欲令我等久住我等寧可於此安居作是議已即便共住迦葉比丘後作是念此客比丘疲極已息知聚落處所我不能復日日勸化供前後食念已便止客比丘恨之復作是議此比丘欲令我等早去定是惡比丘無有慚愧不修梵行我等當與作不見罪舉羯磨議已便共舉之迦葉比丘作是念我爲有罪爲無罪爲成被舉爲不成被舉羯磨成就爲不成就世尊今在恒水邊當往問之若有教勑我當奉行念已著衣持鉢往到佛所頭面禮足却住一面佛慰問言汝從何來乞食不乏道路不疲耶答言乞食不乏道路不疲去王舍城不遠有一住處我作摩摩諦從彼處來便以上事因緣本末具向佛說佛言汝不犯罪無罪可見汝便還去安隱住彼迦葉受教禮足右遶而退諸客比丘見其還已復共議言我等不善云何舉此清淨無罪比丘當共至佛所悔過除罪安居自恣竟往到佛所頭面禮足却住一面佛慰問言乞食不乏道路不疲耶於何處安居答言乞食不乏道路不疲去王舍城不遠有一住處於彼安居佛問言汝等於彼住處與彼比丘作不見罪舉羯磨不答言作又問以何事舉之答言無事佛種種訶責言汝等所作非法不應作此惡業云何與清淨無罪比丘作不見罪舉羯磨諸比丘白佛言世尊我等愚癡旣作是事皆生悔心今來悔過

唯願哀愍受我悔過佛以是事集比丘僧告諸比丘若比丘以無事作諸羯磨羯磨皆不成有諸比丘遥作訶責羯磨驅出羯磨依止羯磨舉罪羯磨下意羯磨又遥作別住本日摩那埵阿浮訶那又遥結界解界又遥解僧所差人更遥差僧未差者諸比丘以是白佛佛以是事集比丘僧告諸比丘若遥作訶責羯磨乃至遥差僧未差人羯磨此皆不如法羯磨羯磨不成時六群比丘於界外作不如法訶責羯磨乃至下意羯磨作已來入界內語諸比丘言我等於界外與某甲某甲比丘作訶責羯磨乃至下意羯磨諸大德當聽令成如法羯磨諸比丘以是白佛佛以是事集比丘僧告諸比丘若比丘於界外作不如法五種羯磨乃至差僧所未差人羯磨雖還語界內比丘令聽成羯磨一切皆不成時諸比丘一比丘與一比丘乃至與衆多比丘作羯磨二比丘乃至與衆多比丘亦如是諸比丘以是白佛佛言此皆羯磨不成得突吉羅罪佛又言若作羯磨直羯磨而不白不成羯磨若羯磨應前說而後說應後說而前說亦皆不成若羯磨時有得訶人不同亦不成皆犯突吉羅罪時諸比丘以餘法餘律作羯磨諸比丘以是白佛佛言不成羯磨時諸比丘作非法別衆羯磨非法和合羯磨如法別衆羯磨如法和合羯磨諸比丘以是白佛佛以是事集比丘僧告諸比丘我不聽三種羯磨唯聽如法和合羯磨有五種羯磨非法羯磨別衆羯磨似法別衆羯磨似法和合羯磨如法羯磨何謂非法羯磨應來不來應囑授不囑

授有得訶人不同而强羯磨應白二羯磨而但白不羯磨但羯磨不白或再白不羯磨再羯磨不白應白四羯磨而但白不三羯磨但二羯磨不白是名非法羯磨何謂別衆羯磨應來不來應囑授不囑授羯磨時得訶人不同而强羯磨是名別衆羯磨何謂似法別衆羯磨應來不來應囑授不囑授若白二白四羯磨先羯磨後白羯磨時得訶人不同而强羯磨是名似法別衆羯磨何謂似法和合羯磨應來者來應囑授者囑授若白二白四羯磨先羯磨後白羯磨時有得訶人不訶是名似法和合羯磨何謂如法羯磨應來者來應囑授者囑授羯磨時得訶人不訶若白二白四羯磨皆先白後羯磨是名如法羯磨若爲比丘作非法訶責羯磨時僧中有七人共諍一人言此是非法羯磨一人言此是別衆羯磨一人言此是似法別衆羯磨一人言此是似法和合羯磨一人言此是如法和合羯磨一人言成作羯磨一人言不成作羯磨此七人中二人語如法謂是非法羯磨不成作羯磨者若爲比丘作別衆訶責羯磨似法別衆訶責羯磨似法和合訶責羯磨亦如是若爲比丘作如法訶責羯磨時有七人語二人語如法謂是如法和合羯磨成作羯磨者驅出羯磨依止羯磨擧罪羯磨下意羯磨亦如是有比丘鬪諍諸比丘作是議此比丘好鬪諍數數有事我等寧可和合與作如法訶責羯磨即共和合欲與作如法訶責羯磨而反作不如法訶責羯磨羯磨不成乃至反作似法和合訶責羯磨亦如是彼比丘復移餘住餘

住諸比丘作是議此比丘好鬭諍彼諸比丘爲作似法和合訶責羯磨羯磨不成我等寧可與作如法和合訶責羯磨便欲共作如法和合訶責羯磨而反作不如法驅出羯磨乃至反作如法驅出羯磨羯磨皆不成乃至反作下意羯磨亦如是有比丘行惡行汙他家諸比丘作是議此比丘行惡行汙他家我等寧可和合與作如法驅出羯磨便欲共作如法驅出羯磨而反作不如法驅出羯磨羯磨不成乃至反作似法和合驅出羯磨亦如是彼比丘便移餘住餘住諸比丘作是議此比丘行惡行汙他家彼諸比丘爲作似法和合羯磨羯磨不成我等寧可與作如法驅出羯磨便欲共作如法驅出羯磨而反作不如法依止羯磨羯磨不成乃至反作如法依止羯磨羯磨皆不成乃至反作訶責羯磨亦如是有比丘愚癡無智數數犯罪諸比丘作是議此比丘愚癡無智數數犯罪我等寧可和合與作如法依止羯磨便欲共作如法依止羯磨而反作不如法依止羯磨羯磨不成乃至反作似法和合依止羯磨亦如是彼比丘便移餘住餘住諸比丘作是議此比丘愚癡無智數數犯罪彼諸比丘爲作似法和合依止羯磨羯磨不成我等寧可爲作如法依止羯磨便欲與作如法依止羯磨而反作不如法舉罪羯磨羯磨不成乃至反作如法舉罪羯磨羯磨亦皆不成乃至反作驅出羯磨亦如是有比丘犯罪而不見罪不悔過不捨惡邪見諸比丘作是議此比丘犯罪而不見罪不悔過不捨惡邪見我等寧可和合與作如法

舉罪羯磨便欲共作如法舉罪羯磨而反作不如法舉罪羯磨羯磨不成乃至反作似法和合舉罪羯磨亦如是彼比丘便移餘住餘住比丘作是議此比丘犯罪不見罪不悔過不捨惡邪見彼諸比丘爲作似法和合舉罪羯磨羯磨不成我等寧可爲作如法舉罪羯磨便欲共作如法舉罪羯磨而反作不如法下意羯磨羯磨不成乃至反作如法下意羯磨羯磨亦皆不成乃至反作依止羯磨亦如是有比丘麤惡語罵諸白衣諸比丘作是議此比丘麤惡語罵諸白衣我等寧可和合與作如法下意羯磨便欲共作如法下意羯磨而反作不如法下意羯磨羯磨不成乃至反作似法和合下意羯磨亦如是彼比丘便移餘住餘住諸比丘作是議此比丘麤惡語罵諸白衣彼比丘爲作似法和合下意羯磨羯磨不成我等寧可爲作如法下意羯磨便欲共作如法下意羯磨而反作不如法訶責羯磨羯磨不成乃至反作如法訶責羯磨羯磨亦皆不成乃至反作舉罪羯磨亦如是有五種僧四比丘僧五比丘僧十比丘僧二十比丘僧無量比丘僧四比丘僧者除受戒羯磨出罪羯磨餘羯磨皆得共作五比丘僧者中國除受戒出罪羯磨邊國除出罪羯磨餘羯磨皆得共作十比丘僧者除出罪羯磨餘羯磨皆得共作二十比丘僧者一切羯磨皆得共作若四比丘僧羯磨第四人非法非毗尼羯磨不成僧有過優波離問佛世尊若僧羯磨時有人訶誰成訶誰不成訶佛言受羯磨人訶爲不成訶若比丘隔壁訶爲不成訶若

比丘尼式叉摩那沙彌沙彌尼訶皆不成訶若同界比丘訶乃至使比坐聞爲成訶有三種人不應與解羯磨若與解爲不成解何謂三若比丘犯罪而不見罪若比丘應悔過而不肯悔過若比丘應捨惡邪見而不肯捨惡邪見是爲三若未與作應與作若已與作羯磨是名善作羯磨若反上未與解羯磨應與解若已與解是名善解佛在舍衛城爾時有二比丘一名般那二名盧醯好共鬬諍亦鬬亂他未生鬬諍便生已生增廣諸比丘以是白佛佛以是事集比丘僧問彼二比丘汝實爾不答言實爾世尊佛種種訶汝愚癡人所作非法不應作此惡業訶已告諸比丘從今若有如此比丘僧應與訶責羯磨若不罷者應隨其事白四羯磨重加其罪若有三法應與作訶責羯磨既自鬬諍復鬬亂他前後非一復有三法親近惡知識與惡人爲伴自樂爲惡亦應與作訶責羯磨復有三法破增上戒破增上見親近隨順白衣亦應與作訶責羯磨有三種訶責羯磨不成所訶責人應現在前而遝訶責應問僧言應與作訶責羯磨不而不問應使所訶責人自說其過而不使自說復有三法羯磨不成應現前作羯磨而不現前若法別衆應使自說其過而不使自說受訶責羯磨比丘應正順僧何謂正順不應度人不應授人具足戒不應與人作依止不應畜沙彌不應作行籌人若僧差亦不應受不應教誡比丘尼若僧差亦不應受凡僧所差皆不應受若行僧事時不得有語不得罵餘比丘不得倚王勢不得自倚力不得倚

親族力唯應依佛法僧力應悔過自責不逆
僧意求解羯磨彼一比丘後正順於僧改悔
自責求解訶責羯磨諸比丘以是白佛佛言
僧應白四羯磨與解彼比丘應至僧中禮僧
足三乞解訶責羯磨應一比丘唱言大德僧
聽此某甲比丘好共鬬諍鬬亂彼此未生鬬
諍便生已生增廣僧先與作訶責羯磨若不
罷者重加其罪某甲已正順僧悔過自責求
解羯磨僧今與解羯磨若僧時到僧忍聽白
如是大德僧聽此某甲比丘好共鬬諍乃至
僧今與解羯磨誰諸長老忍默然不忍者說
如是第二第三僧與某甲比丘解訶責羯磨
竟僧忍默然故是事如是持
爾時去舍衛城不遠有菴摩勒林彼林側有
長者名質多羅信樂佛法常供給諸比丘菴
摩勒林中有比丘名善法舊住於彼作摩摩
諦質多羅長者若請僧與衣食及施人物時
要先語之時舍利弗目連與五百比丘共遊
彼林長者聞之便自出迎到已頭面禮足却
住一面為說妙法示教利喜已白言願明日
受我客比丘食默然受之知受已還歸其家
到善法比丘所語言我請舍利弗目連明日
食大德亦當來食善法比丘作是念此惡長
者意已壞敗由來請僧要先語我而今請舍
利弗目連等五百比丘不使我知念已語言
明日當往長者還歸竟夜辦種種美食世間
珍味無不具有晨朝敷座善法比丘已到見
其所辦奇珍必備以其家壓油便語言汝衆
味皆有唯少一種胡麻餠長者聞已便瞋恚
言大德多懷法寶而出此惡言即為說譬昔

有賈客從北方擔一雌雞到波旬國波旬國無雄雞與烏共合生卵伏乳既成大烏作雞鳴不成作烏聲亦不得今大德如是多懷法寶而出此惡音善法比丘聞已便瞋恨言長者若見罵辱何宜復住今當遠去長者復言大德勿瞋且留住此我當依常供給衣食如是再三猶不肯住長者問言大德欲至何處答言欲往佛所長者言若至佛所願爲問訊世尊具説此事勿令增減答言可爾於是長者敷座具訖往白時到食具已辦舍利弗目連大衆圍遶往到彼舍就座而坐長者自下食食畢行水取小牀於前坐爲説種種妙法示教利喜已從座起去食後善法比丘還林著衣持鉢往到佛所頭面禮足却坐一面以質多羅長者所説具白世尊佛便訶責言汝愚癡人云何以下賤語加彼長者即以是事集比丘僧告諸比丘從今應與如是等比丘作下意白四羯磨謝彼白衣一比丘唱言大德僧聽此某甲比丘以下賤聲加其白衣今僧與作下意羯磨謝彼白衣若僧時到僧忍聽白如是大德僧聽此某甲比丘以下賤聲加其白衣僧今與作下意羯磨謝彼白衣誰諸長老忍默然不忍者説如是第二第三僧與某甲比丘作下意羯磨竟僧忍默然故是事如是持復應白二羯磨差一比丘伴彼比丘謝彼白衣一比丘唱言大德僧聽僧今差某甲比丘伴某甲比丘辭謝白衣若僧時到僧忍聽白如是大德僧聽僧今差某甲比丘伴某甲比丘辭謝白衣誰諸長老忍默然不忍者説僧差某甲比丘伴某甲比丘辭謝白

衣竟僧忍默然故是事如是持彼比丘應將僧所差比丘往捉白衣手謝言我先作下賤聲相加我今悔過受我悔過若受者善若不受僧所差比丘應將彼比丘至眼見耳不聞處教作突吉羅悔過應言某甲比丘作麤惡語加某甲白衣犯突吉羅罪今向長老悔過如是第二第三說然後僧所差比丘獨還白衣所語言僧已治彼比丘我向亦重治之可受其悔過然後彼比丘復應來如上辭謝白衣應正順僧如訶責羯磨中說彼正順僧已悔過自責求解羯磨僧應與解羯磨羯磨亦如上說

彌沙塞部五分律卷第二十四

音釋

禳如陽切祀除殃也　姝抽居切美好也　廄居又切馬舍也　銼祖卧切剉斫也　丳楚限切燔肉器也　鑵音貫汲水器也　醯馨夷切

彌沙塞部五分律卷第二十五

宋罽賓三藏佛陀什共竺道生譯

第五分初破僧法

爾時調達第三念言我今破沙門瞿曇僧得大名稱一切當言沙門瞿曇有大神力而調達能破其僧念已便語眷屬頞鞞分那婆藪般那盧醯伽盧帝舍瞿伽離騫荼陀婆三門達多等其衆中三門達多最大聰明語調達言沙門瞿曇有大威德其僧云何而可得破答言我當於僧中明五法應盡壽持一不食鹽二不食酥乳三不食魚肉若食善法不生四乞食若受他請善法不生五春夏八月日露坐冬四月日住於草菴若受人屋舍善法不生此摩竭鴦伽二國人皆信樂苦行我等行此五法從者必多足以破之三門達多聞已亦謂調達可得與佛中分僧衆振名遠近即便從之時調達有優婆塞弟子名和修達常供養調達調達次以語之亦相然可於是調達十五日布薩時於僧中說上五事自行籌唱言若忍樂此五法者可捉此籌時五百比丘皆取籌唯除阿難及一須陀洹比丘時舍利弗目連諸大羅漢皆不在彼布薩會中調達行籌畢即與五百比丘和合布薩阿難及一須陀洹比丘既不受籌便即出去往到佛所頭面禮足以是事白佛佛因說偈

善人共會易　惡人善會難　惡人共會易
善人惡會難

時舍利弗目連聞此事往到佛所佛遥見逆歎言善來舍利弗目連汝等可往調達衆中將五百比丘還二人受教禮足而去時須陀

洹比丘隨阿難來者見舍利弗目連去即便啼泣佛問比丘何故啼泣答言舍利弗目連是佛第一弟子今往調達衆中恐學其法是以啼泣佛語比丘汝止勿泣舍利弗目連須臾自當將五百比丘還於是舍利弗目連往詣彼衆三門達多遥見便走語調達言今沙門瞿曇第一弟子舍利弗目連來或破諸比丘意當莫共語亦莫令坐調達自以五法爲道不受其語不著心中舍利弗目連旣至調達便言善來舍利弗目連可就此坐語言若人有智先所未聞聞便受行汝等先是沙門瞿曇第一弟子今復來爲吾作第一弟子不亦善乎舍利弗目連默然不答調達便謂已受其語調達即効佛常法告舍利弗目連汝可爲衆説法吾背小痛當自消息便四牒僧伽梨枕之右脅著地累脚而卧不繫念在前須臾眠熟轉左脅著地鼾聲駭人時目連現種種神力如常所説舍利弗説種種妙法初中後善善義善味梵行之相五百比丘聞已即於座上遠塵離垢於諸法中得法眼淨見法得果已便相語言我等可起還到佛所舍利弗目連即從座起與五百比丘俱還佛所時三門達多以足指蹴調達罵言釋奴起舍利弗目連以餘方便將諸比丘去矣調達驚起罵言是惡欲比丘始有善意如何忽生惡心以方便將我比丘去便大怖懼熱血從鼻孔出即以生身墮大地獄舍利弗目連到佛所已頭面禮足即坐一面目連白佛言世尊我欲使此五百比丘更受具足戒佛言不須更受所以者何此五百比丘愚癡故以法想

取籌今但聽僧令作偷羅遮悔過目連白佛言奇哉世尊調達効佛墮如是苦處佛言調達不但今効我墮於地獄昔亦曾効我墮於苦處目連又問其事云何佛言過去世時空閑處有一池水有一大象入池取藕淨洗而食色力充足復有一象亦効取藕不洗而食以此致病遂便命終佛因是事即說偈言

勿得効大象　大象不可効　以効大象故
食泥致死苦

佛告目連彼大象者我身是異象者調達是昔效我故致於命終今復效我受斯大苦目連白佛言奇哉世尊調達從佛聞法誦八萬四千法藏得五神通如何而反憍慢世尊佛言不但今世昔亦曾從我聞法而慢於我目連白佛其事云何答言過去世時有一象師極善調象王供給甚厚時有一人往詣其所語言教我調象我爲弟子象師即便教之都無所隱其人旣知便生嫉心往到王所白言彼人所知不勝於我云何供給遠不相及王即呼彼象師問言汝與弟子孰爲勝負答言願聽却後七日現調象法王即聽之象師於七日中更調諸象語進而退語退而進語坐而立語立而坐作如是等反教調象七日期至便於王前與弟子共現調象之術始者二人未有一異王問弟子汝更有異法不答言無復問彼師汝更有異法不答言有王言便可現之即便反教象皆從之王於是始知弟子前言爲虛便瞋言如何面欺於我彼調象師白王言此人是我弟子我先教之都無所隱未能盡知便見輕忽今當說譬願王聽之

昔有一人於春末月著一重革屣地熱革燥皺破其脚本欲護脚而反更傷我亦如是先教弟子欲望其益而反爲害爾時世尊因說偈言

如人著革屣　本欲護其足　得熱燥急時
而更反自傷　世間愚惡人　不念恩在已
從師學成術　而反陵誣人

佛言彼象師者我身是也弟子者調達是也世世從吾受學而反輕慢於我目連白佛言希有世尊舍利弗一說法破調達衆佛言不但今世昔亦曾說法以破其衆又問其事云何答言過去世時有一射師名拘和離有人從學射法六年教之語言應作如是捉弓如是批箭而未教放法弟子後時念言我六年中學捉弓批箭而未一放今試放之便放箭射一大樹徹過入地其師聞之問言汝已放箭耶答言已放又問汝射何處即示所射之樹師言汝已成射我爲第一汝爲第二又語言某處有五百賊斷路一切無敢從中過者汝可往破以清其路可有大功即與馬車一乘美女一人并以金鉢箭五百發於是弟子乘車載女執如意弓帶五百發箭受勅而去正遇彼賊共分諸物使人邏於要道邏人遥見馳白賊師賊師語衆人言我等作賊未曾有人獨將好婦於此路行此必勇健不畏強敵宜共聽過勿得擾之彼人便住一處令婦持金鉢往賊所稱已名乞食衆賊皆樂其婦又貪金鉢即復議言女色如是金鉢如此我等云何而聽其去賊師又言彼必自量無所畏故敢作此事且當忍抑慎莫招禍賊衆聞

已便與滿鉢美飯婦持食還復令往語汝等分物與我一分衆賊大忿此爲何人乃以一夫敢輕大衆當共殺之勿抱此恥賊師如前語之即復與分婦得分還復遣語賊言可共我戰倶不相置衆賊復言此人轉見輕蔑不可復忍賊師曉諭不能令止勇忿忘難便共齊力往擊彼人彼人便射一發殺一人四百九十九發殺四百九十九人餘有一發以俟賊師更相覓便而不能得彼人便令婦裸形賊師前立賊師心亂因此放發即復殺之於是其婦即説偈言

雖有利弓箭　未曾落一發　殺傷旣狼籍
如何不生悔

彼人亦以偈答

我有此妙技　弓箭應心手　殺一輒生喜
以何應致悔　吾本行此路　爲人除怨害
不自顧身命　以成勇健名

佛言彼射師者即我身是射弟子者舍利弗是五百賊者今五百比丘是賊師者調達是舍利弗昔以一一箭破彼群賊今一説法破調達衆目連復白佛言奇哉世尊調達罵云惡欲比丘便以生身墮大地獄佛言不但今世昔亦曾以惡口生身受大苦又問其事云何答言過去世時阿練若池水邊有二鴈與一龜共結親厚後時池水涸竭二鴈作是議今此池水涸竭親厚必受大苦議已語龜言此池水涸竭汝無濟理可銜一木我等各銜一頭將汝著大水處銜木之時愼不可語即便銜之經過聚落諸小兒見皆言鴈銜龜去鴈銜龜去龜即瞋言何豫汝事便失木墮地

而死爾時世尊因此說偈

夫士之生 斧在口中 所以斫身 由其惡言

應毀反譽 應譽反毀 自受其殃 終無有樂

若以財利諍 此惡未爲大 惡心向佛者

斯乃爲大惡 阿浮有百千 尼羅三十六

惡意向賢人 當墮此地獄

佛言彼癡者調達是也昔以瞋語致有死苦今復瞋罵墮大地獄告諸比丘我若見調達有一毫善法者終不記墮大地獄受一劫苦譬人没大糞坑若人欲救不見一毫淨處可捉我觀調達亦復如是又告諸比丘我不見餘法壞人無上道意如名聞利養調達所以破僧由利養故調達成就八非法故破僧利不利稱無稱敬不敬樂惡隨惡知識優婆離問佛云何得名破僧佛言有四事名破僧說五法自行籌捉籌於界内別行僧事又問云何名僧不和合而非破佛言若王助破僧令僧不和合而非破若大臣優婆塞優婆夷比丘尼式叉摩那沙彌沙彌尼一比丘乃至七比丘助破僧亦如是若不問上座而行僧事是即不和亦非僧破若不共同食於食時異坐鬪諍罵詈亦如是要於界内八比丘分作二部別行僧事乃名爲破又問是中誰破僧佛言作主者又問誰一劫墮大地獄不可救佛言作主者又問凡破僧者皆一劫受大地獄苦耶佛言不必皆一劫受大地獄苦有八人破僧受一劫大地獄苦若法法想說言非法若非法非法想說言是法若法非法想說言是法若非法法想說言非法若法非法法想說言非法若法非法非法想說言是法若

法非法疑說言是法若法非法疑說言非法有六人破僧不墮大地獄一劫受苦若法法想說言是法若非法非法想說言非法若法非法想說言非法若非法法想說言是法若法非法非法想說言非法若法非法法想說言是法

第五分第二卧具法

佛在王舍城爾時頞鞞比丘侍佛左右從時著衣持鉢入城乞食威儀庠序視地而行有一長者見之作是念我未曾見如此人比便往問言汝是誰誰之弟子從誰出家行誰道法時佛始成道世皆稱之爲大沙門答言我名頞鞞大沙門是我師從彼出家行其道法長者聞已歎言未曾有已自有如是威儀而從大沙門出家行其道法又問汝今住何處答言阿練若處山巖樹下露地塚間是我住處長者聞已倍生歡喜歎言威儀庠雅所師已勝乃復住止 如斯之處又問敷何敷具答言加尸草狗尸草婆婆草文柔草及樹葉等下至沙土皆我敷具長者聞已復加喜敬歎言乃能復作如是少欲又問我若爲大德作房能受用不答言世尊未聽我等受用房舍又言大德可以此白佛我亦當自白頞鞞默受其語於食後還到佛所頭面禮足以是白佛佛以是事集比丘僧讚少欲知足讚戒讚持戒已告諸比丘從今聽諸比丘受房舍施彼長者後來佛所遥見世尊容顏殊特猶若金山内懷喜敬前禮佛足却坐一面佛爲說種種妙法乃至苦集盡道即於坐上得法眼淨見法得果受三歸五戒白佛言世尊我欲

作房舍施諸比丘願聽受之佛默然受彼長者知佛聽已從座起前禮佛足右遶三帀而去即以其日造六十房舍復作施佛飲食其家眷屬皆共供辦世間珍味無不必備有破薪者有取水者作食者掃地者香汁灑地者敷座者散華者敷高座者時舍衛城有長者名須達多出三十萬金錢與王舍城人年年來請長者常出一由旬迎以設大饌不復得出須達多作是念彼或遭王難水火盜賊人非人難故不迎耶既至先到其舍見其供辦種種餚饍問言汝爲婚姻節會爲請王耶答曰非婚姻節會亦不請王又問何故乃辦奇妙飲食答言佛出於世有大威德其諸弟子亦皆如是我今請之故設此供所以不獲出相迎耳須達多言我亦聞有佛當出於世號如來應供等正覺明行足善逝世間解無上調御士天人師佛世尊汝今所請爲是佛耶爲是佛耶答言是又問今在何處彼長者即偏露右肩右膝著地右手指佛所在言佛在彼處須達多聞已歡喜踊躍偏袒右肩遥向佛禮三反稱南無佛竟夜念佛疲極得眠其宿世善知識作神護之神作是念我當令此長者不經宿而得見佛即令夜明須達多謂日已出起趣城門城門自開既出已門便自閉忽然還闇須達多怖懼念言我向者將不狂耶神知其念即說偈言

今是趣佛時　若舉一步者　利重千金施
象馬惠不及

又語莫恐莫怖前進前進須臾見佛須達多聞已恐怖即除即便前進遥見世尊儀雅殊

特猶若金山世尊見之讚言善來須達多須達多聞之歡喜佛乃知我父母所作名字頭面禮足却坐一面佛爲說種種妙法乃至苦集盡道即於座上得法眼淨見法得果已受三歸五戒白佛言世尊願佛及僧受我舍衞城夏安居如是三請佛皆默然至第四請乃告之言若住處無有憒鬧寂寞無聲諸佛乃當於中安居長者白佛已解世尊願差一比丘爲經營之佛問言汝今樂誰答言欲得舍利弗佛即語舍利弗汝便可往爲經營之舍利弗受教而去時前長者晨朝自往白佛食具已辦唯聖知時佛與比丘僧著衣持鉢前後圍遶往到其舍次第而坐長者手自下食食畢行水白佛言世尊我以此園房舍施四方僧佛默然受知佛受已取小牀於佛前坐佛便爲說隨喜咒願偈

爲遮風寒熱　及障諸惡獸　蔽防雨露塵
亦除蚊虻患　以施持戒人　坐禪誦說法
若聞解其義　得盡諸苦原

佛說偈已更說種種妙法示教利喜已便還所住於是須達長者將舍利弗還舍衞城所經聚落處處唱言佛出於世有大威德其諸弟子亦復如是我已請之於舍衞城安居汝等皆當共安頓處修治道路及諸橋梁預辦供具以待世尊彼諸人等聞其此唱知佛世尊當從此過皆大歡喜敬承其語須達長者既到舍衞作是念何處極好堪作精舍唯此城童子祇林園果美茂其水清潔流泉浴池香華悉備當買作之念已往到其所語言我欲買園寧能見與不答言若能以金錢布地

令無空缺然後相與須達便以金錢布地祇言我說此譬不欲相與須達復言說此爲價豈得中悔共諍紛紜遂便詣官官即依法斷與須達祇問須達何故不惜金寶而買此園須達答言佛出於世有大威德其諸弟子亦復如是我已請之於此安居是以傾竭無所愛惜祇復言若聽我更作園名名爲祇園精舍者當以相與須達言善即令人出金錢布地量樹處所皆補令滿舍利弗然後以繩量度作經行處講堂温室食廚浴屋及諸房舍皆使得宜時諸房舍泥治不密風塵蛇鼠壞僧卧具惱諸比丘以是白佛佛言聽表裏及仰泥僧應畜斧鑿刀鋸鏵鍬梯橙泥鏝種種作屋之具亦聽堊灑畫之作窻戶扉扇鉤鎖作戶鉤不聽如刀柄帶著腰中犯者突吉羅有諸比丘執作塵土汙身須浴佛言聽浴浴處有泥佛言聽甎砌地安牀板有諸比丘於塜間得敷具繩牀不敢取佛言聽取若大應截時王舍舍衛二城中間有一住處諸居士以施諸比丘無有住者佛言聽諸白衣請摩摩諦留住護視供給所須時諸住處無有籬障牛馬搪揬壞經行處佛言聽周圍作籬掘壍牛馬猶故得入佛言聽種刺棘作援牛馬猶得搪揬佛言聽築牆若累甎墼草瓦覆上聽作門屋亦聽重作聽作兩扉有諸比丘於房內嚼楊枝洗手面及洗脚濕地壞僧卧具佛言不應爾有諸老病比丘寒時不能出洗佛言聽用澡槃及瓮盛水有房舍患塵起佛言應泥泥地以十種衣隨一一衣敷上有諸下座比丘先洗脚上座後來洗脚未竟驅令

去佛言若下座先已洗應聽竟有諸比丘露處經行雨時漬衣以廢經行佛言聽作步廊有諸比丘庭中行雨時壞地汙脚佛言聽累甎石作階道有諸住處無水佛言聽掘井若作淨池諸比丘欲作卧褥敷牀上佛言聽以十種衣隨一一衣作用羊毛駝毛劫貝華乃至輭草貯之諸比丘作褥太厚佛言極厚聽至八指聽僧作四方僧作及私作僧敷具壞不知云何佛言應差人補浣時諸比丘日日分僧卧具佛言不應爾聽春末日分卧具夏初日結安居時六群比丘選擇好房好卧具住佛言不應爾應白二羯磨差一比丘作分卧具人所差比丘應題卧具識在何房隨上座次分若有長好者上座須應與若不須次下隨空隨與若有後來比丘隨大小次以安之自下展轉就於下房若下座無房則已諸比丘欲作新繩牀木牀佛言聽作若無巧師比丘能自作亦聽聽十種縷一一縷作繩有諸比丘欲貯繩牀佛言聽貯有諸比丘繩牀上行立繩斷佛言不應行立繩牀上有諸比丘短小欲於架上取衣舉衣不及佛言聽繫念在前立繩牀陛上取之有諸比丘尼坐貯繩牀上月水汙不淨爛壞佛言比丘尼不應坐貯牀上有諸小沙彌住貯繩牀上失溺不淨爛壞佛言小沙彌亦不應住貯繩牀上有諸比丘在高牀上受經問義佛言受經問義皆應在下處坐諸比丘住處庭中生草佛言聽使淨人知房中塵土汙牀卧具佛言聽隨意作拂拂之大會時諸比丘來多房舍大而少無有住處佛言於房中次第敷卧具足使

客身滿而止若欲以衣遮前聽各各遮若足者善若不足外有空處聽作菴屋舊比丘應爲作之既作菴屋過大會已爲火所燒延及住處佛言過大會已應壞而去若舊住比丘惜不聽壞者客比丘但囑舊住比丘而去大雨時諸比丘無集聚處佛言聽作大堂寒時諸比丘聚集患寒佛言聽作温室時舍利弗爲毗舍佉母經營作新大堂彼持穀米施四方僧諸比丘不敢食佛言若爲四方僧作時聽隨意食有諸比丘乞食還施四方僧不知誰應食佛言爲四方僧作者得食有房舍破壞諸比丘不治佛言應勸化白二羯磨與道俗欲治者令治一比丘唱言大德僧聽某房故壞無人治其甲比丘欲治之今僧與令治若僧時到僧忍聽白如是大德僧聽其房故壞乃至今僧與令治誰諸長老忍黙然若不忍説僧與其甲故壞房治竟僧忍黙然故是事如是持若欲題名是某甲檀越房聽題之卧具亦如是有一住處大水所漬諸比丘各各舉所住房卧具無比丘住房無人舉水漂漬爛後時房主檀越見瞋訶諸比丘言云何獨使我房卧具爲水漬爛佛言若有水火時應大聲唱打揵槌令一切僧盡共相助舉若有一人不相助舉得突吉羅罪時羅睺羅至那羅聚落爲一優婆塞深所敬信爲起房作房竟羅睺羅有小緣事遊行人間時阿難往彼聚落彼優婆塞即復以房施阿難羅睺羅還令阿難出阿難言先雖施汝汝行後更以施我便是我房於是俱至彼優婆塞所問言定是誰房答言我雖先施羅睺羅羅睺羅捨

行去我於後更施阿難應是阿難房諸比丘以是白佛佛以是事集比丘僧告諸比丘此優婆塞不但今世昔亦曾爾諸比丘又問其事云何佛言過去世時有王名婆樓其國界有二仙人一名羅睺羅常好坐禪一名阿難多聞無畏彼王先見羅睺羅甚敬重之爲其作房作竟出行人間阿難後來王亦重之便以先所作房施之羅睺羅行還令阿難出云是我房阿難亦如上言是我房共至王所問言定是誰房答言我雖先施羅睺羅羅睺羅捨行去我於後更施阿難應是阿難房爾時諸天龍鬼神皆作是言此王非法云何先以房施羅睺羅後奪以施阿難我今當壞其眷屬即共往王宫以石打擲殺王眷屬佛因是事而說偈言

王施無前後　仙人共諍之　致使鬼神忿
自招滅眷屬　若隨愛行事　智者所不譽
是以應捨愛　歡喜隨義說

佛言彼羅睺羅仙人者今羅睺羅是阿難仙人者今阿難是國王者今優婆塞是告諸比丘從今不聽受他先施房犯者突吉羅時佛與大比丘僧千二百五十人俱於拘薩羅國遊行人間向訖羅訖列邑彼有五比丘舊住聞佛與大衆當來共議言彼衆中有舍利弗目連必惱我等我等寧可分此住處房舍卧具園果之屬以爲五分各爲私有議已便分佛衆既至諸比丘往語言汝等開房敷卧具我等須住五比丘言佛是法王當開第一房令住餘處我等已分盡是私物不復屬僧自可於聚落中隨知識求其所安時舍利弗目

連無有住處便依佛簷下宿明日佛以是事集比丘僧告諸比丘四方僧有五種物不可護不可賣不可分何謂五一住處地二房舍三須用物四草樹五華果一切沙門釋子比丘皆有其分若護若賣若分皆犯偷蘭遮罪彼五比丘所分處於後四方僧來集復共分之後更有客比丘來語言爲我開房當於中住先來諸比丘言我等於四方來是我等分已共分之不復屬汝汝可往聚落中更求所安後來比丘便往聚落中求住諸白衣言大德彼有僧房何不住中而來此爲諸比丘便還向僧房比爾已闇於道中爲虎所害諸比丘以是白佛佛以是事集比丘僧告諸比丘我先不說四方僧有五種物不可護不可賣不可分耶云何護僧住處不與後來比丘乃使爲虎所害種種訶責已復言若護若賣若分四方僧物皆偷蘭遮有諸比丘住海岸邊材木難得無可作屋彼多有大魚骨欲取作之以是白佛佛言聽作諸比丘患魚骨臭佛言聽以香泥泥之有諸比丘經營作僧住處作竟客比丘來是上座驅令出住其房中彼瞋恚言我經營辛苦而反不得安住以是白佛佛言聽經營主隨意所樂住諸比丘便長與之以是白佛佛言應量功夫多少極多聽至十二年住應白二羯磨與之一比丘唱言大德僧聽此某甲比丘作經營主僧今與隨所樂房若干年住若僧時到僧忍聽白如是大德僧聽此某甲比丘作經營主僧今與隨所樂房若干年住誰諸長老忍默然若不忍者說僧與某甲比丘隨所樂房若干年住竟

僧忍默然故是事如是持有諸比丘作木牀繩牀置房中或泥地或小小治護便求隨意住佛言不應求若治房功夫極少三分之一聽從僧求隨意住

彌沙塞部五分律卷第二十五

音釋

頞鞸（頞阿葛切鞸頻脂切）騫（丘虔切）脅（迄業切腋下也）鼾（許干切卧氣激聲也）蹴（子六切躡也）邏（郎佐切遊偵也）蔑（彌列切輕易也）餚（何交切非殺而食曰餚）饍（時戰切美食也）憒鬧（憒古對切心亂也鬧女教切不靜也）鏵鍬（鏵胡瓜切鍬遷遥切鏵鍬臿刃也）鏝（謨官切鐵朽也）堊（遏鄂切白塗也）甎（音專甓也）搪揬（搪音唐揬陀骨切搪揬觸也）塹（七黤切坑也）墼（吉歷切未燒磚也）瓮（蒲奔切缶也）溺（奴弔切小便也）漬（疾智切浸潤也）

彌沙塞部五分律卷第二十六

宋罽賓三藏佛陀什共竺道生譯

第五分第三雜法之一

佛在王舍城爾時諸比丘與白衣共器食手相觸數數洗諸比丘以是白佛佛言不應與白衣共器食有比丘往親里家親里言我等非他亦非不淨何不共食諸比丘以是白佛佛言聽繫念在前共食但莫令手相觸有比丘共白衣食器小手相觸以是白佛佛言聽左手捉器而食諸比丘食時相禮僧食時歠粥時噉果時經行時不著三衣時闇時不共語時禮相瞋於屏處禮諸比丘以是白佛佛言此時皆不應禮犯者突吉羅又有五種不應禮訶責羯磨驅出羯磨依止羯磨舉罪羯磨下意羯磨復有五種不應禮被舉不共語舉本言治比丘尼沙彌復有五種不應禮狂心散亂心病壞心白衣外道復有五種不應禮別住應行摩那埵行摩那埵本日阿浮訶那有五種應禮佛辟支佛如法上座和尚阿闍黎時諸比丘養髮令長心不樂道有反俗作外道者諸白衣譏訶言我等白衣養髮沙門釋子亦復如是有何等異但著壞色割截衣而已耳諸比丘以是白佛佛言不應養髮犯者突吉羅諸比丘於作食處及講堂溫室中剃髮以是白佛佛言不應爾若老病不堪寒聽在溫室中時諸比丘隨次剃髮以是白佛佛言不須隨次若有急事聽先剃若無急事先洗者先剃有諸比丘於庭中處處剃髮不掃除以是白佛佛言應在一處剃剃已掃除著水中火中若埋之若無剃髮師比丘能

剃者亦聽聽畜剃刀有諸比丘鼻中毛長佛言聽畜鑷拔之諸比丘便以金銀作鑷佛言不應爾聽用銅鐵牙角竹木除漆樹有諸比丘耳中物塞佛言聽畜挑耳物餘亦如上有諸比丘食入齒間以致口臭佛言聽畜擿齒物餘亦如上時瓶沙王作是思惟我未以何物施僧遍思皆施唯未施擿齒物便作滿車施諸比丘因作食供諸比丘不敢受以是白佛佛言皆聽受

佛在蘇摩國自作鉢坯以爲後式令陶師燒陶師便多作合燒開竈口視皆成金鉢怖懼言此是大沙門神力若王聞者必當謂我多有金寶便取埋藏佛復作令燒皆成銀鉢亦怖懼埋藏佛復作令燒乃成銅鉢色青好如閻浮樹與諸比丘諸比丘不敢受佛言聽畜

有比丘鉢破無鉢遊行佛言應更求鉢若能自作聽作有諸比丘燒鉢色赤佛言應熏有諸比丘畜金銀七寶牙銅石木鉢諸居士譏訶言此諸比丘如王如大臣常說少欲知足而今畜此好鉢諸比丘以是白佛佛以是事集比丘僧告諸比丘從今不聽畜上諸鉢若畜金銀乃至石鉢皆突吉羅若畜木鉢偷羅遮時有婆羅門名優柯羅有一女常用白銅鉢食彼女出家後猶用先器乞食諸居士譏訶言沙門釋子用銅鉢與外道不可分別諸比丘以是白佛佛言不聽用外道銅鉢犯者突吉羅聽用三種鉢鐵鉢瓦鉢蘇摩鉢時毗舍離諸離車得栴檀鉢共議此鉢應與誰或言應與世尊或言應與薩遮尼犍子多人欲與世尊以少從多便盛滿鉢白石蜜歡喜丸

奉上世尊白言我等共得此鉢以奉世尊唯願哀受佛受歡喜丸以鉢還之語言此是外道鉢佛所不畜復共議言我等以鉢奉上世尊世尊不受我今寧可用施衆僧議巳即復持鉢往至僧坊施諸比丘諸比丘不敢受以是事白佛佛言聽受破作香用後諸離車復得牛頭栴檀鉢著高標頭唱言若有神力能取者與之時賔頭盧語目連言世尊說汝神足第一何不取之答言汝亦有神足便可往取即便取之以施於僧諸比丘不知云何以是白佛佛言聽受破作香用時四大聲聞迦葉目連阿那律賔頭盧共議今王舍城有不信樂佛法僧者我等當共令其信樂作是議巳遍觀遠近唯見跋提長者及其姊不信樂佛法僧三聲聞言能化跋提不賔頭盧言能化其姊彼長者作七重門有三部伎若欲食時七門皆閉一食作一部伎阿那律於其食時在其前乞長者問言從何處入答言從門入長者即問守門者汝何以聽乞人入答言門閉如常不見人入長者便以一片麻餅著其鉢中語言出去汝若有物當作此食阿那律得巳即去於後食時迦葉復在前乞問答如前復問守門者汝何故再聽乞人突入我門答言門閉如常不見人入長者復以一片魚著其鉢中語言出去汝若有物當作此食迦葉去後其婦問言於意云何謂此比丘不能得食而來乞耶答言如是婦言識前來比丘不答言不識婦言彼名阿那律釋種之子捨三時殿五欲之樂出家學道又問識後來比丘不答言不識婦言彼是畢波羅延摩納

大姓之子捨九百九十田宅犂牛出家學道慇念君故來乞食耳長者聞婦語已內懷敬伏於是目連飛在空中爲其說法示教利喜乃至即於座上遠塵離垢得法眼淨見法得果已即受三歸五戒自是已後常供給比丘比丘尼優婆塞優婆夷及諸外道時三聲聞語賔頭盧言我等已化跋提令其信樂汝今宜行次化其姊於是賔頭盧晨朝著衣持鉢入城乞食次到其舍時長者姊手自作䴵忽見賔頭盧便低頭閉目賔頭盧亦一心視鉢便語言決不與汝一心視鉢欲以何爲賔頭盧便身中烟出復語言舉身烟出亦不與汝賔頭盧便舉身火然復語言舉身火然亦不與汝賔頭盧便飛騰虛空復語言飛騰虛空亦不與汝賔頭盧便倒懸空中復語言倒懸空中亦不與汝賔頭盧作是念世尊不聽我等強從人乞便出去去王舍城不遠有大石賔頭盧坐其上令石飛入王舍城城中人見皆大怖懼恐石落地莫不馳走至長者姊家上便住不去彼見已即大恐怖心驚毛竪叉手白言願施我命以石著先處我當與食賔頭盧便持石還著故處至其前住長者姊作是念我不能以大䴵施當更作小者與之便作小丸輒反成大如是三反轉大於前乃作念言我欲作小皆反成大我今便可趣與一餅即以一餅授與諸餅相連至於餅器亦相連著以手捉器手亦著之便語賔頭盧言汝若須餅盡以相與器亦不惜何須我爲而令我手著器不離答言我不須餅及器亦不須汝我等四人共議度汝及弟三人已化汝弟

我應度汝所以爾耳問言今欲令我何所施作答言姊妹可戴此餅隨我施佛及僧即便戴迸隨賓頭盧賓頭盧即化道皆經他門使人見之既至佛所手自供佛及千二百五十比丘皆悉飽滿猶故不盡持往白佛我此少餅供佛及千二百五十比丘皆悉飽滿猶故不盡今當持此著於何處佛言可著無生草地若無蟲水中彼女人便持著無蟲水中水沸作聲如以熱鐵投于小水便生恐怖衣毛皆豎還至佛所頭面禮足却坐一面佛為說種種妙法乃至得法眼淨受三歸五戒供給四衆求道如弟無異諸長老比丘以是白佛佛以是事集比丘僧問賓頭盧汝實爾不答言實爾世尊佛種種訶責已告諸比丘從今不聽現神足若現突吉羅時瓶沙王有菴羅果園三時茂好長以華果施諸比丘隨所須用諸比丘便食其果前食後食無時不噉或滿鉢持去或噉半擲地後時隣國遣使使白王言我聞王有菴羅果園三時茂盛願見其果王便勑取時諸比丘噉之都盡以是白王王左右諸臣出譏訶言沙門釋子無有猒足王雖無惜受者自應籌量云何一園之果都共噉盡諸長老比丘聞以是白佛佛以是事集比丘僧問諸比丘汝等實爾不答言實爾世尊佛種種訶已告諸比丘從今不聽食未淨果若食突吉羅有一居士請僧噉果比丘使人一一淨之日遂過中不得食之便譏訶言此諸沙門猶如小兒使人一一淨果不復及中我今當奈此諸果何以是白佛佛言有五種子根種子挼種子節種子果種子子種

子若食果應作沙門法五種淨火淨刀淨鳥淨傷淨未成種淨若食根亦應作沙門法五種淨剥淨截淨破淨洗淨火淨若食莖葉應作沙門法三種淨刀淨火淨洗淨若作淨時應作緫淨於一聚一器中若淨一名爲緫淨有一比丘欲然浴室中火破薪蛇從木孔中出螫脚即死諸比丘以是白佛佛言彼比丘不知八種蛇名不慈心向又不說呪爲蛇所害八種蛇者提樓賴吒蛇怛車蛇伊羅漫蛇舍婆子蛇甘摩羅阿濕波羅呵蛇毗樓羅阿叉蛇瞿曇蛇難陀䟦難陀蛇呪蛇者

我慈諸龍王　天上及世間　以我此慈心
得滅諸恚毒　我以智慧取　用之殺此毒
味毒無味毒　破滅入地去

佛言若彼比丘以此呪自護者不爲毒蛇之所傷殺復有比丘被蛇所螫諸比丘白佛佛言汝以此呪呪彼令得安隱受教往呪彼即得差復有諸比丘處處爲蛇所螫以是白佛佛言聽作呪術隨宜治之時諸比丘食多美食以增諸病耆域晨朝往至佛所頭面禮足白佛言世尊令諸比丘食多美食以增諸病願聽浴室中浴除其此患佛以是事集比丘僧以耆域語告諸比丘從今聽諸比丘作浴室爲除病故於中浴有諸比丘裸形浴更相指摩又裸形出浴處諸白衣譏訶言此諸沙門皆如尼犍無有風法諸比丘以是白佛佛以是事集比丘僧訶責已告諸比丘從今聽著浴衣不聽裸形浴裸形相揩一一皆突吉羅有諸比丘浴時出外以背揩壁樹木還入水灌傷破其身佛言不應爾聽用蒲萄皮摩

樓皮澡豆等諸去垢物諸比丘隨知識與澡豆等佛言應等與佛在舍衛城爾時跋難陀反披拘攝於闇中作四脚行怖諸比丘諸比丘以是白佛佛言不應爾若反披拘攝作四脚行皆突吉羅諸比丘於房内患熱欲反披拘攝佛言房内聽有諸比丘眠時無枕佛言聽作枕有諸比丘患虱佛言聽拾去諸比丘拾著房内還入衣中佛言聽拾著房外諸比丘雨時拾著水中佛言應拾著弊物中慈心舉之有諸比丘患蚤佛言聽敷物著地掃去若在薦席中聽日曝去有諸比丘患壁虱佛言聽除却密泥有諸老病比丘患寒欲於房内然火佛言寒時聽然諸比丘然火燒壞地敷熏屋佛言聽作火鑪在屋外然烟盡持入諸比丘不知以何物作佛言聽用銅鐵泥石作之聽僧四方僧私畜又聽因地作火鑪諸比丘過中用鉢飲佛言過中不應用鉢飲聽別作飲器用銅鐵瓦有一比丘於德叉尸羅國夏安居竟到舍衛祇洹至佛所頭面禮足白佛言如此國歠粥彼國飲麨漿願聽諸比丘晨朝飲麨漿佛言聽飲諸比丘飲時須鹽佛言聽畜鹽聽僧四方僧私畜聽作抄鹽物諸比丘便作衆生形或作人手持抄鹽佛言不聽作此諸形時諸白衣以槃器奠食與諸比丘諸比丘不敢受便譏訶言沙門釋子不堪受供養以是白佛佛言聽受有諸比丘於鉢中歠粥苦熱不可捉佛言聽別作歠粥器諸比丘擎食患重佛言聽安机諸比丘便作種種形脚机佛言不聽作諸比丘至白衣舍白衣以種種形脚机下食諸比丘不敢食佛

言白衣家聽受但不聽自畜諸比丘須犍瓷
佛言聽畜用銅鐵瓦石作有諸白衣持粥與
諸比丘諸比丘不知著何處分之佛言聽作
盆杅安環耳行粥時應問別有病人粥不若
無應先與病人時毗舍佉母欲令衆僧於住
處煑粥佛言聽諸比丘不知著米處佛言應
著廢席上米中有穀不知云何佛言聽畜臼
杵令淨人伐之不知以何物簸米佛言聽畜
簸箕諸比丘須釜佛言聽畜用銅鐵瓦石作
諸比丘須杓佛言亦聽作除漆樹餘木皆聽
用有病比丘欲得美粥佛言聽淨人爲作若
無淨人聽比丘淨洗燒器著水令淨人洮豆
米著中比丘然後然火粥熟更從淨人受持
與病人諸比丘米多無著處佛言聽細泥一
房淨掃地以安之米盡諸比丘往聞米皃佛
言聽香泥泥地

佛在拘薩羅國遊行人間與大比丘千二百
五十人俱到都夷婆羅門聚落在道側娑羅
樹下敷座坐息佛便微笑阿難作是念諸佛
不以無緣而笑今佛微笑必有因緣即偏露
右肩胡跪問佛佛言阿難過去世時有王名
禁寐有一女生時自然著金華鬘即集諸臣
議爲作字皆言應問相師婆羅門即勑相師
皆集令爲作字相師言此女生著自然金華
鬘應字爲摩梨尼即用字之王甚愛重訪問
國中與同日生女取給左右時國內有五百
女人與同日生皆録其名以充驅使年旣長
大王所供養五百婆羅門勑令供養告言汝
當如我日作五百釜羹隨彼所好而供養之
女即如勑供養諸婆羅門令竟輒與五百女

人乘四馬車遊戲園觀從園至園從觀至觀日日常爾時迦葉佛於一園中住御者至佛住園輒迴車不入女問御者我於國界無園不入汝何故常避此園答言此中有一禿頭沙門名曰迦葉不宜見之是故不入女言沙門迦葉何豫人事便可迴車入此園觀即迴車入盡通車處步進園中遥見迦葉佛容顏殊特猶若金山見已發歡喜心前至佛所頭面禮足却住一面佛爲說種種妙法示教利喜乃至見法得果已受三歸五戒從坐起禮佛足右遶而去去不久作是念我常以五百釜羹日再供養五百婆羅門此非福田不應受施寧可更作極美飲食供養迦葉世尊念已勑作日送供養時諸婆羅門聞摩梨尼已作迦葉佛弟子更以上饌供養迦葉生嫉妬心作是議我等當作方便共殺此女於時禁寐王夜得十一種夢夢見樹長四指便生華夢見華即成果夢見犢子耕大牛住視夢見三釜竝煮飯而兩邊釜飯各跳相入不墮中央夢見駱駝兩頭食草夢見馬母反飲駒乳夢見金鉢於空中行夢見野狐屎金鉢中夢見獼猴坐金牀上夢見賣牛頭栴檀猶如腐草夢見水中央濁四邊清淨旦集諸群臣廣說上夢而訪問之爲是何夢衆臣言應問相師婆羅門即召問之諸婆羅門作是念我等志殺此女今得之矣便語王言此夢不吉或當失國或以命終王又問頗有方便免斯災乎答言有而是王所愛念必不能用王言但說相師言王某甲象某甲馬某甲大臣某甲大婆羅門將五百特牛五百水牛五百牸犢

五百特犢五百羖羊五百羝羊王女摩梨尼及其五百眷屬却後七日於四衢道中殺以祠天此災可滅若不作是禍不可免王聞信之即勑令辦便呼其女具以事語聽六日内隨意所願女白王言甚不惜死願第一日與城中人民男女大小到迦葉佛所王即聽之於是悉召城内前後圍遶往到迦葉佛所佛爲説種種妙法示教利喜乃至見法得果受三歸五戒願第二日與王衆臣共往佛所願第三日與諸王子共往佛所願第四日與諸王女共往佛所願第五日與王夫人婇女共往佛所願第六日與王共往佛所王悉聽之皆見法得果受三歸五戒亦如上説王得果已以十一種夢問迦葉佛此夢有何報應佛言此十一夢乃爲當來不爲今也夢見小樹生華者於當來世有佛出於百歲人中名釋迦牟尼如來應供等正覺爾時人年三十便已頭白夢見華即成果者爾時二十歲人便已生兒夢見犢子耕大牛佳視者爾時人兒領家事父母不得自在夢見三釜竝煑飯兩邊釜飯各跳相入不墮中央釜者爾時富者更相惠施而貧者不得夢見駱駝兩頭食草者爾時王有群臣旣食王禄復取民物夢見馬母反飲駒乳者爾時母嫁女已反從求食夢見金鉢於虛空中行者爾時雨不時節亦不周普夢見野狐尿金鉢中者爾時人民唯富是婚不擇本姓夢見獼猴坐金牀上者爾時國王用非法治政暴虐無道夢見牛頭栴檀賣與腐草同價者爾時釋種沙門貪利養故與白衣説法夢見水中央濁四邊清者爾

時佛法中國先滅邊國反盛佛言王十一夢所爲如此於大王身無有不祥王即於座上勑諸群臣所欲祠天之牲今悉施以無畏吾從今寧自失命不故殺生況殺人乎不故傷蟲蟻況女及諸人等乎佛告阿難彼迦葉佛般泥洹後其王爲佛起金銀塔縱廣半由旬高一由旬累金銀墼一一相間今猶在地中佛即出塔示諸四衆迦葉佛全身舍利儼然如本佛因此事取一摶泥而説偈言

雖得閻浮檀　百千金寶利　不如一摶泥
爲佛起塔廟

示已還復故處佛便以四摶泥泥塔沒處千二百五十比丘亦各上泥四摶於是諸比丘欲於所泥處爲迦葉佛起塔佛言聽起即便共起是時於閻浮提地上最初起塔其後諸比丘欲爲阿羅漢諸聲聞辟支佛起塔佛言聽有四種人應起塔如來聖弟子辟支佛轉輪聖王諸比丘欲作露塔屋塔無壁塔欲於內作龕像於外作欄楯欲作承露槃欲於塔前作銅鐵石木柱上作象師子種種獸形欲於塔左右種樹白佛佛皆聽之時諸外道亦自作塔種種供養衆人見起信樂心諸比丘作是念佛若聽我等種種供養塔者衆人亦當起信樂心佛亦聽之諸比丘便自歌舞以供養塔諸白衣譏訶言白衣歌舞沙門釋子亦復如是與我何異諸比丘以是白佛佛言比丘不應自歌舞供養塔聽使人爲之聽比丘自讚歎佛華香旛蓋供養於塔諸比丘乞食時得華不敢受諸白衣譏訶言沙門釋子不堪受供養又不欲供養塔諸比丘以是白

佛佛言聽受不知著何處佛言聽作三種囊華囊食囊漉水囊有諸比丘自行採華從一聚落至一聚落出聚落外爲賊所剥諸白衣譏訶言此諸沙門正似結華鬘師若華鬘弟子佛言不聽出聚落外採華諸比丘以繩連華供養白衣所訶亦如上說佛言不應以繩連但散用供養若有萎華其外青者皆聽擿去手三揍莖華自開好佛在舍衛城爾時諸比丘養爪令長生染著心不樂修梵行遂有反俗作外道者諸白衣譏訶此諸沙門如受欲人修飾手爪無猒離心有一比丘長爪入聚落乞食一女人見呼共行欲比丘言我出家人不作此事女人言若不從我我當與汝作惡名聲便以爪自爴破傷衣肉大喚言比丘强牽挽我我不從之輒便爴我破衣傷肉衆人來看有信有不信信者言此比丘爪長必作此事不信者言此女人由來不良謗比丘耳皆共譏訶云何比丘畜此長爪諸比丘以是白佛佛言不聽養爪令長犯者突吉羅聽畜截爪刀一頭作挑耳物有諸比丘染爪令赤諸白衣譏訶諸比丘以是白佛佛言不應爾犯者突吉羅時諸比丘爲飾好故作衣佛言不聽爲飾好故作衣犯者突吉羅有一比丘守僧房送食比丘來遲緣樹望之墮樹折脇佛言不聽上樹犯者突吉羅有諸比丘小小因緣須上樹佛言聽上不得上過人處有諸比丘欲於高樹頭取枯枝爲薪佛言聽緣梯取不得緣樹復有諸比丘遇水火惡獸賊難欲上樹不敢遂爲所困佛言如此諸難聽任意上有二比丘共道行無漉水囊渴欲

飲水見中有蟲一比丘飲一比丘不飲而死飲水比丘往至佛所以事白佛佛言彼比丘有慚愧心乃能守戒而死從今不聽無漉水囊行犯者突吉羅有諸比丘欲近處行無漉水囊便不敢去佛言聽於半由旬內無漉水囊行復有二比丘共道行一比丘有漉水囊一比丘無不相借極渴乏以是白佛佛言我先不制無漉水囊行不得過半由旬耶若自無漉水囊有衣角可漉水者聽欲行時心念用以漉水亦聽畜漉水筒諸比丘便用金銀寶作佛言不應爾聽用銅鐵竹木瓦石作之以十種家施衣細者漫口不聽用糞掃衣犯者突吉羅時舍利弗患風有一呵梨勒果著牀脚邊瞿伽離來以是上座驅舍利弗舍利弗即避之忘呵梨勒瞿伽離見語諸比丘世尊讃歎舍利弗少欲知足而今藏積我等所無舍利弗聞作是念我今云何以此小事墮譏嫌中便取棄之諸比丘語言大德風患所須勿棄此藥可還取之答言以此小物乃使同梵行人致此嫌怪我已棄之終不復取諸比丘以是白佛佛言舍利弗不但今棄此藥不肯復取過去世時亦曾如是乃往過去有一黑蛇螫一犢子還入穴中有一呪師以粘羊呪呪令出穴不能令出呪師便於犢子前然火呪之化成火蜂入蛇穴中燒螫黑蛇蛇不堪痛然後出穴粘羊以角抄著呪師前呪師語言汝還舐毒不爾投此火中黑蛇即說偈言

我旣吐此毒　終不還收之　若有死事至
畢命不復迴

於是遂不收毒自投火中佛言爾時黑蛇者舍利弗是昔受如此死苦猶不收毒況今更取所棄之藥從今聽諸比丘畜藥六群比丘便多積聚藥諸白衣譏訶言此諸沙門爲欲作醫爲欲販賣自言少欲知足而無猒足諸比丘以是白佛佛言不應多畜藥聽畜種種雜藥各一阿陀羅若有長病聽隨宜更畜有諸比丘無刀用竹蘆片割衣衣壞佛言聽畜割截物刀諸比丘便作大刀賊來得以害比丘佛言不聽作大刀犯者突吉羅聽長一指一邊作刃以木作柄除漆樹諸比丘得針不敢受佛言聽受畜之諸比丘便多畜佛言不應多畜聽畜三針餘者淨施時毗舍離阿跋耶住處下濕多蚊虻蒸熱諸比丘患之佛言聽畜扇拂諸比丘用馬尾作拂殺蟲佛言不

聽用馬尾作拂犯者突吉羅有諸比丘以鉢盛食著地黦之佛言聽作鉢支用銅鐵牙角瓦石竹木除漆樹乃至結草著下亦聽有諸比丘鉢熏剥脱佛言應更熏諸比丘與作人食不量多少雖多猶瞋佛言聽畜斗斛升合僧四方僧及私亦聽畜亦應有一儲備諸比丘雇作人酥油蜜石蜜不稱與雖多猶瞋佛言聽畜稱亦如上時諸比丘學書諸白衣譏訶言沙門釋子何不勤讀誦用學書爲諸比丘以是白佛佛言不聽學書後諸比丘差會次不知書記隨忘佛言聽學書但不聽爲好廢業諸比丘欲學呪呪蜂蛇等諸毒佛言聽學諸比丘畜田宅店肆諸白衣譏訶我等有妻子累故畜田宅店肆諸比丘亦復如是與我何異諸比丘以是白佛佛言皆不聽畜犯

者突吉羅有諸白衣以田宅店肆布施僧諸比丘不敢受便復譏訶言此諸比丘不堪受供養以是白佛佛言聽僧受使淨人知有諸比丘往問訊富蘭那迦葉末伽離等諸外道師佛言不應問訊犯者突吉羅諸比丘學種種卜諸白衣譏訶言沙門釋子不能自淨其見何能知未然事諸比丘以是白佛佛言不聽犯者突吉羅諸比丘學迷人呪佛言不聽犯者偷蘭遮諸比丘學起死人呪佛言不聽犯者偷蘭遮諸比丘問卜相師欲自知吉凶佛言不聽犯者突吉羅諸比丘讀誦外書諸白衣見譏訶言此沙門釋子不信樂梵行捨佛經戒讀誦外書諸比丘以是白佛佛言不聽有諸比丘與外道論不知羞恥念言佛聽我等讀誦外書者不致此恥佛言為伏外道聽讀外書但不得隨書生見有諸比丘多畜小小銅塸諸白衣譏訶言此沙門釋子多畜此器與我何異諸比丘以是白佛佛言不聽多畜小小銅塸犯者突吉羅有婆羅門兄弟二人誦闡陀鞞陀書後於正法出家聞諸比丘誦經不正譏訶言諸大德久出家而不知男女語一語多語現在過去未來語長短音輕重音乃作如此誦誦佛經諸比丘聞羞恥二比丘往至佛所具以白佛佛言聽隨國音誦但不得違失佛意不聽以佛語作外書語犯者偷蘭遮有諸比丘不繫下衣入聚落墮地露形諸女人笑之羞慚佛言不聽不繫下衣入聚落犯者突吉羅聽畜腰繩諸比丘作腰繩太長繞腰四五帀佛言不聽長極可二三帀諸比丘作腰繩太闊佛言聽廣極至四

指挾不減一指諸比丘以雜色綖作佛言不聽聽隨用一色有諸比丘著輕衣入聚落風吹露形諸女人笑羞恥佛言聽作衣紐鉤鉤之應用銅鐵牙角竹木作鉤除漆樹乃至作帶帶之諸比丘一向著衣下易壞佛言聽顛倒著之上下皆安鉤紐及帶有諸比丘誦咒時不噉鹽不眠牀上稱言南無婆伽婆生疑我將無墮異見受餘師法耶以是白佛佛言神呪法爾但莫墮其見爾時慈地比丘語盧夷力士子言陀婆比丘與汝婦通盧夷聞已即問陀婆汝實爾不陀婆不答盧夷便言陀婆犯欲羞恥無辭答我諸比丘以是白佛佛言聽與盧夷力士子作覆鉢白二羯磨一切不得復入其家應一比丘唱言大德僧聽盧夷力士子虛謗陀婆淫通其婦僧今與作覆鉢羯磨一切不得往入其家若僧時到僧忍聽白如是大德僧聽盧夷力士子虛謗陀婆淫通其婦僧今與作覆鉢羯磨一切不得往入其家誰諸長老忍默然不忍者說僧已與盧夷力士子作覆鉢羯磨竟僧忍默然故是事如是持若僧與作覆鉢羯磨一切四衆皆不得與來往語言有諸比丘與諸優婆塞小小諍訟便與作覆鉢羯磨佛言不應以小小事便與白衣作覆鉢羯磨若成就八法乃應作之若優婆塞於諸比丘前毀呰三寶及戒欲不利諸比丘與諸比丘作惡名聲欲奪比丘住處犯比丘尼是爲八阿難白衣時與盧夷親厚佛告阿難汝往盧夷所語言僧已與汝作覆鉢羯磨阿難受教往到其門守門人白阿難在外彼言令入阿難語言我今不得

復入汝門盧夷聞之便疾出問汝忽何故不入我門答言僧已與汝作覆鉢羯磨一切四衆不得來往共汝語言盧夷言若如汝語便是殺我悶絶倒地阿難言汝起往謝陀婆僧當與汝解覆鉢羯磨盧夷即從地起往到佛所頭面禮足白佛言我實不見陀婆與我婦通慈地語我信其語耳佛言汝可辭謝陀婆僧當與汝解覆鉢羯磨受教即往陀婆所頭面禮足手捉其脚白言我愚癡故信於人言誹謗大德願受我悔過陀婆比丘即爲受之盧夷既辭謝已還到佛所白言我已辭謝陀婆比丘竟佛告諸比丘聽僧白二羯磨爲解之盧夷力士子應至僧中偏袒右肩脫革屣一一禮僧足胡跪合掌作如是白大德僧聽我盧夷力士子虛謗陀婆與我婦通僧與我作覆鉢羯磨不聽一切四衆來往我家我已辭謝陀婆竟今正順僧從僧乞解覆鉢羯磨願僧慈愍故爲我解之如是三乞應一比丘唱言大德僧聽盧夷力士子虛謗陀婆淫通其婦僧與作覆鉢羯磨不聽一切四衆來往共語其已辭謝陀婆從僧乞解覆鉢羯磨僧今與解若僧時到僧忍聽白如是大德僧聽盧夷力士子虛謗陀婆乃至僧今與解誰諸長老忍默然不忍者說僧已與盧夷力士子解覆鉢羯磨竟僧忍默然故是事如是持有諸優婆塞以小小瞋嫌比丘便不復敬信佛言優婆塞不應以小小事不敬信比丘若比丘成就八法然後不應敬信毀呰三寶及戒欲不利諸優婆塞與優婆塞作惡名聲欲奪優婆塞住處以非法爲正欺優婆塞是爲八

若優婆塞瞋比丘比丘不應往其家若聚落皆瞋比丘比丘不應住此聚落

彌沙塞部五分律卷第二十六

音釋

擿他歷切挑也⿱髟并必郢切⿱髟并餈也螫施隻切蟲毒也裸魯果切赤體也虱色櫛切揵瓷梵語也此云淺鐵鉢今之鐼于也揵渠焉切瓷音茨鐼音訓杅雲俱切器名簸補火切簸箕揚米器也洮徒刀切澄汰也臰尺救切腐氣也鬘莫班切牸疾置切牝牛也羖果五切牡羊也揵居言切犗也捼奴禾切兩手相切摩也⿰國爪厥縛切爪持也⿰羊古果五切與羖同舐甚爾切舌餂物也塸烏侯切

彌沙塞部五分律卷第二十七

宋罽賓三藏佛陀什共竺道生譯

第五分第三雜法之二

時跋難陀捉蓋著革屣絡囊盛鉢掛杖擔行有優婆塞共一外道弟子在後遥見謂是外道語外道弟子言看汝師在路行無有威儀外道弟子言汝弟見無威儀者皆謂是外道而今此人實是釋子二人共諍遂便共賭遂及問之果是釋子優婆塞旣輸所賭又大慚愧諸比丘以是白佛佛言不聽作此儀法在道路行犯者突吉羅有諸比丘在路行爲塔得蓋繖不受諸居士譏訶此沙門釋子不欲供養塔佛言聽受但不得如外道威儀持行有諸老病比丘須拄杖絡囊盛鉢乞食佛言聽從僧乞彼比丘應至僧中乞言大德僧聽我某甲比丘老病今從僧乞聽拄杖絡囊盛鉢乞食願僧聽之如是三乞僧應籌量應與不應與若實不老病不應與若實老病應白二羯磨與之一比丘唱言大德僧聽此某甲比丘老病今從僧乞聽拄杖絡囊盛鉢乞食僧今聽之若僧時到僧忍聽白如是大德僧聽此某甲比丘老病乃至僧今聽之誰諸大德忍默然不忍者說僧已聽某甲比丘老病拄杖絡囊盛鉢乞食竟僧忍默然故是事如是持有諸比丘欲畜杖絡囊佛言應作僧所羯磨人有而畜杖絡囊若有覩里比丘尼亦聽作彼有而畜有諸比丘觸雨乞食壞衣色佛言聽捉蓋至門放地乞食得已還捉持去有諸比丘持蓋乞食還著温室講堂食處餘溜濕地成泥佛言聽作屋安之勿令相妨有

諸比丘欲私作蓋佛言聽作方圓隨意木作頭子除漆樹若葉若草作覆亦聽十種衣一一衣覆之僧四方僧及私皆聽畜亦聽長一以爲備豫有一比丘患眼佛言聽著眼藥灌鼻以油酥摩頂上以鹽酥摩脚下諸比丘不知用何物作灌鼻筒佛言除漆樹餘竹木銅鐵牙角作之有一比丘名瞿夷食後輒呞諸比丘見疑犯非時食以是白佛佛言諸比丘此比丘前五百世常生牛中餘報生人間凡有所食非呞不消從今如此等比丘非時呞無犯有諸比丘或依止僧住或依止四方僧住或依止塔住無人教誡愚癡無知不能學戒以是白佛佛言不聽依止僧四方僧及塔住犯者皆突吉羅聽依止上座及如法比丘能教誡者時諸比丘同覆眠更相觸身生染著心不樂修梵行佛言不聽同覆眠犯者突吉羅若無衣覆者聽異襯身衣上得覆同若住處迮不相識聽同牀坐皆不得眠若眠突吉羅有一阿練若處野火欲至不知云何以是白佛佛言汝往滅之受教往滅不能令滅還白佛佛言可以我名語火神言世尊欲令汝滅受教往語火即滅還白佛佛言此火神不但今世聞我名火便滅過去世時海中有洲於七歲中常爲火所燒彼洲上叢草中有雉生一鷇父母見火欲至便捨而去其鷇於後張舒翅脚示火神說偈言

有脚未能行　有翅未能飛　父母見捨去
唯願活我命

火神即以偈答

卵生非所求　而今從吾乞　我今當施汝

四面各一尋

佛言爾時雉鷄者則我身是火神者今火神是昔已爲我滅火今復爲我滅之若野火來時應打揵椎若唱令僧同集使淨人刈左右草以火逆燒水土澆坌濕衣撲滅有諸住處塔中旛蓋盈長棄於庭中縱横踐蹋諸白衣譏訶言此諸沙門不惜他物毀敗供養非沙門法諸比丘以是白佛佛言除佛辟支佛塔餘塔長物聽作四方僧用若此塔後須取四方僧物還之時諸比丘噉生熟蒜前食後食無時不噉亦空噉之房舍臭處諸白衣入房聞臭譏訶言此諸沙門住處蒜臭猶如庖厨諸比丘以是白佛佛言不聽無因縁噉蒜若有因縁噉時不得在諸比丘上風行立有一比丘以小因縁噉蒜 如來說法不敢往聽佛問何故不來聽法答言世尊不聽噉蒜在諸比丘上風行立是以不敢佛種種訶責比丘比丘汝愚癡人所作非法貪食臭穢失於無量法味之利訶已告諸比丘從今不聽以小因縁噉蒜犯者突吉羅噉蒜比丘應正順諸比丘正順者七日不得入温室講堂食堂浴室廁上他房聚落塔邊過七日後卧具應抖擻抖擻應浣者浣應曬應香熏者香熏曬掃房中遍泥其内自浣衣服洗浴身體然後入時諸比丘畜大銅甌諸白衣見問言此是誰器有人答言是諸比丘許便譏訶言此沙門如玉大臣何用畜此大銅甌爲諸比丘以是白佛佛言從今不聽畜大銅甌若畜一升以上突吉羅時諸比丘處處小便臭處不淨諸白衣譏訶言此沙門釋子有威儀法小便無

有常處臭處不淨有一比丘在不應小便處小便鬼神捉其男根牽至屏處語言大德應在此處小便諸比丘以是白佛佛言不聽漫小便應屏處作處所犯者突吉羅有諸客比丘不知小便處佛言聽問舊比丘有諸老病比丘不能至小便處佛言聽畜小便器諸比丘便內小便器著房中臭處佛言不應著房中諸比丘既著房外惡蟲入中佛言若須內房中應密塞口若著房外與水滿中有諸比丘處處大便諸白衣譏訶如上佛言不應爾聽屏處掘地作廁屋覆上作上下道及欄隔廁滿應除去若生蟲應作坑安之若未生蟲持麩末著廁埳中蟲即不生有諸比丘不嚼楊枝口臭食不消有諸比丘與上座共語惡其口臭諸比丘以是白佛佛言應嚼楊枝嚼楊枝有五功德消食除冷熱涎唾善能別味口不臭眼明有諸比丘趣嚼木佛言有五種木不應嚼漆樹毒樹舍夷樹摩頭樹菩提樹餘皆聽嚼時諸比丘欲莊嚴自恣處佛言聽莊嚴至自恣日竟夜說法經唄不知誰應作佛言應差能者諸比丘以小病辭不肯說法經唄佛言不應以小病辭說法經唄有住處諸惡獸來入佛言聽打鼓打木大喚作聲及然火有住處毒蟲來入佛言應取遠棄諸比丘手捉蟄手佛言聽以物挾著瓶中持去有住處不閉戶失衣鉢佛言應作關鑰令人不知開舍利弗患風波斯匿王語言應以乾蝦蟆熏鼻不敢用佛言聽用有比丘欲染衣佛言聽用根莖華葉皮染有比丘欲染欽婆羅佛言聽用尸尸婆樹佉他羅樹胡桃樹染諸

比丘便染作純黑色佛言不應作純黑色衣難陀有三十二相雖不及佛諸比丘遥見謂是世尊恒爲之起難陀慚愧不知云何以是白佛佛言聽難陀作衣與佛衣異相有諸比丘受阿練若十二頭陀法不捨在人間住受請乃至受屋舍等以是白佛佛言一一皆突吉羅聽近聚落乃至一拘盧舍若不能皆應捨有諸比丘祀祠鬼神佛言不應爾犯者突吉羅不得爲鬼神及外道師作塔亦如是有諸比丘既作鬼神塔鬼神依之後壞鬼神瞋佛言已作不聽壞犯者突吉羅有比丘大小便鬼神塔中或左繞而去鬼神瞋佛言不應爾犯者突吉羅若路從左邊去聽隨路行有諸比丘刻木作男女像鳥獸形又作種種戲具與白衣小兒佛言不應作與犯者突吉羅有比丘自歌舞教人歌舞自作樂教人作樂佛言不應爾犯者突吉羅　雜法竟

第五分第四威儀法

佛在舍衛城爾時有一婆羅門出家好淨過常自惡大小便用利廁草割傷其肉血汙衣服及僧卧具諸比丘種種訶責汝尚自惡大小便云何能看諸比丘病以是白佛佛言不聽用廁草時諸比丘裸形上廁諸白衣譏訶言此比丘正似尼揵子諸比丘以是白佛佛言不應裸形上廁裸形上廁突吉羅有阿練若處比丘去廁遠急大便不能忍至廁以是白佛佛言良不能忍聽未至廁四向顧望無人便起有比丘先在廁中後有比丘不繫念上廁不彈指不謦欬逕入突之先比丘羞慚恨責後比丘悔謝又上廁比丘雖彈指而廁

中比丘不作聲亦入致恨俱以白佛佛言不應散亂心上廁散亂心上廁突吉羅今爲諸比丘制上廁等初應學法是中比丘應盡形壽學若不學突吉羅

若比丘上廁時應一心看前後左右至廁前謦欬彈指令廁中人非人知廁中人亦應彈指謦欬既入廁復應看前後左右仰屋間無蛇蚖毒蟲不不應以衣突戶兩邊好收斂之一心安足勿令前却以汙廁上若先有汙及已所汙皆應治事須洗洗之須拭拭之須除草穢除之然後出去除下護衣勿使汙穢往小便處及洗大小便處亦應如是若用水時應先看水有蟲無蟲不得多用水然要使周事以器捲水極令安徐不得使器相振以致破損用水若盡應更取使滿量有急事要應取令得一人用覆頭而去有諸比丘於廁邊坐禪眠卧染縫衣服受經經行妨諸比丘上廁諸比丘以是白佛佛言不應爾有諸比丘住處狹小不得避廁以是白佛佛言若住處狹小聽以衣物遮之令不相妨有諸比丘於廁上嚼楊枝諸比丘惡賤又妨諸比丘上廁以是白佛佛言不應爾有諸比丘廁邊嚼楊枝佛言亦不應爾有諸比丘嚼楊枝竟插著廁壁鉤壞諸比丘衣或傷其肉佛言不應爾諸比丘嚼楊枝竟著樹根下樹神瞋恨佛言不應爾有諸比丘大便竟無物雪拭汙身衣服佛言聽用廁草諸比丘便用竹片蘆片傷壞其肉佛言不應用利物作廁草應削去楞除漆樹餘木盡聽用諸比丘作廁草太長或太短或麤或細佛言應使得中諸比丘用廁

草竟著廁孔中佛言不應爾諸比丘散亂擲廁草著地佛言應作器盛若滿見者應除著坑中若數火燒諸比丘洗大小便汙手佛言聽用灰土牛屎淨洗諸比丘洗大小便竟以手揩壁洗之壞諸墻壁佛言不應揩壁應以甎石揩洗諸比丘用灰土牛屎著地汙穢佛言應以器盛有諸比丘作楊枝太長佛言不應爾極長聽一搩手有一比丘嚼短楊枝見佛恭敬便吞咽之佛威神令得無患佛言不應爾極短聽長竝五指亦不應太麤太細諸比丘不住一處嚼楊枝處處汙地佛言不應爾有阿練若處比丘住一處嚼楊枝路遠妨乞食又失僧得施佛言阿練若處比丘聽一心行嚼楊枝有諸比丘臨井嚼楊枝佛言不應爾有諸比丘用楊枝竟不洗蟲食而死佛

言不應爾用竟淨洗乃棄有諸比丘乏楊枝佛言聽截去已用處餘更畜用有一比丘以盛革屣囊盛楊枝革屣糞汙之佛言應更以餘物盛有諸比丘於温室講堂食堂作食處和尚阿闍黎上座前嚼楊枝佛言不應爾有諸比丘病和尚阿闍黎上座看之不敢於前嚼楊枝佛言病時聽諸比丘白衣前嚼楊枝白衣譏訶言沙門釋子惟勤治齒佛言不應爾諸比丘便不敢於一切白衣前嚼楊枝佛言不應爾若貴白衣不應於前嚼有諸比丘於外道前嚼楊枝亦如上訶責佛言亦不應爾諸比丘便不敢於一切外道前嚼楊枝彼便復言沙門釋子恭敬我等不敢於我前嚼楊枝佛言不應爾若能於佛法作損益者不應於前嚼佛言我爲諸比丘制上廁等初學

法應盡形壽持

時有一乞食比丘不繫念在前入他家不憶出處更從餘處出見一女人在屋中露形仰卧見已恐怖疾疾走出彼家主還見比丘恐怖疾出作是念此比丘於我家内必有事釁即看家中見婦露形仰卧便謂已通其婦急追比丘語言小住汝於我家作如是如是事比丘答言汝莫作是語我比丘法不作是惡彼人不信打之幾死奪衣鉢而放彼比丘既還僧坊具向諸比丘說諸比丘種種訶責汝云何不繫念在前入他家不憶出處以是白佛佛言今爲乞食比丘制初學法應盡形壽學若不學突吉羅

乞食比丘應一心早起下牀著革屣取内衣著抖擻去塵腰繩亦如是齊整著下衣從脚跟下上量一搩手左掩其上兩邊兩襵當後兩襵應抽繫繩徐取行路革屣不應錯著一心取僧伽梨及鉢洗鉢時應互跪不得立若洗鐵鉢聽離地一尺蘇摩鉢離地四指瓦鉢二者之中洗竟不應著危嶮處亦不應著上有物墮處不得不拭著日中曝應可飲水著蔭中應洗鉢水著日中若出去時應一心若須開戶下鉢著兩脚間然後開之鉤鑰應藏勿令人見去聚落不遠其地平正有好軟草以鉢著上已抖擻僧伽梨及中下衣齊整著之左手襵衣右手擎鉢低頭視前而去應善取階巷相善分別他門閤相至門閤相應彈指謦欬叩使作聲若内有人非人令知若入門已應籌量應於何處立若有人言大德來入便一心入若人與食不應臨食上受若女

人授食不應共語不應諦視不應取好惡相若一家足者善若不足復至餘家足然後止得食已出聚落離人遠應下鉢著地脫僧伽梨抖擻去塵若有泥汙應淨除拭還襵著肩上歸到住處開門入以衣鉢著常著處抖擻革屣揩拭令淨然後一心洗脚拭使燥還著革屣向房開房戶入舉衣鉢著本處若欲以油塗脚聽塗脚底淨掃食處敷坐具取淨水辦拭手脚巾若住處先有生熟菜若酒鹽醬應豫受著一處洗盛長食器量食有長應先減著中若見上座持食後還應起迎爲捉衣鉢著上座本處語言衣鉢在此爲脫革屣有土者著戶外時至打揵椎若唱令集坐集坐已先遍行盛長食器若有長者應減著中若有少者應就取足然後行行菜醬若當食時有比丘後來應授水與彼若授水與長食器中食若不受水彼則已食衆食已應收坐具掃地除糞遠棄淨洗盛長食器覆著本處舉水瓶先到和尚阿闍黎房中應有所作作之然後還房若讀誦若坐禪若經行以清淨心除諸蓋纏和尚阿闍黎亦不得以小小事留弟子若和尚阿闍黎當爲四衆說法弟子應掃除說法處敷坐具具水瓶拭手脚巾若有非時漿應淨漉著一處說法竟還舉坐具諸物若和尚阿闍黎須洗浴應辦浴具若須冷取冷須煖爲煖師即入浴室應白須已入不若須便入若入應在背後師出應扶侍須還房而不能去者應背負若衣轝須非時漿應與若令呼某甲比丘應爲呼若須燈應然燈若無燈授飲時應白言飲在此已淨漉竟夜

應問師須在此宿不若言須則住若言不須應還房如上行道清且應往問訊得安眠不應爲求前食後食粥𠆵鉢那若僧中有應爲請分若有次請處亦應請分若師欲入聚落應問須著輕重衣授與之師若言汝隨我去應隨去至他家若不得入門不應恨若入門不得坐亦不應恨應立師背後若檀越與食應受若不得亦不應恨師有殘食與取噉亦不應恨若在白衣家說法不應亂語若師出鄙拙之言應令覺知師歸從歸如上行道是爲阿練若比丘乞食初學法應盡形壽持時衆多比丘於一住處夏安居既結坐已無人勸佐作前食後食及粥𠆵鉢那諸比丘安居中極乏食自恣竟便去去後舊住比丘向諸居士說言汝等應生欣慶心有如是如是好比丘住此安居諸居士言若爾我等不善與汝等共作知識云何有如是如是好比丘來而不語我我常遠請困不能得而今自來不得供養時六群比丘至他住處語舊住比丘言與我開房戶敷卧具即安處之六群比丘中一比丘先入不繫念在前蛇從上墮螫殺餘比丘啼哭懊惱諸長老比丘疾出問之以事而答諸長老比丘訶責言云何不繫念在前入於空房諸比丘以上事俱白佛佛言今爲客舊比丘制初學法應盡形壽學若不學突吉羅

若舊住比丘聞上座客比丘遊行人間當來至此應修飾房舍抖擻牀席曬卧具掃除房內鏟治房前取淨水覆著一處辦拭手脚巾若聞來至應出門迎令下座比丘爲捉衣鉢

既入已爲敷座給洗脚水爲洗脚授拭手脚巾及革屣巾若客上座衣物眷屬多應與二房應問襯身衣何似隨上中下衣與所宜卧具客比丘若病應與近廁房若須浴爲辦浴具若須非時漿亦應與應竟夜爲集説法明旦爲辦前食後食及粥怛鉢那請留夏安居勸化一切令設供養彼客比丘欲至僧坊若先反抄衣應下之若先扠腰不應復扠若先戴衣應下著肩上脱革屣抖擻拭令淨以草葉裹持入入已應一處坐小息應問舊比丘何者是上座房知處已應往禮拜問訊共語若日早應禮塔禮塔已次第禮諸上座然後洗手脚洗手脚已應問此住處誰是分僧卧具人知已往問我若干歲有房分不若言有便言與我若與復應問此房先有人住不若言無應到房户前先以瓦石擲房中聽聲若有聲不應入若無聲便開户避户前若無物出然後入小待眼明遍看房中以杖案牀上視牀下地無毒蟲不徐徐開窻若日早應出卧具抖擻曬若先無卧具應至分卧具比丘邊索若得取敷復應問彼房初夜何所畏中夜後夜復何所畏若言初夜畏阿練若賊應問我當作何計若答應作如是自防應受用之中夜後夜亦如是復應問此房有食無此聚落作食爲早晚何處巷僧與作學家羯磨何處巷僧與作覆鉢羯磨何處巷有惡狗何處巷有淫女年長德女及寡婦此中何處布薩何時布薩何處是歡粥處何處是食處其中若有僧事皆應疾赴不得稽留是爲客舊比丘初學法應盡形壽持

佛在王舍城爾時有衆多居士請僧食或有諸比丘方著衣者或食者或有已還脱衣者或有持鉢欲往者或有已還洗鉢者或有始出僧坊者或有已還始入者或有始食竟者或有始欲食者諸居士譏訶言餘外道尚知俱就請俱時食而沙門釋子反無法則我等不知誰已食誰未食諸長老比丘聞種種訶責以是白佛佛言令爲上座諸比丘制食時初學法應盡形壽學若不學突吉羅

若有白衣請僧彼白衣家常出入比丘應爲白上座上座應令遍語諸比丘令受其甲檀越請皆齊集整持威儀並遣主人出入比丘先語令知至若日早食未辦上座須至餘處聽將一比丘去要當速還不得稽於集時入請家門皆應繫念在前知次坐處留未至者處有繩牀未有繩以衣覆上比丘不知坐時及倒露形羞慚佛言若欲坐時先以手案然後坐有諸比丘坐繩牀上敷急裂破佛言應先舉敷令緩然後坐若檀越行水時應問有承水器不若有不應令水墮地若無不應令水聚一處成泥若得根莖葉果不知噉者應待左右人食然後噉之有比丘下食未遍便食白衣譏訶言此諸比丘不待等得食便食甚於小兒佛言不應爾要須等得然後聽食有處僧多上座不知等得食時佛言應高聲唱僧跋諸比丘食竟默然而去諸白衣譏訶言諸餘外道食人食竟皆呪願而去沙門釋子默然無言施主不知悦意以不佛言上座應呪願已去諸比丘去不待上座佛言聽上座八人相待餘人隨意有一住處舍利弗最

上座羅睺羅最下座受請主人以酥羹與上座油羹與次座澤枯羹與下座羅睺羅食後往到佛所頭面禮足却坐一面佛問羅睺羅汝今日何所食羅睺羅即說偈答

食油者有力　食酥者有色　若食澤枯羹無力況有色

白佛言今日用澤枯羹食舍利弗食後往到佛所頭面禮足却坐一面佛問舍利弗汝今日何所食答言用酥羹食佛訶言汝今日不善食云何比丘上座酥食中座油食下座澤枯食舍利弗默然不答便於屏處吐食使盡佛言從今若受請時上座應語主人言一切與平等與若檀越送食來上座應語下座比丘令掃除食處敷座取淨水出盛長食器凡是所須皆應供辦時至應唱若打揵椎令齊受食若主人辦食遲應催令速勿使失時是爲上座食時初學法應盡形壽持

時有阿練若處比丘爲人懶惰不取飲水不取洗手脚水不取廁邊水時有衆多阿練若賊往求飲水答言無復求洗手脚水廁邊水答亦復無便語比丘汝等沙門釋子常具三種水今何故無答言我不取是故無賊復言今但與我水後不復來答亦如初復問何故無水答言爲人懶惰故不畜水賊便奪其衣鉢打之幾死而去復有阿練若處比丘不別星宿諸賊寄宿語比丘言我等小眠欲曉語我賊小眠已問比丘早晚比丘言尚早如是三問夜已際曉猶故言早逐賊人至捉賊將去賊便瞋言比丘若語我早晚眠不至曉今被此捉便是比丘諸比丘具以白佛佛言今

爲阿練若處比丘制初學法應盡形壽持若不學突吉羅
若阿練若處比丘應善知四方相應善知機宜應善別星宿知時節早晚應記月半月日數亦應記歲月日數以何利故應知四方相若知賊來處方得以避之以何利故應善知機宜若賊來時應作是思惟爲宜避走爲宜起迎爲宜說法爲宜供當知機宜已隨而爲之以何利故應善知星宿應知初夜星相中夜星相後夜星相得以自知今是賊時今是行道時若有賊問得語早晚若賊將去放還觀星得知歸路以何利故應善知月半月日數以此知布薩日至往聚落中求悔過清淨布薩以何利故應善知歲月日數若至春時知若干日過應結夏安居安居中過若干日自恣時至應往聚落中求悔過清淨自恣阿練若處比丘應在平正處若樹下作洗脚菴安洗脚物畜洗脚水在常坐處坐若有人來應歡喜問訊若賊索水應脫革屣淨洗手擎水與之若問水冷暖隨宜答之若優婆塞索水亦應如是若外道來索水有能與佛法作損益者亦如上若無能爲便應著革屣兩手擎水與之勿使彼言比丘恭敬我
時有一比丘於聚落中乞食還不覆鉢上鵄屎墮鉢中比丘不覺食得乾痟病復有一比丘亦從聚落中乞食還不覆鉢上拘樓荼鳥銜蛇飛當鉢上失蛇墮鉢中比丘雖去上飯食下飯即死諸比丘俱以白佛佛言若於聚落中食聽住食若欲持還應覆鉢上有諸老病比丘乞食擎鉢還手寄佛言聽作絡囊盛

掛腋有諸比丘掛鉢腋下汗流汙之佛言聽以手巾幞持歸時有一比丘乞食還阿練若處賊逐後作是念若此比丘乃至不與我一摶我當殺之既至所住遥見彼賊來便請令食賊食已作是言希有汝今大得功德自施命復施我命便自說上念彼比丘以是白佛佛言若比丘持食至阿練若處若有人來應與若無人來應小待待久未有人來者比丘應先食半復未有人來應更食半最後應留一摶有諸阿練若處比丘食竟食盡賊來從比丘乞食無食與以是白佛佛言聽阿練若處比丘畜食若食難得聚落比丘應與若無淨人聽自持還淨不淨地隨意安之有諸比丘自持食還阿練若處著不淨地賊不來乞不知云何佛言應與作人若守園人若沙彌若阿練若處比丘須瓶盆器物聚落比丘應與若須卧具亦應與所行道中有樹若草妨比丘行或鉤壞衣佛言聽編草披著道外若以物遮之聽反繫樹枝著樹編繫草木時枝折葉落佛言不故不犯有阿練若處比丘晨朝來出露濕衣壞色佛言聽高著亦聽以杖撲去露近聚落應還如法著衣撲露杖藏著一處還時取歸有阿練若處比丘須土作泥佛言若無淨人聽取崩岸土若無崩岸土聽水澆地挫草布上蹋使成泥取用有阿練若處比丘行時不舉僧繩牀木牀卧具爛壞火燒佛言應舉著一處鑰戶藏戶鉤著無雨處起之而去若餘比丘往應語所藏處

時諸比丘作衣不舒張裁便截之或長或短或偏邪不得成衣更索不能得又有諸比丘

常著一衣住處亦著入聚落亦著又有諸比
丘以三衣裹果蓏草木葉牛屎有諸比丘用
食鉢除糞掃盛殘食盛過中飲盛香及藥或
不洗舉或著日中或著地或著危嶮處諸比
丘皆以白佛佛言今為諸比丘制衣鉢初學
法應盡形壽學若不學突吉羅
若比丘得新衣應先浣舒張度量然後裁截
截已應縫縫已應染顛倒曬燥染已敷地若
欲懸上下安紐若僧伽梨應如僧伽梨法畜
不得以裹諸物優多羅僧安陀會諸受持衣
亦皆如是應謹護如身薄皮持鉢應如鉢法
不得如上遇之謹護應如眼

彌沙塞部五分律卷第二十七

音釋

繖 先諫切蓋也 呞 超之切復嚼也 鶵 崇芻切鳥子也 鏂 烏侯切 埳 呼鑑切地陷也 鑰 弋約切關下牡也 棖 除庚切觸也 插 則洽切刺入也 舋 許刃切間隙也 跟 古痕切足踵也 搩 陟格切手度物 攝 質涉切猶摺也 痟 先彫切痟渴疾也 㦤 逢玉切怕也 挫 千卧切與剉同剉研也 蓏 魯果切蔓生曰蓏

彌沙塞部五分律卷第二十八

宋罽賓三藏佛陀什共竺道生譯

第五分第五遮布薩法

佛在瞻婆國恒水邊爾時世尊十五日布薩時與比丘衆前後圍遶於露地坐遍觀衆僧黙然而住初夜過已阿難從座起前禮佛足胡跪合掌白佛言世尊初夜已過衆坐已久願為諸比丘說戒世尊黙然阿難還坐中夜過已復如是白佛亦黙然後夜復白言明相欲出衆坐已久願為諸比丘說戒佛語阿難衆不清淨如來不為說戒時目連作是念今此衆中誰不清淨乃使世尊作如是語便遍觀察見一比丘近佛邊坐非比丘自言比丘非沙門自言沙門不修梵行自言修梵行成就惡法覆藏其罪不捨邪見即從座起往到其前語言如來已見汝汝出去滅去莫此中住便牽臂出著門外還坐本處佛語目連怪哉目連未曾有也此愚癡人不自知罪乃使他人牽其臂出於是阿難復從座起白佛言世尊衆已清淨願為諸比丘說戒佛告阿難從今汝等自共說戒吾不復得為比丘說所以者何若衆不清淨如來為說彼犯戒人頭破七分又告阿難大海有八未曾有阿脩羅樂居其中何謂八大海漸深潮不過限不宿死屍百川來會無復異稱萬流悉歸而無增減出眞珠摩尼珊瑚瑠璃珂玉金銀玻瓈諸寶大身衆生皆住其中同一鹹味是為八我此正法亦復如是有八未曾有諸比丘皆共樂之何謂八漸漸制漸漸教漸漸學我諸弟子於所制戒終不敢越有犯必黙不宿容之

雜類出家皆捨本姓稱釋子沙門諸善男子善女人出家多得無餘泥洹而無增減有種種法寶所謂四念處乃至八聖道分諸助道法有諸大人阿羅漢向阿羅漢乃至須陀洹向須陀洹住正法中若有入者同一解脫味是爲八時六群比丘犯罪不悔而布薩有比丘亦斆之諸比丘以是白佛佛言不應爾犯者突吉羅諸比丘猶故犯罪不悔布薩佛言應住其布薩有諸比丘或未布薩便住或布薩竟乃住如是等諸住布薩皆如住自恣中說

第五分第六別住法

時諸別住比丘度沙彌與受具足戒作依止師畜沙彌諸比丘以是白佛佛言不應爾復有別住比丘受他善比丘恭敬使令擔衣鉢華屣佛言不應爾復有別住比丘見如法比丘來便避藏恐知已別住佛言不應爾復有別住比丘請僧食還私房食佛言不應爾應在大比丘下行食復有別住比丘在如法比丘前行佛言不應爾復有別住比丘欲往白衣家共如法比丘行佛言不應爾復有別住比丘或更犯本罪或更犯餘惡罪佛言不應爾復有別住比丘於如法比丘前不披衣佛言不應爾復有別住比丘常著三衣作泥汙佛言不應爾復有別住比丘共如法比丘一牀坐或自坐好牀佛言不應爾復有別住比丘與如法比丘並經行或自在勝經行處佛言不應爾復有別住比丘受僧差說戒經唄佛言不應爾復有別住比丘作諸羯磨訶責羯磨驅出羯磨依止羯磨舉罪羯磨下意羯

磨佛言不應爾復有別住比丘住如法比丘語佛言不應爾復有別住比丘欲爲四衆說法佛言不應爾復有別住比丘不憶別住日數月半月一歲佛言應知復有別住比丘於如法比丘前反抄衣扠腰著華屣覆頭通肩覆或坐或卧佛言皆不應爾復有別住比丘不順別住比丘法佛言不應爾復有別住比丘不白客來比丘不白去比丘佛言應白復有別住比丘日日白僧佛言應布薩時白若行摩那埵應日日白復有別住比丘欲遠行白佛佛言應捨竟去應作如是捨向一如法比丘言大德聽我今捨別住法後更行之如是三說若不捨而去於路上見比丘便應自說別住諸別住比丘於路上便廣說別住諸白衣見言比比丘有何罪而悔過諸比丘以是白佛佛言路上不應廣說但言大德我某甲比丘行別住法已若干日餘若干日大德憶持彼比丘捨別住到餘處應求彼僧更行別住彼僧應聽行別住法若不聽突吉羅復有別住比丘受別住法已往無比丘處住於別住中更犯惡罪佛言別住比丘不得獨住一處不應更犯惡罪犯者皆突吉羅復有諸別住比丘受別住已往不如法比丘處住佛言不應爾彼若有一如法比丘聽住犯者突吉羅復有別住比丘與如法比丘同屋住佛言不應爾復有別住比丘與如法比丘同浴室浴佛言不應爾聽擔樵內浴室中洗浴室掃除之具灰土澡豆敷座坐與諸比丘脫衣華屣爲油摩身體隨彼受者作之復有同別住比丘共浴室浴佛言聽但次第供給所須

別住比丘有三最下最在大比丘下行與最下卧具最下房舍別住比丘有三事隨本次僧得施物時自恣時行鉢時別住比丘有八事失別住法往他處不白外來比丘不白自出不白他出不白獨住一處於別住中更犯惡罪與如法比丘同屋宿不捨別住遠行路上見比丘不白行摩那埵亦以八事失除獨住一處於不滿二十僧中行之餘七如上

第五分第七調伏法

爾時長老優波離問佛世尊須提那迦蘭陀子是犯波羅夷不佛言初作皆不犯又問阿練若處比丘是犯不佛言犯有一比丘狂病行婬狂差生疑問佛佛言狂者皆不犯散亂心病壞心亦如是孫陀羅難陀跋耆子不捨戒行婬法後疑問佛佛言犯有一比丘共二根女人行婬有一比丘共二道合女人行婬有一比丘共黄門行婬有一比丘共男子行婬有一比丘共小兒行婬後皆生疑問佛佛言比丘犯有一比丘共小女行婬女即死疑犯二波羅夷問佛佛言婬犯波羅夷女死偷羅遮有一比丘作木女像行婬後疑問佛佛言出不淨僧伽婆尸沙不出偷羅遮泥畫女像亦如是有一比丘共象行婬後疑問佛佛言犯一切畜生亦如是

時王舍城有一愚信優婆夷作是見以婬欲施是第一施便請諸比丘施之諸比丘言姊妹不應爾是佛所制女人復言卧行是犯立行不名犯比丘即從其語後疑問佛佛言犯坐行婬女皆女動比丘不動亦如是時舍衛城有愚信優婆夷名善輕作是見以婬欲法

施是第一施便請諸比丘施之諸比丘言姊妹不應爾是佛所制女人復言三處是犯歧股髂中一切諸處不名犯比丘即從其語後疑問佛佛言出不淨皆僧伽婆尸沙不出皆偷羅遮時阿練若處有比丘露地熟眠有女人見於上行婬比丘覺見不淨汙身復見女人從其間去生疑問佛佛問汝受樂不答言不受佛言不犯露地熟眠突吉羅開房戶眠亦如是復有比丘露地熟眠女人於上行婬比丘覺出時受樂生疑問佛佛言犯毗舍離有一阿羅漢比丘得風病舉體强直看病人舉著露地入聚落爲乞食有女人來於上行婬行婬已比丘男根强直如故諸女人言此是雄士即以香塗華結頭作禮而去看病人還見不淨汙其身體作是念此比丘不修梵行破於淨戒我當住其布薩又念世尊不聽住病比丘布薩當待其差彼病差已便住布薩其語言汝先病時破戒答言我爾時病身體强直不能自攝非爲破戒諸比丘以是白佛佛言是比丘已得阿羅漢風病强直不能自攝不受樂故不犯看病比丘置露地而去犯突吉羅時有比丘以男根刺比丘口中後俱生疑問佛佛言若刺者戲偷羅遮受者非戲波羅夷若受者戲偷羅遮刺者非戲波羅夷若俱戲俱偷羅遮若俱非戲俱波羅夷時諸比丘共白衣浴室中浴白衣取其形相語諸女人又身相觸生染著心遂致反俗作外道者比丘以是白佛佛言不應爾若共白衣浴室中浴偷羅遮有一摩訶羅比丘夢中與本二行婬覺已出房高聲大喚我非沙門非

釋種子諸比丘問其故答言我與本二行婬又問汝本二今在何許答言在我本生聚落又問彼來耶汝往耶答言彼不來我不往又問云何得共行婬答言夢中行婬諸比丘以是白佛佛言不犯不繫念在前眠得突吉羅罪有一比丘立小便狗來銜其男根生疑問佛佛言不犯立小便得突吉羅罪比丘住處不應畜如是畜生犯者突吉羅罪有一比丘男根長以欲心自刺大便道中生疑問佛佛言犯有一比丘身體弱以男根自刺口中亦如是有一比丘坐禪魔女來至其前比丘見生染著心不覺起捉彼女女便走比丘亦走逐之彼女至一死馬中沒比丘便於馬上行婬即生悔心語諸比丘諸比丘以是白佛佛言聽僧與彼比丘作波羅夷白四羯磨彼比丘應至僧中脫革屣偏袒右肩禮僧足胡跪合掌作如是白我某甲比丘犯婬即生悔不覆藏今從僧乞波羅夷羯磨願僧與我波羅夷羯磨如是三乞應一知法比丘唱言大德僧聽此某甲比丘犯婬即生悔不覆藏從僧乞波羅夷羯磨僧今與作波羅夷羯磨若僧時到僧忍聽白如是大德僧聽此某甲比丘犯婬乃至僧今與作波羅夷羯磨誰諸長老忍默然不忍者說如是第二第三說僧與某甲比丘作波羅夷羯磨竟僧忍默然故是事如是持佛言彼比丘盡壽不得授大比丘食而自從淨人受若布薩自恣作諸羯磨時若來者善若不來彼此無犯有比丘共天女龍女阿脩羅女行婬生疑問佛佛言皆犯

有一比丘至他作食處取一鉢羹生疑問佛

佛言汝以何心取答言以盜心佛言若直五錢犯波羅夷若減五錢偷羅遮入他園中盜心取一果菜亦如是有一比丘爲賊所剥諍得衣物生疑問佛佛言不犯復有比丘爲賊所剥已入賊手或已持去後追奪得生疑問佛佛言汝心捨未答言未捨佛言未捨不犯已捨便犯有阿練若處比丘見野猪被箭走來共相語言當莫道見獵師尋至問比丘見我所射猪不答言何處有猪是誰無有猪後作是念我言無猪將無得藏猪罪生疑問佛佛言不犯若有如是因緣作餘語破其問皆無罪有阿練若處比丘見獵師得生鹿繫已捨去比丘以憐愍心解放生疑問佛佛言不犯然不應於他物方便放之犯者突吉羅憐愍心放他一切衆生亦如是有比丘見拘樓荼銜肉飛戲逐令放生疑問佛佛言不犯然不應於無益處方便令彼失犯者突吉羅有一比丘見他牛隨路行盜心驅即悔而捨生疑問佛佛言不犯得偷羅遮罪有比丘見水漂物盜心接得生疑問佛佛言若直五錢波羅夷有比丘去祇洹不遠見他耕田語言此是僧田汝勿耕之耕者念言諸比丘有勢力若訟我或致失物便止不耕比丘還祇洹問諸比丘此是誰田諸比丘言是某居士田便生疑問佛佛言不犯若於無益處作方便欲令失皆突吉羅時十七群童子爲賊所抄父母啼哭懊惱畢陵伽婆蹉乞食見之問其意故具以事答畢陵伽婆蹉即入定觀見賊將著阿夷羅河洲上便以神足取還各著其家閣上語其父母言勿復啼哭汝兒今皆還家

重閣上戲後疑問佛佛言不犯得突吉羅罪有比丘爲利養故自長已年大於他人後疑問佛佛言不犯故妄語得波逸提罪有一住處比丘與白衣共井若白衣以盜心偏多取水比丘亦以盜心作是念我今何爲獨不多取未取生疑問佛佛言若長取他水直五錢波羅夷有比丘於彼處盜他衣直五錢來此賣不直五錢謂不犯波羅夷生疑問佛佛言本處直五錢波羅夷若於彼處不直五錢來此賣直五錢偷羅遮有比丘盜他佛經謂是佛語無犯後疑問佛佛言計紙筆功書直五錢犯爾時拘舍彌有一長者見法得果常供給諸比丘長者及姊各有一子二人常共供養長老阿酬比丘長者臨欲終時示阿酬寶藏處所語言我命終後彼二子中若信樂佛法於諸比丘常無所愛者可示此藏言已氣絕阿酬比丘後察二人其子背正而姊子信樂便語姊子令得寶藏其子聞之即往阿難所問言父之遺財應屬誰耶答言應屬子便語阿難言我父寶藏阿酬比丘與我姑子阿難即往語阿酬言汝非沙門非釋種子阿酬答言我是沙門是釋種子自可依諸經律共判此事阿難言此事居然何須經律時諸長老比丘皆是阿酬而佐助之阿難阿酬二衆於是各別不復和合六年之中共安居住處皆不布薩自恣聲聞遐邇徹于梵天時羅睺羅遊迦維羅衛城諸釋種子皆共出迎具說此事如何世尊泥洹未久衆僧便不和合乃經六年我等欲和合之不知方便羅睺羅言我當教汝令彼和合阿難尋來諸有嬰兒皆

抱迎之以兒著地兒必當啼阿難必問何不抱取汝當答言若長老與阿酬和合我等然後乃當取兒以此方便可令和合阿難須臾便至五百釋女抱兒出迎皆著阿難前地兒即大啼阿難果言何不抱取同聲答言若長老與阿酬和合我等乃當還取此兒阿難感其此意又愍嬰孩語言姊妹取兒我當與彼和合便還集僧優波離問阿難比丘不與取有幾種非沙門非釋種子答言有三種自取教人取遣人取又問阿酬汝自取教人取遣人取不答言不又問阿難阿酬比丘有何過阿難言阿酬無僁是我之過於是阿難僧中遍唱是我之過阿酬無僁便向阿酬懺悔和合有一比丘本是偷兒語諸比丘可共至彼聚落取物諸比丘便從其語先往取之彼比丘於後生疑問佛我如是教人盜犯波羅夷不佛言不犯得偷羅遮罪有比丘取他覆塚衣塚上旛塚間衣神廟中物他所護者生疑問佛佛言他心未捨取直五錢皆波羅夷廟中物雖無主而是官所護者亦如是有比丘瞋他故或燒其家或燒其田穀林叢生疑問佛佛言不犯得偷羅遮罪瞋故破壞他亦如是有比丘於鼠穴中得千兩金囊盜心取生疑問佛佛言屬鼠物不犯得偷羅遮罪若盜心奪鳥獸物亦如是有比丘於食上輒食他分他問誰食我分答言我食彼瞋生疑問佛佛言非盜心不犯不應輒作同意食他分犯者突吉羅有比丘蒲博賭取人物生疑問佛佛言不犯得突吉羅罪有二比丘同意更相著衣後相瞋謗以為偷生疑問佛佛言不犯

不應輒同意著他衣犯者突吉羅
時跋難陀與估客共道行到關稅處估客從跋難陀借囊盛以大價珠著囊中還之跋難陀不覺出關已索囊中珠跋難陀言我不取汝珠估客言汝實不取我向借汝囊以珠著中耳即還其珠生疑問佛佛言不犯若欲出關入從借物還已應抖擻看犯者突吉羅
時揄荼脩摩那比丘尼弟子至師檀越家詐云師病索三種藥粥得已於外自食其家婦女後往問訊言阿姨病差不答言我都不病何以問我便以具說師語弟子汝偷我粥答言我實不偷於和尚作同意取耳生疑問佛佛言不以盜心不犯得故妄語波逸提罪有比丘見主人田無水決屬他水澆之生疑問佛佛言若直五錢犯有高處比丘擲他衣與下處比丘俱生疑問佛佛言若盜心擲波羅夷無盜心取偷羅遮若無盜心擲偷羅遮盜心取波羅夷俱盜心俱波羅夷俱無盜心俱偷羅遮有比丘盜心貿僧好物生疑問佛佛言貿直五錢犯
時有比丘以石擲蛇誤著人死生疑問佛佛言汝以何心答言欲擲殺蛇佛言人死無犯擲蛇犯突吉羅有比丘殺獼猴似人生疑問佛佛言奪畜生命犯波逸提有一婦人夫行不在傍通有身從常供養比丘乞墮胎藥與之兒死母不死生疑問佛佛言犯若欲墮胎母死兒不死犯偷羅遮若俱死犯波羅夷若俱不死犯偷羅遮案腹墮胎亦如是有諸比丘不樂修梵行而不罷道還就下賤於高處自墜取死墮下人上下人死已不死生疑問

佛佛言汝以何心答言欲自墮死佛言彼死無犯作方便自殺皆偷羅遮有二比丘先相瞋後共道行於路相打一人遂死生疑問佛佛言汝以何心答言瞋心佛言無殺心不犯瞋他比丘得波逸提罪從今不聽相瞋未相悔謝共道行犯者突吉羅有比丘打殺鬼生疑問佛佛言犯偷羅遮有比丘欲殺彼而誤殺此生疑問佛佛言不犯得偷羅遮罪

時諸比丘爲利養故種種讚歎他戒定慧解脫解脫知見成就而密以自美生疑問佛佛言若如是等不分明自說皆犯偷羅遮毗舍離有一大樹名尼拘類蔭五百乘車華色比丘尼見語諸比丘尼言我在天上時捶耳邊華如此樹大諸比丘尼謂無此理種種訶責云何比丘尼自說得過人法以是白佛佛言天上實有此華華色比丘尼實語無犯毗羅荼私呵比丘身生五百癰瘡癰瘡潰爛不可視華色比丘尼與五百比丘尼俱共問訊見已便笑諸比丘尼訶責云何無憐愍心見比丘如此方便笑之華色答言此比丘過去世時作大國王名毗竭婆我時爲作第一夫人其王强取五百童女破其當世以此因緣無數百千萬歲墮大地獄苦毒燒煑餘報受此五百癰瘡諸比丘尼謂無此理種種訶責云何比丘尼自稱得過人法以是白佛佛言彼比丘實爾華色說實無犯時長老目連語諸比丘言我見阿耨達池有蓮華大如車輪諸比丘不信謂是虛說得過人法以是白佛佛言實有此華目連說實無犯有諸比丘虛說得過人法作如是言我有業報因緣天眼天

耳他心智後疑問佛佛言不犯得偷羅遮罪有諸比丘虛說得過人法作如是言我得天眼天耳他心智諸漏已盡後疑問佛佛言犯有一婆羅門請僧食言大德諸羅漢來坐食食竟言諸羅漢還去諸比丘生疑問佛佛言人自作此讚歎皆無犯有諸比丘爲利養故坐起行立言語安詳以此現得道相欲令人知後疑問佛佛言如是等現異皆犯偷羅遮有諸比丘臨欲命終應墮地獄悉見地獄諸相阿傍在前又有比丘應生天悉見諸天宮殿聞音樂聲天子天女在前語言皆以語人生疑問佛佛言是應生瑞相非妄語無犯有諸比丘本欲說餘事後非意說過人法生疑問佛佛言非是本意不犯得偷羅遮罪有諸比丘語白衣言若有住汝房者皆成就如是

如是道後自往住生疑問佛佛言作如是等方便皆犯偷羅遮有諸比丘自說得過人法欲令人聞而非人聞又欲令非人聞而人聞又欲令人非人聞而無聞者皆生疑問佛佛言皆犯偷羅遮時目連語諸比丘某甲居士婦當生男彼當產時轉爲女波斯匿王與阿闍世王共戰目連言波斯匿王當勝而反不如後更集戰復言阿闍世王當勝亦反不如諸比丘訶責言云何虛說得過人法以是白佛佛言如目連語但觀其前不觀後耳

時有比丘搔隱處不淨出生疑問佛佛言汝以何心答言始末無有出意佛言無犯若欲出而出僧伽婆尸沙欲出不出偷羅遮以暖水浴向火炙不淨出皆如是有比丘憶行欲事不淨出生疑問佛佛言汝以何心答言我

憶行欲事不淨自出佛言不犯憶行欲事突吉羅有比丘故以形振衣出不淨謂不犯僧伽婆尸沙問佛佛言如是比丘出不淨僧伽婆尸沙不出偷羅遮有比丘於女像邊出不淨生疑問佛佛言若出不淨僧伽婆尸沙不出偷羅遮

時有比丘以肘築女人身復有比丘以鉢鉤牽女人生疑問佛佛言皆犯偷羅遮若捉其衣牽捉其繩杖亦如是有比丘女人在牀上船車上樹上欲心搖之生疑問佛佛言若如是皆犯偷羅遮

時有女人著青衣比丘見語言姊妹汝許青生疑問佛佛言犯偷羅遮若如是因形而作惡語皆如是時有夫婦共闘不和合比丘往和合之生疑問佛佛言若夫婦義已離和合者僧伽婆尸沙若未離無犯

彌沙塞部五分律卷第二十八

音釋

黜（敕律切貶也）斅（胡孝切法也）扠（初加切挾也）股（果五切髀也）臍（前西切與齊同）蹉（倉何切）搔（蘇曹切）

彌沙塞部五分律卷第二十九

宋罽賓三藏佛陀什共竺道生譯

第五分第八比尼法

爾時世尊還歸舍夷至迦維羅衛城上尼拘類樹下淨飯王出迎遥見世尊容顔殊特猶若金山前禮佛足而説偈言

生時相師記　我聞致初敬　樹傾時稽首　道成今三禮

説此偈已却坐一面佛爲説種種妙法乃至見法得果從座起偏袒右肩胡跪合掌白佛言世尊願與我出家受具足戒佛即觀之見王出家更無所得便白王言莫放逸次第自當得此妙法於是求受三歸五戒受五戒已佛更爲説種種妙法示教利喜還歸所住王歸宫已庭中三唱若欲於如來正法律中出家者聽時摩訶波闍波提瞿曇彌聞王此唱即與五百釋女前後圍遶持二新衣出到佛所頭面禮足白佛言世尊我自織此衣今以奉上願垂納處佛言可以施僧得大果報復如上白佛言可以施僧我在僧數復如上白佛言我受一以一施僧然後受教施佛及僧瞿曇彌復白佛言願聽女人於佛正法出家受具足戒佛言止止莫作是語所以者何往古諸佛皆不聽女人出家諸女人輩自依於佛在家剃頭著袈裟衣勤行精進得獲道果未來諸佛亦復如是我今聽汝以此爲法瞿曇彌如上三請佛亦如上三不聽許於是瞿曇彌便大啼哭禮足而歸

佛從迦維羅衛與大比丘衆千二百五十人俱遊行人間瞿曇彌與五百釋女自共剃頭

著袈裟啼泣隨後恒於世尊宿處而宿佛漸遊行到舍衛城住於祇洹瞿曇彌及五百釋女泣涕在門阿難晨出見其如此即問其故答言大德世尊不聽女人出家受具足戒我等是以自悲悼耳願爲啓白令得從志阿難即還頭面禮足具以白佛佛止阿難亦如上說阿難復白佛言佛生少日毋便命終瞿曇彌乳養世尊至于長大有此大恩如何不報佛言我於瞿曇彌亦有大恩其依我故識佛法僧而生敬信若人依善知識識佛法僧生信敬者於彼人所若衣食醫藥盡壽供養所不能報阿難復白佛言女人出家受具足戒能得沙門四道果不佛言能得阿難言若得四道世尊何爲不聽出家受具足戒佛言今聽瞿曇彌受八不可越法便是出家得具足

戒何謂八比丘尼半月應從比丘衆乞教誡人比丘尼不應於無比丘處夏安居比丘尼自恣時應從比丘衆請三事見聞疑罪式叉摩那學二歲戒已應在二部僧中受具足戒比丘尼不得罵比丘不得於白衣家說比丘破戒破威儀破見比丘尼不應舉比丘罪而比丘得訶比丘尼比丘尼犯麤惡罪應在二部僧中半月行摩那埵半月行摩那埵已應各二十僧中求出罪比丘尼雖受戒百歲故應禮拜起迎新受戒比丘阿難受教即出語瞿曇彌汝諦聽我說佛所教瞿曇彌更整衣服遥禮佛足長跪合掌一心而聽阿難具說如上瞿曇彌言猶如年少男女淨潔自喜沐浴身體著新淨衣有人惠與瞻波華鬘婆師華鬘優鉢羅華鬘阿提多伽華鬘其人歡喜

兩手捧取舉著頭上我今頂受世尊法教亦復如是復白阿難願更爲我入白世尊云我已頂受八法於八法中欲乞一願願聽比丘尼隨大小禮比丘如何百歲比丘尼禮新受戒比丘阿難復爲白佛佛告阿難若我聽比丘尼隨大小禮比丘者無有是處女人有五礙不得作天帝釋魔天王梵天王轉輪聖王三界法王若不聽女人出家受具足戒佛之正法住世千歲今聽出家則減五百年猶如人家多女少男當知其家衰減不久又告阿難若女人不於我法出家受具足戒我般泥洹後諸優婆塞優婆夷當持四供隨比丘後白言大德憐愍我受我供養若出家見便當牽臂言大德於我有恩乞暫過坐使我獲安居道路相逢皆當解髮拂比丘足布令蹈上今聽出家此事殆盡阿難聞已悲恨流淚白佛言世尊我先不聞不知此法求聽女人出家受具足戒若我先知豈當三請佛告阿難勿復啼泣魔蔽汝心是故爾耳今聽女人出家受具足戒應當隨順我之所制不得有違我所不制不得妄制阿難即出具以佛教語瞿曇彌瞿曇彌歡喜奉行即成出家受具足戒復白阿難此五百釋女今當云何受具足戒願更爲白阿難即以白佛佛言即聽波闍波提比丘尼爲作和尚在比丘十衆中白四羯磨受具足戒聽一時羯磨三人不得至四既受戒已摩訶波闍波提比丘尼與五百比丘尼俱到佛所頭面禮足白佛言世尊我等云何著衣佛言如比丘法又白云何食答言聽乞食又白云何布薩答言聽別布薩半月

從比丘僧乞教誡人又白云何結安居答言聽於屋下結三月安居又白云何自恣答言聽別自恣往比丘僧中請見聞疑罪又白云何受迦絺那衣答言白二羯磨四月日受又白云何畜皮革屣答言聽作行來革屣又白云何滅諍佛言聽以七滅諍法滅四事諍爾時諸比丘尼不先授弟子二歲戒便授大戒愚癡無知不能學戒以是白佛佛言不應爾犯者突吉羅應如是先授二歲不得殺生二歲不得偷盜二歲不得婬二歲不得妄語二歲不得飲酒二歲不得非時食

時有一比丘尼媟嫁犯僧伽婆尸沙不知云何以是白佛佛以是事集二部僧告諸比丘聽二部僧白四羯磨與彼比丘尼半月摩那埵彼比丘尼應到僧中偏袒右肩脫革屣禮二部僧足白言大德僧聽我某甲比丘尼媟嫁犯僧伽婆尸沙罪今從僧乞半月摩那埵願僧與我半月摩那埵如是三乞應一比丘唱言大德僧聽此某甲比丘尼媟嫁犯僧伽婆尸沙罪從僧乞半月摩那埵僧今與半月摩那埵若僧時到僧忍聽白如是大德僧聽此某甲比丘尼媟嫁犯僧伽婆尸沙罪從僧乞半月摩那埵僧今與半月摩那埵誰諸長老忍默然不忍者說如是三說僧已與某甲比丘尼半月摩那埵竟僧忍默然故是事如是持僧既與行摩那埵應晨起掃灑比丘尼住處諸房泥治壁地應有水處皆取令滿諸有可作皆應作之若客比丘尼來比丘尼去皆應白又應將一比丘尼爲伴至比丘住處若有可作皆應如上作之若客比丘來若比

丘去亦皆應白日欲暮還比丘尼住處如是半月行已於二部僧各二十人中求出罪羯磨如比丘法

時諸比丘尼不禮比丘無人教誡愚癡無知不能學戒以是白佛佛訶責言我先說八不可越法百歲比丘尼禮新受戒比丘云何於今而不敬禮訶已告諸比丘從今聽諸比丘隨次禮上座諸比丘尼禮一切比丘亦隨次自相禮式叉摩那禮一切比丘比丘尼亦隨次自相禮沙彌亦如是沙彌尼禮一切比丘比丘尼式叉摩那沙彌亦隨次自相禮有比丘尼在高處禮下處比丘或在比丘後或於傍邊禮或手捉或膝著地禮以是白佛佛言皆不應爾聽比丘尼去比丘不近不遠合掌低頭作是言和南

時諸比丘尼髮長佛言應求女人剃之若無女人聽使男子但不得獨不得令捉有餘比丘尼伴爲捉然後使剃

時諸比丘尼從比丘尼受經誦不能得復有一比丘尼從比丘尼受一波羅提木叉多日不能得後從比丘受即得以是白佛佛言聽比丘尼從比丘受經若經中有麤惡語聽書授若不知書聽隔障授若無障隔聽相背授有諸比丘尼與比丘共布薩見比丘犯罪便欲舉之以是白佛佛言比丘尼不得共比丘布薩應半月請一比丘令從比丘僧乞教誡人諸比丘不肯爲乞佛言聽比丘尼爲作供養鉢囊漉水囊腰繩香油前食後食或未布薩爲白或已布薩乃白佛言不應爾應於唱說不來諸比丘欲清淨時從座起在前立白

言大德僧聽某精舍和合比丘尼僧頂禮和合比丘僧足乞教誡人若僧乞已差教誡人上座應答從某甲比丘受若僧無所差人有能說法者應答往某比丘邊受若復無者應答此無差教誡人又無能說法者汝等莫放逸諸比丘尼明日應來問乞教誡比丘竟爲白僧不此比丘應傳上座語語之

有諸比丘尼共比丘自恣比丘尼欲往阿練若處就比丘自恣道中遇賊水火有命難梵行難衣鉢難又更相待稽留自恣以是白佛佛言比丘尼不得共比丘自恣應別自恣從比丘僧請見聞疑罪時聚落中無比丘諸比丘尼往阿練若處請見聞疑罪或道遠不達或彼比丘不爲和合遂不得請以是白佛佛言聽阿練若處比丘爲比丘尼來聚落自恣爲其和合諸比丘尼應先集衆自恣然後差比丘尼就比丘僧請見聞疑罪至已偏袒右肩脱革屣遥禮僧足然後入僧中合掌曲身白言某精舍和合比丘尼僧頂禮和合比丘僧足我等比丘尼僧和合請大德僧自恣說見聞疑罪如是三請

時諸比丘語波闍波提比丘尼言汝無和尚不成出家受具足戒彼便生疑以是白佛佛言汝受八不可越法時已是出家受具足戒

有比丘尼誘弄比丘言我是族姓禮儀備舉女工具足意欲給侍彼比丘便生染著心不復樂道遂致反俗諸比丘以是白佛佛言比丘尼不應誘弄比丘犯者突吉羅有諸比丘尼來比丘住處或露胷脇或露髀腨諸比丘見生染著心不復樂道遂致反俗諸比丘以

是白佛佛言不應爾從今不聽比丘尼入比丘住處旣不得入便無教誡愚闇無知不能學戒以是白佛佛言若如法比丘尼聽入亦應喚來旣喚不來佛言喚不來突吉羅時諸比丘尼不共比丘語無人教誡愚闇無知不能學戒諸比丘尼以是白佛佛言不應爾犯者突吉羅

時優蹉比丘尼數數犯罪比丘尼僧與作不見罪羯磨便啼哭言我愚癡僧與我作不見罪羯磨我或於中更犯麤罪願僧爲我解此羯磨諸比丘尼以是白佛佛言不應爲解羯磨應白二羯磨差一比丘尼伴之共語共同行止一比丘尼唱言阿姨僧聽今差某甲比丘尼伴優蹉比丘尼共語共同行止若僧時到僧忍聽白如是阿姨僧聽今差某甲比丘尼伴優蹉比丘尼共語共同行止誰諸阿姨忍默然不忍者說僧已差某甲比丘尼伴優蹉比丘尼竟僧忍默然故是事如是持

有比丘尼月水出汙脚及衣入聚落乞食諸白衣見譏訶佛言若比丘尼月水出時不聽入聚落乞食聽聚粮亦聽弟子并爲乞若無弟子聽著月水衣乞食有諸貴姓女出家不著覆肩衣諸白衣見其肩臂共調弄之皆懷慚恥諸比丘尼以是白佛佛言聽著覆肩衣

時諸比丘尼弟子學二歲戒不合意便與受具足戒佛言不應爾犯者突吉羅從今聽合和尚阿闍黎意乃爲集十衆至受戒處將欲受戒又著眼見耳不聞處和尚應爲求羯磨師及教誡師得已羯磨師應羯磨教誡師令出外教唱言阿姨僧聽其甲求其甲受具足

戒其甲作教誡師若僧時到僧忍聽白如是彼教師應行初法先問和尚此欲受具足戒人學二歲戒日滿不衣鉢具不若言不具應語令具若言具復應問爲是已有爲是借若言借應語借主捨與然後乃往欲受戒人所語言汝莫恐怖須臾當著汝於高勝處若無不闇悉應小披衣觀看無遮受戒法不問言何者是汝僧伽梨優多羅僧安陀會覆肩衣水浴衣彼若不識應語令識次與受衣鉢如比丘中說復應語言汝其甲聽今是實語時我今問汝若有當言有若無當言無女人有如是病癩病白癩病乾痟病顛狂病癰疽漏病脂出病如是等重病汝有不不負債不非他婦不夫主聽不不屬官不非婢不是人不是女人不女根具足不汝非黃門不非石女不非二道合不月水出不不常出不學二歲戒日滿不已求和尚不父母聽不欲受具足戒不如我今問後僧中亦當如是問汝汝亦當如是答彼教誡師應還僧中立白言我已問竟羯磨師應白僧言阿姨僧聽其甲求其甲受具足戒其甲已問竟今聽將來若僧時到僧忍聽白如是教師應往將來教禮僧足禮已將至羯磨師前教胡跪合掌向羯磨師從僧乞受具足戒教言我其甲求其甲和尚受具足戒今從僧乞受具足戒和尚其甲僧濟拔我憐愍故如是三乞教師然後還復至羯磨師應白僧阿姨僧聽此其甲求其甲受具足戒彼從僧乞受具足戒和尚其甲我今於僧中問其諸難事若僧時到僧忍聽白如是應語言汝聽今實語時我今問汝若有便

言有若無便言無乃至欲受戒不皆如上問如上問已羯磨師復應唱言阿姨僧聽此某甲求某甲受具足戒彼從僧乞受具足戒自說無諸難事學二歲戒滿五衣鉢具已求和尚父母已聽欲受具足戒僧今與某甲受具足戒和尚某甲若僧時到僧忍聽白如是阿姨僧聽某甲求某甲受具足戒乃至和尚某甲誰諸阿姨忍默然不忍者說如是第二第三說僧已與某甲受具足戒和尚某甲竟僧忍默然故是事如是持

彼和尚阿闍黎復應集十比丘尼僧將受戒人往比丘僧中在比丘羯磨師前小遠兩膝著地乞受具足戒羯磨師應教言我某甲求某甲和尚受具足戒已於一衆中受具足戒竟清淨無諸難事已學二歲戒滿衣鉢具足已求和尚父母已聽不犯麤惡罪欲受具足戒今從僧乞受具足戒和尚某甲僧濟拔我憐愍故如是三乞

三乞已羯磨師應白大德僧聽此某甲求某甲受具足戒已於一衆中受具足戒竟清淨無諸難事已學二歲戒滿先所應作已作衣鉢具足已求和尚父母已聽不犯麤惡罪欲受具足戒今從僧乞受具足戒和尚某甲僧今與某甲受具足戒和尚某甲若僧時到僧忍聽白如是大德僧聽此某甲求某甲受具足戒乃至僧今與某甲受具足戒和尚某甲誰諸長老忍默然不忍者說如是第二第三說僧已與某甲受具足戒和尚某甲竟僧忍默然故是事如是持

復應語言其甲聽如來應供等正覺說八波

羅夷法若比丘尼犯此一一法非比丘尼非釋種女一切不得婬乃至以染著心看他男子若比丘尼行婬法乃至畜生非比丘尼非釋種女是中盡形壽不應犯若能持當言能

一切不得偷盜乃至草葉若比丘尼若聚落若空地他所守護物盜五錢若過五錢非比丘尼非釋種女是中盡壽不得犯若能持當言能

一切不得殺生乃至蟻子若比丘尼若人若似人自手斷命持刀授與教人殺教死讚死非比丘尼非釋種女是中盡壽不應犯若能持當言能

一切不得妄語乃至戲笑若比丘尼自無過人法若言有諸禪解脫三昧正受若道若果非比丘尼非釋種女是中盡壽不應犯若能持當言能

一切不得親近男子若比丘尼欲盛變心摩觸男子身眼已下膝已上若男子作如此摩觸亦不得受若案若搯若舉若下若捉若牽非比丘尼非釋種女是中盡壽不應犯若能持當言能

一切不得與男子共住共語若比丘尼欲盛變心受男子若捉手若捉衣若期行若獨共行若獨共住若獨共語若獨共坐若以身相近具是八事非比丘尼非釋種女是中盡壽不應犯若能持當言能

一切不得隨順非法比丘語若比丘尼知和合比丘僧如法舉比丘而隨順此比丘諸比丘尼語言姊妹此比丘爲和合比丘僧如法舉汝莫隨順如是諫堅持不捨應第二第三

諫第二第三諫捨是事善不捨者非比丘尼非釋種女是中盡壽不應犯若能持當言能一切不應覆藏他麤惡罪若比丘尼知他比丘尼犯波羅夷罪彼後時若罷道若死若遠行若被舉若根變語諸比丘尼作如是語我先知是比丘尼犯波羅夷罪不白僧不向人說非比丘尼非釋種女是中盡壽不應犯若能持當言能

諸佛世尊善能說喻示現事猶如針鼻破不復任針用猶如人死終不能以此身更生猶如多羅樹心斷不生不長猶如石破不可還合若比丘尼於此八法犯一一法還得比丘尼無有是處

復應語言汝某甲聽如來應供等正覺說是八不可越法汝盡形壽不應越比丘尼半月應從比丘衆乞教誡人比丘尼不應於無比丘處夏安居比丘尼自恣時應從比丘衆請三事見聞疑罪式叉摩那學二歲戒已應在二部僧中受具足戒比丘尼不得罵比丘不得於白衣家說比丘破威儀破戒破見比丘尼不應舉比丘罪比丘得訶比丘尼比丘尼犯麤惡罪應在二部僧中半月行摩那埵半月行摩那埵已應各二十僧中求出罪比丘尼雖先受戒百歲故應禮拜起迎新受戒比丘

復應語言汝某甲聽如來應供等正覺說是四依法盡壽依是出家受具足戒依糞掃衣出家受具足戒若能當言能若得長衣劫貝衣欽婆羅衣俱捨耶衣芻摩衣芻彌衣婆舍那衣阿呵那衣瞿荼伽衣麻衣應受依乞食

出家受具足戒若能當言能若得長食僧食前食後食請食應受依麤弊卧具出家受具足戒若能當言能若長得菴屋大小房圓屋應受依下賤藥出家受具足戒若能當言能若長得酥油蜜石蜜應受

復應語言某甲聽汝已白四羯磨受具足戒竟羯磨如法諸天龍鬼神乾闥婆常作是願我等何時當得人身出家受具足戒汝今已得如人得受王位汝今受比丘尼法亦如是汝當忍易共語易受教戒當學三戒滅三火出三界成阿羅漢果餘所不知者和尚阿闍黎當爲汝說

時有一婬女名半迦尸於正法律出家欲往阿練若住處受具足戒諸賊聞之欲逆道伺取彼女人亦聞不敢去諸比丘尼以是白佛佛言聽白四羯磨遣爲受具足戒彼和尚阿闍黎先爲集十比丘尼僧與受戒竟置受戒人著一處將十比丘尼僧往阿練若處皆禮比丘僧足羯磨師爲從僧乞戒言大德僧聽某甲求某甲受具足戒已於一衆中受具足戒竟清淨無諸難事已學二歲戒滿先所應作已作衣鉢具足已求和尚父母聽許不犯麤惡罪欲受具足戒今從僧乞受具足戒和尚某甲願僧濟拔之憐愍故如是三乞比丘羯磨師應以其乞辭如上白四羯磨已和尚阿闍黎將十比丘尼僧還至本受戒處將受戒人令禮僧足在羯磨師前胡跪合掌羯磨師爲說僧所作白四羯磨令聽已然後如上具說八墮法四譬喻八不可越法四依法乃至餘所不知者和尚阿闍黎當爲汝說

有諸比丘尼著光色衣以爲飾好諸白衣譏訶此比丘尼似婬女欲求男子諸比丘尼以是白佛佛言不應爾犯者突吉羅有諸比丘尼畫眼佛言不應爾犯者突吉羅有諸比丘尼患眼須畫佛言病者聽畫有諸比丘尼在比丘前行佛言不應爾犯者突吉羅有諸比丘尼遥見比丘來便住不敢前去妨乞食佛言若去遠者聽在前行有諸比丘尼在比丘前臭氣唾地佛言不應爾犯者突吉羅有諸比丘尼跏趺坐月水出汚脚跟人見譏訶又有一比丘尼跏趺坐蜣蜋蟲入女根中以此致病白佛佛言一切比丘尼皆應累坐若跏趺坐應互伸一脚犯者突吉羅有居士欲與比丘尼貿易住處諸比丘尼不敢佛言聽與貿易有諸比丘尼如剌韈法張衣刺佛言不應爾若衣捲縮聽安綦有諸比丘尼於住處處處大小便佛言不應爾犯者突吉羅應作廁諸比丘尼深作廁坑落胎著中除糞人見譏訶言此輩常讚歎離欲欲想欲熱而行其事恐人知落胎廁中何不罷道受五欲樂諸比丘尼以是白佛佛言不應深作廁坑極深聽捲手一肘小作口有諸比丘尼以鉢及囊盛胎晨朝棄之時波斯匿王邊境有事遣軍征之有信樂佛法者作是念我今當先與出家人食然後乃行即遣信覓遇見彼比丘尼請還施食比丘尼言汝並前去我隨後往信苦請之强將俱還出鉢下食見小兒胎便種種譏訶言此等常說慈愍護念衆生而今親自殺兒無沙門行破沙門法諸比丘尼以是白諸比丘諸比丘以是白佛佛言若比丘尼

乞食時見比丘應出鉢示諸比丘尼便都出鉢傾側示之以妨乞食佛言但粗示令知其空有比丘尼產一男兒不知云何以是白佛佛言聽白二羯磨差一比丘尼伴之應一比丘尼僧中唱言阿姨僧聽此某甲比丘尼生男兒今差某甲比丘尼伴之若僧時到僧忍聽白如是阿姨僧聽此某甲比丘尼生男兒今差某甲比丘尼伴之誰諸阿姨忍默然不忍者說僧已差某甲比丘尼伴某甲比丘尼竟僧忍默然故是事如是持二比丘尼捉兒生疑佛言無犯二比丘尼共兒眠生疑佛言亦無犯莊嚴兒共鳴佛言不應爾聽洗浴與乳哺若離懷抱應與比丘令出家若不欲令出家應與親親養令長成有諸比丘尼比丘僧請不次第往佛言不應爾應次差往有諸比丘尼入聚落不繫下衣墮地露形佛言應以腰繩繫之作腰繩太長佛言聽繞腰一匝作腰繩太廣佛言極廣聽廣一指作雜色腰繩佛言不應爾聽純一色有諸比丘尼著輕衣入聚落風吹露形佛言聽上下安鉤紐帶繫之有諸貴姓女出家擎鉢乞食手擎佛言聽作絡囊盛鉢乞食掛腋下汗汙塵入佛言聽作覆鉢巾有諸比丘尼作蠱道欲殺衆生佛言若作蠱道欲殺衆生偷羅遮作咒術起死人欲殺衆生亦如是有諸比丘尼畜種種雜色衣諸白衣譏訶此諸比丘尼正似婬女佛言不應爾犯者突吉羅諸比丘有宿食諸比丘尼食不敢與佛言聽與無犯比丘尼宿食與比丘亦如是有諸比丘至比丘尼住處無淨人授食佛言無淨人時聽比丘尼授食

比丘無犯比丘授食與比丘尼亦如是有諸比丘尼作酒沽多人識訶佛言不應爾犯者偷羅遮有諸比丘尼畜田犁牛奴自看耕種諸白衣識訶此諸比丘尼亦自看耕田與我何異佛言不應自看應使淨人知犯者突吉羅有諸比丘尼出息多人識訶佛言不應爾犯者偷羅遮有諸比丘尼畜婬女坐肆賃之多人識訶佛言不應爾犯者偷羅遮有諸比丘尼壓油賣多人識訶佛言不應爾犯者偷羅遮有諸比丘尼躂脚戲多人識訶佛言不應爾犯者突吉羅懸繩自掛戲亦如是有諸比丘尼住處失火佛言應打揵椎若唱令集皆共救火土坋水澆以水漬衣撲滅時有衆多居士請比丘尼僧食諸比丘尼晨朝著衣持鉢到請家方相問大小日時遂過居士識訶此諸比丘尼正似婆羅門女相問知經多少多者爲大我今設供日時已過當如之何以是白佛佛言大衆會時聽上座八人相問大小以次坐餘人得座便坐

彌沙塞部五分律卷第二十九

音釋

髀（部禮切股也）腨（乳兗切腓腸也）癰疽（癰於容切疽七余切）掐（乞洽切爪刺也）蜣蜋（蜣墟羊切蜋盧當切蜣蜋蟲名）捲（舌轉切曲卷也）禁（音忌）賃（汝禁切傭也）躂（他達切足跌也）坋（蒲悶切塵坋也）

彌沙塞部五分律卷第三十

宋罽賓三藏佛陀什共竺道生譯

第五分第九五百集法

爾時世尊泥洹未久大迦葉在毗舍離獼猴水邊重閣講堂與大比丘僧五百人俱皆是阿羅漢唯除阿難告諸比丘昔吾從波旬國向拘夷城二國中間聞佛世尊已般泥洹我時中心迷亂不能自攝諸聚落比丘比丘尼優婆塞優婆夷或躃或踴踠轉于地莫不哀號歎速歎疾世間虛空世間眼滅時跋難陀先遊於彼止衆人言彼長老常言應行是不應行是應學是不應學是我等於今始脱此苦任意所爲無復拘礙何爲相與而共啼哭吾聞其語倍復憂毒佛雖泥洹比丘現在應同勗勉共結集之勿令跋難陀等别立眷屬以破正法諸比丘咸以爲善白迦葉言阿難常侍世尊聰叡多聞具持法藏今應聽在集比丘數迦葉言阿難猶在學地或隨愛恚癡畏不應容之時阿難在毗舍離恒爲四衆晝夜説法衆人來往殆若佛在有跋耆比丘於彼閣上坐禪以此鬧亂不得遊諸解脱三昧作是念阿難今於學地應有所作爲無所作而常在憒鬧多有所説既入定觀見應有所作復作是念我今當爲説猒離法使其因悟便往阿難所爲説偈言

靜處坐樹下　心趣於泥洹
汝禪莫放逸　多説何所爲

諸比丘亦語阿難言汝應速有所作大迦葉今欲集比丘法而不聽汝在此數中阿難既聞跋耆比丘所説偈又聞迦葉不聽在集比

丘數初中後夜勤經行思惟望得解脫而未能得後夜垂過身體疲極欲小偃卧頭未至枕豁然漏盡諸比丘知即白迦葉阿難昨夜已得解脫今應聽在集比丘數迦葉即聽於是迦葉作是念何許多有飲食牀座卧具可得以資給集比丘唯見王舍城足以資給便於僧中唱言此中五百阿羅漢應往王舍城安居餘一人不得去作是制已五百羅漢至王舍城於夏初月補治房舍卧具二月遊戲諸禪解脫三月然後共集一處於是迦葉白僧言大德僧聽我今於僧中問優波離毗尼義若僧時到僧忍聽白如是時優波離亦白僧言大德僧聽我今當答迦葉毗尼義若僧時到僧忍聽白如是迦葉即問優波離佛於何處制初戒優波離言在毗舍離又問因誰制答言因須提那迦蘭陀子又問以何事制答言共本二行婬又問有二制不答言有有比丘共獼猴行婬迦葉復問於何處制第二戒答言在王舍城又問因誰制答言因達膩吒又問以何事制答言盜瓶沙王材迦葉復問於何處制第三戒答言在毗舍離又問因誰制答言因衆多比丘又問以何事制答言自相害命迦葉復問於何處制第四戒答言在毗舍離又問因誰制答言因婆求摩河諸比丘又問以何事制答言虛稱得過人法迦葉作如是等問一切毗尼已於僧中唱言此是比丘毗尼此是比丘尼毗尼合名爲毗尼藏

迦葉復白僧言大德僧聽我今欲於僧中問阿難修多羅義若僧時到僧忍聽白如是阿

難亦白僧言大德僧聽我今當答迦葉修多羅義若僧時到僧忍聽白如是迦葉即問阿難言佛在何處說增一經在何處說增十經大因緣經僧祇陀經沙門果經梵動經何等經因比丘說何等經因比丘尼優婆塞優婆夷諸天子女說阿難皆隨佛說而答迦葉如是問一切修多羅已僧中唱言此是長經今集爲一部名長阿含此是不長不短今集爲一部名中阿含此是爲優婆塞優婆夷天子天女說今集爲一部名雜阿含此是從一法增至十一法今集爲一部名增一阿含自餘雜說今集爲一部名爲雜藏合名爲修多羅藏我等已集法竟從今已後佛所不制不應妄制若已制不得有違如佛所教應謹學之阿難復白迦葉言我親從佛聞吾般泥洹後若欲除小小戒聽除迦葉即問汝欲以何爲小小戒答言不知又問何故答言不問世尊又問何故不問答言時佛身痛恐以惱亂迦葉詰言汝不問此義犯突吉羅應自見罪悔過阿難言大德我非不敬戒不問此義恐惱亂世尊是故不敢我於是中不見罪相敬信大德今當悔過迦葉復詰阿難言汝爲世尊縫僧伽梨以脚指押犯突吉羅亦應見罪悔過阿難言我非不敬佛無人捉綦是以脚押我於是中亦不見罪相敬信大德今當悔過迦葉復詰阿難言汝三請世尊求聽女人於正法出家犯突吉羅亦應見罪悔過阿難言我非不敬法但摩訶波闍波提瞿曇彌長養世尊至大出家致成大道此功應報是以三請我於此中亦不見罪相敬信大德今當悔

過迦葉復詰阿難言佛臨泥洹現相語汝若有得四神足欲住壽一劫若過一劫便可得之如來成就無量定法如是三反現相語汝汝不請佛住世一劫若過一劫犯突吉羅亦應見罪悔過阿難言我非不欲請佛久住惡魔波旬禰蔽我心是故致此我於此中亦不見罪相敬信大德今當悔過迦葉復詰阿難言佛昔從汝三反索水汝竟不奉犯突吉羅亦應見罪悔過阿難言我非不欲奉時有五百乘車上流厲渡水濁未清恐以致患是以不奉我於此中亦不見罪相敬信大德今當悔過迦葉復詰阿難言汝聽女人先禮舍利犯突吉羅亦應見罪悔過阿難言我非欲使女人先禮舍利恐其日暮不得入城是以聽之我於此中亦不見罪相敬信大德今當悔過阿難敬信大迦葉故即於衆僧中作六突吉羅悔過迦葉復語阿難言若我等以衆學法爲小小戒餘比丘便言至四波羅提提舍尼亦是小小戒若我等以至四波羅提提舍尼爲小小戒餘比丘便復言至波逸提亦是小小戒若我等以至波逸提爲小小戒餘比丘便復言至尼薩耆波逸提亦是小小戒俄成四種何可得定迦葉復言我等不知小小戒相而妄除者諸外道輩當作是語沙門釋子其法如烟師在之時所制皆行般泥洹後不肯復學迦葉復於僧中唱言我等已集法竟若佛所不制不應妄制若已制不得有違如佛所教應謹學之

時長老富蘭那在南方聞佛於拘夷城般泥洹諸長老比丘共集王舍城論毗尼法自與

眷屬如屈伸臂頃來到衆中語迦葉言我聞佛泥洹上座比丘皆共集此論毗尼法爲實爾不迦葉答言大德實爾富蘭那言可更論之迦葉即如上説論論已富蘭那語迦葉言我親從佛聞内宿内熟自熟自持食從人受自取果食就池水受無淨人淨果除核食之迦葉答言大德此七條者佛在毗舍離時世飢饉乞食難得故權聽之後即於彼還更制四至舍衛城復還制三富蘭那言世尊不應制已還聽聽已還制迦葉答言佛是法王於法自在制已還聽聽已還制有何等咎富蘭那言我忍餘事此於七條不能行之迦葉復於僧中唱言若佛所不制不應妄制若已制不得有違如佛所教應謹學之

爾時拘舍彌闡陀比丘觸惱衆僧不共和合有一比丘安居竟往迦葉所具以事白迦葉語阿難言汝往拘舍彌以佛語僧語作梵壇法罰之阿難受使與五百比丘俱往闡陀闡阿難與五百比丘來出迎問阿難言何故來此將無與我欲作不益耶答言乃欲益汝闡陀言云何益我答言今當以佛語僧語作梵壇法罰汝即問云何爲梵壇法答言梵壇法者一切比丘比丘尼優婆塞優婆夷不得共汝來往交言闡陀聞已悶絶躃地語阿難言此豈不名殺於我耶阿難言我親從佛聞汝當從我得道汝起爲汝説法彼便起聽阿難爲説種種妙法示教利喜即遠塵離垢於諸法中得法眼淨

集比丘法時長老阿若憍陳如爲第一上座富蘭那爲第二上座曇彌爲第三上座陀婆

迦葉爲第四上座跋陀迦葉爲第五上座大迦葉爲第六上座優波離爲第七上座阿那律爲第八上座凡五百阿羅漢不多不少是故名五百集法

第五分第十七百集法

佛泥洹後百歲毗舍離諸跋耆比丘始起十非法一鹽薑合共宿淨二兩指抄食食淨三復坐食淨四趣聚落食淨五酥油蜜石蜜和酪淨六飲闍樓伽酒淨七作坐具隨意大小淨八習先所習淨九求聽淨十受畜金銀錢淨彼諸比丘常以月八日十四日十五日盛滿鉢水集坐多人衆處持鉢著前以爲吉祥要人求施時諸白衣男女大小經過前者便指鉢水言此中吉祥可與衣鉢華屣藥直有欲與者與之不欲與者便譏訶言沙門釋子不受畜金銀及錢設人自與不得眼視而今云何作此求施時長老耶舍迦蘭陀子在彼獼猴水邊重閣講堂語諸比丘言汝莫作此求施我親從佛聞若有非法求施施非法求二俱得罪語諸比丘已復語諸白衣男女大小汝等莫作此施我親從佛聞若非法求施施非法求二俱得罪

彼諸比丘得金銀錢已語耶舍言大德可受此分答言我不受非法求得施分復語言若不自受可以施僧答言我既不受云何施僧於是諸比丘便以耶舍前教白衣爲罵白衣與作下意羯磨羯磨已耶舍言我親從佛聞若僧與作下意羯磨應差一比丘爲伴謝諸白衣諸比丘便白二羯磨差一比丘伴之耶舍即將至白衣所正值五百優婆塞聚在一

處便語之言諸君當知是法我説是法非法我説非法是毗尼我説是毗尼非毗尼我説非毗尼是佛教我説是佛教非佛教我説非佛教我先所説使諸優婆塞瞋今來謝過諸優婆塞皆大驚言大德何時爲我等説是法是毗尼是佛教使我等瞋而來見謝耶舍更語諸人言世尊一時在王舍城耆域菴羅園時瓶沙王諸大臣共集王門作如是議沙門釋子應受畜金銀珠寶及用販賣時彼衆中有一大臣名珠髻語衆人言勿作此議沙門釋子不應受畜金銀珠寶及用販賣即以此事往白世尊我之所説將無過謬佛言汝之所説正得其中所以者何我常説此沙門釋子不應受畜金銀珠寶及用販賣復白佛言唯願世尊遣告衆人令知非謬佛言大善又告珠髻譬如日月爲烟雲塵阿脩羅四曀所蔽不明不淨沙門婆羅門有四種曀亦復如是或不斷愛欲行於婬法或躭酒食不能除斷或專作邪命以自給活或受畜金銀珠寶及用販賣若人以五欲爲淨是人則以受畜金銀珠寶及用販賣爲淨若人以受畜金銀珠寶及用販賣爲淨是人則以五欲爲淨若人依我出家受具足戒而以受畜金銀珠寶及用販賣爲淨者當知是人必定不信我之法律我雖常説須車求車須人求人隨所須物皆聽求之而終不得受畜金銀珠寶及用販賣耶舍説此已又言我先説是法非法是律非律是佛教非佛教是佛所説非佛所説諸優婆塞言我等於此語中無不信樂令毗舍離唯有大德是沙門釋子願受我等盡壽

住此四事供養

耶舍謝諸優婆塞已與僧使比丘俱還僧坊跋耆比丘問僧使比丘言耶舍比丘已謝諸優婆塞未答言已謝但諸白衣皆信其語咸作是言今毗舍離唯有大德已請盡壽四事供養於我等輩無復宜利跋耆比丘復以耶舍前教諸比丘爲置僧犯波逸提語言汝當見罪悔過耶舍答言我無罪可見云何悔過跋耆比丘便聚集欲與作不見罪羯磨於是耶舍便以神足飛往波旬國時波利邑有六十比丘皆是阿練若三衣乞食糞掃衣常坐露地坐具足三明六通悉是阿難弟子俱共飛來向毗舍離耶舍見之便置衣鉢於虛空中猶如著地與彼比丘共相問訊具說跋耆比丘十種非法語言大德我等當共論毗尼法以滅斯事勿使跋耆比丘破於正法彼比丘莫逆於心欲共同滅復有三十波利邑比丘僧皆如上亦是阿難弟子在摩偷羅國耶舍與六十比丘作是議言得彼三十比丘同我等者必得如法滅彼惡事議已便共飛往彼比丘所具如上說彼亦莫逆欲共同滅復有波利邑三十比丘聽皆如上亦是阿難弟子在阿臘脾邑耶舍復與九十人作如上議往到其所具如上說彼亦同心欲共滅之時長老三浮陀在阿呼山上耶舍復共百二十人作如上議往到其所具如上說彼亦同心欲共滅之時長老離婆多在拘舍彌城得慈心三昧有大眷屬耶舍復與百二十一人亦如上議往到其所具如上說彼亦同心欲共滅之時跋耆諸比丘聞耶舍往拘舍彌離婆

多所便載滿船沙門衣鉢諸所須物亦欲往彼行貨求助其船中伴有一持律比丘名沙蘭竊獨思惟跋耆比丘爲如法不即依諸經律察其所爲爲不如法時空中神三反唱言如是如是跋耆比丘所行非法如汝所見跋耆諸比丘到拘舍彌皆共上岸到長老離婆多所白言我等多載沙門所須之物來奉大德願爲納受答言我衣鉢具足不復須之又白言若不多須願受少許答言我衣鉢已備不得爲汝虧法有受離婆多有一弟子名曰達磨常侍左右跋耆諸比丘便往其所語言我有沙門所須之物若有短乏便可取之答言我皆自有無所乏少跋耆諸比丘復言佛在世時人來施佛佛不受者以施阿難阿難皆受阿難既受則是佛受達磨聞之爲受一物受已問言汝等何意强施我物答言欲汝爲我白汝和尚以力見助不令耶舍壞我法律達磨便爲往和尚所白言和尚可助跋耆比丘答言行非法人我所不助達磨復白願更籌量答言汝今勸我助非法人非我弟子從今勿復在我左右我亦不復共汝語言達磨愧懼出到跋耆諸比丘所彼皆問言汝和尚有助我意不答言無有徒令我今爲汝受責得不共語擯跋耆諸比丘問言汝今幾歲答言一十歲便言汝年德如此何忍作此不共語擯於是長老離婆多作是念我若於此滅彼事者彼造事人必更發起今當共往就彼滅之念已便與大衆俱之毗舍離城彼城先有比丘名一切去於閻浮提沙門釋子中最爲上座得阿羅漢三明六通亦是阿難最

大弟子耶舍於僧坊外語離婆多可往上座房敷卧具宿并具白上事我晨朝亦當問訊上座衆人旣入僧房彼上座爲辦資具設過中漿離婆多獨往上座房中敷卧具宿離婆多夜作是念此一切去羸老上座猶尚剋厲竟夜坐禪我今何宜而得安寢一切去亦作是念此客比丘行路疲極復兼洗浴猶尚竟夜坐禪行道我今云何而得安卧二人相推遂竟夜坐禪至後夜時一切去問離婆多言汝今夜多遊何定答言我性多慈今夜多遊此定一切去言此是麤定又問汝是阿羅漢非答言是離婆多次問一切去言上座今夜多遊何定答言我性好空觀今夜多遊此定離婆多言此是大人所行何以故空三昧是大人法又問上座是阿羅漢不答言是後夜竟巳耶舍比丘到房前彈指上座開戶即入問訊問訊巳離婆多問一切去言鹽薑合共宿淨不答言此事應僧中問若獨問我恐非法人以我爲私不容我作論毗尼數於是離婆多即集僧欲論毗尼而多亂語便白僧言今日欲共論毗尼法而多亂語不得有斷彼此衆應各求四人僧白二羯磨差爲斷事言跋耆比丘先求四人一名一切去二名離婆多三名不闍宗四名脩摩那波利邑比丘亦求四人一名三浮陀二名沙蘭三名長髮四名婆沙藍諸上座被僧差巳共作是議何許地閑靜平曠可共於中論毗尼法即遍觀察唯毗羅耶女所施園好離婆多即使弟子達磨往彼敷座若上座至汝便避去受敇即敷諸上座至次第而坐於是離婆多問一切去

上座言鹽薑合共宿淨不答言不淨又問在何處制答言在王舍城又問因誰制答言因一阿練若比丘又問犯何事答言犯宿食波逸提離婆多言此是法此是律此是佛教跋耆比丘所行非法非律非佛教今下一籌離婆多復問兩指抄食食淨不上座問云何名兩指抄食食淨離婆多言比丘足食已更得食以兩指抄食之答言不淨又問在何處制答言在王舍城又問因誰制答言因跋難陀又問犯何事答言犯不作殘食法食波逸提離婆多言此是法乃至非佛教今下第二籌復坐食淨越聚落食淨亦如是下第三第四籌離婆多復問酥油蜜石蜜和酪淨不上座問云何名酥油蜜石蜜和酪淨離婆多言非時飲之答言不淨又問在何處制答言舍衛城又問因誰制答言因迦留陀夷又問犯何事答言犯非時食波逸提離婆多言此是法乃至非佛教今下第五籌離婆多復問飲闍樓伽酒淨不上座問云何名闍樓伽酒離婆多言釀酒未熟者答言不淨又問在何處制答言在拘舍彌又問因誰制答言因沙竭陀又問犯何事答言飲酒波逸提離婆多言此是法乃至非佛教今下第六籌離婆多復問作坐具隨大小淨不答言不淨又問在何處制答言舍衛城又問因誰制答言因迦留陀夷又問犯何事答言犯波逸提離婆多言此是法乃至非佛教今下第七籌離婆多復問習先所習淨不上座問云何名習先所習離婆多言習白衣時所作上座言或有可習或不可習離婆多言此是法乃至非佛教今下

第八籌離婆多復問求聽淨不上座問云何爲求聽離婆多言別作羯磨然後來求餘入聽答言不淨又問何處制答言在瞻婆國又問因誰制答言因六群比丘又問犯何事答言隨羯磨事離婆多言此是法乃至非佛教令下第九籌離婆多復問受畜金銀及錢淨不答言不淨又問在何處制答言在王舍城又問因誰制答言因難陀跋難陀又問犯何事答言犯受畜金銀及錢尼薩耆波逸提離婆多言此是法乃至非佛教令下第十籌問竟共還更都集僧離婆多於大衆中更一一如上問一切去下一籌乃至第十籌於是離婆多唱言我等已論毗尼法竟若佛所不制不應妄制若已制不得有違如佛所教應謹學之

爾時論毗尼法衆第一上座名一切去百三十六臘第二上座名離婆多百二十臘第三上座名三浮陀第四上座名耶舍皆百一十臘合有七百阿羅漢不多不少是故名七百集法

彌沙塞部五分律卷第三十

罽賓律師佛陀什彌沙塞部僧也以大宋景平元年秋七月達于揚州冬十一月晉侍中瑯琊王練比丘釋慧嚴竺道生請令出焉佛陀什謹執梵文于闐沙門智勝爲譯至明年十二月都訖考正理歸文存簡備雖不窮源庶無大過願以塵露崇廣山海貽于萬代同舟云爾

音釋

踠（委遠切，足跌也）勖（吁玉切，勸勉也）𧜟（幺琰切）𥇖（於計切，晻𥇖也）脾（頻脂切）擯（必仞切，棄也）釀（魚向切，醞酒也）

根本說一切有部毗柰耶破僧事

唐三藏法師義淨奉制譯

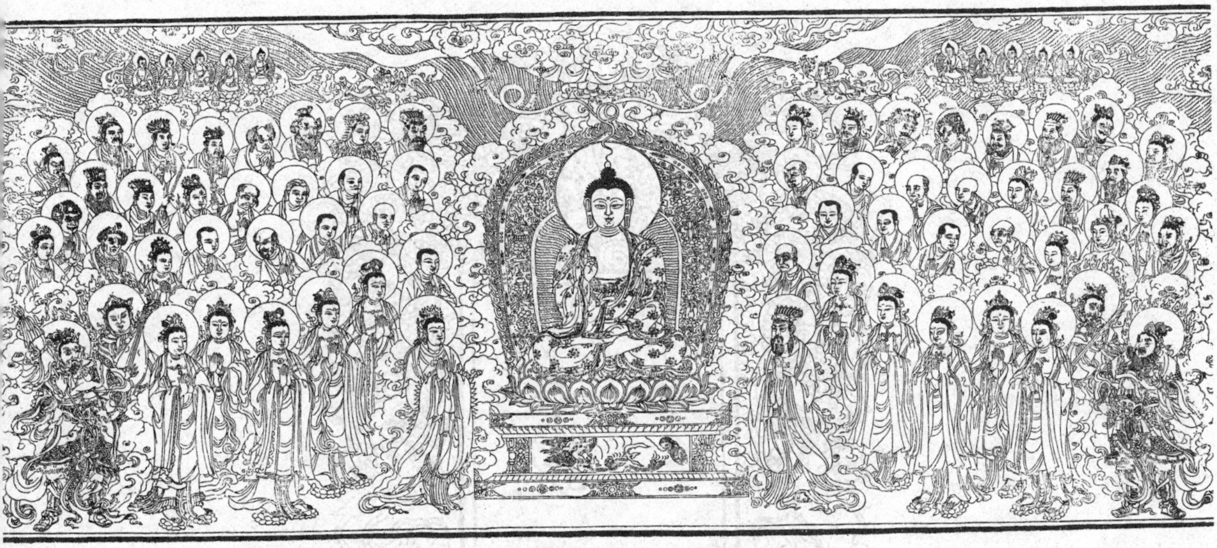

清刻龍藏佛說法變相圖

根本說一切有部毗柰耶破僧事卷第一

唐三藏法師義淨奉　制譯

爾時薄伽梵在劫比羅城尼俱律陁園中與大苾芻衆俱時此城中諸釋迦子咸共集會坐於一處共相謂曰若有人來問我等言釋迦種族誰爲最初從何時生有何繼嗣尊貴冑族有此問者我云何答然我未知如是次第我等宜共詣世尊所問知此事如佛所說我當奉持作是議已諸釋子等往詣佛所頂禮佛足遶佛三匝在一面坐合掌向佛具陳上事白言世尊白言世尊若有人問我釋迦種從何時生誰最爲先誰爲尊貴有何冑族云何而答爲如是事故來請問惟願世尊哀愍爲說如佛所教我當奉持爾時世尊聞此語已默然思惟若我自說釋迦種族有尊貴

者恐諸外道謗言沙門喬荅摩自讃釋種族望尊高復生是念我弟子中誰能説此釋迦族者知大目連善説斯事告目連曰我今入定汝爲釋種説其因緣目連默然受佛教勑爾時世尊取僧伽胝衣四疊枕頭右脅而卧兩足相重作光明想正念起想如是作意於時具壽大目乾連而作是念我今可入如是定中思惟觀察知釋迦種族即於衆前而昇高座結跏趺坐告諸釋曰仁今諦聽此之世界初成之時爾時大地爲一海水由風鼓激和合一類猶如熟乳既其冷已有凝結生其海水上亦復如是上有地味色香美味悉皆具足此界成時一類有情福命俱盡從光音天殁而來生此諸根具足身有光耀乘空往來喜樂爲食長壽而住時此世界無有日月星辰晝夜時節亦莫能辨男女貴賤但相喚言薩埵薩埵是時衆中有一有情禀情躭嗜忽以指端嘗彼地味隨嘗之時情生愛著隨愛著故段食是資爾時方名初受段食諸餘有情見此食時即相學食既食味已身漸堅重光明隱没悉皆幽暗由此食量不調停故形色損減由色減故互相告曰我形光悅汝形損減彼光悅者恃形色故遂生驕慢起不善根緣不善故地味遂滅地味滅已是諸有情共相聚集互生怨歎悲啼愁惱作如是語奇哉善味一説如今世人曾食美食後常憶念先時香味便作是言奇哉美味奇哉美味雖作是言然猶不識其義好惡緣何故説地味滅没有情業故地餅即現色香美味悉皆具足如金色華如新熟蜜食此地餅長壽而

住若有食者身有光明因相輕慢廣如前説乃至地餅皆没時諸有情共集一處愁惱相視作如是語苦哉苦哉我昔曾遭如是惡事是諸有情地餅没時亦復如是然不知此所詮何義仁等當知地餅没已時諸有情由福力故有林藤出色香味具如蕹菜華如新熟蜜食此林藤長壽而住若少食者身有光明因相輕慢廣如前説乃至林藤没故時諸有情共集一處憂愁相視作如是語汝離我前汝離我前猶如有人極相瞋恨不許當前廣如上説林藤没已時諸有情有妙香稻不種自生無糠穢長四指旦暮收刈苗即隨生至暮旦時米便成熟雖復數取而無異狀以此充食長壽而住時彼有情由叚食故滓穢在身爲欲蠲除便成二道由斯遂有男女根生便相染著故遂相親近因造非法諸餘有情見此事時競以糞掃瓦石而棄擲之作如是語汝是可惡有情作此非法咄哉汝今何故汙辱有情始從一宿乃至七宿不共同居擯於衆外猶如今日初爲嫁娶皆以香華雜物而散擲之願言常得安樂仁等當知昔時非法今時爲法昔時非律今時爲律昔時嫌賤今爲美妙由彼時人驅擯出故樂行惡者遂共聚集造立房舍覆蔽其身而作非法此爲最初營立家宅便有家室諸仁當知昔因貪婬故造立屋舍彼如法作不非法作此非法爲法彼諸有情若日暮時若日朝時由飢取稻每日充足不令餘殘有一有情爲慵嬾故旦起取稻遂乃兼將暮時稻來至其暮時有一同伴喚共取稻此人報曰汝自取去我旦

來取稻已無兩時糧訖汝應自去我不繁去時彼同伴聞斯語已心便讚曰此亦大好我今取時亦無二日糧稻來耳爾時别有一伴聞此語已復言我取三日稻來復有一伴聞此語已復言我取七日稻來即將七日稻歸復有一伴來喚其人共相取稻其人報曰我先已取七日稻訖無繁更去彼人聞已心復歡喜唱言此是好便我今日去取若半月或一月稻來如是漸漸倍於前數由此貪心日增盛故遂令稻中生諸糠檅先初之時朝刈暮生暮刈朝生其實尚好以貪愛故一刈之後更不再生設生之時其實漸惡於是諸人競來收採或有遺餘漸漸小惡時諸有情復集一處更相悲歎曰我等昔時身體光恍飛騰自在端嚴具足歡喜充食後以地味爲食猶得香好食爲地味多故我等諸人身即堅重光明遂滅神通便謝因遇種種暗損之事諸人悲泣感生日月星辰廣如上説食多之者身已轉暗食少之者身猶光恍此二食故遂成二種顏狀由此二種顏狀故遞相輕賤曰我是端正汝是醜陋因此諸人互相輕毀展轉生不善心故爾時地味並皆滅盡諸人悲歎後生地餅色香美味悉皆具足我等食之長壽而住食多之者身光轉暗食少之者身猶光恍由此二種顏狀故遂成二種好惡之類乃至遞相輕毀由輕毀故展轉各生不善心故地餅盡滅我等悲惱如是緣故復生林藤色香美味亦皆具足我等食之年壽長遠而住於世食多之者身先損暗食少之者身猶光恍乃至林藤滅故復生稻穀不種自

生無諸糠穢如四指長香味具足我等食之身體充盛食此稻者年壽長遠久住於世以貪心積聚故其稻小惡糠穢轉盛其稻無力採收不生或有遺餘諸人見已更相告曰我等分取地界爾時封量地段疆界各各分之此是汝地此是我地因此義故世間田地始爲耕種遂立疆畔又一有情雖自有田私盜他穀一有情見而告之曰汝今何故取他稻穀此一度盜後更勿爲然其有情盜意不息於第二日及第三日亦復盜將衆人見之而復告曰汝前三度私盜頻勸不休有諸有情便行推拓往詣衆中具陳上事衆共告曰汝自有田何以三度盜他田穀勸此語已便即放之其盜稻者告大衆曰此有情等爲少稻穀今故推我對於大衆毀辱於我大衆復告何以爲少稻穀捉有情摧毀對衆辱之後不應然因此盜故遞相毀辱由此緣故大衆共集遞相告曰汝等具見此事爲盜他穀對衆遞相毀辱不知二人是誰有罪我等意欲衆中揀一有情顏色端正形容具足智慧通達立爲地主有過者治罰無過者養育我等衆人所種之田各各依法六分之中與其一分爾時衆中揀得如上具足德人便即立爲地主爾時衆人告地主言衆中若有犯者請如法治罰若無犯者應當養育我等衆人所種之田各各依法六分之中與其一分由此因緣立爲地主爾時地主見彼諸人若有過者如法治罰若無犯者如法養育爾時衆人所種之田各各依法六分之中與其一分衆既同意立爲地主故得大同意名能擁護劣弱

故得刹帝利名如法治國能令一切衆生歡喜戒行智慧故號爲大同意王其王立時衆人相呼爲有情大同意王有息名意樂即位爲王爾時有情號爲近來意樂王有息名爲善德復次仁等善德王時一切有情號爲饜子善德王有息名爲最勝善即立爲王彼時有情號爲雲咽最勝善王有息名爲長淨即立爲王彼時有情號爲多羅尚伽長淨王頂上有一瘡疱柔軟猶如細綿疊華雖復增長未曾痛惱後漸熟破出一童子顏貌端正具三十二大丈夫相莊嚴其身從頂上生故名爲頂生時長淨王六萬夫人爾時父王將頂生入於後宮時六萬夫人見頂生已各生愛念乳皆流出咸白王言我養我養白此義故復名持養即立爲王彼時有情咸皆思惟互相諮議分別好惡各習一藝時彼有情審思量故未努沙如前六王壽無量歲久住於世爾時持養王右髀有一瘡疱柔軟如綿疊華雖復增長未曾痛惱後漸熟破生一童子形貌端正具三十二大丈夫相莊嚴其身以端正故名爲端嚴即立爲王有大威力王四大洲得大自在時端嚴王左髀忽有瘡疱其瘡柔軟如綿疊華雖復增長未曾痛惱後漸熟破生一童子形貌端嚴有三十二大丈夫相莊嚴其身爲近王端嚴故名爲近端嚴即立爲王亦有威力王三大洲風化自在其近端嚴王右足上忽生瘡疱其瘡柔軟如綿疊華雖日增長而不痛惱後漸熟破生一童子形貌端正有三十二大丈夫相莊嚴其身以右足生故名端嚴足生即立爲王威德自在王

二大洲時端嚴足王左足上忽生瘡疱其瘡柔軟如綿疊華雖日增長而不痛惱後漸熟破生一童子形容端正具三十二大丈夫相莊嚴其身以右足生端嚴故名極端嚴即立爲王威德自在王一大洲此大同意王息名意樂意樂王息名善德善德王息名最勝最勝王息名長淨長淨王息名持養持養王息名端嚴端嚴王息名近端嚴近端嚴王息名有端嚴有端嚴王息名極端嚴極端嚴王息名愛樂愛樂王息名善樂善樂王息名能捨能捨王息名爲堅捨堅捨王息名爲支車支車王息名爲嚴車嚴車王息名爲小海小海王有息名爲中海中海王有息名爲大海大海王有息名爲瑞鳥瑞鳥王息名爲大瑞鳥大瑞鳥王有息名香草香草王息名爲近香草近香草有息名爲大香草大香草有息名爲善見善見有息名爲大善見大善見有息名爲極愛極愛有息名爲大愛大愛有息名爲妙聲妙聲有息名爲大妙聲大妙聲有息名爲作光作光有息名爲有威有威有息名爲廣大廣大有息名爲大彌樓大彌樓有息名爲有彌樓有彌樓有息名爲廣惠廣惠有息名爲艷光艷光有息名爲有艷有艷有息名爲有大艷有大艷王其有大艷王息孫曾孫玄孫等於富多羅城子孫更生至于百代其最後王名爲調怨爲能調伏怨敵故名爲調怨王調怨王於無鬪城中子孫更生乃至五萬四千代於其城中正法化世其最後王名爲無能勝於婆羅痆斯城子孫更王至於六萬三代於其城中正法化世其最後王名

爲難當難當王昔於金毗羅城中子孫更王乃至八萬四千代彼最後王名爲梵授復次諸人梵授王於象造城中子孫更王乃至三萬二千代正法化世其最後王名爲象授象授王於削石城中子孫更王乃至經五千代其最後王名爲及時王及時王於廣肩胷城中子孫更王經三萬二千代正法化世其最後王名爲童女力復次勝力王於無勝城中子孫更王乃至經三萬二千代正法化世其最後王名爲上勝復次其上勝王於妙童女城中子孫更王乃至經一萬二千代正法化世其最後王名爲勝軍復次諸仁勝軍王於贍婆城中子孫更王乃至經一萬八千代正法化世其最後王名爲龍天復次仁等其龍天王於末利城中子孫更王乃至經二萬五千代正法化世其最後王名爲人天復次仁等其人天王於多摩栗坻城中子孫更王乃至一萬二千代正法化世其最後王名爲海天復次諸仁海天王於歡喜城中子孫更王乃至一萬八千代正法化世其最後王名爲善惠復次仁等善惠王於王舍城中子孫更王二萬五千代正法化世其最後王名爲除闇復次諸仁除闇王却於婆羅痆斯城中子孫更王乃至一百代正法化世其最後王名爲大帝軍復次諸仁大帝軍王於俱尸那城中子孫更王乃至八萬四千代正法化世其最後王名爲海神復次諸仁其海神王於布多羅城中子孫更王乃至一千代正法化世其最後王名曰修行復次諸仁其修行王復於俱尸那城中子孫更王乃至八萬四千代

正法化世其最後王名爲廣面復次諸仁其廣面王復於婆羅痆斯子孫相承乃至十萬代正法化人其最後王名爲地主復次諸仁其地主王復於無戰城中子孫相承乃至一千代其最後王名持大地如法化人復次諸仁其持地王於彌耻羅城中子孫相承乃至八萬四千代正法化世其最後王名爲大天復次諸仁其大天王復於彌恥羅城中子孫相承八萬四千代皆名大天並得仙通及修戒行正法化人其最後王名爲你彌你王有息名正謝王其王有息名堅次名佉努次近佉努次名有佉努次名極佉努次名善見次名正見次名軍聽次名梧了次名大梧次名梧軍次名無憂次名離憂次名續果次名善合次名大聲次名煞大聲次名明旦次名坊主次名鬪戰次名生怖次名慶喜次名鏡門次名能生次名怖生次名最勝次名飲食次名難勝次名多飲食次名極難勝次名安立次名善立次名大力次名勝大力次名善惠次名勝堅固次名十弓次名百弓次名新弓次名妙色弓次名勝弓次名堅弓次名十轁次名百轁次名千轁次名妙色轁次名牢轁復次諸人牢轁王於善護城中子孫相承七萬七千代彼最後王號果仙王復次諸人果仙王有息名龍護龍護復於婆羅痆斯城子孫相承一百一代彼最後王名吉枳爾時迦葉波如來應供正遍知明行足善逝世間解無上士調御丈夫天人師佛薄伽梵出興於世時彼釋迦牟尼菩薩於迦葉佛所發阿耨多羅三藐三菩提心淨修梵行生覩史多天

復次諸仁吉枳王有息名善生王復次諸仁善生王復於補多羅城子孫相承一百一代彼最後王名耳生復次諸仁耳生王有二息一名喬荅摩一名波羅墮闍彼喬荅摩念欲出家波羅墮闍念爲國王喬荅摩見其父王非法爲法法爲非法治化國務便作是念若父王没我當爲王法爲非法非法爲法如是治國我當墮地獄既有此難我當云何設何方便而得出家得免斯苦作是念已詣父王所頂禮合掌白父王言大王當知我欲出家趣於非家王告子言若義利故多有人捨施財物供養天神事火苦行求國王位汝今已得我捨命已汝當紹位何故汝今捨此而去喬荅摩白言我見國王非法爲法法爲非法由此罪業當墮地獄我今怖畏願求出家大王慈悲從我此願爾時彼王知其子心畢欲出家即便告言我今放汝隨意而去時彼王子聞此語已心大歡喜去斯不遠有一仙人名曰黑色時彼王子拜跪父王及諸眷屬辭別而去詣黑色仙所如法胡跪頂禮雙足白仙人言我欲出家時彼仙人即便聽許時彼王子既出家已而求果子樹皮樹根以充資養世便號爲喬荅摩仙爾時父王便即捨命第二王子波羅墮闍即立爲王爾時喬荅摩仙因恒食果子及諸樹葉遂便得病白鄔波馱耶言我今欲於入聚落中而乞飲食黑仙報曰仙人有法所謂守護六根遠離六境若在山谷或入聚落無有所畏汝若能持如是仙法隨意而去可近補多羅城造作草舍依之而住爾時喬荅摩頂禮親教辭別而去詣

補多羅城於一閑林造作草屋乞食自活爾時補多羅城有一婬女名曰拍賢形貌端正衆所愛著時有一不善人名蜜捺羅由婬貪心將諸瓔珞及以妙衣送與彼女須擬迎取時彼女人著諸瓔珞及以妙衣欲出往彼時彼門邊見有一人持五百銀錢與彼女人便作是言汝來汝來共汝遊戲彼女思念我今得五百銀錢何爲不取我若不取即不應理即取錢已與彼遊戲爾時婬女使從女人往詣蜜捺羅所而作是言我未莊飾少時即來彼侍從女奉此語已詣蜜捺羅所具陳上事時銀錢主別有餘事須臾即去爾時婬女復作是念此人已去欲往先處時亦不晚告從女曰詣蜜捺羅所作如是言我莊飾了未審與我何處園林而可相見時彼從女奉此語已詣彼蜜捺羅所具陳上事時蜜捺羅報曰汝癡婦女人或言未莊飾或言莊飾了時彼使女先於大家有所嫌恨便告彼曰我之大家非未莊飾適欲以汝瓔珞及衣莊嚴其身別看餘壻時蜜捺羅聞此語已欲心便息而生害意便告從女言汝報婬女莊飾既了來其園林時彼從女詣婬女所具陳上事時彼婬女聞此語已莊飾瓔珞往詣彼林見蜜捺羅蜜捺羅便即嗔曰咄哉婬女云何持我瓔珞妙衣別看餘壻婬女報曰聖子女人常有如是過失願恕其過時蜜捺羅即發忿恨便拔利刀煞彼婬女時彼從女即唱是言賊賊煞我大家衆人聞已皆集其所爾時園中有喬荅摩仙於草屋坐時蜜捺羅見衆集已心生怖畏無處可避遂將血刀往仙人處置草

屋前隨衆而立爾時衆人見彼死女尋逐蹤跡於草屋前見其血刀即捉仙人便作是言汝是仙形云何而作如是惡業時仙報曰我有何咎衆人告曰汝與女人行於非法復煞彼命仙人報曰我實不作如是惡業衆人不信便即捉縛將至王所白大王言此人與彼婬女共行非法便煞彼女王聞此言更不審問令將其仙坐尖木上以其赤鬘著於頭上令彼旃陁羅人身著青衣各執利刀周帀圍遶將彼仙人擊鼓宣示巡行城內告諸人曰當知彼仙犯如此罪從南門出而擲仙人於尖木上時黒色仙來覓此仙不知住在處處求覓乃見被擲在尖木上情甚悲傷懊惱啼泣問曰汝因何事遇如此苦時喬荅摩哽咽悲泣曰鄔波駄耶曰此是先業孰能避脱鄔波駄耶告曰善子汝今被傷於諸法　行身心退不彼報師曰我今身雖被傷心無損害親教告曰我何得之彼報師曰我發實語曾不妄言若我心行實不改者願鄔波駄耶黒色變作金色發此語已而彼仙人變爲金色四方傳告黒仙變爲金色其師見斯實願心生忻喜歎爲希有時喬荅摩仙復白師曰我今捨命當得何道師荅曰善子如外道眞婆羅門法説無子者不得善道汝有子不荅曰我昔於宮內爲童子時意樂修道便捨家宅常修梵行從何得子教師告曰若如此者當念過去時事荅曰我今被傷極至酸痛節節肢肢如被刀割唯念捨命如何更有而起餘想時彼親教師以神通力興大風雨沐喬荅摩身其所苦痛遂得蘇息念往昔婬欲之事於

是身中遂有兩滴精血從身落地以業力故便成兩卵如餘經中説有四種不思議事一者諸佛境界不思議二者龍不思議三者世間心意不思議四者一切有情業異熟力不思議彼業力遂成卵於其卵得日光暖故漸漸成熟各生一童子去其生處不遠有一甘蔗園其二童子遂遊彼園内以福力故顔容日盛其喬荅摩被日光炙遂便命終爾時變金色仙人於明旦時來看喬荅摩見其命故復見地上卵破尋童子跡至甘蔗園中見其童子爾時仙人入定觀察此二童子從何時來是誰之子即知是彼喬荅摩體胤便生愛念將二童子還其住處每日撫養漸漸長大即便立名號曰暖生因此稱爲日種復縁喬荅摩體胤故亦名喬荅摩從本身生故名身生復於甘蔗園中得故亦名甘蔗種由此四縁故有此四號復於異時波羅墮闍王無子身死諸臣共議王恐無子令誰繼嗣而有臣曰其王有兄喬荅摩先已入山修道據其族次王合繼位作遍議已便往變金色仙人所到已頂禮合掌白言大仙我國王兄喬荅摩仙今在何處金仙報曰被汝等輩先已煞訖爾時臣等復白仙曰其喬荅摩自出家已來元不曾見如何得煞金仙告曰我令汝等當自知之喬荅摩曾無過咎枉被汝煞衆人復白曰如何煞之時彼金仙即説上事諸人聞已咸白仙曰我等實是罪過作此語已其二童子即至金仙左右諸人問曰此二童子是誰種族金仙荅曰此二童子是喬荅摩子諸人復言如何有之名字何等爾時金仙即説

上事諸人聞之皆大歡喜即於仙所請長童子侍衛歸國便冊爲王其王治國未久之間即便身死無有子息爾時諸臣復於山中迎其小弟次紹王位衆立王號名甘蔗王復次諸仁時甘蔗王補多勒迦城子孫相承一百一代其二王皆名甘蔗種其最後王名爲軍將王諸仁當知甘蔗軍將王亦名增長有四大夫人各生一男一女其四王子一名火炬面二名大耳三名象行四名寶釧王有四夫人並皆身亡時甘蔗軍將王處於宮内悲愁懊惱諸人入宮見軍將王憂愁不樂前白王言王今何故愁憂若此王即報曰國大夫人今皆殞歿我今何得不生愁惱爾時諸臣共白王曰王若由此而懷愁者隣國諸王皆有好女王應令我冊爲妃后王復告曰我有四子並皆長成堪可繼嗣由此義故誰當以女與我爲后諸臣白言王當宣令臣等爲王四方推覓于時有國王女甚端正堪冊爲后顏貌端正堪爲正后王曰可爾即發國使往彼女所見彼國王問訊起居王問使曰此國幽僻如何至此爾時使者白彼王曰我軍將王國大夫人已從殞歿聞王有女堪爲國后故遣我來諮論此事彼王聞已即便聽許復告使曰汝王若欲與我爲親應先與我立於盟信我女有息必令紹位使者聞已白彼王曰我還本國當具陳此意爾時使者還至本國稽首王已具陳上事王曰我有長子彼設生子豈令紹位時諸羣臣共王議曰王但冊取彼或生男或復生女或是石女王如今何先憂此事願王早索共爲歡樂王曰可爾即令

一使速往女國立先盟揩即依國法迎歸爲后時增長王與其夫人在深宮内娛樂快樂貪愛恣盛無時蹔捨因即懷胎十月滿足誕生一子容儀端正人所愛念時增長王以八乳母共令養育先取女時王及諸臣共立揩言此女生男當立爲王名之愛樂後時漸長譬如蓮華出水顏色敷感時增長王爲欲冊立長息以爲太子不冊愛樂時后父王聞斯語已即令使者持書告增長王何因今者違先立揩若違先揩我當與兵往罰汝國汝當嚴兵以待於我時增長王見此書已集諸羣臣而告示曰皇后父王今附書來具陳上事我等如何設計待彼羣臣議曰彼王有大威力可立愛樂爲太子增長王曰我有長子如何立彼小者以爲太子爾時羣臣復白王曰

彼之國王四兵強感王若不許必被相侵今請大王冊彼愛樂立爲太子其餘四子令出國界時增長王告羣臣曰我之四子先無愆過如何棄之令出國外羣臣白曰我是王臣欲爲利益我實不能於無過人輒便擯棄有罪過人不可令住王聞是已黙然而住時諸大臣總集一處共相議曰諸仁當知共爲籌議我等設計令王憎彼四子因修一園掃灑田地散諸香華懸諸旛蓋以爲嚴飾時四王子因出遊戲遥見其園心生貪愛至於園門其修園官莊嚴已畢從門而出四子問曰今此之園是誰所有其官報曰是國王園四子聞已却迴即去臣復白曰云何迴去不入園内四子報曰是父王園我等何敢得入羣臣白曰王及王子倶得遊戲此有何過王子聞

已即入遊戲羣臣見已馳詣王所而白王言大王當知王令修園今已嚴潔願王親往以爲遊觀時增長王即勑曰誰爲此樂諸臣白言是四王子在中娛樂王聞是語即大瞋怒汝可往彼爲吾殺却羣臣咸皆跪白王曰願王慈悲莫斷其命王若嫌者且令出國王聞依請爾時羣臣奉王命已即喚王子來至王所告令出國爾時四子四輪著地合掌白王我等四子請乞一願所有眷屬欲隨去者願王懷慈許其隨去王告子曰隨汝所願時四王子各將其妹欲出國去時國人民亦願隨去於七日内國中人衆隨去欲盡爾時諸臣白王若不閉此城門恐百姓盡王告臣曰急閉城門無令盡去

根本説一切有部毗柰耶破僧事卷第一

音釋

胄直祐切胤也系也　滓側氏切澱也　蠲古玄切除也　慵嬾慵蜀庸切嬾落旱切並情也　刈牛㓶切穫也　遞特計切迭也　醜昌九切　韁畔韁居良切畔薄半切韁畔田界也　黶於琰切　疱皮教切瘡也　䏶傍禮切股也　艷以贍切光也　疕女黠切　坻都禮池爾二切　⿰車曼無販切　枳諸市切　殞于敏切殁也　末努沙此云人　補多　勒迦此云劬小

根本說一切有部毗柰耶破僧事卷第二

唐三藏法師義淨奉制譯

爾時四王子與諸人衆漸漸前行至雪山下殑伽河側近劫比羅仙人所住之處時四王子與諸人衆各剪茅草以爲屋舍依此而住爾時衆人共相採捕以自養活時四王子日日三時往劫比羅仙所親近供養四王子等年既長大而無妻妾形體羸瘦仙人問曰汝等何因漸加顦顇王子荅曰我等小年無有妻妾日夜憂愁豈不顦顇時仙報曰汝等之妹互相配適王子白曰我等不知合得以不仙人報曰既不同母通計此事爾時王子各自思惟我等兄弟既離本國此處無人可爲婚對仙有此教甚適我願即大歡喜互相嫁娶以成夫婦未久之間各生男女時四王子心生喜慶將其妻子頻至仙所因茲便生喧閙仙見是已心不得定告王子曰汝當安此好住我離斯處王子白曰何故即去仙人報曰汝等喧閙亂我禪定猶如跣脚踏棘刺上王子白曰願仙住此可與我等別覓好處我當住彼仙曰可爾時彼仙人有神通力隨其所樂皆得成就即持金瓶盛滿中水諳餘好處灑水爲界告王子曰汝等可於此地安止時諸王子奉仙人教已即築城壁止住其內彼仙人灑水爲界因此立名爲劫比羅城百姓漸多城先窄小時有天神見此事已便指餘處其地寬廣即就此處別立一城因號此城名爲天示時諸王子總集籌議爲我父王娶後妻故令我兄弟出離本國我等諸人應共立契自今已後唯娶一婦更不娶餘爾時

增長王問羣臣曰我之四子今何所在羣臣報曰王諸子等因有過故王令出國并諸姊妹見在雪山之下天示城中自廣營城邑增長王曰我諸子等豈能如此自成就不羣臣報曰能時增長王即大踊躍端坐舉手告諸臣曰我子大能我子大能由大威德言大能大能故得釋迦名後於異時增長王崩愛樂太子即紹立爲王時愛樂王亦無子息後便命終爾時羣臣共相諮議往天示城册第一王子名曰炬面以爲國主子息便死炬面無子後便命終復册大耳以爲國主大耳無子復便命終復便册象行以爲國主象行無子復册寶釧以爲國主寶釧有子名近寶釧後紹王位近寶釧有子名曰天門亦紹王位復次諸仁其天門王於劫比羅大城子孫相繼經五萬五千代正法治國其最後王名曰十車十車有子名曰百車百車有子名曰嚴車嚴車有子名曰勝車勝車有子名曰堅車堅車有子名曰十弓十弓有子名曰百弓百弓有子名曰九十弓九十弓有子名最勝弓最勝弓有子名曰嚴弓嚴弓有子名曰堅弓復次諸仁其堅弓王而有二子一名獅子頰二名獅子吼此贍部洲所有一切善射之者獅子頰王最爲上首其獅子頰王而有四子一名淨飯二名白飯三名斛飯四名甘露飯獅子頰王復有四女一名清淨二名純白三名純斛四名甘露淨飯王有二子其最大太子即我薄伽梵是其第二者即具壽難陁是白飯王有二子一名恒星二名賢斛飯王有二子一名大名二名阿那律甘露飯王有二子

一名慶喜二名天授其清淨女誕生一子名曰善悟純白有子名曰有髮純斛有子名曰勝力甘露有子名曰大力我薄伽梵有子名曰羅睺羅始從地主大王乃至羅睺羅斷其繼嗣何以故以羅睺證無生果斷生死種故爲此斷其繼嗣尊者大目乾連爲諸釋種大衆說其釋迦族已便即退坐默然而住爾時世尊知大目連說種族已便從卧起端身而坐告大目連曰善哉善哉汝爲諸苾芻說我釋迦昔世以來所有種類如法說已復告目連曰若復有人爲他廣說釋迦種族此善男子於長夜中得大利益恒受安樂爾時世尊重復告諸大衆苾芻苾芻尼曰汝等當知應受我昔世已來釋迦種族所在餘方如法憶念爲他廣說何以故能於汝等獲大利益具利義故具法義故具梵行故當得如上所有功德是故汝等苾芻應當受持讀誦爲他廣說爾時劫比羅城中諸釋種等聞此本族次第說已皆大歡喜即從坐起頂禮佛足各還本處爾時世尊復告諸苾芻等汝等諦聽昔時師子頰王於劫比羅城正法化人於其國土甚大豐熟無有恐怖人衆歡樂其善悟王於天示城正法化人國土安隱家給年豐無有衰惱善悟王后名曰妙勝顏貌端正衆所樂見一切有情恒得安樂天示城中有一長者名曰吉祥甚多財寶倉庫盈溢園林田宅其數不少多諸眷屬所有珍財如薜室羅末拏等無有異時彼長者有一芳園多諸華果流泉浴池種種諸鳥出和雅音世所殊絶國王王子及諸妃后常住遊戲時王夫人見此

園林即生貪愛白其王曰此園甚好可乞我來王即報曰今此園者是長者所有我今安得輙持與汝汝必須者我於城内别自修造勝於此園與汝遊戲爾時其王爲夫人故於王城内即造一園倍勝前者以此園林爲妙勝夫人所造故因名此園號爲妙勝師子頰王恒自思念常乞一願若得我種之内出一金輪王甚適我願其善悟王亦乞一願願我得與師子頰王速爲眷屬甚適我願時善悟王最大夫人因即懷胎滿足十月誕生一女顔容端正世所希有由此王女甚端嚴故王及夫人後宫眷屬一切見者無不忻仰共相議曰今此王女爲是人生爲是善巧天來之所化作經三七日即如國法作諸喜慶令諸群臣遞相籌議今與此女作何名字諸臣白曰此天示城中咸相謂曰由此王女先業果報得此端正復相議曰今此王女非人能生是善巧天之所化作咸白王曰可名此女號爲幻化即爲此女令八乳母共相養育至漸長大時瞻相師來白王曰今王聖女後必生兒具足諸相有大威德得力輪位王聞此語甚大歡喜後善悟王最大夫人更復懷妊十月滿足誕生一女其女身光明徹城内容顔相好世所無比至三七日作喜慶已即集群臣議其名字以此小女勝幻化故因即立名爲大幻化復爲此女令八乳母共相養育漸至長大時瞻相師來白王言今王聖女後必生兒具三十二大丈夫相威德尊重至轉輪王位王聞此語倍懷歡喜時善悟王即令使者持書詣師子頰王報其王曰我大夫人誕

生二女其最長者生誕之日顔貌端正世所希有相師瞻之後當生子得力輪位其小女者身光倍勝相師瞻之後必生子得轉輪位我聞大王有最長子名曰淨飯二女之中願以一女爲淨飯妃故令使報至彼具陳王聞此言甚大歡喜令使還國報善悟王曰王之二女皆具相好我今總取爲淨飯妃然我先王而有要誓不取二妃今且娶其小女生輪王者其大女者且勿令嫁待我集諸群臣及諸眷屬籌議此事時善悟王聞是語已即以國法莊嚴小女并令五百婇女圍遶侍從至彼國已與淨飯王爲妃爾時師子頰王國有附庸之國居山谷内名般荼婆忽然反叛抄掠刼害隣近諸國時隣境住人諸釋迦種被其侵逼互相犇馳告師子頰我等村落皆被其賊日夜侵害願王興兵親往降伏師子頰王曰我今年老不任鬪戰彼諸人曰請王太子淨飯往彼捕捉王即報曰汝諸人等若許太子求一願者我便發遣衆荅王曰唯然隨命時師子頰王於其城中擊鼓宣令嚴勑四兵隨從太子往彼罰討爾時淨飯太子奉持父命將領四兵至彼賊所共相戰害以威力故時彼賊衆被太子軍或殺或縛無有遺孽賊既除滅淨飯太子即領其軍還歸本國時諸釋種既得太子平除賊已皆大踊躍而白王言淨飯太子爲除怨害臣等諸人不勝喜慶王之先言太子有願請王爲臣等說時師子頰王先告諸釋曰汝釋迦種先立言誓不取二妻諸釋迦曰王今豈欲解先誓耶王曰不然更須牢結然我意者唯爲淨飯太子取

其二妃餘不應取諸釋迦曰此事可爾師子頰王即令使者往善悟王所而告之曰我今與諸釋迦種等共相籌議咸皆許我爲淨飯太子娶王長女爲妃王可與我王聞語已甚大歡喜即以五百婇女爲其侍從種種珍服莊嚴女身送劫比羅國時師子頰王得其女至即如國法會諸群臣作倡妓樂納娶其女爲太子妃未久之間師子頰崩以其淨飯太子後繼父位正法化人國土安樂五穀豐熟無諸衰惱其國人衆處處充滿於興時中與大幻化夫人登諸樓閣後宮婇女圍遶侍衛奏諸女樂縱逸遊戲菩薩若在覩史多天常有五法觀察世間何謂五法一者觀察生處二者觀察國土三者觀察時節四者觀察種族五者觀察所生父母何故菩薩觀察生處在覩史多天宮常作是念過去菩薩何處受生便即觀見或於淨行婆羅門家生或於刹帝利貴族家生或爲婆羅門師或爲刹帝利師故當爾之時刹利爲尊我當往彼刹利家生何以故若我於彼貧下家生者或有來世衆生誹謗我故由此因緣菩薩以自在福力隨其所念皆得生彼由此義故菩薩受生之時先當觀察所生之處何故菩薩觀察國土菩薩在覩史多天常作是念過去何國土即見彼國有甘蔗秔米大麥小麥黃牛水牛家家充滿乞食易得無有十惡多修十善菩薩惟中天竺國如是等物悉皆具足故我今生彼中天竺國何以故若生邊地者或時有情誹謗我故是故菩薩以福德力隨其所念皆得生彼如佛所說無有虛也何故觀察時節

菩薩在覩史多天宮常作是念過去菩薩於何時節下生人間若見彼國衆生上壽八萬歲下壽乃至百歲菩薩爾時來生其國何以故若人長壽八萬已上時諸衆生無有愁苦愚癡頑鈍憍慢著樂非正法器難受化故若人短壽百歲已下時諸衆生爲諸五濁昏冒重故云何爲五一者命濁二者煩惱濁三者有情濁四者見濁五者劫濁菩薩爾時作是思惟若我惡世時出現於世多諸外道心生誹謗五濁增長非正法器猶如過去一切菩薩濁惡世時不出於世何以故諸佛出興所說正法皆不虛過由是義故觀察時節復次何故觀察種族菩薩在覩史多天常作是思惟觀察於何種族可受生者若見有人先世已來內外親族無能謗者即生於彼菩薩爾時作是觀已乃見釋迦清淨尊貴轉輪王種堪可出現何以故菩薩若於下賤家生世間有情或生誹謗菩薩於無量劫來獲自在力所有欲念皆得隨意凡所說法曾無虛過由此因緣菩薩觀察所生種族復次何故觀所生母菩薩在覩史多天宮作是思惟如餘菩薩於何等母而受胎臟觀彼女人七世種族悉皆清淨無有婬汙形貌端嚴善修戒品堪任菩薩具足十月處其胎藏而此女人所有生業往來進止曾無障礙復次大幻化夫人曾於過去諸佛發無上願使我來世所生之子得成種覺由是諸菩薩恐諸衆生作是謗言何故菩薩於彼無相女人胎中而出於世是故菩薩從無始已來種諸善根皆悉成就由是義故菩薩觀察所生之母爾時菩薩作

是五種遍觀察已即慇懃三唱告六欲天而作是言我今從是覩史多天下生人間於白淨王最大夫人胎中爲其太子誕生之後證常住果汝等諸天願欲隨我證斯果者可於人間同我生彼於天衆中三告是語爾時諸天聞此語已同聲報曰善哉菩薩不知彼贍部洲剛強難化多諸濁亂外道六師及隨外道六聲聞等并諸六定外道之類遍滿其土深著邪見難可拔濟何謂六師一者晡剌拏二者末揭利子三者珊逝移毗羅胝子四者阿末多雞舍甘婆羅五者脚陁迦旃延種六者昵揭爛陁若提子何謂六隨外道聲聞一者拘達多婆羅門二者輪那陁三者遮彌四者梵壽五者蓮實六者赤海子何謂六定外道一者欝多伽囉摩子二者羅囉哥囉摩三者善梵志四者最勝儒童五者黒仙六者優樓頻螺迦葉若胝羅有如是等外道邪法教化彼諸衆生貪著邪見難可濟度如何菩薩今欲往彼令我覩史多宫一一諸天聽法之座縱廣正等十二踰膳那當我在此説法我等聞已深生信受能令我等於長夜中安樂利益彼時諸天作是語已菩薩爾時告諸天曰汝等諸天宜各隨意作諸音樂時彼天衆即皆同時作諸音樂其聲沸閙爾時菩薩即吹大螺諸音樂響並皆摧息菩薩爾時復問天曰諸音樂中何聲爲大諸天荅曰螺聲最大諸善男子汝等當知如大螺聲能令一切諸音樂聲悉皆摧息我亦如是下於贍部洲中有所説法能令六師外道六隨聲聞外道六定外道皆悉摧滅令一切衆生得甘露法

皆悉飽滿吹無常螺令諸外道假常之計皆悉摧滅吹太空螺令諸外道執有之見亦皆摧滅爾時菩薩説伽他曰師子能伏諸猛獸金剛善摧一切堅帝釋能伏阿蘇羅一切光中日光勝爾時菩薩説此頌已告諸天曰汝等若欲清淨飽滿甘露之法可生中天竺國六大城内爾時釋提桓因在於座中作是思念知釋迦菩薩必託摩耶夫人胎臟之内我當以神通力清淨其體令無垢穢身力強健以待菩薩作是念已即以通力淨彼摩耶夫人胎臟之内菩薩爾時於覩史天宮五種觀察慇懃三唱告諸天已即於夜中如六牙白象形下於天竺降摩耶夫人清淨胎内爾時摩耶夫人即於其夜見四種夢一者見六牙白象來處胎中二者見其自身飛騰虚空三者見上高山四者見多人衆頂禮圍遶作是夢已向淨飯王説如上事時淨飯王即召相師説其夢事相師荅曰如我相法王大夫人必當生男具足三十二丈夫之相莊嚴其身若紹王位當乗金輪伏四天下若出家修道證法王位名聞十方作衆生父内攝頌曰

我降生時　四天守護　如明月珠　諸物纏裹
亦如寳線　智者明了　自持五戒　無諸欲念

諸菩薩有常法從覩史天下生母胎當爾之時十方大地悉皆震動有大光明並皆周遍六趣衆生隨業之境日月威光所不到處普皆明徹其中衆生各相告曰今此光明得未曾有將非我等别受生耶復次菩薩降母胎時釋提桓因即遣四天王神營衛其母而此四神一執利刀一執罥索一執於戟一執弓

箭何以故恐諸惡魔得其母便諸菩薩降生之時其母胎中諸血穢等皆悉遠離而不淤著如明月珠雖爲諸物之所纏裹而無染汙菩薩在母胎時亦復如是如諸菩薩常法其母常見菩薩在其胎中猶以青黄白赤等綿裹於淨寶諸慧眼人見其寶綿分别曉了母見菩薩在其胎中亦復如是諸菩薩常法在母胎時能令其母身體和悦無有疲乏諸菩薩在母胎時其母自然常持五戒不殺不盜不邪行不妄語不飲酒諸菩薩常法在其母胎其母自然不貪欲愛復摩耶夫人忽自思念四大海水皆飲令盡向淨飯王說其心願時劫比羅城中有一外道名曰赤眼善諸幻術王令使者喚其赤眼說如上意赤眼報曰願與夫人登高樓上既登樓已即以幻術爲

四大海水持其海水與夫人飲既飲水已爾時夫人其意即息時摩耶夫人復更思念一切有情被繫閉者悉令解脱作是思已即向王說王聞是語即勅獄官所有囚閉皆令放出爾時夫人其念即息摩耶夫人又復思念意欲布施財物作是念已即向王說王聞是語即爲布施種種財物爾時夫人其念便息又復思惟欲往苑園遊行觀望便向王說王聞是已即將夫人就諸園苑觀望其念便息又復生念意欲於父王園苑中居止便告王曰王聞是語即令使者往善悟王處報云爾摩耶夫人意欲就彼父王藍毗尼園中居止王聞是語便即差人敷設掃灑令摩耶夫人及諸侍從婇女詣藍毗尼園而爲遊觀及見一無憂樹華葉滋茂夫人欲生太子便手攀

其樹枝時天帝釋知菩薩母心懷慚恥多人衆中不能即誕其子便作方便發大風雨令諸人衆各自分散是時帝釋化作老嫗立夫人前夫人即生時天帝釋以仙衣擎取先在腹内心多煩悶告帝釋曰汝放於地時天帝釋蹔少遠住菩薩生時大地震動天地光明乃至日月所不及處皆令明徹其中衆生皆得相見各相謂言非唯我身獨在此處生亦有餘人共在此處一切菩薩有常法式從胎出時無諸膿血及餘穢惡其菩薩母欲產之時不坐不卧攀樹而立無諸苦惱後有菩薩常法生已在地無人扶侍而行七步觀察四方便作是言此是東方我是一切衆生最上此是南方我堪衆生之所供養此是西方我今決定不受後生此是北方我今已出生死

大海爾時諸天手持白蓋及與白拂雜寶嚴飾覆菩薩上諸龍王等各持二種清淨香水所謂冷暖調和洗浴菩薩諸菩薩常法誕生之處於其母前現大池水其母所欲澡洗皆悉充足諸菩薩常法誕生之時諸天仙衆在虛空中以種種天妙和香末香塗香栴檀沉水而散菩薩種種諸天音樂在虛空中自然發響爾時阿私陁仙在吉悉枳迷山石窟之中彼仙恒知一切世間興衰之相其仙有一外甥名那羅陁彼那羅陁時時而來恭敬供養爾時仙人隨緣教示報那羅陁曰彼聞仙記深信不虛喜溢身心求請出家而作弟子菩薩初誕天地光明那羅陁覩瑞即白仙曰親教頗有惡世二日雙現以不若無二日何故此窟有是光明時阿私陁仙說伽陁曰

日光極熱不明淨　此光明淨及清凉
流輝晃耀於山窟　我定知是牟尼光
菩薩神通大威德　出其母胎現此光
清淨明朗真金色　遍滿世間諸大地

那羅陁報曰親教我今隨從親教欲看菩薩時仙告曰汝今知不彼之菩薩有大威德天龍八部之所圍遶我等往彼不可得見若彼菩薩入劫比羅城三號已然後我往可見菩薩菩薩生時五百宫人各生一男謂贊釋迦而爲上首五百宫人各生一女旃尼而爲上首五百大臣各生一男鄔陁夷而爲上首有五百象各生一子報灑陁子而爲上首五百馬各生一子馬羅呵馬子而爲上首五百寶藏自開出現四方諸國王等悉皆降伏常獻種種雜物而來奉事爾時大臣見是相已來白大王王聞此事便深思念我今此子成就一切諸善事業因此大王號此太子名爲成就一切事是故菩薩初得此名時劫比羅城有一藥义名爲釋迦增長城内若有釋迦族類生得男女先將向彼藥叉而爲作禮時彼大王便勑臣佐將其太子往增長釋迦藥叉處遣作禮拜臣得王教以七寶輦轝安置太子往詣藥义之處劫比羅城諸釋種等性懷獷烈心意兇猛多起人我堅鞕惡暴見彼菩薩皆悉寂靜默然而住時淨飯王作思念曰此住劫比羅城諸釋種等性懷獷烈心意兇暴多起人我堅鞕惡性彼見太子入城皆如牟尼默然而住以此縁故可呼太子名爲釋迦牟尼時釋迦牟尼菩薩至藥义廟所彼釋迦增長藥义遥見菩薩漸近廟所即從座起

五體投地頂禮菩薩衆人見已甚大驚怪即往淨飯王所白言大王今藥叉神遥見太子從廟而出頂禮雙足時王聞已甚大歡喜作如是言若天神禮拜太子故知是天中天以此縁故號爲天中天時彼大王即將太子還於本宫令宫乳母依時養育彼乳母等甚大歡喜即以雙手於父王邊捧受太子在宫閤内勤加養育彼乳母等每日香湯洗浴塗妙好香種種莊嚴每日將向王所王乃抱持太子安於膝上觀看相貌甚大歡喜國有常法若王宫生子即喚梵行相師觀看相貌王乃喚相人令占太子既占相已而荅王曰今此太子實是成就三十二相若在家者得作金輪聖王王四天下善法理化具有七寶一者金輪寶二者象寶三者馬寶四者末尼寶五者女寶六者主藏臣寶七者兵將寶具足千子勇健端嚴降伏他軍此大地中所有人等無相犯者皆悉令行勝妙善法若當出家紹法王位如來應正等覺名稱普聞具三十二相王即問曰何者是其三十二大丈夫相一者具大丈夫足善安住等案地相二者於雙足下現千輻輪相三者具大丈夫纖長指四者足跟趺圓長五者手足細軟六者手足網縵七者垂手摩膝相八者醫泥耶溥相九者身不傴曲十者勢峯藏密十一者身相圓滿如尼瞿陁相十二者常光一尋十三者身毛上靡十四者身諸毛孔一一毛生如紺青色螺文右旋十五者身皮金色十六者身皮細滑塵垢不著十七者於其身上兩手兩足兩肩及項七處圓滿十八者其身上半如師子

王十九者肩善圓滿二十者髆間充實二十一者身洪健直二十二者具四十齒皆悉齊平二十三者其齒無隙二十四者其齒鮮白二十五者頷如師子二十六者其舌廣薄若從口出普覆面輪至耳鬢際二十七者於諸味中得最上味二十八者得大梵音言詞和雅能悅衆意譬如羯羅頻迦之音其聲雷震猶如天鼓二十九者其目紺青三十者睫如牛王三十一者其頂上現烏瑟膩沙三十二者眉間毫相其色光白螺文右旋若不出家得轉輪聖王王四大洲菩薩常法其菩薩母產菩薩已七日命終生三十三天菩薩常法生已其身端嚴超諸世間衆所愛樂見者無猒猶如善巧工人以閻浮檀金作諸形像天衣覆上放大光明普遍暉耀其菩薩身亦復如是如彼蓮華衆人所愛菩薩亦爾菩薩常法眼恒不瞚如三十三天由果業故日夜常見四維上下一由旬內梵音深遠如雪山鳥其聲清妙菩薩生已自然具足廣大智慧善解一切世間正化父王國法無不明了爾時那羅陁仙人來白師曰今者菩薩入劫比羅城父王淨飯已立三號願師共詣禮拜瞻仰其師謂曰令隨汝意二仙相隨欲修禮謁以菩薩力故遂失神通不得如常乘空而去便共步往劫比羅城既入城已至王門外告門人曰汝可爲我往白大王阿私陁仙今來門外願見大王時守門人即至王所具陳上事王聞是已即持香華迎彼二仙安置宮內既安置已善言問訊今者大仙何緣遠來欲求何事二仙荅曰我等故來願見菩薩王報仙

曰我之太子今正安眠且待須臾令與相見爾時二仙復白王曰雖復未覺我等意者暫欲觀瞻爾時大王即領二仙至菩薩所便見菩薩雖復寢睡其眼常開時阿私陁仙見是事即說頌曰

如眞飛龍馬　暫睡還復覺　如善營事人
睡蓋不能覆

時彼嬭母即前捧抱太子受彼二仙時阿私陁便以雙手跪而承受遍體觀察白大王曰大王已令諸婆羅門占相師等相太子未父王荅曰已令相訖阿私陁仙復白王曰彼等諸人占此太子當有何相父王報曰若紹國位御金輪寶聲聞十方一切國土時阿私陁以贊頌曰

大王今當知　相者不能測　末劫無輪王
必證菩提道　一切金輪王　相猶不炳著
我今觀太子　當取法王位

根本說一切有部毘柰耶破僧事卷第二

音釋

顦顇 顦昨焦切顇秦醉切顦顇憂瘠也　跣 息淺切徒足也　頬 古協切面頫也　叛 薄半切離叛也　抄掠 抄楚交切掠離灼切並刼奪也　犇 博昆切疾走也　秔 古行切稻之不黏者　柃 子盈切正作柃與旌同析羽置旌首也　獷 古猛切悍也　綢繵 綢文兩切繵莫官切謂佛指間皮相連如鵝鴈掌也　䠞 市兖切腓腸也　胝羅 唐言多言

根本說一切有部毗柰耶破僧事卷第三

唐三藏法師義淨奉　制譯

時阿私陁仙既知太子必成正覺即自觀身壽命長短我今此生得見菩薩證菩提不既諦觀已即覩菩薩十九出家六年苦行獲甘露果復知已身先時殞歿不逢菩薩度人說法便自悲傷啼泣懊惱時淨飯王既見此已甚大驚愕以頌問曰

丈夫及女人　見者皆喜躍　大仙今何故
對此獨悲泣　將非我太子　有諸不祥相
善哉大仙人　願速爲我說

時阿私陁仙以頌答曰

設彼虛空中　忽降金剛雨　於此太子身
不能損一毛　猛風與炎火　及諸利刀劒
毒氣嚙惡虵　亦皆不能害　一切恐怖人
太子爲擁護　云何慈悲主　而有憂害者
自在諸梵天　皆來爲侍衛　如是最尊勝
云何而憂懼　我今恨衰老　死時將不遠
不見轉法輪　所以自悲泣　當來世間人
遇此菩薩者　必得聞妙法　證彼寂滅果

時阿私陁仙說此頌已便懷惱恨作如是念由此太子威德力故令我退失神通不能飛行乘空來去我今於此步出城門衆人見我必生輕慢作是念已白父王曰王曾發願願阿私陁仙出入城中我今步來酬王宿念今亦步去王應爲我修理城路爾時父王即令大臣勑諸人衆嚴飾街衢懸諸旙蓋告國人曰阿私陁仙今步出城汝等諸人隨意觀望時彼仙人內懷惱恨與淨飯王及王臣佐長者居士婆羅門等前後圍遶出城門外仙白

王曰王可還宮我今辭去既相別已阿私陁仙漸次前行至華陁山即登彼山擇其勝地因以居住時彼仙人遠行疲乏既坐憩息遂入仙定由入定故得本神通後於他時遂便染患仙弟子衆以諸湯藥療治不差衆白師曰師今此疾醫藥無痊世間無常不可爲諱我諸弟子皆求寂靜師既獲得常樂豈可不留遺誨請師示誨令使我等有所悟入其師告曰我雖出家希求甘露然由未證愧無所傳今釋氏所生童子必當獲得無上妙果能以甘露滋益衆生汝諸弟子可詣彼出家若出家已勿恃豪姓種類摩納婆伽勉勵精勤常修梵行爲得法故專精加行若此行成當獲甘露作是語已説伽陀曰

從此於東方　汝當往求覓　諸佛實難遇
見已可勤修

説無常法頌曰

積聚皆消散　崇高必墮落　會合皆別離
有命咸歸死

時阿私陁仙説此頌已便即命終爾時弟子那羅陁以種種如法供具隨時殯葬已便詣婆羅痆斯城於彼而住與五百摩納薄伽爲其教示婆羅門薛陁呪其那羅陁爲是迦旃延姓因號迦旃延若釋迦菩薩當成正覺迦旃延詣於佛所彼佛即喚大迦旃延而便以法教示令彼度生死大苦海住於最上寂靜究竟涅槃遂以名之爲大迦旃延後當得此名甘露爾時菩薩坐於嬭母膝上於金盤中食香稻飯極多不息嬭母見多遂奪食器菩薩以手捻其金盤其嬭母不能奪此食器乃

至八孀毋奪此食器亦皆不得其孀毋等共徃白王具説上事王及諸宮人等共奪此器亦復不得王復告諸群臣令共奪此器其諸臣等以索及鉤牽挽食器亦復不得諸群臣等奪不得故便取五百大象及以繩索牽挽此器菩薩爾時見諸人等慇懃方便種種牽器菩薩思念此諸人等欲試我力菩薩遂以指鉤其器其象牽挽力復不如悉皆復退時淨飯王見此事已便作是念而此菩薩一指鉤器五百大象悉皆却退若用兩手必敵一千是故號之名千象力此是菩薩第四名號菩薩生時有常法式若欲入學以五百侍從童子令隨菩薩學習書業時有博士名彩光甲明解五百種書時淨飯王將菩薩及諸童子詣彩光處令遣受業爾時彩光博士作一種書示彼菩薩令遣學之菩薩荅曰此一種書我先已解次與第二般書而示菩薩令遣學之菩薩荅曰此一般書我先已解次與第三般書而遣學之菩薩答曰此一般書我先已解其彩光先生乃至示五百般書亦復如是我已解之菩薩問博士曰更有餘書與我學之博士荅曰此五百般書世間行用我唯解此餘皆不知爾時菩薩即自作一般之書度與先生問先生曰此是何字又復何名先生荅曰我不識此般之字名也菩薩荅曰若世間中有二種出現一者菩薩出二者金輪王出此般之字隨世自出爾時空中梵天大王即出語曰菩薩所説二種之現及字必當實爾淨飯大王及諸群臣聞此語已甚大歡喜爾時菩薩即爲先生開異種新書廣爲談

説梵天大王見此之異爲證此事必當實爾爲此異故此書號名梵天書菩薩自解諸種書已菩薩阿舅名曰摩那利來將菩薩等令教乘馬乘馬之法又劫比羅城有一博士名曰同神明解弓射戰法來教菩薩及餘釋迦童子其摩那利白博士曰此菩薩有大慈悲心一切妙法願令教之及諸童子亦堪教之唯提婆達多本自惡性無有慈心願請博士勿教妙煞之法何以故此人惡性博士教之必煞一切衆生無有停息爲此勿教博士得此語已即教菩薩等法皆悉總盡其法妙者不教提婆達多菩薩當日習得五種弓法一者射諸遠物二者彼處有聲菩薩不見隨其所念皆即射得三者所欲射處無有不著四者前人身上知有要穴隨其所念若死不死即射其穴悉皆隨意五者不問遠近射之極當菩薩明此五種等藝四方傳之釋迦太子有如上藝爾時薜舍離城諸人得一好象形貌具足諸人共集遞相議曰其淨飯王有一太子天文贍相已後之時必爲金輪聖王由彼威德現此寶象令使數人將此寶象獻此釋迦太子諸人當即莊嚴彼象將向劫比羅城漸行到彼至於淨飯王宮門外爾時惡性提婆達多王子從於内出見彼寶象種種莊嚴心貪愛念即問使曰此象誰許使人報曰釋迦太子天文贍相作金輪王爲此因故薜舍離城諸人將此寶象獻上太子提婆達多聞此語已甚大瞋怒即出是言我國太子未作金輪大王何故汝等預將寶象來獻太子作此語已漸近於象瞋恚之心打象一下其

象倒地因即至死打此象已便即却去當時難陁王子次從内出見此死象問其人等此象誰許何人打死諸人報曰此象獻來提婆達多打死即出是言提婆達多極是不善難陁重思念曰將非提婆達多自試力耶爾時難陁執其象尾遂即拽過三七餘步離其大路即便過去爾時釋迦太子從内出來見此死象問衆人等此象誰許諸人說如上意菩薩問此象誰人打死諸人報曰提婆達多王子打此大象一下因即至死菩薩重問本於何處打此象死諸人荅曰此象死處在於中路菩薩重問此象中路誰人拽來在於此處諸人荅曰難陁王子一手執尾拽其大象置於此地菩薩重言打死之人甚當不善拽令遠路極是善哉重更思之將非二人私試自力我亦試之爾時菩薩執其象鼻遥擲城外七里墮地其地便陷時人號爲陷象之地信心長者婆羅門便於此處起大窣堵波時諸苾芻悉來頂禮便說頌曰

天授摶煞大象王　難陁拽於三七步
菩薩擲出城壍外　如在虛空拋丸石

爾時釋迦童子遞相謂曰我等出外作輪刀斷樹之樂作此語已即出就於林中菩薩聞諸童子往遊戲即領五百童子前後圍遶至彼林中諸釋童子競擲輪刀樹皆摧倒爾時菩薩亦執輪刀樹林悉斷而無倒者以刀刃平故時諸童子見樹不倒共相謂曰我聞菩薩威猛自在於諸五技無不達者云何輪刀斷樹一不能倒所相小術尚猶如此豈況餘技爾時天神見諸童子生此謗議欲解衆疑

即放猛風吹諸林樹轟然悉倒諸釋童子見斯事已皆大驚愕方伏其妙時諸童子復與菩薩鬪諸弓射以七重鐵多羅樹并七鐵鼓其間各安鐵猪而爲射埰諸童子射不過一多羅樹天授童子射過一多羅樹一鼓一猪其箭便住難陁童子射過二多羅樹二鼓二猪其箭便住菩薩爾時放其一箭其箭直穿七樹七鼓七猪并過地輪復入水際爾時龍王即拔其箭其箭之穴水便涌出清香輕美人所飲者皆稱希有時有信心婆羅門居士等於其水傍造塔供養菩薩爾時作此戲已遂乘車馬與諸童子却還城内其城門傍有諸相者遥見菩薩威光殊特競相謂曰今此太子若却後十二年中不出家者必當登彼轉輪王位時白淨王聞斯相語甚大喜躍即集群臣而告之曰我聞相者相我太子却後十二年中不出家者當得轉輪王位汝等諸人宜加防衛滿十二年勿令出家得使登彼金輪王位汝等諸人宜加防衛滿十二年不令出家得使登彼金輪王位當與諸君共相圍遶飛騰虛空觀四天下汝等應當速立宮殿揀求美女令共娛樂時諸臣等前白王曰我觀太子不樂世間聲香欲愛云何以諸美女而可留連王告臣曰我之太子縱不愛彼一切色欲應由未見殊妙女人自今已往汝等諸君勤加選擇上好童女倍數將來令太子見任其意者必生愛樂群臣議曰今此太子雖無愛染我等諸人應造種種嚴身之具各令童女美顔容者執其香飾之物親奉太子復令太子各賜諸女嚴好珍飾或有愛者

便令留住共相喜戲作是議已即爲太子造立宮殿百寶莊嚴敷師子座令太子坐於其座前積諸珍寶種種瓔珞以成大聚總命諸臣及餘人衆咸令普集所有童女任其意願隨時莊飾著諸瓔珞將入內宮菩薩性愛捨施於諸童女普施瓔珞時執仗釋種有一童女名耶輸陁羅容色端正世所希有執仗釋種即還家中告其女曰今者太子施諸童女珠寶珍奇嚴好之具汝可往取其女報曰我之家中豈無此耶何用他物父告女曰然彼太子雖施珍寶或因愛樂便以爲妃女曰若因此時便爲妃者縱取餘女我必當得爲其大妃父又告曰必當如斯可便速去於是耶輸陁羅即以種種珍飾莊嚴其身與諸從女亦復嚴好相隨而去路傍諸人皆共愛仰耶輸陁羅不觀餘者耶輸陁羅入菩薩宮雅步從容端身而進不觀左右於太子前立時彼太子先以珍寶施諸女盡更無遺餘獨有一金指環見耶輸陁羅即舉其指然耶輸陁羅先與菩薩從久遠來恒爲因緣常相愛樂即昇師子座上從太子指取其指環羣臣諸人遞相謂曰此耶輸陁羅族姓尊貴顏容具足於諸女中最爲殊勝堪爲太子宮中侍衛群臣諸人同議斯已向淨飯王具陳此事時王即遣二萬婇女圍遶耶輸陁羅入太子宮內復次菩薩常法出現世界必生一樹名曰善堅其初生時一夜之中便高百肘其初生夜未見日光形質柔軟可以爪甲掐而令斷見日光已即便堅硬雖加刀斧及以猛火不能摧損釋迦菩薩既出世已於劫比羅及以天

示二城之間有一大河名盧奚多其河岸邊而生此樹河水汎漲洪波鼓激流沙圯岸土石隨散其樹善堅根鬚盡露後因猛風摧倒横在盧多河中便如大堰堰水不流其刧比羅城漸被侵没天示城中又復枯涸天示城王見斯事已即令使者告淨飯王曰今此大樹横在水中彼此俱弊王之國中有諸童子皆悉勇健願王勑之令除此樹時淨飯王報其使者我今何能處分斯事刧比羅國有一大臣名曰闡陁前白王曰願王令我檢校斯事我有方便令王子等不假王言自除此樹王曰可爾闡陁大臣卿於河岸一蘌林間洒掃清淨堪爲遊觀請諸王子往林嬉戲諸王子等各乘寶車與諸童子前後圍遶既至林已各敷牀座縱誕歡樂時有一鴈飛空而度

提婆達多即挽其弓射之令落其鴈落在菩薩座前菩薩爾時收捧其鴈爲拔其箭以藥療之應時平復提婆達多即令使者告菩薩曰令彼之鴈我先射得可還我來菩薩爾時告彼使曰我久發菩提心一切有情是我先有云何此鴈是汝先有提婆達多從久遠來恒與菩薩結諸怨恨聞此語已即恨瞋恚雖然菩薩此身與一切有情怨結已盡唯提婆達多一人尚有餘習今因此鴈爲最後之身與提婆達多爲初首鬬諍天示城王旣請淨飯王除樹不得即自令其國内人衆共拔其樹爾時諸人施功用力叫聲沸鬧菩薩聞已問左右曰彼是何聲闡陁大臣具陳彼樹堰水之意菩薩聞已即告衆人我當往彼爲除此樹時彼菩薩并童子等即共往彼路傍孔

中出一毒虵烏陁夷見此毒虵恐害菩薩即拔利刀斬爲兩段虵吐毒氣著烏陁夷身變爲黑色因此名爲黑烏陁夷是時諸童子等爭騁勇力拽善堅樹提婆達多鼓氣而前盡力拽之纔動而已難陁童子擎少離地菩薩以手擲置空中其樹乃爲兩段各分兩岸爾時菩薩告諸人曰此善堅樹是其冷藥能除熱病汝等各應細截斬分若有鬼氣癰腫將此塗之並得除差時諸童子並即乘車歸劫比羅城至城門所遇瞻相師作是言曰菩薩於此日中不出家者必登轉輪王位時有釋迦女名喬比迦住鍾聲聚落在於高閣上遊觀菩薩入城覓見女遂以脚指以壓其車車便不轉其女遥見菩薩念於心菩薩手中先有鐵杵以指撚之遂便微碎喬比迦女觀視

菩薩以脚指捺樓其閣遂穴諸人見已作是念言此之釋女必能善得菩薩之心時淨飯王聞此語已即迎喬比迦女并二萬婇女侍從入宮菩薩常法將欲遊觀園即勑御者我之好乘汝速裝飾我欲乘之遊觀園苑御者受教嚴飾上乘至菩薩前白菩薩曰我已嚴飾上乘惟願知時菩薩登車觀看逢一老人氣力羸弱形體損瘦腰背傴曲行立倚杖身體戰掉鬚髮變色不如餘人菩薩見已告御者曰彼是何人腰背傴曲形體羸瘦顫頷若此御者報曰此名老人此不久要當身死菩薩問曰我於後時當如是不御者報曰太子之身還當如是菩薩聞已愁憂不樂即告御者可速還宮我至宮中思量是事我當云何得免斯苦御者依命即還宮內既至宮已菩

薩爾時端坐思惟作是念言如此老法不久之間即至我身我云何免即說頌曰

忽遇如此衰老者　形體枯瘦倚杖行
我身亦爲老所縛　云何得免斯苦事

爾時淨飯王見菩薩却迴宮中問御者曰太子出城遊觀林泉生歡喜不御者對曰我見太子無有歡喜王曰何故不喜御者荅曰我與太子出城門外見一老人形體羸弱顏容枯顇倚杖前行身體戰掉太子見已即問我曰彼是何人一當至此我即荅曰此名爲老又問我曰我於後當如此不我即荅曰必當如此太子聞已命我令還思惟是事今者現在宮內思量是事時淨飯王聞此語已自思念言太子生時相師皆云出家修道今若如此應是斯事我當倍諸五欲樂具以娛樂之作是念已即令倍諸五欲樂具以娛太子頌曰

父王既聞御者言　即自思量相師語
以諸五欲倍於前　願令菩薩不出家

菩薩常法將欲出城遊觀先勑御者速當爲我嚴飾車乘我當出城遊觀御者受命即當嚴飾上妙車乘既嚴飾已即白菩薩今可遊觀將欲出城逢一病人舉身羸黃瘦瘠疲困路傍諸人皆不願見菩薩見已問御者曰此是何人身形瘦弱羸黃困篤一切諸人皆不願見御者報曰此名病人因斯病故不久當死菩薩問曰如此病法我超過不御者荅曰此之病法亦未超過菩薩聞已愁憂不樂即命還宮思惟是事爾時御者送至宮內既至宮已菩薩於是端身思惟如此病苦時淨飯

王問御者曰太子出城遊觀歡樂以不御者
荅曰太子不樂又問曰何爲不樂爾時御者
具陳上事王聞是已乃至倍加五欲娱樂太
子頌曰
上妙色聲香　最勝諸味觸　當受五欲樂
勿棄我出家
菩薩常法將欲出城遊觀先命御者嚴飾車
乘既嚴飾已出城遊觀逢一老死人以雜色
車而以載之復有一人手持火爐在前而行
雜色車後多諸男女披髮哀號見者悲切菩
薩見已問御者曰此是何人以種種雜色嚴
飾其車載之而去男女哀號見者悲切御者
荅曰此名死人太子問曰云何名爲死人御
者荅曰此人生氣一盡不復得與父母兄弟
妻子眷屬而重相見菩薩問曰我亦爾不荅
曰亦爾菩薩聞已愁憂不樂即命還宮時淨
飯王問御者曰太子出城遊戲歡樂以不御
者荅曰我見太子愁憂不樂王曰何故荅曰
今者路逢死人父母妻子悲號相送太子問
曰我當如此不我即荅曰皆當如此故在宮
中思惟是事時淨飯王復加五欲以種種微
妙音樂倡妓珠珍婇女娱樂菩薩頌曰
此最勝城甚嚴飾　天中天子可久住
倍加五欲能歡樂　猶如千眼歡喜園
爾時淨居天皆共觀念菩薩先有大實因力
我等當爲菩薩作大緣故何以故若有大因
待大緣故即便化作一大沙門執錫持鉢次
行乞食菩薩常法出城遊觀先命嚴駕既嚴
駕已登車前行於衢路中逢一沙門淨除鬚
髮披福田衣執持鉢徐行乞食菩薩見已

問御者曰此是何人御者答曰名出家人菩薩問曰云何名為出家報曰此人以善心修善行於善處住身口意業悉皆清淨以信心故剃除鬚髮披如來服捨離俗家昇涅槃路故名出家菩薩即便告御者曰汝可將車近彼沙門御者奉命即便引車至沙門所菩薩爾時問沙門曰汝是何人剃除鬚髮著別色衣手持錫鉢以乞自活沙門報曰我出家人也菩薩又曰云何名為出家人也沙門報曰常以善心恒修善行身口意業悉令清淨捨離俗家昇涅槃路故名出家人也菩薩嘆曰善哉斯事善哉斯事即自念言若當如此我亦出家即命御者可速還宮我至宮中思量是事御者奉命執御還宮既至宮中寂然思念時淨飯王問御者曰今者太子出城遊觀歡樂以不荅曰我見太子愁憂不樂王即問曰何故不樂御者荅曰太子出城逢一沙門剃除鬚髮披福田衣手持鉢錫徐行乞食太子問我彼何人也我即荅曰名出家人便問我言云何名為出家我即荅曰捨其俗家昇涅槃路故名出家太子問已命我引車近沙門所問沙門曰汝是何人剃除鬚髮披異色衣手執瓶鉢自行乞食沙門報曰我出家人也太子問曰云何名為出家人也彼便報曰捨離俗家昇涅槃路太子聞已即便歎曰善哉斯事善哉斯事若如此者我亦出家即便命我令速還宮今在宮中思量是事時淨飯王既聞此語慘然不樂私自念曰太子生時相師占言太子不登王位必當出家觀今相狀應出家時至即設方便我今當令太子住

田農所見彼人衆行来作務心得歡喜忘出家事作是念已即往宮中告太子曰我有良田令人營殖汝可檢校太子在宮想彼老病死人即懷憂懼念彼沙門復生喜戀此心所繫無時暫捨聞父此言不可違背即順父言便命御者登車即往身雖欲往田所心恒繫念出家既漸前行忽於中路遇五百寶藏悉皆開門中有聲曰善哉太子我等珍寶是汝過去眷屬之藏汝可盡取隨汝意用太子報曰此是過去眷屬癡資具無時積聚莫知棄捨我今何用汝等速去時彼寶藏復出聲曰汝若不取我今入海菩薩報曰隨汝意去時寶藏等便入大海爾時菩薩漸復前行至犁田村見彼耕人塵土坌身遍體流汗手執牛杖盡皆有血復見其牛皮背穿爛飢渴所逼羸瘦困苦喘息不住爲諸蟲蠅唼食膿血諸小蟲等滿其瘡食或爲犁刃傷割其脚菩薩遊歷耕種之所皆見如此諸苦惱事菩薩從無量劫来深種慈悲遇此苦業便生憐愍即喚耕田人等而問之曰汝屬何人諸人報曰我等皆屬太子菩薩告曰今放汝等任自存活不須繫屬於我耕田牛等亦便放捨任逐水草養其軀命于時菩薩念此苦事從車而下於贍部樹間入第一無漏相似三昧左右侍從圍遶菩薩各坐樹下贍侍菩薩時淨飯王自念食時將至太子何爲不還宮即欲自往看其太子便命車輅登之而行至耕田所周迴諸處尋覓太子於贍部樹下見入三昧于時日已西傾一切林影皆隨日轉唯太子所坐之樹猶蔭太子其陰不移時淨飯王見

是事已即自念言今我太子甚大威德日已西傾一切林影皆隨日轉唯太子所坐之樹猶蔭太子其陰不移歡喜踊躍生恭敬心曲躬低頭前禮太子請從定起共登寶車漸次還宮至屍林下見諸死人或黄或淤臭穢狼藉太子見已重加憂念於寶車中結跏趺坐專心思惟漸至劫比羅城時曆數者即占太子至七日内不出家者必登轉輪王位占知是事即以其頌奏淨飯王曰

太子不出家　盡於七日中　於彼日出時
必登輪王位　七寶自在王　太子當如此
海内無勞役　怨敵自平定　太子若出家
無畏坐林間　證彼一切智　度脱諸衆生

爾時菩薩既至城内有一釋迦種名不過時有其一女名曰鹿王於樓窻中遥見菩薩讃歎頌曰

安樂乳母生　安樂父能養　彼女極安樂
當與汝爲妻

菩薩聞此其心寂入涅槃聲義唯聞言曰汝最勝人當思惟寂靜涅槃菩薩聞此涅槃聲愛念歡喜聞妙聲即脱頸上珠瓔擲於空中以威力故遂落鹿王女頸上諸人見此皆大歡喜白淨飯王具陳上事王聞此語即令二萬婇女迎鹿王女將入太子宫内彼時菩薩有三夫人一名鹿王二名喬比迦三名耶輸陁羅其耶輸陁羅最爲上首其三夫人各有二萬婇女前後圍遶在於宫内時淨飯王聞曆數者頌即喚甘露等兄弟四人集居一處遞相議彼曆數之頌若七日内不許出家登輪王位者我等宜應於七日内守護太子仍

令兵衆於四城門勤加防衛作是議已即於劫比羅城築七重城壍皆安鐵門一一門上盡掛鳴鈴若有開閉其鈴聲四聞面周迴各四十里菩薩所在樓閣之上皆令妓女作諸音樂歌舞圍遶大臣猛將領四種兵嚴加更警候營守城外菩薩宮中諸門常閉縱有使命須往來者於城上別置梯道令五百人擎之來去其內宮門開閉之時皆出異聲令淨飯王聞若聞門聲諸宮人等盡執仗刃劫比羅城外百官吏人亦復勤加遞相防守時淨飯王自將四兵守城東門其斛飯王自將四兵守城南門其白飯王復將四兵守城西門甘露飯王亦將四兵守城北門大名釋迦領諸猛士巡行城內至城東門問守門人曰誰守此門淨飯王報曰是我知更大名將曰嚴更者好睡眠者惡即說頌曰

睡者如死人　此人屬魔王　智者常覺悟
是故勤防守

大名釋迦說此頌已即至南門問守門者曰何人守此斛飯王報曰是我知更大名將曰勤加者好睡眠者惡即說頌曰

睡者如死人　此人屬魔王　智者常覺悟
是故勤防守

大名釋迦說此頌已復至西門問守門者曰是何人守白飯王報曰是我知更大名將曰勤加者善睡眠者惡復說頌曰

睡者如死人　此人屬魔王　智者常覺悟
是故勤防守

說此頌已復至北門問守門者曰是何人守甘露飯王報曰是我知更大名將曰策勤者

善睡眠者不善即說頌曰

睡者如死人　此人屬魔王　智者常覺悟
是故勤防守

說此頌已還至中營問守營人曰何人知更營人報曰是某知更策勤者善睡眠者不善即說頌曰

策勤莫違法　實言莫妄語　妄語入黑暗
是故勤防守

大名釋迦如此巡已即至天曉於淨飯王所白其王曰七日之中一夜已過惟餘六日王便報曰既餘六日勤加守護六日若過我之太子登金輪王我等諸人咸皆隨從飛騰虛空觀四天下如此警候乃至六日唯餘一夜天帝釋有常法觀念之時窮於下界即說頌曰

釋迦牟尼國王子　修六度行皆圓具
愛樂出俗處山林　以求無上眞如道

根本說一切有部毗柰耶破僧事卷第三

音釋

愕五各切驚遌也 齩五巧切 憩去制切息也 療力燆切治疾也 痊此緣切 殯必刃切 拽羊列切拖也 陷戶鑑切沒也 塹七豔切 轟虎橫切車大聲也 揀古限切選也 掐乞洽切爪刺也 堰於幰切擁水也 涸下各切水渴也 騁丑郢切驚也 蝱蠅蝱莫耕切蠅余陵切 唼音匝

根本說一切有部毗柰耶破僧事卷第四

唐三藏法師義淨奉制譯

爾時菩薩在於宮內嬉戲之處私自念言我今有三夫人及六萬婇女若不與其爲俗樂者恐諸外人云我不是丈夫我今當與耶輸陁羅共爲娛樂其耶輸陁羅因即有娠既懷娠已生恩念曰我於明旦報菩薩知爾時菩薩於其夜中約緣生理而說頌曰

所共婦人同居宿　此是末後同宿時
我今從此更不然　永離女人同眠宿

當此之夜婇女倡妓悉皆疲倦昏悶眠睡或髮披亂或口流涕唾或復讇語或半身露菩薩見此雖在宮內猶如塚間見諸死人即自思惟而說頌曰

如風吹倒池蓮華　手脚撩亂縱橫卧
頭髮蓬亂身形露　所有愛心皆捨離
我今見此諸女眠　猶如死人身形變
何故我不早覺知　在此無智有情境
欲同彼泥箭毒火　如夢及飲鹹水等
當如龍王捨難捨　諸苦怨讎因此生

菩薩說此頌已便即眠睡爾時大世主夫人於其夜中見三種夢一者見月被蝕二者見東方日出便即却沒三者見多有人頂禮夫復此夜見八種夢一者見其母家種族皆悉破散二者見與菩薩同坐之牀皆自摧毀三者見其兩臂忽然皆折四者見其牙齒皆悉墮落五者見其髮鬢悉皆墮落六者見吉祥神出其宅外七者見月被蝕八者見日初出東方便即却沒菩薩於夜中見五種夢一者見其身卧大地頭枕須彌山左手入東海右

手入西海雙足入北海二者見其心上生吉祥草高出空際三者見諸白鳥頭皆黑色頂禮菩薩所欲騰空不過菩薩膝下四者見於四方雜色諸鳥至菩薩前皆同一色五者見雜穢山菩薩在上經行來去見是夢已即從卧起歡喜思念我今此相不久之間當得阿耨多羅三藐三菩提無上之智爾時耶輸陁羅即從睡覺便爲菩薩說其八夢菩薩爾時恐耶輸陁羅情生憂惱方便爲解此夢令得歡悅見汝母家種族皆悉破壞者今皆見在何爲破壞見汝與我同坐之牀皆自摧毀者牀今見好云何摧毀見汝兩臂忽然皆折者今皆無損見汝牙齒悉皆墮落者今亦見好見汝鬚髮亦自墮落者今見如故見吉祥神出汝宅者婦人吉神所謂夫壻我今見在見月被蝕者汝可觀之今見圓滿汝見日出東方復遂沒者今見夜半日猶未出何爲遂沒時耶輸陁羅聞是解已默然而住菩薩爾時思惟是夢如耶輸陁羅所見之相我於今夜即合出家又作思念我應方便令耶輸陁羅略知覺我作是念已告耶輸陁羅曰我願出家耶輸陁羅曰大天汝欲往者可將我去菩薩思念得涅槃時即將汝去報耶輸陁羅曰我有去處便將汝去爾時耶輸陁羅聞是語已歡喜而寢爾時菩薩發心欲出大梵天王及帝釋等知菩薩念應時而至合掌恭敬而說頌曰

心如未調馬　亦如躁獼猴　能捨五欲樂
速證涅槃明　大慈者起起　捨此大地尊
當得一切智　度脫諸衆生

菩薩報曰天帝釋汝不見耶即說頌曰

如師子王在鐵檻　猛將弓刀守其傍
象馬人衆甚繁鬧　圍遶此城若爲出
父王猶如猛師子　四兵鐵甲皆全具
城塹樓閣及廊屋　種種兵仗皆充滿
見彼宮門及閤門　乃至城門亦如是
安諸鳴鈴普周遍　關拒甚難不可越
種種螺鼓圍遶我　喧聒鳴聲未曾息
宮門多諸象馬兵　勤加防衛不令出

爾時釋提桓因即說頌曰

昔有誓願今應思　然燈如來先發記
衆生多居苦惱中　應速捨家求正道
我今亦令作如是　及彼梵王諸天等
當令汝得無障礙　詣樹林中修正覺

菩薩聞是頌已其心歡喜荅諸天曰善時天帝釋即以昏盖覆諸兵衆及淨飯王倡妓婇女所有一切防衛守護劫比羅城者皆令睡眠心無覺悟命夜义大將散支迦持取踏梯便令菩薩從梯而下至車匿所見車匿方睡菩薩以手推覺良久方寤菩薩爾時即說頌曰

起起汝車匿　速被乾陟來　過去勝者林
我往彼寂黙

爾時車匿若睡若覺以頌報曰

今非遊觀時　汝先無怨敵　既無怨賊來
云何夜索馬

菩薩以頌告曰

車匿汝昔來　不違我言教　勿於末後時
方欲違我命

車匿報曰今夜半時我懷恐怖不能取馬菩

薩爾時聞是語已便自思念我若與此車匿言酬未已恐傍人聞廢我前去不如自被馬王乾陟即趨馬坊至乾陟所時彼乾陟見菩薩來即懷瞋怒如大猛火跳踉來去未便受捉菩薩手中先有百寶輪相一切怖畏衆生見菩薩者菩薩即以百寶手撫慰安隱菩薩爾時便以輪手撫其馬頭即說頌曰

我今末後時乘汝　速當至彼不久留
我當不久證菩提　當以法雨潤衆生

復次一切衆生有常法有人教者即能習學乾陟馬王聞此頌已即便安住菩薩歡喜便被牽出梵王帝釋令四天子共扶乾陟擁衛菩薩四天子者一名彼岸二名延岸三名香葉四名勝香葉皆有威力詣菩薩所侍立左右菩薩問曰誰能將我騰空而去四天子曰我等皆能菩薩又曰汝等有何神力彼岸報曰太子當知盡大地土我猶擎得亦復將行延岸復曰四大海水及諸江河我今亦能荷負將行香葉又曰一切山石我能擔負將行勝香葉又曰一切林樹及諸藂草能負將行菩薩聞已以脚案地令四天子盡力擎之時四天子即皆盡力共相動挽乃至疲乏猶動不得時四天子盡皆驚愕白菩薩曰不知菩薩有大威力我等若能有是力者不敢擎之爾時車匿聞其菩薩與四天子遞相言說即便趨行至菩薩所菩薩是時即乘乾陟時四天子各扶馬足爾時車匿一手攀鬣一手執刀菩薩諸天威力感故即騰虛空宮中善神既見是已悉皆號哭淚下如雨車匿見之白菩薩曰此是雨不菩薩報曰此不是雨是宮

中神見我今去淚下如此車匿爾時聞菩薩此言哽咽歔欷黙然不語菩薩爾時如象旋顧望其宮中便自思念是我末後與諸女人共居一處今一時別之不復更兩復重思念我若不從東門與父王別恐生嫌恨責諸兵士不加防守即詣東門見其父王睡眠極重菩薩爾時遶父三帀跪禮父足作是言曰我今去者非不孝敬但爲生老病死磨滅有情由是義故我欲出家登菩提道救濟斯苦作是語已即騰虛空時釋迦大名將軍巡行觀察至城東門忽見菩薩騰在虛空發聲哭白菩薩曰欲何所作欲何所作菩薩報曰大將當知我欲出家大名將曰此是非法菩薩報曰我已曾於三阿僧祇劫常行苦行求無上菩提於一切衆生拔諸苦難我今豈得在於宮中今當一心爲法而去大名釋迦聞是語已即復啼哭哀哉哀哉淨飯大王及諸釋種苦哉苦哉雖發大願今欲留太子從加愛念此事便發釋迦大將即説頌曰

今日淨飯王　爲子生憂惱　舉手叫蒼天
悲恨大號哭　耶輸陁羅等　及諸大宮人
今別悉達已　常爲苦所逼

大名釋迦説此頌已悲淚懊惱速至耶輸陁羅所以手椎胷耶輸陁羅即説頌曰

悉達夫欲去　應可生留戀　勿當後時憂
爲憶夫愁故　今去極難見　最後相見時
苦哉無人聞　覺告勿罪我

大名釋迦頻於宮内遍告衆人了無覺者悲惱忙懼復速往彼淨飯王所覺淨飯王即説頌曰

悉達今欲去　正當速制之　勿於彼後時
爲子常憂惱

大名釋迦再三覺之王猶眠睡曾不蹔覺時釋梵天等與無量百千諸天眷屬來詣菩薩所便即圍遶大梵天王及色界諸天儼然無聲在菩薩右釋提桓因及欲界天在菩薩左或有執持旛蓋并奏音樂或於空中散諸香華供養菩薩所謂優鉢羅華波頭摩華分陁利華曼陁羅華摩訶曼陁羅華栴檀沉水香粖香和香以散菩薩復以種種上妙衣服散於空中復於空中擊鼓吹螺作諸倡妓而作頌曰

諸天在空中　悉是大踊躍　抃舞菩薩前
歌讚於菩薩　無邊諸天衆　耶輸彼魔軍
或有作菩薩　或有引前者　或復開諸門
或以華來散　或有扶馬足　瞻仰隨從行
或復左旋遶　或復居右左　多聞及梵釋
先引菩薩路　一切威德天　無不隨從者
如月在星中　往彼聖者林

爾時菩薩出劫比羅城已梵釋天等皆大歡喜白菩薩曰善哉仁者汝昔長夜如是希求言我何時獲無障礙在閑林中汝昔有願今悉圓滿汝若證得無上道時攝受我等菩薩曰如汝所願爾時菩薩如象王右顧觀諸天等作是頌曰

不證無上道　了知諸佛法　不復重來歸
入此劫比城

爾時菩薩以二更中行十二踰膳那從馬而下即解瓔珞告車匿曰汝可將馬及我瓔飾從此迴去即說頌曰

此馬及瓔飾　可付我親屬　我今捨貪愛
從此披法服
爾時車匿聞此語已發聲號哭悲感懊惱淚下如雨而說頌曰
獅子虎成群　棘林惡獸跡　獨住無眷屬
聖者如何住
菩薩爾時以頌報曰
生者獨自生　死者亦自死　苦者還自受
生死無有伴
爾時車匿復說頌曰
汝昔常乘諸象馬　手足柔軟未經苦
攢搓刃石滿斯地　如何於此堪行住
菩薩以頌報曰
假令少小憍養育　賢善及與諸孤獨
勇猛無畏人恭敬　如斯等類咸歸死
生老病死相紛鬪　速來煎逼一切人
縱有餘願不少寬　能令須臾盡磨滅
車匿報曰太子淨飯大王若不見汝必大煩惱便當至死菩薩雖聞是已爲得菩提資粮久圓滿故於車匿言曾不在念爾時菩薩即於車匿手中取其所執之刀其刀輕利青光湛色如青蓮華葉既拔其刀即自割髮擲虛空中釋提桓因於虛空中　即便捧接將往三十三天每至此日集三十三天衆旋遶供養其割髮之地信心長者婆羅門等營一寳塔名曰割髮地塔苾芻俗人常應供養菩薩當割髮已告車匿曰汝見我不形容已毀心復堅固如斯之人豈有更還在人間耶車匿曰不也車匿即自思念今此太子是剎帝利種情多高慢我雖苦言終不移改作是念已禮

菩薩足乾陟馬王亦禮菩薩便吐其舌舐菩薩足菩薩即以百寳輪手撫其馬背而作是言汝乾陟去我證菩提常念汝恩告車匿曰汝必不應將我乾陟入於宫内車匿悲泣不勝哽咽所視迷悶歸還路時顧菩薩前以菩薩神德力故於二更中便至於彼及車匿還路經七日方至本國既到城門車匿念言我若與馬同入城者當爲衆人之所尤怨我之身命或不可存是時車匿入死林中且先遣馬却入城内是時乾陟既入城内即便悲嘶時城中人及宫人等聞此馬聲咸皆忙遽不見菩薩扼乾陟頂悲號懊惱然畜生有常法於世間情無不解了況此馬王爾時乾陟見諸人等號慟傷感其氣迷絶便至於殞然此乾陟從昔已來於具六種勤事婆羅門家受其胎形若菩薩得無上道時當言汝粟性馬便得宿念超於生死畏途中登究竟涅槃岸時菩薩須袈裟於無比城中有一居士財寳富盛倉庫盈溢多諸眷屬如薜室羅末拏天王時彼居士於其同類種族中娶妻既得爲婦共相娯樂俗禮和合因生一子如是乃至生十子皆悉出家證辟支佛道爾時其母與此十子辣布衣服時彼十子共白母曰我今便入涅槃不須此物爾時十辟支佛白母言淨飯王子釋迦牟尼當得阿耨多羅三藐三菩提願母將此衣服可施與彼必當獲得無量果報作是語已即於宫中現十八變火化而滅入無餘涅盤其母年老因疾將死持其衣服囑付於女具説前事時女後時染患將卒復持此衣置樹空中告樹神曰今此衣服

爲我守護待淨飯王子出家之日當持與之時天帝釋觀其下界乃見此衣在樹空中便往取之身自披著作老獵師形狀執持弓箭與菩薩相近菩薩告曰此是出家人衣我衣貴妙是俗人服今欲相換可得以不獵師報曰我不相與何以故我若取汝好服行於人間或有見者便言我教於汝取汝此衣菩薩報曰汝獵師當知一切世間所有人衆咸知我有勇猛智慧無能教者誰有將此能教我者汝不須懼時天帝釋即跪持衣奉與菩薩爾時菩薩得此衣已便即著之衣窄身大不通覆體作是念言此出家服小不堪受用若有威力願自寬大令覆我體菩薩及天力之威故其衣即大菩薩是時復自念云我今既披此衣具出家相當應救濟諸苦惱者即以先著細妙之衣將與帝釋天帝得已將還三十三天恭敬供養換衣之所諸婆羅門居士長者共於此地造一制底名爲受出家衣塔爾時菩薩既剃頭披袈裟已於林野中處處遊行至婆伽婆仙人所見其仙人以掌揞頰思惟而住菩薩問曰大仙何故作此思惟仙人報曰我之住處有多羅樹於先之時生金華金果忽於今時華果自落我於今時思念此事菩薩報曰此華果主懼諸生老病死之所逼切出家修道所以華果自落若華果主不出家者當爲園苑時此仙人聞是語已即便舉目熟視菩薩見菩薩儀容端正便自思念告菩薩曰出家人者豈汝是耶荅曰我是爾時仙人即大驚悦明目直視觀覩菩薩便屈令坐以諸華果恭敬供養菩薩坐須臾間

問仙人曰今此之地至劫比羅城可有幾里仙人報曰有十二踰膳那菩薩念曰此處甚近城國諸釋種子其數不少恐相煩亂我當渡殑伽河作是念已即渡殑伽河漸次遊行至王舍城菩薩有善巧之力具一切智取迦囉毗囉拘那一十葉綴作一鉢威儀寂靜入城乞食時頻毗娑羅王在樓觀望遙見菩薩行步端正披如法僧伽胝衣捧持一鉢如法瞻視威儀庠序次第乞食見是事已私自念言我王舍城中諸家人未有若此之者而說頌曰

我今讚出家　如是賢善者　思惟生死故
彼人便出家　在家諸苦逼　塵穢來煎迫
出家味禪悅　智者樂出家　身心俱出家
諸惡皆捨離　口業亦清淨　正命以自活
聖遊摩揭國　漸至王舍城　攝心在禪念
次第行乞食　國主在高樓　遙見此聖者
即發歡喜心　告諸近臣曰　汝等當觀彼
勝相皆具足　形容甚端嚴　視地如法行
智者不遙視　此非賤衆生　即令使者觀
彼住在何處　使者奉王命　即隨彼人行
觀此出家人　當於何處住　彼次第乞食
歷門至六家　鉢中食既滿　如法捧其鉢
菩薩乞食已　默然出城外　往彼般荼林
清淨自安止　使者知處已　即遣一人守
一報速還城　報彼國王曰　天王彼苾芻
今在般荼山　坐如猛虎兒　處山如師子
王聞說是言　即登諸寶輅　群臣共圍遶
速詣彼所居　至彼般荼山　王從車輅下
步行前往詣　即便覲菩薩　恭敬相問訊

王即相對坐　見彼寂靜住　便作是言曰
汝少年苾芻　今是盛壯時　端嚴多技藝
如何自乞食　汝生何族姓　我與汝國宅
幷給諸婇女　種種令具足　菩薩聞是言
以頌而荅曰　大王有一國　住在雪山傍
財食盛豐足　名曰憍薩羅　甘蔗曰喬荅
往中住釋迦　我是刹利種　不樂世間欲
若人御大地　山林及海濱　具有諸珍寶
貪心猶未足　以薪投猛火　貪欲亦如是
怖畏險途中　御者常憂懼　諸苦欲爲根
能覆於善法　我昔出家時　諸欲皆棄捨
譬如大雪山　風吹尚能動　我心依解脫
諸欲不能牽　世間欲驅馳　生死常輪轉
國主唯我能　解脫諸怖畏　我知欲愆過
見涅槃寂靜　我今當捨棄　往詣清淨樂

爾時頻毗娑羅王聞是語已問菩薩曰汝出家士此苦行欲有何願菩薩報曰願得阿耨多羅三藐三菩提王曰汝若得道者應當念我報曰依汝所願說此語已菩薩即往耆闍崛山傍人林下既到彼已隨彼仙衆行住坐卧見彼苦行常翹一足至一更休菩薩亦翹一足至二更方休見彼苦行五熱炙身至一更休菩薩五熱炙身至二更方休如是苦行皆倍於彼仙人見已共相議曰此是大持行沙門猶此緣故名大沙門爾時菩薩問諸仙曰諸仙等如是苦行欲有何願一仙報曰我等願得釋天王更一仙曰我等願得大梵天王一仙又曰我等願得欲界魔王菩薩爾時聞是語已便自思念此等仙人天上人間輪迴不絕此是邪道非清淨道菩薩既見仙人

行垢穢道即便棄之詣歌羅羅仙所既至彼已合掌恭敬相對而坐問彼仙曰汝師是誰我共學梵行彼仙報曰仁者喬答摩我無尊者汝學者隨意無礙菩薩問曰大仙得何法果仙人報曰仁者喬答摩我得無想定菩薩聞此私作是念羅羅信心我亦信心羅羅精進有念有善有智我亦有之羅仙人見得如許多法乃至無想定如是之法我豈不得爾時菩薩默然而去念彼諸法未得欲得未證欲證未見欲見菩薩爾時獨處閑林專念此道勤加精進作是事已不久之間便得證見此法得此法已還來至彼羅羅仙所白羅羅曰今汝此法乃至無想定豈自得耶彼仙報曰如是喬答摩乃至無想定我自得之菩薩報曰仁者此等智慧乃至無想定我亦得之

彼仙報曰喬答摩汝既得之我亦得之我既得之汝亦得之今我二人此弟子衆可共教授此法義理一種得故此羅羅仙即是菩薩第一教授阿遮利耶彼羅羅仙菩薩智慧故歡喜供養親好而住菩薩爾時作如是念今此道法者非智慧非正見不得阿耨多羅三藐三菩提道是垢穢道故菩薩知已告羅羅曰仁者好住我今辭去菩薩爾時遊行山林見水獺端正仙子舊云鬱頭藍者此誤也即往親近恭敬問訊告彼仙曰汝師是誰我共修學彼仙報曰我無尊者汝亦修學隨意無礙菩薩問汝得何道彼仙報曰仁者喬答摩我得乃至非非想定菩薩聞此私作是念此水獺仙有信心我亦有之有精進有念有善有智我亦有之彼得如是法乃至非非想

定我豈不得默然而去念彼諸法未得欲得未見欲見未證欲證即往閑林專修此道勤加精進不久之間乃至證非想非非想定得是定已還詣水獺仙所白彼仙曰今汝法豈自得耶答曰如是菩薩又曰大仙此智慧乃至非想非非想定我亦得之水獺報曰汝既得之我亦得之我既得之汝亦得之今我二人可共同住教授弟子何以故得法同法菩薩爾時作如是念如此之道非智慧非正見不得阿耨多羅三藐三菩提果是垢穢道白彼仙曰汝今好住我辭而去此是菩薩第二阿遮利耶菩薩爾時遊行山林時淨飯王憶念菩薩令使尋訪相望道路在所山林悉皆知處既聞太子辭彼水獺無有侍者獨行山林即差童子三百人往侍太子天示城王既聞是事復差二百童子往侍太子如是五百童子圍遶菩薩於諸山林隨意遊觀爾時菩薩便作是念我今欲於林間靜住不可令其多人圍遶而求甘露然我應留侍者五人餘者放還是時菩薩於母宗親中而留兩人於父宗親中而留三人而此五人承事菩薩餘者各令還國爾時菩薩與此五人圍遶往伽耶城南詣烏留頻螺西那耶尼聚落四邊遊行於尼連禪河邊見一勝地樹林美茂其水清冷底有純沙岸平水滿易可取汲青草遍地岸闊堤高有雜華樹在於岸上滋茂殊勝菩薩見此殊勝之地作如是念此地樹茂其水清冷底有純沙岸平水滿易可取汲青草遍地岸闊堤高有雜華樹在於岸上滋茂殊勝若有人樂修禪慧者可居此地我今欲於

此地念諸寂定此樹林中斷諸煩惱菩薩作是念已便於樹下端身而坐以舌拄腭兩齒相合善調氣息攝住其心令心摧伏壓捺考責於諸毛孔皆悉流汗猶如猛士搦一弱人拉摺壓捺復惱彼情其人當即遍體流汗菩薩伏其身心亦復如是因此轉加精進曾不暫捨得輕安身獲無障礙調直其心無有疑惑菩薩如是作極苦苦不樂苦雖受衆苦其心猶自不能安於正定爾時菩薩復作是念我今不如閉塞諸根不令放逸使不喘動寂然而住於是先攝其氣不令出入由氣不出故氣上衝頂菩薩因遂頂痛猶如力士以諸鐵觜斷弱人頂菩薩爾時轉加精進不起退心由是得輕安身隨順所修其心專定無有疑惑如是種種自強考責忍受極苦苦苦及不樂苦於其心中曾不蹔捨而猶不得入於正定何以故由從多生所熏習故菩薩復作是念我今應當轉加勤固閉塞諸根令氣內擁入於禪定作是念已便閉其氣不令喘息其氣復從頂下衝於耳根氣滿於耳猶如積氣聚排袋口受如是種種諸苦乃至不能得入於正定何以故由久遠時所熏習故菩薩復作是念我當倍加精進內攝其氣令身脹滿而入禪定閉其口鼻令氣悉斷氣既不出却下入腹五臟皆滿其腹便脹如滿排袋復加功用輕安其身隨順所修其心專定無有疑惑菩薩如是受種種苦受其心猶不入於正定由從多時染熏習故菩薩復作是念我今倍加入脹滿定入此定已擁閉其氣其氣覆上衝頂其頂結痛猶如力士以其繩索勒

縛繫羸弱人頭頂悉皆脹滿菩薩受如是等最極苦已乃至不能得於正定何以故由多時熏習故菩薩復作是念我今應當倍加功用入脹滿定入其定已其氣滿脹其脹結痛如屠牛人以其利刀刺於牛脹菩薩受如是苦受乃至不能獲於正定何以故由多時染熏習故菩薩復作是念我今應當倍加精進入脹滿定既入定已閉塞口鼻其氣脹滿周遍身體其身感熱猶二力士執羸弱人內於猛火菩薩如是受種種苦受乃至不得入於正定菩薩復作是念我今不如斷諸食飲爾時諸天觀見菩薩斷諸食飲詣菩薩所告菩薩曰大士汝今嫌人間食我等願以甘露入菩薩毛孔汝應受取菩薩便作是念一切諸人已知我斷人間食今受甘露便成妄語若於邪見一切衆生由妄語邪見故身亡滅後墮落惡趣於地獄中生我今應當不受此事然我念應少通人食或小豆大豆及牽牛子煮取其汁日當少喫作是念已不受天語遂取小豆大豆及牽牛子煮汁少喫於是菩薩身體肢節皆悉萎瘦無肉如八十歲女人肢節枯顦菩薩羸瘦亦復如是爾時菩薩由少食故頭頂疼枯又復皺腫如熟瓠子摘去其蔓見日萎顦菩薩頭頂亦復如是菩薩於是轉加精進得輕安身隨所念修受種種苦受乃至心不能獲入於正定菩薩爾時以少食故眼睛却入猶如被人挑去如井中見星菩薩眼睛亦復如是菩薩於是復倍精進受諸苦受乃至不獲入於正定何以故由從多時所熏習故菩薩以少食故兩脅皮骨枯虛高

下猶三百年草屋菩薩兩脅亦復如是菩薩爾時轉倍勤念受諸苦受乃至心不能獲入於正定由從多時所熏習故菩薩以少食故脊骨羸屈猶如箜篌欲起則伏欲坐仰倒欲端腰立上下不隨菩薩困頓乃至於是以手摩身諸毛隨落菩薩復作是念今我所行非正智非正見不能至無上菩提

根本說一切有部毗柰耶破僧事卷第四

音釋

娠失人切孕也　讇丑琰切　撩蓮條切　蝕乘力切侵虧也　壻蘇計切女之夫也　獼猴獼武移切猴戶鉤切　聒古活切聲擾也　跳踉跳徒雕切踉龍張切並躍也　歔欷歔朽居切欷香衣切悲泣氣咽而抽息也　窄側革切狹也　獺他達切捕魚獸也　嘴即委切喙也　脹知亮切　踆腫踆且遵切皮細起也腫之龍切脹也　蘇蔓蘇郎果切蔓音萬　萎於爲切蔫也　箜篌箜苦紅切篌胡鉤切箜篌樂器也

根本説一切有部毗柰耶破僧事卷第五

唐三藏法師義淨奉　制譯

爾時有三天人詣菩薩所見菩薩身遮相議曰其一天云此喬答摩是黒沙門其二天云此喬答摩黙色沙門第三天云非黒非黙是蒼色沙門因天議故菩薩遂得三名菩薩所有身上光色皆悉變没菩薩於是時中不曾聽聞心中自生三種譬喻辯才所言三者一者濕木有潤從水而出火鑽亦濕有人遠來求火以濕火鑽鑽彼濕木欲使生火火無出法若有沙門婆羅門身雖離欲心猶受染躭欲躭愛著欲處欲悦欲伴欲有如是等常在心中彼諸人等縱苦其身受諸極苦忍諸酸毒受如此受非正智非正見不能得於無上正道二者濕木有潤在於水邊有人遠來求火以乾火鑽鑽其潤木雖欲得火火無然法如是沙門婆羅門身雖離欲心猶愛染於諸欲中躭欲愛欲著欲處欲悦欲伴欲有如是過常在身心縱苦其身受於極苦忍諸酸毒受如此受非正智非正見不能至於無上正道三者朽爛之木無有津潤在於濕岸有人求火雖以火鑽鑽之火無然法如是沙門婆羅門身雖離欲心猶愛染受於苦受非正智非正見不能得於無上正道菩薩爾時悟此喻巳自作是念我今應當日食一麻雖食一麻常爲飢火之所燒逼其身肢節轉更羸瘦爲飢火不息復日食一秔米飢火不息復日食一拘羅猶還羸瘦日食一果豆猶還枯顇復日食一甘豆猶尚枯瘦日食一大豆猶復困顇爾時淨飯王聞此苦行懊惱啼泣及諸

宮人婇女脫身瓔珞敷草而坐亦復復日食一麻一米及一豆等爾時耶輸陁羅以少食故懷娠漸損王聞是事作如是念若菩薩苦行不止耶輸陁羅更聞斯語必大憂惱其娠墮落便至於死我今當設方便令不知苦菩薩苦行時淨飯王告諸宮人其菩薩苦行匆令耶輸陁羅知并勑往來使者菩薩苦行無令餘人耶輸知此事淨飯王雖從使者聞菩薩行以諸方便告諸宮人菩薩今者已食菩薩爾時所食一麻一米乃自念言今為此法非正智非正見不能得於無上之道我當別修苦行食諸穢食復作是念食何穢食應取新生犢子未喫草者之所糞尿作是念已便取而食雖食此物仍令食力消盡然後復食旣而食已便於屍林之下枕卧死人及諸枯骨以上脅著地蓋於兩足內念光相如是繫念行住坐卧曾無蹔捨菩薩若坐有諸村野男女見菩薩坐寂然而定手執草莖穿菩薩耳穴左右而出如是戲笑去來抽挽便語菩薩耳言看此坌土之鬼又復重言坌土之鬼復以土塊瓦石擲菩薩身上斯等雖於菩薩之身如是戲弄爾時菩薩不起恚心無麤惡語菩薩如此難忍能受是時菩薩以發勤策不息輕安身體未曾休廢習續正念意無疑慮專心於定住三摩地爾時菩薩復作是念諸有欲捨苦故勤修諸行我所受苦無人超過此非正道非正智非正見非能至於無上等覺菩薩復作是念何為正道正智正見得至無上正等菩提又作是念我自憶知住父釋迦淨飯宮內檢校田里贍部樹下而坐捨

諸不善離欲惡法尋伺之中生諸寂靜得安樂喜便獲初禪此應是道預流之行是正智正見正等覺我今不能善修成就何以故爲我羸弱然我應爲隨意喘息廣喫諸食飯豆酥等以油摩體温湯澡浴是時菩薩作是念已便開諸根隨情喘息飲食諸味而不禁制塗拭沐浴縱意而爲于時其五侍者互相謂曰此沙門喬答摩懈怠懶惰而懷多事受用無度斷惑錯亂今既廣喫食飲豆酥油塗拭澡浴今不能少許證獲必無所得便捨菩薩漸次而行至婆羅痆斯仙人墮處施鹿園中同作是願若世間有阿羅漢者我隨出家此五人同住同行因名五衆菩薩爾時漸加飲食身力強健即往西那延彼有村主名爲軍將將有二女一名歡喜二名歡喜力時此二女先聞雪山南傍殑伽河側劫比羅仙住處不遠劫比羅城釋迦衆中生一太子端正具足衆相圓滿一切衆生見者喜悅相師占云此兒若紹王位當得轉輪王此女聞已於十二年中常守貞潔人間常法若有女人能守貞潔滿十二年即合與轉輪王爲妃故彼二女於十二年內不犯十惡滿十二年訖作是思念我今於十二年中作清淨行訖應以十六轉乳粥供養苦行仙人所謂十六轉者一千牛乳飲一千牛復以一千飲五百復以五百飲五百復以五百飲二百五十復以二百五十飲二百五十復以二百五十飲一百二十五復以一百二十五飲一百二十五復以一百二十五飲六十四復以六十四飲六十四復以六十四飲三十二復以三十二飲三

十二復以三十二飲十六復以十六飲十六復以十六飲八復以八飲八復以八飲四作是念已即取此乳玻瓈器中煮爲粥當煮之時淨居諸天觀見菩薩食此粥已即成菩提道我等應當助其威力即上將藥速得力者置乳器中并衛護之當時粥現種種輪相時有一外道名曰近行來見此粥有種種相作是念云食此粥者必證無上智慧我應乞取喫之念已便去粥既熟已時彼外道却來告二女曰我從遠來甚大飢乏今此乳粥可分施我二女報曰我不與汝默然而去時二女人從玻瓈器中瀉其乳粥於寶鉢中天帝釋來立二女前梵天淨居天等以次遥立時彼二女既見帝釋在前而立即捧其乳鉢施與帝釋帝釋報曰施勝我者二女問曰今誰勝汝答曰彼梵天王爾時二女復持其乳施梵天王梵天報曰施勝我者又復問曰誰勝如汝答曰彼淨居天時此女人復以乳鉢奉淨居天淨居天報曰施勝我者又復問曰誰勝於汝答曰彼菩薩今見在泥連禪河洗浴爲無力故不能得出彼人勝我汝當施與時二女人即持其乳粥往泥連禪河將施菩薩爾時河岸有女樹神見菩薩虚羸不能上岸即從樹出半身展手欲接菩薩問曰汝是何身樹神答曰我是女人菩薩報曰我不能觸汝可爲我低一樹枝我欲攀出時彼樹神即低樹枝菩薩攀而得出便著衣服在於河岸樹下而坐時二女人便持粥至曲躬恭敬奉施菩薩菩薩以自他利故便受其粥又便問曰兼此寶器總能施不二女答曰聖者今總奉

施菩薩爾時即喫其粥洗其寶鉢擲泥連河中龍王便接其鉢入於龍宫釋提桓因既而見之化爲妙翅飛入龍宫恐嚇龍王奪鉢而去於三十三天置一鉢塔以時供養菩薩問二女曰令汝施我欲有何願二女答曰聖者有雪山南河側劫比羅城釋迦種中誕一太子顔容殊妙人所喜見相師占之當爲轉輪王我令以此功德願爲彼妃菩薩報曰彼之太子不樂世欲令已出家二女報曰若已出家不貪世欲以此功德當令彼人所願成就便説頌曰

彼悉達太子　世間最勝人　若欲求所願
當令速成就

爾時菩薩見此二女説斯頌願已告二女曰依汝所願時二女人聞菩薩此語禮足而退菩薩因食乳粥氣力充盛六根滿實於泥連禪河岸遊行觀察見清淨處將欲安止見孤石山有雜華果莊嚴圍遶菩薩見已即登此山平整石上結跏趺坐爾時此山忽自裂碎菩薩起立作是疑念由我惡業尚不盡故令山碎耶空中諸天觀知菩薩疑念此事即於空中告菩薩曰世尊昔無惡業此是菩薩成道常法善根功德充滿身心一切地力不能勝載令之此地非是菩薩成菩提處一切大地之力不能負載二種之人一者善最多者二惡最多者菩薩善業甚多所以此山自然摧碎令過泥連禪河東有金剛地彼處過現未來諸如來等皆於其上得最勝智已得現得當得菩薩聞已將往其地舉足步步皆生蓮華四大海水成蓮華池來迎菩薩足所履

地地皆振動如扣銅器有遮沙鳥及善瑞鹿來遶菩薩主風雨之神調其清涼吹去塵穢主雨之神微灑甘澤令囂埃不飛菩薩既見此相作是念云今見此相我於今日必成正覺泥連禪河龍名伽陵伽以先業緣住此河中兩目皆盲若佛出世眼即得明若佛滅後其眼還盲聞地震聲疑佛出世從宫出看忽見菩薩具三十二相八十種好圓光一尋如千日輝如大寶山周遍嚴飾龍王見已說頌讚曰

曾見諸菩薩　成佛具威德　昔見與今見
二見無差别　我觀初行步　復覩左右相
能受世間供　今成佛無疑　又瞻披衣服
入於泥連河　河水變清淨　今成佛無疑
大堅固勇猛　行步如牛王　亦如人中王
今成佛無疑　上飛遮沙鳥　下有祥瑞鹿
見相甚端正　今成佛無疑　和風甚調暢
微雨從空下　鳥讚樹低枝　今成佛無疑
清淨光嚴相　猶如閻浮金　面端如滿月
今成佛無疑

龍王爾時讚菩薩已便入龍宫爾時菩薩聞伽陵伽龍王讚已詣金剛地作是念云我應須草于時帝釋知菩薩心即往香山取彼柔軟吉祥妙草即自變身作傭力者持吉祥草至菩薩前菩薩見已即從乞之帝釋前跪奉施菩薩既得草已即詣菩提樹下欲敷草坐草自右旋菩薩見此相已復自念云我於今日證覺無疑即昇金剛座結跏趺坐猶如龍王端嚴殊勝其心專定口作是言我今於此不得盡諸漏者不起此座魔王常法有二種

幢一爲喜幢二爲憂幢其憂幢忽動魔王便作是念今者憂幢忽動決有損害之事便諦觀察乃見菩薩坐金剛座上復作是念此淨飯子坐金剛座乃至未侵我境已來我先爲其作諸障礙作是念已奮眉怒目著舍那衣化爲小使者形詣菩薩前倉卒忙遽告菩薩曰汝今云何安坐於此刼比城中被提婆達多之所控握宮人婇女皆被汙辱諸釋種等已爲殺戮是時菩薩有三種罪不善尋思一者愛欲尋二者殺害尋三者毀損尋於耶輸陁羅喬比迦彌迦遮所生愛欲尋於提婆達多諸釋種等生毀損尋生此尋已便覺察曰我今何故生此三種罪不善尋又便觀察知是魔王來此惱我散亂爾時菩薩即生三種善尋一出離尋二者不煞害尋三者不毀損尋時天魔王復更告曰汝今何故坐於菩提樹下菩薩答曰當證無上正智魔王復曰如何得證無上正智菩薩答曰罪者汝且一度祠會猶此緣故得於欲界天中自在成就況我於無數刼中作無量百千拘胝那庾多祠會爲利益有情故捨頭目手足血肉妻子男女金銀諸珍爲證無上智故由是義故我何不證無上正智我今決定證此無上正智菩薩作此言已魔王復告曰然我一度祠會得欲界自在天主汝今證知汝於三無數刧中作無量拘胝那庾多百千祠會爲利益有情故捨頭目手足血肉妻子男女金銀諸珍爲求無上正智故誰證汝爾時世尊舉輪萬網縵無量福生慰喻一切恐怖手指於大地曰此當證我如於三阿僧祇刧中作無量拘胝

那庾多百千祠會爲利益有情故捨頭目手足血肉妻子金銀諸珍實不虛者當自證我是時地神從地湧出合掌而發聲曰罪者如是如是如世尊言實不虛也作是語已時魔王罪者内懷羞愧黙然而住顏容顦顇而失威德心懷煩惱作是念云我今作是方便不能令淨飯子有少損壞今當别設異計爲其障礙念已便去時彼魔王先有三女姿容妖艷皆悉殊絶一名爲貪二名爲欲三名爲愛著種種天衣莊嚴其身令往菩薩所至菩薩前作諸諂曲擬生惑亂菩薩見已化此三女皆成老母即便還去魔王見此更增煩惱以手措頰諦思是事我復云何令此淨飯之子生於障礙即遣三十六拘胝魔兵象頭馬頭駞頭驢頭鹿頭牛頭猪頭狗頭獐鵰頭鼠狼

頭獼猴頭野狐頭師子頭虎頭等如是奇怪種種頭兵或執槍戟或執弓箭或執鉞斧或執輪刀或執羂索或執斤斵如是種種器仗來向菩薩魔王自執弓箭欲射菩薩菩薩見已作是念凡所鬪諍皆求伴侶我今與此欲界王諍豈不覓伴復更思念我今覓除障礙方便時魔兵衆即發諸刃同擊菩薩菩薩爾時入大慈三摩地時魔兵刃皆變成青黃赤白雜色蓮華菩薩左右前後彼時魔王復騰空中雨諸塵土而此塵土變成沉檀粖香及作諸華墮菩薩上魔王復於空中放諸毒蜂雨金剛石淨居諸天化爲葉屋以蓋菩薩毒蜂石雨皆不得損魔王見已復作是念我能幾時圍遶嬈亂凡諸聲者能破三摩地我今應變菩提樹葉令爲頗胝迦復令風吹相鼓

作聲彼若聞聲心不能定作是念已即爲此事時菩提葉相皷作聲菩薩聞已不能專定時淨居遥見是事念言我今應助菩薩爾時諸天皆來至菩提樹各各把葉不令葉動時彼魔軍猶不肯散淨居天等作是念此罪魔軍久惱菩薩尚不退息即以神力擲諸魔王鐵圍山上爾時住優樓頻螺聚落於泥連禪河菩提樹下坐於妙覺分法中常不斷絶修習加行而住於初夜分中神境智現證通成就所謂一中變爲無量無量中變爲一或隱或現墻壁及山得無罣礙如虛空中出沒大地如遊於水地相如故或趺坐虛空如居大地或遊騰虛空如鳥飛翥日月有大威德或復舉手而捫摩之乃至來往梵天身皆自在爾時魔王復作是念諸禪定中唯聲能爲障礙我應作聲即與三萬六千拘胝魔鬼神等遥吼大聲菩薩爲此聲故爲十二踰膳那迦覃婆樹林由此林故不聞彼聲菩薩復作是念我應修天耳智證通心天及人聲皆悉得聞菩薩超過人耳以淨天耳人非人聲若近若遠無不曉了菩薩念云魔王三萬六千拘胝眷屬中彼誰於我起於惡心我何得知菩薩復念我如何證他心智即於夜中便得證悟如於有情所發尋伺心及心心所欲不欲心瞋不瞋心癡不癡心廣不廣心息心攝心憍慢不憍慢心寂靜不寂靜心定心不定心散心不散心如實了知既知是已復更念云此魔軍中從昔已來誰是父親誰是母親誰爲怨害誰爲親友如何得知復更念云我今應修宿命智方得了悟於夜分中精勤存念

修宿命智便得曉了從昔已來種種諸事所謂一生二生三生四生五生十生二十生百生千生乃至無量百千萬生一劫生二劫生成劫生壞劫生乃至無數劫生應念了知彼人姓某名某及已所生之處族姓種類及有食噉苦樂等事皆悉了悟如是長命如是久住壽命長短彼滅此生所有相貌方處種種無量雜類靡不盡知菩薩作念此魔軍誰墮惡趣誰墮善趣如何得知復作是念應以生滅智通方知是事菩薩於中夜分修滅智通便得天眼清淨超越人間以此天眼見諸衆生死者生者端正者醜陋者富貴者下劣者往善道者往惡道者作善業者作惡業者決定明了復知一一衆生身口意業作諸惡事誹謗聖者或染著邪見或作邪見業由斯業故從此没後墮惡趣中或見衆生於身口意作諸善業恭敬賢聖行正見由此業故從此没後生善趣中皆悉明了菩薩復作是念一切有情由彼欲漏有漏無明漏輪轉苦海如何得免復更念云唯證無漏智通能斷此事菩薩爾時爲是義故菩提樹下於夜分中常以相應習成熟專心於覺分法中而住發心爲證無漏智通即於苦諦如實了知集滅道諦亦復如是證斯道已於欲漏有漏無明漏心得解脱既得解脱證諸漏盡智我生已盡梵行已立應作已作不受後有即證菩提彼中謂見覺分菩提世尊所作已辦即入火界三摩地此時菩薩以慈器仗降伏三十六拘胝魔軍證無上智了時魔王罪者弓從手落幢便倒地宮殿皆動魔王與諸三十六拘

眡眷屬心生懊惱而懷悔恨便自隱沒往劫比羅城告衆人曰釋迦牟尼菩薩修諸苦行登金剛座於草鋪上今已捨命時淨飯王及諸宮人群臣百寮聞是語已大苦惱心如火所燒城中人衆及喬比迦等三大夫人念菩薩德悶絶躃地以水灑面良久乃蘇悲泣哽咽不能自止左右侍女勸喻裁抑如是種種歎責無量時淨信天見魔欺妄復知如來已成妙智心生歡喜便普告曰諸人當知釋迦牟尼今不捨命見證無上正智時淨飯王及諸眷屬并劫比羅城人衆聞此語已不勝歡躍時耶輸陁羅聞世尊菩薩證無上智生喜悦曰誕一息斛飯王亦生一息於時月蝕淨飯王見此盛事甚大歡喜慶悦充滿即勑城中除去瓦礫以栴檀香水遍灑於地四衢道中置於香鑪然諸名香懸綵旛蓋滿於街路以鮮潔華周布地上於四城門及街衢中立壇施處於時於東門施會沙門婆羅門外道梵志貧窮孤獨慳貪乞求如此等類皆悉施與南西北門及城中街衢亦復如是會諸群臣爲耶輸陁羅所生之息而立其名内宮侍女前白王曰此子生時羅怙障月因此應以爲羅怙羅時斛飯王爲其子故廣施如上亦會親屬與子立名問諸人曰此子當立何名字親屬報曰此子生日劫比羅城人衆歡喜可名此子爲阿難陁時淨飯王觀羅怙羅而作是言此非我釋迦牟尼所生之子時耶輸陁羅聞王此語深懷恐懼即携羅怙羅往菩薩渫洗池邊有一大石先是菩薩力戲之石以羅怙羅置此石上合掌誓曰此兒若是菩

薩親生子放於池中不生沉没若非菩薩親生子者入水即没作是願已即抱其石并羅怙羅拋於池中石便浮水時羅怙羅落在中坐於石上如輕綫在水隨波來去曾不沉没淨飯王聞已生希有心將諸群臣圍遶侍衛至彼池傍見羅怙羅在於池中坐浮石上歡欣喜悅時淨飯王自入池中抱羅怙羅其石便没還於宮中倍加愛育初菩薩以慈器仗降伏三萬六千拘胝魔衆已證無上正智于時大地震動普遍世界悉皆光明所有大地黑暗之處日月威光不能除者蒙佛此光皆得明徹其中衆生忽得相見遞相言曰非獨我等生於此間更有衆生生於此處即攝頌曰

四種觸池　父子和合　釋迦出家　護河神禮

爾時梵界有二天子觀見世尊坐菩提樹下共相議曰今佛世尊住嗢律泥連禪河岸菩提樹下初成正覺入火界三摩地經於七日今猶在定我等當共詣如來所香華供養各說二頌歎佛作是議已如力士屈伸臂頃即至菩提樹下在世尊前頂禮雙足其一天子說頌請曰

起起大慈悲　怨賊今退散　無罪大商主
應遊行世間　說善遊勝法　廣施諸實義
無量諸衆生　聞法皆受持

第二天子復說頌請曰

起起大慈悲　怨賊今退散　一切垢已除
應遊行世間　身心旣清淨　如彼圓滿月
無量諸衆生　聞法皆受持

爾時天子說此頌已禮佛而去爾時世尊從

三摩地起說頌曰

欲界諸安樂　色界諸安樂　貪欲煩惱盡
此安樂最勝　我今捨重擔　永離於負重
有擔受多苦　捨擔即安樂　一切欲已捨
一切行已成　一切法已知　此人不復生

世尊在三摩地於七日中既斷煩惱受解脫樂無人供養不飲不食無飢渴想爾時有二商主一名黃瓜二名村落各有百兩車及多人衆共爲輿販路由佛所時二商主先有知識命過生天顧於商人作如是念今佛在菩提樹下七日入定斷諸煩惱受解脫樂無人供養我今應令此二商主爲最初供養於多世中受諸功德今宜勸爲此事爲知識故作是念已於夜分中放大光明燭五百車現其半身在虛空中告二商曰汝今當知釋迦牟尼世尊在覔廣泥連禪河菩提樹下初成正覺於七日中解脫煩惱受彼安樂不飲不食無人供養汝等二人事速供養爲最初供養獲大利益作此語已遂便隱没時二商主聞此語已共相議曰我等當知世尊威德甚奇今天爲彼來告我等令使供養作是議已於佛世尊深心敬仰持諸供物酪漿麨蜜往世尊所到已禮足在一面立白世尊曰我等二人多持酪漿麨蜜來奉世尊願見哀慈納我微供爾時世尊而作是念我今不可同諸外道以手受食尋念過去諸佛爲益有情如何而受時清淨天空中告曰世尊當知過去如來爲有情故持鉢而食世尊亦知其事如是於時世尊既先無鉢即自邀祈我若得鉢然後受食時四天王知世尊心願各持一石鉢

而來奉佛然此石鉢清淨輕妙周遍細密形色端嚴非人所作時四天王既各持鉢至世尊所頂禮佛足在一面立白佛言世尊我等各從石山持此石鉢來奉世尊唯願慈悲垂哀納受爾時世尊作是念云今此四王各持石鉢以施於我我若取一餘天怨望乃至二三亦復如是我今應可總納受之以我神通合成一鉢將適衆願作是念已便受四鉢以佛神力重疊内之遂成一鉢便持此鉢爲益有情故受商主供既受供已即爲商主說諸呪願頌曰

所爲布施者　必獲其利益　若爲樂布施
後必得安樂　福能招樂果　所願皆成就
疾得圓寂處　當證涅槃樂　勤修福德人
所有諸灾横　及以天魔衆　皆不能侵惱
若發勇猛者　具聖慧能施　當盡苦海邊
必得無爲樂

爾時四天王及二商主聞此頌已甚生欣慶禮足而去爾時世尊持此石鉢於泥連禪河岸以水泥壇如法而食食已還菩提樹下收鉢洗足以麨酪漿蜜性冷故爾時世尊患於風氣魔王見佛患冷風氣來詣佛所頂禮佛足白佛言世尊涅槃時至何用久住於世可早入涅槃世尊知爲魔王所惱告言汝罪魔王我未入涅槃何以故我未有聲聞弟子聰明智慧若有他問如法而答善破異論廣建正法具足四部苾芻苾芻尼鄔波索迦鄔波斯迦上天下界及諸十方廣知我法修諸梵行悉皆了知若未如此我未入涅槃魔王聞佛此語心生懊惱隱身而去釋提桓因見佛

世尊患於風氣即往贍部樹下遠有訶梨勒林於其林中取色香美味具足者訶梨勒果速詣佛所頂禮佛足在一面立白佛言我見世尊身患風氣故取訶梨勒果今以奉施若食此果風氣即除惟願世尊受我此藥爾時世尊便受服之所患尋愈爾時世尊所患既差從菩提樹下起往牟枝磷陁龍王池邊坐一樹下念三摩地時此池合有七日雨下牟枝磷陁龍王知七日雨下不絶從池而出以身遶佛七帀引頭覆佛頭上何以故恐佛世尊冷熱不調諸蜂蠅等蟲惱亂世尊時此龍王過七日中見雨止已方解其身變作天身頂禮世尊足白佛言世尊於此七日之中頗安隱不我身麤弊應無亂惱願見歡喜爾時世尊即說頌曰

知足果安樂　多聞者知法　不害於衆生
人間大慈悲　能除世欲樂　諸惡皆遠離
我慢悉摧伏　斯人最安樂

佛說頌已時彼龍王頂禮世尊還本住處爾時世尊復從池邊還菩提樹下於草敷上端身結跏知法而坐觀十二緣生循環返復所謂此有彼生無明緣行行緣識識緣名色名色緣六處六處緣觸觸緣受受緣愛愛緣取取緣有有緣生生緣老死憂悲苦惱此滅故彼滅無明滅則行滅行滅則識滅識滅則名色滅名色滅則六處滅六處滅則觸滅觸滅則受滅受滅則愛滅愛滅則取滅取滅則有滅有滅則生滅生滅則老死憂悲苦惱滅爾時世尊於七日間入三摩地已起而說頌曰

若此法能生　佛常在於定　若能知因法

彼義滅一切　若此法能生　佛常在於定
若能知因苦　彼義滅一切　若此法能生
佛常在於定　若能滅受盡　彼義滅一切
若此法能生　佛常在於定　若能滅緣盡
彼義滅一切　若此法能生　佛常在於定
若能滅諸漏　彼義滅一切　若此法能生
佛常在於定　普照於世間　如日在空裏
若此法能生　佛常在於定　降伏諸魔軍
佛能斷鉤鎖

爾時世尊作是念已我得甚深之法難見能見難知能知不可思惟難可思惟其義微妙唯有智者能知此法不爲他說彼亦能解我法虛授徒自疲勞益我愁惱我今應獨於寂靜處我所見法安樂境界思惟而住爾時世尊如上思惟止心住已不念說法時娑婆世界主梵天王知佛心念即自思惟此世間敗壞諸衆生等於彼苦境不能解脫今時如來應正遍知出現世間難逢難遇如烏曇鉢羅華佛今出世樂自寂靜不念說法我今應往請佛作此念已如大力士屈伸臂頃從梵天沒至世尊前頂禮佛足在一面立即說頌曰

快哉今此摩揭陁　而現未曾淨妙法
於諸法中覺悟者　惟願當開甘露門

世尊復以說伽他曰

我所得法甚難遇　能令有海悉無餘
少智愚人恒逆流　由欲牽纒鎭漂沒

根本說一切有部毗柰耶破僧事卷第五

音釋

黕丁感切黒也　鑽子筭切穿也　喘昌兗切疾息也　嚇呼格切　囂許驕切壒土也　獯鶘獯許云切鶘戶吳切正作訓狐即鴟鵂也　槍戟槍七羊切與槍同戟紀力切戈戟也　嬈而沼切擾也　翥章恕切飛舉也　捫莫奔切撫持也　麨尺沼切乾粮也　磷良忍切

根本説一切有部毗柰耶破僧事卷第六

唐三藏法師義淨奉　制譯

爾時大梵天王白佛言世尊於此世間有諸衆生或生或老然其根性有上中下利鈍不同形相端嚴性行調順少諸煩惑亦少煩惑種類由不聽正法故所解狹劣世尊如嗢鉢羅華鉢特摩華倶沒陁華奔荼利迦華並於水中或生或老其華根性有上中下一浮出水一與水齊一居水下衆生亦爾於世間中或生或老然諸根性有上中下利鈍不同形相端嚴性行調順少諸煩惑亦少煩惑種類由不聽正法故所解狹劣爲是人故當説正法時彼諸人聞説法寶並皆悟解爾時世尊聞是請已便作是念我以佛眼觀彼衆生性差別不作是念已即以佛眼觀見有情或生或老然其根性有上中下利鈍不同形相端嚴性行調順少諸煩惑亦少煩惑種類由不聽正法故所解狹劣爾時世尊即於有情起大悲心而説頌曰

若有於法深樂聽　我即當開甘露門

如其譏慢自輕人　大梵我終不爲説

爾時大梵天王聞此頌已作如是念佛於今者欲説正法心生喜躍頂禮佛足遶佛三帀忽然不見時佛世尊復作是念我於今者爲誰先説又作念言有哥羅哥往在因中曾爲我師及以種種供給我當爲彼先説正法爾時空中諸天白言世尊其哥羅哥命終已來經今七日世尊亦以佛眼觀知命終經今七日復作念言彼哥羅哥不聞我法失大利益若得聞法利益無邊又復念言我今當爲嗢

達羅摩子說法由於因中爲第二師種種供給我故爲說空中諸天亦白佛言此嗢達羅摩子昨夜命過佛亦觀知昨夜命終復作是念彼不聞我法失大利益若得聞法利益無邊爾時世尊便作是念我欲先爲何人說法復作是念應爲彼五人先爲說法何以故我昔苦行之時彼等五人信心尊重承事供養復作是念彼等五人今何所在爾時世尊超人天眼觀察乃見五人在婆羅痆斯仙人墮處施鹿林中見已從菩提樹坐下而起往詣迦施那國婆羅痆斯城乃路逢一外道名爲親近彼見世尊形容端嚴清淨色相善好問曰具壽喬答摩諸根端正清淨顏容皮膚細滑於何教師而得出家受誰法教爾時世尊即說頌曰

我今不從師受業　亦無比類同於我
世間所應開覺者　唯我一人善能曉
一切通達超出世　而於諸法無所著
咸皆棄捨證解脫　自然覺悟不從師
既無有人類於我　所以自然覺一切
如來天人大導師　已證一切智力具

爾時世尊說此頌已詣迦施羅國婆羅痆斯城仙人墮處施鹿林中是時五人在彼林中遥見世尊各相謂言共立一制此沙門喬答摩性多緩慢常爲邪命斷惑數退彼今廣餐美食所謂酥蜜酪等以酥油塗身香湯洗浴彼喬答摩來至我所我等不應起迎頂禮亦莫喚坐彼若坐時亦任遠坐立制纔意如來漸漸近五人所時彼五人不勝如來威德尊重從座而起一人爲如來安座一人爲如來

取水一人爲如來安置洗足器二人迎接爲受三衣善來喬答摩可坐此座世尊作是念此愚癡人共立章制而便自犯作是念已就座而坐五人供養未知世尊得成正覺心生輕慢所有言説皆喚如來在俗名號或喚喬答摩或喚具壽或喚種族是時世尊見毀呰已告五人曰於如來處莫喚俗姓喬答摩具壽種族名字若如是毀呰如來者失大利益生生之處於長夜中而受苦惱何以故若復有人頻喚如來俗姓名號等彼無智人生生之處失大利益常受苦惱汝等應知自今已去於如來所莫喚俗姓五人報曰具壽喬答摩汝先苦行不得正覺智慧之法亦復不見善安樂住汝不可得何謂今日破戒棄捨苦行心不能定癡狂心亂廣受好食所謂酥乳酪等酥油塗身香水洗浴一無苦行如何乃言得成正覺世尊報曰汝愚癡人不見如來前後相貌諸根差别五人報曰具壽喬答摩如是相貌我見差别爾時世尊告五人曰出家之人不得親二種邪師云何爲二一者樂著凡夫下劣俗法及耽樂婬欲處二者自苦己身造諸過失並非聖者所行之法此二邪法出家之人當須遠離我有處中之法習行之者當得清淨之眼及大智慧成等正覺寂靜涅槃何爲中法何謂八聖道云何爲八所謂正見正思惟正語正業正命正精進正念正定爾時世尊而爲五人以決定心説如是教時五人中二人侍佛學法三人晨時乞飯還至本處充六人食又於中後三人侍佛學法二人入村乞食還至本處五人共食唯佛

世尊不非時食爾時世尊告五人曰此苦聖諦法我未曾聞由如理作意精勤力故得淨慧眼智明覺生此苦集聖諦法我未曾聞由如理作意精進力故得淨慧眼智明覺生此苦滅聖諦法我未曾聞由如理作意精進力故得淨慧眼智明覺生此苦道聖諦法我未曾聞由如理作意精進力故得淨慧眼智明覺生復告五人此苦聖諦我未曾知今當應知由如理作意精進力故得淨慧眼智明覺生此苦集聖諦法我未曾斷今當應斷如理作意精進力故得淨慧眼智明覺生此苦滅聖諦法我未所證今當應證如理作意精進力故得淨慧眼智明覺生此苦道聖諦我未修習今當應修如理作意精進力故得淨慧眼智明覺生此苦聖諦我已遍知不復更知先未曾聞由如理作意精進力故得淨慧眼智明覺生此苦集聖諦我已永斷更不復斷先未曾聞由如理作意精進力故得淨慧眼智明覺生此苦滅聖諦我已作證更不復證先未所證由如理作意精進力故得淨慧眼智明覺生此苦道諦我已修習先未所習由如理作意精進力故得淨慧眼智明覺生汝等五人當知我先未得此四諦三轉十二種夫生淨眼智明覺不能超過人天乃至梵界諸沙門婆羅門一切世間天人阿蘇羅未證解脫出離不離顛倒我不證無上正智汝等當知我自修習此四聖諦三轉十二種證已即生淨眼智明了達正覺爾時我便超過人天魔界梵界及世沙門婆羅門於人天阿蘇羅解脫出離心所顛倒我得於正智無上正

覺世尊説此法時具壽憍陳如證於無垢無塵法中得法眼淨及八萬天衆於法中亦證法眼爾時世尊告憍陳如曰汝證已答曰世尊我已證佛復告曰憍陳如汝證法耶答曰善逝已證佛言具壽憍陳如旣遍證法已是義故號阿若憍陳如爾時地行藥义衆聞世尊語同發聲言仁者當知此佛世尊於婆羅痆斯城仙人墮處施鹿林中三轉十二行法輪非諸沙門婆羅門人天魔梵之所能轉令多人安樂故令多人利益故哀愍有情故由是義故天衆增益蘇羅損減爾時空行藥义聞地行聲已亦同發聲乃至四天王天三十三天焰摩天覩史天化樂天他化自在天及諸梵天皆同時同刹那同臘婆同牟呼栗多發聲阿迦尼吒天聞是聲已亦同言曰仁者當知此佛世尊婆羅痆斯城仙人墮處施鹿林中三轉十二行相法輪非諸沙門婆羅門天人魔梵之所能轉爲令多人得安樂故爲令多人得利益故哀愍有情故天衆增長蘇羅損減世尊婆羅痆斯城仙人墮處施鹿林中三轉十二行相法輪故因號此法經及此地名爲轉法輪處經爾時世尊復告四人曰有四聖諦云何爲四所謂苦聖諦集聖諦滅聖諦道聖諦云何苦聖諦所謂生苦老苦病苦死苦愛別離苦怨憎會苦求不得苦乃至五取蘊苦如此應知修習八聖道所謂正見正思惟正語正業正命正精進正念正定云何名集聖諦所謂愛欲更受後有愛喜貪俱行愛彼彼欣樂染愛爲捨離故應修習八正道云何滅聖諦所謂後有愛欲更受有喜愛

相應攀緣染著爲滅壞休息永没離欲見證故修習八正道云何道聖諦所謂八聖道應當修習世尊説此四諦法何謂阿若憍陳如證諸漏盡心得解脱四人於此法中離諸塵垢證清淨眼爾時世中有二應供一是世尊二是憍陳如爾時世尊復告四人曰汝等當知色無我若色有我不應生諸疾苦能於色中作如是色不作如是色是故汝等知色無我故生諸疾苦不能作如是色不作如是色受想行識亦復如是應知爾時世尊復告四人曰於意云何色爲是常爲無常耶答曰大德色是無常告曰色若無常爲苦非苦答曰大德是苦告曰色若無常苦者即是變壞若多聞弟子者執色是我我有諸色色屬於我我在色中不答曰不也世尊告曰如是受想行識爲是常耶爲無常耶答曰大德無常也告曰乃至識等無常者爲苦非苦答曰是苦大德告曰識等無常苦者即是變壞若有多聞弟子執色乃至識是我我有識等識等屬我我在識等中不答曰不也大德告曰是故當知諸所有色若過去若未來若現在若内若外若麤若細若勝若劣若近若遠如是諸色非我非我所有非屬於我我不在色由如實遍知應如是見乃至受想行識亦如是見汝等聲聞弟子具足多聞觀五取蘊離我我所如是觀已知諸世間實無可取故不生怖畏無怖畏故内證圓寂我生已盡梵行已立所作已辦不受後有爾時世尊説此法時彼四人等聞此法已心得解脱證阿羅漢果是時世間有六阿羅漢佛爲第一

爾時佛在婆羅痆斯城婆羅柰河邊時彼城中有長者子名曰耶舍於日日中令奏女樂受五欲樂身心疲倦即便眠卧諸妓女等圍遶而睡爾時耶舍中夜忽覺見諸妓女九孔流溢種種不淨頭髮蓬亂衣服垢穢手足縶閙囈言喧雜見此事已作是思惟我於今夜在尸林耶心生驚怖起躡寶履其履價直百千兩金趨至門邊大聲叫喚諸人當知苦來逼我諸人當知苦來逼我悲泣雨淚時有非人隱耶舍聲不令人覺即爲開門爾時耶舍出王大門亦發大聲悲泣哽噎復作是言諸人當知苦來逼我時彼非人隱耶舍聲不令人覺便爲開門爾時耶舍出至城門如前叫喚時彼非人亦爲開門爾時耶舍出城門已至婆羅柰河邊爾時世尊河邊經行耶舍見水如前叫喚佛聞其聲告言童子此處無畏汝可渡來於是耶舍脫留寶履渡詣佛所頂禮佛足在一面立爾時世尊即將耶舍至其住處佛就本座時彼耶舍禮佛足已對如來坐爾時世尊即爲敷演妙法示教利喜諸佛常法先說此法所謂布施持戒生天之因復說五欲所有過患讚歎出家獨處山林思惟觀察斷諸煩惱演說廣大微妙之法開示令解諸有聽者聞說此法歡喜清淨無有疑惑佛觀知已更復爲說出世之法所謂苦集滅道聖諦猶如浣衣先除垢穢既除清淨已色即易染耶舍亦爾初聞佛說心器清淨便能了知四聖諦法證預流果見法得法極通達法究竟堅法越一切怖望度一切疑惑不假他緣於大師教餘不能引於諸法中得無所

畏耶舍爾時得此法已心大歡喜從坐而起整衣服頂禮佛足右膝著地合掌向佛而作是言世尊我今入此微妙之法獲大勝利從今已後乃至盡形歸佛法僧爲五戒鄔波索迦不殺不盜不邪行不妄語不飲酒作是語已退坐一面時彼耶舍出城已後妻從睡覺不見耶舍處處尋覓莫知所在告父長者曰長者當知今子耶舍不知所在長者聞已作如是念豈非我子被諸惡賊及以怨家將出城外作無利耶作是念已即於四方令諸馬使自持火炬與諸人等處處尋覓遂出城門漸至河側見有寶履價直百千便作是念我子定非惡賊得去既脫寶履明知渡河長者即便渡河而去漸至佛所於時世尊遙見長者從外而來即以神力令彼長者雖入衆中不見其子時彼長者既至佛所頂禮佛足白言世尊見我耶舍以不佛言長者汝宜且坐容於此處與子相見時彼長者聞佛語已起歡喜心得未曾有禮佛雙足在一面坐爾時世尊爲說妙法示教利喜諸佛常法凡所演說先開布施持戒生天之因復說五欲所有過患讚彼出家獨處山林乃至令彼長者得預流果其子耶舍猶著俗時種種珍寶莊嚴之具得阿羅漢果爾時世尊即攝神力而說頌曰

調伏寂靜持淨戒　常以妙法自莊嚴
於諸含識無害心　是謂沙門苾芻行

於是時中世間有七阿羅漢佛爲第一爾時長者忽見其子在佛前坐見已告曰童子汝來共汝歸家汝母相憶悲傷啼泣爾時世尊

告長者曰於意云何頗有已得無學智見證四諦法彼人還家餐吐食不長者答曰不也大德佛言長者汝今已得有學智見證四諦法不答曰已得佛告長者曰此耶舍童子已得無學智見證四諦法長者白言我子耶舍獲大果利得無學智見證四聖諦理所謂苦集滅道爾時長者白佛言世尊願佛世尊至明日時與子耶舍來我宅中受我供養爾時世尊默受其請長者知佛許已禮足而去爾時世尊至時著衣持鉢與耶舍童子到長者宅耶舍母妻在中門傍待佛世尊及其耶舍既見佛來自以其手嚴飾牀具敷設已訖請世尊坐爾時世尊即就其座時耶舍母及妻禮世尊足在一面坐爾時世尊即爲說法示教利喜先演布施持戒生天之因次演修習斷諸煩惱乃至證預流果爾時其母及妻既見法證法已即從座起禮佛雙足白言世尊我於今日得此妙法盡此形壽歸佛法僧永持五戒作鄔波斯迦願佛世尊今日食時受我供養世尊默然而許時耶舍母見佛許已即於家中辦諸清淨上妙飲食於世尊前飾一香壇奉諸香味而以供養世尊食已灑掃清淨重以香華周帀供養在一面坐如來爾時重爲說法即便而去時婆羅痆斯城諸長者等聞第一長者子耶舍剃除鬚髮披於法服隨佛世尊而作弟子其第二長者子名曰富樓那其第三長者子名曰無垢第四長者子名曰驕梵抜提第五長者子名曰妙肩聞耶舍出家咸作是念今耶舍童子生於貴家富有珍寶身體端嚴恒受快樂捨其所好爲

佛弟子將知如來甚大威德法亦微妙我等應當剃除鬚髮侍養如來學受勝法作是議已即共同心從婆羅痆斯城至世尊所禮世尊足在一面立白佛言世尊願與妙法我等出家爲佛弟子依如來教奉持梵行佛告諸長者子曰今正是時善來苾芻汝便出家修諸梵行作是語已彼長者子等鬚髮自落袈裟著身成苾芻相如經七日曾出家者其所悟解如百歲苾芻爾時世尊重爲説法汝等苾芻獨一靜處遠離喧雜常守自心勤修苦行令既出家應求梵行度於彼岸證自正智得佛神通盡於生死梵行建立辦於所作勿受後有如斯修者得無生果時四苾芻聞佛此言即便解悟證阿羅漢果時世間有十一阿羅漢佛爲第一婆羅痆斯城中有五十豪族家聞此五長者子咸皆出家剃除鬚髮而披法服證阿羅漢果各作是言如來教法甚爲深妙令彼五長者子各捨豪富而爲出家我等諸人亦宜詣佛而爲弟子作是議已咸至佛所頂禮佛足在一面立白佛言世尊願聽我等於善法律中出家而爲苾芻常修梵行佛言善來苾芻鬚髮自落袈裟著身如經七日曾出家者佛言具壽夫出家者獨處山林遠離喧雜常守自心勤修苦行度於彼岸證自正智得佛靜力盡生死際勿受後有如斯修者得無生果時五十苾芻聞佛言已心獲無礙證阿羅漢果時此世間有六十一阿羅漢佛爲第一爾時佛住婆羅痆斯城仙人墮處施鹿林中六十苾芻前後圍遶爾時世尊告諸苾芻我今與汝於一切天人繫縛之

中而得解脫汝等各可隨詣諸方爲諸衆生作大利益且令汝等各各而往不用同行我亦往優樓頻螺聚落爲利益故爾時惡魔作是念言此沙門喬答摩住於婆羅痆斯仙人墮處施鹿林中爲聲聞衆如是說法云我於一切天人繫縛中而得解脫汝等苾芻亦於一切天人繫縛中同得解脫汝等應往人間廣爲利益汝等應各別行不用同往我亦將詣優樓頻螺聚落者我今應當爲彼作諸障礙爾時惡魔作是念已化爲摩納婆往詣佛所即於佛前而說頌曰

汝不得解脫　而作解脫想　汝在繫縛中
不能解脫我

爾時世尊作是念言今者惡魔願我散亂世尊知已說頌報曰

人天繫縛中　我已得解脫　罪者今當知
我已摧伏汝

爾時惡魔便作是念此喬答摩能知我心作是念已便生懊惱內懷惡悔便滅而去爾時世尊復告諸苾芻曰我於天人繫縛中而得解脫汝等亦得解脫汝等應往餘方作諸利益哀愍世間爲諸天人得安樂故汝等不得雙行我今亦往優樓頻螺聚落諸苾芻等咸奉佛教唯然而去爾時世尊往婆羅痆斯城優樓頻螺聚落既到於彼詣白疊林在一樹下宴坐而住時有六十賢部在聚落外於日日中與諸女樂共相嬉戲有一女人失衆所期棄而出去時六十賢部尋覓此女漸次往詣至白疊林便見世尊坐一樹下顏貌端嚴若有見者發清淨心調伏諸根意得寂靜成

就最勝猶如金幢光明殊妙諸人見已便詣佛所白言大德頗見一女人不世尊報曰彼女人者是汝何親諸人白言我六十賢部在聚落外於日日中令諸女樂作於倡伎此一女人失我所期棄我而去我今覓來告言諸人於意云何汝今所要爲求女身是要爲求自身要耶諸人報曰大德求女身無益尋求自身最爲第一世尊告曰童子汝等來坐我今爲汝宣說妙法時六十賢部頂禮佛足却坐一面佛說妙法示教利喜諸佛常法先說此法所謂布施持戒生天之因復說五欲所有過患讚嘆出家獨處山林思惟觀察斷諸煩惱演說廣大微妙之法開示令解諸有聽者聞說此法歡喜清淨無有疑惑佛觀知已更復爲說出世之法所謂苦集滅道四聖諦理猶如浣衣先除麤垢得清淨已色即易染六十賢等初聞佛說心器清淨便能了知四聖諦法證預流果見法得法極通達法究竟堅法越一切希望度一切疑惑不假他緣於大師教餘不能引於諸法中得無所畏六十賢部得此法已心大歡喜從坐而起整衣服頂禮佛足雙膝著地合掌向佛而作是言世尊我等入此微妙之法獲大勝利從今已後乃至盡形歸佛法僧受五學處爲鄔波索迦不殺不盜不邪行不妄語不飲酒作是語已禮佛而退爾時世尊夜既曉已於晨朝時著衣入多軍村作是思惟於此村中我先爲誰說法復作是念是時村主有其二女一名歡喜二名歡喜力我先往昔欲捨苦行時此二女人先以乳糜及與酥蜜供養於我我食此

故身力强健爾時世尊作是念已往二女家彼二女人遥見世尊爲佛敷設座已奉迎世尊禮佛足作如是言善來善來世尊惟願世尊入就此座爾時世尊而就其座時彼女人頂禮佛足却住一面佛爲説法示教利喜廣説乃至於諸法中得無所畏爾時二女即從座起整衣服頂禮佛足雙膝著地合掌向佛白言世尊我遇妙法獲大勝利從爾今後乃至盡形歸佛法僧爲鄔波斯迦作是語已白佛言世尊今日慈悲受我微供爾時世尊默然受請時彼女人見佛受已即於佛前作其泥壇世尊洗手足已如法而坐時彼二女布設種種清淨甘美飲食自手行食頻頻將來而爲供養世尊食已洗手收食器已掃灑其地燒香散華頂禮佛足却坐一面爾時世尊

便爲説法示教利喜呪願而去將欲出村便作是念於此摩揭陁國誰有最尊外道及婆羅門聞我説法生信敬心令衆多人得入我法時有外道名優樓頻螺迦葉老年一百二十有五百弟子在尼連禪河邊林中住修習苦行時摩揭陁國一切諸人皆生恭敬尊重供養爲勝福田如阿羅漢我今往彼爲説妙法令衆多人獲大勝利作是念已往尼連禪河邊至迦葉所其優樓頻螺迦葉遥見世尊即嚴飾牀座佛就而坐而作是語善來善來大沙門多時不見沙門來此共相問訊曰大德起居輕利不作此語已相對而坐佛告迦葉仁是尊重於此火舍請覓一邊寄停一宿迦葉波曰我非尊重然此石室有大毒龍恐相損害佛告迦葉我請此舍龍不損我迦葉

報曰大沙門若龍不損汝隨意而坐爾時世尊於初夜分洗手足已便入火室如常敷草結跏而坐正念不動時彼毒龍遥見世尊心生瞋怒便吐毒煙時佛世尊以神通力從口出烟遮彼毒烟時彼毒龍見佛出烟瞋心猛熾遍身出火爾時世尊爲欲調伏彼毒龍故入火光三昧遍身出火於其石室猛火熾然時迦葉波於中夜分從本處出觀其星宿遥見石室火焰熾然便作是念大沙門喬答摩顏色端正苦哉苦哉不用我語今被毒龍火燒成灰告諸弟子汝等各各將水滅火救大沙門爾時世尊知迦葉意便作是念爲欲調伏彼毒龍故更入三昧出種種火光滅毒龍火不損龍身時彼毒龍見種種火心生怖畏來詣佛所便入鉢中蟠身而住世尊知龍調伏從定而起擎鉢而去至迦葉所迦葉見已即便問曰大沙門汝得存耶世尊告曰我得平安迦葉問曰於汝鉢中而有何物世尊告曰此是毒龍汝所畏者我已調伏在此鉢中迦葉見已而作是念沙門喬答摩雖有大威德善能如是然我亦是阿羅漢爾時世尊在優樓頻螺迦葉住處聚落林中時迦葉波有五百摩納婆各各供養祭祀火壇三所其數總有一千五百火壇彼五百摩納婆於晨朝時欲祭祀火壇於時然火並皆不著其摩納婆等俱怪斯事遂往迦葉所白言我等今欲供養火壇然火並皆不著迦葉聞此語已便作是念緣大沙門近我住處有其威力然火不著作此念已詣世尊所作如是語沙門當知我五百摩納婆欲祭祀火壇然火並皆不

著縁有斯事俱來白我我如是思念爲大沙門近我住處有其威力然火不著佛告迦葉曰汝今欲得火著不迦葉報曰欲得火著作此語已所事火壇並皆同起咸悉熾盛迦葉見已而作是念沙門喬答摩雖有威德善能如是然我亦是阿羅漢爾時世尊住於優樓頻螺迦葉修道所於樹林中其摩納婆祭祠火已欲滅其火不能得滅於時摩納婆詣迦葉所而白言鄔波馱耶當知我等祭祠火已欲滅其火而不能得爾時迦葉復作是念大沙門喬答摩近我住處將非彼力令火不滅作是念已詣世尊所而白佛言大沙門願知我此摩納婆等祭祠火已欲滅其火而不能得是故我作念大沙門於我近住將爲彼力致令如此作是言已世尊告曰汝欲得火滅不迦葉白曰大沙門甚欲得滅即時以佛威力盡皆滅没是時迦葉便作是念希有威德大德沙門雖能如是然我亦是大阿羅漢爾時世尊住優樓頻螺迦葉修道所住林中迦葉異時自欲祠火而不能著迦葉便作是念大沙門於我近住將非彼力致如此耶作是念已詣世尊所白佛言大沙門當知我欲於此自祭祠火然不能著是故我作是念大沙門於我近住將爲彼力致使如此作是言已世尊告曰汝今欲得火著以不迦葉白言大沙門我欲得著以佛神力令火忽然熾盛談著時優樓頻螺迦葉復作是念甚奇世尊希有如此大威德力雖能如是然我亦是阿羅漢

根本說一切有部毗柰耶破僧事卷第六

音釋

囈魚祭切亂言也**躡**尼輒切履屐也著**哽噎**哽古杏切咽塞也噎烏結切氣窒不通也**蟠**蒲官切屈也

根本説一切有部毗柰耶破僧事卷第七

唐三藏法師義淨奉制譯

爾時世尊住迦葉修道所止林中迦葉異時祭祠火已欲滅其火而不能得于時迦葉便作是念大沙門令近我住將非彼力火不滅耶作是念已往詣佛所而白佛言大沙門當知我於此處祭祀火已欲滅其火而不能得是故我作是念大沙門於我近住將非彼力令如此耶作是念已佛告迦葉汝今欲得滅此火耶迦葉白曰大沙門我意欲得除滅此火其火即時以佛神力悉皆除滅是時迦葉便作是念大沙門雖能如是有大神力然我亦是阿羅漢爾時世尊住優樓頻螺迦葉修道所止林中後於異時迦葉所居精舍屋宇四面一時其焰俱熾欲滅其火而不能得是時迦葉與其眷屬及諸大衆同心相勵撲滅其火亦不能得爾時迦葉便作是念此大沙門於我住處將非彼力縱此焰耶作是念已詣世尊所白佛言大沙門我所居止屋宇精舍四面忽然熾炎災起我及眷屬與諸大衆齊心撲滅而不能得是故我生是念大沙門於我近住將爲彼力致使如是作此語已世尊告曰汝意欲滅其火以不迦葉白曰大沙門我意願欲除滅此火是時焰熾以佛神力盡皆滅没優樓頻螺迦葉復作是念甚奇世尊雖能如是有天神力然我亦是阿羅漢爾時世尊住於優樓頻螺迦葉修道林中時四天王於其夜分身坐一面是時優樓頻螺迦葉於其夜中因觀星曆乃見佛前有四火聚光明遠及便作是念此大沙門同我事火是

故彼邊有四火聚爾時優樓頻螺迦葉至於明日詣世尊所白言大沙門知我所見不昨夜因觀星宿大沙門前見有火聚見已作念此大沙門如我事火佛言迦葉我非事火昨夜爲四天王於我處聽法所以有此光明非餘火聚爾時優樓頻螺迦葉復作是念此大沙門雖然如是神通威德然我亦是阿羅漢爾時世尊住優樓頻螺迦葉修習林中時梵王帝釋於其夜分身暉赫如二火聚來詣佛所頂禮雙足退坐一面是時優樓頻螺迦葉於夜分中因觀星宿遥見佛前有二火聚光明遠及便作是念此大沙門同我事火是故彼邊有此火聚至明往世尊處白言大沙門知我見不昨夜因觀星宿大沙門前見二火聚即作是念此大沙門如我事火佛言迦葉我不事火昨夜爲梵王帝釋來於我處聽法所以有此光明非餘火聚爾時優樓頻螺迦葉復作是念此大沙門雖有如是神通威德然我亦是阿羅漢果爾時世尊住優樓頻螺迦葉修學林中摩揭陁國人有其時會七日之中皆往優樓頻螺迦葉處興大供養時既將至迦葉作念若摩揭陁國人來詣於此覩此沙門如是神力必應捨我定當隨彼其大沙門於七日間若不住此斯爲善事于時世尊知其所念遂屏身相使令不現是時國人供養將畢迦葉獲大利養衆既散已迦葉復作是念我七日中得大所須今若大沙門來於此處我當供設于時世尊知彼所念即爲現身迦葉遥見即作是念語大沙門汝亦還來佛言迦葉我還至此迦葉問大沙門七日

已來何故而去佛答迦葉汝先豈不作如是念耶若摩揭陁國人來詣我處見此沙門神力威德人應捨我定隨彼耶其大沙門於七日間不住於此斯爲善事于時我知汝念所以於七日中而不住此迦葉復言既知我意而去今何得還佛言汝今復作是念我已獲得所須供物若大沙門來於此處我當供設復知汝念所以却來迦葉言大沙門我實有此念便白佛言大沙門汝諸飲食隨意受用是時迦葉復作是念此大沙門雖有如是大威神力不可思議然我亦是大阿羅漢爾時世尊住優樓頻螺迦葉修習林中迦葉來請世尊曰大沙門願見住此我等如法資設供給世尊黙然受之迦葉既知世尊受請即便自手敷辦器具而造飲食詣世尊所告言沙門食飲辦訖願自知時世尊報迦葉曰汝當先去我隨汝即來爾時世尊迦葉去後以神通力往贍部樹取得其果香美鮮色滿鉢盛已來迦葉處就座而坐迦葉後至見世尊已問言大沙門汝早此耶答言已至迦葉復問曰大沙門鉢中是何物耶佛言汝向請我汝去之後我已定力往贍部樹取此果來其色香美汝若須食而可取之迦葉曰願大沙門隨意自食是時優樓頻螺迦葉復作是念此大沙門有大神力如是威德然我亦是阿羅漢果是時世尊將贍部樹果乃至菴摩羅果迦畢他及將俱盧自然秔米皆同上爾時世尊住優樓頻螺迦葉修習林中時迦葉自手造食了已即往請佛世尊著衣持鉢就座而坐迦葉見佛坐已即取佛鉢置諸妙食自手

奉佛世尊受已往别處食至彼須水時天帝釋知佛須水便至佛所以指擊地涌泉流現時彼迦葉後時經行見此泉水涌流而作是念我住此久不見其泉今日何得忽有斯水往世尊所白言大沙門我住此久不見其泉今日何得忽見如是誰爲佛言迦葉我昨日受汝飲食來坐於此而欲喫食爲須水用時天帝釋觀知我意速來於此以指擊地流泉涌出所以有此泉水其泉號爲手擊之泉于時迦葉復作是念此大沙門有如是神力難可思議然我亦是阿羅漢爾時世尊住優樓頻螺迦葉修學林中時佛世尊晡時出遊泉所脱諸衣服入泉沐浴而欲出水於其岸邊有一大樹名遏竪那去佛甚遠爾時世尊舒手欲捉其樹即便低屈佛攀枝出於時迦葉見此事已而作是念其大樹先來不屈今誰低曲詣世尊所白言大沙門此大遏竪那樹先不低曲今誰屈爲佛如上説此樹號爲手攀遏竪那樹迦葉復作是念此大沙門有如是神力然我亦是阿羅漢爾時世尊住於優樓頻螺迦葉修習林中佛得糞掃衣而欲浣濯念言用何物洗時天帝釋知佛所念持一大石置於泉邊白言世尊願見受用爾時如來即浣糞掃衣已復作念云用何物曬時天帝釋觀知佛意往餘山中取一方石置於佛前白言世尊可於此曝世尊以衣覆石之上於時迦葉來見此石而作是念未曾覩此二石今何忽有往問世尊佛言迦葉我欲浣曬衣服而念用何物時天帝釋知我所念持此二石一用浣衣一爲曬服迦葉復作是念此

大沙門有如是神力然我亦是阿羅漢爾時世尊住於優樓頻螺迦葉修道林中時往尼連禪河渚邊經行水忽泛漲過沒人頭世尊在彼水即四邊波止如來安然經行迦葉遥見此事念云其大沙門有如是相好今被水漂即共諸弟子乘小船入河見世尊在中經行之處波水不及問言大沙門猶得活耶世尊答言迦葉我今安壽迦葉曰大沙門可上此船世尊以神力忽然不見現於船上迦葉見是事已復作是念此大沙門雖有如是大威神力然我亦是大羅漢爾時世尊知優樓頻螺迦葉心欲所念便作是言迦葉汝非是阿羅漢果亦不是阿羅漢向亦不知阿羅漢道迦葉聞是語已便作是念大沙門喬答摩知我心所念念已合掌向佛白言大沙門惟願聽我於大沙門法律中出家受具足戒成苾芻性令我於大沙門法中修習梵行世尊告曰若欲出家汝弟子等知汝以不迦葉答曰彼皆不知世尊告言汝名稱遠聞衆知汝善智慧具足是故應當告汝弟子聽汝者隨意所樂迦葉聞佛語已便即往至本所住處告諸弟子汝等當知我今欲於大沙門喬答摩法中出家受具足戒汝等意者所欲云何彼衆白曰我等所學鄔波馱耶今若去者我當隨從修習梵行迦葉報曰汝等若能隨學我者所著鹿皮樹皮錫杖祭器悉能棄擲尼連禪河中當隨意去諸弟子等聞是語已所有衣服祭器等物悉皆棄置尼連禪河擲是物已還迦葉所便作是言悉令棄者今皆已捨應作何事惟願指授爾時優樓頻螺迦葉

及五百眷屬往詣佛所而作是言大沙門我告徒衆悉已聽許惟願度我於善法律中出家受具足戒成苾芻性爾時優樓頻螺迦葉有弟二人一名那提迦葉二名伽耶迦葉各有弟子二百五十人先於尼連禪河岸勤修梵行處修寂靜行那提迦葉住居下流後於一時尼連禪河中乃見鹿皮樹皮錫杖祭器等物並被漂沒見是事已皆作是念我等同修梵行者有何灾難如是等物被漂沒耶爲是王害爲是賊侵爲被火燒爲水漂損然我等同梵行者應當往彼尋問其事爾時那提迦葉伽耶迦葉等往詣優樓頻螺迦葉修道所到已於其側近乃見優樓頻螺迦葉披僧伽胝除棄鬚髮於大沙門所住一面坐聽受妙法見已向優樓頻螺迦葉作如是言具壽此出家法勝舊法不答言勝彼爾時那提迦葉伽耶迦葉作如是念今此大沙門有大神力必應更有勝妙上法若不爾者優樓頻螺迦葉耆年宿德過百二十摩揭陁國人尊重瞻仰大衆咸謂是阿羅漢今者棄本所學依大沙門出家修道我等亦應隨大沙門出家學道如是念已即共合掌頂禮佛足惟願聽我於大沙門法律中出家受具足戒成苾芻性令我於大沙門法中修習梵行世尊告曰若欲出家汝弟子衆知汝等不那提迦葉伽耶迦葉答言彼皆不知世尊告曰汝等名稱遠聞衆所知識智慧具足是故應當告汝弟子若聽汝者隨意所樂那提迦葉等聞佛語已便即往至本所住處告諸弟子汝當知我欲於大沙門喬答摩法律中出家受具足戒

汝等意者所欲云何彼衆答曰我等所學本依鄔波馱耶今若去者我等大衆悉願隨從修習梵行迦葉報曰汝等若能隨學我者所著鹿皮樹皮錫杖祭器悉能棄擲尼連禪河中者當隨意去諸弟子等聞是語已所有衣服祭器等物悉皆棄置尼連禪河中擲是物已還鄔波馱耶所便作是言悉令棄者今皆已捨應作何事惟願攝授爾時那提迦葉伽耶迦葉共將弟子五百人俱往詣佛所而作是言大沙門我告弟子悉已聽許唯願度我於善法律中出家受具足戒成苾芻性於大沙門處修習梵行世尊告曰那提迦葉伽耶迦葉善來應修梵行作是語已那提迦葉等及五百弟子皆得出家受具足戒成苾芻爾時世尊度一千被髮外道受具足戒於優樓頻螺池隨意住已漸漸遊行至伽耶山住其山頂窣堵波處與舊被髮出家外道一千苾芻而共居止爾時世尊以三種神通化千苾芻三神通者所謂神足通記說通教授通神足者如來入三摩地以心定故即從本座忽然隱沒現於東方上昇虛空行住坐卧入火光定即於身內出種種光所謂青黃赤白及以紅色雙現其相身下出火上流清水身下出水上發火光東方既爾南西北方亦復如是既現相已從彼虛空沒還復本處而現此是世尊神足通記說通者所謂苾芻應觀察心意識如是應善尋伺不應不善尋伺此亦意念此亦證身識此爲世尊記說通教授通者告諸苾芻所有諸法悉皆熾然何者一切熾然眼熾然色熾然眼識熾然眼觸熾然爲

因眼觸內所生受或苦或樂非苦非樂亦是熾然以何火熾然貪火熾然瞋火熾然癡火熾然生老病死愁歎憂悲苦惱亦復如是火然此皆爲苦眼既如是耳鼻舌身意亦復如是此是世尊教授通世尊説此法時彼千苾芻不受後有故於諸有漏心得解脱皆得阿羅漢果爾時世尊在摩揭陁國伽耶山頂窣堵波處與千苾芻俱先是舊被髮外道皆證阿羅漢果盡諸有漏應作已作所作已辦捨諸重擔逮得已利斷諸有結心正解脱摩揭陁國大衆人民因遊行故聞釋迦種中生一太子在雪山側近弶伽河岸刼比羅仙人住處去斯不遠有占相師善閑方術授太子記若在家者紹轉輪王位能降四方以法化世七寶具足所謂輪寶象寶馬寶珠寶女寶主藏寶主兵寶千子圍遶端正勇健摧伏他軍盡四洲界普能王化無有怨敵苦惱刀仗悉皆屏息安樂而住若出家者以正心信捨家趣非家剃除鬚髮被服袈裟證無上覺成阿羅漢世間讚詠名稱遠聞彼遊行人聞斯語已往詣頻毗娑羅王所而作是言大王當知我等遊行至此人間聞釋迦種中生一太子於雪山側近弶伽河岸刼比羅仙人修道之處乃至世間讚詠名稱遠聞悉如上説惟願大王煞彼太子若除滅者大王當得國祚長遠其王報曰汝等諸人莫作是語何以故彼釋迦太子若得金輪王位我當隨從若成正覺當爲執侍親近供養爾時摩揭陁主頻毗娑羅王昇樓閣上乞五種願願我國出大教導師如來應正等覺明行圓滿善逝世間解

無上丈夫調御士天人師佛薄伽梵令我於彼敬事瞻仰所説法要令得開悟得聞法已受持淨戒如法而住於時世尊在伽耶山遥見大王聞此語已告諸苾芻曰此頻毗娑羅見在樓上發五種願悉如上説復次摩揭陁國大衆生民因遊行故先聞釋迦種中生一太子在雪山側近弶伽河岸刧比羅仙人住處去斯不遠有瞻相師善閑方術授太子記若在家者紹輪王位能降四方以法化世七寶具足所謂輪寶馬寶珠寶女寶主藏寶主兵寶千子圍遶端正勇健摧伏他軍盡四洲界普能王化無有怨敵苦惱刀仗悉皆屏息安樂而住若出家者以正信心捨家趣非家剃除鬚髪被服袈裟證無上覺成阿羅漢世間讃詠名稱遠聞彼捨輪王位而求出家得

阿耨多羅三藐三菩提今見在伽耶山頂窣堵波處與千苾芻前後圍遶並是舊被髪外道皆證阿羅漢果盡諸有漏應作已作所作已辦捨諸重檐逮得已利斷諸有結心正解脱聞是語已往頻毗娑羅王所而作是言大王當知我等遊行至此人間先聞彼釋迦種中生一太子乃至成無上覺在伽耶山與千苾芻前後圍遶盡是有結心正解脱惟願大王親近供養彼佛世尊若如此者令王國土安隱豐樂王聞語已甚大歡喜即命一人令往佛所如我辭曰頂禮雙足白言世尊起居輕利少病少惱安樂住不作是言已復稽請曰惟願世尊與諸苾芻來就我所住王舍城受我一生供養四事使者受王如是語已往伽耶山至世尊所頂禮佛足而作是言摩揭

陀主頻毗娑羅故遣我來稽首世尊起居輕利少病少惱安樂住不佛言王及汝等咸得安樂使者白言王令稽請惟願世尊與諸苾芻來至我所居王舍城受我四事一生供養世尊即時默然受請使者知佛默受請已頂禮佛足辭還本處爾時世尊與千苾芻圍遶前後並是舊被髮外道皆證阿羅漢果乃至盡諸有結心正解脫漸漸遊行於摩揭陁人間至善住窣堵波竹林中住摩揭陁王聞佛至此千苾芻俱圍遶而住皆已證得阿羅漢果盡諸有漏應作已作所作已辦捨諸重擔逮得已利斷諸有結心正解脫王聞是已嚴駕善輅與無量百千眷屬圍遶欲往佛所禮拜供養其王善輅輪轂入地不得前進王作是念我有何咎今此輪轂不復遊履忽聞空中天曰王無過犯但王獄中無量人衆先與大王同修善業今若放捨可得前路王聞是語赦及囚禁並皆放已王欲進路行度宮門頭冠傾側便作是念我於昔來造作何業致是相耶即聞空中天曰大王無辜然爲無量衆生先與大王同修勝業今皆散住邊遠村坊王當召命可共見佛王遂宣令遣來集會既集會已嚴駕車輅一萬二千并諸兵衆馬騎雲屯十八萬衆復有象兵一萬五千并與無量百千萬摩揭陁人婆羅門居士等前後圍遶出王舍城往詣佛所到已下車除五勝物所謂傘蓋頭冠寶劒寶扇寶履捨是物已向佛合掌頂禮佛足白世尊曰大德我是摩揭陁國人主頻毗娑羅王如是三白佛告大王如是如是汝是摩揭陁國主頻毗娑羅王

如是三答汝今可坐是頻毗娑羅王聞佛語已頂禮佛足却坐一面其摩揭陁國婆羅門居士等一分頂禮佛足亦坐一面一分合掌問訊大沙門少病少惱氣力安不亦坐一面一分合掌而不致問亦坐一面一分遠住默然而坐於時優樓頻螺迦葉在大衆中摩揭陁國婆羅門居士見此迦葉在於衆中便發疑念沙門喬答摩在迦葉處而有修習爲當迦葉向沙門喬答摩邊而學未聞爾時世尊知衆所念以妙伽他問迦葉曰

迦葉汝昔見何利　捨俗出家而事火

及時此法所獲益　汝今爲我説斯義

於時迦葉亦以伽他而答佛曰

有一説言獲益者　端嚴美女諸妙味

見彼法中有此利　因斯捨俗而事火

世尊復以伽他重問迦葉曰

端嚴美女諸妙味　若由事火而得此

即有人天世間樂　汝何棄捨而不顧

迦葉亦以伽他而答佛曰

爲覩勝靜無餘句　無所有處猶不住

除此妙法更無過　情令棄彼而不顧

由我先有愚癡意　持火禁戒望解脱

於勝妙法反爲顛　盲冥生死常流轉

諦觀無爲最勝句　調御象師能妙説

真實益世牟尼教　奬導無倦喬答摩

爾時世尊以斯伽他讚迦葉曰

善來迦葉波　非有思惡處　最勝廣法中

汝今已能大

爾時世尊告迦葉曰汝起爲諸大衆現其神變於時迦葉聞佛語已即入三摩地此心定

故即從本處忽然不現即於東方上昇虛空行住坐卧入火光定即於身内出種種光所謂青黄赤白及以紅色雙現其相身下出火上流清水身下出水上發火光東方既爾南西北方亦復如是現是相已從虛空没還於本處地上而立往至佛所頂禮佛足作如是言世尊是我教師我是世尊聲聞弟子世尊告曰如是如是迦葉我是汝教師汝是我聲聞弟子迦葉汝起可就本坐爾時優樓頻螺迦葉頂禮佛足還至本坐爾時摩揭陁國婆羅門居士等見此事已作如是念非沙門喬答摩在迦葉處而有修學但是迦葉於世尊所而學所作爾時世尊告摩揭陁主頻毗娑羅言色有生滅大王當須了知色法生滅因緣受想行識亦復如是大王若能了知色法生滅異即能了知色之自性受想行識亦復如是大王若善男子知色性已而不愛著亦不領受亦復不持而能於此決定無我及以我所受想行識亦復如是若善男子了此色性不愛著不受不持決定知此無我我所我說此人得涅槃解脱受想行識亦復如是世尊說此法已摩揭陁國婆羅門居士等作如是念若色無我受想行識亦無我者然何等法而是其我誰是有情誰復是命生者養育者人及數取趣意生與摩納能所作及造觸受行住等此等諸法差别悉皆無我者更有何物不生不滅非三世有而能作受若人於可作及不應作善惡之業所有果報誰當受之今捨此蘊而受彼蘊爾時世尊知此婆羅門居士等作如是念即告諸苾芻曰無智慧

人不多聞故便作是念執我我所不知無我及以我所何以故苾芻從集生苦證滅斷苦從集生行證滅行滅彼因緣滅彼滅彼因緣故能生諸有情次第流轉如是因緣有情生滅如來了知畢定無我復告諸苾芻曰我得清淨天眼過於人間觀見有情流轉生滅勝者妙色惡色趣善惡道所有作業如實我知如是見一有情造身口意惡業誹謗聖者執著邪見行邪惡業由此因緣此捨命墮於地獄復見有情造三善業不謗聖者住正信心行正命行由此因緣從此捨命生於天上如是等事我悉知見而不曾說有情是我壽命與生養人及數取趣意生并摩納能所作及造觸受行住等若人於可作及以不可作善惡等業所有果報而捨於此蘊受於彼蘊等皆不說是我然是因緣所謂此有故彼有此生故彼生謂無明緣行行緣識識緣名色名色緣六處六處緣觸觸緣受受緣愛愛緣取取緣有有緣生生緣老死憂悲苦惱如是此大五蘊聚集所謂此無故彼無此滅故彼滅謂無明滅即行滅行滅即識滅識滅即名色滅名色滅即六處滅六處滅即觸滅觸滅即受滅受滅即愛滅愛滅即取滅取滅即有滅有滅即生滅生滅即老死憂悲苦惱滅如是此大五蘊聚集滅苾芻如是諸行皆苦涅槃爲樂因集故苦生因滅故苦滅由此相續流轉斷滅此即苦盡云何是涅槃苦盡故爲涅槃猶如火滅而得清涼是故我說此句能捨諸蘊貪苦盡故而得圓寂爾時佛告摩揭陁主頻毗娑羅王曰於意云何色爲常耶爲無

常耶答曰大德色是無常又問若無常者爲苦非苦答曰是苦又問色若無常苦者即是變壞若多聞弟子執色是我我有諸色色屬於我在色中不答曰不也又問如是受想行識爲是常耶爲無常耶答曰是無常也又問乃至識等是無常者爲苦非苦答曰是苦又問識等無常苦者即是變壞若有多聞弟子執乃至識是我我有諸識識屬於我我在識中不答曰不也是故當知識所有色若過去未來現在若内若外若麤若細若勝若劣若近若遠如是諸色非我我所我有諸色非屬於我我不在色中如實遍知應如是見乃至受想行識亦復如是大王有聲聞弟子具足多聞觀五取蘊離我我所如是觀已知諸世間實無可取故不生怖畏無怖畏故内證圓寂我生已盡梵行已立所作已辦不受後有爾時世尊說此法時摩揭陁主頻毗娑羅王及八萬天子無量百千萬摩揭陁國婆羅門居士等皆悉遠塵離垢得法眼淨亦復見法得極通達法究竟堅法越一切希望一切疑惑不假他緣於大師教餘不能引於諸法中得無所畏爾時大王及居士等得此法已心大歡喜從座而起整衣服頂禮佛足右膝著地合掌向佛而作是言我今入此微妙之法獲大勝利從今已後乃至盡形歸佛法僧爲五戒鄔波索迦不煞不盜不邪行不妄語不飲酒作是語已便即請佛及諸苾芻願來於我王舍城住令我一生供養四事世尊爾時默然受請摩揭陁王及諸人等知佛世尊默受請已頂禮佛足即還本所時諸苾芻咸皆

有疑而白佛言世尊是具一切智能斷諸疑我等不審大王及諸眷屬作何因業由此業力得清淨眼佛告諸苾芻頻毗娑羅王所作之業汝等善聽我爲汝說彼所作業若熟時因緣合會如瀑流水所作之業決定自受無能替者汝等苾芻自身當受其報善惡已熟必定不虛而說偈頌曰

假令經百劫　所作業不亡　因緣會遇時
果報還自受

汝等苾芻過去有佛號阿羅那鞞如來應正等覺明行圓滿善逝世間解無上丈夫調御士天人師佛薄伽梵出現於世佛事周已入無餘涅槃如薪盡火滅彼土人民火滅已後收佛舍利於清淨處起大窣堵波而作供養時有金輪王名吉利枳將十八俱胝軍將圍遶於空中過欲向人間至窣堵波處時有信佛天神各以威力捉王輪寶於空中住而不得去時吉利枳王見其金輪既不得轉即作是念我福德盡令此輪寶不復前進諸天神等於其空中而謂王曰非王福盡然以其下有佛舍利窣堵波令王輪寶不復得去時吉利枳聞此語已與諸軍將十八俱胝圍遶而下見其佛塔由故未成彼諸部衆各相勸勉齊以珍寶而共粧飾復以珍寶而共粧飾復以種種香華伎樂持以供養胡跪合掌大衆同聲而發願言願我以此所種善根於當來佛聞法得法眼淨作是言已頂禮佛塔汝等苾芻勿作異念彼時轉輪王吉利枳及餘侍從今即頻毗娑羅王并諸眷屬是也是時彼王及其侍從所作供養供世尊阿羅那鞞之

窣堵波已由此善根緣故於無量俱胝百千劫生人天中受勝妙樂王及眷屬由願力故今於我所得法眼淨諸苾芻當知黑業有純黑異熟白業得純白異熟黑白雜業得雜異熟是故汝等苾芻捨黑黑業及彼雜業應當勤修白業之業

根本說一切有部毗柰耶破僧事卷第七

音釋

勵 力制切勉也 撲 普木切打也 晡 博孤切申時也 弶 其亮切施罟於道以罥鳥獸也 轂 古祿切車轂也 傘 蘇旱切蓋也 瀑 蒲報切急也

根本説一切有部毗柰耶破僧事卷第八

唐三藏法師義淨奉制譯

時諸苾芻咸皆有疑而白佛言世尊是具一切智能斷諸疑我等不審優樓頻螺作何業故以五百神變而能調伏那提迦葉伽耶迦葉任運調伏佛告諸苾芻彼迦葉波所集資糧業汝等善聽我當爲説乃至頌曰如前佛告諸苾芻往古昔時此賢劫中人壽二萬歲有佛世尊號曰迦葉如來十號具足出現於世在婆羅痆斯城仙人墮處施鹿園中時彼世尊佛事已畢而入涅槃時有國王名吉利枳積諸香木而用焚燒復以香乳灑火令滅以四寶甆盛其舍利於形勝地起窣堵波縱廣一踰繕那高半踰繕那時婆羅痆斯城有一長者其家巨富財寶豐饒多有受用如薜室羅末拏天而彼長者於同類家娶女爲妻共相娱樂後生三子長者後時忽染疾病種種方藥不能得差奄就命終時彼子等種種繒綵莊飾其轝送彼寒林以火焚燒號叫悲泣喪事已畢時長兄言所有財物吾今欲分時彼二弟而不隨從其兄數數言欲分之二弟報曰若如此者先修福業然後聽分言修作何業弟曰於迦葉佛窣堵波處而爲供養時兄不信多時致難後始隨許其二弟以種種珍異於迦葉佛窣堵波處作供養已便發願言由此善根願我同於迦葉波佛應正等覺所受最上記摩納婆汝於來世人壽百歲時當得作佛釋迦牟尼如來應正等覺彼佛法中而得出家獲殊勝果兄聞弟等發是願已頂禮雙足即發善願而我惡性不信正法

由此隨喜善根亦於彼釋迦牟尼佛與我五百神變而見調伏令我出家既出家已便獲勝果汝等苾芻勿作異念彼長兄急性不信正法者是優樓頻螺迦葉其二弟者即那提迦葉伽耶迦葉等是由願力故以五百神變而能調伏之其那提迦葉伽耶迦葉而易調伏頻毗娑羅王爲太子時王舍城中有一長者彼有園苑華果茂盛心常愛戀時頻毗娑羅太子出外乃見彼園苑見已即便生愛樂想告長者曰卿可與我此園苑長者心生悋惜竟不與之如此三返皆不隨從太子復告曰與汝財物園可屬我彼答太子曰乍可出國終不能與太子復告長者當念我言若得王位必定取之長者答曰汝得王位我必當出太子曰汝可記憶我是頻毗娑羅太子作是語已便即迴車乃至後時大蓮華王而年衰老奄就命終便以太子紹王既得王位強力奪彼園苑彼長者便生熱惱而得心病怨恨而死於此園中住作一毒虵其虵常於王所伺求方便後於芳春之月王與宮人及諸婇女往詣園中除去左右與諸眷屬歡娛受樂便即睡眠諸女愛華皆捨王去唯有一女執刀而衛護王是時彼虵見諸女衆皆悉遊散從穴疾出而欲螫王王福力故羯蘭鐸迦鳥圍遶其虵而衆發聲彼執刀女聞衆鳥聲復見毒虵而來向王即以利刀斷彼虵命女爲怖故便發大呼時王從睡寤而起便問女言此爲何事女報王曰毒虵欲來螫王羯蘭鐸迦鳥群聲遶虵我已斷訖王聞此事便勑太子群臣集王舍城所有人民在此園苑遶

近盈滿聞亂發聲其王善治國境內外諸人聞已皆大悲泣王告諸人若剎帝利灌頂王有人救命合酬何願群臣白王合酬彼人半國之賞王言羯蘭鐸迦鳥而救我命若如是者宜與半國之賞大臣復白王曰羯蘭鐸迦鳥而非人類縱得王賞將何所用其此園苑施與羯蘭鐸迦鳥復於終身供給飲食王曰如卿所言時諸群臣令其園苑周遍蒔竹以此緣故號為羯蘭鐸迦竹園爾時世尊遊行摩揭陁人間王舍城外在一樹下便住其處時影勝王聞佛到王舍城外在一樹下與諸眷屬出王舍城來詣佛所頂禮佛足退坐一面爾時世尊為說妙法示教利喜已默然而住時影勝王從座而起偏袒右肩右膝著地合掌恭敬而白佛言惟願世尊及諸苾芻於明晨朝受我微供爾時世尊默然受請時影勝王知佛受請頂禮佛足還至本宮勑諸眷屬令辦種種微妙飲食敷設牀座於彼座前寶瓶盛水安置會中既敷設已便勑使者往世尊所白言時到爾時世尊於晨朝時著衣持鉢與苾芻眾前後圍遶入王舍城至王宮中洗手足已敷座而坐時王見佛與諸苾芻寂然安坐時影勝王自手斟酌種種美食而為供養相續不絕皆令飽足飯食已訖王自行水佛及苾芻澡漱已畢王取寶瓶灌世尊掌而白佛言我毗婆迦蘭陁園奉施世尊唯願納受時佛世尊即說呪願頌曰

所有布施者　必獲其義利　為利樂布施
後必得安樂

爾時世尊說此頌已與諸苾芻即便往詣羯

蘭鐸迦園止住其中以是因緣結集尊者於經中説佛在此羯蘭鐸迦園乃至舍利弗目揵連出家得阿羅漢道爾時王舍城中有一長者請佛世尊及苾芻衆於家供養於此之時給孤獨長者别有緣事至王舍城此長者家便即止宿其長者於夜初分即起呼諸家眷賢首聖者可起取薪然火濾水造諸飲食掃灑塗地敷妙勝座時給孤長者聞此語已作如是念此長者家爲復嫁女爲當娶妻爲復屈勝上客爲復請人爲請國王家内設食作是念已復問長者向所念事長者答曰亦不嫁女娶妻屈客并及王等如所敷設明日請佛世尊及僧伽苾芻如法設食時給孤獨長者初聞佛名遍身毛竪心生歡喜問主長者曰是何名佛主即答言有喬答摩沙門釋迦之子從釋迦種中以正信故剃除鬚髮披著法衣從家趣於非家證得無上正等菩提號之爲佛彼復問曰何名僧伽主復答言有善男子從刹利種以正信故歸佛出家剃除鬚髮披著法衣從家趣於非家名爲僧伽亦有善男子從婆羅門種族從薜舍種族從戍達羅種族以信心故剃除鬚髮披著袈裟從家趣於非家出家修道名爲僧伽我請彼佛及僧伽衆明日於此家中以食供養復問長者彼佛今在何處答曰今在寒林棄屍之所毗訶羅住給孤獨長者又復問曰我可得見彼佛不長者答曰汝可得見然於此待若明日世尊至汝必得見是時給孤長者繫念於佛便即昏沉忽然驚寤而天未曙心作明想行詣善自在城門其國常法夜分初更不閉

防外使來令無障礙於後夜分城門亦開用防内使無有障礙給孤長者見門開明隨而出旣出城門光明即沒是時天暗心生怖懼身毛皆竪我今於此恐人及非人而見損害作此念巳即欲却迴時此城門所居天神即放光明從城門外乃至寒林於其中間而皆大明其神復報長者曰汝可前行有大饒益勿生迴想何以故而說頌曰

駿馬滿百疋　紫磨金百斤　馭牝兩車輅
其數皆有百　載以種種物　而用行檀施
不如發一步　向佛之功德　如是等校量
十六分中一　假使象百頭　皆以金交絡
復載妙寶帳　而用行檀施　不如發一步
向佛之功德　十六分中一　復有百美女
婇媛中最勝　頸絡妙珠瓔　臂摇衆寶釧
如是行檀施　不如發一步　向佛之功德
十六分中一

天復告曰汝可前行有大饒益勿生迴想時給孤長者而白天曰賢首汝是何人彼天答曰我昔是汝善友名摩頭肩我於舍利弗大目揵連甚大信心尊重禮拜命終之後生四天王宫爲護衆生住此善自在城門是汝昔友今故相告汝可前行有大利益勿生退想爾時給孤長者心作是念佛者超出異生不同餘聖其所說法深可尊重是故諸天見佛生大歡喜念巳乘天光明即詣寒林爾時世尊知給孤長者來故即出寺門而以經行給孤長者前至佛所以居士法問訊世尊寢饍安不爾時世尊以頌答曰

離一切煩惱　心不染諸欲　得無漏解脱

常得安樂眠　斷一切結縛　心息熱煩惱
寂靜得心者　乃可安樂眠

爾時世尊說是頌已與給孤長者俱還精舍敷座而坐給孤長者頂禮佛足退坐一面時世尊爲給孤長者演說妙法示教利喜如佛常法所謂先說布施功德持戒功德受天果報功德不樂諸欲過失受煩惱事讚嘆出家清淨觀察殊勝功德宗法廣爲演說世尊知給孤長者心生踊躍歡喜心無障礙堪受勝法善能了知是時世尊爲說勝法所謂苦集滅道此四諦法廣大演說猶如離垢浮衣將淶受鮮好色給孤長者亦復如是不離本座證四聖諦所謂苦集滅道給孤獨長者已見法已得法了知法深入法斷諸疑惑不受他教自能了知不被他引於師教中心無怖畏時給孤獨長者從座而起偏露一肩即於佛前合掌恭敬而白佛言我已入法一心歸佛歸法及苾芻僧伽惟願授我鄔波索迦戒從今盡命永斷煞生心淨歸依爾時世尊告給孤獨長者曰汝名字何長者白曰我名蘇達多然我資給孤獨食是故諸人號給孤獨佛告長者曰汝何處人長者答曰在此北方憍薩羅國室羅筏城外有邑我住彼中唯願世尊而受我請詣室羅筏城受我供養乃至盡形及苾芻僧伽四事供養佛告長者曰室羅筏城中有寺以不長者答曰彼城無寺世尊告曰彼若有寺僧伽應來往彼既無寺若爲安置長者答曰惟願世尊而受我請向室羅筏城我當造寺令苾芻衆往來安置止息思惟世尊黙然受請是時長者知佛許已即從

座起頂禮佛足却還本處彼時長者王舍城中事旣了巳還至佛所頂禮佛足却坐一面而白佛言惟願世尊遣一苾芻與我爲伴往室羅筏造立住處安置世尊及苾芻僧衆佛作是念苾芻衆中誰能調伏室羅筏城人及長者眷屬世尊知舍利弗堪彼調伏世尊念巳告具壽舍利弗言汝應觀察給孤獨長者眷屬及室羅筏城人應往教化造立毗訶羅舍利弗黙然受佛勑巳頂禮佛足與長者同行爾時具壽舍利子於夜分盡至明清旦執持衣鉢入王舍大城次第乞食却還本處飯食訖攝衣鉢所有卧具襞揲一處付餘苾芻往室羅筏城時給孤長者資辦道糧漸至室羅筏城外遊諸園苑林泉形勝可愛樂處堪作寺舍去室羅筏城不遠不近寂靜無有雜聲亦無大風復不大熱亦無蚊蝱虵蠍等有此勝地爲我世尊造立寺舍給孤長者遊行至誓多太子園林中其園去城不遠不近晝夜寂靜乃至無有諸毒虫等堪作寺舍見此園巳入室羅筏城不歸本住便往太子誓多宫所而白太子言可與我彼園當爲世尊造立寺舍太子報曰彼非是園而是苑林長者復白曰無問園苑處所與我如是三請太子報曰我實不應而捨此園縱得布金遍地我終不與長者復白曰汝巳定價汝可取直其園林屬我太子報曰是誰定價長者白曰汝自定價因卽爭競不定共詣斷事人所爾時四天王聞斯事巳便作是念令給孤長者爲世尊造立寺舍我當資助作此念巳遂卽各化爲斷事人於法司坐時誓多太子給孤長

者共到其處給孤長者及太子各具因縁白斷事人議曰太子汝自定價園屬長者太子取金太子既見斷已默然而去是時給孤長者還家勑諸僮僕以車象牛驢擔負筐籠運載其金至誓多林用布其地有少未遍於時長者心自思惟若取大藏金即太多欲開小藏復恐不足又作是念諸藏之中何者不多不少而得充足爾時太子見長者默住思惟即生念給孤長者心應生退爲一園林豈能捨此積集多金作是念已告長者曰汝心應退當却收取金其園還我長者告曰太子我心不退然心中所計欲開何藏不多不少而得充足太子聞此語已便作是念世尊威德不可思議其法亦不可思議是故長者能捨積聚無量金寶作此念已告長者曰其地金未遍處應取却還我爲世尊而作寺門長者報曰隨意可爲世尊而作寺門爾時給孤長者爲世尊初欲造寺諸外道衆極生怨恨心懷熱惱共集一處往長者所到已便作是言長者汝不應爲喬答摩沙門造立寺舍何以故我等先已分界彼王舍城可喬答摩居止此室羅筏城而我等住是故不應造寺長者報曰汝等秖可分自國境不應共分我園我所造功德皆由自心諸外道等見長者堅意不移即詣王所具陳上事給孤長者共對獲勝彼外道心生忿怒面現惡相便作是語我終不從汝志然喬答摩沙門上首弟子與我等共相論議若能勝我隨意造寺長者報曰可爾然我且問舍利子若見許可即來報汝長者即往尊者舍利子所頂禮雙足退坐一

面而即白言大德諸外道等皆作是語汝欲作寺云我制汝又言喬答摩沙門上首弟子今現在此與我論議若能勝我聽汝造寺未審尊者如何當擬舍利子聞斯語已便即觀察此輩外道及室羅人民頗有善根不旣觀察已知有善根又復觀察誰有善根堪調伏不自心觀見我能調伏又復觀察幾時應來集會觀見根器却後七日可能集會作觀察已告長者曰可隨汝意却後七日我當論議給孤長者歡喜踊躍頂禮舍利子足往外道所而作是言聖者舍利弗作如是語却後七日應當論議彼外道衆聞斯語已共相謂曰有二種因緣何以爲二一者舍利子必應逃走二者應覓伴侶以此之緣近期七日外道復相謂曰我等亦可覓當宗知友彼皆分頭散訪逵本宗者乃見一梵志名曰赤眼善能幻化既得見已便即告曰汝之與我同修道行我等今呼喬答摩沙門上首弟子共爲論議彼今已求伴侶汝可共相資助其梵志問曰幾時當論報曰却後七日梵志答言可爾若會集時汝當報我諸外道等恐怖煩惱每日各更求於伴侶期程將滿至第七日給孤長者於廣大勝地爲具壽舍利弗敷設獅子勝妙高座亦爲外道而敷一座諸國外道皆集其會及室羅筏城百千萬億一切人民亦集其處其中或爲看論議者其中亦有善根成熟俱來集會是時具壽舍利弗與給孤長者及諸眷屬前後圍遶而來赴會遍觀大衆誰堪調伏即便微笑整肅威儀尋昇論座一切大衆一心合掌瞻仰舍利弗時舍利弗即

告諸外道爲我立宗汝破爲汝立宗我破外道答曰我先立宗舍利弗作如是念若我先立宗人天亦不能難破除佛世尊況赤眼外道便作是念報外道曰任汝立宗我當隨破彼赤眼善解方術便即化爲大菴没羅樹開華結實具壽舍利弗爲大風雨摧樹拔根須叟散滅時解術者而不能見外道又化作一蓮華大池具壽舍利弗化作象子踐池折華尋復平地外道化爲七頭龍王舍利弗化爲大金翅鳥從空飛下食龍而去外道化爲起屍鬼令前害舍利弗舍利弗以呪呪之令鬼却迴損壞外道外道怖急下座五體投地禮舍利弗作如是言願救我命時舍利弗攝呪力已其鬼即滅爲赤眼外道說法便發信心從座而起頂禮雙足白言願聽我善法律中出家受具足戒成苾芻性求爲弟子而修梵行作是語已時舍利弗即令剃髮受具足戒精勤修習不久之間證無學果三明六通具八解脫得如實知我生已盡梵行已立所作已辦不受後有心無障礙如手揮空刀割香塗愛憎不起觀金與土等無有異於諸名利無不棄捨釋梵諸天悉皆供養是時大衆見此驚怪各各嗟仰於舍利子處皆發信心作如是語聖者舍利子破大論議師調伏外道大衆一心合掌瞻仰舍利子是時具壽舍利子知彼大衆意樂煩惱六界自在了知說法此是證四諦彼大衆聞已無量百千有情得大殊勝有發聲聞心有發辟支佛心有發阿耨多羅三藐三菩提心有發三歸心受五戒有證須陀洹果有得斯陀含有證阿那含有

得出家斷一切煩惱得阿羅漢果是時大衆於佛法僧所深生敬心時舍利子説是法已却歸本處給孤長者及諸眷屬一切人民皆大歡喜作禮而去時諸外道心生惱恨各相謂曰我等不能破得舍利我等須作方便煞彼舍利子先須入此寺中傭力作諸伺候得便之處即須斷命時諸外道詣給孤長者曰汝今奪我諸勝利養我先久住不忍捨離此國惟願慈悲於寺中許我傭力長者報曰待我白舍利弗便即詣具壽舍利弗所到已而白尊者言聖者今諸外道作如是言汝斷我諸利養惟願垂慈許我寺中有所傭力由我等久住於此不能捨離其國舍利子聞斯語已便即觀察彼外道等有善根不既觀察已知有善根復觀察彼等誰能調伏觀知我能調伏告長者曰可然終不相違彼外道等即於寺內起首傭力時舍利子化作二執杖當諸作人其性甚暴驅逐彼人舍利子知彼等調伏時至相去不遠於樹林下而以經行彼外道見經行已便作是念比來伺候今正便宜諸人一時而來圍遶舍利子見已起觀察心彼外道等擬作何意而來我所乃見彼等爲害我故一時來此時化執杖人即來驅迫以杖鞭撻便即告曰汝等應往造作彼即同聲吉曰舍利子願救我等舍利弗語執杖人汝且去住彼止息彼外道便作斯念共相謂曰此舍利子有大威德我等皆發害心此於我所而起慈心作是言已便生信心舍利子觀見彼等意樂隨眠界行自性知已隨其根器說四聖諦法由聞法故彼等皆以金剛智

杵摧破二十種薩迦耶見山已現證預流果彼等見實諦已皆白舍利子言大德惟願聽我等於善教法中調伏出家受具足戒得苾芻性我等於舍利子所可修梵行時舍利子度彼外道授具足戒教應作事彼等漸次精勤修習見此五種生死輪轉動摇一切行趣摧滅破壞離散之性既了知已斷諸煩惱證阿羅漢三明六通具八解脫得如實智我生已盡梵行已立所作已辦不受後有心無障礙如手揮空刀割香塗愛憎不起觀金與土等無有異於諸名利無不棄捨釋梵諸天悉皆供養爾時舍利弗與給孤獨長者以手執繩量地量寺具壽舍利子即便微笑給孤獨長者既見笑已尋即白言聖者舍利子世尊及諸弟子無因不笑今者微笑有何因緣舍

利子答曰如是如是長者世尊及諸弟子無因不笑今所笑者當爾長者執繩量地之時彼淨居天純金宫殿早已成就以是因緣我今微笑長者聞已即大歡喜告舍利弗實若如是更廣其繩大造立寺便發弘願時舍利弗遂長者意闊引其繩是時長者更廣發願大造其寺時淨居天四寶宫殿還已成就舍利弗見已復告長者彼淨居天由汝願廣過前宫殿四寶所成聞此語已倍加嚴飾更多造寺滿十六所其置寺外别造六十四院悉皆重閣既造了已供寺所須家具悉足爾時給孤獨長者往具壽舍利子所到已禮訖在一面立問言聖者世尊出遊日行幾許舍利子曰如轉輪王所行之法又問曰輪王日行幾何報曰輪王日行兩踰繕那半時給孤長

者從室羅筏城於其中間計兩驛半置四事供養時非時食悉皆充足建吉祥門立一首領總知事務嚴飾旛蓋及以寶幢栴檀香水灑散其地布衆名華雜寶香爐置於衢路作是事已告使者曰汝今可往詣世尊所頂禮雙足當陳我言奉問世尊起居輕利少病少惱安樂行不惟願世尊及苾芻衆向室羅筏城我以盡形四事供養與無闕乏使受教已即往王舍城詣世尊所頂禮雙足即住一面白世尊曰彼給孤長者頂禮世尊雙足而白世尊起居輕利少病少惱安樂行不惟願世尊及苾芻衆向室羅筏城盡我一生四事供養與無闕乏世尊告曰給孤長者及汝已身願常安樂使者白世尊已復白世尊曰給孤長者作如是語惟願世尊及苾芻衆向室羅筏城來盡我一生四事供養世尊爾時默然而受使者見世尊默然受已作禮而去爾時世尊由自調伏故調伏圍遶自寂靜故寂靜圍遶自解脫故解脫圍遶自安隱故安隱圍遶自善順故善順圍遶自應供故應供圍遶自離欲故離欲圍遶自端嚴故端嚴圍遶猶如牛王牛衆圍遶猶如象王小象圍遶如師子王師子圍遶猶如鵝王諸鵝圍遶猶如妙翅鳥王諸鳥圍遶如婆羅門學士學徒圍遶猶如太醫病者圍遶猶如大將衆勇圍遶如大導師行旅圍遶猶如商主衆商圍遶如大長者諸長者圍遶猶如國王諸臣圍遶如轉輪王千子圍遶猶如明月衆星圍遶猶如日輪千光圍遶猶如持國天王乾闥婆圍遶猶如增長天王鳩槃荼圍遶猶如醜目天王龍

衆圍遶猶如多聞天王藥叉衆圍遶如淨妙王阿蘇羅圍遶如天帝釋三十三天圍遶如梵天王梵天圍遶猶如大海湛然安靜猶如大雲靉靆垂布猶如象王屏息狂醉調伏諸根威儀寂靜三十二相而爲莊飾八十種好以自嚴身圓光一尋朗踰千日安步徐進如移寶山十力四無畏大悲三念住無量功德皆悉圓滿諸大聲聞及無量百千萬億人衆前後圍遶詣室羅筏到城外已欲入城門纔舉一步登彼門閫便即大地六種震動動極動搖極搖震極震東涌西没西涌東没南涌北没北涌南没中涌邊没邊涌中没於世界中出大光明鐵圍山間幽冥之處而皆大明天鼓自鳴種種妙華霏霏亂行種種妙香如雨而下及天妙衣服如雨而下一切隘路自然寬廣坑坎之地自然平坦城中象馬及傍生等皆發音聲所有家具資身之物一時自鳴盲者能視聾者能聽瘂者能語跛者能行根不具者皆得具足醉者自醒遇毒者自解怨讎者釋結懷胎之婦無憂自誕獄囚繫閉自然解脫貧乏之者種種財寶自然充足爾時世尊及諸大衆既入城内見是希奇種種異事爾時世尊從室羅筏城中與苾芻衆同至寺所敷座而坐時給孤獨長者并諸眷屬前後圍遶俱詣佛所金瓶盛水盥世尊手其水不出長者憂惱便作是念我今應有宿世罪障令水不出爾時世尊知彼長者心之所念便即告言汝無罪障此之寺地汝曾往昔已造毗訶羅施佛及僧伽汝今注水非是昔日舊立施處所以瓶水不爲汝出汝可移立

舊施寺處長者受教便立舊處其水即出世尊便出五種妙音廣爲讚嘆欲呪願時誓多太子心作是念惟願世尊先說我名世尊知已隨誓多心告諸苾芻此誓多林給孤獨園施佛及四方苾芻僧伽是時誓多太子聞世尊先稱已名即大歡喜起大信心爲佛造立寺門四寶所成爲此因緣結集聖者蘇呾羅中說云佛在室羅筏城逝多林給孤獨園

根本說一切有部毗柰耶破僧事卷第八

音釋

薜 蒲計切 繒 疾陵切帛也 轝 手諸切車也 螫 施隻切蟲行毒也 鐸 徒各切 斟酌 斟職深切酌之若切 濾 良倨切濾去滓也 駿 子峻切良馬也 馭牝 馭牛據切與御同牝毘忍切母畜也 筐籠 筐去王切籠力董切並竹器也 傭 餘封切雇作也 鞭撻 鞭卑連切扑也撻他達切打擊也 靉靆 靉於改切靆徒亥切靉靆雲盛貌 盲 莫耕切目無童子也 聾 盧紅切 瘂 烏下切瘖不能言也 跛 補火切足偏廢也

根本說一切有部毗柰耶破僧事卷第九

唐三藏法師義淨奉制譯

爾時憍薩羅勝軍大王聞喬答摩沙門遊憍薩羅國到室羅筏城住誓多林給孤獨園彼世尊喬答摩沙門說云我得阿耨多羅三藐三菩提勝軍大王聞此語已往世尊所在佛前立慰問世尊在一面坐我聞世尊得阿耨多羅三藐三菩提有人作如是說喬答摩得阿耨多羅三藐三菩提彼人豈不謗世尊耶妄說能證爲實得耶爲正法說爲復隨順法說若彼人衆說如是言世尊得如是阿耨多羅三藐三菩提若復有擊難破非耻辱世尊告曰若有說我得阿耨多羅三藐三菩提此語非證我實證得阿耨多羅三藐三菩提若有論難誹謗不成何以故大王我證得阿耨多羅三藐三菩提勝軍王答曰喬答摩所說我實得阿耨多羅三藐三菩提我今不信所以者何喬答摩所事耆老外道所謂晡刺拏末羯利珊逝移脚拘陁昵揭爛陁等六師由云不證得阿耨多羅三藐三菩提何況喬答摩沙門小年近始出家如何證得阿耨多羅三藐三菩提何人肯信佛告大王有四種小並不應欺何等爲四一者小刹帝利二者小毒蛇三者小火四者年小出家此等不可輕欺所以者何小出家得阿羅漢有大威德爾時世尊即說頌曰

刹利具足丈夫相　父母名稱皆清淨
見小奉敬勿輕慢　智者如是不應欺
大王應當知　小者不可滅　後若紹王位
必能相蹪害　恐後懷怨嫉　是故應恭敬

欲得全身命　及後利益者　當須隨彼意
奉敬不應輕　或村或野田　若見小毒蛇
不可謂其小　智懷輕惱者　其蛇爲食故
處處而求覓　後若得其便　必令人損害
若欲全身命　及後利益者　當須遠離彼
是故不應輕　微火廣能焚　燒過皆能黒
彼小不應滅　智者勿懷輕　小火雖未多
薪多火自廣　炎熾損一切　城邑及村坊
若欲全身命　及後利益者　當須速遠離
是故不應輕　假使彼盛火　燒城及村落
雖焚一切苗　經宿還復生　若輕具戒者
還燒自善業　子孫及財物　一時俱散失
由如多羅樹　截苗不復生　若輕苾芻者
不久如多羅　若欲全身命　及後利益者
當須常遠離　是故不應輕　刹利具諸相
毒蛇并小火　苾芻具足戒　智者不應輕
若欲全身命　及後利益者　當須常遠離
是故不應欺

爾時憍薩羅主勝軍王等聞此頌已心生歡喜即從座起作禮而去

佛在室羅筏城逝多林給孤獨園與大苾芻衆俱爾時憍薩羅國勝軍大王遣使持書向劫比羅城與淨飯王書曰王應欣慶王之太子得成正覺獲甘露法以微妙義普施群生皆得充足深助歡喜時淨飯王得書讀已情甚欣悅以手掌頰黙然而住面有憂色時王大臣名鄔陁夷見王愁惱仰白王言大王何故以手掌頰心生憂惱黙然而住告鄔陁夷曰我今云何得不憂惱一切義成太子修苦行時我令使問彼持消息還報於我住止之

處今者遣使竟無一人報我消息時鄔陁夷尋白王曰我請往彼看問太子知其消息却來報王時淨飯王却報鄔陁夷曰比遣使往既至子所見具足教使往不來汝今請看決定彼住鄔陁夷白言我決定來時淨飯王親自作書頌曰

從受胎以來　希佛樹長成　我親長養汝
心熱常憂惱　汝今得增長　弟子如枝葉
餘人獲快樂　我今唯憂苦

復說頌曰

汝昔於萌芽　從小我長養　汝今得實果
不復報我恩　汝初誕生時　廣發諸誓願
我成無上覺　度無量衆生　斯事並證已
起大慈悲心　爲我及眷屬　願來於我城

時淨飯王既作書已付鄔陁夷既受得已向室羅筏城行經三日詣誓多林給孤獨園到世尊所頂禮雙足以書奉佛白言世尊淨飯大王令我持書奉與世尊爾時世尊開書讀已攝在一處鄔陁夷從座而起白佛言世尊世尊可往劫比羅城不世尊告曰我今當往鄔陁夷於前世時已爲善友故發此言世尊若不去者我今強將世尊往劫比羅時世尊見此語已以頌答曰（頌如餘處）

鄔陁夷聞此頌已而不能報作如是語世尊我今往淨飯王所報言世尊欲來向劫比羅城世尊報曰鄔陁夷如來使者不應如汝鄔陁夷答曰世尊使者如何佛告曰出家是如來使鄔陁夷答曰我昔於淨飯王所已作誠言我今往定將信來佛告曰如汝誠言不須違信汝可出家然後却還爲如來往昔過去

無量生行菩薩行時於父母師教鄔波馱耶及尊者處不敢違命是故鄔陁夷聞佛教不敢違背時鄔陁夷聞佛教已唯然信受我今出家佛言善來苾芻而成出家具足梵行佛復告曰汝可却還不可如舊輒入王宮於門外住使人往通門外有釋迦苾芻若命入者可即隨入入已若問更有餘釋迦苾芻不可答言有若問悉達太子形容服飾如汝不可答言如我無異若令汝於宮內止宿必不得止宿若問悉達太子不住宮內汝可答言不止宮內若問何處安住汝可答言我阿蘭若處若問悉達太子來不汝可答曰來若問幾時當來汝可言七日外可來時鄔陁夷既聞斯語頂禮世尊雙足而白言我今當往世尊告曰汝今可去以如來神力加持即日到劫比羅城王宮門外時鄔陁夷在王門外告門官曰汝可通王門外有一釋迦苾芻王言可入苾芻入已淨飯王見鄔陁夷即識問曰汝得出家耶答言大王我已出家王言更有釋迦苾芻不答言有王又復問悉達太子形狀與汝相似不答言無異王聞此語迷悶躃地以水灑面良久醒悟又問鄔陁夷悉達太子幾時當來答言應來王又復問限幾時到來答曰却後七日應來王即勑諸臣佐可修理宮閣悉達欲來鄔陁夷答曰大王世尊不住宮閣王又問曰若來何處而住鄔陁夷答曰阿蘭若處住王勑大臣可修理園苑可如彼逝多林一種無異彼諸臣佐問鄔陁夷其逝多林寺舍院宇可有幾何鄔陁夷曰大院一十六所其諸小者總六十四諸院之中皆有

重閣諸臣聞已即令巧工七日之中造諸院宇如逝多林等無有異爾時世尊告具壽大目揵連汝可告諸苾芻世尊欲往劫比羅城父子相見汝可著衣持鉢若有樂見者當共汝去大目揵連聞佛語已告諸苾芻世尊欲往劫比羅城父子相見有樂見者可持衣鉢當共汝去爾時乃至世尊到盧醯多河邊及諸大衆時淨飯王聞悉達太子到盧醯多河邊王勑諸臣裝飾城郭香水灑地散種種華燒諸妙香從尼拘陁園至盧醯多河其閒道路皆悉裝飾又於園中敷師子座及諸徒衆所坐之座城中諸人聞太子還來集會於大衆中或有先因緣而來赴會亦有故來看太子先禮父王爲是父王先禮太子有如是因皆來赴會至第八日旦諸苾芻澡手漱口洗浴來詣佛所爾時世尊作如是念我若步行入劫比羅城諸釋迦種皆是高心若見步行必當恥笑作如是語此悉達太子出家之時無量諸天圍遶騰空而去多時苦行得甘露味成等正覺今步行入城作此念已即入三摩地沒即現東方上昇虛空高七多羅樹苾芻高六多羅樹從空而行近劫比羅世尊漸下至六多羅諸苾芻漸下至五多羅佛漸至五多羅苾芻至四多羅佛至四多羅苾芻至三多羅世尊三多羅苾芻二多羅世尊二多羅苾芻一多羅世尊一多羅苾芻六仞世尊六仞苾芻五仞世尊五仞苾芻四仞世尊四仞苾芻三仞世尊三仞苾芻二仞世尊二仞苾芻一仞世尊一仞苾芻步涉時淨飯王見神變已而苾芻多不知何者是世尊時王呼

鄔陁夷乃至擊鼓鳴搥宣王教令普使投刧比羅城内家家一子隨佛出家時斛飯王有其二子一名無滅二名大名其大名常令檢校家務無滅常樓閣中坐婇女圍遶歡娛受樂於時其母告大名曰汝今知不王有教令於釋種中家别一人令其捨俗大名白母我不出家母言何故大名曰母所愛子坐樓閣中不遣出家令我棄俗母言小子無滅在家有大福德汝今不應於彼生妬大名報曰母於無滅生愛戀心偏意供承非其福德母但莫送飲食試福德不母答云好令汝現見其母將籠盛空食器對其小兒以帛覆之而密封閉命執事女送與無滅復告女曰若問是何物應即報言空無一物使者執籠而行於是帝釋觀見下方覩是事已便作是念無滅往昔曾以飲食供養烏波利瑟吒辟支佛如何須絶其食我今應可與其飲食帝釋以種種飲食令其籠中器具悉滿時執事女特其食籠依前封印至無滅邊尋問其女此中何物女即答報童子曰此中無物既聞語已便作是念其母憐我豈肯空遣使者來於我所此籠之中決定此食名爲無物即便開看乃見住處種種資具於其器中香美飲食悉皆充滿香氣芬馥心生希奇得未曾有無滅孝養取好食却奉其母令其使者諮白母曰惟願每日常令送此無物飲食母得其食心生極怪使視大名母即告曰子見此食不大名報曰我今已見母報大名我已先報汝無滅有大福德汝今不應而生嫉妬大名報曰母今於無滅若有福德及無福德我亦不能出

家毋見大名種種勸語不肯出家往無滅處作如是語報言長子汝今知不王有教令於釋種中家別一人令其捨俗汝今意者爲復在家爲復出家無滅報曰今者在家有何過失有何利益今若出家有何利益毋報子曰如法在家無諸過失應感人天生若非法住家墮三惡道若如法出家依持聖教得勝涅槃若不能具足出家即得人天身無滅聞已尋白毋曰出家造過猶勝在家精勤功德願毋放我當自出家毋即報言放汝出家無滅先與賢釋種王素相近即詣諸王所行至門首時王在樓上正撫琴作妓琴絃忽斷歌聲遂錯無滅善琴在其門外知琴絃斷所以聲錯門官白王無滅今在門首欲見大王誰爲障礙尋命入來既相見已撫拘而坐王問無滅至此門首經幾許時無滅報言琴絃斷時到其門外當爾無滅以手撫王褥上白氎當報王曰織此氎師當織之時身患熱病王今何故向此氎上而卧王即怪之遂揭褥看便見底下一褥垢膩多汙賢釋種王見已極生怪愕呼彼織者來問言此氎當織時患熱病不答言實是賢釋種王告無滅言童子汝何故得知答言觸時覺熱是故我知彼極生怪王又問言何故至此白言大王淨飯有教勑諸釋種家各許度一人欲往出家故來辭別王言住此一宿當共籌量無滅住彼一宿王言童子我若隨汝出家天授當爲釋種王與諸釋種極爲大患可共相勸天授同共出家即喚天授來至彼所時王告言天授我等今者悉欲出家汝何所爲聞已即心念言我報

言不出家者賢釋種王亦不出家我故方便應當誑彼又復念言當時世尊於尼拘陁林中以幻示現神變令諸大衆悉皆信伏彼時我已誑此計念已告言大王王既出家我亦不住即心念言此為誑者當令大衆咸悉聞知時王宣勑告諸人民我及無滅并天授等釋種五百人同共出家汝等知聞應當歡喜是時天授聞此語已心生苦惱即心念言我若定知賢王出家我不應説同共出家今者若不出家是妄語人不得為王當且出家然後為王時淨飯作如是念為諸釋種設大供養淨諸衢路除去瓦礫以檀水灑地建立幢旛懸諸繒蓋燒諸名香散妙華時王與諸釋種及諸眷屬百千萬億前後圍遶詣師子座坐已諸釋種女於諸窻牖皆欲看此出家釋種威儀尊貴及供養具諸方遠來於巷陌中悉皆盈滿住立瞻仰王又名諸相師令占釋種誰欲出家如法住誰不如法時諸釋種各辯別父母自以種種嚴具莊飾其身各乘車輅賢王引前相師見已白言樂為承事無滅及假和合亦復如是天授次至有鵄飛來撥髻珠將相師見已白言如此徵祥決定於世尊身起害當墮地獄次瞿迦離褰那沓婆羯吒牟羅底沙海授等從城出時聞有驢鳴相師見已由言此等皆緣惡口惱亂衆僧當墮地獄次鄔波難陁乘象出來四面迴顧珠瓔尋斷相師見已記言此由多貪當墮地獄乃至如是五百釋種悉皆出來如往園苑各各自現尊豪嚴麗往詣佛所到已世尊念言彼五百釋種我不得總言善來出家何以故其

中或有得羅漢者有不得者故我今白四羯磨令彼出家作此念已佛告諸苾芻言此五百釋種汝等苾芻應作白四羯磨令彼出家授與具戒諸苾芻言唯然世尊爾時父王勑鄔波離汝往尼拘陁園爲彼釋種賢王等五百人剃除鬚髮時賢王等如法洗頭以次而坐時鄔波離欲剃賢王髮時悲淚啼泣數數傷歎而爲剃髮賢王見已問鄔波離汝今何因數數啼泣時鄔波離胡跪悲淚答賢王言我從昔來於贍部洲常依賢王王今出家無所依怙轉事惡王寧死不生賢王語鄔波離我今知汝實是誠心不須悲傷我今令汝不事惡王時鄔波離心生歡喜從跪而起即剃王頭剃王頭已王遣使者鋪一白氎賢王起立普告五百釋種汝等諦聽此鄔波離昔來事我無有資財汝等釋種宜可各各脱上衣莊嚴具隨是一物置於氎上何以故我既出家所有俗衣及諸瓔珞不應更用與鄔波離爾時賢王作是語已五百釋種所有衣服及諸瓔珞皆投白氎與鄔波離時鄔波離次第剃髮如法洗浴即著僧衣從此而去時鄔波離即便思惟五百釋種尊貴如是尚捨國城妻子珍寶衣服剃髮出家況我種姓卑族昔來供事於此衣服而生貪著又復右手拓頰作是念言我若不是卑族亦合出家得阿羅漢果爾時佛有常法日夜六時觀諸有情阿羅漢等亦復如是具壽舍利子知鄔波離心之憂惱既知見已詣鄔波離所到已語鄔波離言何故拓頰而懷憂惱時鄔波離白舍利子言大德我今云何不生憂惱今見賢王及

五百釋子悉捨王位國城妻子無量無邊珍寶衣服今皆棄捨出家修道我今貪著必墮惡道大德我若不生卑族之中於佛所說毗柰耶中必得出家勤加精進證羅漢果時舍利子語鄔波離言佛正法中不揀卑族及少聞等但依佛教修持淨戒威儀無缺便得出家是佛正法汝欲出家於佛正法毗柰耶中受具足戒成苾芻性汝應與我往世尊所如來必定令汝出家時鄔波離聞此語已心生歡喜所有珍寶上妙衣服悉皆棄捨如棄涕唾時舍利子與鄔波離俱往佛所到已頂禮世尊雙足時舍利子白言世尊此鄔波離於佛正法毗柰耶中堪得出家受具足戒成苾芻性世尊慈悲令得出家爾時世尊告言善來應修梵行爾時世尊作是語已時鄔波離鬚髮自落法服著身如出家已經七日者執持應器具清淨戒威儀圓滿如百臘苾芻既出家已却住一面時舍利子即說頌曰

世尊告彼言善來　衣變迦胝鬚髮落
諸根寂靜怡然住　以佛力故具威儀

爾時五百賢王釋種依佛正法白四羯磨既出家已還歸佛所禮世尊足如是次第禮諸苾芻至鄔波離所是時賢王見鄔波離足既見識已端身瞻視告世尊曰此鄔波離是我給侍合頂禮不世尊答曰汝善男子出家之法應當降伏我慢之心以是義故聽鄔波離於先出家是故汝等應當頂禮爾時賢王受佛教已摧伏我慢禮波離足既禮足已地六震動如其次第禮餘四百九十九人爾時天授至鄔波離所便不頂禮爾時世尊告天授

曰善男子應當降伏我慢之心應合禮鄔波離足爾時天授白言世尊遣我禮拜鄔波離足有何損益我不應禮爾時天授作是語已第一先起破佛之意時諸苾芻見賢王等禮波離足地六震動心懷猶豫白世尊言何故賢王禮波離足地六震動佛告諸苾芻非獨今時賢王禮足地六震動先世禮足震動亦然汝等諦聽我當為說往昔之時婆羅痆斯大城中有王名曰梵授以法化世國無飢饉人民熾盛安隱豐樂時彼城中有一婬女名曰賢壽形貌端正共餘丈夫歡愛每共男子經一宿時得金錢五百城中有一摩納婆名曰端正往婬女家語賢壽言我欲共宿女言汝有五百金錢不端正答曰我家貧無其女報曰可取五百銀錢迦利沙波拏將來 端正雖無財物愛樂彼女時採摘種種華果以贈彼女其頻得華果心生染著時彼城中至一節日一切婦人皆著妙服及諸瓔珞各共夫壻於本家中共受歡喜是時婬女於其節日獨無人來共為戲樂時彼婬女作是思惟今此節日城中諸有婦人皆著衣瓔珞各共其夫於自家中作諸歡樂若摩納婆今來相就不亦樂乎作此念已時摩納婆忽至其家婬女見已便說昔時華果相贈發歡喜心作如是言端正汝去採華明朝可來共作歡樂是時端正聞此語已心大歡悅如囚得脫即歸本處心念此女顏容端正進止威儀從夜初分及至後夜思念不息每欲天明便即昏睡都無覺知至於晨時方寤即見好華是時人民採華都盡諸處求華竟無所得惟有一處

得夜合華即將此華到彼女處其女見已即說頌曰

乖鈍披皮愛欲者　好色黠慧牛摩沙
此時好華處處有　今將少許夜合來

說此頌已報言速去更別覓好華來彼人爲貪欲故而忘艱辛時屬極熱景當正中從城而出往遠阿蘭若而採好華既不辭勞行歌自悅時梵授王遊獵而還倦途暑熱詣林止息聞彼歌聲王既聞已即漸前行而說頌曰

頭上赫日炙　足下熱沙蒸　端正喜行歌
如何不怖熱

時摩納婆以頌答王曰

不怖日炙我　思欲能燒我　世欲有熱苦
日不能炙人

時梵授王聞此偈已作如是念當知此摩納婆善說涼話故時日中採華不知熱王即下乘坐一樹下而命摩納婆可說涼話我當聽之摩納婆聞王語已作如是念必知王今遇熱至甚要須涼話作此念已即於是時說種種涼事王聞此話即時身體而得大涼心生歡悅告諸臣曰若有人能救灌頂王命者當得何賞其臣答曰當分半國而贈彼人時王告摩納婆曰卿可與我宮內同宿明朝賜卿半國之賞時摩納婆與王同宿王即具設種種淨饌上妙衣服資身卧具令其寢息更無伴侶便作是念若得半國爲半國王後宮婇女悉當屬我隨意自在當受快樂復作是念半國之賞豈足在言何如煞王而取全位復作是念凡尊勝位人皆共貪今何須半國及以全位何以故由貪國位欲害國王作是念

巳即說頌曰

未得財時起貪愛　求不得時生苦惱

設得財時貪不息　故知財利招無利

念此頌巳便即睡著中宵覺後心生懊恨從床而起取舊鹿皮敷地而卧時梵授王於晨朝時告使者曰喚摩納婆來我今當賜半國之位使者奉教詣摩納婆所白言大王我觀彼人威儀所作無堪半國之位王問其故答言大王我向親觀棄妙牀褥委身在地寢卧鹿皮斯下之人豈當王位王曰彼是智人非無緣故當去喚來使人覆往報言王喚既至王所王告之曰何棄牀褥卧鹿皮耶彼便次第具以事答重前啓曰王若許去我欲出家願王放許王曰先共立契我當放去若出家後有所證悟覆來報者我當聽去彼白王言不敢違王命遂便辭拜往靜林中無親教師及軌範者便自策勵證獨覺菩提既證悟巳復作是念我昔與王共立言契我今宜去滿彼宿心却至王所上昇虛空放大火光現諸神變王便頭面跪禮彼尊而說頌曰

見此少修證大果　得大差別殊勝位

摩納婆今獲善利　出家至此更何求

是時尊者令梵授王有剃髮者名天何護令持此頌報曰汝於時時可說此頌令我憶持時天何護善能除髮爲王剃時王便睡著剃髮將巳彈指警王睡既覺巳甚大歡喜告天何護曰汝今有何所求當隨汝請白言願王容臣少思方即啓白時天何護既誦伽陀巳常在王前時爲宣說王聞歡喜於諸五欲生猒離心婇女現前都不觀視清歌美詠耳不

用聞何況於中而生愛著時諸婇女既失王恩心生憂惱共相謂曰我等失寵緣天何護誦彼伽陁轉我王心不生染愛可共設計令速馳逐作是計已時一婇女往天何護所白言阿舅王若歡喜問舅所須即應請王解所誦偈後於異時其天何護復爲王誦先所伽陁王聞歡喜還問所須便即啓王別無所欲惟願爲我解釋伽陁王即依請廣爲開釋天何護聞已猒離心生便白王言承事大王爲日已久願流慈造放我出家王曰我今共汝先當立契若出家後有所證悟却來報我即放汝去若不爾者不從汝請天何護白言不違王命便放出家時天何護即詣山林就仙人處勤修如習遂證五通便作是念我昔與王共立言契我今宜去滿彼宿心念已即至王所上昇虛空放大火光現諸神變王便頭面頂禮作如是語賢者汝得如是功能仙人答言大王仙人尋即作禮而說頌曰

於此菴羅園　梵授王從者　捨彼剃刀具
出家得五通

時梵授王聞此頌已以頌答曰

莫言天何護　出家默然住　彼苦行難作
若得作大智
苦行能摧諸惡法　苦行能超於世間
苦行能淨除諸穢　苦行願汝莫惡説

時天何護仙人心生歡喜便即時去佛告諸苾芻彼梵授王者今賢首釋迦王是彼天何護仙人者今此鄔波離是今者賢首釋迦王昔爲梵授王往日禮天何護地皆震動今賢首釋迦王禮鄔波離苾芻地還六種震動汝

等苾芻應當知之

根本說一切有部毗柰耶破僧事卷第九

音釋

昵尼質切　醢許亥切　槌直追切　妬當故切嫉也　牖與久切在牆曰牖　鵄赤脂切梟屬　黠胡八切慧也　警居影切寤也

根本說一切有部毗柰耶破僧事卷第十

唐三藏法師義淨奉制譯

爾時世尊既具爲彼未生怨王廣說法要令無根性得生起已或時乘象出外旋遊望見世尊在高樓上遂於其象不覺投身崩墜於地又於一時乘象而出見薄伽梵不覺投身於世尊所深生敬信遂便告彼執仗人曰爾等須知始從今日我徹歸依薄伽伐多及室羅縛迦僧伽爾等從今若見世尊及聲聞衆苾芻苾芻尼鄔波索迦鄔波斯迦須進入時於其門戶勿爲遮障啓門令進若見提婆達多及彼徒衆應須掩障勿使其前後於異時提婆達多有緣須入未生怨宅時守門者而告之曰仁應可止無宜前進天授問曰忽有何緣遮不聽進門人告曰大王有教始從今日我徹歸依薄伽伐多及室羅縛迦僧伽爾等從今若見世尊及聲聞衆苾芻苾芻尼鄔波索迦鄔波斯迦須進入時於門戶勿爲遮障啓門令進若見提婆達多及徒衆應須掩障勿使其前時提婆達多既被遮止情懷不樂住於門外於時嗢鉢羅色苾芻尼從王宮中行乞食已持鉢而出時提婆達多見嗢鉢羅色便生是念豈不由此禿頭之女爲離間事令未生怨及中宮內幷大臣宅便於我處致此稽留作是思已告嗢鉢羅色曰我於爾處有何過失由汝令吾乞食之宅皆生障礙遂便前進打搭其尼其尼被打出悲苦言哀告之曰願見清白我有何因作如斯事大德既是世尊兄弟復是舍迦上種而爲出家我實無心敢有談說幸能見恕乞表衷誠假聞

斯苦不齒其言遂努大拳打尼頭破既其末摩被損衆苦咸集遂乃加持壽命起勇進心疾行詣彼苾芻寺諸尼衆見大衆苦咸問之曰禍哉阿離野迦何意忽遭如斯困厚便告衆曰仁等姊妹所有壽命皆悉無常一切諸法並無其我寂靜之處是曰涅槃仁等咸應於善法處可勤勗念勿爲放逸其提婆達多已造第三無間之業吾今時至可入涅槃於時便對尼衆之前現其種種竒異神變入無餘依妙涅槃界時諸苾芻咸起疑念欲斷疑故請世尊曰大德頗見提婆達多於嗢鉢羅色苾芻尼處假令悲苦告謝之時不齒其言拳打頭破因斯就滅世尊告曰非但今日作如斯事於過去世亦無悲苦告謝之時不聽哀言遂便斷命而食其肉爾今應聽如往昔時於一村内有大長者於此而居多有羊群廣澤而牧既其日暮牧者驅還群中有一老弱牸羊不及徒伴在後獨進忽於路側逢一餓豺羊問豺曰

大舅多獨行　頗得安隱樂　常居於野内

如何得養神

豺答之曰

汝恒践我尾　并常拔我毛　口出大舅言

欲覓逃身處

羊復告曰

爾尾屈背後　我在面前來　如何見枉余

尋常蹋仁尾

豺復答曰

四洲并海岳　咸皆是吾尾　如其不践踏

爾從何處來

羊復告曰

我於親識處　聞説皆仁尾　在地不敢履

我從空處來

豺復答曰

由爾牸羊空處墜　遂使林中野鹿驚

麼我今朝所食物　豈非下過理分明

於時牸羊雖陳哀告廣述苦言然而罪惡業豺不肯相放遂斷其首并餐於肉世尊告曰汝諸苾芻勿生異念昔時豺者即是今日提婆達多昔時牸羊者即是今日青蓮華色苾芻尼往時雖述悲苦之言不免身死今日雖作種種悲言亦還被害時提婆達多復生是念我於世尊屢爲尤害三無間業具以造之以大拋石遥打世尊於如來身惡心出血此是第一無間之業和合僧伽而爲破壞此是第二無間之業蓮華色尼故斷其命此是第三無間之業然我未能獲一切智所餘諸事亦未見成准斯業道更無生處決定當往捺落迦中作是念已以手搘頰退在一邊愁思而坐時晡賴拏有緣須過遇到其邊而告之曰提婆達多爾今何意以手搘頰退在一邊愁思而住彼便告曰如何我今得無愁思由瞋惱故於世尊邊屢爲尤害并已具造三無間業久當住在大捺落迦受無隙苦晡賴拏曰我常謂諸釋迦種內唯汝一箇解了聰明豈謂汝今亦成愚癡豈有後世令汝見憂若有後世汝造斯業者我亦爲斯愁思而住彼爲開解天授情故便以對面撲破已缾而告曰縱天世間不能令此更爲和會更無後世誰往受之作者受者並成虛説然而可往劫

畢羅伐窣堵城自稱天子爲王而住我當作汝第一聲聞於時提婆達多便謗無聖邪見遂與能令一切善根斷絶爾時世尊告諸苾芻曰汝等應知提婆達多所有善根從斯斷絶汝諸苾芻我若見彼提婆達多有少白法我不授記提婆達多汝提婆達多生惡道者生泥犂者當住一劫不堪救療又汝苾芻我不見彼提婆達多有少白法如毛端許我不授記提婆達多汝提婆達多生惡道者生泥犂者當住一劫不堪救療譬如去村及去城邑其路不遠有糞屎坑深可丈餘臭穢難近時有一人墮斯坑内頭及手足並皆淪没後有一人每於長夜爲慕義者爲樂利者爲與樂者爲與歡者施安隱者其人到彼糞屎坑邊周帀觀望情存救濟我若見彼墮糞屎人

有片身分無糞汙者我當方便引之令出既遍觀察不見其人有少身軀不被糞汙乃至手許可拔令出汝諸苾芻我亦如是我若見彼提婆達多有少白法我不授記提婆達多汝提婆達多生惡道者生泥犂者當住一劫不堪救療又汝苾芻我不見彼提婆達多有少白法如毛端許我方授記提婆達多汝提婆達多生惡道者生泥犂者當住一劫不堪救療汝諸苾芻應知天授已具三法生惡道者生泥犂者當住一劫不堪救療何謂三法汝諸苾芻提婆達多先具生其罪惡樂欲遂便遭彼惡欲所牽提婆達多既生惡欲被欲牽已此謂是彼提婆達多最初成就罪惡之法提婆達多生惡道者生泥犂者當住一劫不堪救療又諸苾芻提婆達多近惡知識得

不善伴共惡人交提婆達多既近惡知識得不善伴共惡人交已此謂是彼提婆達多第二成就罪惡之法提婆達多生惡道者生泥犁者當住一劫不堪救療又諸苾芻提婆達多得其少分得其下品證悟之時便生喜足縱有勝上更不進修提婆達多既得少分得其下品證悟之時便生喜足縱有勝上更不進修已此即是彼提婆達多第三成就罪惡之法提婆達多生惡道者生泥犁者當住一劫不堪救療於時世尊說伽陁曰

勿汝世間人　生於罪過欲　由斯爾當識
惡欲所招殃　世並知天授　聰明不伏心
不能存少欲　空持美形狀　彼便行驕逸
欲熱於世尊　故我記斯人　一劫生無隙
慳貪生惡念　邪見不虔恭　定生無隙中
四門牢閉塞　若他無過失　惡謗令生過
令世若後世　自受愚癡人　若人於大海
毒瓶令水壞　溟渤寬巨際　遣惡定無緣
如斯於世尊　惡人生謗讟　常行自他利
罪謗豈能成　正見心常靜　惡緣無處生
應供爲知識　親近者聰明　由斯不造惡
恭敬可依行

於是提婆達多謗毀聖說決生邪見定斷善根但有此生更無後世作是知已於其徒衆別立五法便告之曰爾等應知沙門喬答摩及諸徒衆咸食乳酪我等從今更不應食何緣由此令彼犢兒鎮嬰飢苦又沙門喬答摩聽食魚肉我等從今更不應食何緣由此於諸衆生爲斷命事又沙門喬答摩聽食其鹽我等從今更不應食何緣由此於其鹽內多

塵土故又沙門喬答摩受用衣時截其縷纏我等從今受用衣時留長纏何緣由此壞彼織師作功勞故又沙門喬答摩住阿蘭若處我等從今住村舍内何緣由此棄損施主所施物故内攝頌曰

不餐於乳酪　魚肉及以鹽　長纏在村中　是天授五法

於時薄伽畔遊歷人間漸行次至室羅筏悉底國時提婆達多遂生是念我於沙門喬答摩屢興刑害而竟不能傷損其命我今宜可於其妻室而爲鼓辱遂便往詣劫比羅伐窣覩城遣使報彼耶輸達羅曰沙門喬答摩已捨王業而作出家我爲是緣故來紹繼爾宜與我爲妻室乎時彼得信遂便巡事告瞿彌迦時瞿彌迦報耶輸達羅曰仁應遣使告天授云菩提薩埵我昔執手彼力堪持汝若有能可來見就是時天授情無羞耻不忖巳骸力進入中宫進陛昇階欲就其處時瞿彌迦顧諸宫女哈然而笑天授不覺合掌而居時瞿彌迦有大諾近那力遂將左手握其天授於時十指迸血驚流遂於菩提薩埵昔遊戲池擲之池内既墮池巳出大叫聲是時舍迦競來奔就遂詳議曰提婆達多不忖其力輒入宫内欲事欺鼓轉復尋聲見在池内遂相告曰斯内亂人可斷其命復更議曰勿於死人更加其害世尊記此提婆達多生惡道者墮泥犁者無間一劫不堪救療此即與死相似更復何勞見害於時人衆捨不與言時提婆達多從地起巳於水瀆中逃走而出被其極杙裂所著衣白氎一條遂成兩片便作是

念善哉斯服巧稱淨儀爲我聲聞制其裙服又於一時告舍迦種汝等宜可策我爲王諸人報曰菩提薩埵現有内宮汝可秉權令其賔伏既納妻室方可稱王時提婆達多於舍迦處息其猜貳除恐怖心遂入宮中昇高樓上到耶輸達羅所合掌一邊而白之曰幸存恩澤曲見哀憐汝爲國大夫人我乃稱王此邑時耶輸達羅有大鉢塞建柂力從妙寶牀起就天授捉其合掌雙膝摧地天授十指迸血流出宛轉於地痛不自勝時耶輸達羅而告之曰汝眞無賴愚蠢之極暫執其手已不堪任況復求念以充交合轉輪王主應作我夫或最後生菩提薩埵我充其室方如合儀自外諸人全非偶配是時天授懷耻出宮舍迦諸人見其憂苦而告之曰汝今先可往世尊處求其懺摩若見恕容方稱天子時提婆達多以極嚴毒塡十爪已詣世尊邊作是念若沙門喬答摩見恕我者斯曰善哉必也不容我當就禮以其毒爪摑足令傷既至佛邊頂禮雙足請世尊曰幸願哀憐見容恕我於時世尊觀其天授作何種心來向我所鑒知天授爲煞害情遂以神力變雙膝下成水精石默然而住時提婆達多見默無語遂起瞋心興其害意便以毒爪爮摑世尊於時十指皆摧破返中其毒生大苦惱是時尊者阿難陁而告之曰天授爾可歸依世尊報阿難陁曰大德我今若其歸依佛者如佛言曰若歸依佛陁不生於惡道捨棄人身已當生勝天上然而世尊記我當生惡道泥犁耶中無間一刼不堪救療我若生天彼成虛語若墮惡

趣還是妄言正生如是極瞋怒時惡業既圓更無所待無間之火遍燎其身遂便叫喚高聲告曰大德阿難陁我現被燒我今被炙時阿瑜窣滿阿難陁既見其苦極軫慈悲又於親族更加愛念而告之曰提婆達多汝今宜可極想歸誠呾他揭多阿羅漢三藐三佛陁勿為餘念其時天授被無隙火燎炙其身業報現前受嚴極苦深心慇重口自唱言今日我身乃至徹骨於薄伽畔至心歸伏說斯語已現身墜無間無隙捺落迦中於時世尊告諸苾芻汝等應知提婆達多善根已續於一大劫生於無隙大地獄中其罪畢已後得人身展轉修習終得證悟鉢刺底迦佛陁名為具骨當爾之時既獲證已持鉢巡家既獲所餐還歸本處置鉢一面洗手濯足方欲就餐遂乃攝心觀其宿世我緣何事久在生津迷惑輪迴今身覺悟遂便觀見於世尊邊造其種種惡逆之事復見往昔世尊本行菩薩時世世生生常為怨隙但由少許恭敬利養而至於此既了斯事其所獲飡一不曾食遂昇空裏放大光明現諸神變已於無餘依妙涅槃界而證圓寂時阿瑜窣滿舍利弗呾羅毛嗢揭羅演那每於時時往捺落迦而為看行時舍利弗呾羅告毛嗢揭羅演那曰仁可共我往無隙獄觀其天授為慰問耶於時舍利弗呾羅與毛嗢揭羅演那往阿毗止既至其所時舍利弗呾羅命毛嗢揭羅演那曰仁今知不此即是其阿毗止處上下四邊無不通徹一焰猛火中無間隙仁於大神大德衆內世尊記說以為第一應可運心觀無間獄苦

情類爲滅火灾說是語已時毛嗢揭羅演那便入如是大水之定既定心已從上澍雨滴如杵大入阿毘止其水於空悉皆消散復澍大雨滴若犁轅或如車軸然其雨水亦皆消散時舍利弗呾羅見斯事已遂便斂念入勝解行定既入定已其水滂沛遍滿獄中受苦聲除服其本念時阿瑜窣滿毛嗢揭羅演那發言命曰若是提婆達多可應前進聞斯念已有多千數提婆達多竟來奔就時阿瑜窣滿摩訶毛嗢揭羅演那報斯衆曰若是世尊之親兄弟提婆達多者宜應住此時提婆達多遂便進就阿瑜窣滿舍利弗呾羅摩訶毛嗢揭羅演那既至其所頂禮二尊之雙足已二尊問曰天授汝今所受大地獄苦有差別不天授答曰且如阿毗止內共受之苦此不須言然於我躳所受別苦幸存聽察時有鐵山大熱遍起洪焰通爲一火來至我所磨碎我身譬如石上磨油麻子復有極利雙齒鐵鋸猛焰大熱解割我身一一肢骸片片零落又有鐵棒遍皆熱焰數數來至打碎我頭復有大象從四方來踐蹋我身碎如米粉時阿瑜窣滿舍利弗呾羅毛嗢揭羅演那同告之曰汝提婆達多如汝所云時有鐵山大熱極熱遍起洪焰通爲一火來至我所磨碎我身譬如石上磨油麻子者斯則由汝於其鷲峯山以大抛石打損如來由彼惡業招斯苦果又復汝云又有鐵棒遍皆熱焰數數來至打碎我頭者斯則由汝於阿羅漢嗢鉢羅色尼拳打其頭遂致終卒由彼惡業招斯苦果又復汝云復有大象從四方來踐蹋我身碎如

米粉者斯則由汝起大害意放護財象欲蹋世尊由彼惡業招斯苦果二尊命曰提婆達多汝今雖受如斯極苦世尊記汝受斯罪竟終得證悟鉢剌底迦佛陁名爲具骨時提婆達多聞斯語已白二尊曰若如是者我今情勇能於無隙大地獄中一脅而卧甘受其苦作是語已忽然不現時阿瑜窣滿舍利弗呾羅毛嗢揭羅演那次復詣彼外道六師受苦之處遂便見彼高迦離迦於其舌上有一百犂周遍耕墾於時索訶界主梵天王亦隨二尊而往觀見高迦離迦而告之曰汝高迦離迦汝可於此二大尊者苾芻之處起極敬心然此二師堅守淨行智慧神通衆中第一時高迦離迦見彼二尊便告之曰此二罪惡邪欲之人何來至此作此惡言纔發聲已於其舌上遂有千犂而遍耕墾時阿瑜窣滿舍利弗呾羅毛嗢揭羅演那作是念曰此之有情業重難救無可奈何捨之而去次便往詣晡剌拏迦葉波處既至彼已時晡剌拏迦葉波遂便就禮二尊雙足而白之曰願二大德察我罪人我由昔時說其邪法矯誑時俗遮其正信緣斯罪業有五百犂時時耕舌又復我諸聽聞弟子於我所重餘骨窣覩波邊呈供養時便有大苦重來逼迫幸能見報我所受殃并復告知更勿於其窣覩波處而興供養於時二尊既然其語遊獄事了俱便返詣贍部洲中於時二尊對薄伽畔并諸大衆具爲說彼提婆達多及高迦離迦并晡剌拏捺落迦中所受苦事既廣陳已時諸苾芻咸共疑念遂便請問斷疑世尊曰大德世尊何故提

婆達多尊所告言不肯見用隨阿毘止受大極苦以至斯耶世尊告曰汝諸苾芻非但今日不用我言受斯刑酷曾於往世不受我言遭其苦惱汝等應聽我曾於昔在不定聚行菩提薩埵行時中在牛趣爲大特牛每於夜中遂便於彼王家豆地隨意餐食既其旭上還入城中自在眠卧時有一驢來就牛所而作斯說大舅何故皮膚血肉悉並肥充我曾不覩暫出遊放牛告之曰外生我每於夜出餐王豆朝曦未落返跡故居驢便告曰我當隨舅同往食耶牛遂告曰外生汝口多鳴聲便遠及勿因斯響反受纓拘驢便答曰大舅我若逐去終不出聲遂乃相隨至其田處破籬同入食彼王苗其驢未飽寂爾無聲既其腹充即便告阿舅我且歌唱特牛報曰片時忍響待我出已後任外生作其歌唱作斯語已急走出園其驢於後遂便鳴喚於時王家守田之輩即便收掩驅告衆人王家豆田並此驢食宜須苦辱方可棄之時守田人截驢雙耳并以木臼懸在其咽痛杖鞭骸趂之而出其驢被辱展轉遊行特牛既見遂於驢所說伽陀曰

善歌大好歌　由歌果獲此　見汝能歌唱
截却於雙耳　若不能防口　不用善友言
非但截却耳　舂臼項邊懸

驢復伽陀而答之曰

缺齒應少語　老特勿多言　汝但行夜食
不久被繩纏

世尊告曰汝諸苾芻勿生餘念往時特牛者即我身是昔日驢者即提婆達多是往昔不

用我言已遭其苦今日不聽吾說現受如斯大殃又諸苾芻汝更應知猶如今日提婆達多不用我言招其大苦往昔之事宜可更聽汝諸苾芻昔於一村有一長者在此而住有一大牛衆相具足時彼長者延請沙門及婆羅門無依無怙貧窶商客普設供養行捨施已遂便解放具相大牛隨所遊行更無拘繫是時大牛既蒙釋放隨意遊行追覓水草時行陂澤陷深泥內自出無由是時長者日將曛暮方見人傳遂尋覓之到其牛所長者念曰泥深牛大我獨無堪待至明朝詳來濟拔牛遂告曰可繩捲繫我角上置於前面任曉方來如有獾狢來逼我時我以捲繩振角驚怖其人遂即以繩繫角長作其捲置地而去既届冥宵野獾便至遥覩其牛作斯言曰誰於此處偷盜藕根牛便報曰我被泥溺自出無由非是竊心盜他蓮藕獾聞是語遂與言曰我之美膳何忽自來遂近其牛欲爲屠害牛告獾曰宜爾遠我莫見相欺勿使汝身遭羅苦毒獾雖聞牛告不齒其言遂就牛邊欲爲摣掣時勃利沙婆見不用言說伽陁曰

我非偷藕根　亦非盜蓮者　必若存情食
上背應從剳

獾曰今正是時應從背後次第而食擲上牛背下口欲餐牛角振捲羂著獾項遂便擺索空裹懸身於是大牛說伽陁曰

汝是美少年　戲者空中舞　騁伎於村內
野田無施主

是時野獾亦以伽陁而答牛曰

我非作舞者　亦非美少年　帝釋投梯下

吾當往梵天
又復牛王更說頌曰
實非天帝釋　投梯往梵天　繩捲急勒項
性命此時窮
汝諸苾芻勿生異念昔時牛王者即我身是往日野獵即天授是往昔不用我言已遭其苦今不聽吾說現受如斯大殃時諸苾芻復有疑念遂便請問斷疑世尊世世何故提婆達多於世尊所起大瞋心不隨正語生阿毗止大苦燎身世尊告曰非但今日不用我言身遭猛火一切無救汝諸苾芻宜更應聽曾於往昔有一王都王名制底迦敷化於此時王福力令其國界富饒昌熾安隱豐樂多諸人衆無所匱乏又復其王有大勝福每欲坐有諸天衆捧其座足止在空裏其王有一知國大臣便生二子大名出喜小名衆愛於時大兒每見王父以法非法而教於衆遂便念曰我爲長子職合襲官我父終亡當大臣位吾亦當以法及非法而教於物緣斯惡業生捺落迦豈若我今修出家行遂至父所求哀出家父遂許之於世尊處出家離俗後於異時其父大臣掩隨他世時第二子爲國大臣以法非法而化於俗國人怨酷說其非理時有一人旋遊村邑不期展轉見彼大兒修出家行於時苾芻見其客至而問之曰爾從何處今來至斯其人報曰我住某城遂問其弟客人具答彼行非法苦刻人庶衆皆負怨無賴求生苾芻聞已告其人曰仁今可去勿生憂感我有容隙當往彼城以理開導令行正法冀望人庶離苦得安其人聞已遂還本處

報其親族具述所由展轉風聞徹其小弟弟即便往白其王曰我之大兄欲來至此王便告曰善哉若至彼即大臣其人白曰我已久來事王殿下勞誠宿著其事如何王便告曰我之國法太子襲臣事不可移知欲何計王復告曰必汝情願彼若來時應云我大既蒙王教內喜而歸苾芻不久還其本邑王衆見已咸悉起迎唯獨其弟端居而住苾芻告曰汝是我弟何故端居於人報曰爾小我大如其不信應取證明我長王宮王知大小宜應共問決判眞虛於時苾芻進白王曰我之二子誰爲長子王乃故心而妄語曰此人當大爾爲小矣纔發言已尋聲之後天便放座摧之於地即於口內臭氣外充於時大子苾芻見斯事已說多頌曰

若人爲妄語　諸天便捨去　口中臭氣法
失却天堂路　王應爲實語　平復還如故
若其爲妄語　下道定當行　常招無舌報
猶若水中魚　若人乖法言　作其非法說
王應爲實語　平復還如故　若其爲妄語
下道定當行　當作非男女　定受黃門形
若人乖法言　作其非法說　王應爲實語
平復還如故　若其爲妄說　下道定當行
應時天不雨　非時洿雨流　若人乖法言
作其非法說　王應爲實語　平復還如故
若其爲妄說　下道定當行　當受蛇身報
兩舌口中生　若人乖法言　作其非法說
王應爲實語　平復還如故　若其爲妄說
下道定當行　即如制底王　造其極惡業
當趣阿毗止　惡報處泥犁

汝諸苾芻勿生異念其大臣長子即是我昔身其制底迦王即今時天授今仍於我起極瞋心不受其語緣斯惡報生捺落迦在阿毘止時有苾芻尚有疑念更便請白斷疑世尊曰大德何故提婆達多大慈世尊為利益語不能信用生捺落迦阿毘止中受大極苦世尊告曰汝諸苾芻提婆達多非但今日不用我言受斯獄苦又過去世時亦不受語曾遭辛苦汝今應聽汝諸苾芻於往昔時在一村內有妙巧師機關善解在此相住遂於相似族望之中納女為妻綢繆結好懽娛得意未久妊娠八九月已便生一息既其誕已經三七日作其懽會為授其名號曰巧容如法長養漸至成立其父不久遂爾身亡其息於後便向餘村更就師學機關一技復向餘邑轉求伉儷有一長者父女居門許與為妻而報之曰汝齊某日促赴我言不爽斯期任為婚娶如其不及非我之愆巧容覆往報巧師曰某村有女許我婚成告曰時臨相期促至如能赴節必不爽言若也乖時非我之過巧師報曰必如是者我當共汝赴彼促期良日吉辰理難再得取木孔雀相與俱昇不遠遐途促赴期日時彼村邑人物共觀見所未曾嗟其奇巧呈禮贈取婦歸還遂與三人俱昇孔雀機關轉發俄陵太虛未盡浹辰儵歸故邑既到已於時巧師報兒母曰此機關象汝可藏之兒若索時必不應與由其解去未學還歸勿使其兒致遭苦厄其兒於後數數從母索其孔雀我乘木象暫欲旋遊欲使多人歸伏於我母遂報曰汝師去日固有留言兒索

象時不宜見與但解昇去未體歸還勿令因此致招苦厄見報母曰去還之術我已並知師有慳心不令見與女人心軟數見求情遂以機關持授其子子得象已遂動發機直上搏霄衆人嘆善師見已而嘆之曰此兒一去不復還來更轉機關往而不返到大海上多雨少晴所有機繩皆爛斷墮之海內因乃命終諸天見之說伽陁曰

諸有悲憐出益論　不從其教自隨心
木象無師強乘去　終於大海見身沉

世尊告曰汝諸苾芻勿生異念往時機關師者即我身是其弟子者即提婆達多是往背利語已遭沉没之殃今棄益言現受燒身之酷

根本說一切有部毗柰耶破僧事卷第十

音釋

牸疾二切牝牛也　豺士皆切狼屬　猪章移切柱也　溟渤溟莫兵切渤蒲没切　讟徒谷切謗也　犢徒谷切牛子也　縷繢縷力主切絲縷也繢求位切織餘也　[夌欠]力膺切欺也　橛杙橛其月切杙與職切並木段也　猜倉才切疑也　柂徒可切　爮攌爮蒲交切爪爬也攌古擭切批打也　燎力照切燒也　轅兩元切車前曲木也　鋸居御切刀鋸也　墾康很切掘也　窶其矩切貧也　貛狢貛呼官切野豕也狢下各切狐屬　摣掣摣側加切牽也掣昌列切挽也　勃利沙婆梵語也此云牛王勃蒲没切　刳苦胡切剖也　擺博買切排而振之也　浹即協切洽也

根本說一切有部毗柰耶破僧事卷第十一

唐三藏法師義淨奉　制譯

爾時阿瑜率滿鄔波離請世尊曰大德所云僧伽破壞復云僧伽和合未知齊何名爲破壞未知齊幾名作和合世尊告曰若復苾芻於其非法作非法想現有别住作别住心作羯磨者齊此名爲破壞羯磨僧伽也若其於法而爲法想於和合衆作和合想爲羯磨者齊此名爲僧伽和合何謂破僧若一苾芻是亦不能破僧伽也若二若三乃至於八亦復不能破和合衆如其至九或復過斯有兩僧伽方名破衆作其羯磨并復行籌何謂羯磨即如提婆達多於諸苾芻告令教誨制其學處汝等苾芻須知有其五種禁法何謂爲五具壽若有苾芻不居阿蘭若是則清淨是則解脱是正出離超於苦樂能得勝處如是於樹下坐常行乞食但畜三衣著糞掃服具壽斯謂苾芻是則清淨是則解脱是正出離超於苦樂能得勝處若具壽諸苾芻衆忍此五種勝上禁法是清淨是解脱是出離者應可遠彼沙門喬答摩應可離彼與其别居不應親附此是其白如是羯磨准白應爲云何行籌即如提婆達多於諸苾芻告令教誡制諸學處具壽有五勝法是則清淨是則解脱是正出離超越苦樂能得勝處云何爲五具壽若有苾芻不住阿蘭若是則清淨是則解脱是正出離超越苦樂能得勝處如是於樹下坐常行乞食但畜三衣著糞掃衣具壽苾芻行時是則清淨是則解脱是正出離超越苦樂能得勝處若具壽諸苾芻忍此五種勝上

禁法是清淨是解脫是出離者應可遠彼沙門喬答摩應可離彼與其別住不應親附應可受籌提婆達多并身第五而受籌者是名受籌內頌曰

非一破僧伽　至九方能破　并作羯磨事
行壽說非法

具壽鄔波離請世尊曰大德且如被捨置人此人能作破僧伽事及以隨順捨置之人乃至隨此隨順之人爲破僧事非能捨置非隨順捨置非隨順隨順爲破僧事耶爲當能捨置人爲破僧事及以隨順能捨置人乃至隨此隨順之人爲破僧事非被捨置非隨捨置亦非隨此隨順之人爲破僧事耶又復爲當被捨置人及以隨順捨置之人爲破僧事非隨順隨順非能捨置亦非隨此能捨置人乃至亦非隨此隨順爲破僧事耶爲當被捨置人及隨順隨順爲破僧事非隨捨置及非能捨置并非隨能捨置乃至亦非隨此隨順爲破僧事耶爲當能捨置人及隨能捨置爲破僧事非隨此隨順非被捨置非隨捨置及非隨此隨順之人爲破僧事耶爲當能捨置人及隨順隨順爲破僧事非隨能捨置及被捨置非隨捨置非隨順隨順爲破僧事耶爲當隨順被捨置人及隨順隨順被捨置人爲破僧事非餘四耶爲當隨順能捨置人及隨順隨順爲破僧事非餘四耶爲當被捨置人及能捨置人爲破僧事非餘四耶又復爲當被捨置人爲破僧事非餘五耶爲當隨此被捨置人爲破僧事非餘五耶爲當隨此隨順之人爲破僧事非餘五耶爲當能捨置人爲破

僧事非餘五耶爲當隨此能捨置人爲破僧事非餘五耶爲當隨此隨順之人爲破僧事非餘五耶世尊告曰鄔波離斯等諸人咸言能破壞和合之衆但唯除彼被捨置人此一不能破僧伽故内頌曰

三二一能破　餘非可類知　破衆三六殊
唯除被捨置

具壽鄔波離請世尊曰大德如世尊説若有人破和合衆已此人定生無間之罪亦成無間之業者大德未知苾芻齊何名爲破和合衆生無間罪成無間業耶無間罪者謂若墮在捺落迦中受罪之時曽無間隙無間業者謂從人道更無間隔垂墮泥犂無間之字雖同其義條然自別告無間隙梵云阿毘止無間墜墮梵云阿難呾利耶若取正譯應云無隙無間不能異舊且後俱題無間之字不云無隙事乃分壃無間即生墮獄中無隙或餘身方受有斯差別故致十八不同耳

世尊告曰鄔波離若苾芻於非法事作非法想及正破時爲非法想於諸苾芻教誡令學定破僧伽鄔波離齊此名爲破和合衆此生無間罪成無間業又鄔波離若苾芻於非法事作非法想及正破時爲其法想於諸苾芻教誡令學定故破僧伽鄔波離齊此名爲破和合衆此生無間罪不成無間之業又鄔波離若苾芻於非法事作非法想及正破時便生猶豫於諸苾芻教誡令學定破僧伽鄔波離齊此名爲破和合衆此生無間罪不成無間業又鄔波離若苾芻於非法事作法想及正破時爲非法想於諸苾芻教誡令學定破僧伽鄔波離齊此名爲破和合衆此生無間罪亦成無間業又鄔波離若苾芻於非法事而作法想及正破時亦爲法想於諸苾芻教

誡令學定破僧伽鄔波離齊此名爲破和合衆此生無間罪不成無間業又鄔波離若苾芻於非法事作法想及正破時便起猶豫於諸苾芻教誡令學定破僧伽鄔波離齊此名爲破和合衆此生無間罪不成無間業又鄔波離若苾芻於法作非法想及正破時亦爲非法想於諸苾芻教誡令學定破僧伽鄔波離齊此名爲破和合衆此生無間罪亦成無間業又鄔波離若苾芻於法非法想及正破時爲其法想於諸苾芻教誡令學定破僧伽鄔波離齊此名爲破和合衆此生無間罪不成無間業又鄔波離若苾芻於法作非法想及正破時便生猶豫於諸苾芻教誡令學定破僧伽鄔波離齊此名爲破和合衆此生無間罪不成無間業又鄔波離若苾芻於法作法想及正破時爲非法想於諸苾芻教誡令學定破僧伽鄔波離齊此名爲破和合衆此生無間罪成無間業又鄔波離若苾芻於法作法想及正破時亦爲法想於諸苾芻教誡令學定破僧伽鄔波離齊此名爲破和合衆斯乃但生無間罪不成無間業又鄔波離若苾芻於法作法想及正破時便起猶豫於諸苾芻教誡令學定破僧伽鄔波離齊此名爲破和合衆此生無間罪不成無間業又鄔波離若苾芻於非法生猶豫心及正破時爲非法想於諸苾芻教誡令學定破僧伽鄔波離齊此名爲破和合衆此生無間罪成無間業又鄔波離若苾芻於非法生猶豫心及正破時便爲法想於諸苾芻教誡令學定破僧伽鄔波離齊此名爲破和合衆此生無間罪不

成無間業又鄔波離若苾芻於非法作猶豫心及正破時亦生猶豫於諸苾芻教誡令學定破僧伽鄔波離齊此名爲破和合衆此生無間罪不成無間業又鄔波離若苾芻於法生猶豫心及正破時爲非法想於諸苾芻教誡令學定破僧伽鄔波離齊此名爲破和合衆此生無間罪成無間業又鄔波離若苾芻於法生猶豫心及正破時便生法想於諸苾芻教誡令學定破僧伽鄔波離齊此名爲破和合衆此生無間罪不成無間業又鄔波離若苾芻於法生猶豫心及正破時亦生猶豫於諸苾芻教誡令學定破僧伽鄔波離齊此名爲破和合衆此生無間罪不成無間業鄔波離此中總有一十八句就中六句由正破時作非法想而爲誑説由心重故遂生無間罪成無間業餘十二句由心輕故不成無間業

攝頌曰

初六建首皆非法　中六初並法應知
下六初三非法心　下三是法應須識
初六中三上非法　下三法想理須知
中六中間與此同　下六中間盡猶豫
最初六句後上三　非法法想并猶豫
自餘五處咸同此　是故便成十八殊

非法　非法　非法　非法　非法　非法
非法　非法　非法
法　法　法　非法　法　疑　非法　法
疑
法　法　法　非法　非法　非法　法
法　法

非法 疑 非法 法 疑 非法 非法
非法
法 法 法 疑 疑 疑 疑 疑
非法 法 疑 非法 法 疑

雖有長行及以攝頌猶疑創學未體區分輒復更准頌文出其題目欲使長行易曉無梗滯於初心十八分明冀不疑於後唱復恐寫人致誤有舛譯文故復印以九行庶無三豕之謬也詳夫律教東流綿歷多代四部譯匠並勵懸心或親涉龍河或傳文龜洛至於破僧句數多並未詳致使後人懷疑卒歲尋文者則疑文於節段逐義者乃惑義於分壇造疏出釋之家並懷疑於先唱是知輕身殉命振錫鶴林亡已濟人褰衣鷲嶺頗得詳談疑滯決擇是非冀補闕遺求除惶惑望龍華之後會得法忍於初心福被無壃俱時啓悟

鄔波離請世尊曰大德若是破僧皆是僧伽擾亂若是擾亂即是破僧耶佛言自有破僧而非擾亂應爲四句云何破僧而非擾亂自有僧破而不受行十四種破壞之事云何僧伽擾亂而非破僧自有受行十四種破壞之事然非破僧云何擾亂而爲破僧謂受行十四種事并爲破僧有二俱無謂除前相是四句大德若有破僧皆別住但有別住即破僧耶應爲四句

爾時世尊爲阿若憍陳如及八萬天子以施法味皆令充足爾時苾芻咸皆有疑請問世尊彼憍陳如及諸天子先作何業令法味具足佛告諸苾芻汝等諦聽我於往昔在不定

聚於大海中而作龜身於諸龜中而復爲王後於異時有五百商人乘船入海到於寶所採種種寶既獲寶已而還本國於其中路遇摩竭魚非理損船諸商人等皆悉悲號同聲大叫時彼龜王聞此叫聲從水而出詣商人所作是言汝等勿怖宜上我背我今載汝令得出海身命得全於是衆商一時乘龜而發趣岸人衆既多所載極重住於精進心不退轉受大疲苦既已度畢便於岸上展頭而卧去身不遠有諸蟻城其中一蟻漸次遊行聞龜香氣前至龜所乃見此龜舒頸而卧身既廣大復不動搖蟻即速行至於本城呼諸蟻衆其數八萬同時往彼是時彼龜睡重如死都不覺知蟻食皮膚困乏未覺漸食精肉方始覺知乃見諸蟻遍身而食便作是念我若動搖迴轉身者必當害蟻作可棄捨身命終不損他作是念已肢節將散要處穿穴便發願言如我今世以身血肉濟諸蟻等令得充足於當來世證菩提時此諸蟻等皆以法味令其充足佛告諸苾芻等勿生異念往昔龜王者即我身是彼引導蟻子即憍陳如是彼八萬蟻以憍陳如引來食我血肉得使充足即八萬諸天是我以過去世以血肉充足令世成佛以法味充足苾芻當知如常所說黑雜二業汝應當捨白白之業汝應當修

爾時世尊爲五苾芻先說法味皆令充足超生死海將趣勝因究竟涅槃爾時苾芻咸皆有疑請問世尊此五苾芻先作何業得法味具足大師哀愍於生死海強拔令出方便安置究竟涅槃唯願爲說佛告諸苾芻此非希

有我今於此離貪瞋癡生老病死憂悲苦惱皆悉解脱一切智一切種智一切智智皆得自在此五苾芻以法味具足於生死海強令出離安置究竟涅槃於昔時未離貪瞋癡生老病死未得解脱尚爲此輩我以身血充足已令住五戒此是希有汝等諦聽往昔婆羅痆斯城中有一國王名金剛臂正法化世國土安樂人民熾盛五穀豐熟其王淳信稟性賢善樂自利他有慈悲心具大威德樂行正法憐愍衆生諸有財物能捨能施於大捨中而自安住彼王極修習慈悲晝夜六時入慈悲定爲入定故所有求者皆不得施王知此事告羣臣曰於城四門各置施堂用貯財物若有沙門婆羅門貧窮孤露遠來求者皆悉與之羣臣聞勑即奉王命於婆羅痆斯城四門各置施堂用貯財物及諸飲食衣服卧具金銀摩尼眞珠瑠璃螺石珊瑚碼碯璧玉珂貝赤眞珠右旋螺貝等大物資糧安置其中爲給施充足貧窮故又於異時多聞藥叉從阿洛迦筏底王城駈出吸人精氣五藥叉處處遊行至婆羅痆斯城外乃見牧牛羊及負柴草人并店肆諸沽賣人見已即問諸人汝等豈不怖我諸人報曰何故怖汝藥叉又報何故不怖諸人報曰我王性大慈悲於諸有情利樂意樂晝夜六時入慈悲定時彼藥叉即便化身爲婆羅門遊四施堂既見知已時金臂王從定而出遂整衣服具諸威儀時五藥叉往至王所舉手讃歎唯願大王福壽長遠白言大王我今飢渴唯願慈悲布施飲食王告侍臣當施種種上妙飲食時五藥叉即

白王言我渴飮血飢唯食肉不喫餘食王告侍臣勿損衆生當可求覓自死血肉施彼令食時五藥叉復白王言我今所食唯熱肉血而不食彼自死肉血王旣聞已復作是念不可損生施彼而食當以我身熱血熱肉施彼食之作是念已即命醫人醫旣到已王尋報言當刺我身五處出血令五藥叉各各飮之醫便荅王此五藥叉至極下品我今不忍刺王出血王善醫術皆悉明了遂自以針刺其五處令血流出令彼飽滿復爲説法令其充足授與五戒佛告諸苾芻勿生異念彼金臂王即我身是五藥叉者五苾芻是我於往時施彼血肉及爲説法授與五戒我於今時爲説正法令住見諦究竟涅槃汝諸苾芻應如是學

爾時世尊爲五苾芻先説法味皆令充足超生死海令住見諦究竟涅槃時諸苾芻以生疑念爲斷疑故白言世尊此五苾芻有何因緣世尊以正法味令其充足於生死海拔之令出令其安住究竟涅槃佛告苾芻此非希有我今於此離貪瞋癡生老病死憂悲苦惱皆悉解脱一切智一切種智一切智智皆得自在令五苾芻法味充足於生死海拔之令出究竟涅槃我於往昔未離貪瞋癡生老病死憂悲苦惱未得解脱尚爲此輩以其身血令其充足授以五戒此爲希有汝等諦聽往昔婆羅痆斯城有大王號爲慈力如法化世人民熾盛五穀熟成安隱豐樂其王本性有大慈悲具大威德於諸有情恒常憐愍後於異時多聞藥叉從阿洛迦伐底城駈出吸人

精氣時五藥叉處處遊行至婆羅痆斯城不見諸人設於祭食心生瞋怒於其國中多諸疾疫死者極衆爾時群臣以事白王王令國內死者極衆時王便勑諸臣汝等於其城內唱令徧告王勑汝等我於有情爲欲利益專心勤求日夜不斷汝等諸人於諸有情起大慈心常修此心諸灾寂靜時諸人等奉王勑已於諸有情發大慈心彼五藥叉於其國中不能爲害以諸有情發慈心故時五藥叉於其城外處處遊行不能得入不能爲害城外乃見牧牛羊人負柴薪人并諸店肆沽賣之者見已即問汝等不怖於我彼人答曰何故怖汝藥叉報言何故不怖諸人答曰我慈力王每常思惟我亦思惟藥叉答曰彼慈力王思惟何事衆人答曰於諸有情常修慈心以是思惟我等亦於彼藥叉等聞是語已便作是念我等今者以此諸人修慈悲故於此城中不能損害彼諸藥叉城四門外遊行求見彼慈力王後於異時彼慈力王因出城外時藥叉等見慈力王即便變身作婆羅門像舉手歎王福壽長遠白言大王我今飢渴唯願慈悲施我飲食王告侍臣當施種種上飲食時五藥叉即白王言我渴飲血飢唯食肉不喫餘食王告侍臣勿損衆生當可求覓自死血肉施彼令食時五藥叉復白王言我今所食唯熱肉血不食所有自死肉血王既聞已便作是念不可損生施彼而食當以我身熱肉熱血施彼食之作是念已即命醫人醫人到已王尋報言當刺我身五處出血令五藥叉各各飲之醫人答王此五藥叉至極下品

令我不忍刺王出血時王善巧一切方便皆悉明了遂即以針刺其五處令血流出令彼飽滿復爲說法令其充足授以五戒爾時佛告諸苾芻等勿生異念彼慈力王即我身是五藥叉者即陳如等五苾芻是我於往昔施彼血肉及爲說法授與五戒我於今日爲說正法令住見諦究竟涅槃汝諸苾芻應當修學爾時世尊先六年苦行然後成無上覺往詣婆羅痆斯城憍陳如五苾芻衆次度耶舍五人次度賢衆六十民人是故苾芻其衆漸多時諸苾芻心生疑念復白佛言大德世尊往作何業今受六年苦行異熟佛告苾芻我自作業還自受報

佛告諸苾芻我於往昔人壽二萬歲時有一聚落名爲分析其聚落中人民熾盛安隱豐樂五穀熟成其聚落中有婆羅門名尼拘陀多眷屬富饒自在於中爲主訖栗枳王以此聚落施尼拘陀彼婆羅門有一弟子名曰最勝父母清淨氏族高良乃至七祖普皆殊勝學諸異論洞徹四明諸有字書無不通悟顏貌端正人所樂觀時尼拘陀有五百弟子常教讀誦其聚落中復有陶師名曰喜護歸依三寶深信四諦決定無疑見四諦理證預流果所有壞生營事之具皆悉棄捨以鼠壞土用無蟲水及無蟲木造諸瓦器以此器物置於門外徧告諸人施我米豆將此器去多少隨意所得米豆養育父母或時奉施迦葉如來時彼最勝與其喜護自小以來共爲親友後於異時喜護往詣迦葉佛所頭面禮足退坐一面佛以種種微妙之法示教利喜爲喜

護說時彼喜護聞法歡喜頂禮而去時彼最勝乘白馬輅與五百弟子前後圍繞從城而出於其中路乃逢喜護見已問言賢首汝從何來喜護答言我從迦葉佛所供養禮拜而從彼來今可共汝往詣佛所禮拜供養最勝答曰賢首何須見佛而修供養何以故作此出家正覺難得喜護報言賢首勿作是言此迦葉佛出家不久已得正覺具一切智正法現前時彼喜護如是三告我當與汝共往佛所時彼最勝亦復三答如是出家正覺難得喜護即便上彼車上撮彼最勝共往佛所瞻仰禮拜爾時見彼撮已便作是言彼迦葉佛定是最勝無上大師所有諸法並是殊勝何以故而彼喜護先來賢善而無卒暴率爾兇猛爲彼如來而撮於我作是念已便告喜護

汝當放我喜護答言我不放汝汝若共我往世尊所供養禮拜我當放汝如是三告時彼最勝報言喜護乘此車輅我當與汝俱往佛所可通輅處乘輅而行不通輅處便即徒步既至佛所頂禮佛足退坐一面爾時喜護從坐而起合掌白佛而此最勝不信三寶唯願世尊爲說妙法令彼最勝信佛法僧爾時世尊默然受請即爲最勝演說妙法示教利喜乃至默然而住爾時最勝告喜護言汝聞此法何不出家喜護答言最勝汝可不知我養二盲父母時復供養迦葉如來最勝答言汝若不出家者我今決定出家爾時喜護從坐而起白佛言世尊今最勝於佛善說法毗柰耶中欲得出家唯願世尊聽其出家作是語已禮佛而坐爾時世尊聽其最勝如法出家

爾時世尊從分析聚落往婆羅痆斯城遊行人中漸至彼城仙人墮處施鹿林中爾時訖栗枳王聞佛遊行人間至施鹿林王從城出往詣佛所到已頂禮迦葉如來雙足退坐一面佛即爲訖栗枳王演說妙法示教利喜乃至默然而住時訖栗枳王從座而起整衣服而白佛言唯然世尊及苾芻衆明日清旦受我所請我於宮內施設供具飯佛及僧世尊爾時默然受請時訖栗枳王見世尊默然受請已頂禮佛足從座而起辭佛還歸時王到已於其夜中營事種種香美飲食至晨朝時鋪設勝座辦諸香水作是事已令使白佛日時已至唯願知時迦葉佛於日初分將諸苾芻執持衣鉢前後圍繞往至其王設供養處到已佛居衆首餘苾芻隨次各敷座而坐時

訖栗枳王以種種飲食自授世尊及苾芻衆供養已佛及苾芻各攝鉢器澡手嗽口王執金瓶滿中盛水於世尊前胡跪而作是言唯願世尊我爲世尊造立大寺數滿五百院是一一院各置大小諸牀敷具及香稻米供佛世尊及苾芻衆爾時世尊告訖栗枳王汝今能發殊勝大心此之功德如具受之訖栗枳王如是三請於夏三月唯願世尊受我種種四事供養我爲世尊造立五大寺是一一寺各置大牀小牀几梼氈褥枕具各有五百及上妙粳米種種珍奇供養世尊并苾芻衆爾時世尊告訖栗枳大王今者能發此心與辦無異時訖栗枳王白佛言世尊我今無供養世尊有人已能如我誠心辦供養不世尊答曰大王國內已有如是供養我者王便問

曰其供養者名字是誰世尊報曰王之境内有聚落名微頻持有陶師名喜護住彼聚落於佛法僧信心決定歸依三寶見實諦理證得聖果所有壞生營事之具皆悉棄捨以鼠壞土用無蟲水及無蟲木造諸瓦器以此器具置於門外徧告諸人施我油麻米豆將此器去多少隨意所得米豆等物養育父母亦復將來供養於我佛告王曰我於一時遊行城邑至微頻持聚落食時著衣持鉢次第行乞至陶師喜護家門巳徐徐打門於時喜護陶師緣事他行唯盲父母住於家内聞打門聲來於門所問言是何賢首是何人者來打門耶佛言我迦葉波佛應正等覺爲食時故行乞至此彼即開門請我令入既入其舍彼盲者曰我有熟豆在瓮器中并有熟菜置於笸裏我今不見唯願世尊恣意而取盲者又曰彼供養世尊施主爲他事暫出爾時世尊告大王曰我當以作北俱盧洲法而自手取食竟而出陶師喜護後便至家見其豆菜有人取處問父母曰誰食此豆菜彼盲父母即如上事次第而説喜護聞巳甚大歡躍而作是念我巳得大利益迦葉波佛入我舍内自恣取食由此歡喜心故跏趺七日入定從定起巳緣是定故正念不散滿十五日恒無間斷於七日中緣定力故家内食器飲食恒滿供給父母而不乏少佛告王曰我於異時住微頻持聚落安居三月於其夏初時經苦雨我所住處屋宇霖漏喜護陶師有造作處廠屋皆用新草而爲覆苫我於爾時告侍者苾芻曰汝等可往喜護陶師有造作處坼取

彼廠苫屋新草將覆此屋彼苾芻等聞我語已並依其教作所為事於時喜護緣事他行其喜護父母聞坼屋聲便即問曰是何賢首是何聖者來坼喜護新覆草屋彼等報曰我是迦葉波應正等覺侍者苾芻緣佛所居屋宇霖漏故來取此所有新草為迦葉波應正等覺覆苫其屋陶師父母白聖者曰我兒不在任聖者取諸苾芻等遂坼廠草苫我寺屋喜護後還家見其作廠坼却新草便問父母誰來坼我作廠新草將去父母報曰汝出不久我聞坼廠便問言是何聖者是何賢首坼我新草廠屋彼即答言我等苾芻是迦葉波應正等覺侍者苾芻緣佛所居屋宇霖漏故來取此所有新草為迦葉波應正等覺覆苫其屋便即答言我兒不在任意取將時喜護聞父母說已甚大歡喜便作是念我已得大利益迦葉波佛於我家內自恣無難心既知已歡喜踊躍跏趺七日專念相續無時暫捨以天福力雖於七日其被坼屋雖大霖雨一滴不漏佛告大王莫生異念我今不受王請三月安居四事供養猶如喜護新苫於廠時訖栗枳王白世尊言喜護今者獲大利益迦葉波佛於喜護家受用無難時王隨喜便說偈曰

諸祭祀中火為上　韋陀之中神為上
世間所尊王為上　一切衆流海為上
諸星宿中月為上　諸耀之中日為上
上下四維及天等　供養世尊最為上

爾時世尊為訖栗枳王說其妙法示教利喜已便即而去時訖栗枳王便以種種諸供養

具隨送世尊出聚落已頂禮雙足繞佛三帀却還本宮命一使者令送五百乘車各載粳米付與陶師當報喜護此五百車所載粳米當用供養汝盲父母及迦葉波如來是時使者既奉王教將米付與即宣王命此五百車所載粳米當用供養汝盲父母并時時供養迦葉波佛時彼喜護見王米來報使者曰王多事務我不敢受佛告諸苾芻勿生異念摩納婆者即我身是由我往昔謗迦葉波佛得正覺名要須苦行彼不勤苦如何能得正等覺耶由惡謗故令我報行六年受苦汝等苾芻應知業報必須自受廣說如前乃至如是汝當修學

根本說一切有部毗柰耶破僧事卷第十一

音釋

籌 直流切算也　捺 奴曷切　殉 松閏切從也　褰 去乾切摳衣也　頸 居郢切頭莖也　痆 女八切　熾 昌志切盛也　枳 諸市切　撮 子括倉括二切持也　輅 郎故切車也　澡 子皓切洗也　嗽 蘇奏切盪口也　跪 渠洧切兩膝隱地也　毯 吐敢切毛席也　廠 昌兩切屋無壁也　霖 力尋切淫雨也　苫 舒贍切草覆屋也

根本説一切有部毗柰耶破僧事卷第十二

唐三藏法師義淨奉　制譯

佛在室羅伐城若彼菩薩踰城出外當爾之時耶輸陀羅即便有娠菩薩六年苦行耶輸陀羅於王宮中亦修苦行由是因緣胎便隱腹是時菩薩知苦行事無有利益即便隨意氣息長舒遂餐美食粳米雜飯飽食資身以油塗體温湯澡浴耶輸陀羅聞是事已宮中亦復放縱身心事同菩薩由斯快樂胎遂增長其腹漸大釋氏聞已笑而譏曰菩薩出家極修苦行汝於宮内私涉餘人致使懷娠腹便增大耶輸陀羅聞而誓曰我無此過未久之間便誕一息當此之時羅怙羅執持明月集諸眷屬慶喜設會請與立字諸眷屬等共相議曰此所誕子初生之時羅怙羅手執於月應與此兒名羅怙羅時諸釋種共相議曰此非菩薩之子耶輸陀羅聞此語已即便啼哭抱羅怙羅自爲盟誓以羅怙羅置於菩薩昔在宮中解勞石上擲置菩薩洗浴池中而發誓言此兒若是菩薩之胤入水便浮必若是虛妄當沉沒作是言已其羅怙羅與石俱浮不沉於下耶輸陀羅復告之曰宜從此岸至於彼岸還可復來隨意便至衆人見之咸生希有毋復持兒作如是念若佛世尊六年苦行成覺之後更住六年滿十二歲重還於此我令諸人自驗虛實爾時世尊後時還至劫比羅城一日食在王家一日食在宮内時耶輸陀羅作如是念頗有方便能令世尊隨我所欲時此城中有一外道女善解術法能令男子愛樂女人耶輸陀羅寄與五百金錢

遣使報曰汝作術法附來與我彼女即便將一相愛藥丸寄與宮内其母得已便將藥丸對諸宮人置羅怙羅手中作如是語兒將此藥持與汝父佛具一切智先能了達知耶輸陀羅生羅怙羅招世惡謗此之誹毀今日當除世尊知已化爲五百世尊佛形一等時羅怙羅持藥巡行雖歷多佛並皆不奉既至世尊所遂即與藥佛爲納受已却付羅怙羅時子得已遂即服之佛知食已便爲呪願從坐而去時羅怙羅隨佛而行諸婇女等不放出宮時羅怙羅啼哭悲惱願隨佛去世尊去已作如是念知羅怙羅不受後有當證聖果不肯居俗世尊知已遂即將行時羅怙羅宿緣所感於五百佛能識世尊不肯捨離時淨飯王宮人眷屬及諸釋種見此希奇敬重耶輸知其昔日枉被招謗今滅惡名生歡喜心爾時世尊到本處已欲度羅怙羅淨飯王聞已詣世尊所頂禮佛足作如是語世尊若必度羅怙羅當乞一日我申供養世尊隨請聽將供養時淨飯王爲羅怙羅廣設大會并嚴高座供養羅怙羅至第二日共羅怙羅往詣佛所禮世尊已作如是言大德任將羅怙羅出家爾時世尊告舍利子曰此羅怙羅汝今將去與如法出家時舍利子受佛教已便與羅怙羅如法出家時諸苾芻咸皆有疑請世尊曰以何因緣童子羅怙羅於大衆中躬持藥丸於五百佛所而識世尊佛告諸苾芻曰此羅怙羅非獨今生而識於我曾於過去無量劫中在大衆中嚴以華鬘與吾相識汝等諦聽當爲汝説曾於過去於聚落中有一長者

取隣人長者女納以爲妻未經多時遂即有娠便誕一子復告妻曰今有此子食用我財亦能爲我等還債我今將諸財物入海興易汝可在後若看此兒好知家事妻答夫曰一依所教長者入海遇風船破并諸財物没溺不迴妻聞夫死持孝修福復自傭力并諸眷屬各相拯濟養活於兒漸令長大於其舍側有善織師以彼功巧自得存活彼長者妻見已即作是念入海興易不如織絡功巧爲業其入海者多死不還夫織絡者常得居家經求自濟復作是念今我此子令學織業思惟是已即將其子往詣織家白織師言大兄此外甥教爲織業織師答曰好留子教織其子聰敏不久學成每與織師並機雙織所得財利將歸本家所得物歸用常不足織師所得恣意有餘外甥問舅我今與舅同作一業何故舅室恒得充饒而我家中每不支濟舅報外甥我作二業汝即爲一外甥問舅第二業何彼便報曰我夜竊盜外甥曰言我亦隨盜舅即報曰汝不能盜答曰我甚能作舅作是念我且先試作是念已便共向市舅買一兎使令料理我暫洗浴即來當食彼料理已舅未至間便食一脚舅洗浴迴問其外甥料理竟不答曰已了舅曰料理既竟將來我看外甥擎兎過與其舅舅見其兎遂少一脚問外甥曰兎第四脚今在何處外甥報曰其兎本來有此三脚云何問我索第四脚耶舅作是念我先是賊今此外甥大賊勝我即將其兎共入酒家舅安坐已即喚外甥共坐飲已即令外甥計算酒價外甥報曰若人飲酒可使

令算我本不飲何論算耶舅今自飲舅當自算舅作是念我先是賊今此外甥大賊勝我若共同本亦堪作賊即與外甥於夜分中穿他牆壁擬盜財物既穿孔已其舅即先將頭入孔中外甥告曰舅不閑盜法如何先以已頭入於孔中此事不善應先以脚入孔若先以頭入被他割頭衆人共識禍及一族今應先以脚入舅聞是已便以脚入財主既覺便即唱賊衆人聞聲即共於内孔中捉其賊脚爾時外甥復於孔外挽出其舅力既不禁恐禍及已即截其頭持已而走於時群臣奏王此事王告群臣截頭去者最是大賊汝可將彼賊屍置四衢中密加窺覘或有悲泣將屍去者此是彼賊便可捉取群臣奉命即將死屍如王設法彼賊外甥便思念云我今不應直抱舅屍恐衆人識我我應佯狂於諸四衢或抱男女或抱樹石或抱牛馬或抱猪狗作是念已便行其事時世間人既見其人處處抱物咸知是狂然賊外甥始抱其舅盡哀悲泣便即而去群臣奏王皆曰守屍唯一狂人抱屍哀泣而去更無餘人王便告曰彼是狗賊如何不捉今可捕取爾時彼賊復作是念我今如何不葬我舅我必須葬便作一駕車人滿著柴束駈至屍上連解牛絡放火燒車便走而去當爾之時車柴之火燒屍遂盡守屍之人尋奏王曰彼賊屍者今已燒盡王問彼曰誰燒賊屍臣具上事王曰汝等當知彼駕車人即是狗賊云何不捉今可捕取爾時彼賊復作是念我今要須於葬舅屍之處設諸祭祀念已便作淨行婆羅門形於國城内

徧行乞食即以其食於燒屍處五處安置陰祭其舅作已便去時守屍人具以白王王曰彼是狗賊如何不捉甚爲不善爾時彼賊復作是念我今要將舅骨投於殑伽河中作是念已便作一事髑髏外道形就彼骨所取其餘灰以塗其身收取燒骨於髑髏中安置投殑伽河中作已便去彼守屍人復以奏王王曰彼是狗賊云何不捉甚爲不善汝等宜止我自捉取爾時其王乘一汎舟前後侍從遊殑伽河中於河岸上置人守捉王先有女顏容端正衆人樂見同於河中遊戲令稍相遠報其女曰有人捉汝汝便高聲又勑守岸人曰我女作聲汝等即須相近若見男子便捉取爾時狗賊復作是念今王與女遊戲河中我應要與彼女相共嬉戲作是念已即於上流而住放一瓦鍋隨流而下岸夫見已謂是於賊競持棒打瓦鍋便破乃知非賊第二第三亦復如是乃至十數時守岸人屢見瓦鍋便捨不打爾時狗賊頭戴一鍋隨流而下至王女所上女舟中手執利刀告王女曰汝勿作聲若作聲者我當割汝王女怕懼不敢作聲因與戲會既戲會已便走而去女見賊去高聲啼泣作如是言彼賊強私我今已去訖守河岸人報王女曰汝嬉戲時默然歡樂賊今既去乃始啼泣我等於今何處求賊守岸人等具以告王王曰汝等云何不善防守致令如是時彼王女被狗賊交遂便有胎具足十月誕生一子時彼狗賊聞王女生子復作念云我今必爲我兒作諸喜慶作是念已即變其形爲一給使從王內出告諸人曰王有

教令我女生子汝諸國人可於今夜恣意歡樂互盜衣服財帛任情而作時國群臣及諸人衆聞是語已放情嬉戲其聲沸閙聞於王内王問諸人我諸國人云何喧閙若是國人答曰我等先奉王教令我如是王聞是已知是狗賊所作便作是念我若捉此狗賊不得我便捨去國位即設一計造一大堂堂既了已其兒年已六歲令諸群臣擊鼓宣令盡喚國内所有男子盡入堂内有不來者捉獲殺之爾時國人盡來入堂時彼狗賊亦在其中時王即以華鬘告其兒曰汝持此鬘於彼衆中若見汝父以鬘與之復令傍人隨逐其兒與鬘汝便捉取爾時彼兒即持華鬘至於衆中以業力故果見其父便以鬘與時彼傍人便捉狗賊將至王所王集群臣共議此事如此罪人云何處分可殺之耳王即思惟此是智賊云何殺之告群臣曰此人勇猛兼有智慧可留侍衛便嫁與女以之爲妻仍以半國給之佛告諸苾芻爾時狗賊則我身是時彼兒者則羅怙羅是由於昔時於人衆中能識我故今復於此衆中能識於我諸苾芻當知業力不可思議汝等應隨業行爾時耶輸陀羅作是念羅怙羅父若入宫時我應設諸方便承事供養令不出宫作是念已耶輸陀羅與喬比迦彌離迦遮等六萬美人各各嚴飾種種莊具熏種種妙香皆悉辦訖爾時世尊於晨朝時著衣持鉢與諸苾芻圍繞侍衛爲調伏有情故入王宫内時耶輸陀羅等三夫人與六萬婇女作諸音樂倡伎歌舞整理衣服蠱媚妖艷在世尊前欲令染著世尊見已

便作是念今者食時將至我若先食不爲此諸女說法恐調伏時過令諸女人欲心熾盛於四諦理不蒙利益我今應以神通力故令彼女等皆悉調伏作是念已即沒於地從東方空中而見於彼空中行住坐卧威儀自在復入火光三昧於其身中放諸青黃赤白種種之光或復身上出水身下出火南西北方亦復如是於空中沒於諸苾芻上首師子座上忽然而見諸豔女等見斯事已皆於佛前倒地如斧破樹頂禮佛足在一面坐爾時世尊知諸女等性力意願以四諦理廣爲分別諸女聞已得預流果唯耶輸陀羅爲染心重故未獲於果便作如是心念口言我有滋味能令喫者心生愛著即作種種馨香美味諸飲食等自手執持而奉世尊作是念已諸苾芻皆聞以報世尊佛言諸苾芻當知我昔三毒未離之時諸有香味而無愛著何況今者三毒已離而能染我耶輸陀羅縱有食味我無所懼時諸苾芻皆疑白佛言世尊何故耶輸陀羅因歡喜團於佛世尊生於染著佛言諸苾芻此耶輸陀羅非於今生欲因歡喜團而染著我曾於過去先有是事汝等諦聽往昔世時有一聚落去斯不遠有阿蘭若林多有花果及清流美泉時有仙人喫彼花果身披樹皮作此苦行證五神通所有禽獸不相恐懼常來親近後於一時欲往小便有一女鹿隨仙人行仙人小便失精鹿隨後便即喫之復以舌舐生門有情業力不思議故因即有胎日月既滿彼鹿來就本處生一男子鹿生此兒知是於人便棄而去時仙人見之作

是念云此是誰子復更思惟知是已兒遂收養之後漸長大至年十二頭生一角因與立字名爲獨角其父染患獨角種種醫療不能得差其父漸困命將欲死告獨角曰我今此處常有諸山仙人數來過往汝可延接問訊若來供給花果爲我願故說伽他曰

積聚皆消散　崇高必墮落　合會有別離
有命咸歸死

乃至仙人身歿彼獨角仙以仙之法爲葬其父思戀父喪愁悲憂惱便證五通後於異時因往取水取得水已迴至中路遂逢天雨泥滑倒地水餅遂破擲破餅水置其掌中以口呪向天遥散由汝雨下打破我餅從今已後十二年中勿更雨下由此仙呪力雨便不下婆羅痆斯城遭大亢旱人民飢饉迸散逃亡是時國王召諸占事問言何故天不降雨占事答曰仙人嗔故天不下雨王問占事作何方計天下甘雨百姓豐樂占事報言若也敗仙戒行修道天即甘雨若不敗仙令犯戒行十二年中天終不雨時王聞已托頰思惟宮人妃主及諸臣等見王憂惱即白王言何故憂惱王即報曰由仙呪力天不下雨乃至廣說義如上辯我今不知作何方計令彼仙人敗修戒行由斯憂惱是以不樂時彼國王有一大女名曰寂靜即白王曰不須憂惱我設方計當令彼仙必敗戒行王問女曰有何方計女白王言我學婆羅門呪法及餘婇女二十人等一處學法願王可於水上縛船安板著土栽樹種諸花果一依仙人所住之處我等乘船至彼仙所即能令仙敗修戒行引來

至此王聞是巳即如女說縛船安板栽諸花果並如上說遂於果中蜜盛藥酒及諸餘食並亦安藥於是寂靜并餘婬女假作仙儀形狀衣服著樹皮衣披髮散後共仙無異從船上下徐步詣仙口誦婆羅門呪法至仙人所彼仙弟子遥見二十客仙來至即報仙師曰有諸客仙今來至此時獨角仙口念善來喚令入室是時諸仙既入室巳時獨角仙細看諸仙顔色有異即說頌曰

曽不經辛苦　行步復從容　面上不生髭
胷前有高下　是仙形貌別　此事實希奇

彼獨角仙雖有疑心亦爲客仙敷坐處巳及設果實寂靜仙曰汝所住止有如是等多苦澁果我今住處有好果實猶如甘露我今請汝至我住處時獨角仙即共相隨乗舟泛水於船樹上取其椰子諸果實中盛厭媚藥酒奉獨角仙彼既飲巳便報假仙共行非法由此婬泆遂失神通戒行巳虧呪力便息浮雲四起獨角見巳舉面罵天寂靜報言汝身爲非尚不自覺何謂舉面猶故怨天婬泆既纏黙然而住寂靜將往直至王前白父王曰彼呪雨仙此人即是王見仙至喜不自勝雲布徧天便降甘雨百姓豐樂五穀滋榮爾時父王即嫁寂靜與仙爲婦及諸美女亦賜驅馳及至後時棄於王女便共餘女遂作私通寂靜見巳心生嫉妬即共仙人甚相忿競舉脚蹴仙履打仙面仙作是念我於昔時天起雲雷由呪令息忽纏婬欲被女欺夌爾時仙人猒心欲泆便捨寂靜精勤習定即證五通乗空而行還歸本處佛告諸苾芻昔時仙者即

我身是王女寂靜令耶輸陀羅是由昔食味貪著婬情今者以歡喜團更欲耽著於我佛說此語已從宮而出耶輸陀羅既見佛知心便息念更不尋求即昇七重高樓不惜身命遂投於地佛以神力接不令損諸人既見不有傷損心生驚恠諸苾芻衆見便問佛此耶輸陀羅爲愛佛心故不惜身命投於高樓放身於地佛告諸苾芻耶輸陀羅爲愛我心故不獨今生不惜身命過去亦復爲我不惜身命告諸苾芻汝等諦聽往昔婆羅痆斯城有王名曰梵授於一時間遂出遊獵廣殺衆生行至山谷見一緊那羅睡卧婦在傍邊而守護之王遂張弓射緊那羅既著要處一箭便死捉得緊那羅婦欲取爲妻時緊那羅婦尋白王曰唯願大王放我殯葬其夫待了即隨王去便作是念此豈能走看作其禮作此念已遂即放行時緊那羅婦遂積柴木四面放火夫婦俱燒諸天空中而說頌曰

欲求於此事　翻乃更遭餘　本希音樂天　夫婦皆身死

爾時世尊告苾芻曰往昔緊那羅者即我身是緊那羅婦者即耶輸陀羅是於往昔時爲愛我故已投於火今爲貪愛復墜高樓佛作是念若化耶輸陀羅者今正是時我宜令彼出生死海作是念已爲耶輸陀羅說四聖諦法彼既聞已以智慧金剛杵摧破二十種我見山峯悉皆摧滅證預流果發起信心從家趣非家策勤修習證阿羅漢果是時苾芻尼耶輸陀羅處於衆中心懷慚愧爾時世尊告諸苾芻曰我一切苾芻尼衆中耶輸陀羅苾

芻尼最具慚愧諸苾芻衆咸皆有疑復問世尊此耶輸陀羅苾芻尼作何業報六年懷羅怙羅爾時世尊告諸苾芻曰如上說乃爲頌曰

佛告諸苾芻往昔有村時有老母惟有一女多養乳牛每日作酪漿母女相隨巡村酤賣後於一時其女負酪忽設矯心遂報母曰我欲見風顚母持酪且漸前行母即取酪擔負而去其女乖墮謟誑心故雖於六里不趂其母由此業故耶輸陀羅今生招報六年懷胎佛告諸苾芻義如上說而說頌曰

時諸苾芻復更有疑請問世尊此羅怙羅先作何業今受此報六年處胎佛告諸苾芻羅怙羅自作惡業義如上說并及頌曰

爾時世尊復告諸苾芻此婆羅痆斯城不遠時有一林多諸花果有兄弟二人一名商佉二名里企多身著樹皮常食果實及諸藥草商佉爲師里企多爲弟子時婆羅痆斯國王及諸人民知此林中有二修道人一名商佉二名里企多後於一時商佉平旦持滿鉼水遊山採果其里企多五更早起在兄前行入山不持鉼水採得花果於先到來渴乏須水向已鉼中遂無水飲便取師水而用飲之既喫水竟更不與師添鉼是時商佉日高後至乏渴須水取已添鉼見水而飲見鉼無水遂即瞋罵是何強賊偷却我水時里企多尋即報言我是其賊我用鉼水唯願鄔波馱耶罰我重罪商佉報曰汝是我弟子須水任飲不與汝罪里企多白鄔波馱耶曰我是賊人願與重罪若如不與心不安寧商佉聞已遂大

瞋怒便即報言我今不能瞋汝與罪如索與罪汝向國王處而索重罪時里企多遂向王所至其中路逢王出獵擧手呪願唯願大王長命無病常戰得勝說伽他曰

大王我是賊　輙盜喫他水　願王依賊法賜我盜水罪

時王報曰縱輙取水亦不是賊王復問言汝取誰水時里企多廣如上事具報王已王便報曰既是汝兄又是鄔波駄耶雖輙飲水亦不是賊汝今好去不合與罪時里企多又白王曰我是賊人願與重罪如若不與心不安寧是時國王聞此語已便發瞋怒而即報言汝今此住更勿東西待我山遊迴來處分王去遊獵餘路還宮遂忘仙人不與進止經於六日是時仙人不敢東西諸臣白王彼仙奉教經於六日不敢東西唯願大王速與處分王便報言罰罪六日汝今無過今放汝去臣報仙人汝今六日已罰汝了今奉王勑任汝東西里企多喜遂即歸佛告諸苾芻昔梵授王今羅怙羅是爲前生時起瞋心故不許東西乃經六日故今六年以業力故在母胎中諸苾芻若黑白業及雜染業咸悉有報諸苾芻應捨黑業及雜業修純白業

時諸苾芻咸皆有疑復白佛言此具壽賢子曾作何業今於上首釋種之中而爲國王佛告諸苾芻此具壽賢子自種福業乃至說伽他曰

佛告諸苾芻昔有貧人遊行人間至婆羅痆斯城於其城中有諸貧人見此人來即生瞋恨競爭打蹋驅出城外彼城國王有一園林

其人既被驅逐投園林中且自居止時彼國王因春陽月此園林中花果茂盛好鳥競集王與宮人婇女往園遊觀既至園中與諸婇女處處遊望嬉戲娛樂時彼國王疲乏而睡女人有常法若見花果便生貪愛當爾時既見王睡各散林中採求花果時彼國王從睡覺起即還城中彼諸宮人見王還城各速隨逐時一宮人心即忙遽不覺身上遺其瓔珞宮人去後貧人見之私自念云我若取者或有尋知必相苦惱即取瓔珞懸於樹上心自念云本主若來隨意將去復遥觀之若非主取則不擬與彼之宮女既至宮中覺失瓔珞念在園中白其王言我緣忙遽遺忘瓔珞在彼園内時王即告群臣我有珠瓔遺在園内可速覓之無令遺失臣奉王命將多手力散覓園中見於瓔珞繫在於樹衆共議言誰繫瓔珞在此樹上即令手力縱横訪覓乃見貧人在一叢下問言汝見何人繫此瓔珞貧人如上具報爾時王臣即持瓔珞還宮送王具陳上事王聞此言即遣使者追取貧人貧人既至王便告曰汝先因何得我瓔珞不持將去繫於樹上貧人答曰大王當知此是王之貴物我先貧窮不堪受用王聞此語甚大歡喜告貧人曰汝求何願我當與汝貧人答曰令此城中所有貧人願王各施飲食并賜衣服并令我爲上首王聞此言便告大臣我國城中一切貧人可施飲食兼與衣服仍令此人爲其上首大臣奉命於婆羅痆斯城擊鼓宣告一切貧人並令集會既集會已施與飲食并諸衣服宣示王命令先貧人爲其主領

所有處分咸可隨受時諸貧人既得衣食悉皆慶悦遵奉爲主諸貧人等先在街衢掣盜他食食主嗔恨常打駡之後得王恩轉增奪掣國人懼王不敢打駡時國諸人即至王所具論此事王便報曰汝等自可守護勿打貧人後於異時城中有人於筐篋中盛諸餅食其上首貧人見已便奪持之奔走諸貧人等競來隨逐欲相掣奪其貧人主走至河岸又被逼逐即戴餅筐汎河而渡到彼岸已在一樹下佛告諸苾芻若佛如來未出世時當有辟支佛出見於世利益蒼生因行而過彼貧人見威儀庠序便自念云由我先世不知戒施不能供養此人致令此身貧窮孤露若彼德人受我施者我當施與時辟支佛觀知其念爲利益故持鉢向前乞其餘食貧人歡喜盡持鉢食而以奉施辟支常法口不說法身現神通以相利益得其餅已騰踊空中現種種神變諸異生等見此神變速發善願五體投地猶如樹倒便發大願我今供養此聖人已當令來世得爲國王於諸國中最爲上首我於今者見辟支佛於當來世願見如來度生死海發此願已諸貧人等皆渡河至咸索餅食上首貧人報曰我已施訖汝等隨喜諸貧人曰汝施食已發何願上首報言願我來世於諸國中得爲國王於諸國中最爲上首諸人聞已咸皆發願上首既得國主我等願爲最上臣佐佛告諸苾芻爾時上首貧人者今賢王釋子是諸貧人者今五百釋子是由彼賢子昔於辟支佛所發願施食故今得諸釋種中而爲國王及見於我出家學道證阿

羅漢果汝諸苾芻當知造黑業得黑業報造雜業得雜業報造白業得白業報汝等應捨黑業及雜業染業修純白業

佛在那地迦村群虵林中此時多有諸苾芻鉢及世尊鉢在於露地有一獮猴從娑羅林下來而取於鉢諸苾芻等即前打逐佛告諸苾芻汝等勿打任其所取不畏損壞時彼獮猴至於鉢傍即取佛鉢上娑羅樹須臾之間盛滿鉢蜜來供養佛蜜中有蜂如來不受時彼獮猴知如來心復持蜜鉢於一屏處擇其蜂已還來奉佛爲未淨故佛又不受獮猴復知佛意持其蜜鉢至清流傍取水灑蜜還來供養佛即便受時彼獮猴既見佛受其蜜心生歡喜合掌頂禮踊躍跳躑不顧前後因落井中遂即命過當即託生那地迦村清淨婆羅門家夫人胎中既託胎巳緣福業故那地迦村界內天降蜜雨時諸人等問占相者此是何事占者報曰緣婆羅門婦胎中有兒業力感故至十月滿生子之日復降蜜雨眷屬並集三七日中設食供養眷屬當問所生孩兒爲立何字家人答云其子懷時當降蜜雨生時亦爾父姓婆悉瑟吒因茲爲名未度婆悉瑟吒此名最勝蜜兒漸漸長大因宿業力便生信心即往佛所佛爲說法發心出家即如法度既出家巳日日自然感三鉢蜜一鉢供佛一鉢供養僧伽一鉢共親友食時諸大衆咸並生疑俱往白佛以何因緣此最勝蜜苾芻日日如是有斯蜜應佛言此最勝蜜苾芻自作福業是故日日感斯蜜報廣說如上佛告苾芻汝等昔見有一獮猴從娑羅樹下

來以一鉢蜜供養我不苾芻白佛言世尊我等昔見佛言彼獼猴者即此最勝蜜苾芻是也由前信心施蜜因緣獲斯報然此苾芻何但日能變三鉢蜜欲令四海總成蜜者不足爲難何以故由施佛蜜福增上故廣說如上應捨黑業及雜染業修純白業

根本說一切有部毗柰耶破僧事卷第十二

音釋

誕徒案切大也　怙侯古切　胤羊晉切嗣也　覘敕廉切闚視也　捕薄故切捦捉也　鍋古禾切温器也　舐神紙切餂也　掬居六切手奉物也　頰古協切面旁也　髭即移切口上須也　澁所立切不滑也　椰以遮切木名其子殼可爲器　蹴子六切　夌力膺切與陵同　酪盧各切乳漿也　矯居夭切許也　佉丘加切　企苦體切　蹋徒合切踐也　覺古孝切寤　遽其據切疾急也　掣昌列切挽也　筐去王切飯器也　篋苦協切箱屬　跳躑跳徒弟切躑直炙切跳躑躍也

根本說一切有部毗柰耶破僧事卷第十三

唐三藏法師義淨奉 制譯

佛在劫比羅城尼瞿陁園中當度五百釋子及鄔波離時諸苾芻咸皆有疑以緣白佛此鄔波離昔作何業爲王剃仕爾時佛告諸苾芻往昔國王有一剃頭人有辟支佛來立門前語彼人曰善男子與我剃頭當獲善果彼剃頭人有一外甥其舅告曰我爲王使汝可於後當爲此人如法而剃如國王一種時彼外甥聞舅是言即自思惟遣與此人如法剃頭必應多得功德作是念已即便諦念爲辟支佛如法剃頭時辟支佛復思念云彼人與我如法剃頭我當護助必令此人多獲利益時辟支佛作是念已即騰虛空變現種種神變彼人見已甚生希有合掌禮敬五體投地便發願云我今既與此人剃頭如國王相似願我來生於世世中常得與諸國王剃頭如我舅無異佛告諸苾芻彼外甥者今鄔波離是由於先世與辟支佛剃頭發願故今與王爲剃頭人

爾時佛復告諸苾芻此鄔波離於先世時復有餘願我今說之汝等諦聽往昔村中有一長者取得一妻生於二男彼時國王有一剃頭人與此長者共爲親友彼剃頭人甚有財寳無有男女常私念云我今多諸財寳而無子息一旦終没無可委付必被國王盡取將去時彼長者見剃頭人愁憂不樂即便問曰汝今云何愁憂如此時剃頭人即如上答長者告曰我有二子今將小者與汝爲子作是議已便取小兒以爲其子後時長者遇病命

終長者大子與諸童兒共相嬉戲因或鬬駡諸童子言汝非族姓何以故汝弟見爲剃頭家子爾時此兒旣被斯言愁悴不樂便私念云若我小弟不與剃頭家爲子者我今云何被他毀辱我今應當收奪取弟作是念已即奪弟歸時剃頭人心懷懊惱便集其家剃頭種類告彼衆曰我養彼兒經多年歲今奪將去我諸眷屬自今已後勿與此家作剃頭人時彼兄弟不得剃頭髮毛爪甲皆悉長醜國王忽見即便問曰汝今云何髮毛爪甲作許長醜時彼兄弟答國王言王剃頭人制諸種類令於我家勿爲剃頭王重問曰彼有何故時彼兄弟具説前事國王聞已即便告言父與他兒不合更奪旣奉王教即便將弟與彼爲兒後兄議曰我弟與彼剃頭爲子恒令我等被他毀辱我今應當殺去我弟必免斯語時有人聞往剃頭家告其弟曰汝兄等議恐辱種族當欲殺汝宜善防護弟聞是語已告剃頭人曰兄今欲來殺我今宜放我出家學諸仙道剃頭人念我若苦留此兒不許出家必被他殺我今不如放令出家父旣念已告其兒曰我今放汝出家汝得仙法將歸教我子便白曰善哉奉命爾時其子即往山林仙人住處尋諸仙人了不相見即自端坐繫念思惟便證辟支佛果旣證果已即便念云我先與義父共言誓曰若得善法歸來相教作是念已即往父所到已騰空作諸神變其父見已心甚歡喜合掌發願令我世世常與國王作剃頭人時剃頭人於後值五辟支佛皆發斯願令我世世爲諸國王作剃頭人復於

四生值佛世尊亦發斯願佛告諸苾芻彼剃頭人者今鄔波離是由先世時發斯願故今爲國王作剃頭人

復次諸苾芻復作是疑鄔波離作何福業證阿羅漢持律第一佛言其鄔波離復有因緣汝等善聽我今爲說乃往過昔於賢劫中人壽二萬歲有佛世尊出現於世號曰迦葉波如來應供正徧知明行足善逝世間解無上士調御丈夫天人師佛世尊時佛有一弟子是阿羅漢持律爲最時鄔波離爲彼弟子終身梵行不獲果利臨終之時而發誓願我所持戒福業善根願我當來釋迦牟尼如來出現世時與彼世尊作持律弟子如我鄔波馱耶無異其弟子者即鄔波離是爲先發願故今獲斯果是故苾芻黑業黑業報白業白業報雜業雜業報應捨二業往修白業乃至廣說如前爾時世尊在菩提樹下降伏三十六俱胝魔軍證得無上正徧知覺時魔即往劫比羅城於虛空中告淨飯王及諸宮人群臣百姓曰沙門喬答摩今夜已死時淨飯王聞之心懷懊惱悶絕躃地及諸宮人群臣百姓亦皆如是悲泣懊惱時淨居天觀察下方乃見斯事即下空中告劫比羅城國王人衆曰喬答摩不死今在菩提樹下證得無上正徧知道時淨飯王及宮人國臣忽聞此言踊躍歡喜當此之時甘露飯王誕生一子以諸衆人歡喜日生故因號此兒名曰阿難陀既生此兒置八乳母俱養育之時甘露王召諸相師遍占此兒相師報曰今汝此兒當與釋迦牟尼佛親爲侍者時甘露王既聞此言便作

是念今我此子宜加守護不應令釋迦牟尼佛見後時佛來至於劫比羅城其王即將此子藏避於廣嚴城中待佛去已還將歸來世尊常法於一切衆生心無不見無有不知此事於妄語戒中及十八頭魚中說並同乃至世尊作如是念此阿難陀童子還最後身合於我法中而得出家為親侍者我所說苾芻皆能領受更無遺失我涅槃後成羅漢果為度阿難陀故須入劫比羅城甘露令彼王宫城人不知我來世尊作此念已即作神通并苾芻僧伽圍繞入甘露王宫如法而坐其王聞佛到來宫内即將阿難陀童子藏隱一房中佛知是已即作神力令彼房門自然開闢其阿難陀先至佛所禮世尊足即便把拂在佛背後侍立扇佛其甘露王後來禮世尊足已却坐一面佛即為王說種種妙法已即從坐去其阿難陀童子先業因緣故還隨佛去其王及夫人婇女眷屬挽留阿難陀童子亦不能留得住佛即告王及夫人等此阿難陀童子是最後身汝等亦不能留宜應聽去王即啓佛若當如此世尊且放歸家我當如法發遣佛言如是聽汝時甘露王即使諸内外一切親族及請沙門婆羅門等設食供養乃至貧窮下賤乞人皆施錢財衣服阿難陀童子於其會中别諸親族身著瓔珞乘七寶莊嚴象多將侍衛前後圍繞往尼拘律陀林中至劫比羅城門所乘之象見池中有諸妙蓮華其象即往池邊以鼻捲取蓮華其占相師占見此事白甘露王曰阿難陀童子今出遊學一聞於耳不忘於心時阿難陀到尼拘林從

象而下步詣佛所頂禮恭敬在一面坐佛告十力迦葉汝應與此大歡喜童子如法度之十力迦葉既奉佛命即便度之爲受具戒爾時世尊從劫比羅城往王舍城竹林園中時阿難陀背上生一小瘡佛令侍縛迦治之即依佛教爲阿難陀治是時世尊坐師子座爲諸大衆廣説法要具壽阿難陀亦在此會聽法侍縛迦作是念云我治阿難陀瘡今正是時何以故聽法心至割截不知痛故作是念已便取妙藥傅其瘡上瘡既熟已以刀割之出其膿血復以妙膏傅上因即除差然作此法時阿難陀以聽法故了然不覺佛説法已侍縛迦白世尊曰我於聽法座中治阿難陀瘡割截針決阿難陀以聽法故皆不覺知具壽阿難陀報曰我爲聽佛法故假令割截我身碎如油麻都不覺痛是時能治醫王見斯事已生希有心時諸苾芻咸皆有疑請世尊曰大德尊者歡喜曾作何業遂於背上生癰瘡耶佛告諸苾芻歡喜先業汝今應聽廣説如前乃至説伽他曰

假令經百劫　所作業不亡　因緣會遇時　果報還自受

乃往古昔於一邊國名雞羅吒有王治化當時無佛唯有獨覺出現世間時有獨覺聖者爲乞食故至此城中諸國王宅王見生瞋便以彈丸打其脊背時彼尊者降自貢高知彼非器捨之而去諸苾芻昔時王者即歡喜是由以瞋心以彈打辟支佛故五百生中常於背上受惡瘡報今末後身餘報如是苾芻若作黑白雜業當受其報廣説如前具壽歡喜

有常法若與如來眞身相隨行者其心則常恭敬若與如來化身行者其心則少恭敬時有一長者請如來及諸苾芻於其家中設諸供養爾時世尊至時著衣持鉢與諸苾芻前後圍繞赴長者供飯食訖還來本處苾芻問阿難陀曰汝於今日隨如來赴供爲隨眞佛爲隨化佛阿難陀報曰我於今日與佛世尊相隨往彼非化身也諸苾芻曰以何知之阿難陀曰我若與眞佛行者心自恭敬内懷慚愧若與化佛行者則不如此諸苾芻遞相報曰此阿難陀甚爲希有能知眞身化身差别諸相貴賤等類於是遠近咸知阿難陀善别諸相爾時世尊從王舍城往室羅筏城至逝多林中住具壽阿難陀著衣持鉢入室羅筏城乞食時有一婆羅門於中路逢阿難陀作是念云我先聞此沙門喬答摩弟子善能占相今應試之爲解不解便問阿難陀曰今此路傍勝葉波林凡有幾葉阿難陀報曰有如許百如許千如許萬如許拘胝報已便去時彼婆羅門即於林中取一把葉數知之有七百七十七葉棄之林外默然而住時阿難陀乞食已復還歸來由於舊路彼婆羅門問曰聖者今此林中凡有幾葉報曰前者有如許百千萬拘胝今者欠七百七十七葉時婆羅門聞此報已歎甚希有善解算數時諸苾芻聞已生疑白佛言世尊此具壽阿難陀先種何業善能占相筭數佛告諸苾芻昔種福業廣説如前乃至説伽他曰

假令經百劫　所作業不亡

因緣會遇時　果報還自受

佛告諸苾芻往昔世時婆羅痆斯城中有婆羅門取得一妻生得一子生至二十一日會諸親族設諸飲食因為此兒立名號曰大白年漸長大遊行人間學六萬頌算數之法善得明了復告他人算數之法由此因故五百生世明了亦教他人今最後身得此通達時具壽阿難陀復於一時往波斯匿王宮中勝軍見來歡喜頂禮在一面坐白尊者曰我從生已來自然業感常有一銀娑羅香秔米飯二頭熟雉一枚甘蔗每以食時從空而下入銀盤中唯一頭雉常落地上不落盤中時具壽歡喜既聞斯言甚生希有還至僧坊以告諸人時諸苾芻咸以此緣往白世尊佛告諸苾芻往昔此婆羅痆斯城有一長者多諸珍寶及多田莊於其莊上送新秔米及送死雉并甘蔗等世間常法若佛不出於世當有辟支佛現教化時有一辟支佛巡門乞食至長者家入其門內長者見彼威儀端正言辭柔輭心生歡喜便將新秔米飯及炙雉二頭并甘蔗一枚以施獨覺時彼獨覺以鉢受之甘蔗與飯及以一雉得入鉢中一雉落地由此業因受斯果報時彼長者今勝軍王是於無量百千生於天上受諸快樂受天報已復生人間作王感斯勝事是故汝等若欲供養僧食應勤施與勿令落地時勝軍王聞佛世尊記說往昔之事心生歡喜於佛法僧起大信心獨坐一處作是思念由我前生供養辟支佛故獲如是報我應廣設佛法僧等必於來世受大利益作是念已占事人奏曰明日阿難陀應合得纏頭賞位及灌頂位王聞此言

默然不語具壽阿難陀於其夜中額上忽然生一惡瘡經一宿已王遂聞之即便生念供養有德之人獲福無量我親供事作此念已即勑天下所有名醫咸集朝所阿難陀有病卿等往治諸醫奉詔適阿難陀所便自選擇得一好手遂即下針刺去惡血王自執持千輻輪傘蓋阿難陀上刺血了已更傅好藥王自以帛纒阿難陀首當日瘡差王遂禮拜辭阿難陀去衆僧見此事已咸生疑惑便白佛言大德世尊阿難陀過去作何福業今感國王親自承事佛言此阿難陀昔種福事廣說如前佛告諸苾芻往昔婆羅痆斯城有一醫師時有辟支佛病往醫師所彼醫即便盡心恭敬白言尊者所須衣食一切醫藥我總供奉之必至病差如言奉事乃至病除佛言諸苾芻爾時醫師者今阿難陀是由昔供養病辟支佛故無量世中生天受福五百生中常於人間受勝果報一切國王及婆羅門諸宰貴等親自供養今最後身感勝軍王親執傘蓋萬乘之主屈駕承事如前廣說

爾時世尊從室羅伐城往婆羅城漸漸遊行至於城外到一村住其村名曰婆羅門村大聲聞衆圍繞世尊不遠而住所謂上坐阿若憍陳那具壽馬勝具壽賢子長氣苾芻大名苾芻耶舍苾芻圓滿苾芻無垢苾芻牛王苾芻妙臂苾芻具壽舍利子具壽大目揵連具壽大迦葉波具壽俱絺羅具壽劫賓那阿尼樓陀難地迦金毘羅住婆羅村住妙枕苾芻及阿難陀等無量苾芻大聲聞衆於日午後來詣佛所頂禮佛足次第而坐爾時世尊告

諸苾芻吾今年邁氣勢漸微爲諸四衆說法無力

佛告婆羅痆斯城婆羅門村中間是時舍利子大目揵連勸請阿難陀與佛作侍者阿難陀一依尊者教佛即讚歎阿難陀是時苾芻衆咸皆生疑即白佛言阿難陀修何善業今爲佛作叔伯堂弟復作侍者聰明智慧聽聞佛語更無忘失佛告苾芻汝等當知阿難陀自作是業廣說如前

佛告諸苾芻往昔過去世時婆羅痆斯城有王名曰日曜於其國中作王制禮令其人人豐樂安寧無諸衰難國王於後妃生一子三七日中喚諸臣佐朝集設會爲子立名臣佐白王王名日曜子合立名號大日曜其子漸長册爲太子於後王妃更生一子群佐立名號爲日智其王太子每常思念心樂出家每見父王或行非法或依國法太子見是事已遂即念言我今於後受王國位行如是法即墮地獄無有出時作是念已往詣王所跪拜禮畢白父王言我今願欲出家願王垂慈放我令去時彼父王告其子曰有諸仙人外道事火事天苦行持戒作如此業唯求來世生國王家身爲王子受諸快樂汝今此身見受果報如何捨樂願行苦事爾時太子復白王言聽我出家王知其意不求世樂遂許出家時彼太子得王放已即入山中仙人住處出家修道父王即册其弟日智紹太子位時日曜太子既至山中繫念思惟證獨覺果於後時中身染疾患周旋消散還至婆羅痆斯城諸人見已而白王言日曜太子入山修道證

獨覺果今來城内王旣聞已即迎日曜禮其足已白言大仙汝須衣食我求福德今請大仙住我園林隨時安置所須之物我當供給時彼獨覺默然受請王見受請即勑日智太子侍養獨覺供給所須時獨覺仙即於定中觀見日智太子却後七日當捨其命告太子曰弟今何故不求出家弟言我願出家獨覺告曰白父王知日智太子往父王所白言我願出家願王聽許王聞此言遂生忿怒告太子曰汝兄日曜今已出家我終没後須有繼嗣今不放汝時彼獨覺聞王不放其弟即詣王所說伽他曰

日曜放日智　今隨我出家　出家最勝事
諸佛所讚歎

父王白言大仙當知汝已出家我之國法須有紹繼唯有日智令知國位在家修福其事足得何用出家時彼獨覺復說伽他曰

王先別思　此事復別　却後七日　日智命終

王問獨覺日智太子却後七日必不活耶答言如是王言若如是者放令出家太子出家已發善心供養獨覺彼獨覺患風手執飯鉢掉動不安其太子見遂將金釧以承其鉢鉢遂不動太子觀已歡喜發如是願我今聽法亦復如是法入我心更不傾動往時獨覺未得果證爲弟日智常說圓滿微妙勝法今得證果更不說法日智見已白獨覺言汝來出家恒常說何因獲果遂即默然獨覺報言我實不說法日智問曰誰合說法獨覺報云汝知應正等覺出世之時當說種種圓滿妙法太子聞此發如是願願以此善根未來之世

與佛作弟又得出家親承供養聞法領記獲大總持爾時辟支迦謂其弟曰却後七日汝當報終常守此心莫令忘失七日既滿未得果證垂將告謝重發誓言如前所願爾時佛告諸苾芻曰時辟支弟今阿難陀是緣過去世供養辟支迦當發願言未來世中與佛作弟親承供養多聞總持所以今時爲我昆季聰明第一若水注缾時諸苾芻咸皆有疑即白佛言其阿難陀過去行何善業今蒙世尊於大衆中歎美稱揚聰明莫比總持強記領受無遺佛告諸苾芻阿難陀往昔自修善業廣說如前

佛告諸苾芻往昔之時於賢劫中於時有情壽二萬歲有佛世尊號迦葉波出現於世在婆羅痆斯城仙人墮處施鹿林中佛有一弟子多聞不忘聰明第一彼有弟子從出家來常修梵行乃至命終不獲聖果臨終之時一心發願所作善根願當來之世與釋迦如來爲親侍弟子如今無異於弟子之中聰明第一願釋迦如來與我授記如彼無異汝諸苾芻彼弟子者今阿難陀是以先世善心發願力故今於我弟子中聰明第一諸苾芻若作黑白雜染業者各獲其報汝等應捨雜染黑業常修白業

佛在王舍城竹林迦蘭鐸迦園中有五百苾芻圍繞世尊皆是阿羅漢唯提婆達多未得聖果爾時國土飢荒人民無食乞求難得衆中有神通苾芻即騰虛空或下贍部林中取香美贍部之果滿鉢充足還至本處供養四衆自亦飽足或往蜜羅林下迦比陀林或下

甘露園或下阿犁勒林取香美之果滿鉢充足還至本處供養四衆自亦充足或有苾芻神通自在即騰虚空往北俱盧洲取自然粳米香美之者滿鉢充足還至本處供養四衆自亦飽足或有苾芻神通自在虚空遊行往至餘國乞種種美妙飲食乃至滿鉢廣説如前或有苾芻以神通力往四天王所或往三十三天中取天厨精妙飲食滿鉢充足乃至廣説如前爾時提婆達多見諸苾芻有如此神通取諸果食作如是念此國土飢荒人民無食等廣説如前乃至三十三天取天厨飲食四衆充足自亦飽足我若有神通即騰虚空下贍部林中取香美贍部果滿鉢充足我亦供養四衆自亦飽足廣説如前乃至三十三天取天厨飲食四衆充足自亦飽足誰與我力得見聖道依彼教力我得神通作是念已從坐而起往詣佛所頂禮佛足而立一面提婆達多白世尊曰唯願慈悲教我聖道令得神通爾時世尊知提婆達多起罪逆心已告提婆達多汝應受增戒中勤心修習即得神通乃至增心增智應受心中當勤修習即得神通及得餘法時提婆達多聞此語已作如是念世尊不肯教我神通法道作是念已從坐而起往詣具壽阿若憍陳如所到已問阿若憍陳如曰上座惟願慈悲教我聖道令得神通爾時阿若憍陳如觀佛知提婆達多起罪逆心觀已告提婆達多曰汝應增色心中勤習即得神通及得餘法提婆達多聞此語已作如是念此上座亦不肯教我神通道法即往詣馬勝賢子禪氣大名圓滿無垢牛

王眼妙臂乃至五百上座邊去到已問曰上座慈悲教我聖道令得神通爾時妙臂等五百苾芻咸觀佛意知提婆達多起罪逆心觀已告提婆達多曰汝應增色心中勤習即得神通乃得餘法乃至受想行識汝應增意心中勤習即得神通及諸餘法時提婆達多聞此語已作如是念此五百上座等亦不肯教我聖道神通欲似此五百上座先共世尊平章不許教我聖道何以故令見佛等五百上座不肯教聖道神通復念如是何有能教我聖道神通當時十力迦葉波在王舍城先尼迦窟中我詣彼處彼上座直心無諂及我堂弟阿難陀親教彼十力上座能教我聖道神通提婆達多念已即往詣十力迦葉所頂禮雙足於一邊立作如是語上座十力迦葉慈悲教我聖道神通爾時十力迦葉不觀佛意及五百上座聖衆意亦不知提婆達多發生如是逆心以不觀故即教提婆達多聖道神通是時提婆達多於初夜修習善葉而住依止初禪得獲神通即以神力一身變作多身多身合爲一身或現或隱以智見力故能如是現復於山石墻壁通過無礙如於虛空於大地出沒猶如水中在於虛空中結跏趺坐猶如在地或騰虛空猶如飛鳥或在地手捫日月提婆達多得神通已作如是念我得如是神通作諸變相神通亦得詣贍部林中取香美果滿鉢充足供養四衆自亦飽足廣說如前乃至三十三天取天厨食亦供養四衆自亦充足復更思念此摩揭陀國中誰人最勝我當歸伏因彼人故令一切人皆恭敬我

復更思念此國太子阿闍世父王亡後太子爲王我應降伏我若降得阿闍世太子令一切人皆恭敬我作此念已往詣阿闍世所即現神相化爲白象即入大門從小門出或入小門從大門出已自現其身更入大門變爲駿馬從小門出已自現其身欲入小門即爲牛王從大門出已即眞身現如法持鉢詣阿闍世所即變其身猶如小兒身衣金瓔坐太子膝上作起作坐流轉徘徊太子知是提婆達多神通之相或抃或抱或拍或嗚便唾口中提婆達多以供養利益貪心故即咽其唾時阿闍世起顛倒心作如是念此提婆達多勝佛神通時提婆達多自現眞身是時太子心生恭敬便即頂禮及諸供養將五百寶車送提婆達多出時阿闍世還至本處每日兩

三叅提婆達多及承事供養時太子遣立五百大鐺作諸飲食送至提婆達多以爲供養時提婆達多收取自食及五百苾芻圍繞共食時苾芻於王舍城晨朝乞食聞如是語此提婆達多得太子種種利供養日日二時恒日不絶及五百車輅寶車承事供養及五百鐺作諸飲食而爲供養及將自食五百苾芻圍繞而食諸苾芻聞此事已次第乞食還至本處依法食訖收衣鉢洗足已往佛所頂禮佛足次第而坐而白佛言大德我等晨朝入王舍城乞食聞提婆達多從阿闍世太子所多得利養廣說如上乃至五百苾芻圍繞坐共食佛告諸苾芻時提婆達多受此利益供養猶此自害及以兼害何以故諸苾芻譬如芭蕉出果便即枯死猶此自害提婆達多受

此利養亦復如是譬如竹葦若出花果便即枯死如騾懷姙有子便死諸苾芻提婆達多受此利益亦復如是諸苾芻提婆達多若受利養得彼無智提婆達多日夜長受惡名苦惱無利得如是報汝等苾芻應如是知

爾時提婆達多廣得利養遂起貪心更不希求起顛倒心別生意念世尊今既年老力弱今爲四衆說法勞苦世尊不如與我四衆我自教示而爲說法世尊當可宴寂而坐修習善法常住安樂是時提婆達多起此念已即失神通自不覺知我失神通爾時迦俱羅苾芻習四無畏除貪念心死生梵天即見提婆達多遂失神通是提婆達多亦不自知爾時大目揵連在揭伽國膠魚山恐怖鹿林中彼迦俱羅梵天子從彼天沒如屈伸臂頃往目連處頂禮雙足却住一面作如是語大德目連今可知提婆達多爲利養故遂起貪心更復希求起顛倒心別生憶念世尊今既年老力弱今爲四衆說法疲倦勞苦世尊不如與我四衆我自教示亦爲說法世尊當可宴寂而坐證習善法常住安樂是時提婆達多起此念心即失神通自不覺知我失神通大德目連起慈悲心往詣佛所說提婆達多如上緣起乃至失其神通自不覺知爾時大目揵連從梵天子默然受語爾時迦俱羅天子知目連受已心生歡喜頂禮目連雙足忽然不現爾時大目揵連見梵天去便即入如是定從膠魚山沒即於王舍城迦蘭鐸迦竹林園中踊現詣世尊所頂禮雙足却住一面爾時大目揵連所受迦俱羅天子言語皆悉諮白

是時世尊告目連曰汝先知提婆達多如上事耶爲復報汝始知時目揵連白言世尊我先舊知爾時世尊共目揵連說是語時提婆達多共四苾芻一名孤迦里迦二名褰茶達驃三名羯吒謨洛迦底洒四名三没達羅達多共此四人同詣佛所世尊遥見提婆達多等來告目連曰且止莫語彼無智提婆達多等來此無智人今對我前如上之事定當自說亦自讚歎爾時大目揵連禮佛雙足入如是定從竹林没往膠魚山至本處已如法而坐

爾時提婆達多詣世尊所頂禮雙足却住一面而白佛言世尊今既年老力弱爲四衆說法勞苦世尊不如與我徒衆我自教示而爲說法世尊當可宴寂而坐修習善法常住安樂世尊報曰如我舍利弗大目揵連弟子中尊聰明智慧梵行神通證羅漢果我今尚自不以苾芻僧伽而見付囑豈可況汝無智癡人食唾者乎是時提婆達多聞此語已作如是念世尊今者讚歎舍利子目揵連等憎嫌於我罵云無智食唾者乎於時提婆達多於世尊處遂起七種逆心

根本說一切有部毗柰耶破僧事卷第十三

音釋

甥（所庚切姊妹之子也）嬉（虛宜切遊也）悴（秦醉切憔悴也）躃（房益切倒也）闢（房益切開也）膏（古勞切）癰（於容切癰也）遞（大計切更互也）秔（古行切不黏稻也）雉（池爾切野雞也）炙（之石切燔也）額（五革切顙也）窟（苦骨切）駿（子峻切良馬也）抃（皮變切拊手也）鐺（楚耕切釜屬有耳足者）

根本說一切有部毗柰耶破僧事卷第十四

唐三藏法師義淨奉　制譯

爾時提婆達多遂出嚬聲點頭三迴便起而去是時阿難陀在佛左右摇扇而立爾時世尊告阿難陀曰汝今可於此竹林園内唤諸苾芻集此食堂是時阿難陀奉命巡唤總集食堂是時阿難陀往詣佛所頂禮雙足而白佛言衆今已集爾時世尊即往食堂敷座而坐告諸苾芻此世間中有五種教師何者爲五第一有教師自不具戒稱已具戒彼有弟子久共一處即知我師不能具戒共相謂曰我若告向餘人外旣聞已我之教師即被輕賤我等於後云何見師共住承事教師自知好惡我等應可覆護勿向人說何以故我此教師時時供我衣服飲食湯藥卧具是時弟子貪此供給覆護教師不向人說令知破戒時彼教師應須弟子覆護於我如上所說此世間中第一教師復次第二教師世間有一教師用不淨之物以將充命自將清淨之活亦非罪失彼有弟子久居一處後乃得知我之教師用不淨物以將充活自將清淨亦當有罪我弟子等若說教師此事外將輕賤此等之緣我諸弟子若爲可活此教師作諸種不淨罪可自知然不關我諸弟子事又此教師常念我等時時供給衣服飲食湯藥卧具時諸弟子貪著供給覆護教師常思念此弟子便覆於我此是世間中第二教師復次第三教師者又世間中有如是教師智見不淨教師自將智淨無過彼有弟子久居一處乃見教師智見不淨教師自將智淨無過我等

令向外人說陳教師外將輕賤無禮我等得如是教師若爲堪活此教師作智見不淨罪可自知然不關我諸弟子事又此教師常念我等時時供給飲食衣服湯藥卧具時諸弟子貪著供給覆護教師教師常思念此弟子可令覆護於我此世間中第三教師復次第四教師者又世間中有如是教師妄與人授種種記自將不妄我與授記皆悉眞實彼有弟子乆居一處見師妄與諸人種種授記自將不妄我與授記皆悉眞實弟子等云我向外人陳說教師必將輕賤無禮我等得如是教師若爲同活此教師妄與授記之罪師可自知然不關我弟子之事此教師念我等悉令覆護此教師時時常念我等弟子供給衣服飲食湯藥卧具時弟子等貪著供給覆護教師教師自念我妄與授記弟子可令覆護於我常憶此念此世間中第四教師復次第五教師者又世間中有如是教師常虛妄說法自將是實彼有弟子乆居一處見師常虛妄說自將爲實我等弟子向外人說必將輕賤不禮我等得如是教師若爲同活此教師妄與說法之罪師自得知然不關我弟子之事教師常念我等弟子供給衣服飲食湯藥卧具其弟子等貪著供給覆護教師教師亦常念我雖虛妄說法弟子可令覆護於我此世間中第五教師

佛告諸苾芻我受持戒清淨我自將實戒清淨自知亦無穢故亦教諸弟子清淨戒奉行故不用弟子爲戒常覆護我無憂此怖我用清淨之物以將充活我將是實之物故不用

諸弟子常覆護我無憂此怖我諸苾芻智見實相亦將是實我無憂此怖不應令弟子爲智見故覆護我佛告諸苾芻我所授記一將是實我念實故無憂此怖不應令諸弟子爲授記故令覆護我佛告諸苾芻我法説妙實亦將是妙實故無憂此怖不應令弟子爲法故令覆護我佛告諸苾芻當知世間五種妄教師自有過失故令弟子覆護我不應如是不應憂怖亦不應於汝弟子等勢力可住常責汝等苾芻若有苾芻受我嗔責可令近我法若不能受我嗔責者自令退散彼如瓦師未燋之器以將入水好者自現真牢惡者自然破裂瓦師不起惜心亦不怖畏善惡自現應以可住我亦如是受學我法常嗔責汝好者可自習眞惡者任自退散我所説法清淨

故不應怖畏汝等當知説此語已即從坐起入自微訶羅中爾時天授苾芻四苾芻一名孤迦里迦二名褰茶達驃三名羯吒謨洛迦底洒四名三沒達羅達多汝等可來與我同伴彼喬答摩沙門現今在世我等五人意破大衆及破法輪我等滅後名稱後世我得如是名出具壽提婆達多等昔沙門喬答摩在世多有神通威力提婆達多等五人破得僧衆法輪我名傳流四方彼孤迦里迦報提婆達多曰我等不能破於佛世尊弟子衆和合住及法輪亦不能破何以故天授又世尊聲聞弟子多有神通威力及有天眼遠知我心若我等評章事他悉具知爲此者故我等不能破其和合僧天授報孤迦里迦等言我有一好方便我等往諸老宿苾芻邊啓請供養

汝等所須一切之物我等供給不令闕少更往於年少苾芻邊供給無鉢者施鉢無衣服者與衣服所須者我即具給及求法者賜法及求教者我教之令悉成就孤迦里迦等報天授曰此之方便亦得成事爾時提婆達多爲破和合僧衆故即往詣諸老宿苾芻說陳事意老宿等苾芻即知提婆達多欲破和合僧伽作是方便老宿等知已遞相告曰提婆達多欲作方便故破僧伽事見此因故諸苾芻往詣佛所說提婆達多欲破和合僧及以法輪以此因緣具白世尊天授有意欲破僧輪爾時世尊告諸苾芻等曰汝等宜應別諫天授若更有作如是流類應可諫曰天授汝莫破和合僧伽作鬪諍事執受而住天授應與和合僧伽歡喜無諍同心一說如水乳合大師教法令得光顯安樂而住天授汝等今應捨作破僧伽事時諸苾芻奉佛教已尋即別諫提婆達多告言天授汝莫破和合僧伽作鬪諍事非法而住天授應與和合僧伽歡喜無諍同心一說如水乳合大師教法令得光顯安樂而住天授汝今應捨作破僧伽事時諸苾芻別諫之時提婆達多堅執其事無心棄捨云此事真實餘皆虛妄時諸苾芻具以此緣而白世尊大德我已別諫提婆達多我等爲作別諫之時提婆達多堅執不捨而此事真實餘皆虛妄爾時佛告諸苾芻汝等應與提婆達多作白四羯磨對衆諫之若更有餘如是流類應如是諫當敷坐具次鳴揵椎應先白言復總集僧伽集已令一苾芻作白羯磨應如是作大德僧伽聽此提婆達多

欲破和合僧伽作鬪諍事非法而住時諸苾芻已作別諫別諫之時堅執其事不肯棄捨云此真實餘皆虛妄若僧伽時至聽者僧伽應許僧伽今與提婆達多作白四羯磨曉諫其事汝提婆達多莫欲破和合僧伽作鬪諍事執受而住提婆達多應與和合僧伽歡喜無諍同心一說如水乳合大師教法令得光顯安樂而住汝提婆達多應捨破僧伽事白如是次作羯磨大德僧伽聽此提婆達多欲破和合僧伽作鬪諍事執受而住諸苾芻作別諫別諫之時堅執其事不肯棄捨云此事真實餘皆虛妄僧伽今與提婆達多作白四羯磨曉諫其事汝提婆達多莫欲破和合僧伽作鬪諍事執受而住提婆達多應與和合僧伽歡喜無諍同心一說如水乳合大師教法令得光顯安樂而住汝提婆達多應捨破僧伽事若諸具壽忍許與提婆達多作白四羯磨曉諫其事汝提婆達多莫欲破和合僧伽作鬪諍事執受而住汝提婆達多應與和合僧伽歡喜無諍同心一說如水乳合大師教法令得光顯安樂而住汝提婆達多應捨如是破僧伽事者默然若不許者說此是初羯磨第二第三亦如是說僧伽今已作白四羯磨諫提婆達多竟僧伽已聽許由其默然故我今如是持時諸苾芻既奉佛教已即以白四羯磨諫彼提婆達多時提婆達多堅執不捨云此真實餘皆虛妄時提婆達多有助伴四人共相隨順說破僧伽事告諸苾芻曰大德莫共彼苾芻所有言說若善若惡何以故然彼苾芻是法語者是律語者依於法律

方爲言説知而説非不知説彼愛樂者我亦愛樂時諸苾芻以此因縁具白世尊廣説如上乃至我亦愛樂世尊告曰汝等苾芻當與助伴四人作别諫法若更有餘如是流類亦應呵諫應如是作汝孤迦里迦褰荼達驃鵽吒謨洛迦底洒三没達羅達多知彼苾芻欲破和合僧伽作鬬諍事執受而住汝等共爲助伴莫相隨順説破僧伽事莫向諸苾芻作如是語諸大德莫共彼苾芻所有言説若好若惡何以故而彼苾芻是法語者是律語者依於法律方爲言説若好若惡何以故而彼苾芻是法語者是律語者依於法律方爲言説知而説非不知説彼愛樂者我亦愛樂何以故具壽而彼苾芻非法律語不依法律而作言説不知而説非是知説堅執而住汝莫

愛樂破和合僧伽當樂和合僧伽應與僧伽和合歡喜無諍同心一説如水乳合大師教法令得光顯安樂而住具壽汝今可捨隨順破僧伽不和合事時諸苾芻奉教而住即以别諫彼四人作如是説汝孤迦里迦等四人知彼苾芻欲破和合僧伽作鬬諍事堅執而住莫共爲伴順邪違正諸具壽汝等勿於諸苾芻作如是語諸大德莫共彼苾芻論好論惡何以故而彼苾芻是法律語依於法律而作言説知而説非不知説彼愛樂者我亦愛樂何以故具壽然彼苾芻非法律語不依律而作言説不知而説非是知説具壽汝莫愛樂破僧伽事當樂和合僧伽應共和合僧伽歡喜無諍同心一説如水乳合大師教法令得光顯安樂而住具壽汝今應捨隨順破僧

伽不和合事時諸苾芻別諫之時助伴人不肯受語堅執不捨云此眞實餘皆虚妄時諸苾芻以此因緣具白世尊大德我已別諫孤迦里迦等我等爲作別諫之時孤迦里迦等堅執其事無心棄捨而云此事眞實餘皆虚妄佛告諸苾芻汝等應與孤迦里迦等作白四羯磨對衆諫之若更有餘如是流類同前集衆作白羯磨應如是作

大德僧伽聽此孤迦里迦褰荼達驃羯吒謨洛迦底洒三没達羅達多知彼苾芻欲破和合僧伽作鬪諍事執受而住隨順於彼不和合事諸苾芻作如是諫時汝等莫向諸苾芻作如是語諸大德莫共彼苾芻所有言説若好若惡何以故而彼苾芻是法語者是律語者依於法律而作言説知而説非不知説彼愛樂者我亦愛樂時諸苾芻爲作別諫別諫之時彼於其事堅執而住作如是語此事眞實餘皆虚妄若僧伽時至僧伽應許僧伽今以白四羯磨諫孤迦里迦等四人汝孤迦里迦等知彼苾芻欲破和合僧作鬪諍事執受而住隨順於彼不和合事諸苾芻作如是諫時汝等莫向諸苾芻等作如是語大德彼苾芻所有説若好若惡何以故而彼苾芻是法語者是律語者依於法律而作言説知而説非不知而説彼愛樂者我亦愛樂何以故彼苾芻非法語者非律語者而彼苾芻於非法律執受而住不知而説非是知説諸具壽莫樂破僧伽事當樂和合僧伽應共僧伽和合歡喜無諍同心一説如水乳合大師教法令得光顯安樂而住諸具壽汝今應捨隨伴破

僧伽不和合事白如是次作羯磨准白應爲諸苾芻既奉教已白言如是言我等當諫即以白四羯磨諫彼孤迦里迦等時彼四人堅執不捨云此眞實餘皆虛妄時諸苾芻以緣白佛大德我等以白四羯磨諫彼孤迦等時堅執其事無心棄捨云此眞實餘皆虛妄佛告諸苾芻提婆達多共伴四人順邪違正從今已去破我弟子和合僧伽并破法輪有大勢力

時提婆達多聞是語已便作是説沙門喬答摩與我授記告諸苾芻曰提婆達多共伴四人順邪違正從今已去破我弟子和合僧伽并破法輪有大勢力即告孤迦里迦等當知沙門喬答摩與我授記提婆達多共伴四人順邪違正從今已去破我弟子和合僧伽并破法輪有大勢力時提婆達多於破僧事更增勇猛諸苾芻聞具白世尊爾時世尊以此因緣集苾芻僧伽廣説如前乃至世尊問提婆達多苾芻曰汝實欲破和合僧伽作鬪諍事堅執而住提婆達多白言大德實爾爾時世尊告提婆達多曰汝非沙門非隨順不清淨不應爲非出家人之所作事若苾芻興方便欲破僧伽皆得惡作罪若別諫時事不捨者皆得麤罪若作白四羯磨如法如律如佛所教諫誨之時捨者善若不捨者白了之時得麤罪作初畨了時亦得麤罪若第三畨羯磨結了之時而不捨者得僧伽伐尸沙

爾時世尊即於本座爲諸聲聞弟子欲制破僧隨伴學處告諸苾芻曰汝諸苾芻且未須起僧伽有少事業世尊知而故問廣説如前

世尊即便問孤迦里迦等四人曰汝等實知提婆達多欲破和合僧伽作破僧伽方便勸作諍事堅執而住汝共為伴順邪違正告諸苾芻曰大德共彼苾芻有所論說若好若惡等乃至非出家人之所應作廣說如前爾時具壽十力迦葉波教提婆達多神通道法當時苾芻告十力迦葉波曰何故上座教惡人提婆達多神通道法十力迦葉答曰具壽我當不知此惡行人我若知此人惡行不教神字何論教通道法爾時眾多苾芻告提婆達多曰汝得利益供養悉是上座十力迦葉之德汝得如是應往供養十力迦葉其大眾作此語方便以提婆達多往十力迦葉令教提婆達多捨此惡心得令行善為說此事故時提婆達多告諸苾芻彼十力迦葉與我何力我自日夜常求精進苦行得第一禪定力是我自求不關十力迦葉事時提婆達多作無恩之語所有神通皆悉退散時諸苾芻知提婆達多無恩故神通退散爾時諸苾芻有疑詣世尊所頂禮佛足白世尊曰提婆達多於十力迦葉無恩故所有神通皆悉退散佛告諸苾芻其提婆達多非是今時無恩為此失却神通亦是往昔無恩之語失却所學之法皆悉退散汝等諦聽佛告諸苾芻此婆羅痆斯城昔有國王名曰梵授時彼城中有一旃荼羅善明健陀羅呪禁之法承彼呪力飛騰虛空詣香山中採得非時奇妙花果持還城内奉獻國王王見恭敬心生歡喜即以聚落賞旃荼羅爾時南天竺有一摩納婆為學呪故往婆羅痆斯問諸人衆誰善呪法諸人見

問報摩納婆今此國內有旃荼羅善能治呪
摩納聞已便詣旃荼羅處合掌白言我今來
此奉侍親教旃荼羅問曰為求何事而云供
養答曰為學呪故旃荼羅即說頌曰
明呪不惠人　以呪換方與　或時得承事
或復獲珍財　若不如是者　縱死不傳授
時摩納婆報親教曰我無珍物唯空承事供
養幾時可得此呪旃荼羅曰十二年中承事
供養我者由知得不摩納婆為學呪故一心
承事供養漸至一年爾時旃荼羅為親會故
身飲酒醉夜至家中弟子摩納婆見即作是
念今親教身醉我於今夜可重加親近侍衛
即與敷設牀席臥著親教得令安穩爾時親
教牀上轉動當即牀桄忽折聞牀桄折聲摩
納婆自起作如是念親教牀桄摧折臥不安
穩我於牀下脊替牀桄不令墮地作此念已
即於牀下替桄而著不令墮地醉人常法可
有身力盛者二更醒悟其親教飲酒多至於
初夜不醒嘔徧於摩納身上摩納婆自見身
上徧吐狼藉即作是念我若為徧出言親教
聞已不能得睡作此念已桄下不言默然而
住即至半夜親教醒覺見摩納婆於牀下身
上嘔徧極以狼藉親教即問牀下是誰弟子
答曰我摩納婆親教問曰云何在於牀下弟
子即如上總說親教聞此語已生大歡喜喚
摩納婆子我於汝處甚大歡喜起離於牀下
洗浴清淨來賜汝法時摩納婆即洗衣裳平
旦來至親教見已即賜呪法時弟子依法學
得呪已其弟子為急心故即作是念我得此
呪宜於城中作其呪法自試神通念已即騰

虚空往香山取非時花果來至婆羅痆斯獻奉國内大臣大臣得已即却獻國王國王問大臣曰卿何處得此非時好花大臣報曰南天竺國摩納婆將來與臣臣即奉獻大王彼摩納婆極明呪法族姓亦大唯願大王留此呪師摩納婆用此旃荼羅作幻此旃荼羅是不淨行願即趂却所有聚落迴與摩納婆既作語已爾時國王依臣所請趂却旃荼羅安置摩納婆亦迴聚落訖其旃荼羅報國王曰此摩納婆是我弟子呪法可過勝我時國王問摩納婆汝今呪法可是旃荼羅教不時摩納婆答大王曰我自苦行一年日夜不絶求得此法旃荼羅可虚與我時摩納婆無恩於親教故當即失其呪驗後所作法皆悉不成佛告諸苾芻彼摩納婆學得神呪爲無恩故呪力退散今提婆達多身是也爲無恩故神通退散諸苾芻當知所學法親教不合無恩自今已後無恩者獲越法罪

爾時世尊從王舍城詣伽耶山時提婆達多共五百苾芻於人間行阿闍世王愛樂提婆達多即與五百車粟奉上提婆達多令作路糧至於中路逢諸苾芻苾芻問將車人曰此是誰車車人報曰此是阿闍世王奉與提婆達多苾芻聞此語已即至佛所而説其言時阿闍世王無智將五百車粟與提婆達多以爲供養不與世尊世尊告諸苾芻其阿闍世王非是今世無智亦供養無智人往昔先世亦乃如是汝等諦聽乃往古昔東天竺有一村去村不遠有一林其林種種花果茂盛流泉浴池有五百仙住彼林中常食自落之果

及取樹根以為飲食亦取樹皮以為衣服爾時有一阿摩果樹枝果垂地極將豐熟彼五百仙人至於樹邊隨樹乞果其樹神心貪悋果故不令落地是時仙衆見果不落復留一仙令看所住之處餘者往於餘樹更重求果仙衆去後有五百賊來至林中到彼樹邊見果豐盛遞相議曰我等作何方便食此樹果尊者告曰汝等取斧截割此樹令果落地汝等可以食是樹神聞尊者此語心生悲怖悋惜其樹時樹神摇動其身果悉落地其時賊衆俱共食果食果既已時仙即至見樹摧果悉落盡仙衆即問彼守林仙人令此樹果是誰食盡彼守仙人即以上事具答諸仙

爾時諸仙人即責樹神是汝無智憎善愛惡不與善人果與惡人果佛告諸苾芻昔無智樹神者今阿闍世王是賊中尊者今提婆達多是此阿闍世王先時無智施惡人果不供養好人今無智與提婆達多物不供養清淨苾芻爾時世尊從摩揭陀往至王舍城羯蘭鐸迦竹林園中與大苾芻同住前後圍繞爾時提婆達多在王舍城於人間常行非法不善是時城內衆人皆往白佛是時提婆達多作諸惡不善世尊即聞此語告阿難陀曰汝將一苾芻隨行入王舍城街衢曲曲人閒若見婆羅門及長者居士說如是語提婆達多及同伴若作非法罪惡人不須謗佛法僧何以故此人非行佛法行人若有人說提婆達多有神通威德汝報彼提婆達多先有神通今悉退失無一神驗爾時阿難陀受佛教已即入王舍城說如上語若後提婆達多更作

不善惡業勿更來佛邊恥說其過爾時世尊爲慈悲故現其身患時醫王活命爲佛合煎酥藥藥名那羅若藥佛問醫王此藥不可思議醫王答世尊曰實不可思議佛復告醫王極不可思議答曰實極不可思議世尊復問醫王汝可知不答曰我知世尊佛復告醫王汝實知不答曰我實不知佛復告醫王何者是不可思議答曰牛食水草能出甘露此酥合煎成此妙那羅若藥佛復問醫王何者極不可思議答曰佛出於世能說妙法能令僧衆依教而行此是極不可思議佛復問醫王何者汝可知耶答曰一切皆歸死除佛之外無有得脫者佛復問醫王何者汝實不知答曰我知人滅不知去處爾時諸苾芻聞此語已心生疑惑遍相問曰此侍縛迦善解佛意

爾時諸苾芻即問世尊看此侍縛迦善知佛意佛即告諸苾芻此侍縛迦非是今世善知佛意亦前世之中善知佛意汝等諦聽佛告諸苾芻往昔一村落中有一長者名曰善有其家極富後娶一妻經至十月乃生一女至二十一日集諸眷屬乞立名字其眷屬等即與此孩女名曰善行乃至復生一子集諸眷屬乞立名字其眷屬等與名曰善德其長者作如是念我今有子將諸財寶可往興生更作思念我若興生於後多留財物恐畏我妻用我財却作此念已便少留財自餘貴寶於金餅中而滿盛之復以眞珠珓珞餅項蓋其餅口將至寒林馬耳樹下掘坑埋之別取資財往興易至他國所倍加得利便更娶妻乃至又誕多子其前妻子漸爲長大而問母言

我父何在母曰承聞汝父今在某城多饒財貨甚得安寧汝可往父若見汝應相濟及子聞此語便詣父處入於市內父子相見父見子面即便識之喚言汝從何來欲何所至其子具陳上事父知已子將歸住處告言汝實莫向他爲是我子至於住處心生憐愛洗浣衣服重加情念自餘妻息而問之言此是何人父言此是我友之子其餘子等見父加憐而作是念此必是子侵我等財父便作念我今宜可與彼財本令還所住若不如此自餘子等定有妬心而傷害之父復作念若與彼財爲其物故在此親戚恐殺害之即作書頌而與其子

作書頌已與子遣還諸親在道即捉問言汝父與何等物答曰唯與一書諸人等曰必以方便令彼歸還隨意放之便達本國見母啓拜母問汝於父邊得何等物答曰更不得物唯與此書母曰汝父欺蔑徒獲辛苦子言我父甚爲智慧實不輕蔑即讀其頌思惟句義而解釋之

既了知已即詣餅處方掘取之將至家中成大富貴佛言苾芻過去父者即我身是彼其子者今侍縛迦是我以方便而教訓之便知我意今亦如是爾時侍縛迦而作是念如來大金剛體微少酥膏何以爲足應用二斤作是念已即量取二斤熟酥膏置佛鉢中世尊食已而殘少許與諸苾芻禮謝世尊於時提婆達多見此事已而作是念我應食而問侍縛迦言沙門喬答摩酥食幾多侍縛迦曰正有二斤告言我亦欲食二斤侍縛迦曰如來

世尊大金剛體所食酥量能使消化非汝所及提婆達多曰我今亦是大金剛體何不能消即取二斤而便食之至明清旦佛所食酥皆悉消化侍縛迦持粥來奉世尊如來即食提婆達多酥猶在腹亦食其粥腹即大痛旋轉呌喚晝夜不安阿難陀於自親族心有顧戀聞其受痛情生悲愍詣世尊所而白佛言提婆達多爲多食酥未消喫粥腹痛不安爾時如來即舒百福莊嚴功德千輻輪臂無畏相手通徹山壁按提婆達多頂告諸苾芻曰我於提婆達多及羅怙羅心生平等更無有異提婆達多諸痛苦劇痛皆悉除滅作是語已時提婆達多衆苦頓除從死得蘇即觀其手方知佛臂而作是念此是沙門喬答摩臂爲提婆達多由無量劫來懷惡毒故雖知承以佛威得脫劇苦便作是語其悉達多善能學得如是醫療以因此法能自濟人於時四面而出大聲如來世尊以誠實語救提婆達多劇苦痛惱提婆達多衆及諸人聞此聲時無不慶喜皆共稱讚世尊神力不可思議甚爲奇特時諸苾芻詣提婆達多處告曰佛若不救當死無疑提婆達多曰佛知善術方欲衆人皆隨已故而作斯法諸苾芻曰提婆達多勿出此語宜速默然當自心觀豈非佛救耶提婆達多曰何關彼能救我腹內酥消痛苦自除時諸苾芻既聞此語知無恩報詣世尊所而白佛言唯願如來視聽提婆達多世尊於彼有大慈悲彼今無恩無報

根本說一切有部毗柰耶破僧事卷第十四

音釋

裂（良傑切破也）騫（去乾切）揵（渠焉切）驃（毗召切）桄（古黄切横木）掘（其月切穿也）妬（都故切害色曰妬）

根本說一切有部毗柰耶破僧事卷第十五

唐三藏法師義淨奉　制譯

佛告諸苾芻提婆達多非爲今時無恩無報從昔已來亦無恩無報汝等善聽我當爲說

攝頌曰

佛告諸苾芻乃往古昔此婆羅痆斯城有一大村去村不遠有一大林花果茂盛流泉浴池有一仙人名憍尸迦在彼林中每食墮落之果衣服樹皮心大慈悲種種禽獸皆咸依附有一母象在彼林中當產之時聞師子吼心大驚怖失大小便棄子而走出於林中時仙採果見小象子知其失母仙起慈心愍彼象子尋覓其母求不能得遂收象子至自住處而鞠養之如子無異既漸長大便壞仙處花果樹木仙既見已遂即瞋責象知仙瞋更不損林象又漸大心極猛盛後復損林仙又訶責象無怖懼仙加苦瞋象起害心欲踐仙人仙走入室象以鼻牙損仙半屋便即自走時樹林神即說頌曰

佛告諸苾芻往昔仙人者今我身是往昔象者今提婆達多是往昔無恩今亦如是無有善報汝等當知

佛告諸苾芻提婆達多復有無恩無報之行汝等諦聽往昔此婆羅痆斯有國王名大帝釋軍國土豐饒人皆快樂王有夫人號爲月光但所作夢悉皆有實於彼國內有一菩薩而作鹿王其形金色殊勝端正人所見者無有猒足自知端正心常怖畏恒怕獵師常藏其身時諸禽獸互相解語時有一烏詣鹿王所心生愛念作如是語阿舅云何驚怖食草

金色鹿王便即報曰我爲端正一切獵師若見我者恐相殺害爲此食草心常驚怖鳥尋報曰我於夜中亦怕鵂鶹我等與舅從今已去更相守護若於白日我處高樹監察好惡有事報王若至夜中王當觀視有事報我於彼國中有一大河在於林側時有二人先有怨讎忽然相逢一人力勝遂縛怨人擲於河中其水流急彼人漂溺便作是言誰能救得我者我與作奴時彼鹿王與五百眷屬至河飲水聞此聲已起慈悲心便入水中欲救溺人是時老烏來詣王所便即告言此黑頭蟲都無恩義勿須救拔若得離難必害鹿王時彼鹿王爲慈悲故不取烏言往溺人所背負而出既到岸上以口解繩待蘇息已便即報言須當知此是歸路汝當好去時彼溺人胡跪合掌報鹿王言我於王邊更得此命願常供侍爲奴以報王恩時彼鹿王即說頌曰

不用汝爲奴　亦不須承事　但莫說見我
恐彼取我皮

我今於汝更求一事汝隨我願勿言見我即是報恩何以故我身端嚴色相具足恐彼人知殺我取皮是故莫說見我在此彼人荅曰敬從王願我定不說即起合掌右繞三帀作禮而去爾時月光夫人受五欲樂疲極而睡於後夜中夢見鹿王身皮金色微妙端嚴坐師子座爲諸國王及諸人衆說甚深法夢中思惟我作此夢定是真實歡喜而寤即向於王說夢所見王既聞已信其所夢心生驚恠何得有鹿處師子座爲衆說法時月光夫人爲王陳說憶意之語王大歡喜即便慇懃請

王爲覓金色之鹿王勑群臣國内獵師總召令集諸臣奉命召諸獵師將詣王所問獵人曰我聞國内有金色鹿汝等見不若有見者以輭繩繫勿令傷損將來見我時諸獵師白大王言我獵多年不見此鹿亦不曾聞大王既聞鹿在何處請爲王捉王勑諸臣擊鼓宣令訪有見者來報我知我即當賞五百聚落諸臣受教擊鼓集衆宣王賞募時被溺人聞王召募即作是念我今貧困爲欲貪求王之重賞爲當報恩不說其鹿佛告諸苾芻世間常法一切有情五欲所繫無惡不作時彼溺人心貪五欲即思往時被惡執縛復作是念我今背恩欲報彼怨不懼未來如前苦事應報其怨作是念已詣王宮門見種種莊嚴依王正法使守門者白大王知王既聞已即喚令入其人報王於山林中具諸花果有一鹿王身皮金色千鹿圍繞至極端正我知其處令王得見王聞語已心大歡喜召諸羣臣將其兵衆外國朝者見王嚴駕亦皆隨從其人引前往鹿王所布兵圍繞時彼鹿王親友之烏恒在高樹遥見兵衆漸近林中烏即下樹報鹿王言前被溺人是背恩者王不須救不用我言鹿問烏言有何所以烏答鹿王前者溺人將諸兵衆來獵鹿王時彼千鹿聞兵衆聲驚怖走散是時鹿王即作是念我今若走彼諸兵衆尋覓於我亦殺千鹿我寧守死活彼千鹿作是念已爾時鹿王詣國王所往時溺人遥見鹿王即舉兩手指示王言金色鹿王彼來者是佛告諸苾芻衆生若造極惡業者不待來生今即見受被溺之人由不知恩

造惡業故手指鹿訖手即墮地王見是事怪而問言何忽如是兩手墮落時彼溺人苦痛悲泣即便向王以頌答曰

穿牆盜物者　此不名爲賊　有恩而不報
是名爲大賊

王聞此語即問彼人此頌何義我今不解時彼溺人即便爲王具說前事王聞是已爲不知恩溺人說頌報曰

無恩溺人　何故汝身　不陷入地　何故汝舌
不破百分　何故金剛　執持刀仗　不殺害汝
一切鬼神　何不打汝　汝極背恩　何故少報

王知彼鹿是大菩薩有大威德告諸臣言應與鹿王設大供養卿等速迴掃灑道路懸繒幡蓋燒衆名香我與鹿王俱來入城諸臣聞勑具依王教是時國王令金色鹿在前而行國王大臣隨鹿王後入婆羅痆斯城於宮門前置師子座種種莊嚴請鹿王坐王及月光夫人後宮婇女王子人民圍繞而坐是時鹿王方說妙法王及夫人一切大衆既聞法已即請鹿王爲受五戒一切有情願歸菩提王見是已心大歡喜向鹿王言王所遊處山林曠野悉施鹿王我從今後永斷殺生亦令國人不得遊獵願諸有情於諸住處心無怖畏佛告諸苾芻爾時鹿王者今我身是時無恩溺人今提婆達多是過去無恩今亦如是佛告諸苾芻提婆達多復有無恩無報之行汝等諦聽往昔婆羅痆斯邊界聚落於中有一作花鬘人其聚落傍有一河水作花鬘人每常渡水取花來去後於一時欲渡河水於此河中非時得一菴沒羅果持詣王城與守門

者守門者得轉餉通事通事人得便奉進王王得其果復與王妃妃得其果即便食之以果香美復從王索王復問彼通事之人何處得果通事人答我於守門人邊得之王即遣喚守門人問果汝從何得守門人云我於花鬘人邊而得此果王復遣喚作花鬘人問言何處得果花鬘人答於河中得王語作花鬘人汝往河所更覓此果其花鬘人既得勑已自齎粮食復往河所尋水而覓行至一山於高崖上遥見果樹其巖嶮峻一切獼猴皆不能上何況於人其作鬘人多日尋覓無有上處粮食復盡其心念言我得王教令覓其果今既不獲如何得歸作是念已不顧身命手攀嶮崖漸漸而上未到果所遂便墜落下有深澗墮在其中時有菩薩作獼猴王遊行山谷見花鬘人墮在深坑受諸飢苦菩薩發心救諸含識善巧方便時獼猴王遂設其計取一大石輕重如人便即背負調習運轉知得出坑遂負鬘人漸漸而出此疲極身體乏困當於彼時一切禽獸悉解人語時獼猴王問花鬘人汝因何事落在深坑時花鬘人廣如上說是時菩薩便作是念此採果人不得其果必當受罪我今應可與取菴没羅果菩薩雖困遂昇高巖摘取其果擲與鬘人彼人得已便自食足餘殘果子衣裓盛之獼猴下樹報花鬘人言我今疲乏欲少睡汝可警覺守護於我花鬘答言好我警覺獼猴便睡時花鬘人而作是念我路粮盡若食果子以何奉王應殺獼猴曝作乾脯將充路粮方可得達時彼惡人不知恩故遂起惡念擎取大石打

獮猴頭骨俱破遂致命終爾時空中有一天神見此事已即說頌曰

承事恭敬　猶如善友　有如是人　不知恩報

佛告諸苾芻汝等當知往昔獮猴王者即我身是其花鬘惡人者今提婆達多是非但過去不知報恩今亦如是苾芻當知

佛告諸苾芻提婆達多復有無恩無報之行汝等諦聽往昔之時有一山林種種花果時有一鳥名曰啄木其林一邊有師子王尋常殺鹿而食後殺一鹿遂便食噉骨横咽中不能得出痛苦多時不能得食羸劣飢瘦彼鳥遊戲見師子王即便問曰阿舅何故羸瘦如此師子答曰我有痛苦時鳥問言何故痛苦其師子王廣如上說鳥復報曰我爲治苦汝是諸獸中王能報恩不每日之中常與我食師子王報曰依汝所須常能供給鳥便思念我作方計除却其骨待去却後然始令知待師子睡方可除骨既作念已暫遊於樹求覓其食時師子王遇涼風吹遂便美睡鳥見睡已以木著口審更看遂入口中銜骨而出在於樹上待師子王睡眠覺後將骨示之時師子王須臾睡寤遂覺喉中骨去無痛躊躇嚬呻鳥見歡喜從樹飛下以骨示之報師子云阿舅苦痛皆由此骨師子歡慶報彼鳥云外甥我久苦痛今得除差我欲一生供養承事唯願外甥日日來此鳥聞此語歡喜而去後師子王正食鹿時其啄木鳥被鷹所逐驚怖飢急飛投師子說被鷹逐飢急怖事願舅賜我一湌之食時師子王以頌答曰

我當行殺害　惡性亦惡行　我牙齒鋒利

入我口得出　應當自忻慶　今復更何索
鳥聞此語亦以頌答
物墮海中失　夢得寤時失　承事惡人失
救濟無恩人　此更爲大失　我從汝何索
鳥說頌已即便飛去佛告諸苾芻往時啄木鳥王者即我身是彼無恩師子王今提婆達多是先不知恩亦不知報今亦如是汝等當知世尊告諸苾芻曰提婆達多復有無恩無報之行汝等諦聽往昔婆羅痆斯城有一貧人常取柴樵賣以活命其人復於一時執持繩斧往趣林邊將欲伐柴即逢非時大暴風雨七日不息爲避風雨漸次經歷遂至山邊見一石窟即欲入中將至窟門見熊在內驚怖却走熊見驚走便呼彼云善男子來汝勿怖我其人雖復聞彼熊呼猶懷恐怖躊躇而立不前不卻熊見彼住即抱入窟不令驚懼與諸美果堪食樹根養經七日至第八日熊自出外看其風雨見風雨散即與美果發遣令去其人長跪合掌白言我蒙供養身命得活我從今後何以報恩熊即報曰汝但勿即外人道說我在此住者即爲報恩其人即便遶熊行道經一帀已報其熊曰我終不敢報餘人知說此語已便即而去其人行至婆羅痆斯城門見一獵師欲行遊獵先共相識獵師問曰汝多日不還家中婦與眷屬悉皆憂惱言謂被風雨漂及虎狼食將作汝死此度大雨禽獸多死汝今云何得活時採薪人說熊收養廣如上說獵師問曰彼熊今在何山窟願汝示我時採柴人報獵師曰我今縱死亦不能却入山林獵師有智多以巧言種種

勸化我若殺得與汝多分我取一分其人即起貪心遂便却迴示彼熊處行至窟邊遥指熊處是時獵師於其窟門多積柴薪以火熏之時熊被烟火逼困苦欲死即說頌曰

我此山中住　不害於一人　食果及樹根
常起慈悲念　我今命欲盡　當復作何計
自念過去業　善惡今得報

時熊說此頌已即便命終時彼獵師知熊死已即入窟中取熊剥皮分作三分語彼樵人汝取肉二分我取一分時採樵人以手取肉當取肉時兩手俱落獵師見已唱言奇哉奇哉獵師已肉亦不將行便却入城以希奇事聞奏於王說向國人王既聞已親自往看收取熊皮往詣寺中打鐘集衆遂將熊皮安僧衆前王禮僧已爲諸僧衆說如上事寺中上座證阿羅漢果以頌報國王曰

大王今當知　此非實熊身　是勝上菩薩
當獲無上果　應三世供養　大王須起塔

時王聞已勑諸大臣取種種香木往詣熊窟所焚燒其身起塔安置種種華香懸繒旛蓋灑掃供養國王大臣及諸人等共立制約每一年中同集供養共立制已禮塔而去一切人民若有來禮彼塔及供養者皆得生天佛告諸苾芻往昔熊者今我身是昔採樵惡人者今提婆達多是昔時早已無恩無報今時亦復無恩無愧汝等當知

爾時世尊復告諸苾芻此提婆達多復有無恩無報之行汝等諦聽往昔婆羅痆斯城有一貧人常取柴樵賣以活命其人復於一時執持繩斧詣於山林至一樹邊欲採其樵遂

逢大蟲驚怕却走上一大樹不覺樹上有熊見已復怕不敢更上熊見驚怕漸下報言汝不須怕但依投我樵人聞已亦不敢近熊見悲愍自來執抱於樹上選安穩處熊抱而坐是時樹下大蟲報其熊曰此是無恩衆生後殃害汝何須守護當可擲樹下我須食之若不得食我終不去佛告諸苾芻世間之法有歸投者尚自守護何況菩薩有來歸投而不守護時熊報大蟲曰此人投我終不違信蟲聞此語爲飢乏故亦不肯去熊報樵人我今抱汝疲乏暫睡少時汝自警覺并守護我頭枕樵人便起思念我暫睡息當爲樵人説十頌法作此念已熊即便睡蟲見熊睡報樵人曰汝能幾時樹上而住應可擲熊樹下我食即去免害於汝當得還家時採樵人聞此語已即起惡念此蟲好語我於此處能幾時住作此念已便即擲熊樹下推落覺已未至地間即説十字

説已至地蟲既得熊遂便食噉飽足便去樵人聞熊説十字祕密之法便即思念熊有好法應説示我遂起貪求即生煩惱爲失法故心迷狂走説十字曰

時樵人親屬既見顛狂將彼歸家更無餘語唯説十字其親屬等既見顛狂即覓醫人及善呪者種種醫方療不能差時婆羅痆斯城不遠有林多果衆鳥皆集出美妙音時彼林中有一仙人具五神通狂人親屬將視仙人胡跪禮拜便即白言我此眷屬顛狂心亂不説餘語唯宣十字我等不解如何治差仙人報曰此人造惡都不知恩殺大菩薩擲於樹

下而未至地間說於十字以攝十頌
說此十字已墮地而死被虎所食時採樵人
便即顛狂時諸眷屬及仙門人皆白仙言云
何十頌復有何義是時仙人次第解釋便說
頌曰
爾時世尊告諸苾芻汝等當知往昔熊者今
我身是時採樵人不知恩者今提婆達多是
昔不知恩今亦如是汝等當知
爾時世尊告諸苾芻此提婆達多復有無恩
無報之行汝等諦聽昔有一城名曰寂靜其
中有王亦名寂靜國土豐饒人民安樂無諸
賊盜不相征伐王性慈悲愍諸衆生等如一
子心好惠施常樂聽法無有慳貪供養沙門
婆羅門等及諸貧病心無猒足王有常法每
日清旦先參父母後看病人然治國務時有
貧人重病極困醫人瞻者不肯與藥皆云足
死病人既聞心懷苦惱悲泣遊行至寂靜城
時王春時與諸群臣后妃眷屬欲遊園觀行
詣城門時彼病人拄杖悲泣跪拜王前白其
王曰唯願大王救我如是病苦令得命全王
既見已起大慈悲迴駕還宮命大臣曰召我
國内所有醫人臣奉王命遂即召集一切醫
人便將見王王喚病人躬自親看汝等醫人
必須治差諸醫見已白大王曰觀此人病藥
極難得王便問曰何故難得醫答王言要須
一生不解嗔人而取其血煮粥治之方可除
差如若不得其病不除王既聞已便作是念
我既不能救一人命用此王位及身命爲却
自觀察我一生來無有瞋處作是念已命其
乳母便即問曰我幼小時不有瞋不乳母答

言自生抱王我尚無瞋何況王身永將爲定更問親母兒自生來見有瞋不母便報曰旣懷王已我尚無瞋況王自身王旣聞已歡喜踊躍作如是念今得藥耶告諸醫人於我身上五處下針刺取其血諸醫白王病人卑下王是貴勝我今不敢於王身上而輒下針佛告諸苾芻一切菩薩善解世間種種事業爾時國王起慈悲心即自下針五處出血令器皆滿便付醫人即令作粥與病人食是時國人見王慈悲善養黎庶王子臣人妃后婇女一切國人悉皆啼泣共相謂曰王愍一人不惜身命棄捨我等今無依怙王旣聞已報諸人曰汝勿煩惱此非惡事爾時大王於其六月日日出血供其病人是時國王漸加羸瘦身體無力淸淨諸天見王事已作如是念此是賢劫菩薩身若遣衰亡非是好事我等以天威力方便毛孔之中皆入其甘露念已即與威力王當可活病人得差諸天加威王得平復病人又差王便更與病人五大好村時彼病人寂靜城中與其城內王臣宰貴身爲同類八方傳號經於六月與病人血食乃得差及以更賞五大好村八方旣聞此號皆悉恠念來至彼城問彼病人曰實國王經六月中出血供養汝不彼病惡人即作無恩無報告諸人曰此之國王於我何益身有惡血應合棄却或以施人此有何恠然彼惡人出此語已即於地中火出燒此人家一切皆盡彼之病人却得瘦病佛告諸苾芻彼國王者今我身是彼時病人無恩無報今提婆達多是佛告諸苾芻此提婆達多復有無恩無報之

行汝等諦聽往昔過去婆羅痆斯城有一國王廣如前說乃至王妃生一王子顏貌端嚴其色赤白頭面圓滿猶如傘蓋手臂垂下猶如象鼻兩眉相連額廣鼻直一切肢節悉皆圓足彼生之時諸吉祥事悉皆現前生已經於二十一日一切眷屬皆來集會作諸喜樂是時諸臣相共白言王子生時百千吉祥皆悉現前因此立名號爲善行廣說如上乃至漸長時彼善行性大慈悲於諸有情生憐愍心常樂布施濟給沙門婆羅門及諸貧窮遠行人等爾時父王語善行言自今已後不應如是恒行布施我國庫藏不可供足

是時王妃又生一子彼子生時百千災厄不吉祥事皆悉現前乃至立號名爲惡行至彼長大佛告諸苾芻世間常法行布施者衆人喜愛名稱普聞有異國王聞其善行好行惠施遂欲嫁女爲善行妻多與珍寶車乘僮僕作書遣使詣婆羅痆斯國報其王知王聞歡喜許共爲婚是時善行前白父王不欲費損父王庫藏我今入海自求珍寶得已娶妻王即聽許善行見許歡喜裝束辦粮欲去惡行見已即作是念今此我兄自他國人皆悉愛敬入海採寶忽若得來父王大臣一切國人倍生敬重我父必當册爲國主我無國分我今宜可設一方便隨彼入海伺求殺之我身得迴樂與不樂父必册我以爲太子作此念已亦詣父所白父王曰我欲隨兄入海求寶王聞許之惡行歡喜亦作裝束是時善行於其城內擊鼓搖鈴遍告衆人我欲入海有能去者應辦粮食裝束隨行我爲商主水陸阻

難我皆能護我皆能護使無怖畏亦不輸稅作是語已有五百人至太子所白大王言我等請隨太子於時取吉勝日即便同去廣説如前乃至入海即告弟曰此舶海中忽逢難破汝應捉我不須恐怖惡行報云如兄所教舶遇好風遂至寶所是時舶師告於太子及衆人曰汝等昔聞有珍寶渚今此處是有種種寶隨其採取衆人聞已歡喜踊躍即便下舶取種種寶猶如麻麥滿其船中善行太子取如意珠繫其腰下迴舩而還欲至此岸逢摩竭魚打破其舩是時惡行即捉其兄舩人寶皆悉漂失唯有惡行以兄威力得至此岸善行用力既出海已疲極而睡惡行守兄遂見其兄腰下寶珠即作是念兄得好珠我無所獲我今應可刺兄目瞎持珠獨還作是念已先盜取寶便以棘針刺兄目瞎棄之而去善行無眼不知歸路後牧牛人見已問云從何而來是時盲人具如前説牧牛人知即起慈心將歸家中善行本性極善彈琴在彼家內時爲彈琴牧牛人妻心生愛念即起染欲語盲人云共我行私盲人聞已兩手掩耳白云勿出此語我不欲聞汝是我妹何出此言佛告諸苾芻世間常法一切有情心貪欲色若不相隨各生怨恚時彼婦人見不遂意即生瞋恨起心謗染告其夫云彼無目人欲婬穢我如何家內養此惡人佛復告諸苾芻世間常法一切有情於所愛妻被人侵汙心生瞋惱比一切怨此怨爲重由此因緣其牧牛人聞妻語已於無目人起重瞋恨復作是念此人重罪今見無目即是受報不須殺害但

驅令出作此念已即便驅出其無目人抱琴而去巡歷城邑乞求活命後時父王既崩之後其弟惡行即紹王位無目之人漸次乞求至妻國城其妻年長諸國王子皆從競索女之父王告其女曰先嫁汝時善行王子入海舩沒而死今有王子等競來索汝如不嫁恐諸王子心懷瞋恨是故我今共汝平章汝心若爲女白王曰唯願父王勑國内人嚴淨城邑集諸國人女自揀選父王允女所請遂勑境内及諸外國我有一女今欲出嫁集諸國人自揀駙馬遂即嚴飾城隍如歡喜園即令擊鼓宣告現在城中所有人衆及四遠來者王女求夫隨情選擇君等隨力莊飾皆來集會至明清旦嚴飾王女與諸婇女相隨而出如歡喜園中吉祥天女處妙花林遂於城中百千萬數大衆之中次第巡行自求夫主其善行立在一邊彈琴而住有情業力因緣會合共相遭遇聞彼琴聲心生戀慕即以花鬘遥擲其上告言此人是我夫主時諸大衆各生憂惱共出嫌言今此衆内有多豪族諸方貴勝王子大臣年華可愛及此城内美妙男子如何棄此而取盲人以爲夫主時王近臣見此事已心懷憂惱便入白王王隨女情求得夫主王問如何答言眼瞎王聞愁惱喚女來問少女何意今此城中多有賢人貴勝宰輔大臣及四遠來男子非一何因不愛而取盲人女答父云我愛於此王曰若爾宜應就彼何故住斯女即詣彼告言仁是我夫答曰汝爲非理作此思惟共餘男子而爲交耶女曰仁者我無此心作如是事問曰如何得知

女即懇誠發實信語仁今證實我心如念善行王子及於仁處情生樂欲無異心者願仁一目平復如故而此少女發實語時盲人一目便即開明告曰賢女我是善行被弟惡行而於我處爲無利事女曰何以得知仁是善行即發實語作如是言我被惡行刺我眼時我心於彼而無少恨斯言若實我之一目平復如故説實語時雙眼明照是時王女即將善行詣父王處白言此是我夫王乃不信女便向王具説前事王甚奇恠即令大禮共成婚媾已多嚴兵馬令其善行還到本城驅彼惡行册立善行紹繼父位汝等苾芻於汝意云何善行王子豈異人乎即我身是其惡行者今提婆達多是非但今時無有報恩往昔之時亦復如是

根本説一切有部毗柰耶破僧事卷第十五

音釋

寤（五故切寐覺也）募（莫故切招也）裓（古得切衣角也）曝（步木切日乾也）脯（方矩切乾肉也）啣（胡嵒切口含物也）啄（竹角切啄木鳥名）刺（七自切直傷也）舶（旁陌切海中大船也）瞎（呼鎋切目盲也）駙（符遇切）

根本說一切有部毗柰耶破僧事卷第十六

唐三藏法師義淨奉　制譯

佛言復聽提婆達多往昔之時無有恩報乃往古昔有一王都人民熾盛安隱豐樂王有四子一名大枝二名副枝三名隨枝四名小枝其四王子年漸長大皆娶隣國王女以之爲妻共於父所興逆害心父覺知已擯令出國各將妻去行至曠野路粮皆盡共立惡制可殺一妻取肉充食用濟身命得出長途於時小枝作如是念寧可自死不斷他命更無餘計宜將已妻竄走他國作是念已將妻逃走飢渴所逼妻便困乏不能前進告其夫曰聖子我命將終無由涉路小枝作念我於羅刹惡伴存彼軀命於此而終深可傷惜即割髀肉與食又刺臂血食飲妻食肉血漸漸徐行至一山谷採拾根果以濟身命於其山間有大河水時有一人因遭怨賊截其手足擲著河中作苦惱聲隨流而去小枝因出聞苦呌聲生悲愍心尋聲往覓遂見一人隨水流下即入河中背負令出置河岸上見手足俱無情懷痛切問言善男子爾因何事遭斯苦楚其人具以事答小枝報曰汝今雖苦勿生憂怖將根果令食便語妻曰可生慈念看養此人既蒙恩養瘡苦漸差其婦於彼情生愛著頻頻就彼共作言談菩薩禀性少行欲染雖時聚會無解婬情然此山中所有根果由菩薩威力悉皆精妙婦人食已彌益邪心至其人所求行非法彼便不許答曰我幾命斷幸蒙見濟共爲惡事便是棄恩汝夫若知定分身手婦數求及被煩惱逼遂共交通深生

愛著不欲暫離於其本夫心無戀樂彼雖遣去亦不見隨便作是念令此女人於我躭著私通他婦乃是大怨我定遭苦即共籌議告其婦曰夫若知我行非法者必當斷命此不須疑女人聞說以之爲然當設餘計女人邪智不學而知即以衣纏頭枕石而卧小枝採果還至其傍見有異狀問言賢首有何所苦答言聖子頭甚苦痛小枝報曰欲何所作女懷密計生此惡心告其夫曰我先頭痛醫與石栢塗頭即差小枝報曰何處得有我往求覓女曰於彼崖下於山澗邊見有斯藥既其懸絶尋索而下我在上持彼是大人爲性質直不懷邪僞報言可爾以索繫腰懸崖而下欲採其藥妻遂放索落崖墮水由彼有情有長命報合紹王位落崖不死隨水漂流至王都所屬彼國主無子命終臣佐國民共爲籌議王既無子今巳命終我等立誰紹繼其位喚諸相師令覓一人堪爲王者時諸相師四方求覓如有頌曰

假令經百劫　所作業不亡　因緣會遇時
果報還自受

是時小枝由其業熟合受王位從水而出坐在崖邊然菩薩威德所住之處光彩異常時諸相師因遊至彼見此大人有王瑞相咸皆歡喜告諸臣曰我等求得大人具王瑞相堪爲國主諸臣聞巳即令國人嚴飾城隍備其大禮選擇吉日共冊爲王然未有國后諸臣告令諸國貴族若有端正好女各令嚴飾將赴王都稱王意者納之爲后王緣女人遭大苦惱深生猒離無心顧眄諸臣啓言大王當

知國后若無斷王繼嗣諸方美女咸集於茲欲冊爲后及諸婇女王亦不許說女人過患福德有情所在之處華果飲食悉皆甘美多有氣力爾時菩薩落崖巳後於山中華果根莖並悉不生設有生者苦澁無味彼二惡人由諸根果無氣力故漸漸羸弱不能存濟時彼惡女即便荷負無手足人從山而出入諸聚落巡行告乞若他見問此是何人報言此是我夫雖復如是形容更無他意然而國法若有女人事夫眞謹人多敬重皆爲供養此女到處多饒飲食如是遊歷漸至王都衆人聞巳皆悉嗟歎或有心生喜樂出外遥觀城中諸人見斯事巳謂其方便共起譏嫌王說女人有多過患豈不見此眞謹婦人無手足夫肩上擔負巡門告乞以相濟給時守門人見如上事具奏王知王聞是語勑令喚入女人入內王既見巳即便微笑而說頌曰

食胜肉充飢　飲我血濟渴　肩負肉團行
何處有眞謹　惡計求石栢　冀我落崖亡
肩負肉團行　何處有眞謹

時此女人聞王斯頌情懷羞恥即便低頭諸臣聞頌不知其緣白言大王所說之頌是何義理王爲諸臣次第廣說城中人民嫌此女人共唱爲惡擯令出國佛告諸苾芻於意云何乃往昔時小枝者豈異人乎我今即是其女人者今提婆達多是非但今時無有恩報過去之世亦復如然

汝等苾芻復當諦聽提婆達多無恩無報乃往古昔有一王都王名自在及人民熾盛安隱豐樂正法治化信重賢良自利利他常懷

大悲恒求妙法於諸黎庶深有戀慕後於異時妃誕一子形儀端正殊妙可觀顔色光悦如眞金鋌頭有傘髻手臂纖長額廣平正雙眉相連鼻高且直諸根具足親族立字名自在間付八乳母年漸長大令遣入學筭計謀策印文祕字無不該練工巧技藝悉皆通達所謂象馬車步乘馭善巧工射干戈無不備悉其自在童子敬信賢良情懷仁讓自利利人是其本行常有悲愍普愛黎元捨去慳貪鎭行惠施所有財貨無一悋心舉國知聞悉皆傾慕四方遠近百踰繕那所有孤貧盡來臻湊皆令無乏咸起歡心菩薩曾於一時乘車出遊趣芳園内其車皆以金銀瑠璃硨磲碼碯天帝青寶共爲嚴飾皆以微妙栴檀而爲轅軛於其車上皆以師子虎豹之皮而爲莊嚴點諸寶珮見者愛樂駕以駟馬其疾如風趣於園所時有聰明智慧大婆羅門來告童子曰

應知世間人　皆聞汝行施　寶車雖愛重
應施婆羅門

爾時菩薩聞是語已即疾下車生歡喜心便指其車告婆羅門曰

我今捨寶車　喜施婆羅門　願我捨三有
趣無上菩提

時婆羅門既得車馬乘之而去

菩薩又於一時乘大白象名曰玉增長色白如珂雪及白銀花七枝圓滿衆相具足皆善安住猶如帝釋翳羅跋拏行步庠序人所樂見與諸眷屬并諸侍從咸共圍繞譬如滿月耀於星漢又復屬以三春之際雜花叢發泉

池清澈衆鳥和鳴菩薩於時欲往芳園暫爲遊戲時有他國怨敵告婆羅門令從菩薩乞大白象時婆羅門即從菩薩舉手而乞并說頌曰

諸有人天衆　咸同好施名　所乘大白象
宜與我將去

爾時菩薩聞是語已即疾下象生歡喜心便指其象告婆羅門曰

我今捨白象　喜施婆羅門　願出三有流
速趣菩提岸

時有諸臣奏父王曰自在太子今以增長大象施與他國怨讐婆羅門王聞是語生大瞋怒便勑使者令喚自在太子既至王便告言汝今不應住我國内太子聞是語已便自念言父今捨我我今爲求無上菩提利益一切被智慧鎧捨此大象復作念言我今若在家者必是不能隨情捨施宜應往山林堅持戒行是故今可捨其家緣獨居林藪有往乞者誓不違逆是時菩薩作是念已便還本宮具告妃知妃既聞已恐離去故心懷悲苦即便合掌白菩薩言聖子若如是者我亦隨去往山林中我終不能須臾之間暫相捨離若乖離者我命不存便說伽他告菩薩曰

虛空無月無光彩　大地無苗實不生
蓮華池中水流枯　婦人無夫亦如是

菩薩告曰世間常法必有離別汝於王宮生長足好飲食衣服卧具以斯養故身肉柔輭若山林間以草敷地於草而卧以果爲食採花果時步遊荊棘常持戒行自身亦見衆心常堅固來者供養我亦決定隨意捨施當施

之時勿生憂惱菩薩復告妃曰汝應可自當善籌量妃答言我隨聖子意菩薩復告曰若如是者心常寄念發誓願言既立誓已菩薩詣父王所頂禮白言願父恕過所施大象與他國怨讐婆羅門故由是過失我往山林願王庫藏常豐不竭王聞語已與子離別心懷悽愴憂悲苦惱便告子曰汝可住此勿向山林隨意布施菩薩頌伽他答父王曰

大地諸山林　乍可令迴轉　我爲乞求者
施心終不移

爾時菩薩說是頌已辭父而去於時太子妃及男女并諸侍從數有千人皆大泣淚共出此城時有一人聞是大衆泣淚哀號問言今此大衆因何悲泣答曰汝豈不聞便以頌報

城中有太子　自將象寶施　王責遠驅擯
由是衆悲啼

爾時太子既出城已告諸侍從汝等迴還汝今應知一切恩愛會當別離眷屬聚集法不長久如彼行路同息樹陰會合片時要當分散即說頌曰

一切世間人　會合必離別

爾時菩薩說是語已可行三十里見一婆羅門來至菩薩告言刹帝利童子我聞汝名稱遠從三十驛故來爲求四馬車願施與我四馬車於時太子妃既見婆羅門來乞心生輕慢以麤惡言詞告婆羅門即說頌曰

希奇甚惡性　告言婆羅門　在於林樹間
來乞四馬車

爾時菩薩告其妃曰汝於婆羅門勿出惡言便說頌曰

若無乞求人　我施誰當受　爲趣菩提故
盡施去慳心　六度殊勝福　是名菩薩行
爲證於菩提　圓修一切智

爾時菩薩説是頌已心生歡喜復説頌曰

我今除此慳貪垢　寶輅施與婆羅門
古昔大仙皆共行　並獲無漏菩提處

爾時菩薩發此願已生歡喜心持此寶輅施與婆羅門時菩薩自負其男而於肩上又妃將女還安肩上進路而去積漸至於山林旣至林已心生少欲便修戒行依止而住後於異時有一婆羅門來詣林間至菩薩所爲求男女時屬曼低採果不在時婆羅門舉手讚歎告菩薩言剎帝利童子願得尊勝便以伽他告菩薩曰

我今無侍者　與妻諸處求　汝之此二子
願將惠施我

爾時菩薩聞是語已爲離愛子便暫思惟時婆羅門言能施一切今我乞求何須思忖便即以頌告菩薩言

汝今名稱徧十方　能以慈悲施一切
如昔所聞能惠施　仁今應可順修行

爾時菩薩聞是語已便以伽他告婆羅門曰

我今定可捨身命　本願不生於異心
假令以子施他人　於此終無有退轉

復告婆羅門曰

我今棄二童　夫妻住林藪　女人性悲戀
云何得存住　後人莫説我　無悲棄自兒
不能捨已身　而以男將施

爾時婆羅門告菩薩言剎帝利童子不應如是汝於王種而得生長此界大地皆共知聞

名稱十方隨順一切於諸含識生大慈悲種種惠施恭敬供養猶如香象諸沙門婆羅門師長貧士及孤寡類皆攝受而興供養隨所求願咸稱本心見者招攜無有空過所求惠施福不唐捐我既遠來艱辛備盡有所求乞幸遂希望心馬難調無由定住須臾翻覆不可爲常恐退本心不能惠施令我辛苦失望而歸仁今應可滿我本願發遣而去即便以頌讚菩薩曰

名聞徧十方　能施於一切　幸願垂哀愍
得遂我希望

爾時菩薩聞是語已爲離愛子心生憂慼便自念言我今若捨二童子與此婆羅門者我及曼低離愛子故生大悲苦若不捨者於我梵行便大虧違又婆羅門失其本望空語而去我今定是離別愛子憂悲大苦於此地處令我燋然終是不能違本誓願虧我梵行心便決定欲捨其男而發願言說伽他曰

我今捨此子　願獲大果利　以斯殊勝福
度苦海衆生

爾時菩薩纔施女男而此大地六種震動所居山側諸有仙人見地震動並皆驚愕互相謂曰以誰福力復何因緣而此大地忽然震動今可審觀誰之威力而有此瑞於仙衆中有一仙人年最尊邁善閑占相復解天文便以伽他告諸仙曰

此是菩薩樂山林　飡果飲水資身命
可愛童兒今已捨　是故大地有斯徵

時二童子知父情捨悲號啼泣頂禮父足合掌白言願父哀憐莫捨於我我今無父而趣

何依爾時菩薩聞是語已心懷怊悵滿目淚流便以伽他告愛童曰

子等汝應知　我非不愛慈　爲濟衆生苦
是故捨兒身　以斯殊勝福　度苦海衆生
令得出迷津　同獲菩提果

爾時二童子聞父語已知父決定而將捨施悲號泣淚頂禮合掌哽咽而言以頌伽他而白父曰

父今決定而施我　我今遺言囑我孃
我曾先有諸過愆　願母哀憐見容恕
我由幼小愚癡故　不遵奉敬親教言
今時不得報慈恩　如此之言願容恕

爾時子等既説頌已頂禮父足右繞三帀雙目盈淚辭父而去於時菩薩念彼童男言詞悲切心懷憂苦發菩提心便入草菴是彼二子纔離草菴此三千世界六種震動無量百千諸天在於虛空作如是言曰嗚呼奇事異口同音而説頌曰

希奇所施大威德　菩薩如是決定心
身生愛子二童兒　捨盡已身心不悔

爾時童子母曼低離既採果實獲已欲來於草菴處見是大地六種震動心便驚愕速急向菴於時有一天子化爲母師子攔路而住見菩薩欲度脱一切衆生令捨二子恐此曼低離於檀波羅蜜心生留難曼低離既見師子攔路以頌伽他報母師子曰

師子汝是獸王妻　何因攔我此道路
我今共汝悉事夫　宜速遠離隨緣去
汝是獸王師子妻　我是人主帝王妃
共仁義合爲姊妹　當須開路容我去

爾時天化師子聞是語已避道而去於時曼低離在路見種種惡恠所謂在於虛空聞悲哭聲復聞居在山林諸有情類皆啼泣淚長呼嘆息須臾之間便作是念我見如是等恠決定於彼草菴有不善事而說頌曰

我今雙目瞤　諸鳥共哀鳴　令我心哀切
與子定生離　如是大地動　身心並皆戰
徧身令不安　定知離別事

爾時曼低離說頌已思惟千種有損之事便到草菴進入菴已徧觀諸處不見二子心生憂惱便作是念我之二童不與小鹿而為遊戲復於聚土為城而作戲耶即往尋求既尋不見復作是念由不見我入菴而睡作是思惟心懷恐懼欲求見子所採花果便棄一邊雙目盈淚頂禮夫足而白問曰我二幼童今何所在爾時菩薩以頌報曰

超越求乞者　婆羅門詣此　我施彼二童
汝可應隨喜

爾時曼低離聞是語已猶如鹿母被毒箭傷悶絕躃地復如居水之魚在地宛轉譬如鵝鳥失子哀切亦如牛母失犢悲鳴於時曼低離作如是傷嘆頌曰

我之二子面如花　手足柔輭如蓮葉
同時俱受於斯苦　別我孤去獨如何

爾時天帝釋知菩薩與曼低離夫人俱興決定希有難行之行與三十三天共相圍繞從虛空而下光明照耀至菩薩所居山林菴所在於空中以頌伽他告菩薩曰

爾時帝釋作是頌已令菩薩心堅固勇健而作思惟今菩薩唯有曼低離夫人以為侍者

若有從乞决定捨施便即無人可事菩薩我今應從乞取曼低夫人還且權寄在菩薩處已忽然不現時天帝釋於後不久化作婆羅門身至菩薩所而説頌曰

此婦容儀極姝好　唯獨專心事一夫
如斯尊貴好夫人　幸願施之承事我

時曼低離夫人聞是語已心生憂惱瞋彼化人作如是言曰

汝是無羞貪愛者　滿世間中極惡人
若是知法識尊儀　豈合從夫強乞我

是時菩薩心懷悲感迴顧夫人夫人以偈告曰

我今心不愁　亦不憂身苦　唯憂君獨住
如何可存濟

爾時菩薩以頌答夫人曰

我在此處不須憂　我求堅固不壞道
汝但恭敬隨斯去　我如野獸死於林

於時菩薩説此頌已心極歡喜重説頌曰

我今此出末後施　夫人去後我無憂

説半頌已是時菩薩即以一手執曼低離以一手執持澡罐向婆羅門而説頌曰

此人清淨無雜染　言詞辯了巧祗承
今我以兹所重妻　奉施仁將願守護

於時菩薩既施妻已發如是願以此施福願早成佛説此語時爾時大地六種震動時婆羅門遂領夫人去斯不遠時曼低離心懷悲感而説是語我今已别所敬之夫及所鍾愛極好兒女不審宿因有何罪業於此曠野恓惶哀號如彼母牛失於犢子時天帝釋見此相已還復本形向曼低離而説頌曰

妙女我非婆羅門　亦非是人是帝釋
能壞修羅大天王　今我深心憐念汝
汝須何願我皆與之聞此語已心生歡喜便
即重心恭敬禮拜而說頌曰
千眼天主救我子　令離賤身得解脫
值見父耶常歡樂　帝釋天王我願是
說此語已爾時帝釋天主與彼妙女迴還至菩薩所以右手執曼低離手語菩薩曰我將此女寄與聖者常以供養看侍仁者有來求者更不須與此是受寄若轉與他世人嫌恥時天帝釋即往將兒婆羅門處令彼荒迷不知所措慞惶失次還到本城市中欲賣大臣見已便報國主有人將王孫子二人大名悅意小曰黑兒無慈心憫市中唱賣王聞語已情甚悲惟便遣使追彼人來勿令兒子入怨家手宮人聞已悲懷憂惱合城愁嘆使者速將王所王見孫子命令近前見子身著弊破衣服飢瘦羸弱垢膩塵穢心即迷悶遂從師子座上縱身投地悶絕久甦城內諸人大臣輔相宮中婇女一時號哭聲震城郭從座甦地諸臣百官并內宮人一時號哭悲切無已良久乃甦告諸臣曰我兒雖在彼山林行檀施業猶不休令遣使往速迎還爾時帝釋天王復至菩薩所事既了已便辭菩薩而退不久之後父王亡沒諸臣共議大王今既捨化我等諸人應迎太子說是語已即迎太子冊立為王既升王位作大施會內外諸有無所悋惜廣施一切沙門婆羅門及諸貧窮無求遠道來者并王眷屬友人等普皆霑洽一切施與種種功德即說頌曰

爲求菩提故　施與歡喜心　刹利婆羅門
薜舍達羅等　旃荼及惡類　持戒清淨人
金銀寶瓔珞　驅使奴僕者　男女妻子等
俱以捨施心　即得清淨身　今世及後世
如王救孫子　婆羅門受寶　眷屬共歡喜
如是得安樂　皆由彼王孫　云我是最上
是人之福田　合得受供養　因此得財寶

佛言苾芻汝等當知此是何事爾時捨子王者我身是也時婆羅門者提婆達多是此婆羅門作無恩義汝等苾芻勿當如此得少供養須作重心況復多施汝等苾芻當如是學

爾時世尊在王舍城竹林園中時有瞻波城長者名曰寶德多饒財寶受用豐足娶妻未久便即有娠其夫遂與盛陳供侍廣說如餘後時長者往王舍城月滿之後於多星月便誕一男形貌端嚴人所希見於其足下毛長四指同黃金色即令使人疾詣王舍城報長者曰生一男也長者問曰說何語使人曰長者生男如是之問皆云長者生男時使人曰何須多問更不言答長者云汝今何不百度而說此語我今還與百過滿口黃金汝三度說與三口金令使却迴報守庫人與二十俱胝財寶與男每日食長者即向王所白大王言我生一男時王報言我以瞻波城幷七頭端正寶莊好象並與汝男寶德長者既啓王已即還本城經三七日眷屬來會既是多星日生應與號曰女星付八妳母二人與乳二人常抱二人洗衣二人共喜種種飲食用爲養飼漸漸長大如蓮在水其男如是年既長大即令入學曆數別寶技能皆悉明達諸人

將女競至求婚其父與男修三種房室園林謂春夏冬三時隨用爲立三種宫人所謂上中下其人每在上宫遊戲快樂日用五百兩黄金作食與男令食爾時提婆達多惡諫阿闍世王汝父頭白變黄不猒女喜種種食飲你今長大不與你位得日未期阿闍世王問言今欲若爲提婆達多答言須存過人事凡所求事無種不作當爲如來服酥父王持粥欲往竹林至如來所阿闍世王在於中道以擲稍刺頻毗娑羅王打破粥鐺其王却歸爾時世尊以他心智皆悉預知告目連曰其提婆達多勸阿闍世王令墮地獄我於頻毗娑羅索粥欲食被打鐺破汝當爲我往瞻波城向寶德長者男邊乞粥將來爾時大目揵連端坐入定從王舍城没於瞻波城現其長者男每事日神平旦事時其目揵連從日裏下其長者子見大目連心極驚怪而説頌曰

今見日神身　從日下吾前　誰令現其身
速答是何人　爲當是日耶　爲是多聞天
爲當是月下　爲復帝釋身

爾時大目揵連審觀知彼長者子意即説言曰

不是千光日　我非多聞天　亦非帝釋身
我是牟尼子　甚極足威光　爲乞粥來此
供養於佛身

長者子問曰何如佛耶大目揵連以頌答曰

芥子不可比須彌　螢火小虫不比日
牛蹄之水不比海　如諸外道不比佛

是時長者子聞是所説問今來意欲須何事答爲如來乞粥來問曰如來者是何族姓目

連答曰有沙門喬答摩是族釋子剃除鬚髮身披法衣心行正真出家修道證得無上正等菩提此是佛也其長者子先未聞佛當聞佛名心大歡喜身毛皆竪所有五百錢造得食飲一時受奉置於鉢中爾時目連即入於定從瞻波城沒於王舍城出至林中將奉世尊頻毗娑羅更將粥來欲至佛所聞食香氣普徧意將諸天及天帝釋來供養佛我所作粥並不堪用白言世尊有天帝釋及諸天來供養於佛此竹林中極理香好佛言王國界内有大城名曰瞻波有長者子日用五百金錢造食目連苾芻往彼乞來其長者子有是福力彼王聞已心生歡喜欲令使喚佛知王意即語王言汝莫輕彼遣使往喚又告大王汝可頗能受我鉢中殘食食不大王言曰我是積貴摩頂授記王種不合喫人殘食佛是我法王令食即喫佛問王言汝曾生來得如此食隨意喫不答言世尊我生王宮王宮長養身現爲王未曾食此好美飲食佛言大王當知彼長者子是大福德之人常喫如斯上味飲食爾時頻毗娑羅王頂禮佛已退歸還宮即勅群臣當令四事具辦兵馬往瞻波城群臣問王因何向彼王言我欲往見寶德之子臣等答言在王國境何因往看令使喚取王言其人是大福德不可往喚臣等答王我作方便不用王喚其人自來王言可爾任卿等意臣即作書使人往送令掃灑城大王欲來其長者子聞已歡喜大臣又報王子亦來時長者子聞其王子性行麁纇恐有費損諸大臣等更作書報王及王子二倶不來汝等

須作計議擁塞弶伽令水却流無令一滴順河而過長者聞已心極憂懼當知正欲科罰我等作此書來其瞻波城諸人聚集共作一書馳報宰相王頻附書勑云王來復言子來復令擁塞弶伽却流讀此書已又得報云王及王子俱亦不來王欲得見寶德之子汝等速當遣來是要時瞻波人審遣一人往王舍城聽察虛實其人乃知一依書事於時城邑諸人同往長者之宅諮寶德言大王欲見汝男其國臣相實語不虛我審遣人而往聽察一如書事須見長者子寶德答言若令我等塞弶伽河以金擁之我男終亦不能發遣衆人重言長者是大富貴亦知以金擁塞弶伽我等貧人無計可得要須慈愍我等長者答言若於城内家出一子隨我子者我當放去於時人衆皆依長者所言長者即往男所竊語子言城邑人衆同來啓我影勝大王欲得見汝子白父言我當即去父言必應爲汝脚足之下有金色毛欲得相見汝勿舉脚以視大王將一寶珠住彼王所置王足上禮拜王已即跏趺坐黃金色毛自然而現於時寶德心自思惟我今發遣子去爲當令乘象去爲復乘馬乘車爲遣乘舩更自思惟不及乘舩安穩即令造舩舩中更造種種園林有諸好鳥出種種音及諸婇女莊嚴身已往王舍城

根本說一切有部毗奈耶破僧事卷第十六

音釋

軀 豈俱切身也　䏶 旁禮切股也　眄 普患切顧視也　妃 方微切次於后也　轅 雨元切輈也　軶 於華切轅㟁横木也　珮 蒲昧切王珮也　豹 北教切獸名　駟 息利切一乘四馬也　讐 市流切仇也　愕 五各切驚遽也　姊 將几切女兄也　瞤 儒純切目動也　犢 徒谷切牛子　斃 眦意切頓仆也　妳 曩亥切乳母　飼 相吏切以食食人畜　矟 色角切矛屬

根本說一切有部毗柰耶破僧事卷第十七

唐三藏法師義淨奉　制譯

時頻毗娑羅王聞長者子乘舩而來從殑伽河穿渠直至王舍大城五里之內滿油麻子舩至城所勑令掃灑去諸瓦石香水灑地散諸名花喻如天宮作好供養迎長者子入王舍城其子見王頭面禮足便以寶珠置王足上退住一面結跏趺坐時王見彼足下黃金毛已心生驚愕歎言有大功德福力之人汝曾見佛以不答言未見王言汝可相隨見佛世尊問王佛騎何物王言出家之人不用乘騎長者子言我亦步去時諸人衆皆以脫衣覆地與長者子踏上問言彼佛世尊踏衣行不答不踏即令去衣其長者子以足踏地諸天脫衣覆地問言我不令著衣何因地上有衣傍人答言此是天衣非我等衣亦令去却天去衣訖時長者子足踏地著是時大地六種震動爾時佛告諸苾芻此長者子從九十一劫已來皆以覆衣踏行不曾露足踏地今長者子爲重法故以足踏地因此地動爾時長者子來詣佛所禮佛足已却坐一面爾時世尊隨其根性而爲說法既聞法已從坐而起頂禮佛足求願出家受持戒行佛言不然長者子父母不聽不得出家受戒爾時頻毗娑羅王白佛言我是國主於彼長者庫藏資產事皆由我王既聽許唯願如來與其出家佛言善來苾芻即時出家披僧伽胝衣手持瓶鉢威儀庠序如百歲苾芻

是時六衆苾芻共爲恥笑其長者子汝如生酥有何所堪今者勤勞修行梵行有何所益

時六衆苾芻見而調弄共作是語此人形貌如生酥團於佛正教勇猛勤修當何成就彼聞是語即往尊者阿難陀所白言尊者云何苾芻決定修行早得成就意得正定答言如佛所說受三摩地勤苦經行速得正定時彼聞已即往屍林作三摩地經行專念覺品善法思惟竟不能證又起一念我今勤行精進過諸聲聞不得證果我今自有家宅眷屬財物見存歸俗自須行施造諸功德爾時世尊知其思念告一苾芻曰汝可往詣彼屍林所報長者子曰汝可來此時彼苾芻承佛命已便往林中報曰世尊命汝彼既聞已共往世尊頂禮佛足却住一面佛告彼長者子汝不應在於空閑林中獨住宴坐而作如是非理尋思汝昔作是念所有聲聞勤修苦行我皆過彼由不斷漏心得解脫我之親屬有大資具受用豐多可應還家受諸欲樂廣行布施造諸功德時長者子聞佛說已便作是念世尊今者知我心之所念即時驚愕恐懼憂惱身毛竪立白佛言如是世尊佛復告長者子我今問汝隨我意答汝昔在家常作何業答曰善解彈琴又問若調絃時其絃調急其聲和雅悅心好聲堪用已不答言不也世尊問曰琴絃若緩其聲和雅悅心能發好聲堪用已不答言不也世尊若琴絃不緩不急調絃平正其聲好不答言如是世尊佛告長者子若復有人極行精進心生掉舉若多慢緩心生嬾惰是故汝應修處中行若如是者汝今不久斷諸有漏心得解脫得慧解脫見法證果我生已盡梵行已立所作已辦不受後有

爾時長者子聞佛所説歡喜信受諦心思惟禮佛而去時長者子聞佛世尊爲説琴喻方便誨已獨處閑靜修不放逸專修正念善男子汝所標心希求出家剃除鬚髮披僧伽胝衣正信出家學無上果梵行已立最後獲得諸法以自覺知證成就果我生已盡梵行已立所作已辦不受後有應知證果時彼具壽便自證得阿羅漢果善得解脱已得果已正受解脱喜樂一心而作是念我今正是應詣佛所供養恭敬作是念已即於晡時從宴坐起往詣佛所頂禮雙足退坐一面爾時具壽而白佛言凡有苾芻得阿羅漢果諸漏得盡應作所作所作已辦不受後有棄諸重擔得自已利盡諸有結智善解脱心得自在而於六種得勝解脱所謂一者出離凡俗得勝解脱二者利諸解脱三者寂靜勝解脱四者貪欲盡勝解脱五者盡諸最勝解脱六者不失正念勝解脱白言大德若復有人發少信心而求解脱勿作是見於貪瞋癡而得解脱出離生死大德若復有人發少尸羅出離生死而求解脱無病惱憂勿作是見得盡貪瞋癡無病憂惱而得解脱大德若復有人爲求名利爲稱譽故行寂靜行而求解脱勿作是見得盡貪瞋癡離於愛取不失正念而得解脱大德若有苾芻得阿羅漢諸漏已盡所作已辦棄諸重擔獲得已利永斷諸有心善解脱是彼阿羅漢得此六種勝解脱大德若有苾芻心得學處若求無上涅槃善道不著於色時彼學處是淨尸羅成就學處調伏諸根後得漏盡於無漏心而得解脱得智解脱於現

前法以自覺知而證圓滿我生已盡梵行已立所作已辦不受後有時彼羅漢無學尸羅成就諸根無學大德喻如童子幼小懶惰樂睡至於盛少尸羅諸根咸悉成就後時年老諸相以枯尸羅成就大德苾芻亦復如是若有苾芻而住學處得心自在彼求無上涅槃善道不著於色住於尸羅諸相調伏後時盡諸有漏於無漏心得無漏慧得解脱命於現前法已自覺知而得圓滿我生已盡梵行已立不受後有無學尸羅而得成就已證得果即見諸色心不攀緣亦不惑亂其心正定情無顛倒善思修習心無增減有惑亂之事不能爲失正念耳知聲鼻知香舌知味身知觸心知諸法色等諸法不能惑亂不失正念安定不散情無顛倒善解脱善修習見生滅法

復次喻如城邑聚落不遠有大石山無有缺漏亦無孔隙全爲一石或有大風從東面起其山不動不揺亦不西傾西南北風亦復如是不動不揺過去色等如大暴風來於眼前眼等心識無有顛倒亦復如是不動不揺其心安定無有散亂若得解脱修習善已見生滅法復次耳鼻舌身意能知聲香味觸等此之六種惑亂身心彼能得果不失正念内情心等不失正念無有散亂顛倒善得解脱修集善已見生滅法具壽苾芻説是語已便以伽他而説頌曰

出家解脱者　心無病惱憂　彼住寂靜地
樂盡愛貪欲　趣解脱盡者　及心不失念
了知意生法　而心得解脱　心若得解脱
寂靜見諦住　所作既作了　不應而更作

如彼大石山　暴風不能動　色聲亦復然
不能爲損害　心意得定者　而見生滅法

說是頌已時諸苾芻咸皆有疑世尊能斷一切疑惑便即白問世尊具壽苾芻種何等業由業力故生富貴家而於足下有金色毛每日常食五百種味九十一劫已來足不蹈地纔生誕已得二十俱胝金錢後於世尊教中出家修學斷諸煩惱證阿羅漢果爾時世尊告諸苾芻曰彼之具壽積習善業果報成熟喻若暴流決定自受汝等苾芻應知自作自受廣說如餘即說頌曰

假令經百劫　所作業不亡　因緣會遇時
果報還自受

佛告苾芻乃往昔時九十一劫有佛出世號毗鉢尸應正等覺出現於世十號具足彼佛有六十二千苾芻前後圍繞遊行人間漸至王城名曰親意爾時城中有諸居士子聞毗鉢尸應正等覺與六十二千苾芻前後圍繞遊行人間來至於此彼既聞已皆共往詣佛所頂禮佛足退坐一面爾時世尊爲諸童子善說法要示教利喜默然而住

爾時衆童子等從座而起合掌恭敬而白佛言唯願世尊許我以四事供養三月安居佛及衆僧爾時世尊默然而許時諸童子知佛許已頂禮雙足辭佛而去彼童子等既到城已於議堂中共相議曰我等云何供養世尊若共作一食供養爲人各作食供養其中或有云衆共作食供養廢其生業田農等時衆共議人各依次一日作食供養即隨力所辦作食供養其中有一童子家貧共母商量我

家貧乏依次辦食云何得辦時母答言愛子汝於最後而與供養未至日來隨力收辦即以充足既至日已鋪以熊皮如來踏上行至坐處造五百味飲食供養如來五輪著地發大誓願願所生之處常得豪姓富貴家生亦願我足不踏於地猶如如來足下有毛四指金色行願如佛當當來世有佛出時誓當供養佛告諸苾芻等爾時貧童子者即寶德長者子是時彼於毗鉢尸如來所發誓願業果成熟感大富貴足下有毛作黃金色從九十一劫以來不曾以足一踏於地當生之日有二十俱胝金錢隨其日日從地踊出即於佛教中出家修學得阿羅漢果佛告苾芻若作黑業者當得黑報若作白業者還得白報諸雜業者還復如此汝等苾芻如雜黑業者汝不應作當作白業如未生怨爲彼惡友提婆達多故於父王頻毗娑羅王所起大惡逆擲稍打著手指舉國人民共爲恥笑談論如此惡者爲友未生怨王在胎中時何不殺却或時有人談論此非是阿闍世王過也由彼惡友提婆達多過或有說言爲佛與提婆達多出家不作擯罰致於他方自所安住或有譏說佛亦無過爲彼苾芻僧伽不依僧教住持故如斯衆議父王聞已心不起惡而云由我先世業故

復有說云是佛及僧之過我由此說情懷憂惱時諸苾芻各生疑心請世尊曰何故彼人造過令此受殃佛告諸苾芻非但今日有如前事乃往過去曾亦遭此汝等諦聽我今爲說乃往古昔有婆羅痆斯城王名梵授人民

安隱富樂豐饒時彼城中有其二狗一黑一白食鞍韂皮繩於異後時王欲出戰告其臣曰卿速嚴仗臣即觀見被狗咬破不堪所用便啓王知王聞生嗔令殺諸狗城中諸狗既遭殺害因即逃竄出國去者時有他國一狗從外而來見其諸狗怖而逃竄問言何意如是城中諸狗以事具答報曰何故不白大王城狗對曰誰敢啓王外狗報曰仁等安住我於此夜進詣白王便至王所行步端儀說伽他曰

大王宮中有二狗　一黑一白備色力
應當誅彼不滅我　誅者不誅非是理

是時王聞此頌告諸臣曰卿等宜應爲我覓取說伽他者將來見我諸臣訪察誰於夜中爲王說頌而有白言他國狗來爲王說頌王曰卿等審推實是宮中二狗食耶爲餘狗喫諸臣集議王令令推云何詳審於中有言何假多論但取頭髮安狗中若食皮者自當吐出既安髮已王宮二狗便吐食皮以事白王王曰宜治二狗餘狗無愆汝等苾芻於意云何昔二狗者豈異人乎今提婆達多阿闍世王是由彼往昔過失令他受苦今亦如此彼等造罪佛僧招過汝等復聽提婆達多無恩報事乃往古昔於婆羅痆斯城王名梵授治化人民時有一人入山採木路逢獅子便即逃竄墮落井中獅子奔趁不見其井遂墮其上而有毒虵逐鼠鵄欲攫鼠此三一時俱墮井内各起害心欲相噉食獅子曰今此井中我有勢力能食汝等然而共在厄難之處宜息惡心莫相損害因緣會遇屬有獵師逐鹿

至此向下看井其井中人遂發大聲唱言丈夫願見救濟是時獵師先拔獅子令出井中獅子即便禮獵師足白言我今知汝深恩必當報謝其在井中黒頭蟲者不識恩義必莫救之獅子即去於後獵師所有井中人虵蟲鳥等次第悉皆救出後時獅子捉得一鹿獵師因行遇至其所獅子見來即便以鹿授與獵師跪拜而去後於一時其梵授王及諸宫人出城遊戲至苑園中恣意歡娛遂便睡著時諸宫人見王睡已心無畏懼或有經行或有立者或有坐者或有眠者或有遠去或有脱衣曬汗或有解脱瓔珞在身傍邊便即眠睡墮井鵄鳥銜其瓔珞遂將遠去與彼所救獵師以報恩德奉上瓔珞時梵授王眠覺與諸眷屬臣左速歸入城於時失瓔珞宫人徧覲其處不見瓔珞詣王白言大王在苑園中而失瓔珞時王便告諸大臣曰在諸苑園已失瓔珞汝等須爲訪覓是誰盜將時諸臣佐既奉王命即便訪覓時黒頭蟲時往彼獵師之處而見方便覷其瓔珞見已便知是王瓔珞今在於此其黒頭蟲便棄恩義遂詣王所白言大王所失瓔珞我今具知獵師處王聞是語便即嗔怒即令使者往捉獵師時王使人至獵師所告言汝於苑園中盜王宫人瓔珞其獵師恐懼答云我等實不盜王瓔珞具向使者陳說所得來由還其瓔珞使者得已將詣王所其獵師當處即被囚縛於時其鼠見已急往報虵向虵白言其黒頭蟲罪惡之人不識恩德遂令我善知識被王使者見今囚縛虵聞語已答言汝報獵師我今日爲

你向王宫中螫於王身汝當呪持我即收毒王當歡喜決定放汝亦即與汝賞賜其鼠得此語已即具報獵師獵師云善哉當如是作其虵即螫王身王時患苦毒徧其身廣召醫師誰能治我時諸醫師無能治者王旣徧告獵師聞已遂遣所執當人汝當爲我白王我能治得其執使者具事白王王言即令解放將來旣至王所獵師爲治手下即差便即釋放王甚歡喜重與賞賜佛告諸苾芻等汝意云何豈是異耶時獵師者我身是也彼黑頭蟲不識恩義者提婆達多是也往昔之時無恩無義不知恩德今亦不知恩義亦不知恩德

復次佛告諸苾芻等如是提婆達多不知恩義亦不知恩德汝等諦聽我爲汝說乃往昔時有非時七日大雨不止其鼠狼投入穴內鼠亦入其穴中後有毒虵覓避雨處亦入其穴然其鼠狼欲害其虵於時毒虵報鼠狼曰汝及我等遭大苦厄汝等勿生相損害心各自安住其毒虵等各立名號蛇名愛君鼠狼名有喜鼠名恒河受其愛君及有喜等告恒河受言汝是勤健當爲我向餘處求覓飲食將來其鼠性行質直心意賢善爲彼虵及鼠狼勤求覓食未迴來間鼠狼報虵言曰彼若求食不得空來我即食伊其虵聞是語已遂作是念此鼠狼今遭此苦難由欲擬害彼鼠我今恐彼求食不得空來決定被食我今預須報彼鼠知作是念已即便附信報鼠令知作如是言其鼠狼作如是言如鼠無食空來必定食汝其鼠苦求食飲不得作是思惟我

今食旣不得空去必定食我其鼠復附信與虵以頌報曰

若人儉少無悲心　飢火逼迫遂生急

汝大有恩報此語　我今無復更來親

佛告諸苾芻等其鼠者豈異人乎我身是也其鼠狼者提婆達多是也其提婆達多往昔之時亦無恩義今亦不知恩德

時未生怨王於父前擲劒王便問言愛子汝因何意擲劒於我前耶答王曰我有瞋恚父有受用我無受用王聞是語便告子曰若如是者其瞻波城與汝受用子得城用歡喜踊躍便往提婆達多處作如是言尊者我今得瞻波城恣情受用時提婆達多報太子曰汝今用功現果報力交得受用太子答曰聖者我今見也復言汝可更用大功必得增勝時太子遣往瞻波城徵稅重役逼迫百姓爲被逼切各散投諸方或有投王舍城或投諸國或有其中發使奏王言其太子逼迫瞻波城人散走外國唯願大王制其非法爾時父王即命太子告言汝今何故逼迫百姓太子答言爲兵士不能存濟父王言若如是者除王舍城已外摩竭陀國諸人民等任子受用太子得已即詣提婆達多所報曰聖者除王舍一城已外並是我得提婆達多答曰用功者今得如是果報汝可更用功力爾時太子即遣使命苦役損害摩竭陀國城邑人民時諸人民既被逼迫苦已時諸人衆奏影勝王曰今被太子損害摩竭陀國人民城邑願王制約勿許使王聞是語即命太子太子至已父王告言汝復何故損害摩竭陀國城邑人民

太子答言我諸兵士其衆甚多不能存濟王言若如是者我今惟留一庫財物已外及王舍城並任汝受用太子得已即往提婆達多所我今更得王舍城唯除一庫財物已外並得提婆達多答言此是用功果報成熟如是復言凡是國王以用庫藏爲力若有庫藏即是國王爲庫藏故須用功力時被太子更遣損害王舍城人時王舍城人民衆等并瞻波國及摩竭陀國諸人衆等各懷恐懼密奏王知具陳上事被太子損害苦急大王比來養育百姓由如赤子今被太子損害我等人民多有逃散諸國我今還欲如是影勝王情甚敬信慈愍有情住持正法聞是語已即命太子太子至已王以理言順太子意以手摩太子頂告言我今所有城邑人民並付囑汝今因何惱亂百姓汝今正應合須養育太子答言我爲無庫藏所以如此大王報言若如是者除我官人自餘庫藏任汝所用然其太子性懷暴惡雖得庫藏由不猒足更復惱亂國内人民不肯止息時諸人衆還詣王處具事白王王聞語已告太子曰我今與汝人民庫藏因何更復惱亂百姓不肯止耶太子聞是語已便大瞋怒告諸臣佐曰汝等應知若有人訶罵刹帝利灌頂王者合有何罪責罰臣等答曰合有極刑今訶罵者是我父也云何損害今且令付後宫囚閉於時臣佐便即囚閉大王被閉宫人臣佐城中人衆聞王囚已並悉憂惱皆念大王往昔恩愛王囚閉也太子即位暴無礙刺兇猛獷烈無有臣佐敢諫其王時影勝王既被囚閉心自念言是我宿

業因緣且得隨日時國太夫人韋提希常以餉食時未生怨王問守門人老王今者若爲存濟時守門人便白王言王母每自送食將與老王未生怨王聞是語語守門人曰汝當勿使更放飲食及水漿等入告諸宫人亦勿送食若有送者罪當極刑時諸人等見教嚴重更無人敢送食至老王所於是多日更無有人得到王處時王夫人韋提希念王恩愛不能自忍以酥蜜和麨塗身而以脚釧孔中盛水將以上王命且延日時守當人即猜疑暫雖知覺巳爲念王恩其未生怨未問之間亦不報知後於異時未生怨王問守當門曰老王今者若爲存在其守門人答曰具述韋提夫人以酥和麨塗身脚釧孔中盛水奉王王今以此存活時未生怨王勑守當人自今巳後更勿令夫人入見老王爾時世尊在耆闍崛山經行當王窻牖王遂遥見佛影因此見佛心生歡喜爲此善根命存活時未生怨王更問守門人我巳斷使餉食老王今若爲存活門人答爲王於窻牖中遥見世尊世尊慈愍攝受因此福力王得存活王令閉塞窻牖刺其足下令不得立時守當人即依王勑閉塞窻牖刺其足下是時老王身患疼痛苦惱急巳哽咽啼泣流淚不止即自思惟今在苦惱世尊何不愍念觀察於我如來世尊無不知見諸佛常法有大慈悲攝受衆生決定擁護即住正觀若能調伏三事超四暴流安四神足五支具足超過五道住七覺分示八支道善巧方便隨入九定具十種力名稱徧滿於十方界倍勝千轉自在輪王晝夜三時

以佛眼觀諸衆生故隨轉智慧誰減誰增誰逼迫誰被逼迫誰下惡趣誰向惡趣誰一向趣誰負重檐我今以何方便能救離此從惡趣中置人天趣并得解脱未修善根者令修習善根已修善根未成熟者令得成熟已成熟者令得解脱爾時世尊告大目揵連曰汝往影勝王所可傳我語願王無病作如是言佛告大王如善知識應所作者我已作我今救汝離三惡趣令汝常得在天人中過於生死處聞佛所説即入三摩地從耆闍崛山没於王舍城王禁閉所在王面前白言大王佛告大王願無病惱時王禮敬尊者大目揵連時大目連白王曰佛告大王如善知識我於王處所作已辦令離地獄傍生餓鬼建立人天具如前説由業因縁是故大王當知依於業因此在於禁閉脚被刺破又不得食苦害其身王問大目連曰何處有好飲食於時目連答曰於四天王處有好飲食具報王已即便化身而去往耆闍崛山時未生怨王子患指瘡病將詣王所王抱懐中以手摩抄以口嗍之其時王子啼泣不止王既嗍其癰癤穴破膿血在於口中唾膿於地太子見膿在地更啼不絶時太夫人韋提希見此事已吁嗟嘆息時未生怨王見母噓嗟嘆息問言何故噓嘆答曰曾祖已來未有此患疹汝亦曾有此患王父嗍汝瘡上有膿血便即飲却不唾於地畏見膿時恐見膿時汝更啼泣縁此王父喫汝膿血問曰實有如是憐愛我耶母曰如是憐愛汝耳

爾時未生怨王瞋恚心止起憐愛心語諸臣

佐如有人言老王活者分國半位人於老王皆生憐愛聞王此語奔競走看其老王遠聞走聲極衆在獄驚懼作是思惟必當喚我種種苦刑長嘆喘息迷悶於地便即捨命於北方天宮在天膝上忽然化生時薜室羅末拏天問曰汝是誰耶曰我名勝仙何故名曰勝仙有天飲食常在面前隨念而食是故長號名曰勝仙時諸苾芻心生疑惑唯佛能斷俱白佛言云何影勝大王造何等業果報成熟有大富貴豐財受用於王宮生復得見佛知聖諦理後被刺脚禁閉身受飢渴苦困因茲餓死佛告諸苾芻等若作黑業感黑異熟若作白業感白異熟若作雜業感雜異熟是故苾芻自作其業還自受之如有頌曰

假令經百劫　所作業不亡　因緣會遇時
果報還自受

是故苾芻應當捨離雜業及黑業汝等應修純白淨業汝諸苾芻如是應學

根本說一切有部毗柰耶破僧事卷第十七

音釋

嬾落旱切怠墯也　竄七亂切逃也　螫施隻切蟲行毒也　磣初朕切毒也　崛魚勿切　挱蘇何切摩也　嗍所角切吮也

根本説一切有部毗柰耶破僧事卷第十八

唐三藏法師義淨奉　制譯

佛告諸苾芻汝等諦聽乃往昔時無佛出世空有辟支佛時時憐念貧乏自資少於卧具飲食時世唯有辟支佛此時辟支佛遊行往至婆羅痆斯城居至一陶家輪舍所亦有自餘商人等同共止息中有一人夜在房中遂失大便不淨汙地夜總即去其聲聞緣覺若不觀察不預知其事辟支佛夜止宿擬於明日平旦乞食主人入房乃見房中糞汙不淨然而異生愚癡之類不識善惡便發惡念報辟支曰汝出家人脚不被刺何因不出房外大便在此房内而放不淨於時主人以鎖鎖門口云汝今可於此房餓死爾時辟支佛作是思惟恐此主人後受苦報我若開門自出又恐嗔恨黙然居住至中食時主人嗔息命辟支曰可來喫食告曰我時已過更不食也若如是者今夜更宿明旦食齋辟支佛以慈愍而攝受故便即爲住至於明旦造淨妙食供養辟支是時辟支爲欲利益此主人故現身變化而爲説法或現神通或身上出火或身下出水種種變現其時主人見此神變心切悔過猶如迅風吹其大樹連根俱拔摧折而倒此亦如是而自捽撲口云大聖願暫下來我今墮在深欲垢中願慈拔我佛更下來其人禮足口發願言於聖者邊而發惡意願無業報又願供養功德善根於當來世咸得廣大財富自在亦常供養諸佛如來心無猒離佛告諸苾芻於汝意云何爾時陶家人者今影勝王是當於爾時向辟支佛心懷惡意

口生麤言業成熟故令刀刺脚閉在房中飢渴餓死由生悔心發願力故彼業成熟得生王宮富貴多財於世尊所破二十種身見山峯以慧穿穴證得預流果佛復告諸苾芻等行黑業者得黑果報行白業者當成熟白業果行黑白雜業者當得黑白雜業報汝等苾芻當捨黑業及黑白雜業專修白業行應如是學時諸臣佐來白大王其老王身今已亡聞此語已悶落於地於時以水灑面還得甦醒即入室爲父持孝服無人可諫令得離愁時臣佐共議云何方便王得無愁當時南天竺國有妓樂人來將至王所作諸妓樂王心無樂默然不對不與善言妓兒總去遊行至世尊所告言善哉丈夫心生歡喜即打鼓作樂爾時世尊自即放光微笑出種種光又如火星其光或上或下其光下至無間地獄光所到處冷苦者即煖熱者得清涼諸受苦者並得止息皆作思念我得托生餘處佛化一人於地獄中告言汝等亦不托生餘處爲有異人放光明苦得止息諸罪人見彼化人心生歡喜罪得消滅皆得生人處所堪受聽四諦聖法其光上至四天王三十三天至阿迦尼吒天光中說無常苦無我空法頌其光普照三千大千世界還隨佛後若世尊乃至無上菩提事欲說往昔事時其光合從後入若說當來之事光從前入若說地獄事其光從足下入欲說畜生之事光從脚跟後入若說餓鬼之事光從脚指中入若說人間生事光從脚脛中入若說轉輪王者光從左手中滅若說大轉輪王者光來至右手中滅若說天

上之事光於臍中滅若聲聞緣覺之事光從於臂中滅若授記說辟支佛法其光從眉間入若授記無上正真等正覺法其光從頂入等廣如前說時此光明到佛所遶佛三帀眉間而入爾時阿難陀合掌讚佛說伽他等廣說如前以伽他讚佛

千妙種種色　從口一道出　照徧於十方
亦如日初出　無我而說偈　聞者除憍慢
皆作佛因緣　無緣不放光　降伏諸怨等

佛告阿難陀汝見彼妓兒於我歡喜打鼓作樂不阿難陀白佛言我見也佛復告阿難陀言此妓兒得辟支佛果名雅和音爾時提婆達多語未生怨王我以教汝今得王位今須建立令我作佛時王語提婆達多言佛身有金色汝身無金色若爲建立令作佛耶復白王言我身作金色斯亦可得其提婆達多即喚金匠報言於我身上令作金色金匠答曰聖者若能忍痛即可作得答曰我能忍痛金匠即以熱油塗身受諸辛苦著金薄塗身別有苾芻問孤迦里迦苾芻曰提婆達多今者何在答曰爲染身金色不在時苾芻聞已即往彼看提婆達多見受諸辛苦叫喚爲身上金色苾芻即來白佛言其提婆達多爲身欲作金色受大辛苦佛告苾芻言時提婆達多非是今時爲身金色辛苦於往昔時爲金帽辛苦至死往昔之時於婆羅痆斯城有一婦人夫主遠行不在有一烏烏來彼婦人前和美語聲其婦人言如汝美聲我婿平安早到與汝金帽不久中間夫婿到來平安至家其烏復於婦人前還作美聲時彼婦人即擲金

帽與烏得已即東去西別有鵄烏爲彼金帽打彼烏頭落地而死佛言爾時烏鳥者今提婆達多是佛告諸苾芻於意云何此提婆達多於往昔時爲金帽故有如是習性仍在爲復金薄身受其辛苦又提婆達多白未生怨王言我建立王令得王位須立我爲佛 王言如來脚下有妙輪相若爲建立得號爲佛提婆達多復白王言我能作足下輪相時提婆達多即召巧工問言汝頗能於我雙足下作輪相不其人荅曰聖者若欲能受痛我當爲作提婆達多言我能忍痛時匠念言其人有大氣力若拓印時脚跟踏我必因茲致死便即語提婆達多言可向房中出脚我即印上荅匠言好時匠即燒輪形鐵如火色印其足下其時受大辛苦時有苾芻來問孤迦里迦言其提婆達多今見何在荅曰今在一處作脚輪相時彼苾芻往彼房所看提婆達多至彼見提婆達多爲作脚輪相燒脚受大辛苦痛聲叫喚時彼苾芻心生疑惟往如來所唯佛能斷疑惑白言世尊我見提婆達多爲作脚輪相受大辛苦疼痛佛告苾芻往昔之時亦爲脚受苦習性仍在如往昔時雪山之中有一大象下山飲水有一野犴隨象後行見象脚跡自作量度我於此沒當生天上因茲跳躑忽被枯木以查其身遂便至死

佛告諸苾芻於汝意云何時彼野犴即提婆達多是當於爾時度量脚跡忘作覬意今時還爲脚輪受大苦痛時佛世尊在王舍城住耆闍崛山深遠藥叉宮中時提婆達多白未生怨王我今立汝爲王汝可立我爲佛然我

令欲殺沙門喬答摩王宜共我設諸方計我今不知以何物打先打何處而令命終時有工巧能造抛車從南天竺國來至城中提婆達多聞已即命巧工告曰汝能造五百人所牽抛車不答言我今善解造此抛車時提婆達多便即持咽珠價直千金而與巧工令造此車復與一千人以爲驅使報巧工曰佛在鷲峯山汝今應可於其山上近佛坐處安五百人抛車復於餘處安二百五十人抛車又復餘處令更安二百五十人抛車告諸人曰汝等應知沙門喬答摩遊行來去即以抛車打令斷命時彼人等受提婆達多教已即詣鷲峯山上造五百人抛車畢時五百人共相議曰造此大抛車欲害世尊悉作是言汝等應知寧各捨命不害人天所共恭敬大聖世尊身作是語已即捨抛車便從山頂求覓僻路而下恐提婆達多見爾時世尊知諸人所念便化階道衆人見已各相議曰此峻高山先無階道汝等應當知此是世尊威德於時諸人於佛如來發大清信便於階道而下至世尊所爾時世尊爲彼諸人欲調伏故經行鷲峯山既至佛所頂禮雙足退坐一面欲聽法故爾時世尊知彼根性意樂隨眠爲說如是四諦令其開悟彼既聞已以智金剛杵即能摧碎二十種薩迦耶見山證預流果既見諦已白佛言大德由佛世尊令我證得解脱之果此非父母人王天衆沙門婆羅門親友眷屬之所能作我遇世尊善知識故於地獄傍生餓鬼趣中拔濟令出安置人天勝妙之處當盡生死而得涅槃超越骨山乾竭血海

無始積集二十薩迦耶見以金剛智杵而摧碎之得預流果我今歸依佛法僧寶受五學處始從今日乃至命終不殺生乃至不飲酒唯願世尊證知我是鄔波索迦是時工師情謂害佛便持咽珠私自逃走時提婆達多數數遥望謂佛世尊頭以落地見佛安然了無損害覩五百人佛所聽法遂起瞋恨餘路登山乃見工師持珠私走因此自更將五百人欲發拋車佛作此念是我宿業積集成熟業報來至欲水暴流無能止息退自作自受若他受者無有是處佛知業已告五百人曰諸仁當知提婆達多甚惡意欲將汝等身登鷲峯山此是我業決定須受可共前進時諸天等便觀下方於時執金剛藥叉便作是念此提婆達多既興惡逆欲害如來作是念已即往金毗羅藥叉宫報藥叉曰提婆達多於鷲峯山頂造大幢車飛大拋石欲害佛身世尊既在汝宫安住提婆達多正發石之時我當以金剛杵於虛空中而摧碎之汝應相助恐有碎石迸著佛身汝應覆護金毗羅曰善哉如是爾時世尊從座而起將入深山巖穴之内於時提婆達多與五百人發機飛石直擊如來時執金剛神以金剛杵於虛空中打石令碎其石一片欲墮佛身時金毗羅藥叉接石不著遂打自身從斯迸落損世尊足爾時世尊即說頌曰

非在虛空中　非海非山穴　無有地方所
能免於業報

時金毗羅藥叉被石擊身自知必死便發善念命終之後生三十三天諸天常法得生天

已起三種念一者今在何處二者因何得生三者復因何業而得生此既審觀已知是天處復知前世身爲藥叉於佛世尊發清淨意得生廣勝三十三天復作是念我得生天不應經宿受茲妙樂然後見佛宜時速往敬禮世尊作是念已即於身手徧嚴瓔珞殊特妙好并持四種曼陀羅等微妙蓮華其天首髮柔輭香潔右旋紺青身相端嚴不可比喻威儀庠序下鷲峯山以天威力光明赫奕徧照山野詣佛所已散華供養退坐一面爲聞法故爾時世尊知彼根性意樂隨眠爲說如是四眞諦法令其開悟彼聞法已以智金剛杵摧壞二十有身見山證預流果既見諦已三白言大德由佛世尊令我證得解脫之果此非父母人王天衆沙門婆羅門親友眷屬之所能作我遇世尊善知識故於地獄傍生餓鬼趣中拔濟令出安置人天勝妙之處當盡生死而得涅槃超越骨山乾竭血海無始積集薩迦耶見以智金剛杵而摧碎之得預流果我今歸依佛法僧寶受五學處始從今日乃至命存更不殺生乃至不飲酒唯願世尊證知我是鄔波索迦即於佛前而說頌曰

世尊威力彌弘廣　閉塞堅牢惡趣門
開示妙善生天路　我今獲得無爲果
親承諸佛大慈悲　衆惡皆除得天眼

是時前身藥叉天神如商人得利如耕夫收實如戰者得勝如病得除依舊威儀禮佛而去時諸苾芻始從初夜至後夜分各自禪念忽見佛前光明徧照皆生疑惑詣佛請白有何因緣梵釋諸天四天大王衆來此奉覲佛

告諸苾芻此非梵天亦非帝釋四天王衆來此謁我由提婆達多於鷲峯山作大抛車飛石打我執金剛神以金剛杵空中打碎時金毗羅藥叉接承不得遂打自身因發善心命終之後得生廣勝三十三天緣此故來稽首於我我爲説法得見眞諦歸還天已是故苾芻若作黒業得黒果純白業得純白果若作雜業必受雜果宜捨黒雜業唯集白業當如是學時諸苾芻皆生疑惑而白佛言金毗羅藥叉爲護佛故自喪身命佛言非但今日爲我喪命於過去生亦爲我故自喪身命汝應善聽乃往古昔婆羅痆斯國有王名曰梵授正法治國無諸枉濫時世清淨人無灾害五穀豐盈萬姓安樂當爾之時去城不遠有別聚落多諸園林勝妙花果雜類諸鳥和鳴可愛時有仙人住此林内絕粒苦行唯食根果披樹皮衣以禦寒暑即於此處有一獵師每持弓矢殺諸禽獸而自存養而此獵師於時林間往仙人所仙見歲寒往來疲乏心生愍念乃將根果與之令食遂結恩義共爲父子是時獵師敬事仙人稱之爲父仙亦憐愛之如子後於異時其梵授王凌晨縱觀入鹿園中時有野鹿驚怖悲鳴急投仙人時王即便射殺此鹿既見命終仙乃發憤報彼王曰汝之惡性深非道理彼鹿投我輒事屠害時王聞已極生瞋恚告諸臣曰若有世人於灌頂刹帝王加麤惡語合科何罪群臣白王非法惡人合當死罪王曰然此仙人輕毀於我其時群臣欲害仙人獵師近見便作是念我見命存豈彼敢害大仙人也是時獵師即共決

戰仙人避走時王爾時有大威勢其時獵師便被王殺害佛言諸苾芻汝意云何時仙人者我身是也時獵師者即前身藥叉天神是也當於爾時已爲我故喪失身命今還爲我遂便致死石打我足流血如是不絕世尊忍痛爾時醫王侍縛迦每日三時來詣佛所其王舍城人及諸國商人貧富貴賤有信心正見者皆與醫王同往佛所時諸衆人白醫王言作何醫方醫王答言我解此方其藥難得時阿難陀問醫王曰是何藥草難可求得答言此方用牛頭栴檀香我先已於諸處求覓不得縱令商人有者怕未生怨王惡性不敢出賣王若須者方始將出獻王王若須香之日無可與王必定被殺何以故爲曾賣栴檀香來已知有其香故時賣香商人在其衆中

聞侍縛迦所說爲世尊治病故須栴檀香便作是念未生怨王共提婆達多親愛於世尊相嫉若聞我與世尊牛頭栴檀香時定當損我復作是念世尊是諸人天應供我爲此縱其身命被損亦須奉上如來牛頭栴檀香即往取香來供養佛胡跪白言世尊我得栴檀香來世尊慈愍須當受取佛告具壽阿難陀言此大仁邊爲受取栴檀香依命受得商人生大歡喜頭面禮佛退而還去爾時世尊微笑有五色光現青黃赤白皆從口出乃至其光於眉間入廣如上說時阿難陀以偈讚佛廣說如前佛告阿難陀汝見彼商人心生歡喜以牛頭栴檀香供養於我不阿難陀白佛言我見佛告阿難陀如彼商人以無量善根敬信捨施牛頭栴檀香於未來世當證辟支

佛果名曰栴檀因於我處生大歡喜當得是報爾時世尊得此檀香塗足血猶不止侍縛迦復白佛言用童女人乳汁塗點瘡上時諸苾芻心恠不識童女乳汁時具壽阿難陀問侍縛迦言何者是其童女乳汁答曰若婦人初姙胎生子者是名童女乳汁爾時四衆往詣諸處求覓童女乳汁在王舍城中除提婆達多及諸近友於餘外四衆處皆求此乳其提婆達多及諸惡友唱言汝等勿與乳汁當欲作魘魅幻化之法自無與心障破一切人爾時是王舍城中唯有一婦人身自瘦小初生孩子身亦瘦小其母乳汁子食猶不得足況故更與他人時彼婦人聞佛世尊須童女乳汁便作是念我若以用乳供養如來我自瘦弱多有禍起一者子當必死二者提婆達多與王親近及有宿舊朋友聞與乳必當殺我復作是念若我身死并我子亡爲天人應供養者念患足指疼痛我當持乳將供養如來時彼婦人出乳置於銅器中持將往如來所頭面禮足胡跪奉佛白言世尊我得女乳來聞佛須童女乳我今將來願佛受取此乳時阿難陀依命受得佛告阿難此女人心懷正信汝當受取此乳時阿難陀依命受得婦人頭面禮佛退還而去爾時世尊微笑放五色光其光徧滿三千廣如上說佛告阿難陀言汝見彼女人將乳來供養我不阿難陀白佛言世尊我見佛復告阿難陀此人以歡喜心捨施乳來供養於我以此無量善根當來之世得證辟支佛果時佛世尊瀝乳塗瘡血流不息諸方苾芻及梵志等聞佛患瘡皆來

佛所或有塗香粖香安於瘡上種種醫療竟不能差爾時具壽十力迦葉波以眞實語發大誓願若佛世尊於一切衆生普作子想實不虛者令血止息瘡得平復作是願已血便止息瘡即除差時諸苾芻苾芻尼鄔波索迦鄔波斯迦及王舍城一切道俗皆大歡喜踊躍無量唯提婆達多與未生怨王并拘迦里迦惡苾芻等心不歡喜口云得病差者誠爲善哉因此能有諸善根故時諸苾芻皆生疑惑唯佛世尊能斷除之諸苾芻白佛言世尊有何因緣十力迦葉發誓願已血流止息瘡得除差佛告諸苾芻非但今日有此因緣過去世時亦有此事汝應諦聽乃往過去我被毒瘡彼發實語已得除差乃往昔時於一山野有一大村去村不遠有大叢林多饒根果異類諸鳥在此棲遊出和雅音甚可愛樂有一仙人止住其中但食根果飲清流水披樹皮衣專持神呪於此村内有一長者在於宗族娶一女人以爲夫妻共爲歡樂於後不久妻便有娠歳月滿已誕生一子滿三七日設會立名字之喜樂長成已或時經行或時坐卧常思善事常行善業時彼村人見彼喜樂號名法愛謂求善故

時時往詣仙人所承事供養衆人見彼愛樂仙人勤修練行復號其名以爲練行當於後時彼長者子身患毒瘡以種種藥及諸呪法療治不差然其父母將子共往詣仙人所白言仙人侍者今患瘡極困當願療治時彼仙人即作實語發願今此長者子於親於怨皆生平等無有異心若是實言毒當除愈發此

願已毒瘡當時即得除愈佛告諸苾芻汝意云何爾時長者子者即我身是時仙人者即十力大迦葉身是於彼時中爲發眞實願故病得除愈今時亦復如是時提婆達多意生悔過我於喬答摩沙門以石擊打不能損害無益於事衆皆知虛獲惡名其提婆達多即於樹下結跏趺坐諦自思惟時諸苾芻見提婆達多巳各共籌量思惟議論提婆達多於如來所有如是嗔恨以石擊打如來時孤迦里迦苾芻是提婆達多朋友告諸苾芻汝具壽等不能諦思非語即語汝等不見提婆達多今在彼樹住於四禪是大人者不作惡事時苾芻等心生疑惑唯佛世尊能斷疑惑諸苾芻白佛言如上所説時提婆達多朋友苾芻孤迦里迦等見白佛巳訶諸苾芻汝等自

無羞恥即説我提婆達多云作惡事佛告諸苾芻孤迦里迦往昔之時亦復即説無羞恥事汝等諦聽如往昔之時於王舍城有王先立勑條令事王人置兩摩舍那一著丈夫一著婦人丈夫屍林著女婦女婦屍林著丈夫爾時後有一黄門死將往深摩舍那其丈夫屍林守人不令放著其婦女屍林亦不聽著二俱無處於王舍城不遠有一林所花樹林果茂盛可愛有諸雜鳥出和雅音有一仙人居止其中根果爲食飲清泉水披樹皮衣近彼方所耕地之處有粳麻樹其人將此死屍置粳麻樹下時有野犴聞死屍臭尋氣而來即食死人有一老烏在於粳麻樹上藏隱而住便自思惟我今好讚野犴彼應與我少多飡食老烏以頌讚曰

汝智如獅子　腰復似牛王　我禮獸中王
與我食飡者
爾時野犴徧觀察已以頌答曰
誰居叢上樹　後生中最勝　身色照諸處
如寶作一團
老烏又以頌答曰
我多有用具　故爲見汝來　今我禮獸王
有殘食與我
野犴還以頌答曰
汝項如孔雀　烏鳥甚可愛　聲鳴最勝妙
任汝來取食
時烏下樹共彼野犴同食死人彼仙人見已
還作頌曰
多時見汝等　共合無羞者　樹中最上音
所食人中賤

老烏聞此語已復以頌答曰
獅子孔雀飡　共食最上者　禿人於此來
闍你何物事
爾時仙人嗔已還以頌答曰
老烏鳥中卑　野犴獸中賤　梗麻不堪樹
黃門人中下　地中三角醜　看此不識羞
時老烏起大嗔心即往仙人祭火壇中四邊觀望無可損處以糞汙其壇中撥水瓶破便即走去時彼仙人歸來唯見祭火壇中糞穢不淨水瓶被撥打破仙人觀察乃知是烏糞穢及打破水瓶即說頌言
如彼獰惡物　無羞多嗔者　壞我祭火壇
復打水瓶破　是類非是類　一切莫共言
應言少共說　無言最安樂
爾時世尊告諸苾芻汝意云何爾時仙人者

即我身是老烏者提婆達多是彼朋友惡苾芻者孤迦里迦是於此時中非是而説無羞而説爾時諸苾芻心生疑惑唯願世尊廣説因緣世尊共提婆達多宿世以來因何有惡爾時世尊告諸苾芻汝等諦聽乃往昔時近此海邊有一共命之鳥一身兩頭一鳥名法一名非法其非法鳥當時眠睡法鳥眠覺見流水上有一甘果逐流而來觜以取之作是念彼既睡眠我今欲喚睡眠覺共食爲復自食復作是念爲同一身我若食已彼亦得飽即便食之後時非法睡覺已見法有異復聞香氣惟而問曰是何香氣答曰我食甘果復問果今何在報言非法爲汝睡眠此已食訖答曰如汝所作非是好也我自知時後時法鳥眠睡之次非法見毒果於水上流引觜往取食之二俱迷悶心狂昏亂爾時非法即設誓言當來所生之處生生世世共汝相害常共爲怨時法答曰願我生生世世常共汝爲善友爾時世尊告諸苾芻汝意云何時法鳥者即我身是非法者即提婆達多是於彼時中始生怨結我常行利益之心天授常懷損害之意佛告諸苾芻乃往過去於婆羅痆斯有王名曰白膠香統化其國其國豐熟人民熾盛皆得安樂近彼國界有一王女共爲婚娶娛樂遊戲住此歡樂後時懷姙乃生一女其女漸漸長大乃復有娠月滿以後便生一子形貌端嚴人所樂見親族聚會爲子召諸臣議論爲彼日初出時生其孩子故號名初付入乳母侍養孩子廣如前説如是將養用諸乳酪生酥醍醐等其子如蓮華在水速疾

長大後令入學教其文字曆數筭計種種技藝工巧之法乗象之事弓弩箭射等法王法之事皆悉明解後時先王立爲太子先王先有一上宫王妃名曰達摩復有一大臣名曰宰牛先王甚大憐愛倚付其臣時王共上宫遊戲後時懐姙相師占之必生一子當定殺王自取王位後時王患用諸根苗葉花果種種藥草醫療病不能除大王便作是念今須建立太子安住王位我若死後太子必殺我上宫復作是念我作何計校即喚大臣平章多與受用資具財物便寄達摩分付臣邊令其覆護告言汝是我親近大臣其達摩夫人者是我愛親近夫人我今自知身決定死若死巳後大子正住位時汝應慈念當須擁護莫令殺却達摩夫人臣白王言我作如是必不令殺達摩夫人王即説頌言

積聚皆消散　崇高必墮落　合會終别離
有命咸歸死

説此頌巳即便命終作諸旛華寶塔殯王巳了便建立太子爲大王

根本説一切有部毗柰耶破僧事卷第十八

音釋

捭撲 捭都回切撲普木切捭撲擊物也　脛 胡定切脚脛也　臍 徂奚切肚臍也　婿 蘇計切妻謂夫曰婿　鵄 赤脂切怪鳥　抛 匹交切　暴 蒲報切滴也　幢 直絳切衝城戰車也　姙 汝鴆切孕也　魘 於琰切　瀝 郎擊切滴也　秣 莫割切糜也　楩 毗連切　臰 尺救切惡氣

根本說一切有部毗柰耶破僧事卷第十九

唐三藏法師義淨奉　制譯

是時太子既登位已告諸群臣曰汝等殺却達摩時宰牛大臣白大王言不作觀察無事何故即殺達摩身現懷姙未審生男或是生女若生女時方可殺却時王荅大臣言如是亦得汝當自看時達摩月滿已後即生一男其同日時有一採魚師婦乃生一女與漁師錢物將男換女其大臣即白王言達摩生一女也王曰大好我得解脱後時漁師養育其子漸漸長大令入學讀書乃能綴文巧作辭章時乃立名巧作文章大臣私來告達摩言汝子今大巧作辭章達摩復白大臣言今欲願見形貌方便將來大臣荅言何更須見不須看之時大臣見彼愛戀其子爲作方便令子手持一魚作賣魚人形即往母所其母遥見相師占曰此持魚者必當殺我王自住王位其語遞相告曰轉轉乃至王所王聞此語告諸群臣乃可速即捉取漁師子莫令逃逸其語轉轉漁師子聞已隱藏深處以大黄塗身色如死人形人轝將往深摩舍那之所安著林所即起而走近有一人於林中採取花果遥見此人從死人中忽起而走採果之人隨後即趂不遠便止王使隨後即到問採果人汝見一人作如是形容以不其人荅曰纔見從此路去即速趂捉其漁師忙怕入一浣衣人家其家以衣裳重裹馱於驢上遠離人處河邊解放其漁師兒起立觀察四方遠望無人之處便即速走路逢一人見其疾走路見起王訪者王使尋復到於村中括訪其所

見者報曰從此走過時人被使趍急復投一治皮作靴家而彼家人一一具言被王逼迫令欲殺我等廣如上説復告彼人家言願愍我故爲我作一量鞋鞋根向前鞋頭向後若尋跡者無人知我去處靴師答言我先未曾作如此鞋即説頌曰

曾見種種靴形狀　隨彼尺様便爲作
未有如此造靴鞋　令跟向前鼻居後

時彼靴師言即作著鞋走出村牆既高無處踰過即於水竇中出時王使者尋其脚跡乃見入靴師家處其漁師子情懷怖懼投身入水龍王見已將往宮中爾時大王展轉聞説漁師之子投身入水在龍宮内王勑諸臣於我國内所有持呪之人悉喚將來時諸呪師既聞皆來詣王所時王告言汝等往彼龍宮呪龍將來聞已悉去於別曠野有一藥叉名曰賓伽羅常以魚肉爲食此藥叉住處樹木猶枯況復人見存命龍王被諸呪師呪已逼迫救彼不得即以神力將漁師兒及諸呪師等裹爲一服將往藥叉住處曠野之中安著龍王告諸呪師曰汝等所作非是好事彼漁師兒被藥叉所害我等亦被損之呪師問曰作何方計龍王答言汝等無益之師惱亂於我我被逼迫將漁師兒置於曠野之中令彼藥叉所害汝等亦無所益時諸呪師漸行得歸本國白大王言我等惱亂龍王逼迫極困遂送漁師兒深曠野中賓伽羅藥叉所食時王語言汝等大好更亦尋聽或時未死時漁師兒在於曠野東行西行彼賓伽羅藥叉在一方所共諸惡狗聚集一處漁師兒遥見此

狗便作是念我今決定即死其狗遥見彼人復命一狗往趂捉取其人見已遠走上樹狗在樹下藥叉隨後即到藥叉告言彼可不聞賓伽羅人形藥叉在於曠野之所若有人來住此者皆當損害汝今時到下來其人荅曰我以盡命在此時藥叉住於志柰纏結衣服繫身而住時人欲作計走即往樹下向一方走藥叉與狗同走而趂其人事急即脫身衣擲於藥叉身上徧覆其體群狗謂是其人衆共擒捉食噉彼人便得走脫復作是念我有親舅見在仙人所出家我今可往彼也其仙所住之處花果園林滋茂熾盛有種種鳥出和雅音時漁師兒展轉尋問乃到仙所時大王使諸處尋訪亦到其中於彼捉獲漁師兒便即投身谷下於空中捉得頭髻髮入人手

身墮谷底時王使者作是思惟其人決死執得其髮持向王所白大王今我已誅害漁師兒訖王大歡喜賞賜其使時護仙人所天來仙言汝外甥兒今苦惱逼迫何不觀察仙人報曰我若不擁護必定命終彼仙能持如是明呪令男作女令女成男其仙即以呪法攝受外生即云汝勿怖懼時外甥既得仙人攝受便化身爲美女相貌姝好特異常倫即往婆羅痆斯於王園苑而住其守苑人既見美女心生希有速詣王所白大王言今有美貌成就少女見在苑內王聞語已報曰宜速將來便即以大威儀僕從迎入王宮時王於彼美女深生愛著生愛著已見王暫離便變女身而作丈夫即戴王冠命安地大臣曰册我爲王於時臣佐以大儀著册立爲王爾時諸

天說伽他曰

頭不斷者不爲害　復起能作如是業
隨宜損彼不名害　如害白膠王子者

佛告諸苾芻等於汝意云何其白膠王子曰初王者即是提婆達多於彼時中漁師兒者我身是也從彼王時起此怨讎世尊復告諸苾芻等汝等諦聽昔時曠野有一大村其中有二巧兒作別寶人其人各坐一鋪市易不得相侵別時有一識寶貧人將一寶器來至其所止息三五日間持此寶器彼一鋪人欲買其寶酬價極下時彼貧人不肯賣與更將向彼別寶人邊酬價平和即生歡喜報言汝可買取鋪主答言我無爾許錢財可買答曰隨日所得多少與我其人聞已即便受取酬價少者即來共爭云我先見此人寶器汝今因何奪我市易從此已去遂至怨讎佛告諸苾芻彼酬價少者即是提婆達多於彼時中酬價多者即是我身乃至今時如是結怨惡意不息復告諸苾芻往昔之日曠野村中有一長者居住同族姓家娶女爲婚共爲歡樂其妻有娠月滿已後便生一子毋即命終長者便作是念我更娶妻共爲歡樂娶妻不久誕生一子毋亦命終長者便作是念我亦娶妻不久還死我爲長子索取一女當即娶女遊戲多生子孫其妻問夫已次童子者是何人也夫主答曰此是我弟其妻復問夫曰於後分我錢物已不夫曰世俗之事皆合兄弟有分妻報夫曰若當如此汝今兒子極多既分財物當須殺却你弟其夫聞已凡夫之人爲貪財物無不造罪即作方計報其弟曰今

者可共往入山中採取花果至於山中兄取大石打弟頭破因即命終佛告諸苾芻兄者即是提婆達多弟者即是我身於彼時中乃生怨惡佛告諸苾芻我更說提婆達多共我作怨惡緣起於往昔時曠野中有一大村有一居士同族姓家婚娶一女共爲歡樂遊戲後時懷姙一子月滿已後便生一女形貌端嚴人所愛樂居士曰有人先來從我乞者我當與女時有一婆羅門來乞口云無病居士告言我有一女奉賞與汝時婆羅門曰我占時候日星是非穩便我今不受待於後時日星穩便我當來取說此語已便即退去別有一時復有婆羅門爲求乞故還至彼家口云無病乞與我物答言我有一女奉賞與汝報言先有一婆羅門來乞之時何不與女居士答言彼爲星宿不便口云星宿穩便來取此女時婆羅門言我受此女問曰何不看星宿相宜即受此受時婆羅門便爲頌即受此女受得女已即便歸還先來乞者聞別有人來乞女去即來詣彼婆羅門所告言此女我先受得因何將我女歸來答曰汝爲瞻星非是穩便不取此女我不看星宿穩便遂取此女時彼婆羅門乃生怨惡嗔恚從此即生怨害之心佛告諸苾芻爾時後來求乞得女婆羅門者即是我身是也其先來婆羅門看星宿穩便者即是提婆達多是也時佛世尊在王舍城竹林園中時未生怨王有一大象名曰護財極大獰惡性操常醉每日損人諸人皆怖不敢出門時王舍城人悉來曰王其護財象極大獰惡每日出屋往於坊市四道街衢

損害衆人王當處分看象之人莫令每日出屋須隔日出若出之時預擊鍾鼓令人藏避王告言好即勑大臣令喚看象人來使人依命喚來告言王城中諸人衆來白我護財大象獰惡損害諸人汝當隔日出時預擊鍾鼓告聲象出時調象人等再拜大王已依勑即去其王舍城中有一長者大有財物多有受用發心請佛及苾芻僧時提婆達多聞長者明日請佛并衆設齋即持百千珍寶與調象人告言有長者明日請喬答摩沙門并聲聞徒衆汝可將護財惡象當面放之踐踏喬答摩沙門答言聖者依命如是又須令王知之我等依命時提婆達多即詣未生怨王所白言汝不能立我爲佛爲汝殺父令得王位我今殺却佛自立一切智大王可令護財象出

時未生怨王語提婆達多言汝不聞諸佛世尊未調者能令調伏說已得即去語調象人曰我已白王汝可明日將象出時調象人持鈴擊聲告城中人明日放護財象汝等自當防護時彼長者聞此事已心生愁惱自嘆我是薄福之人今請世尊及苾芻衆過家設供有此事起放惡象出若爲設齋復作是念我今須造飲食熟已將往佛所其夜即辦飲食明旦向世尊所白佛言王舍城中擊鈴告人欲放護財惡象各自防護今者世尊莫入城來所造飲食欲將就此佛告長者汝可作辦我今不怕護財惡象我共聲聞衆同來入王舍城長者聞已歡喜即去至家辦食鋪設座已遥望世尊爾時如來即持衣鉢共苾芻衆入王舍城時人即放護財象等時象見佛并

諸徒衆即生嗔怒速走往如來邊其提婆達多共未生怨王上高樓頭遥望惡象欲踐踏沙門喬答摩提婆達多甚大喜悦即説頌曰

我見十力者　被象力所蹹　聲聞釋種子
今日應消盡

爾時世尊以右手化作五獅子時象見獅子已當時忙怕失大便奔走而去世尊又放大火諸方熾熱唯佛住處足下涼冷其護財惡象東西遊走唯逢熱火世尊住處清淨涼冷當見惡象諸聲聞等皆悉迸散遠走唯阿難陀一人不離佛邊其象醉醒羸弱來詣佛所世尊即以百寶莊嚴輞輪相無畏之手摩其象頭行無畏施即説頌曰

莫樂象身處　象趣是惡趣　當莫損害他
即得賢聖道　汝爲前身業　故生在惡趣
損害諸有情　將是爲歡樂　從此死已後
當生在何處　復往在何邊　賢首汝善聽
諸行是無常　諸法是無我　寂靜是涅槃
於我心生信

爾時世尊即往長者家敷座而坐其護財象隨佛後行佛在長者家其象門外立爲不見佛故即欲推門屋倒佛以神力變其宅舍化爲水精内外相照令遥見佛世尊食竟説施頌已從座而去其象隨佛後行其國大臣具如上説啓白大王王聞此事轉告提婆達多汝大損我其象去已隣境國王聞者必起怨敵汝大不是時提婆達多被訶責已默然而住王勅諸臣言若佛出後當即關閉城門莫令象出城外勿令隨佛後去大臣依勅報守城門人及語調象人繫捉取象莫令隨佛後

去依命即欲捉象其象見佛出城面前不見世尊其象已脚踏鼻氣息不通悶絕而死當生四天王衆天天法當生天者有三種念起從何處滅生在何處是何業報當觀自身從象死已生在於此清淨四天大王中生爲於佛所發歡喜心我今在此歡樂不往如來所甚非道理我先須共諸天圍繞詣如來所其象生天有身百寶莊嚴清淨之身內外明徹其夜即衣裓盛衆妙華往如來所竹林園中其光徧照勝晝日時以衆寶華散佛身上即於前坐聽佛說法世尊觀察隨所樂聽而應說法其天聞已以慧金剛杵摧破二十種我見煩惱山即證預流果既證果已心大喜悅白佛世尊無父無母能作此事無王能作無天能作無親無友亦無過去魂靈無沙門婆羅門枯諸血海唯佛能斷我苦惱海超煩惱山閉惡趣門安置人天勝妙之處即說頌曰

因佛閉塞惡趣門　三塗之中多損害
今掌開闡人天路　復證微妙涅槃城
因佛斷除衆惡業　患翳之目得清淨
能證寂滅聖賢道　超過有流衆苦處
一切人天所應供　能除生老病死苦
於百千生不逢遇　果報今時得見佛
我禮大師垂瓔珞　頂禮佛足心歡喜
右繞三帀欲還歸　騰身即往天宮上

爾時彼天如商人得利如農夫得豐熟如壯士鬪敵得勝如病人得差所將諸天下供養已還與相隨歸於天上於時林中有諸苾芻於初夜念誦經行見大光明徧照林野心生怪愕來詣佛所而白佛言世尊於昨夜分是

何因緣釋梵諸天下世尊所佛告諸苾芻此非釋梵諸天來於我所復次諸苾芻汝曾見護財大象以不如此獰惡奔逸欲來殺我時苾芻等俱白佛言我等悉見佛言我已誨示彼於我所生正信心起歡喜故便即命終得生四天王宫其夜來詣我所爲彼説法得證見諦却歸本宫諸苾芻等心生疑惑唯佛能斷白佛言世尊彼護財象作何罪業隨傍生趣復作何業得生四天王宫及得見諦佛告諸苾芻彼護財象者先集業報今自擔負如暴流必當受之此護財自作自受非他人受復告諸苾芻所作之業無地水火風爲彼受之亦非蘊處界善非善事而説頌曰

假令經百劫　所作業不亡　因緣會遇時

果報還自受

佛告諸苾芻過去世時於賢劫中人壽二萬歲有佛出世名迦葉波十號具足住婆羅痆斯仙人墮處施鹿林中是時此象於彼法中出家持戒不能堅固後不貴重有所虧缺常以四事供給衆僧成熟善根所生之處食飲充足見我正法心生歡喜便即命終得生四天王宫復爲在迦葉波佛時出家讀誦四諦緣起蘊處等法由彼三業修集善根今得生天復得遇我證獲眞諦如是苾芻若修白業等如餘廣説

爾時諸苾芻等心生疑惑佛能斷疑白佛言世尊彼護財醉象當來害佛時云何諸聲聞衆皆悉遠走唯阿難陀一人不離如來佛言汝等諦聽非但今時於過往昔阿那婆達多河邊有一鵝王名曰提頭賴吒有二子一名

滿二名滿面滿者大兒滿面者小兒其名滿者性行極剛獰惡常行欺打種種惱亂自餘諸鵝時諸鵝等每來諮白鵝王汝子咕啄打我鵝王便作是念彼旣麤惡獰性若安立太子位我死已後必損殺諸鵝我今須作方便即喚二子滿及滿面告言汝等可能往詣諸池有鵝之處撿行若先來者我即與王位時鵝王子競意各將五百鵝衆往於諸方東西遊行徧觀池水諸鵝漸行至婆羅痆斯於彼時中有一國王名曰梵德正住王位其國人民熾盛安穩豐熟去城不遠有妙華池清流最勝有諸雜色蓮華而覆其上其池四邊亦有千華果樹亦有雜類諸鳥翔集時鵝王子名滿者共五百鵝衆下來入彼池中心無怖畏遊戲歡樂其滿面共五百鵝衆在虛空中

時有一鵝報滿面言我等可下入此池中已不答言我且往無熱池中紹王位已然後可來於此遊戲當即速疾往無熱池中即紹王位還來至婆羅痆斯池中遊戲時池邊諸人見鵝端正無畏遊戲皆生恠愕人所樂見鵝中之王從何處來至此池中身體莊嚴其池諸鳥無有比者人皆愛之無畏而住在池遊戲時婆羅痆斯衆人聞已俱來皆往池邊觀望看視而住其國臣佐白大王言不知從何方有妙色鵝王共無量百千諸鵝圍繞在彼池中身色端正勝自餘諸鳥人愛不足無畏而住時王告諸大臣言若當如此喚捕獵師來大臣依勑即喚集來王言聞我池中有勝妙鵝王至人所樂見不知從何方來汝等可作方便四面圍繞繫縛將來莫令損彼身體

支節將來見我其捕獵人依命即去巧作方便緩緩繫縛已時鵝王的知不得解脫告諸群鵝汝等速往無熱池中五百群鵝皆悉走散唯有一鵝涕淚而住時採捕人見彼一鵝不被繫縛在鵝王邊啼泣而住心生怪愕告言我懼王勑繫縛汝身汝莫啼哭我不殺汝即將此鵝王往婆羅痆斯王邊傍邊一鵝雖不被縛心相愛念亦隨後去將到王邊王告獵人不繫鵝何因而來其採捕人白大王言我不繫縛彼自隨來王生怪愕語採捕人隨後來者的知是夫婦相愛不離汝解放此鵝王從彼同去莫令有人損害其採捕人白大王言恐別有人損害於鵝王勑群臣告諸百姓勿令損害此鵝也時王即喚群臣卿令可於婆羅痆斯城隍之處擊皷宣令作如是語國中所有一切人衆從今已去但是衆鳥不應傷損臣即如勑普告令知汝等苾芻勿作異念往時滿面王者即我身是彼隨鵝者即阿難陀是其次五百群鵝者即是今時五百苾芻是於彼鵝時皆悉走散唯有阿難陀不相捨離今時亦復如是衆皆走散是阿難陀不捨離我爾時世尊復告諸苾芻等重爲汝說阿難陀不捨離我五百苾芻走散之事汝等諦聽如過往昔於婆羅痆斯有王名阿吒正住其位其國人民熾盛豐熟安樂有五百臣佐爲彼威德近境諸王皆來朝拜時有一人從南天來名曰杖瓶然此一人當敵千人到臣佐所大臣即將見王白大王言聞王威德此一人鬪已敵千人王當攝受時王即賜受用財物於後時中比境有王軍馬漸多強

盛勇健即辦象馬車步四種兵士來逼阿吒共爲闘戰其阿吒王亦以四事兵馬出共闘戰其外境王被打陣破散走而去各歸本所還來聚集密遣一人諮五百群臣我更闘戰汝莫共我闘敵若得位時多與汝等財寶勝阿吒萬倍其五百群臣皆悉迴意共外境王情同密契時王復以四事兵甲更來闘戰阿吒亦以四種兵士共爲闘敵其五百大臣共外境王同情不戰彼南天來者共阿吒王心大苦惱彼人即説頌曰

一切有捨離　多時好看侍　唯有杖瓶人
不離大王所

彼勇健人殺彼五百大臣爾時佛告諸苾芻勿作異念時彼阿吒王者即我身是也彼敵千人勇健者即阿難陀是其五百群臣者即此時五百苾芻是其五百苾芻皆悉走散離我唯阿難陀不捨離於我復告諸苾芻等汝等諦聽阿難陀不捨離我之事如過往昔有一菩薩住不定聚在一方所山中受獸王師子身時有五百野犴每常隨後求拾殘食同住山中師子殺得蟲獸上味血肉食已捨去餘有殘者野犴取食多時在彼於後時中彼師子王夜見蟲獸夜闇不覺墮在枯井其五百野犴中有一野犴見師子墮井不離井邊思念方便作何計校救拔師子得出井中自餘野犴見五百群鹿隨後而行其彼一野犴傍井東西遊行見一土堆以脚推土置於井中土漸滿井師子得出爾時諸天於虚空中即説頌曰

皆須作親友　羸弱及强者　我見一野犴

從井救師子

佛告諸苾芻等時師子者我身是也其一野犴者阿難陀是也昔四百九十九野犴即此四百九十九苾芻是也其四百九十九苾芻棄捨於我唯阿難陀不捨而住佛告諸苾芻等諦聽乃往昔時有一菩薩在不定聚時一方所與五百鹿爲王有一獵師欲害群鹿於河側邊著弶柵網索計校捕獵時諸鹿等心無畏懼遊行至彼然其鹿王於前而行遂被繫縛既見被縛諸鹿並皆走散有一母鹿住於王邊而不棄捨於時鹿王欲斷其索而不能斷母鹿見其鹿王不能斷索便說伽他曰

大威德鹿王　宜速慇懃解　安置弶柵者
獵師今欲來

爾時鹿王便以伽他以頌答曰

我今作何計　無能斷此索　弶索極堅牢
縛脚令徹骨

爾時獵師手執弓箭身著袈裟到此鹿所母鹿見獵師欲害鹿王於時鹿母即就鹿王而說頌曰

大威德鹿王　宜速慇懃解　安置弶柵者
獵師今欲來

爾時鹿王以頌報曰

我今作何計　無能斷此索　弶索極堅牢
縛脚令徹骨

爾時鹿母心懷虛怯即就獵師而說伽他曰

汝是大獵師　宜放弓箭却　將刀先殺我
然後殺鹿王

爾時獵師聞是語已心大驚愕而問鹿母此鹿是汝何等眷屬鹿母報曰是我夫主獵師

聞是語已便說伽他而報彼曰
我今不害汝　亦不殺鹿王　令汝重相愛
夫妻還得合
爾時鹿母說伽他曰
如我與夫同歡樂　愛重夫主還相見
願汝與諸眷屬等　恒常愛重同歡樂
爾時獵師聞是語已心大驚怪歎言希有便
解鹿王與母鹿同去爾時佛告諸苾芻汝意
云何其鹿王者豈異人乎即我身是其母鹿
者阿難陀是四百九十九鹿者是四百九十
九苾芻是其四百九十九苾芻棄我而去唯
阿難陀不捨而住時諸苾芻咸皆有疑唯有
世尊能斷疑惑大德世尊宜可觀察提婆達
多自爲臭穢爲利養故損害其身佛告諸苾
芻提婆達多非但今世以貪穢惡利養故而
害其身汝等諦聽乃往古昔於一山中有大
花池時有大象住在池邊復池一邊有野犴
住身多臭穢是時其象從池飲水而出其野
犴欲往池邊飲水野犴告象曰仁可避路若
不爾者可共鬭敵象作是念此可愍物臭穢
無止若以足踐或鼻或牙害彼皆悉穢惡我
今還以穢惡之物方可害彼而說頌曰
亦不足踏汝　復不鼻及牙　我用穢物殺
當以穢殺穢
時象復作是念我向一邊行彼應必隨我後
即向一邊速去其野犴便作是念我以口辭
彼懼退走即隨後趂象其象見近即以極努
放糞打其野犴便即命終佛告諸苾芻等勿
作異念爾時彼野犴者即提婆達多是當以
穢物損害今時亦穢惡利養故損害時苾芻

心皆疑惑唯佛能斷來白佛言若能依佛教者皆度生死苦難若依提婆達多教者墮在苦中

根本說一切有部毗柰耶破僧事卷第十九

音釋

綴 陟衛切聯也 擧 雲俱切兩手對舉也 括 古活切撿也 獰 女耕切惡也 踐 才線切踏也 呫啄 呫他叶切嘗也啄竹角切鳥啄也 怯 去劫切畏懼也

根本說一切有部毗奈耶破僧事卷第二十

唐三藏法師義淨奉　制譯

佛告諸苾芻等如過往昔若依我教者皆得離大苦難若依提婆達多者皆在苦難之中汝等諦聽乃往古昔於曠野中近有一村其村樹花果滋茂隨近有二群猴一部五百各有一猴王其中一王夢見被五百猿猴擲此二王於熱鑊中於此夢中生大驚愕身毛皆竪便即夢覺命喚群猴即說此夢告言我今所見夢者不是好耶我等須棄此居所住之處移往餘處群猴白言如大王所說當須走離菩薩是大威德若見夢者必當真實其王即喚第二王告言我今見如是夢須往別處住王難信告言凡所夢見可即依此信耶汝若欲往隨意所去我今於此境界得寬我終不去彼王知其難信領自管五百群猴即移餘處後時於彼村中有一賤婢炒麥有一羊來至婢邊欲食此麥其婢即以火燒木打羊火著身上被燒急已走入王家象坊坊內多有芻草其羊抖擻身火便落草上燃著草木衆象被燒其當象人告王時王即喚醫人告言衆象被燒爾急作何醫療時彼醫人便作是念往日被群猴損暴我田農我今得便當須酬冤白大王言此象被燒須用猿猴脂塗身方可得差時大王勑諸群臣汝等速須訪覓猴脂臣等依命即喚獵師汝等可速覓猴將來獵師依命即往諸方捕捉猴彼難信猴王并五百群猴俱被繫縛將來王所其醫人爲久結怨恨將彼猿猴等活擲著於熱鑊之中爾時諸天即於空中而說頌曰

近寃不可住　城及村野中　婢嗔羊食麥
猴等被銷鎔

佛告諸苾芻汝等勿作異念爾時見夢猴王者即我身是其難信猴王者提婆達多是所餘獼猴取我語者免斯火怖取提婆達多語者悉遭劇苦今時取我語者並於生死大怖而得解脫受提婆達多言教者悉遭苦難復次所有隨我意者平安得達苦難所隨提婆達多意者悉遭苦難汝等苾芻諦聽乃往昔時有異方所有二獼猴王各有五百眷屬其中一獼猴王與五百眷屬游行人間至一聚落於此聚落有一金波伽樹其樹果實茂盛時諸群猴見此果樹白猴王曰此樹果子茂繁枝將欲折我等遠來疲之取其果食爾時猴王見斯樹已遂說頌曰

此樹近聚落　童子不食果　汝等應可知
此果不堪食

說此頌已諸獼猴等即便捨去其第二獼猴王亦與五百眷屬遊行人間漸至此村是諸獼猴亦入其村果實繁茂便告獼猴王曰我等涉路疲勞欲食其果安穩而去獼猴王曰善哉爾時五百獼猴即食其果於時諸獼猴等所食其果皆悉致死汝等苾芻勿作異念其不食果獼猴王者我身是其第二獼猴王者提婆達多是隨順我意者平安得達苦難隨提婆達多意者還遭苦難今時諸有情等隨順我語於生死中而得解脫受提婆達多言教者悉遭苦難爾時提婆達多以石欲擊世尊於時諸婆羅門居士等悉懷嗔恚咸言我等即殺提婆達多其中有人是提婆達多

朋友者即報提婆達多提婆達多聞已即於閑林樹下安禪而住時諸婆羅門居士等見提婆達多在於樹下安禪而住各相謂曰汝等應知此提婆達多有大威德我等云何以得殺之云何令我發斯惡事宜速各去時諸苾芻聞提婆達多住如是威儀諸婆羅門居士等雖暫瞋怒而不殺害是諸苾芻咸皆有疑唯佛世尊能斷疑惑以緣白佛大德世尊今可觀察提婆達多作非法罪於諸人衆示現修善佛告諸苾芻其提婆達多非但今世作斯非法而現正法誑惑老鼠以害其命汝等諦聽我爲汝說乃往昔時有異方所有一鼠王與五百鼠爲眷屬有一猫子名曰火燄其猫少年之時所有鼠等悉皆殺害後年老邁便作是念我昔少時氣力強盛以力捉鼠而食我今年既朽邁氣力微薄不能捉獲設何方便而捉獲鼠作是念已徧觀其地乃見一鼠王與五百鼠而爲眷屬住此方所即就鼠穴詐作坐禪爾時諸群鼠出穴遊行乃見老猫安然坐禪其鼠問曰阿舅今何所作老猫答曰我昔少時氣力盛壯作無量罪今欲修福除其舊罪時群鼠等聞是語已皆發善心今此老猫修行善法即與鼠等右繞老猫行於三徧便入於穴其猫取其最末後者而食不經多時其鼠漸少鼠王既見此已便作是念我鼠等漸漸數少其老猫氣力肥盛是事必有緣由其鼠王即便觀察乃見老猫於其糞中有鼠毛骨心即知老猫食我鼠等我今深觀捉鼠之時作是念已便即於窟而看老猫乃見老猫捉最末後鼠而食王見已避

遠而立遂說頌曰

老猫身漸肥　群鼠積漸少　食苗實根猫
糞不應毛骨

汝今修禪不謂善為利詐作修善人頗汝無病安穩住我今群鼠汝食盡佛告諸苾芻勿生異念時彼火燄老猫者提婆達多是作非法罪於諸人衆示現修善是諸苾芻咸皆有疑唯佛世尊能斷疑惑大德世尊思審觀察隨世尊言教者安穩得度生死順提婆達多言教者遭大苦難佛告諸苾芻汝等當知非但今世隨順我言教者得度生死往昔亦復如是汝等苾芻諦聽諦聽我為汝說乃往昔時有二導師各有五百車乘過於磧中或得水草或不得水草乃經數日諸牛犢等極遭苦難於後見一方所其草青茂有多涌泉時諸商人將諸牛犢就其水草時諸商人入水澡浴飲諸牛犢既飲水已便息而住其五百群牛之中有一牛王告諸牛曰此方地所青草鬱茂有好浴泉我等恣意飲食而住若有商人備駕於我便須卧地不復受使第二牛王告群牛曰汝等應知其商人等有大氣力能調伏難調之物宜可依舊隨順人等搬運車乘恐後有損其大牛王聞是語已即嗔第二牛王汝所言者依前受他驅使是事非法豈有人類能見自背復告群牛曰汝等取我言教不須於此去於時商人欲駕其牛彼諸牛等見商人欲捉便即瞋怒跑地擗裂商人見已各執棒打皮皮穿流血即令駕車餘牛牽車而去皆不被打爾時空中諸天即說頌曰

今觀惡牛王　妄語行惡行　諸牛緣此苦
飢渴身流血　復觀善牛王　淳和出正教
由此諸牛類　度險身肥飽

佛告諸苾芻汝等勿生異念其最勝牛王出正教者即我身是時彼牛王出惡教令令彼群牛遭苦難者提婆達多是昔時有能受我教者皆得安隱能越危苦諸險難處諸有能受提婆達多言教之者皆遭如是苦難非但往昔現今能有隨我正見受其教誨皆得安隱越度生死煩惱大海若隨順提婆達多邪見惡行恒遭如是諸大苦難時諸苾芻咸皆有疑惟佛能斷以緣白佛惟願世尊觀是提婆達多自身愚癡眷屬亦爾佛告諸苾芻提婆達多非但今世愚癡往時亦然汝等諦聽我爲汝説乃往古昔有一閑靜林野之處有群獼猴遊住於此時諸獼猴遊行漸至一井乃觀井底見彼月影既見月已詣猴王處白言大王應知其月見墮井中我等今應往拔出依舊安置是諸獼猴咸讚言善便相議曰云何方便可能拔月其中或云不須餘計我等連肱爲索而拔出之時一獼猴在井樹上攀枝而住其餘一一次第以手相接獼猴既多樹枝低下欲折時彼最下近水之者攪水見月由水渾故月便不現樹枝便折一時墮水被溺而死時有諸天而説頌曰

此諸癡獼猴　爲彼愚導師　悉墮於井中
救月而溺死

佛告諸苾芻等往昔獼猴王者即提婆達多是昔時由爲愚癡故以愚癡而爲眷屬今時亦爲愚癡眷屬

爾時世尊在王舍城竹林園中時世飢歉乞食難得佛告諸苾芻我欲三月靜住不得一人輒來見我除取食者及長淨日大德亦應共立明制時舍利弗摩訶目揵連在南山内三月安居時提婆達多亦於夏中三月供給飲食及以雜事滿三月已提婆達多爲諸大衆廣説妙法苾芻當知沙門喬答摩常説法時讚歎在山寂靜離諸煩惱解脱最疾最速一者乞食二者糞掃衣三者三衣四者露坐如是四人去諸塵垢證得解脱若有人不樂如是四種修道不樂解脱者即合受籌出離衆外説此語已於時大衆五百苾芻人各受籌隨提婆達多出離衆外行至門首羅怙羅見語五百苾芻曰云何捨如來隨逐惡黨而去諸苾芻告羅怙羅曰我於三月安居飢餓蒙提婆達多供給取食幷將雜物而供養之若不祇濟我等死盡提婆達多分破僧時大地震動流星晃曜四方火然一切諸天擊鼓震響高聲唱言自今已後涅槃道息無有道果者無有漏盡者無有讀誦蘇呾羅毗柰耶阿毗達磨心亦不著阿蘭若處亦無修聲聞辟支佛道者亦無修阿耨多羅三藐三菩提者人天浩亂三千大千世界法輪不轉衆生隨人不隨於法舍利子摩訶目揵連見此奇怪斂心入定觀見提婆達多破和合僧便相謂曰我等宜往滅諸諍論求令和合三月已滿三衣已具即往世尊所漸漸遊行詣王舍城竹林園中安置三衣洗足已往世尊所見羅怙羅在門外立謂舍利子曰鄔波馱耶知不提婆達多已破僧訖舍利子曰我以知訖

故爲此來汝勿憂愁我當和合便入衆中見世尊稽首頂禮却坐一面而白佛言我聞惡人提婆達多已破僧衆我欲和合未審世尊垂慈許不爾時世尊即便歎曰善哉善哉若能如是和合僧者得福無量時舍利子并大目連白此事已奉辭世尊便往南山詣提婆達多所時提婆達多作佛威儀爲衆說法孤迦里迦在右邊坐褰荼達驃居在左邊時提婆達多遥見大徳舍利子目揵連來便作是念我已成一切智人而此大徳入我衆中即遣左右侍從令起即遣舍利子目揵連左右而坐時孤迦里迦褰荼達驃既被强移坐處心生瞋恨善自思惟我等有大過失助破僧衆若欲不起恐被瞋打便即移處遣大目揵連并舍利子居在左右而坐提婆達多若舍利子曰我今背痛汝爲大衆演說妙法爾時舍利子黙然受請提婆達多說此語已便疊僧伽胝支頭右脇而卧時舍利子以神通力令遣仰眠不令覺知告諸大衆汝等大師眠如孩兒時舍利子告目連曰汝爲大衆可速現神通迴心向佛是時大目揵連即便身騰虚空具四威儀行住坐卧入火光三昧放種種光明青黄赤白或身上出水身下出火或身上出火身下出水東西南北具見四種神通現神通已從空而下却坐本處是時大衆見大目揵連具此神通心懷悲惱我若侍佛亦應具得神通道德舍利子告大衆曰諸苾芻汝等若於佛世尊所有赤心者可隨我去既聞語已即隨舍利子後往詣佛所僧衆去後孤迦里迦苾芻即喚提婆達多起令趂舍

利子時舍利子恐提婆達多不見我徒衆故必當懊惱吐血而死遂便漸次緩緩遊行使提婆達多得見我等於時提婆達多從睡起已拭眼而趍舍利子以神通力當路作大深坑提婆達多孤迦里迦褰荼達驃等五人不覺墮墜坑迷亂不知出處復自思惟我今既失徒衆莫知尋覓且歸本處時舍利子目揵連及諸僧衆漸詣佛所到蘭鐸迦竹林園邊欲見世尊極大羞慚不能舉目各自思惟我等云何作如是非法無慚愧事漸詣佛前而立世尊大慈憐愍輭聲慰問汝等苾芻極大疲勞來至我所今者人身難得已得佛法難聞已聞六根難具已具善惡之事已具知之我已成就如來應供正徧知明行足善逝世間解無上士調御丈夫天人師佛世尊我常演

說寂滅涅槃究竟菩提說無明緣行行緣識識緣名色名色緣六入六入緣觸觸緣受受緣愛愛緣取取緣有有緣生生緣老死憂悲苦惱若無明滅則行滅行滅則識滅識滅則名色滅名色滅則六處滅六處滅則觸滅觸滅則受滅受滅則愛滅愛滅則取滅取滅則有滅有滅則生滅生滅則老死滅老死滅則憂悲苦惱滅汝等苾芻常思修學自利利他自利利他之法若法不善無利無樂究竟不善及於他四輩所得飲食衣服卧具湯藥自身不善之事不應作者莫作但觀自身及他有利益者常須修學於時諸苾芻等聞此法已心生歡喜疑網皆除内外清淨有異苾芻等心生疑惑而問世尊有何因業今被破和合僧佛爲諸苾芻說過去業我自聚集作業

今自受之非是他受苾芻當知有情作業還有情受非無情受而說頌曰

假令經百劫　所作業不亡　因緣會遇時　果報還自受

爾時世尊告諸苾芻乃往過去清淨山林有一大仙五百小仙以爲眷屬俱共修道時有客仙來過其所主人不與如法供給看侍客仙心生懊惱而恨便破和合仙衆誘引彼諸小仙言我善解種種道術及五神通我當教示汝當隨我後時大仙知此事已勸彼客仙莫破我衆非是仙法巧設善言令生歡喜雖得如是滅諍之語由勸不息設方便時世有辟支佛有大慈悲少欲知足上勝福田遊行世間漸詣仙所大仙見辟支佛端嚴殊勝心生歡喜供養恭敬而發願言以此供養佛功德願我當來得大智慧神通之力客仙雖成一切智願我能破彼和合僧衆結會古今往時客仙我身是也五百仙人中有大仙主者提婆達多身是爲此因緣黑業有黑業報白業有白業報非黑非白業有非黑非白業報諸苾芻當知宜捨一切不善之業修集善業應當修學時諸苾芻復有疑故而白佛言世尊彼提婆達多何故內作於外外作於內世尊告曰是提婆達多非是今身內作於外外作於內過去亦復作如是惡諸苾芻諦聽我說往昔有一野犴其性饕餮遊行聚落處處求食日至染家不覺墮於藍色盆中染主已見挑出擲地於時野犴遂宛轉灰土既見身體汙惡不淨便即入河沐浴而去身毛光澤似如藍色時衆野犴見其毛色異於尋常而

生甚恠衆共問言汝是何人彼即答曰我是帝釋天王之使冊我作禽獸中王時野犴作是思惟身是野犴色非本類時衆野犴共報獅子知獅子便告大獅子王獅子遂即遣使令撿虛實其使到已見彼藍色野犴乘大白象諸禽獸等普皆圍繞如事獸王其使見已還來王所廣說如前大獅子王聞是語已便與軍衆往彼衆所見野犴王乘大白象衆獸圍繞大蟲及豹大力獸等親爲左右餘小野犴遠避而住心生懊惱便設方便於野犴中差一野犴令喚王母其母問曰於我兒所有何伴屬野犴答曰内有獅子虎象我居外院母曰汝去定殺我子并說頌曰

我在山谷中歡戲　隨時得飲清泠水
子若不作野犴鳴　得居象上身安樂

使者還來報同類曰彼是野犴非是王種我於山中親見其母諸伴報曰我可試看即便就彼然野犴法爾若一鳴時餘不鳴者身毛墮落餘即鳴吽其王野犴作是念曰我若不鳴毛便落地若下象作聲必被他殺我今寧可象上作聲即便鳴吽其象即知此是野犴即以鼻牽下雙脚蹋殺空中天見說伽他曰

在内翻居外　合殊乃居中　斯皆不合爲
如野犴乘象

佛言苾芻汝等當知往時内翻爲外外居於中自滅其身野犴王者提婆達多是也由彼過去顛倒業故今亦如是破和合僧内翻爲外外乃居中時提婆達多既趂舍利弗等不得迴還本處生大忿怒便打孤迦里迦等隨黨走衆而告彼言良由汝等失我徒衆時諸

苾芻疑而問佛提婆達多以何緣故舍利弗等領其徒衆應瞋不瞋於自隨黨無辜輒便漫打佛告諸苾芻非但今身枉作事業亦曾過去別人衒婦枉殺他人乃往過去有夫婦二象居住山澤母象婬逸與外象通既被衒誘欲逐他去恐其夫覺事有乖競與其夫象入河澡浴語夫象曰誰能沒水久住不出夫唱我能便共沒水彼二伺其未出遂私相奔走其夫象入水多時乃一度出看其二象不見復入沒水如是再三便至困乏不已遂便出水尋婦不見於其水中處處討捕因此枉踏無量衆生至死爾時空中諸天而說頌曰

象身雖復大　智慧甚微淺　好婦被他將
枉殺諸含識

佛告諸苾芻時夫象者今提婆達多是今亦如是別人作業別人受辱時諸苾芻咸皆有疑問佛世尊是一切智舍利子及目揵連云何如是能作善巧方便勸化導誘此五百苾芻捨邪歸正來至佛所佛告諸苾芻其舍利子及目連等非但今時誑得脫彼於過去世亦曾誑誘乃往過去世時有一丈夫常在山居善能弓射諸技藝後生一女長養漸大其人心念今我此女不應輒嫁若有男子弓劍業藝與我相似方嫁與之於後不久有二男子來習技藝一者學成五種技藝一者唯學成一餘四不得其人遂便將女嫁與業成之者藝不成者心便忿恨捨離而去便就劫盜賊邊共爲伴侶以解用刀於要路處待彼女夫欲相屠害於後不久其人眷屬乘車將過路逢商人多衆將度便問之曰汝等諸人何

故不過答言有賊當路其人報言我等但過無勞畏懼諸人告曰汝若不畏請在先過我等諸人隨後而往既聞此語馳車便去諸賊徒等上樹遥望見彼車來報賊主曰今有車來其賊逆使一人汝今宜迴不須來過我於此處大有健兒其人報云汝雖極健我亦甚健於時賊主差五人來今與共戰咸皆致死又差三七人來亦都殺盡後時總來衆戰並俱被害唯舊同學一人得存最後二人交戰然女夫被其箭皆被賊人以刀揮斷竟不能害且五百箭皆悉放盡唯殘一箭遷延而住其婦問曰何以不射彼便報曰今我與君二人之命併在此箭所以然者我留此箭有所防護今若放訖他來害我并君亦死婦人見此即便起舞運轉之間彼賊樂觀遂忘禁禦其夫伺之即便放箭應箭便死臨命終時而說頌曰

此非彼車主　而能殺於我　因我起染心
觀他便失命

佛告苾芻汝等當知彼車主者豈異人乎今舍利子是時彼婦者今目揵連是其賊主者今提婆達多是如彼過去車主及婦俱得賊便今舍利子及目揵連善能得彼提婆達多之便亦復如是

爾時世尊在王舍城王子侍縛迦菴沒羅園時未生怨王曾於五月十五日夜將安居時明月澄天光景華麗與諸臣佐后妃婬女在高樓上告諸人曰今既夜月清閑圓明可愛我及卿等欲何所作宜各述懷啓請其事時有婬女應聲報曰大王人生行樂不可虚度

令此良宵可以遊戲恣情受五欲樂是王之事復有一女言大王我今意欲此王舍城一切道俗共爲歡會同受欲樂是王之事時王太子鄔陁夷白言大王今此明夜大王親領四兵罰不臣國邊荒靜謐戰勝旋歸是王之事復有大臣是外道徒黨白言大王此明月夜觸目清閑當十五日將安居時可於尊者晡剌拏等六大明師人所遵承爲物稱首各有五百人無依徒侶常共隨逐現在王舍城將欲安居堪消物利我等宜應就彼足下奉事供養此是王事復有王子侍縛迦於衆中坐王告之曰汝侍縛迦何故默然一無所說侍縛迦白言大王屬此芳辰朗月澄淨人皆共愛將安居時然佛世尊具大威德有聖弟子慈悲普覆爲世導師最上福田在我園中爲斯居事宜親供養是王業也時未生怨王聞安說已即整威嚴乘大香象并將五百宮人五百象各持明炬與諸眷屬詣菴没羅園王於中路心驚毛竪便作是念此侍縛迦將非與邊賊相知來誘引我害我命不即問侍縛迦曰汝佛世尊與幾多人在園中住報曰與千二百五十苾芻王又問曰若非汝有異心既有許多人衆吾何不聞謦欬之聲侍縛迦答曰彼佛世尊三業寂靜心常在定弟子亦爾以是義故無喧雜聲王聞此語心便決定更無疑難便至佛所下象馬已見佛世尊與諸大衆諸根寂定湛然如海遂便五體投地頂禮佛足合掌而白佛言世尊大慈三業寂靜唯願善誘導訓我見得令似佛常無喧亂爾時如來以慈善心慰喻王曰善哉大王

宜時就座諸有疑難恣其所問既坐定已白佛言世尊於世間中有種種業行有結花鬘者有竹作者或有屠膾或作販賣調伏象馬或言話或爲弓射或作乞求戰鬭勇力事王剃頭染浣縫衣如是類各以自業求覓資財隨情修福著五欲樂世尊頗有如是衆生之類於現世中得沙門果不時佛却問王曰大王於如是義曾問餘人以不王白佛言世尊於如是義我以曾問外道晡剌拏等訖彼諸師等答曰於我經中說如是法無善惡業無善惡報無施與祀無施祀業無父母無父母恩無有此世他世無有修道得聖果者無有聖人無羅漢果者四大散已無所依止若有人言今世後世業因業果真實有者皆是妄言智慧所說愚人所談二俱皆空時未生怨王復白佛言世尊我問六師種種實義彼皆妄答如人問菴沒羅果他將梨果而答之若問梨時便將菴沒羅答邪見六師晡剌拏等正問邪答是外道等雖作如是種種邪說種種邪答皆不入我意亦不隨喜捨離而去更問諸餘六師外道末羯利俱賒離子等於今在世一切衆生作種種業作種種行種種技藝侍養父母供養三寶供給悲田於如是等衆生類中依因此業類有得道及聖果不彼即答曰於我經中作如是說無因無果無善無惡無有煩惱無有斷者無有涅槃無有得者三世之中所有因果皆悉空無一切皆是自然智者自智愚者自愚無有修者亦無得者亦無自利亦無利他一切衆生無因生無因滅如是師等皆作如是妄說非善說非理

說我作東問他在西答我雖聞如是種種邪說不入我意亦不隨喜亦不領受辭捨而退更復詣彼散逝移所亦作如是種種問疑如前衆生種種行業種種技藝行生死業於此業中頗有衆生因如是業能盡煩惱證聖果不彼即答曰大王當知我所說者當教衆生自行殺生教他殺害自斫斫他自炙炙他自行偷盜教他偷盜自行婬欲教他婬欲自作妄語教他妄語自行飲酒教他飲酒自行劫盜教他劫盜破家破國所逢衆生地行空中悉皆殺害若殺無量無邊衆生若能恒河此岸殺無邊衆生作無邊惡恒河彼岸供養無量無邊衆生作無量無邊功德此爾衆行並無因無果無得無失無增無減世尊我問正義他作如是種種妄說我作東問他乃西答我聞此已亦不歡喜亦不隨喜便捨而去復往餘處阿市多雞捨甘拔羅所我如前正問他亦如前邪答作如是說都有七物是七種物體是自然亦非他作非是他生不從他有非聚非散常侍自然何等爲七地水火風苦樂命是七種物無人能造亦不相妨於善於惡及苦樂不苦不樂此之七事作與不作俱無記驗亦無報無有死者亦無殺者萬四千種樂更有六萬三業二業一業半業等惡若能具造如是種種諸惡即得解脫生死苦難

下餘世尊正答廣如毗柰耶雜事

根本說一切有部毗柰耶破僧事卷第二十

根本說一切有部苾芻尼毗奈耶

唐三藏法師義淨奉　制譯

清刻龍藏佛說法變相圖

三藏聖教序

唐中宗皇帝製

蓋聞蒼蒼者天列星辰而著象茫茫者地奠川嶽以成形仰觀天文既如彼也俯循地理又若斯焉夫以妙旨幽微名言之路攸絕眞如湛寂性相之義都捐然則發啓心聾資法雷之激響獎導迷衆俟覺首以司方故知假名不壞於常名樂說乃詮於無說至若象外之象獨稱三界之尊天中之天爰著六通之聖法王利見孕育於七十二君梵帝乘時牢籠於萬八千歲周星閟彩言符降誕之徵漢日流祥載叶通神之夢故能威揚沙劫化被塵區玉毫舒耀而除昏金口弘宣而遣滯破煩惱之賊詎藉干戈壞生死之軍唯憑慧力闢圓明之界廣納於無邊開常樂之門普該

於有識縱使浮天欲浪境風息而俄澄漲日情塵法雨霑而便廓歸依者消殃而致福迴向者去危而獲安可謂巍巍乎其有成功蕩蕩乎而無能名者矣但四生蠢蠢未悟無常六趣悠悠俱纏有結詎知空華不實水月非堅馳逐於五陰之中播遷於三界之域納諸品彙終俟法門自白馬西來玄言東被世尊則隨類敷演衆生乃逐性開迷馬鳴擅美於瓊編龍樹騰芳於寶偈於是遥通震旦遠布閻浮半滿之教區分大小之乘並鶩澄安俊德接武於勝場琳遠高人騁蹤於法宇遂使微言著範歷千古而暢英聲至賾流規周十方而騰茂實頃屬後周膺運大扇魔風遂使天下招提咸從毀廢寰中法侶並混編甿嗟乎閴寂禪居空留宴坐之處荒涼慧苑無復經行之蹤爰洎開皇重將修建旋逢大業又遇分崩鬼哭神吟山鳴海沸既遭塗炭寧有伽藍正法消淪邪見增長於是人迷覺路邅迴於苦集之區俗蔽真宗羇絆於蓋纏之内我大唐之有天下也上凌巢燧俯視羲軒三聖重光萬邦一統威加有截澤被無垠掩坤絡以還淳亘乾維而獻款再懸佛日重補梵天龍宫將八柱齊安鷲嶺共五峯爭峻大弘釋教諒屬皇朝者焉大福先寺翻經三藏法師義淨者范陽人也俗姓張氏五代相韓之後三台仕晉之前朱紫分輝貂蟬合彩高祖爲東齊郡守仁風遂扇甘雨隨車化闡六條政行十部爰祖及父俱厭俗榮放曠一丘逍遥三徑含和體素養性恬神摘芝秀於東山挹清流於南澗可謂幽尋丹嶠棲偃白雲臯

鶴於是吞聲塲駒以之縶影法師幼挺明晤夙彰聰敏纔踰辨李之歲心樂出家甫過遊洛之年志尋西國業該經史學洞古今總三藏之玄樞明一乘之奥義既而閑居皆靜息慮安禪託彼山林遠慈塵累三十有七方遂雅懷以咸亨二年行至廣府發蹤結契數乃十人鼓棹升航唯存一已巡南溟以遐逝指西域以長驅歷巖岫之千重泛波濤之萬里漸届天竺次至王城佛説法華靈峯尚在如來成道聖躅仍留吠舍城中獻蓋之蹤不泯給孤園内布金之地猶存三道寶階居然目覩八大靈塔邈矣親觀所經三十餘國凡歷二十餘載菩提樹下屢攀折以淹留阿耨池邊幾濯纓而濼鑒法師慈悲作室忍辱爲衣長齋則一食自資長坐則六時無倦又古來翻譯之者莫不先出梵文後資漢譯撫詞方憑於學者詮義別禀於僧徒今兹法師不如是矣既閑五天竺語又詳二諦幽宗譯義綴文咸由於已出指詞定理匪假於傍求超漢代之摩騰跨秦年之羅什所將梵本經近四百部合五十萬頌金剛座真容一鋪舍利三百粒以證聖元年夏五月方届都焉則天大聖皇帝出震膺期乘乾握紀紹隆爲務弘濟爲心爰命百僚兼整四衆虹旛搖日鳳吹過雲香散六銖華飄五色鏘鏘濟濟煒煒煌煌迎于上東之門置于授記之寺共于闐三藏及大福先寺主沙門復禮西崇福寺主法藏等翻華嚴經後至大福先寺與天竺三藏寶思末多及授記寺主惠表沙門勝莊慈訓等譯根本部律其大德等莫不四禪凝慮六度

冥懷懸法鏡於心臺朗戒珠於性海詞林挺秀將覺樹而聯芳慧炬揚輝澄桂輪而含影渾金璞玉諒屬其人誠梵宇之棟梁實法門之龍象已翻諸雜經律二百餘卷繕寫云畢尋並集內其餘戒律諸論方俟後詮五篇之教具明八法之因備曉鵝珠尚護蟲命無傷浮囊必取於不虧油鉢終期於靡覆崇聖教之綱紀啓含生之耳目伏願上資先聖長隆七廟之基下逮微躬恒佐九天之命遷懷生於壽域致薄俗於淳源歲稔時和遠安邇肅顧以萬機務總四海事殷爰憑乙夜之餘式贊彌天之德課虛扣寂聊題序云

根本說一切有部苾芻尼毗奈耶卷第一

唐三藏法師義淨奉制譯

毗奈耶序

稽首大悲尊　能哀愍一切　面滿如初日
目淨如青蓮　佛生調伏家　弟子衆調伏
調伏除衆過　敬禮法中尊　佛說三藏教
毗奈耶爲首　我於此教中　略申其讚頌
如樹根爲最　條幹由是生　佛說律爲本
能生諸善法　譬如大隄防　瀑流不能越
戒法亦如是　能遮於毀禁　諸佛證菩提
獨覺身心靜　及以阿羅漢　咸由律行成
三世諸賢聖　遠離有爲縛　皆以律爲本
能至安隱處　若此調伏教　安住於世間
即是諸如來　正法藏不滅　戒是能安立
如來正法燈　離此即便無　安隱涅槃路
佛遊於世間　隨處說經法　律教亦如是
故知難值遇　如地載群生　能長諸卉木
律教亦如是　能生諸福智　佛說由律教
能生衆功德　奉持得解脫　毀破生惡趣
象馬若不調　制之以鉤策　律教亦如是
不調令善順　如城有隍壍　能禦諸怨敵
律教亦如是　能防於破戒　譬如大海水
能漂於死屍　律教亦如是　能除諸破戒
律是法中王　諸佛之導首　苾芻喻商旅
此爲無價珍　破戒逾蛇毒　律如阿伽陀
威壯意難調　以律爲轡勒　律於善道處
常與作橋梁　亦於惡趣海　能與爲船栰
若行於險路　戒爲善導者　若升無畏城
以戒爲梯隥　大師最勝尊　親說於律教
此二無差別　咸應歸命禮　佛及聖弟子

咸依律教住　於戒生恭敬　故我歸命禮
我依律讚歎　此說應尊重　於初首歸依
吉祥事成就　毗奈耶大海　涯際淼難知
差別相無窮　豈我能詳悉　大師律教海
甚深難可測　我今隨自能　略讚於少分
世尊涅槃時　普告諸大衆　汝於我滅後
咸應尊敬戒　故我申讚頌　欲說毗奈耶
仁等應志心　善聽調伏教
別解脫經難得聞　經於無量俱胝劫
讀誦受持亦如是　如說行者更難遇
諸佛出現於世樂　演說微妙正法樂
僧伽一心同見樂　和合俱修勇進樂
若見聖人則爲樂　幷與共住亦爲樂
若不見諸愚癡人　是則名爲常受樂
見具尸羅者爲樂　若見多聞亦名樂
見阿羅漢是眞樂　由於後有不生故
於河津處妙皆樂　以法降怨戰勝樂
證得正慧果生時　能除我慢盡爲樂
若有能爲決定意　善伏根欲具多聞
從少至老處林中　寂靜閑居蘭若樂
合十指恭敬　禮釋迦師子　別解脫調伏
我說仁善聽　聽巳當正行　如大仙所說
於諸小罪中　勇猛亦勤護　心馬難制止
勇決恒相續　別解脫如銜　有百針極利
若人違軌則　聞教便能止　大士若良馬
當出煩惱陣　若人無此銜　亦不曾喜樂
彼沒煩惱陣　迷轉於生死
八波羅市迦法總攝頌曰
不淨不與取　斷人稱上法　觸八事覆隨
斯皆不共住

不淨行學處第一

爾時菩薩在覩史天宮將欲下生先以五事觀察世間云何爲五一觀遠祖二觀時節三觀方國四觀近族五觀母氏時六欲天來至母所三淨其腹摩耶夫人因寢夢見六牙白象來降腹中于時大地六種震動於此世間有大光明普皆照耀世界中間幽闇之所日月威光不能照處皆悉大明其中有情由黑闇障之所映蔽從生至死於自身分尚不能覩何況餘類能互相見遇斯光已生奇特想咸作是語云何此中忽有衆生乃至菩薩初降誕時大地震動普放光明如前無異於此三千大千世界有緣之類見斯光者歡喜踊躍生希有想時有四大國王各生太子室羅伐城梵授大王初誕子時有大光明便作是念由我聖子福德力故放大光明普照世界宜與我子名曰勝光又王舍城大蓮華王初誕子時亦有光明便作是念我子福力誠爲希有初生之時大光徧照猶如日輪影光熾盛母又名影宜與我子名爲影勝又憍閃毗國百軍大王初誕子時亦見光明便作是念我子福力有大光明如日初現普照世間宜與我子名曰出光又嗢逝尼國有大輪王初誕子時亦見光明便作是念我兒生時有勝光彩猶如明燈能破大闇宜與我子名曰燈光雖彼四王各生喜念云此神異皆由我子豈知威光乃是菩薩慈善根力廣大熏修不可思議福德所致當於此日大釋迦氏難陀爲先俱時誕生五百童子其耶輸陀羅鹿母瞿卑此三爲首俱時誕生六萬童子復有五

百侍男闡陀爲首及五百侍女同時而生又有五百母象建託爲首及五百牝馬各生一子是時大地忽然自現五百伏藏諸有邊隅不臣之處咸來賓伏是時釋梵大王與諸天衆百千圍繞恭敬尊重親事菩薩又諸王都城邑聚落一切長者婆羅門等咸爲瞻仰禮事菩薩普皆雲集于時淨飯王作如是念以我宿福之所招感今有聖子來生我家又能成就一切勝事宜與我子名一切事成爾時摩揭陀國有一大城名尼拘律安隱豐樂人民熾盛於此城中有大婆羅門亦名尼拘律富有財產多諸僕使金銀珍寶倉庫盈溢有大力勢如毗沙門王復有十八廣大聚落以充封禄十六大邑以充僕使有六十億上妙眞金其摩揭陀主大蓮華王有千貝犁婆羅門家犁數亦等恐招過咎於千數中但減其一然由宿因福善所感業果成熟種糠麥子便生金麥每收果實滿二百餘石其人每日朝覲王時恒以一掬金麥獻壽願王福命無窮後於望族娶女爲妻經歷多年了無子息恒求繼嗣竟未稱心遂便享祭一切神祇雖久祈請不能遂意心懷憂苦掌頰而歎我今家資巨億既無繼嗣將欲付誰終被官收自無毫分母曰汝今何故如是長歎答曰我今身心豈得安隱資產豐贍世所希有現無子息形命難保一旦壽終咸皆散失母曰且止勿憂示汝方便我見世間無子息者或自祈請或令他求發殷重心無願不果子白母曰其事如何母曰我先無子求尼拘律樹遂便有汝今宜於神樹竭力祈請但求一子必當

遂意時婆羅門奉母教已於後園內畢鉢羅樹下廣設珍羞具申祈請曰伏惟樹神早授我子若稱願者請於此處廣立神堂并設大會慶謝殊恩於日日中常作如是祈請發願又告神曰若不遂意我當連根伐樹令汝無依于時天神知此慇懃心生惶懼念我無力當知之何即便速往毗沙門處白言大天有婆羅門爲求子故於我住處欲爲斬伐幸願垂恩曲存慜濟天王聞已自念無力即往上天白帝釋曰願見聽察令我所管居住之處有人求子不能遂心欲爲斬伐既有斯厄幸願哀憐天主聞已告輔佐曰若有天子衰相現前須來報我作是教已敬承天命後於異時有一天子五衰相現即便速往告天主曰令有天子死相現前命來告曰汝今宜往贍部洲內尼拘律城大婆羅門家而往受生作是語已天子啓曰大天當知彼婆羅門自恃尊貴深生放逸然佛大師出興於世化縁若畢當入涅槃我有宿願於世尊處專修淨行恐生於彼爲我障礙天主告曰汝勿憂慮我當助汝於一切時令無放逸彼命終已便往尼拘律氏託蘊受生聰慧女人有五奇智何謂爲五一知男子有欲心二知時節三知從某人得娠四知是男五知是女于時彼婦既有娠已心大歡喜告其夫曰仁者知不今有善子來入我胎宜大慶悅夫聞說已喜徧身心高聲唱言善哉安樂我從昔來終日竟夜一心願得承家之子百年之後隨已力分修諸福業咸稱我名令此功德資助父母所生之處福樂無盡凡我家務有所付囑作是語

已於高樓上敷設寶座安置其妻專使名醫調和將護衣服飲食觸事合宜兼令一切冷煖澀滑酸鹹之類輕重適時温涼得所徧身莊嚴上妙瓔珞塗飾華鬘光彩超絕譬如天女居歡喜園凡所遊踐皆在牀褥往來未曾足履于地耳目所經終不聽視邪惡聲色月滿生男姿容超絕光相炳耀如贍部金頂圓如蓋臂長過膝鼻脩且直眉高而長額廣平正衆相具足三七日後諸親歡會此兒今者欲作何字相與議曰今此孩子本於畢鉢羅樹求得應名畢鉢羅又從氏族可名迦攝波由此時人稱畢鉢羅或云迦攝波便以孩子授八養母隨其所須不令闕乏給以乳藥酥膏及餘衆妙資養之物速便長大如蓮出水至童子位將付明師習學技藝及諸典籍一經耳目記持不忘執捉淨缾威儀進止無不明察翁聲蓬聲及四薛陀悉皆明了所謂一頡力薛陀二耶樹薛陀三娑摩薛陀四阿健薛陀薛陀譯爲明智若解此四則智無不周用無不備應云四明論總有十萬餘頌口相傳授不合書於紙葉其中義者初廣明作業二威陳讚頌三說祭樂法式四治國養身諸婆羅門咸多誦習斯之四號無可正翻爲此俱存梵字翁聲即是呪術發端之句逢聲乃是命召神祇之言其薛陀聲韻外道執以爲常起乎自然來從無始此聲當住恒在虛空人口發出即是無常舊云四圍陀者訛也於諸世間在地居空考諸祥變復開方法謂自祭祀教他祭祀自習誦教他習誦或自布施及受他物於此六事無不明曉并屬四明所有支派究暢皆盡能顯自宗善破他論智識分明利同於火衆推先後請爲師導教婆羅門子五百餘人年既長大其父告曰迦攝波汝今知不年既長成宜遵婚禮答曰世間欲樂非我所願父又

誨曰夫為人子須紹家業敬事祖禰無令絶嗣迦攝波曰父豈不聞古仙論曰樂隱遁者其神清升至究竟處父曰嫁娶之儀豈非正典答曰此是近代俗論非古仙法時迦攝波即便歎曰我於今者何期禍哉一陷欲泥永劫難出父母恩重復不可違此乃進退逃避無路時父再三慇懃誨示其人恭順不敢違命覆自思惟設何方便得免斯縛遂啓父曰今若見逼為婚娶者請以紫金鑄一女像父速為造應時成就色相分明容儀可愛量如人等時迦攝波既覩金女報其父曰若得如此女人我當隨教共為婚匹父聞語已内懐愁惱以手掌頰歎息而住禍哉我今何處卒可求得如斯美女時諸學徒見其憂苦問曰何意長者如是憂愁便以事告誰能獲此端正女耶學徒告曰可為求覓徧觀世間未見有器而無蓋者如迦攝波具衆福德如斯妙女應亦可求時諸學徒即説頌曰

於此大地廣無邊　如是之人必應有
此子既是大福德　今為求婚願勿憂

應可更造三金女像我等擎持周徧四方必望得見如斯美女時諸學徒持一金像號曰金神鳴鼓吹螺盛興供養華蓋雲布周徧城邑在處尋訪漸次行至劫比羅城於此城中有大婆羅門亦名劫比羅富有貲財多諸僕使廣如前説乃於望族娶女為妻未久同居便生一女顏容超絶人所樂覩于時父母欲與立名然此小女容儀可愛端正無雙禀性賢善復是劫比羅女應名妙賢于時妙賢年漸長大妍華婦德四遠咸知時諸學徒持金

女像所至城邑大聲徧告諸士女曰君等當知若有能以香華妙物供養天神者此神能與五種大願一者當生富貴家二者娉於貴族三者不被夫輕四者生有德子五者夫常隨意既聞告已諸有少女各持香華詣金神處咸申敬奉時妙賢父告其女曰諸人咸往供養天神汝亦宜應往申獻奉妙賢荅曰何意當須供養於彼父曰奉彼金神能滿五願生富貴家娉於貴族夫見不輕生有德子夫主隨意于時妙賢告其父曰我性不是貪欲之女誰能輒往禮彼天神父告女曰雖無所望禮亦何損宜可暫去與衆同觀其女敬順不違父意遂將諸女以爲伴屬詣天神處既至彼已此女威光赫耀映蔽金神如聚黑鐵時諸學徒既見斯事各生希有共相議曰我神威光今向何處爲是天龍八部神等吸將去耶爲是此女映奪使然如何紫金變成黑鐵妙賢見已共伴歸家此女天像神還復金色時諸學徒共觀斯事並歎希奇問諸人曰此誰家女容彩無雙由彼威光變金成鐵諸人報曰斯乃是彼大婆羅門劫比羅女名曰妙賢威光之力諸徒既聞各懷驚喜遂便共詣大婆羅門家稽首拜已白言長者南方有城名尼拘律於此城中有大婆羅門亦名尼拘律富有財産多諸僕使金銀珍寶庫藏盈溢有大力勢如毗沙門王乃有十八廣大聚落以充封禄十六大邑以充僕使有六十億上妙眞金其摩伽陀主大蓮華王有犁千具婆羅門犁數與王等恐招過咎但減於一其人有子名迦攝波容貌希奇聰叡無匹明四

薛陀并閑雜術能建自宗善摧他論智識猛利事同炬火未有婚匹故遠相求時婆羅門劫比羅早已欽承迦攝波德今聞殷富喜副先心報諸人曰敬隨來意共結親婚時諸學徒既蒙許已喜還本宅告大婆羅門曰我等已爲迦攝波求得賢室端正無雙劫比羅城大婆羅門女名曰妙賢其婆羅門聞是語已生大喜慶答曰我比所求今蒙遂意其迦攝波聞已便念爲我求妻雖言已得傳聞殊勝未審何如我今宜可自往觀察遂詣父母稽首白言二尊當知我今暫欲遊觀他處父母告曰我等二人有汝一子愛念情重婚時復至暫隨遊觀可速歸還時迦攝波辭父母已往劫比羅城易服變形縫小葉器巡行乞匃問知其舍至彼門首然而此國凡施食時令少女持出于時妙賢聞有乞者遂自手擎食授與乞人時迦攝波既見女已生希有想遂便歎曰如斯美貌舉世無雙虛棄光華甚爲難事妙賢聞已便告彼曰豈所許者身已占耶迦攝波曰彼人現在女曰若爾何緣忽作斯語復告之曰彼雖現在情不樂欲女聞此語亦驚歎曰實爲希有實爲善事我亦至誠不樂行欲迦攝波曰賢女必如此者我是其人我今與爾共立盟誓父母之教誠不可違除初婚時暫爾執手過斯已後所有身分誓不相觸時迦攝波共立契已歸會宗親以成大禮妻歸之後於一柱觀敷設牀座男女同居隨處一邊各修善業共厭世事專求出道曾無一念起染欲心時迦攝波告妙賢曰

徧觀生死諸過患　咸由愛染作因緣

世人皆悉共行非　豈悟長淪三有海

又告妻曰賢首凡是女人性多惛睡初夜後夜汝可安眠於中夜時我暫消息後於異時妙賢正卧垂手牀前其迦攝波或時經行或坐思惟時天帝釋見此事已作如是念吾今自往試迦攝波爲是詐妄欲邀名利爲是眞實求解脱乎即從天下化作一虵張口吐毒現可畏相向妙賢處欲齧其臂迦攝波見已乃疾疾行至妙賢所將寶扇柄舉手置牀是時妙賢從睡驚覺告其夫曰聖子勿虧盟誓勿虧盟誓迦攝波曰豈汝不見黒毒虵來于時妙賢以頌答曰

寧使我身遭毒虵　愼勿虧誓來相觸

虵毒但令一身死　染毒淪没無邊際

時迦攝波告其妻曰賢首汝至誠心共修淨行乃說頌曰

履刀入火事雖難　對女修行難於是

若能守志無虧犯　此實世間希有事

時迦攝波更以其事告妙賢曰非我欲心故觸於汝然以扇柄舉手避虵時彼帝主見生嗟歎遂往天宫於是二人居一拄觀經十二年修清淨行如佛所說

積聚皆消散　崇高必墮落　合會終別離

有命咸歸死

其迦攝波父母俱亡遂知家事復於異時往營田處觀其耕地而說頌曰

觀此耕犁處　損地害諸蟲　牛力復勤勞

愍念如親屬　農夫苦憔悴　風日損形容

作務倦耕耘　見此心酸楚

時迦攝波問耕人曰斯是誰家田作之處耕

人答曰是迦攝波答曰我家寧得有斯田業耕人曰是父舊事今猶未息聞斯語已告耕夫曰我從今日並放汝等不爲僕隸恣意遊行及諸牛畜任隨水草亦無繫縛時迦攝波見此無益便說頌曰

所食無過一升飯　眠卧唯須一小牀
兩張氈布足遮身　自外並是愚癡物

時迦攝波告其妻曰賢首我今有願捨俗出家所以者何在家迫窄猶如牢獄恒被一切苦惱縈纏諸惡知識之所隨從造業因緣終無休息出家寬曠猶若虛空任運能修清淨梵行速能圓滿至解脫處乃爲頌曰

山林多寂靜　坦然無畏懼　於此可勤修
能離諸結縛　正見與邪見　皆從心所生
安處空閑林　智者當觀察　若人貪俗務
諸苦常隨逐　超然離塵網　能往涅槃宮

作是語已命掌庫人曰汝當與我一最下衣我欲捨家修出離業彼開庫藏檢閱諸衣悉皆無價唯有一段最下氍布畧准其價猶直一億金錢持奉迦攝波彼既受已從舍而去爾時菩薩徧觀一切老病死已諸天圍繞便於夜半踰城出家往勤苦林時迦攝波亦於此時棄捨家業修出離行作如是念若於世間是阿羅漢者我當依彼敬心承事既出家已時人號爲隱士迦攝波住多子制底邊是時菩薩住阿蘭若於六年中修苦行已知是無益徒爲勞倦次於歡喜歡喜力二牧牛女處食十六倍乳糜龍王讚歎於負芻人吉祥之處受柔軟草即便往詣菩提樹下於金剛座自敷草座結跏趺坐端身正念如睡龍王

以慈悲仗降彼三十六億天魔兵衆證無上覺次往婆羅痆斯國仙人墮處施鹿林中為五苾芻及以隨五三轉十二行法輪次於大軍婆羅門及二牧牛女為說妙法令生正見皆證初果并留髮外道一千人等並令歸佛出家近圓頻婆娑羅王亦住見諦次詣王舍城住竹林園度大目連及舍利子次往室羅伐城為勝光王說少年經令其調伏次為勝鬘夫人毗盧將軍及仙授等咸令見諦無上世尊常法如是觀察世間無不聞見恒起大悲利益一切於救護中最為第一最為雄猛無有二言依定慧住顯發三明善修三學善調三業度四瀑流安四神足於長夜中修四攝行捨除五蓋遠離五支超越五道六根具足六度圓滿七財普施開七覺華離世八法示八正路永斷九結明閑九定充滿十力名聞十方諸自在中最為殊勝得法無畏降伏魔怨振大雷音作師子吼晝夜六時常以佛眼觀察世間誰增誰減誰遭苦厄誰向惡趣誰陷欲泥誰堪受化作何方便拔濟令出無聖財者令得聖財以智安膳那破無明眼膜無善根者令種善根有善根者令更增長置人天路安隱無礙趣涅槃城如有頌曰

假使大海潮　或失於期限　佛於所化者
濟度不過時　如母有一兒　常護其身命
佛於所化者　慈念過於彼　佛於諸有情
慈念不捨離　思濟其苦難　如母牛隨犢

爾時世尊作如是念隱士迦攝波今應受化即往佛栗氏國人間遊行到廣嚴城多子塔邊在樹下坐為欲引導迦攝波故舉身光照

如妙金山晃耀希奇周徧赫奕時迦攝波見是事已尋光而去到世尊所遥見如來儀貌端正相好殊倫諸根湛寂一心無亂譬如山王金色照耀歡喜踊躍高聲唱言此是我師我是弟子世尊告曰如是如是迦攝波我是汝師汝是弟子殷心禮敬佛復告言實是無知詐言有知實未曾見詐言曾見實非大師自言是師實非羅漢言是羅漢實非薄伽梵云是薄伽梵非三佛陀云是三佛陀此詐僞人頭便破裂以爲七分汝迦攝波我是知者説言我知我是見者説言我見我是大師説言大師我是阿羅漢説言阿羅漢我是三佛陀説言三佛陀我有因縁爲諸聲聞宣説法要非無因縁是眞出離非不出離是所歸依非不歸依是實超越非不超越是有神通非無神通由是因縁汝迦攝波應如是學當作是念我所聽法與善相應我皆恭敬專心而聽尊重存念一想不移攝耳諦思敬心而受於五取蘊我實觀知是生滅苦於六觸處我見是集是冥没故於四念處善住心故於七菩提分我當修習多修習故於八解脱我當身證得圓滿故我於大師及有智者同梵行處恒起殷重極慚愧心我之正見念念相續於身隨轉不令間斷汝迦攝波應如是學

根本説一切有部苾芻尼毗柰耶卷第一

音釋

彙 余貴切類也　甿 莫耕切田民也　闃 苦鶪切靜也　邅 張連切難行不進貌　羈絆 羈居宜切縻也絆博漫切縶也　貂 丁聊切侍中冠以貂爲飾也　嶠 渠廟切山銳而高曰嶠　縶 陟立切絆也　躅 廚玉切迹也又軌躅也　邈 莫角切遠也　濯纓 濯直角切洗也纓於盈切冠系也　銖 市朱勿十

絫銖為　煒干鬼切煒煒光盛也　煌胡光切煌煌光輝也　繕時戰切編也　隄防隄都奚切防扶方切隄防塘岸也　隍塹隍胡光切城池也無水曰隍塹七豔切遶城流水也　轡勒轡彼義切韁也勒盧則切鑣銜也　淼彌沼切大水也　掬居六切兩手捧也　娉四正切娉問也　齧五結切噬也　氎徒協切細毛布也

根本説一切有部苾芻尼毗奈耶卷第二

唐三藏法師義淨奉　制譯

不淨行學處之餘

爾時薄伽梵爲迦攝波宣暢法要示教利喜已從座而去時具壽摩訶迦攝波隨從佛去作如是念若佛坐時我當奉此僧伽胝衣揲以充座是時便有五百群賊隨逐其後欲爲劫奪世尊知已於路側欲坐時迦攝波往世尊處速即揲衣爲佛敷座世尊便坐即命迦攝波曰此布僧伽胝極是輕妙極是柔軟白言如是世尊此衣實是輕軟願哀納受世尊告曰汝能著我麻糞掃衣不答曰唯願世尊哀愍我故爲受輕衣世尊所賜麻糞掃衣我當披服是時世尊哀愍爲受時迦攝波如是次第於八日中無所證獲乞食自持至第九日得阿羅漢果爾時妙賢既無所依不閑時務但覩外相便生敬重遂詣無衣外道而爲出家此女容儀端正無匹外道既見咸生染心雖極厭汙不能遠離遂被五百無衣外道共行非法妙賢罵曰仁等作此鄙惡之行豈成修道女身柔軟既被輕辱受苦難堪即以其事告無衣外道女諸女答曰汝可往詣大師晡剌拏處具述斯事女聞此教便詣師所禮雙足已作如是言我今遭厄極受辛苦幸願慈悲曲垂恩濟彼便報曰我由斯衆恭敬尊重多獲利養如其制約悉皆分散令我門徒遂成衰減任隨彼意我不能知既見慇懃遂行泥印令二百五十人以爲番次時此女人稍減憂惱其王舍城有歡會事妙賢乃與露形外道一處隨行時迦攝波於王舍城在

阿蘭若小室中住於日初分執持衣鉢入城乞食忽見妙賢問言賢首汝比頗得安樂而住修淨行不是時妙賢見迦攝波涕泣盈目悲不自持歛淚言曰與誰爲伴欲於何處修淨行耶昔我與仁居一柱觀十二年内堅修妙業淨行嚴潔始終不踰初無染心以手相觸一從乖異濫投於此雜穢群聚事同畜生不成出家何有淨行時迦攝波重問其故妙賢致敬猶如慈父以事白知彼作是念此女頗有宿善根不歛念觀已知有解脱分善根誰當濟度知屬於已報言賢首何不於此善說法律而爲出家答曰聖者勿令此中還傳印法答言止止賢首勿作是說令我大師萬德圓滿滅一切障是眞福田是歸依處微妙寂靜證眞解脱豈容將彼極下劣法而相比耶妙賢聞已歡喜隨行遂將妙賢付大世主告言聖者此妙賢女心欣勝法極善作意可與出家時大世主敬受其教即便與彼三衣等物授諸學處及近圓已告曰汝今宜可於佛境界乞食資身善修淨行是時妙賢於日初分執持衣鉢入城乞食時此女人儀貌端正人間希有衆人見時共生嗟歎何意此女姿態絶倫虚棄年華不受欲樂能捨榮好而爲出家妙賢聞已遂生慚恥自是之後不復入城而爲乞食時迦攝波因與相見問曰賢首得安樂不妙賢具答彼聞說已作如是語若佛許我乞食減半與妙賢者我當分與白諸苾芻苾芻白佛佛言隨意與半尊者聞已授其半食以相拯濟時吐羅難陀尼見斯事已遂生輕笑謗言聖者大迦攝波先與妙賢

居一柱觀十二年中淨修梵行乃於今日翻有私情乞食相濟時迦攝波聞斯事已至妙賢處教其法要此事應作此不應作宜善用心遂捨而去是時妙賢發大勇猛於初後夜正念相應剋責自心無暫停息即便證得阿羅漢果轉成清淨無生之女爾時迦攝波見而告曰汝今由我善知識故其所作者皆已作訖宜於佛境界乞食自資是時妙賢於日初分執持衣鉢入王舍城次第乞食時未生怨王枉殺其父生大追悔懷憂在室雖有種種鼓樂弦歌無釋愁惱時彼大臣遇見妙賢儀貌端正容色殊勝便作是念今此美女特異常人宜可進王冀除憂戚作是念已將近王室强逼妙賢脱去法衣著諸綵服具備瓔珞塗拭名香令親侍人進至王所時未生怨王繞觀此女姿容妙絶遂釋憂懷復由妙賢惡業時熟如瀑流水無能止遏遂被惡王强見淩辱如中毒箭生大憂苦是時大世主於十五日欲褒灑陀徧觀尼衆不見妙賢入定觀知在王宫内遭大辛苦非常被辱諸尼問言聖者妙賢今何所在獨不見耶時大世主即便命彼蓮華色尼曰汝應斂念觀彼妙賢旣聞語已觀知所在猶如壯士屈伸臂頃於尼衆没王宫中出在高樓上空中而住遥告妙賢曰姊妹汝已能破諸煩惱魔何不發起大神通事受斯淩辱時蓮華色尼便授要法如是應作如是應修速自調心發起通力是時妙賢繫念除亂於須臾閒獲得神足著俗綵衣乘空而去時蓮華色便共妙賢至長淨處時十二衆苾芻尼見已生大嫌恥作輕笑

言我實不能與此宮人同處長淨時大世主聞斯語已告妙賢曰具壽宜往白王著先法服速還來此于時妙賢即乘神通至王寢處其王猶睡在於空中彈指作聲王聞覺已便大驚怖身毛皆竪作如是言汝爲是誰爲天龍耶爲神鬼耶作是語已是時妙賢空中對曰我非天龍神鬼等但是大師聲聞衆中妙賢苾芻尼時王聞已以頌答曰

現無法衣并應器　容狀復不似尼形
相貌既同倡艷女　法俗相違當爲說

是時妙賢縱身而下以事告曰

大王非理相淩逼　强奪我鉢并法衣
宜應見授父母財　我欲速歸爲長淨

時未生怨王聞是語已悶絶躃地以冷水灑面方能醒悟便禮雙足求哀致謝即索衣鉢敬授妙賢既受得已即還本處與諸尼衆而爲長淨爾時諸苾芻尼以妙賢事告諸苾芻苾芻白佛世尊以此因緣集苾芻尼諸佛常法知而故問依時問非時不問有利問非利不問破決隄防爲除疑惑告妙賢苾芻尼曰汝實作斯不端嚴事耶白言實爾世尊復問汝受樂不白言世尊我已離欲豈容受樂佛言汝今無犯然苾芻尼作不淨行犯波羅市迦如蘇陣那我觀十利廣說如上乃至顯揚正法廣利人天爲諸聲聞苾芻尼弟子於毗奈耶中制其學處應如是說若復苾芻尼與諸苾芻尼同侍學處不捨學處學羸不自說作不淨行兩交會法乃至共傍生此苾芻尼亦得波羅市迦不應共住若復苾芻尼者有其五種一名字苾芻尼二自言苾芻尼三乞

求苾芻尼四破煩惱苾芻尼五白四羯磨苾芻尼名字苾芻尼者如人立字名作苾芻尼或世共計或是苾芻尼種族因此喚爲苾芻尼是謂名字苾芻尼云何自言苾芻尼若人實非苾芻尼自言我是苾芻尼或是賊住等自稱苾芻尼是謂自言苾芻尼云何乞求苾芻尼如諸俗人常爲乞求以自活命是名乞求苾芻尼云何破煩惱苾芻尼若能斷諸漏所有燋熱諸苦異熟未來生死能善了知永除根本如斷多羅樹頭證不生法是名破煩惱苾芻尼云何白四羯磨近圓苾芻尼謂身無障難作法圓滿是不應訶是名羯磨苾芻尼今此所言苾芻尼義者意取第五言復者謂更有餘如是流類與諸苾芻尼者謂共諸餘苾芻尼輩同得學處者若有先受近圓已經百歲所應學事與新受者等無有異若新受近圓所應學事與百歲者事亦不殊所謂尸羅學處持犯軌儀咸皆相似而得故名同得學處言不捨學處者齊何名爲不捨學處謂對顚狂心亂痛惱所纏聾瘂癡人而捨學處皆不名爲捨若中方人對邊方人作中方語捨不成捨若解成捨若邊方人對中方人作邊方語若中方人對中方人作邊方語捨不成捨若解成捨若邊方人對邊方人作中方語准上應知若於獨靜處作獨靜想或於獨靜處作不獨靜想或於不獨靜處作獨靜想皆非捨學處若對睡眠入定非人天等變化傍生及諸形像或時鬧亂或不審告住本性人皆不成捨言學羸不說者應爲四句有非捨學處學羸而說有捨學處非學羸而說

有捨學處學羸而說有不捨學處非學羸而說云何非捨學處學羸而說如有苾芻尼情懷歡戀意欲還俗於沙門處無愛樂心爲沙門所苦羞慚厭背詣苾芻尼所作如是言大德知不梵行難立靜處難居獨一難住難居林野受惡卧具我憶父母兄弟姊妹受業師主我欲學諸工巧及營本業於我家族情希紹繼心不樂住若苾芻尼雖作如是追悔言辭然而不云我捨學處是名學羸而說非捨學處云何有捨學處非學羸而說如有苾芻尼詣苾芻尼所作如是言大德存念我某甲今捨學處是名捨學處或云我捨佛法僧或云我捨蘇呾羅毗奈耶摩咥里迦或云我捨鄔波馱耶阿遮利耶或云知我是求寂女知我是俗人扇侘半擇迦女汙苾芻殺父害母殺阿羅漢破和合僧惡心出佛身血是外道女是趣外道女賊住別住不共住人乃至說云我於諸姊妹等同法同梵行者非是伴類是名捨學處非學羸而說云何學羸而說亦捨學處如有苾芻尼情懷顧戀乃至作追悔言而云我捨學處廣說如前乃至非是伴類是名學羸而說亦捨學處云何不捨學處非學羸而說謂除前相是謂學羸不說言作不淨行者即是行婬言婬欲者謂兩相交會法者此據非法名法身業行非名作乃至共傍生謂獼猴等此者謂指其人苾芻尼者謂得苾芻尼性云何苾芻尼性謂受近圓云何近圓謂白四羯磨於所作事如法成就將近涅槃故名近圓又其進受人以圓滿心希求具戒要期誓受情無恚恨以言表白語業彰顯

究竟滿足故名圓具波羅市迦者是極重罪極可厭惡是可嫌棄不可愛樂若苾芻尼纔犯之時即非沙門女非釋迦女失苾芻尼體乖涅槃性墮落崩倒被他所勝不可救濟如截多羅樹頭更不復生不能鬱茂增長廣大故名波羅市迦言不共住者謂此犯人不得與諸苾芻尼而作共住若褒灑陀若隨意事若單白白二白四羯磨若衆有事應差十二種人此非差限若法若食不共受用是應擯棄由此名爲不應共住此中犯相其事云何

攝頌曰

於三處行婬　三瘡隔不隔　壞不壞死活
半擇迦女男　見他睡行婬　或與酒藥等
被逼樂不樂　犯不犯應知

若苾芻尼於其三處作不淨行行婬欲法即得波羅市迦云何三處謂大小便道及口若苾芻尼共三種人行婬欲法三處纔入作不淨行即得波羅市迦云何爲三謂人男非人男傍生男若苾芻尼作行欲心爲受樂意隨順欲念於活人男起染汙意入不壞三瘡以有隔入有隔以有隔入無隔以無隔入有隔以無隔入無隔入大小便道及口即得波羅市迦如於人男如是應知非人男傍生男亦爾若苾芻尼於死人男三瘡損壞隔等同前入得窣吐羅底也罪如於人男如是應知非人男傍生男亦爾若苾芻尼於眠睡苾芻行不淨行睡苾芻於初中後不覺不知及不受樂無犯行婬者得根本罪若苾芻尼詣睡苾芻所若初中知後不知無犯其行婬者得根本罪若初中後皆知而無心受樂者無犯其

行婬者得根本罪若初中後皆知有心受樂者二俱得根本罪如尼既爾正學女求寂女事並同然苾芻求寂男准事應悉若苾芻尼以諸酒與苾芻令醉著作不淨行而醉苾芻於初中後有知不知受樂不樂得罪輕重有犯無犯乃至餘衆與酒令醉如上睡眠廣説如醉既爾若以呪術及藥令彼迷亂於彼諸境作不淨行乃至餘衆互為得罪有無如上若苾芻尼強逼他苾芻共行不淨行若被逼者初入之時作心受樂二俱滅擯若入時不樂入已樂二俱滅擯若入時不樂入已不樂出時樂二俱滅擯若被逼者三時不樂無犯逼他者滅擯如逼苾芻若逼求寂白衣及下餘衆事並准前若苾芻尼等互相淩逼如上應知

時諸苾芻咸皆有疑請世尊曰尊者大迦攝波妙賢先作何業由彼業力二俱少欲佛告諸苾芻而彼二人先所作業還當自受廣説如餘汝當善聽汝等苾芻乃往昔時於聚落中有農夫住晨朝牽牛向田耕植妻至食時為其送食因往林所採取柴薪時有獨覺於此林中樹下而住其妻乃於他日入林採薪見彼獨覺身心寂靜容色端然即禮其足瞻仰而坐農夫怪遲作如是念妻今何故時久不來即持耕鞭詣彼林所遂見其婦在獨覺前告言汝與此人作非法事時彼大士聞斯語已為哀愍故如大鵝王騰身空界現其神變上發火光下流清水農夫見已深生慚愧投身于地如大樹崩長跪合掌遥致敬言惟願大聖眞清淨者降大慈悲受我供養獨覺

哀愍從空而下白言大士我懷疑慮作非理言願垂容恕即持上饌奉施獨覺合掌足下而發誓願我起惡念皆由欲心願我二人生生常得少諸欲染汝等苾芻於意云何往時農夫者豈異人乎今具壽迦攝波是其妻即妙賢是從是已來乃至於今二俱少欲汝等復聽乃往古昔於聚落中有一長者大富多財後於異時三春届節百卉敷榮茂林清池華鳥交映孔雀鸚鵡鵝鴈鴛鴦雜類哀鳴群飛合響長者與諸家眷出遊芳園佛不在世獨覺出現情懷哀愍受下卧具爲上福田樂居閑靜不共俗交如大犀牛離群獨住時彼獨覺於芳園所樹下而坐時彼長者將妻既至林中共其行欲爲色荒迷不見大士獨覺聞聲從定而起長者遂見獨覺深起羞慚情生悔謝爲設供養合掌發願我作惡事皆由躭欲願我二人當來俱得少欲果報汝等苾芻於意云何昔時長者豈異人乎今具壽大迦攝波是其妻即妙賢是由是發願故二俱少欲諸苾芻曰希有世尊具壽大迦攝波及妙賢女二俱出家佛告諸苾芻非但今生二俱捨俗而爲出家乃往古昔亦復如是汝等諦聽我爲汝說於婆羅痆斯城有一陶師其作坊内有四獨覺來爲求止宿時諸大士前後而至互不相知時一獨覺入火光定遂即遥見共相問曰仁今是誰一人答曰仁等頗聞有王名曰杖瓶其王復有無量億千象兵圍繞不報言曾聞答言我是問曰仁緣何事而作出家答言我在高樓乃見鵄鳥持肉而飛群類隨從逓相爭擊鵄棄其肉而向一邊

其餘衆鳥共相牽掣我見斯事情生厭捨作如是念何用如此無益之事悉皆棄捨而爲出家復說頌曰

見彼鵶銜肉　衆鳥共交爭　棄之得安寧
是故捨榮位　欲念無眞實　猶如夢想到
獨步如犀牛　而在一邊住

次問第二獨覺曰仁今是誰彼即答曰仁等頗聞有王名曰醜面其王復有無量億千馬兵圍繞不答曰曾聞報言我是復問彼曰仁以何緣而作出家答曰我在宮中無量億千兵馬圍繞見二特牛逐一牸牛共相觝觸軀體傷損一牛角折退走而去我既見已情甚嗟歎而作是念諸有過患貪欲爲本心爲惱害深生厭患便即出家復說頌曰

我見二牛爭一牸　互相觝觸體損傷
一牛捨離得安寧　有情爲欲常懷怖
我若犀牛恒獨步　閑曠安然住一邊
不爲諸欲之所牽　得至自在無爲處

次問第三獨覺曰仁今是誰彼即答曰仁等頗聞婆羅痆斯城有王名曰梵授其王復有無量億千人衆圍繞不答言曾聞報曰我是問曰仁以何緣而作出家答言我因三春屆節百卉敷榮茂林清池華鳥交映孔雀鸚鵡鵝鴈鴛鴦雜類哀鳴群飛合響我於一時與宮人婇女嚴四兵衆出遊芳園隨所周旋與諸美女歡娛嬉戲飡美飲食疲乏而卧宮人縱逸貪愛華果見我眠睡詣諸樹邊採華取果摧殘樹枝悉令毀折我見此已情甚憂歎此樹向者華果枝葉滋榮鬱茂忽然凋落乃至於此我身亦爾此不須疑復作是念世間

言論皆惱心神即皆棄捨所有國位而作出家復說頌曰

我見衆香妙華樹　枝條毀折不堪觀
當知諸欲悉皆然　如彼犀牛應獨處

次問第四獨覺曰仁爲是誰答曰仁等頗聞於瓔珞城有王名曰壯勝有無量億千人衆圍繞不答曰曾聞報言我是復問曰仁以何緣而作出家答曰我在宮中綵女圍繞時有婇女臂著白螺貝釧隨動手時其釧相擊作鬧聲響我見斯事情生憂歎此無有識互相擊觸遂即作聲況人共住豈得安靜然復作是念世人衹接並惱心識悉皆棄捨而作出家復說頌曰

我見環釧莊嚴臂　互相擊觸出音聲
當知諸欲亦復然　應如野象孤行宿

是時陶師聞諸大士說斯語已妻告夫曰聖子此諸大仙皆是國王自在豪貴棄捨榮位厭離世樂而作出家我等何故不爲出家陶師二子復白父言若出家者誰養我等父曰子勿懷憂待汝長大吾當出家作是語已陶師持瓶徉行取水妻曰聖子我去取水何自疲勞便奪夫瓶自往河所置瓶于地而去出家夫聞婦去云我失計今可安家養育子息年漸長大試其善惡能自活不自飡鹽味與子淡食自喫熟果授見生者子白父言我豈不欲飡鹽及以熟果乃與淡生云何可食陶師作念二子已知鹹淡生熟我今時至可遂先心即便出家逢見故婦曰汝能棄却食妳小兒耶夫曰我已試與鹹淡生熟好惡並知方捨來此汝既出家我亦出家勿生憂念汝

等苾芻於意云何往時陶師者豈異人乎今大迦攝波是妻即妙賢是往時二俱捨俗出家今亦如是時諸苾芻復請佛言大德世尊妙賢先作何業身爲金色佛言諸苾芻彼自作業今還自受廣如前說乃至頌曰

假令經百劫　所作業不亡　因緣會遇時　果報還自受

汝等苾芻乃往古昔九十一劫時有佛出世號毗鉢尸如來等正覺十號具足時有王都王名親慧以法化世人民熾盛豐樂安隱無諸詐僞賊盜疾疫牛羊稻蔗在處充滿王愍黎元猶如赤子其毗鉢尸佛等正覺與六十二萬苾芻圍繞去親慧王都不遠河邊而住佛在座時苾芻大衆威嚴尊重光彩超絶後於異時毗鉢尸如來遊行人間其佛坐處遂無光彩其時佛妹啓父王言大王世尊今何處去我願欲見王曰世尊遊行人間爲欲化度諸有情故女言唯願父王以贍部金隨佛形量作等身像王即以金作像置佛坐處佛化緣了迴至王都佛威德故贍部金像遂失光色妹見斯事極生奇特心懷淨信於佛足下長跪合掌遂發願言如佛世尊威光神德映此金像使無光色從今已後願我生生之處身相光明與佛相似汝等苾芻昔時女者今即妙賢是由彼往昔以清淨心發正願故所生之處身爲金色清淨微妙光明赫弈汝等復觀至誠猛利以不壞心清淨相續由此善根九十一劫於上福田下勝種子受妙果報至今不絶并得現報於多劫中顏容端正

復次諸苾芻汝等更聽妙賢曾所作業由斯

福力獲此無比端正超絶顔容金色昔於婆羅痆斯城有一長者大富多財命其妻曰常辦飲食爲我供養沙門婆羅門後於異時有一獨覺身心寂靜而行乞食入長者家妻見獨覺身不端嚴遂不施食既不見與便欲出行其婢見已請却入宅白夫人曰大家何爲不施食耶夫人告曰令此乞者身無光彩故我不施婢言曹主豈有勑令但是醜者莫施食耶夫人曰雖無別勑然我不與婢作是念我寧不食以己食分可取奉施即便持與于時獨覺懷哀愍心如大鵝王升虛空界現諸神變使女見已長跪合掌而發願言尊者由身醜故乞食不得我施善根於當來世常得顔容端正人所樂見是時有王名曰梵授與無量百千臣佐圍繞而住大士升空王衆遥見悉皆仰觀共相議曰今此大士受誰施食王衆既見而説頌曰

今此大士向誰家　除去貧窮與安樂
於勝上田下福種　能令果報無盡時

王聞是某長者家大士受食長者聞已便即歸家問是家人與此大仙已分之食即命使女告曰能爲斯事從今已去任汝自活所須用物隨意而取夫人告婢汝所福分今可與我彼不肯與夫人懷瞋以杖打頭即便命過得生三十三天纔生天已天堂宫殿光明赫弈無不照耀是時帝釋及四輔臣見彼女人微妙端嚴容儀超絶心皆迷亂啓帝釋言今此妙女極愛樂者當可與之天帝釋曰誰不愛樂皆欲得取爾時天帝而説頌曰

我今情極迷　不辨方隅處　用心而守念

僅得且存身
是時天帝第一大臣復說頌曰
天主猶安隱　對此說伽他　如聞大鼓聲
欲亂亦如是
第二臣曰
如杖擊鼓時　唯打聲轉大　如瀑流漂木
欲亂亦如是
第三臣曰
大水漂諸木　相交不暫停　毒虵張目瞋
欲愛亦如是
第四臣曰
仁等心安泰　能各說伽他　我今自不知
爲死爲是活
是時天帝及諸大臣共相議曰此臣由貌美色恐命將盡宜以此女共相供侍時諸苾芻咸皆有疑請世尊曰大德甚爲希有以何因緣由彼顏容端正可愛諸天迷亂皆說伽他佛告諸苾芻非但彼時令天惑亂而爲美頌乃往昔時亦復如是由此女故城邑聚落諸少男子皆於彼所而爲歌詠汝等諦聽往時於一聚落長者有妻顏容端正形儀超絕甚可愛樂時五少年因至聚落見長者妻情皆染著心並迷亂令使告知私相求及欲於某處共爲交會時此婦人報夫主曰有諸少年共來求我我當辱之君當默住令彼羞赧報其使曰可於夜闇向某處多根樹上暫時相待我當即至其第一人令向樹東枝上坐次告第二人可向西枝次第三人可於南枝次第四人可在北枝次第五人坐樹中枝各不相知作此處分諸人依語皆住樹上至曉相

待婦人不來其中一人而説頌曰
日光今出現　農夫巳向田　妄語旣不來
可捨多根樹
其第二人又説頌曰
彼妙者定來　不應爲妄語　何因此日光
急速而出現
第三人亦説頌曰
日光巳旭旦　農夫往田業　我等如愚羊
在樹受寒凍
第四人復説頌曰
今遭大苦惱　求他婦故然　我等共君迷
夜寒幾凍死
第五人復説頌曰
我不憂巳身　一夜寒受苦　但愁迦囉樹
枝枯不復生

于時有多根樹神而説頌曰
汝等但憂身　勿憂他外事　樹損有生期
欲苦無停息
汝諸苾芻當知躭欲之人有如是過徒受辛苦事不遂心是故勤求出離生死除欲過患彼長者妻即妙賢是由端正故能使帝釋及諸天臣并聚落人心迷意亂今復端嚴顏容姝妙甚可愛樂見者躭著時諸苾芻復請世尊言妙賢先作何業於五百外道中而爲出家被他逼惱佛告諸苾芻彼先作業今還自受廣説如前乃至説頌汝諸苾芻乃往古昔於婆羅痆斯城中有一婬女衒色活命若得男子五百金錢方共交會時有五百同邑義人各送金錢於婬女處請其芳園共爲集會婬女得錢往詣期處路逢王子遂彼留連不

赴園所彼五百人期時將過各懷憂惱時有獨覺性懷哀愍受下卧具爲上福田住空閑所於小食時著衣持鉢詣五百人所時彼諸人見此大士身心寂然各持美饌而爲奉施大士即便升空現諸神變廣說如餘乃至合掌發願我等今於最上福田而興福業當獲此報彼惡婬女取錢不赴各令我等心生憂惱從彼在俗或復出家願我當來常相惱逼共行非法汝諸苾芻於意云何往時五百人者豈異人乎今五百外道是其婬女者即妙賢是由此因緣彼雖出家五百外道尚行惡逼時諸苾芻復請世尊妙賢先作何業證阿羅漢果復被未生怨王而爲强逼行不淨行佛言由昔願力大德彼於誰處發斯願耶佛言乃往昔時有一長者娶妻經久竟無子息長者念曰此妻不生可別娶婦迎第二妻既至家中得新忘舊輕賤前妻愛重後婦前妻白夫我受五戒夫見持戒情生敬重後婦生嫉而作是念作何方計令其破戒遂將酒與夫飲之令醉引其入房彼婦睡眠夫便强逼共行非法即於前婦極生惱恨時有獨覺於小食時著衣持鉢入聚落中而行乞食至長者家妻見獨覺身心寂靜持食奉施獨覺哀愍此女人故爲現神變婦人長跪合掌發願我今於上福田所作福業使我當來縱此小婦證得神通我願强逼汙其淨行汝等苾芻於意云何昔時大妻者今未生怨王是其小婦者今妙賢是雖得阿羅漢果尚被他逼時諸苾芻復請世尊大德今此妙賢先作何業由彼業力於世尊所而爲出家斷諸煩惱證

阿羅漢於明了中得爲第一佛告諸苾芻妙賢先自作業今還自受廣說如前汝等苾芻乃往古昔人壽二萬歲時有迦攝波佛妙賢於彼而爲出家彼鄔波馱耶是阿羅漢利智神通最爲第一是時妙賢臨終之日而發願言如我親教師於迦攝波佛法中利智第一願我值彼大師釋迦牟尼佛出現世時得爲出家亦授我記利智第一汝諸苾芻於意云何昔發願尼者今妙賢是由此因緣今得遇我利智第一時諸苾芻復請世尊具壽迦攝波曾作何業由彼業故生富貴家受用豐足顏貌端正人所樂觀已曾千度生贍部洲如是東西北洲一一各經千度受生從四天王盡六欲天乃至光音天各經千生今遇世尊出家修行斷諸煩惱證阿羅漢汝等苾芻此迦攝波所造之業果報成熟廣說如前乃至果報還自受汝等苾芻乃往過去於波羅痆斯王名梵授以法化世去城不遠有寂靜處華林鬱茂甚可愛樂有仙人居止深懷慈念哀愍有情常求利益俱與五百仙人居住於此佛不在世獨覺出現常懷慈愍受下卧具爲上福田去仙不遠作草菴住是時大士於小食時著衣持鉢入城乞食次第乞已便升虛空王與臣佐朝集而住遂見大士升於空中虔心頂禮王問住處嚴辦好食持將奉施每日三時往獨覺所時有童子依止仙住而作是念今此大士苦行成就每日三時國王恭禮作是念已日亦三時詣獨覺處又於他日大士持鉢往北拘盧洲乞自然粳米飯滿鉢而還香氣普熏仙住林所其仙童子至獨

覺所白言大士尊於何處得此食來獨覺報曰從北拘盧洲仙童聞已極生淨信請獨覺言唯願大仙哀愍我故明日受食便受其請時諸仙衆皆食根果悉行求覓唯留童子令看處所于時童子晨朝早起取稗米一升以乳煑熟滿盛一器將奉獨覺食已爲現神變具說如前乃至合掌而發願言願我福業所生之處得大富貴容儀端正顏色雅麗衆人樂觀從是之後千度已於贍部洲生東西北洲各生千度從四天王盡六欲天乃至光音天各經千度又願得逢大師今獲勝果汝等應修勿爲放逸汝等苾芻於意云何其仙童者豈異人乎今大迦攝波是由昔供養獨覺發願所生之處大富多財尊勝豪貴汝等苾芻由是義故我常宣說時諸苾芻復請世尊

具壽大迦攝波先作何業彼由業力世尊記云於佛教中少欲知足樂住閑靜常行杜多最爲第一佛告諸苾芻迦攝波所造之業果報成熟還須自受汝等苾芻過去人壽二萬歲時迦攝波佛出現於世彼佛教中有人出家其親教師少欲知足常行杜多樂住閑靜彼佛記爲杜多第一彼出家弟子臨終之日而發願言如我親教師於迦攝波佛法中少欲知足樂住空閑杜多第一此佛授記當來之世人壽百歲有釋迦牟尼佛出現世間值彼大師而爲出家亦授記我少欲知足杜多第一汝等苾芻於意云何迦攝波佛教中出家發正願者今迦攝波苾芻是我亦說彼於我教中少欲知足杜多第一時諸苾芻復請世尊具壽大迦攝波先作何業由斯業力若

有醉象見尊者時即便醒悟佛告諸苾芻此
迦攝波五百生中常爲出家而不曾犯惡作
之罪由是因緣見者恭敬

攝前頌曰

二人俱少欲　共修眞梵行　常生富貴家
少欲最第一

根本説一切有部苾芻尼毗柰耶卷第二

音釋

揲 達協切摺揲也 瀑 蒲報切疾也 躃地 躃必益切躃地謂足不能行而仆于地也 擯 必刃切斥也 鵄 赤脂切梟屬 掣 昌列切挽也 觝觸 觝都禮切觸尺玉切 螺 落戈切蚌屬 玔 尺絹切臂鐶也 敞 除庚切揬也 妳 奴蟹切乳也 赧 奴板切面慚而赤也 幾 平聲 衒 黄絹切衒鬻也 稗 蒲拜切稊稗也

根本說一切有部苾芻尼毗奈耶卷第三

唐三藏法師義淨奉　制譯

不與取學處第二

爾時薄伽梵在王舍城迦蘭鐸迦池竹林園中廣說法要乃至世尊未爲諸聲聞尼制諸學處有但尼迦苾芻尼犯盜與但尼迦苾芻所犯事同時諸苾芻尼知是有主物所有草木牛糞之類不與而取時諸俗旅婆羅門等共譏嫌言此禿沙門尼知是他物不與而取自充已用與俗何異誰能輟已持食施此禿尼尼聞以事白諸苾芻苾芻白佛世尊以此因緣集諸尼衆見有利益知而故問諸苾芻尼曰汝等實爾知是他物不與而取白言是實佛即訶責此非沙門尼非釋迦女所應爲事我爲十利制其學處廣說乃至我今爲諸聲聞苾芻尼於毗奈耶制其學處應如是說

若復苾芻尼若在聚落若空閑處他不與物以盜心取如是盜時若王若大臣若捉若殺若縛驅擯若訶責言咄女子汝是賊癡無所知作如是盜如是盜者此苾芻尼亦得波羅市迦不應共住

若復苾芻尼者釋義如上若聚落者謂牆柵內空閑處謂牆柵外他者謂女男黃門半擇迦不與取者謂無人授與物謂金等以盜心取者謂他不與物賊心而取如是盜時者若五磨灑或過五磨灑若王謂剎帝利若婆羅門若薜舍若戍達羅受剎帝利灌頂位者皆名爲王若有女人受灌頂位亦名爲王若大臣者謂王輔相爲王籌議政事以自存活捉

者謂執將來殺者謂斷其命縛者有二種縛謂鐵木繩驅擯者謂逐令出國作如是訶責咄女子汝是賊汝癡無所知者是輕毀言若此者指行盜人苾芻尼謂得苾芻尼性云何苾芻尼性謂受近圓廣説如上波羅市迦者是盜重罪極可厭惡是可嫌賤不可愛樂若人犯此罪時亦纔犯已即非沙門女非釋迦女失苾芻尼性乖涅槃性墮落崩倒被他所勝不可救濟如截多羅樹頭不能鬱茂增長廣大名波羅市迦不應共住者此人不得與餘苾芻尼而作共住若褒灑陀若隨意事單白白二白四羯磨若十二種人羯磨並不應差由此故名不應共住此中犯相其事云何

總攝頌曰

自取於地上　或在空中墮　氍乘及營田
輸稅并無足　旃荼羅世羅　總收於十事

内攝頌曰

自取不與取　盜心他掌物　及作他物想
有三五不同　復有四四殊　并二五差別
斯皆據重物　隨處事應知

有三種相若苾芻尼於他重物不與而取得波羅市迦云何爲三謂自取或看取或遣使取云何自取謂自盜取或自引取舉離本處云何看取謂自看盜取或自看引取舉離本處云何遣使取謂自遣使取或遣使引取離本處若苾芻尼以此三縁於他重物不與而取得波羅市迦復有三縁苾芻尼於他重物不與而取得波羅市迦云何爲三謂他不與體是重物舉離本處云何不與取曾無男女黄門授與其物是謂不與取云何體是重物

若滿五磨灑若過五磨灑云何離本處謂從此處移向餘處苾芻尼以此三縁於他重物不與而取得波羅市迦復有三縁苾芻尼於他重物不與而取得波羅市迦云何爲三謂起盜心興方便離本處云何起盜心謂有賊心欲盜他物云何興方便若手若足而興進趣離處等如前應知復有三縁苾芻尼於他重物不與而取得波羅市迦云何爲三謂他所掌物體是重物離本處云何他所掌物謂是重物若女男黄門攝爲巳有是名他所掌物重物離處如前應知復有三縁苾芻尼於他重物不與而取得波羅市迦云何爲三他掌物想體是重物離本處云何他掌物想若苾芻尼作如是念此物是他女男等所掌作他想餘如上説復有四縁苾芻尼於他重物

不與而取得波羅市迦云何爲四謂他所掌物作他物想是重物離本處不與而取得波羅市迦復有四縁苾芻尼於他重物不與而取得波羅市迦云何爲四謂有盜心起方便是重物離本處餘如上説復有四縁苾芻尼於他重物不與而取得波羅市迦云何爲四是他所護作屬巳想是重物舉離處何謂他所護如人有重物安在器中若自守護或令四兵而共防護云何屬巳想人有重物置箱器等作屬巳想此是我物餘如上説復有四縁苾芻尼於他重物不與而取得波羅市迦謂有守護無屬巳想或無守護有屬巳想重物離處何謂有守護無屬巳想如有盜賊破諸城邑逃竄林野時守路人奪得彼物聚在一處而守護之不執屬巳何謂無守護有屬

已想知有重物安箱器等無人馬等兵而爲守護有屬已想不與而取重物離處得罪同前復有五緣苾芻尼於他重物不與而取得波羅市迦云何爲五非已物想非親友想非暫用想取時不語他有盜心得波羅市迦復有五緣苾芻尼無犯云何爲五作已有想親友想暫用想取時語他無盜心者無犯

攝頌曰

若在於地上　或時在器中　或復在場篅
田處諸根藥

若苾芻尼知他重物安在地上所謂頸珠臂釧眞珠瓔珞諸莊嚴具苾芻尼盜心起方便從牀座整衣而去乃至未觸著來得惡作罪若觸未移處得窣吐羅底也若舉離處是謂爲盜隨時准價若滿五磨灑得波羅市迦若不滿五磨灑得窣吐羅底也若其地平一段細滑是謂一處若地皮起或復破裂或爲小縫或時書字種種彩畫是謂異處若盤器等一段細滑是謂一處若有破裂乃至彩畫是謂異處若人重物安在場中所謂頸珠乃至瓔珞苾芻尼盜心起方便乃至未觸著來得惡作罪若觸未移處得窣吐羅底也若舉離處是謂爲盜隨時准價若滿五者得波羅市迦若不滿者得窣吐羅底也若場上穀麥等平總爲一色者是謂一處若穀麥等高下不平作種種色是謂異處若他重物安篅窖中謂諸寶物瓔珞之具若苾芻尼起盜心興方便乃至未觸著來得惡作罪若觸未移處得窣吐羅底也若舉離處滿五得根本罪若不滿者得窣吐羅底也若人重物安在篅窖內

若篅窖中穀麥等與口平滿總爲一色是謂一處若穀麥等不與口齊高下不平作種種色或復有木及席薦等爲障隔者是謂異處若人田中有諸根藥謂香附子黄薑白薑及諸根藥烏頭等類苾芻尼興方便起盜心乃至未觸已來得惡作罪若觸未移處得窣吐羅底也若離本處滿五得根本罪不滿得窣吐羅底也

攝頌曰

屋等處有三　鳥物復三種　禁呪取伏藏

此有三不同

若是人物雜色之衣安在屋上若苾芻尼起盜心興方便安梯隥以物鉤斵而升其上乃至未觸已來得惡作罪若觸著衣而未離處得窣吐羅底也若舉離處是名爲盜應准其價得罪同前若浣衣人屋上曬衣被風吹去墮在苾芻尼經行之處或落門傍若苾芻尼起盜心興方便乃至未觸已來得惡作罪若觸著時得窣吐羅底也若舉離處得罪同前若人重物安在樓上謂諸寶物瓔珞之具若苾芻尼起盜心興方便安梯隥以物鉤斵而升其上乃至未觸已來得惡作罪若觸未離本處得窣吐羅底也若舉離處得罪同前若人於舍宅内或園池邊種華果樹於節會日以上妙物而嚴飾之所謂諸寶瓔珞之具及雜繒綵時有飛鳥謂珠是肉銜取而去若苾芻尼起盜心興方便而捉彼鳥乃至未觸瓔珞已來得惡作罪若觸未離本處作鳥物想得惡作罪若舉離處是名爲盜應准其價若滿五者得窣吐羅底也若不滿者得惡作罪

若苾芻尼作如是念此是人物寧容禽鳥得有瓔珞若雖觸著未舉離處得窣吐羅底也舉離處時若滿五者得根本罪若不滿者得窣吐羅底也若人以諸寶物及瓔珞具置箱器中安在屋上時有飛鳥持物將去若苾芻尼起盜心興方便而捉彼鳥乃至未觸瓔珞已來得惡作罪若觸彼物未離本處作鳥物想得惡作罪若舉離處是名爲盜應准其價若滿五者窣吐羅底也若不滿者得惡作罪若苾芻尼作如是念此是人物寧容禽鳥得有瓔珞雖觸著物未舉離處得窣吐羅底也舉離處時若滿五者得根本罪若不滿者得窣吐羅底也若人舍中或在池內爲戲樂故養畜諸鳥謂鸚鵡舍利鳥俱枳羅鳥命命鳥等便以種種諸瓔珞具而莊飾之苾芻尼見已起盜心興方便遂捉彼鳥乃至未觸莊嚴具來得惡作罪若觸彼物時未離本處作鳥物想亦得惡作罪若舉離處是名爲盜應准其價若滿五者得窣吐羅底也若不滿者得惡作罪若於此物作人物想非鳥物想雖觸著未離本處得窣吐羅底也若舉離處滿五者得根本罪不滿五者得麤罪若有苾芻尼於二伏藏一是有主一是無主苾芻尼意欲取彼有主伏藏從牀而起整帶衣服作曼荼羅於彼四方釘朅地羅木以五色線而圍繫之於火鑪內然諸雜木口誦禁呪作如是言有主伏藏來無主伏藏勿來若於彼時有主伏藏隨言來者乃至未見已來得窣吐羅底也若眼見時是名爲盜應准其價若滿五者得根本罪若不滿者得麤罪若作是言無主

伏藏應來有主伏藏勿來若於彼時無主伏藏隨言來者乃至未見已來得惡作罪若眼見時是名爲盜應准價若滿五者得窣吐羅底也若不滿者得惡作罪若於有主無主伏藏各於異時别别作法而盜取者隨事重輕如上得罪

攝頌曰

若物在氍席　或於石板等　華果奇妙樹　隨處事應知

若人重物安在氍席及地敷上所謂諸寶及瓔珞具若苾芻尼起盜心興方便乃至未觸已來得惡作罪若觸彼物未離本處得窣吐羅底也若舉離處是名爲盜隨時准價得罪同前若彼草敷同一色者是名一處若種種色别異不同是名異處若人重物安在石上乃至不滿得窣吐羅底也若石細滑總爲一段者是名一處若剥裂縫開或時書字或種種彩畫是謂異處石上既爾乃至板木牆壁薦席蓋覆衣幞衣欄衣笐象牙杙牀座處若四足經架若門門閫安物之時事並同前若三種樹謂華樹果樹奇妙樹苾芻尼斬截盜華樹等價滿不滿得罪同前

攝頌曰

若物在鞍韉　及象馬車輿　肥瘦應隨處　偷船事差别

如人重物置在鞍處所謂諸寶衆瓔珞具苾芻尼起盜心興方便乃至未升未觸已來得惡作罪若觸著物未移本處得窣吐羅底也若移處時價若滿五得罪同前若於鞍上以一色物而蓋覆者是謂一處若雜色物而蓋

覆者是謂別處若人重物安於象上所謂諸寶衆瓔珞具若苾芻尼起盜心興方便乃至未升未觸已來得惡作罪若觸著物未移處得窣吐羅底也若移處時價若滿五得罪同前若其此象皮肉血脉皆充滿者是謂一處若其身羸瘦若牙耳鼻及腹肋脊髏據一一處是謂別處移離處時皆得本罪若不移處得窣吐羅底也若於象上莊飾幰帳於此帳上安諸寶物衆瓔珞具若苾芻尼起盜心興方便乃至未升未觸已來得惡作罪若觸著物未離處得窣吐羅底也若移處價若滿五得罪同前若此帳上以一色物而蓋覆者是謂一處若異色物蓋是謂別處如象既爾馬車步車牛車乃至諸輿亦並同前若苾芻尼見船以纜繫在於橛有心盜去搖動之時得惡作罪若解隨流乃至眼見已來得窣吐羅底也至不見處價若滿五得根本罪若不滿者得窣吐羅底也若逆水而上准與河闊分齊相似者得根本罪未及其處窣吐羅底也若從此岸盜向彼岸眼見分齊與前無異若牽船上岸盜而去者亦准眼見分齊若沉在泥中後時將去泥掩之時此即成盜得罪同前若苾芻尼於盜物時或藏泥中若燒若穿若破作如是念勿令此物屬汝屬我者得窣吐羅底也

攝頌曰

營田有三種　船有三種殊　鵝鴈及池華
獵漁并盜水　弟子教賊處　三種事不同

若人秋時營作田業所謂稻蔗藍田苾芻尼見自田中恐水之少遂於共有渠內塞他水

口決已田畦作如是念令我田好彼勿成熟若自成他損准價滿五得根本罪不滿者得窣吐羅底也若見水多於共渠內泄他水口塞已田畦作如是念令我田好彼勿成熟若自成他損若滿五者得根本罪若不滿者得窣吐羅底也

物有四種不同一體重價重二體輕價重三體重價輕四體輕價輕云何體重價重謂末尼真珠吠瑠璃珂貝璧玉珊瑚金銀碼碯硨磲真珠右旋是云何體輕價重謂繒綵及絲鬱金香蘇泣迷羅是云何體重價輕謂鐵錫是云何體輕價輕謂毛麻木綿劫貝絮是若以上諸物置三種船中謂甕船木船皮船若以體重價重體輕價輕隨置一船若船破時物主告曰水上浮者任取若沉沒者屬我若苾芻尼起盜心與方便入水沉沒乃至未觸物來得惡作罪若觸著者得窣吐羅底也若舉離處價滿五者得根本罪若不滿者得窣吐羅底也若沉泥中復擬取者准前得罪若作非自他心沉之於泥不使其物屬彼屬我者准前得罪以下諸戒准此應知若以體輕價重體重價輕物隨置一船若船破時物主告曰水內沉者任取水上浮者屬我若苾芻尼起盜心與方便浮水而取乃至未觸物來得惡作罪若觸著者得窣吐羅底也若舉離處應准其價得罪同前若沉泥中復擬取者准前得罪若人於家中或泉池所爲戲玩故安置種種雜類諸鳥鵝鴈鴛鴦等以衆瓔珞而莊飾之苾芻尼起盜心與方便入水中捉彼諸鳥乃至未觸瓔珞已來得惡作罪若觸

著時作如是念我取鳥物亦惡作罪若離本處應准其價若滿五者得窣吐羅底也若不滿者得惡作罪若作是念我取人物窣容禽鳥得有瓔珞若觸物時窣吐羅底也若離本處應准其價滿五根本罪不滿得窣吐羅底也若於池中有水生華所謂青蓮華嗢鉢羅華白蓮華拘牟頭分陀利迦香華時華衆人所愛苾芻尼起盜心興方便入池盜華乃至未觸已來得惡作罪若觸其華採折持去結以爲束乃至未離處來得窣吐羅底也若舉離處同前得罪於池四邊種陸生華樹所謂阿他木多迦華占博迦華波吒羅華婆利師迦華摩利迦華如是等種種華樹苾芻尼起方便興盜心欲盜彼華乃至未觸已來得惡作罪若升樹採折其華置衣裾内乃至未離處及離處來准前得罪若有獵師及彼徒黨於林野處安諸獵具謂羂索等爲捕諸獸爲殺害業苾芻尼盜心取獵具准價得罪若起悲心毀其獵具作如是念勿由此故害多生命復令獵徒獲無量罪者得惡作罪以下諸戒同此應知苾芻尼盜心見在弶鹿而解放者價若滿五得根本罪若不滿者得窣吐羅底也若捕魚人及彼徒黨於河陂處截其要口安置梁筌殺諸魚類苾芻尼盜心取彼筌時同前得罪若作悲心同前得罪若於筌中盜彼魚者應准其價同前得罪若多商旅持衆貨物過彼險途其水難得以衆器具持水而行若甕若瓨若瓶若皮囊然於人畜水有分齊苾芻尼起盜心與方便若取人水分未觸及觸准前得罪若傍生分滿五得窣吐羅

底也不滿得惡作罪如贍部洲人共結商旅持衆貨物升舶入海欲求珍寶爲無水故以種種器藏貯其水所謂甕瓨瓶囊然其水分人與傍生請受有别苾芻尼起盗心與方便盗人分時准前得罪取傍生分亦准前得罪時有弟子與其二師隨路行去師有衣物持付弟子于時弟子有盗心故徐行不進乃至眼見處來得窣吐羅底也至不見處若滿五者得根本罪若不滿者得窣吐羅底也若弟子棄師在前急去齊眼見不見處來准前得罪若弟子有盗心欲取師衣從房中趣閣上若從閣上往房中或從上閣下至門簷階下或於寺三層棚上向下而出斯等乃至眼見不見處來同前得罪若有苾芻尼在阿蘭若處住有破村賊到苾芻尼所作如是問聖者頗知某村家處不苾芻尼答言我知其處賊復問言彼家多女人少男子無惡犬無多叢棘易入易出於我無害取得物不若得稱意我當與聖者共分其物若彼苾芻尼答言仁者我知某甲舍多女人少男子無惡狗叢棘易入易出於汝無傷能得其物苾芻尼作是教已賊還與物乃至未取分已來得窣吐羅底也若取賊分得罪輕重同前若其苾芻尼共彼盗賊作是語已於賊去後遂生追悔就彼賊處作如是語仁等知不我意造次不審思量便作是語如愚小癡昧不善其事妄爲訓對然彼家内少女人多男子多惡狗叢棘難入難出不令汝等無傷取物隨彼賊徒去與不去苾芻尼得窣吐羅底也若此苾芻尼見其賊黨欲刼村邑往到彼家作如是語仁

等警覺好自謹慎令夜必有盜賊來入勿令財物皆被賊將或容身命亦遭傷殺隨彼盜賊來與不來苾芻尼亦得窣吐羅底也若苾芻尼如前所作偷盜方便有三種事何謂爲三謂田事宅事店事田事有二種取一言訟取二圍繞取何謂言訟取若苾芻尼爲共俗人爭地詣斷官所若苾芻尼不如俗人勝者得窣吐羅底也若苾芻尼得勝乃至俗人心未息來苾芻尼得窣吐羅底也若彼俗人心息者應准其價同前得罪是謂言訟取何謂圍繞取若苾芻尼於他田處若以樹枝若以席障若作塹坑若以牆壁圍繞乃至圍未合來得窣吐羅底也若其圍合得罪同前是圍繞盜田事既爾宅事店事如上應知

攝頌曰

無足及二足　四足并多足　若盜如是類

輕重准應知

言無足者謂虵蛭鱓此之三種是弄虵人王家醫人及山野人之所貯畜弄虵人者謂取其虵弄以活命王家醫人者謂諸醫人以蛭療病而爲活命何謂山野人如山中人取無足蟲與藥令吐死中熟爆以供飲酒若苾芻尼盜此等蟲時應准其價滿五得根本罪不滿得方便罪言二足者謂人及鳥若盜人時有三方便期處定時現相云何期處報彼人云汝若見我在某園中或衆人集處或在天祠當爾見時知事成就是謂期處云何定時汝若晨朝或午時或晡時遥見我者知事成就是謂定時云何現時汝若見我新剃鬚髮著赤色衣持鉢執錫盛滿酥油沙糖石蜜見

此相時知事成就是謂現相如是盜時應准其價得罪同前若盜鳥時有二方便謂從地擎舉若空中墮落云何擎舉鳥在地上擎舉偷去滿不滿如上說云何空中墮如捕鳥人火燎原澤爲欲取鳥被火逼時墮在苾芻尼經行之處或門屋前若苾芻尼盜心取時滿不滿如上說云何四足謂象馬駝驢牛羊獐鹿猪兔等若欲盜時有二方便謂從群處或於繫處苾芻尼於象群中盜象去時齊眼見處來得窣吐羅底也至不見處得根本罪云何繫處若象繫柱若樹若牆柵內苾芻尼解放得罪如上盜象既爾自餘馬等苾芻尼盜時如前應知云何多足所謂螃蟹蝗蛾諸蜂蟻蝎等此中所須者謂於三處謂斷事官守城者海商客何謂斷事官謂斷事人畜養多足謂蜂蝎等貯在瓮內見被罰人不臣伏時令以手足內彼瓮中彼螫痛時疾首其事或多出錢物何謂守城者謂掌城者於坏瓮內多貯諸蜂若怨敵來與之兵戰若不退者即於城頭放其蜂瓮賊被蜂螫四散逃走何謂海商客謂人入海爲求珍貨坏瓦器中多養諸蜂以防急難賊來共戰若勝者善若不如者便持蜂瓮遥擲賊船不能復戰四散而去

緣處同前時有阿羅漢苾芻尼名曰世羅斷諸煩惱時有賣香童子見世羅尼深生敬重往就其所慇懃致禮白言聖者若有所須之物於我家中皆隨意取所有言教我皆頂受時苾芻尼告曰賢首善哉願汝無病後於異時世羅苾芻尼身嬰重病不能乞食有餘苾芻尼巡行乞食時賣香童子見而致禮問言

聖者世羅苾芻尼何因不見報言賢首彼身
染患童子告曰聖者我先白言若有所須隨
意取用曾不見來從我求覓彼有所須願尊
爲取彼便報曰如是賢首願汝無病即便捨
去如是乃至三反慇懃請與時少年苾芻尼
便生是念我屢聞此童子所言我宜試之爲
虚爲實便持小鉢授與童子告言賢首聖者
世羅今須少油時彼童子有新壓油盛滿小
鉢授與彼尼告言聖者若更所須隨意來取
時苾芻尼受已而去即以此油塗世羅身徧
及手足油並罄盡世羅病愈便行乞食時彼
童子見便禮足白言聖者久不相見尼便報
曰我比嬰患白言聖者先已言請若有所須
於我家中皆隨意取曾不遣信從我求覓唯
見一尼云聖者患從我取油我以新油盛滿
小鉢持付彼尼世羅報曰善哉童子願汝無
病言畢而去次第乞已還本住處告諸少尼
曰是誰就彼賣香童子持油鉢來有尼報言
聖者我行乞食見彼童子再三告我聖者世
羅我已言請若有所須皆隨意取曾不見來
從我求索若彼世羅有所須者願爲持去我
便生念應可試之驗其虚實即持小鉢授與
童子告曰聖者世羅今患須油時彼童子盛
滿新油而授與我我得油已將至房中便爲
聖者塗身手足尋皆用盡時世羅尼告少尼
曰我曾令汝就彼童子取覓油不少尼答曰
不曾使我時有餘苾芻尼與此少尼先有嫌
隙聞此語已告世羅曰聖者今此少尼緣仁
疾苦豈但一處擅取於油室羅伐城徧皆求
乞他勝之罪其數難知時少尼聞此語已生

追悔心豈我實犯他勝罪耶以緣白諸苾芻尼乃至白佛佛問彼少尼曰汝以何心從彼乞油白佛言我於童子而起試心佛言苾芻若作試心此苾芻尼無犯然諸苾芻尼不問疾者不應爲乞若乞取時問疾者曰爲向衆僧養病堂處而求藥耶爲詣信心及親族處若親族多者於誰處求隨所指示應爲求覓若不問疾人而爲乞求者得越法罪

攝頌曰

税物持寄他　持他物前去　不受便强著
爲父母持行　又爲三寶故　與直後均分
衣主爲持將　令他染不染　將税入小門
總奪他人物　此頌攝緣起　如苾芻律明

根本說一切有部苾芻尼毗奈耶卷第三

音釋

篅市緣切盛穀竹器也　窖古孝切地藏也　斵竹角切斫也　笐下浪切掛衣竹竿也　杙與職切橜也　韉則前切馬鞍具也　橛其月切杙也本段也　裾九魚切衣後裾也　羂索羂古泫切網也　弶其亮切施罥於道以羂鳥獸者　瓨下江切長頸甖也　蛭陟栗切水蛭也　鱓常演切魚名也　爆北角切爇也　蜇陟列切螫也

根本説一切有部苾芻尼毗柰耶卷第四

唐三藏法師 義淨奉 制譯

斷人命學處第三

爾時薄伽梵在廣嚴城勝慧河側大柘林中爲諸四衆演説妙法説不淨觀讚修不淨觀汝諸四衆應修不淨觀由於此觀修習多修習故得大果利諸苾芻便修不淨觀既修習已於膿血身深生厭患或持刀自殺或服毒藥或以繩自縊或自墜高崖或展轉相害爾時苾芻衆漸減少佛是知者見者知而故問告阿難陀何因縁故諸苾芻衆數漸減少存者無幾時阿難陀即以上事具白世尊佛以此縁集苾芻衆問諸苾芻汝實如此展轉教殺不白言實爾佛告諸苾芻汝等所爲非沙門法非隨順行是不清淨非出家者所應爲事作種種訶責告諸苾芻我今乃至爲諸聲聞二部弟子制其學處應如是説

若復苾芻尼若人若人胎故自手斷其命或持刀授與或自持刀或求持刀者若勸死讚死語言咄女子何用此罪累不淨惡活爲汝今寧死死勝於生隨自心念以餘言説勸讚令死彼因死者此苾芻尼亦得波羅市迦不應共住

若復苾芻尼者義如上説若人者謂於母腹已具六根所謂眼耳鼻舌身意人胎者謂入母腹但有三根謂身命意故者謂是故心非錯誤等自手者謂自手行殺斷命者令彼命根不得相續或持刀授與者若知彼人欲得自殺便以大刀剃刀剌刀等而安其處欲令自害或自持刀者謂自刀劣不能行殺但自

執刀令他捉手而斷人命或求持刀者謂見男女半擇迦等令其行殺言勸死者於三種人勸之令死謂破戒持戒及以病人云何勸破戒如有苾芻尼於破戒苾芻尼有所求覓若衣服鉢絡水羅條帶及餘沙門命縁資具時彼苾芻尼作如是念若彼破戒命存在者彼衣鉢等無由能得我應詣彼勸諫令死即便往彼作如是言聖者知不仁今破戒作諸罪業身語意三常造衆惡聖者乃至仁命得長存者所作惡業轉更增多由惡增故當於長時受地獄苦若破戒者聞此語已作如是問聖者我今欲何所作彼便報曰應可捨身自斷其命若彼苾芻尼或可捨身或時自殺彼苾芻尼得波羅市迦若破戒苾芻尼不受勸者彼苾芻尼得窣吐羅底也時勸死者雖說如前勸死語已心生追悔便往詣彼破戒苾芻尼所作如是言聖者當知我前所說猶如愚小不善分別不審思量倉卒而說聖者若能親近善友說除先罪仁之所作三業不善由彼力故而得清淨由清淨故捨此身已當生天上若破戒者或問彼曰聖者我今欲何所作答言仁勿捨身仁勿自殺若不自殺者苾芻尼得窣吐羅底也若破戒人雖聞前語不用其言而便自殺其勸死者亦得前罪是謂苾芻尼勸破戒人死

云何勸持戒人死如有苾芻尼於持戒苾芻尼有所求覓若衣鉢等廣說乃至即便往彼作如是言聖者知不仁既持戒修諸善法又能展手施恒常施愛樂施廣大施分布施得離儉方至豐稔處捨此身已當得生天解脱

涅槃如隔輕慢若持戒人聞此語已作如是問聖者我今欲何所作彼便報曰應可捨身自斷其命若彼苾芻尼聞是語已便自斷命彼苾芻尼得波羅市迦若持戒苾芻尼不受勸者彼苾芻尼得窣吐羅底也時勸死者雖說如是勸死語已心生追悔便往詣彼持戒苾芻尼所作如是言聖者當知我前所說猶如愚小不善分別不審思量倉卒而說聖者既能持戒修諸善法乃至必生天上若持戒者或問彼曰我今欲何所作報言聖者仁勿捨身勿為自殺若不自殺者彼苾芻尼得窣吐羅底也若雖聞前語不用其言而便自殺彼苾芻尼亦得窣吐羅底也是謂苾芻尼勸持戒人死

云何勸病人死如有苾芻尼於病苾芻尼有所希求若衣鉢等命緣資具時彼苾芻尼作如是念彼重病人命存在者彼衣鉢等無由能得我應往彼勸諫令死即便往彼作如是言聖者知不仁既重病極受苦惱仁若久存病轉增劇常受辛苦若病苾芻尼聞此語已作如是問我今欲何所作彼便報曰應可捨身自斷其命若病苾芻尼聞是語已恐更辛苦便自斷命彼苾芻尼得波羅市迦若病苾芻尼不受勸者彼苾芻尼得窣吐羅底也時彼苾芻尼雖說如前勸死方便已心生追悔便往彼病苾芻尼所作如是言聖者當知我前所說猶如愚小不善分別不審思量倉卒而說聖者仁今宜可覓善知識能為仁求應病之藥供給飲食如法相看隨順不逆若能爾者不久便當病愈安樂氣力平復隨意遊

行若病苾芻尼或問彼曰聖者仁今令我欲何所作報言仁勿捨身勿爲自殺若不自殺者彼苾芻尼得窣吐羅底也若病苾芻尼雖聞前語不用其言而便自殺彼苾芻尼亦得麤罪是謂苾芻尼勸病者死

言讚死者若有苾芻尼於樂死人前作讚死語咄女子者是呼召言汝今何用如是罪累乃至死勝於生者皆是出輕毁言隨自心念者謂隨自心而生異念以餘言説者謂以衆多方便勸彼令死讚者於病人前説讚美言欲令必死心無所顧若彼由此方便而命終者謂彼苾芻尼由此所説方便而致命終不由餘事謂非此餘善心等事苾芻尼者謂有苾芻尼性苾芻尼性者謂受近圓廣如上説波羅市迦義亦如上此中犯相其事云何

攝頌曰

有時以内身　或用於外物　或内外二合

是名爲殺相

云何内身殺謂若苾芻尼有殺心若以一指打彼女男半擇迦等由此方便而命終者此苾芻尼得波羅市迦或當時不死由此爲縁後乃死者此苾芻尼亦得波羅市迦若當時不死後亦不死者得窣吐羅底也如以一指若以五指拳腕項肩及餘身分乃至足指而打於彼欲令斷命若彼死者此苾芻尼得波羅市迦若當時不死後由此死者苾芻尼亦得波羅市迦若不死者得窣吐羅底也是名内身行殺云何外物殺若苾芻尼有殺心以竹鐵箭射彼女男半擇迦等由此方便而命終者此苾芻尼得波羅市迦不即命終後方

死者亦得波羅市迦若當時不死後亦不死者得窣吐羅底也若矛稍輪鑹及餘兵刃乃至棗核遥擲彼人作殺害心欲令其死由此方便而命終者此苾芻尼得波羅市迦不即命終後方死者亦得波羅市迦若當時不死後亦不死者得窣吐羅底也是名外物殺云何内外合殺若苾芻尼有殺心手執大刀殺彼女男半擇迦等由此方便而命終者此苾芻尼得波羅市迦不即命終後方死者亦得波羅市迦若當時不死後亦不死者得窣吐羅底也如大刀既爾諸餘兩刃半刃稍杖之類乃至草莛打斫於彼作殺害心欲令其死由此方便而命終者得波羅市迦或得窣吐羅底也廣如上説是名内外合殺

攝頌曰

若以毒藥粖　及在二依處　或時以諸酒
機關等害人

云何以毒藥若苾芻尼有殺心若以毒藥若毒和食謂餅飯等殺女男半擇迦由此方便而命終者得波羅市迦不死得窣吐羅底也廣説如上是名毒藥殺

云何毒粖殺若苾芻尼有殺心以諸毒粖或用摩身或將洗浴或和塗香或坌香鬘或雜香煙殺彼女男半擇迦等由此方便而命終者此苾芻尼得波羅市迦或得窣吐羅底也是名毒粖殺

云何依處殺此有二種一因地稽留二因木稽留何謂因地稽留若苾芻尼有殺心掘地作穽於内置機羂絆其脚欲殺女男半擇迦因此而死或放師子虎豹鵰鷲鳥等而令噉

食或以風吹日曝形質消盡或令飢渴羸瘦由此方便而命終者此苾芻尼得波羅市迦若不死者得窣吐羅底也如脚既爾若脛若髀若腰若胷乃至於頸而爲羈絆或時欲令師子等食乃至飢渴羸瘦由此方便而命終者得波羅市迦或窣吐羅底也是名因地穭留殺

云何因木穭留殺若苾芻尼故心欲殺女男半擇迦等或於大木若柱若橛以濕繩索而繫其足因此而死或時欲令師子等食乃至飢渴消瘦由此方便而命終者得波羅市迦或窣吐羅底也是名因木穭留殺

云何酒醉殺若苾芻尼故心欲殺女男半擇迦等與米酒令飲因此致死或令師子等食乃至飢渴羸瘦由此方便而致命終得波羅市迦或窣吐羅底也如米酒既爾乃至根莖華葉果酒或呪其酒或以藥酒飲令心亂癡無所識由此方便而致命終或由醉故欲令王賊怨家而斷其命得波羅市迦或窣吐羅底也是名以酒殺

云何機弓殺若苾芻尼故心欲殺女男半擇迦等便設機弓施以鐵箭或安諸刀等置於路側若彼女男及半擇迦從此而過便截手足或復斬頭及餘身分由此方便而致命終者此苾芻尼得波羅市迦或窣吐羅底也如機弓既爾若作蹋發及餘機關欲斷人命得罪同前

攝頌曰

若起全半屍　墮胎并作呪　推落及水火

遣使寒熱殺

云何起全屍殺若苾芻尼故心欲殺女男半
擇迦等便於黒月十四日詣屍林所覓新死
屍乃至蟻子未傷損者便以黄土揩拭香水
洗屍以新氎一雙徧覆身體以酥塗足誦呪
呪屍于時死屍頻伸欲起安在兩輪車上以
二銅鈴繫於頸下以兩刃刀置於手中其屍
即起便問呪師曰汝欲令我殺害誰耶呪師
報曰汝頗識彼某甲女男半擇迦不答言我
識報曰汝可往彼斷其命根若命斷者苾芻
尼得波羅市迦若於彼家以諸葉草而爲鬘
帶横繫門上及置水瓶或門繫牸牛幷同色
犢子或繫牸羊幷同色羊羔或家有磨藥石
幷有石軸或門有因陀羅杙或火常不滅或
家安形像或有佛眞身或轉輪王母或懷輪
王胎或有菩薩或有菩薩母或懷菩薩胎或
將欲誦四阿笈摩經或正誦時若復大經欲
誦正誦謂小空大空經增五增三經幻網經
影勝王迎佛經勝播經若有如是等事守護
之時彼所起屍不能得入者此苾芻尼皆得
窣吐羅底也或不善解起屍之法却來殺其
呪師此苾芻尼得窣吐羅底也若呪師苾芻
尼殺彼起屍亦得窣吐羅底也

云何起半屍事縁並同前於中別者車但一
輪一鈴繫頸刀唯一刃乃至結罪廣如上説

云何墮胎殺苾芻尼欲殺懷胎母不欲殺子
即便蹂蹋其腹若母死非胎者苾芻尼得波
羅市迦若胎死非母者得窣吐羅底也若二
俱死於母得波羅市迦若二俱不死得窣吐
羅底也若苾芻尼欲殺於胎不欲殺母即使
蹂蹋其腹若胎死非母苾芻尼得波羅市迦

若母死非胎得窣吐羅底也若二俱死得波羅市迦若二俱不死得窣吐羅底也

云何作呪殺若苾芻尼有殺心起方便欲殺女男半擇迦作曼荼羅安置火鑪然火投木口誦禁呪作如是念若燒木盡令彼女男半擇迦命根即斷若火中木纔始燒半彼命斷者此苾芻尼得窣吐羅底也若木燒盡彼命終者得波羅市迦若苾芻尼有殺心起方便欲殺女男半擇迦以油麻芥子各一升置於臼中擣之口誦禁呪作如是念若臼中物擣若成粖令彼命終未粖已來彼命終者此苾芻尼得窣吐羅底也若碎成粖彼命終者得波羅市迦若苾芻尼有殺心起方便以黄牛乳一升置於器中以指攪乳口誦禁呪作如是念若器中乳盡變成血即令彼人命根斷絶若乳未盡成血彼命終者得窣吐羅底也若盡成血彼命終者得波羅市迦若苾芻尼欲殺人起方便以五色線刺僧伽胝口誦禁呪作如是念作此衣了令彼命終若衣未了彼命終者得窣吐羅底也衣了死者得波羅市迦若苾芻尼欲殺人起方便以指畫地口誦禁呪作如是念盡滿七數令彼命終若未滿七彼命終者得窣吐羅底也滿七死者得波羅市迦是名作呪殺

云何推墮殺若苾芻尼欲殺人於崖岸邊危險等處推彼令墮由此死者得波羅市迦當時不死後因此死亦得波羅市迦當時不死後亦不死得窣吐羅底也如崖既爾或於牆樹處或於象馬車輿牀座頭肩腰背脛膝腨足及餘身分而推墮時由此死者得波羅市

迦若當時不死後因此死亦得波羅市迦若當時不死後亦不死得窣吐羅底也是名推墮殺

云何於水殺若苾芻尼欲殺人推置水中因此死者得波羅市迦不死窣吐羅底也廣如上説水謂河海池井乃至以水一掬投彼口中令死是名於水殺

云何於火殺若苾芻尼欲殺人推置火中因此而死苾芻尼得波羅市迦謂若燒村林城邑乃至以火炭置彼口中令死是名火殺

云何驅使殺若苾芻尼欲殺人即遣其人向險難處而致死者得波羅市迦或窣吐羅底也廣如上説險難處者謂賊寃家虎狼師子等處使人經過令其致死是名驅使殺

云何寒凍殺若苾芻尼欲殺人於極寒時猛風嚴烈若晝安置陰中若夜置於露地令坐濕草因此而死苾芻尼得波羅市迦或窣吐羅底也廣如上説是名寒凍殺

云何炎熱殺若苾芻尼欲殺人於極熱時身生疿瘡若晝置於露地若夜安密室中熏以煙火覆以席薦及毛毯等因此而死得波羅市迦餘如上説是名炎熱殺

妄説自得上人法學處第四

爾時世尊遊行人間至竹林聚落北有升攝波林依止而住時逢飢饉乞食難得父母於子尚不相濟況餘乞人爾時世尊告諸聲聞時世飢饉乞食難得母子尚不相濟汝等宜應各隨親友得意之處於薛舍離隨近聚落而作安居我與阿難陀於此林住苾芻聞已唯然受教各隨親友於薛舍離隨近聚落而

作安居時五百苾芻見斯事已共相告曰仁等當知如世尊說今時飢饉乞食難得父子尚不相濟況餘乞人汝等宜應各隨親友於薜舍離隨近聚落而作安居我與阿難陀於此林住我等於此無有眷屬可得依止作安居事然於捕魚人村有我眷屬宜往相問於其村外權為草室而作安居時五百苾芻即便往至捕魚村所問其眷屬權為小室村外居停時諸苾芻共相謂曰我等少聞未有學識若諸眷屬來相請問我等云何為其說法若彼來時我等宜應更相讚歎汝諸眷屬大獲善利汝聚落中得如是勝妙僧眾於此安居此苾芻得無常想於無常苦想於苦空想於空無我想厭離食想於諸世間無愛樂想過患想斷除想離欲想滅想死想不淨想青瘀想膖脹膿流想血食想血塗想離散想白骨想觀空想此苾芻得初靜慮二靜慮三靜慮四靜慮得慈悲喜捨空無邊處識無邊處無所有處非想非非想處此得四果六神通八解脫後於異時彼諸眷屬來相看問時諸苾芻見眷屬來即便更互共相讚歎汝諸眷屬大獲善利汝聚落中得有如是勝妙僧眾於此安居此苾芻得無常想廣說乃至得八解脫時諸眷屬既聞說已白言聖者仁等證得如是勝果答言皆得時俗諸人聞得果者咸生愛樂於自父母妻子親屬而不拯濟於諸苾芻各以飲食共相供給

爾時世尊未入涅槃安住於世與諸弟子二時大集一謂五月十五日欲安居時二謂八月十五日隨意了時前安居者受教勑已往

諸城邑村坊聚落而作安居至隨意了皆來集會隨所證獲皆悉白知未證者謂求所證近薜舍離安居苾芻三月既滿作衣已竟顏色憔悴形容羸瘦執持衣鉢往竹林村既至村已時諸苾芻遥見彼至於同梵行者起憐愍心遥唱善來即前迎接爲持衣鉢錫杖軍持并餘雜物沙門資具又問具壽仁等何處安居而得來至答言我於佛栗氏聚落三月安居今來至此問曰諸具壽於彼安居三月之内乞求飲食不勞苦耶答曰雖於彼處得安樂住然乞飲食甚大艱辛報曰實爾目驗衰羸容色憔悴准知飲食定是難求時捕魚村五百苾芻既安居了執持衣鉢亦至此村顏色鮮好容貌肥盛諸苾芻見諸同梵行者起憐愛心遥唱善來即前迎接爲持衣鉢并餘雜物如前具問乃至問言於捕魚村飲食易求安樂行不苾芻報曰我於彼住實得安樂所求飲食易得不艱報言具壽目驗肥充容色光澤准知飲食定是易求即便問曰今既世時飢饉飲食難求父母妻子尚不相濟何故食易得耶彼便答曰我於眷屬自相讃歎云此苾芻得無常想乃至得八解脱問曰所陳之事爲實爲虚答言是虚問言具壽仁等豈合爲少飲食實無上人法自稱得耶彼便答曰從合不合我等已作時諸苾芻樂少欲者皆共譏嫌訶責非法云何汝等爲貪飲食實無上人法自稱得耶時諸苾芻白佛佛以此緣集苾芻衆知而故問如前廣説佛問勝慧河邊諸苾芻曰汝諸苾芻實無上人法自言得耶彼白佛言實爾大德爾時世尊種

種訶責諸苾芻汝非沙門法非隨順行所不應爲非威儀非出家者所作汝諸苾芻應知世間有三大賊云何爲三諸苾芻如有大賊若百衆千衆若百千衆便往到彼城邑聚落穿牆開鎖偷盜他物或時斷路傷殺或時放火燒村或破王庫藏或劫掠城坊是名第一大賊住在世間諸苾芻如有大賊無百衆無千衆無百千衆不往城邑聚落穿牆開鎖偷盜他物亦不斷路燒村破王庫藏等然取僧祇薪草華果及竹木等賣以自活或與餘人是名第二大賊住在世間又諸苾芻有其大賊無百衆無千衆無百千衆不往城邑聚落穿牆開鎖偷盜他物乃至不取僧祇竹木等活命與人然於自身實未證得上人之法妄說已得是名第三大賊住在世間汝諸苾芻第一大賊第二大賊不名大賊是名小賊汝諸苾芻若實無上人法自稱得者於人天魔梵沙門婆羅門中是極大賊說伽他曰

實非阿羅漢　說言我身是　於諸人天中
是名爲大賊

爾時世尊種種訶責彼苾芻已告諸苾芻曰我觀十利爲諸聲聞二部弟子於毗柰耶制其學處應如是說

若復苾芻尼實無知無徧知自知不得上人法寂靜聖者殊勝證悟智見安樂住而言我知我見彼於異時若問若不問欲自清淨故作如是說諸具壽我實不知不見言知言見虛誑妄語得波羅市迦不應共住

爾時世尊爲諸苾芻制學處已時有衆多苾芻在阿蘭若住受麤卧具勤策相應得少自

相寂止方便世間作意折伏煩惱欲染嗔恚不復現行時彼即便更相告言具壽汝今知不阿蘭若中所應得者我今已得我生已盡梵行已立所作已辦不受後有我今可捨蘭若處住聚落中便捨靜林就村居止時彼數數見諸女人又見淨人及諸求寂共為雜住煩惱還起欲染嗔恚還復現行時彼諸人各作是念世尊為諸弟子於毗柰耶制其學處廣如上說時諸苾芻即相告曰我等住阿蘭若受麤臥具勤策相應得少自相寂止方便折伏煩惱便棄靜林來至聚落既觀諸境煩惱現行如前廣說豈非我等犯他勝耶我等共詣具壽阿難陀所以事陳告如彼所說我當奉行即便到彼問具壽阿難陀曰尊者知不如佛世尊為諸弟子制其學處若復苾芻乃至波羅市迦不應共住我等在阿蘭若煩惱不起今來聚落煩惱還生廣說如前我皆有疑豈非我等犯波羅市迦耶我等共議當問具壽阿難陀如彼所說我當奉行由是事故我等今來至尊者所詳欲諮決豈非我等犯波羅市迦耶爾時具壽阿難陀聞諸苾芻說是事已遂將諸苾芻往世尊所頂禮佛足在一面坐時具壽阿難陀白佛言世尊大德如是為諸苾芻於毗柰耶制其學處若復苾芻廣說乃至得波羅市迦不應共住此苾芻等在阿蘭若住受邊際臥具勤策相應得少自相寂止方便作意折伏煩惱欲染嗔恚不復現行時彼即便更相告語具壽汝今知不阿蘭若中所應得者我今已得我生已盡梵行已立所作已辦不受後有我今

宜捨蘭若住處往聚落中即便捨靜就村住處時彼數數見諸女人又見淨人及諸求寂共爲雜住煩惱還起欲染現行彼諸苾芻各生疑念將非我犯波羅市迦耶故來問我我不敢決咸來至此大德世尊將非彼犯極重罪耶世尊告曰阿難陀除增上慢彼無有犯爾時世尊種種方便爲愛樂戒者爲尊重戒者隨順勸喻爲說法已告諸苾芻曰汝諸苾芻知是應知前是創制此是隨開我今爲諸聲聞二部弟子當如是說

若復苾芻尼實無知無徧知自知不得上人法寂靜聖者殊勝證悟智見安樂住而言我知我見彼於異時若問若不問欲自清淨故作如是說諸具壽我實不知不見言知言見虛誑妄語除增上慢此苾芻尼亦得波羅市迦不應共住

苾芻尼者義如上說言無知者謂不知色受想行識言無徧知者謂不徧知色受想行識上人法者上謂色界在欲界上無色界在色界上人者謂凡人法者謂五蓋等能除此蓋名之爲上寂靜者謂是涅槃言聖者謂佛及聲聞殊勝證悟者謂四沙門果預流一來不還阿羅漢智者謂四智苦智集智滅智道智及餘諸智見者謂四聖諦見言安樂住者謂四靜慮是修非生言我知者謂知四諦法而言我見者謂見天見龍見藥叉見揭路荼健達婆緊那羅莫呼洛伽鳩槃茶羯吒布單那畢舍遮鬼我聞天聲乃至畢舍遮鬼我往天處乃至畢舍遮處彼諸天龍乃至畢舍遮來至我所我與諸天等常爲狎習共作言談彼

諸天等亦來就我常爲狎習共作言談其實未證而言我證謂得無常想廣説乃至得八解脱彼於異時者謂是別時若問者謂被他問若不問者謂自生悔恨而懷憂惱欲自清淨者謂希出罪作如是語具壽我實不知者謂意識也我實不見者謂眼根也虛誑妄語者是別異説除增上慢者謂除增上慢人實未證得自謂已得由無誑心故不犯根本此者謂指其人苾芻尼者謂住苾芻尼性廣説如上乃至不應差作十二種人是故名爲不應共住此中犯相其事云何

攝頌曰

見相阿蘭若　舍中受妙座　能知於自相
方便顯其身

若苾芻尼如是樂欲如是忍可作如是語我見諸天乃至羯吒布單那者得波羅市迦乃至我見糞掃鬼者得窣吐羅底也若苾芻尼如是樂欲如是忍可作如是語我聞諸天乃至羯吒布單那者得波羅市迦乃至糞掃鬼者得窣吐羅底也若苾芻尼妄心作如是語我詣天處乃至羯吒布單那處者得波羅市迦乃至糞掃鬼處者得窣吐羅底也若苾芻尼妄心作如是語諸天來至我所乃至羯吒布單那來至我所者得波羅市迦乃至糞掃鬼者得窣吐羅底也若苾芻尼妄心作如是語我共諸天常爲狎習共作言談乃至羯吒布單那者得波羅市迦若云糞掃鬼者得窣吐羅底也若苾芻尼妄心作如是語諸天來共我常爲狎習共作言説乃至羯吒布單那者得波羅市迦若云糞掃鬼者得窣吐羅底

也若苾芻尼妄心實不得無常想而言我得者得波羅市迦乃至妄言得俱解脫皆波羅市迦苾芻尼妄心作如是語有多苾芻尼若在村坊或阿蘭若處住多被非人之所嬈亂於中若得預流一來不還阿羅漢果者非人即不嬈亂我在彼處不被非人之所嬈亂者得波羅市迦若苾芻尼妄心作如是語於其舍中受他請食敷設雜綵勝妙之座若得四果者方就其座而受飲食我亦得彼勝妙座食者是苾芻尼得波羅市迦若有衆多苾芻尼在阿蘭若村中而住少於自相而心得定以世俗道伏除煩惱欲貪嗔恚而不現行苾芻尼妄心作如是語我亦在彼阿蘭若住得少自相定以世俗道伏除煩惱欲貪嗔恚亦不現行者得波羅市迦若苾芻尼妄心欲自顯已作如是語有苾芻尼親見諸天不言是我得窣吐羅底也如是乃至見羯吒布單那不言是我者得窣吐羅底也乃至糞掃鬼者得惡作罪若苾芻尼妄心作如是語有苾芻尼聞諸天聲不言是我得窣吐羅底也如是乃至聞羯吒布單那不言是我者得窣吐羅底也乃至糞掃鬼得惡作罪若苾芻尼妄心作如是語苾芻尼往詣天處不言是我者得窣吐羅底也乃至羯吒布單那處得窣吐羅底也乃至糞掃鬼者得惡作罪若苾芻尼妄心作如是語有苾芻尼諸天來就乃至羯吒布單那不言是我得窣吐羅底也若糞掃鬼者得惡作罪若苾芻尼妄心作如是語有苾芻尼常住天處共諸天言談議論乃至羯吒布單那不言是我者得窣吐羅底也若糞掃

鬼者得惡作罪若苾芻尼妄心作如是語有苾芻尼諸天來就言談議論乃至羯吒布單耶不言是我者得窣吐羅底也糞掃鬼同前若苾芻尼妄心作如是語有苾芻尼得無常想如前廣説乃至得八解脱不言是我是苾芻尼得窣吐羅底也如有衆多苾芻尼在阿蘭若村住常被非人之所嬈亂中有苾芻尼得四果者不被非人之所嬈亂苾芻尼妄心作如是語有苾芻尼在彼村住不被非人之所嬈亂不言是我得窣吐羅底也若有衆多苾芻尼在俗舍中坐勝妙座而受其食皆獲四果苾芻尼妄心作如是語有苾芻尼於彼舍中受勝妙座不言是我者得窣吐羅底也若諸苾芻尼在阿蘭若村住得少自相定以世俗道伏除煩惱欲貪嗔恚亦不現行不言是我者得窣吐羅底也若苾芻尼妄心作如是語有苾芻尼在彼村住得少自相定乃至煩惱皆不現行不言是我者得窣吐羅底也

根本説一切有部苾芻尼毗柰耶卷第四

音釋

柘 之夜切木名 縊 於計切經也 矛矟 矛莫浮切矟所角切並兵器也
鑹 十亂切短矛也 逵 徒頂切莛也 穽 疾政切陷穽也 脛 下頂切脚脛也
䏶 部禮切股也 蹂蹋 蹂忍九切蹋達合切 膝 息七切 腨 市究切腓
腸也 痱 方味切熱瘡也 青瘀 瘀依倨切氣血瘀積而色青也 膖脹 膖匹
絳切脹知亮切

根本説一切有部苾芻尼毗柰耶卷第五

唐三藏法師義淨奉 制譯

摩觸學處第五

縁在室羅伐城世尊猶未制諸苾芻尼不住阿蘭若如世尊説我今爲利益悲愍諸聲聞故所應作者皆已作訖汝等亦應如是作意可依蘭若或於樹下空閑靜處山間巖窟及草蘊中或居敞露或住林野靜慮而住勿爲放逸後爲自悔此即是我之所教誨諸苾芻尼皆詣蘭若宴默靜心時蓮華色尼不離欲染未出家時顔容端正儀貌超絶衆人愛樂得五百金錢方與男子共爲歡會時有婆羅門子見蓮華色情極染著告言情樂共作交歡蓮華色曰君若求歡可持五百金錢報言我今無錢蓮華色曰可去求覓方宜來此彼往傭力于時具壽大目乾連令蓮華色尼斷諸惡法置涅槃路超出三界離諸欲染證解脱樂成阿羅漢每往暗林宴默習定而住受解脱樂其婆羅門子傭力經求得金錢五百還來追訪蓮華色尼聞已出家持五百錢詣尼寺中問言蓮華色尼今在何處諸尼報曰彼在暗林婆羅門子尋至尼邊見在樹下宴默而住便即告言我今具持五百金錢可見同歡蓮華色曰婆羅門子斯之惡法我已捨棄又即問曰仁於我身有何樂見而生染欲婆羅門子言我甚愛樂聖者眉眼蓮華色尼以神通力出已眼睛置於掌内告曰仁今於此肉團有何所樂婆羅門子見情生忿恚告曰禿沙門女而作幻術拳打尼頭捨之而去即以此縁白尼尼白苾芻苾芻白佛佛告諸

苾芻尼譬如肉團棄四衢路鳥獸皆集女人亦爾由是義故諸苾芻尼不應住阿蘭若世尊旣制苾芻尼不許住阿蘭若于時諸苾芻尼便入室羅伐城於衢路中而爲宴坐爲惡男子及竊盜者之所逼惱以緣白佛佛言應置尼寺於此城中有長者毗舍佉信心深厚見尼問言聖者有何所須諸苾芻尼具陳其事毗舍佉聞白言聖者我有寬廣居住處所至寺成時哀愍我故願見就住諸尼便詣而爲居止毗舍佉每日詣苾芻尼處以申敬禮毗舍佉儀貌端正珠髻難陀尼見時心便染著身現患狀入房而卧毗舍佉晨朝早起巡禮佛塔便入寺中見一尼守寺餘皆乞食便即頂禮問言聖者諸尼何去報言皆出乞食毗舍佉即欲出寺珠髻難陀尼便於房中大聲呻喚毗舍佉聞情懷悲愍便往守寺尼所白言聖者房中是誰大聲呻喚答曰房中有病尼聞已入房虔誠敬禮問言聖者有何所苦尼曰我之患苦卒難申說報言何不醫療尼曰此不可治毗舍佉言聖者其藥豈難得耶尼曰不難然我之願求不可得毗舍佉言聖者旣爲出家如是盡形應從他求湯藥飲食衣服卧具如世尊說應從淨人受聖者所須但令我辦我自惠施尼曰誠如所言知法之人亦須斟量毗舍佉聞已倍生敬重歎言奇哉苾芻尼甚爲少欲便禮尼足而說伽陀曰

我於聖者所　今發淨信心　縱使須身肉
我亦能相惠

時毗舍佉說斯頌已尼出鄙言請爲惡法彼

聞掩耳白言聖者勿於我所而説此言尼曰爾有意樂但作强言毗舍佉即欲出去尼復告曰若不隨順且來抱頭及諸肢體彼便抱頭尼受樂想餘尼入見毗舍佉羞恥低頭而出即以此緣告諸苾芻苾芻白佛佛以此緣集苾芻尼衆諸佛常法知而故問告珠髻難陀苾芻尼曰汝實如此作斯不端嚴事耶白言實爾世尊訶責汝所爲者非沙門女法非隨順行非淨行法種種訶責已告諸苾芻尼我觀十利廣説乃至於聲聞尼毗奈耶制其學處應如是説

若復苾芻尼自有染心共染心男子從目巳下膝巳上作受樂心身相摩觸若極摩觸於如是事此苾芻尼亦得波羅市迦不應共住

苾芻尼義廣如上説乃至白四羯磨受近圓若復苾芻尼者謂有染心尼情纏染欲共染心男子者謂是丈夫亦有欲心從目巳下膝巳上者謂指身分齊身相摩觸作受樂心者謂受觸樂若極摩觸者謂於是事堅相摩觸得根本罪此中犯相其事云何若苾芻尼有染心與染心男子目巳下膝巳上身相摩觸或極摩觸堅相摩觸得根本罪若苾芻尼有染心與無染心男子身相摩觸得窣吐羅底也若苾芻尼無染心男子或有染心或無染心尼觸防心者無犯若尼有病男爲摩身尼起染心得惡作罪無染心者無犯及病惱所纏者無犯

攝頌曰

兩俱有染心　目巳下至膝　若相摩觸者
此獲根本罪　若尼有染心　男子無婬意

尼共相摩觸　此得吐羅㡳　二俱無染意
或男有染心　假使尼觸時　防心故無犯
苾芻尼病患　男子爲摩身　尼若起染心
當招惡作罪

八事成犯學處第六

佛在室羅伐城時此城中有一賣香男子容儀端正娶妻未久苾芻尼吐羅難陀因行遇見便生染愛問言男子汝娶妻幾時彼何形狀夫婦兩人共相愛不答言聖者道俗路殊何勞問此尼曰汝與我娶豈不樂哉頻言調弄令生染著遂共期欵可向尼寺某門某房是我住處共我相見答曰勿令外人覺知私事尼曰汝豈搖鈴來入寺耶尼便歸寺男子至暮遂赴彼期到尼房所尼既見已喚入室中藏於牀下尼諸弟子來至房外而爲請白教授既訖還入房中見尼入來從牀下起尼忘謂賊遂便驚怖答言我非是賊是共期人染心内發遂抱其尼卧於牀上尼作是念我爲衆首率伏諸人並由戒德我破尸羅更何所用諸人知已並皆棄擲報言少年且見相放隨言即放尼蹋其胷倒地嘔血尼出大叫唱言仁等應知我已降魔摧伏怨敵諸尼聞已起來共問大姊證得阿羅漢果耶答曰不得又問汝證不還一來預流果耶答言不得又問廣設供養請世尊耶答言不請尼曰若爾汝作何事即示彼男子此人入我房中我以脚蹋令其嘔血諸尼見已即答言汝若不自引入此人豈能至此寺内諸苾芻尼衆皆譏嫌曰汝作惡業事我不隨喜尼白苾芻苾芻白佛佛以此縁集諸尼衆觀知利益問言

苾芻尼汝實作此非法事不白言是實佛即訶責汝作不淨行非隨順事非沙門女行非出家人所應作事世尊種種訶責已即告諸苾芻尼曰我觀十利於聲聞尼毗奈耶廣說乃至制其學處應如是說若復苾芻尼自有染心共染心男子掉舉戲笑指其處所定時現相來去丈夫情相許可在可行非處縱身而卧如是八事共相領受若苾芻尼作是事者亦得波羅市迦不應共住若復苾芻尼者謂吐羅難陀苾芻尼或復餘尼共染心男子者二俱有染起欲纏心一掉舉者謂相掉觸二戲者謂相戲弄三笑者謂共言笑四指處所者謂向某園某神堂處五定時者謂旦午等六現相者汝若見我新剃髮時披服赤衣手持油鉢知事成就七來去丈夫情相許可者謂相愛樂八在可行非處者謂處障蔽堪得行婬縱身而卧者謂以身授彼交通事如是八事共相領受者謂作斯八事皆有染心故言領受尼等義如上說此中犯相若作前七事一一皆得吐羅底也罪作第八時便得重罪

攝頌曰

掉舉及戲笑　指處所定時　現相來去人
屏處縱身卧　前七得麤罪　第八不可治

覆藏他罪學處第七

緣處同前時善友苾芻尼謗具壽實力子取其自言被衆驅擯捨道歸俗彼有尼妹名曰小友於餘尼所見有徒衆共相教授告諸尼曰向使我姊不歸俗者亦當教授如是門徒諸尼告曰何須稱此破戒尼名報言聖者我

亦先知犯他勝罪由是我親而不陳説如有頌言
雖見怨家過　仁者尚不言　何况是我親
能説其私事
以事白佛乃至世尊問實訶責制其學處應如是説若復苾芻尼先知他苾芻尼犯他勝罪而不曾説彼身死後若歸俗若出去方作是語尼衆應知我先知此苾芻尼犯他勝罪於如是事此苾芻尼亦得波羅市迦不應共住尼謂小友或復餘尼知者或自知或因他知犯他勝罪者入他勝中隨一覆藏而不曾説者謂不發舉彼身死後者謂彼尼亡後餘文易知廣如上説此中犯相其事云何若苾芻尼知如是事覆藏不舉發者皆犯他勝罪
被舉人學處第八

縁處同前時有苾芻名曰根本和合僧伽與作捨置羯磨苾芻尼衆亦復與作不禮敬法廣説乃至彼苾芻欲於僧伽處現恭敬相希求拔濟吐羅難陀尼見已白言聖者我今申敬欲何所去報曰我被捨置今欲希求衆哀愍我吐羅尼曰聖者是釋迦種而爲出家何苦從他希求媿謝所須資具我當供給善自安心讀誦作意乃至以縁白佛佛告諸苾芻尼可與吐羅難陀尼諫汝豈不知衆與此人作捨置羯磨苾芻尼與作不禮敬法汝便供給衣鉢等物令無乏少汝今捨此隨被舉事諸苾芻尼如是諫時彼堅執不捨以縁白佛佛告諸尼應與吐羅難陀白四羯磨依教而作如下應知彼執不捨乃至世尊問實訶責制其學處應如是説若復苾芻尼知彼苾芻

和合僧伽與作捨置羯磨苾芻尼衆亦復與作不禮敬法彼苾芻於僧伽處現恭敬相希求拔濟自於界内乞解捨置法彼苾芻尼報苾芻言聖者勿於衆處現恭敬相希求拔濟自於界内乞解捨置法我爲聖者供給衣鉢及餘資具悉令無乏當可安心讀誦作意時諸苾芻尼告此尼曰汝豈不知衆與此人作捨置羯磨苾芻尼與作不禮敬法彼苾芻起謙下心自於界内乞解捨置法汝便供給衣鉢等物令無乏少汝今捨此隨從事諸苾芻尼如是諫時捨者善若不捨者應可再三慇懃正諫隨教應詰令捨是事捨者善若不捨者此苾芻尼亦得波羅市迦不應共住尼謂吐羅難陀或復餘尼知彼苾芻者謂此法中苾芻彼和合僧伽者謂佛弟子與作捨置羯磨者謂作白四如文可知餘義如上此中犯相其事云何若苾芻尼知苾芻衆作捨置羯磨法尼衆亦作不禮敬法作如上語時一一皆得惡作罪若諫時捨者善若不捨得窣吐羅底也罪初白時乃至羯磨第二第三時亦得麤罪第四羯磨未了時捨亦得麤罪若竟便犯他勝罪

諸大德我已説八他勝法苾芻尼於此隨犯一一事不得與諸苾芻尼共住如前後亦如是得他勝罪不應共住今問諸大德是中清淨不如是三説諸大德是中清淨默然故我今如是持

諸大德是二十僧伽伐尸沙法半月半月戒經中説

總説頌曰

媒嫁及二謗　二染并四獨　夫棄契作解
二諍雜獨住　破僧與隨伴　汙家并惡性
衆教有二十　八三諫應知

媒嫁學處第一

緣處同前時十二衆苾芻尼自行媒嫁持男意語女持女意語男乃至男女私通亦爲媾合時外道等咸作譏嫌仁等應知此沙門釋女作不應作亦行媒嫁與我何殊誰復能持朝中飲食施此禿頭沙門釋女時諸苾芻尼白諸苾芻苾芻白佛使以此緣同前集尼告十二衆曰汝實持男意語女持女意語男及以私通爲媒嫁事耶白言是實爾時世尊訶責十二衆苾芻尼曰汝非沙門女非隨順非清淨行非善威儀非出家人之所應作是時世尊種種訶責乃至制其學處應如是說若復苾芻尼作媒嫁事持男意語女持女意語男若爲成婦及私通事乃至須臾頃僧伽伐尸沙

苾芻尼者謂十二衆或復餘尼言媒嫁者爲使往還以男意語女以女意語男者謂持彼此男女之意更相告知若爲成婦及私通事者有七種婦十種私通云何七種婦一水授二財娉三王旗四自樂五衣食六共活七須臾

攝頌曰

七婦謂水授　財娉王旗得　自樂衣食住
共活及須臾

水授婦者謂不取財物女之父母以水注彼女夫手中而告曰我今此女與汝爲妻汝當善自防護勿令他人輒有欺犯是名水授婦

財娉者謂得財物以女授之如上廣說是名財娉婦王旗者如刹帝利灌頂大王嚴整兵旗伐不臣國既戰勝已而宣令曰隨所獲女任充妻室此由王旗力獲女以爲妻妾又若有人自爲賊主打破村城獲女爲婦是名王旗婦自樂婦者若女童女自行詣彼得意男子處告曰我今樂與仁者爲妻彼便攝受是名自樂婦衣食婦者若女童女詣彼男子處告曰汝當給我衣食我當與汝爲妻是名衣食婦共活婦者若女童女詣彼男處告言我所有財及汝財物併在一處共爲活命是名共活婦須臾婦者謂是暫時而爲婦事是名須臾婦　云何十種私通謂十人所護父護母護兄護弟護姊妹護太公護太家護親護種護族護王法護

攝頌曰

十種謂父母　兄弟及姊妹　太公與太家

親種族王法

云何父護謂在室女父常養護若女已嫁其夫身死或被禁縛或時逃叛其父防護是名父護母護亦爾云何兄弟護若女人父母及夫並皆亡歿或時散失在兄弟家而爲住止兄弟衞護是名兄弟護姊妹亦然云何太公護若女人父母宗親並皆亡歿其夫疾患或復顛狂流移散失依太公住太公告曰新婦汝可歡懷於我邊住我憐念汝如觀已子太公即便如法守護是名太公護太家護亦然云何親護從高祖已來所有眷屬並名爲親過此非親若女人父母兄弟姊妹夫主並皆亡歿或顛狂等或流離他土便於餘親依止

而住是名親護云何種護謂婆羅門刹帝利薜舍戍達羅女依種而住名爲種護云何族護謂於婆羅門等中有別氏族如頗羅墮社高妾婆蹉等女由此護名爲族護云何王法護若女人親族並無唯有一身由王法故無人敢欺是名王法護又有法護者若有女人孀居守節潔行貞心人不欺犯是名法護僧伽者若犯此罪應依僧伽而行其法及依僧伽而得出罪不依別人伐尸沙者是餘殘義若苾芻尼於八波羅市迦法中隨犯其一無有餘殘不得共住此二十法苾芻尼雖犯而有餘殘是可治故名僧殘又因衆教示而罪得除亦名衆教此中犯相其事云何如前諸婦離別之狀有其七種

攝頌曰

正鬪及已鬪　折草投三瓦　依法非我妻
普告多人證

云何爲七一正鬪即離二鬪後方離三折草三段離四三方擲瓦離五依法對親離六言非我婦離七普對衆人離若苾芻尼見他俗人於初三婦因鬪諍等作離別時若作初離和之令合得一惡作若作第二離和之得二惡作若作第三離和之得三惡作若作第四第五第六離和之如次得一二三麤罪若作第七離和得僧殘若餘之四婦及十私通於七種離中隨一離別若苾芻尼更重和合者皆得僧殘罪

攝頌曰

自受從使受　二尼有四儀　前後相隨行
尊甲緣及事

若苾芻尼自受語自往語自還報得僧伽伐尸沙若苾芻尼自受語自往語遣使還報僧伽伐尸沙若苾芻尼自受語遣使往語自還報僧伽伐尸沙若苾芻尼自受語遣使往語使還報僧伽伐尸沙若苾芻尼於使邊受語自往語自還報或於使邊受語自往語遣使報或於使邊受語遣使語自還報或於使邊受語遣使語遣使報並得僧殘若苾芻尼於使使邊受語自往語自還報或於使使邊受語自往語遣使報或於使使邊受語遣使語自還報或於使使邊受語遣使語遣使報並得僧殘若二苾芻尼自受語二俱往語皆不還報二俱二麤罪若二苾芻尼自受語俱不往語俱不還報二俱一麤罪若二苾芻尼自受語一云汝傳我意往語還報依言作者二

俱僧殘若二苾芻尼自受語一云我但往語不還報一便還報其往語還報者得僧殘其不還報者得二麤罪若二苾芻尼自受語一云我不往語亦不還報其往語還報者得僧殘罪其不往語不還報者得一麤罪若一苾芻尼共一男子一女人同路而去若彼男子語苾芻尼言聖者頗能語此女人作如是語汝能與此男子爲婦或暫時共住不或復女人語苾芻尼言聖者頗能語此男子作如是語汝能與此女人爲夫或暫時共住不若此苾芻尼受此言已即便爲說還報得僧殘如行既爾立及坐卧准此應知如是若二苾芻尼二男子二女若三苾芻尼三男三女等乃至廣說得僧殘罪若二苾芻尼一前行一隨行前行者自受語往語還報前行者得僧殘

隨行者無犯若前行苾芻尼自受語遣隨行苾芻尼往語得實已前行苾芻尼自還報前行苾芻尼得二麤罪隨行苾芻尼得一麤罪若前行苾芻尼自受語自往語遣隨行苾芻尼還報前行苾芻尼得二麤罪隨行苾芻尼得一麤罪若前行苾芻尼自受語已遣隨行苾芻尼往語還報隨行苾芻尼得二麤罪前行苾芻尼得一麤罪如前行苾芻尼所作事業得罪多少如是應知隨行苾芻尼遣前行者所作事業得罪多少准説應知有二家長者一自在二非自在言自在者是爲主義於自男女取與隨情若往官司或衆人集處雖説虛事人亦信受是名自在不自在者是卑下義於自男女取與無力若往官司或衆人集處雖説實事人不信受是名不自在尼於自在人邊受語往語自在還報自在得僧殘苾芻尼於自在邊受語往語自在還報不自在得二麤罪一惡作苾芻尼於自在邊受語往語不自在還報自在得二麤罪一惡作苾芻尼自在邊受語往語不自在還報不自在得一麤罪二惡作苾芻尼不自在邊受語往語不自在還報自在得三惡作麤罪苾芻尼不自在邊受語自在還報不自在得二惡作一麤罪苾芻尼不自在邊受語往語自在還報自在得二麤罪一惡作不自在邊受語往語不自在還報不自在得三惡作苾芻尼復有三緣爲媒嫁事雖受得三不以言報亦成媒事云何爲三一期處二定時三現相何謂期處告彼人云若見我在某園中或某天祠或衆人集處汝則當知其事成就是名期處

云何定時若於小食時或於中時或於晡時見我汝則當知其事成就是名定時云何現相若見我新剃髮或著新大衣或執錫杖或時持鉢盛滿酥油汝則當知其事成就是名現相是爲三緣雖受得言不以言報亦成媒嫁事復有三事爲使之時亦成媒事云何爲三一言二書三手印若苾芻尼自受言使以言往語以言報者得僧殘若苾芻尼自受言使以言往語以書報者得僧殘若苾芻尼自受言使以書往語以言還報者得僧殘若苾芻尼自受言使以書往語以書還報者得僧殘若苾芻尼自受言使以書往語若以期處或以定時或以現相而還報者俱得僧殘是謂言使兼書有五差别若苾芻尼自受言使以言往語以言還報者得僧殘若苾芻尼自受言使以言往語以手印還報者得僧殘若苾芻尼自受言使以手印往語以言還報者得僧殘若苾芻尼自受言使以手印往語手印還報者得僧殘若苾芻尼自受言使以手印往語若以期處或以定時或以現相而還報者得僧殘是謂言使兼手印有五差别如於言兼書印有二五不同如是於書兼言手印於手印兼言書及言書手印更互相兼應爲廣説若門師苾芻尼至施主家作如是語此女長成何不出適此男既大何不娶妻者皆惡作罪若言此女何不往夫家若云此男何不向婦舍亦皆惡作門師苾芻尼至施主家作違逆言皆得惡作若無犯者謂初犯人或癡狂心亂痛惱所纏

無根謗學處第二

緣處同前吐羅難陀尼由鬪諍紛紜令衆生惱即以無根他勝法謗苾芻尼不得安樂住廢修善業及以習定悉懷憂惱尼白苾芻苾芻白佛佛以此緣集諸尼衆問實訶責乃至我今爲諸尼衆制其學處應如是說若復苾芻尼懷瞋不捨故於清淨苾芻尼以無根波羅市迦法謗欲壞彼淨行後於異時若問若不問知此事無根謗彼苾芻尼由瞋恚故作是語者僧伽伐尸沙尼謂吐羅難陀或復餘類懷瞋者謂情生忿怒言不捨者謂瞋恚不息清淨苾芻尼者謂此法中尼無犯者不犯其事以無根者謂無三根見聞疑根波羅市迦法者於八事中隨說其一法者非法說法謗者說不實事欲壞彼淨行者欲損彼人清淨學處彼於異時者謂是別時若問若不問者謂說謗已情生悔恨不由他問知此事無根謗謗因諍起諍有四種諍謂鬪諍非言諍犯諍事諍由瞋故作是語者正出謗詞僧伽伐尸沙者已如前說

假根謗學處第三

緣處同前時吐羅難陀尼取相似法謗苾芻尼廣說如上乃至悉懷憂惱爲制學處應如是說若復苾芻尼懷瞋不捨故於清淨苾芻尼以異非分波羅市迦法謗欲壞彼淨行後於異時若問若不問知此是異非分事以少相似法而爲毀謗彼苾芻尼由瞋恚故作是語者僧伽伐尸沙尼謂吐羅難陀或復餘類異非分事者異謂涅槃乖生死故八波羅市迦法非是其分波羅市迦者於此八中隨以一事而謗於彼謗者誣枉其人壞彼淨行者

意欲令其虧失淨行廣如前說此中犯相其事云何若謗清淨苾芻尼十事成犯五事無犯云何爲十謂不見其事不聞不疑便作如是虛誑想實無見等妄言我有見聞疑作是說時得僧伽伐尸沙或聞而忘或疑而忘作如是解作如是想云我聞疑不忘作如是說時僧伽伐尸沙或聞而信或聞不信而言我見或聞而疑或聞不疑或但自疑而云我見作是說時得僧伽伐尸沙是謂十事成犯云何五事無犯謂彼不見不聞不疑有見等解有見等想作如是語我見聞疑者無犯或聞而忘或疑而忘有聞疑想而言聞等亦無有犯如謗清淨人時十事成犯五事無犯若謗清淨似不清淨人亦復如是若謗不清淨人十一事成犯六事無犯云何十一謂不見不聞不疑作如是解作如是想實無見等妄言我有見聞疑作如是說時得僧伽伐尸沙或見而忘或聞而忘或疑而忘作如是解作如是想而云見聞疑不忘作是說時得僧伽伐尸沙或聞而信或聞而不信而言我見或聞而疑或聞不疑或但自疑而云我見作如是說時得僧伽伐尸沙是謂十一事成犯云何六事無犯謂彼不見不聞不疑有見等解有見聞等想作如是說我見聞疑者無犯或見而忘或聞而忘或疑而忘有見等解有見等想而言見聞等亦皆無犯是謂六事無犯自餘實力子廣說過去因緣如大苾芻律中具說也

共染心男子交易學處第四

緣處同前於此城中有賣香男子顏貌端正時珠髻難陀苾芻尼就彼男子買諸雜物尼

於男子遂起欲心男子於尼亦懷染意是時男子少取價直多與貨物若有餘尼有所須者皆憑此尼以爲交易咸起染心尼白苾芻苾芻白佛佛以此緣集諸苾芻尼知而故問珠髻難陀苾芻尼曰汝實如是與染心男子共相領受爲交易耶白言實爾世尊同前訶責乃至制其學處應如是説

若復苾芻尼有染心從染心男子共相領受隨取何物僧伽伐尸沙

苾芻尼者謂珠髻難陀或復餘尼染心者謂彼二人各懷染愛隨取何物者隨其所取種種諸物便犯衆教乃至餘罪廣説如前若俱有染心隨取何物犯衆教罪若尼有染心男子無染者得吐羅罪若尼無染心男子有染心得惡作罪若俱無染心亦惡作罪以不合共如此人作交易故也

根本説一切有部苾芻尼毗奈耶卷第五

音釋

譏嫌　譏居依切誚也嫌戶兼切疑也

掉舉　掉徒了切搖也舉居許切動也

慇懃　慇於斤切懃巨斤切慇懃委曲貌

媒嫁　媒莫杯切謀合二姓也

媾　古候切合好也

孀　色莊切寡婦也

根本説一切有部苾芻尼毗奈耶卷第六

唐三藏法師義淨奉制譯

自言無過學處第五

緣處同前世尊既制諸苾芻尼若有染心於無染心男子隨取何物得窣吐羅罪時吐羅難陀尼猶去受取餘尼問曰仁向何處來答曰我去求物來諸尼答曰豈不世尊已制學處尼有染心於無染心男子隨取何物得麤罪耶吐羅尼問曰汝無染心尼曰我無吐羅尼答曰隨汝無染心於染心男子邊取物我復何過尼白苾芻苾芻白佛佛以此緣集諸尼衆問吐羅難陀曰汝實作是語隨汝無染心於染心男子邊取物我復何過答言實爾世尊同前訶責乃至制其學處應如是說

若復苾芻尼向苾芻尼作如是語隨汝無染心受染心男子物我復何過者僧伽伐尸沙

苾芻尼者謂吐羅難陀釋相結罪事並同前

獨向俗家宿學處第六

佛在王舍城善友苾芻尼以虛妄事謗實力子對諸苾芻自言犯戒即便歸俗遂娶疾苦有姊妹苾芻尼名知友善友病重將欲命終信命知友曰我今病困將欲命終汝可疾來與我相見知友既至即於其夜善友身亡其夫暫出於夜到來見婦身死椎胷大叫作如是言我家男女誰當養活家親報曰此知友姨可將充替知友聞已便作是念我若言報恐被嬰辱遂默而住既至天曉知友欲去其夫報曰姨今何去可於此住養護男女既是親族豈不悲憐其夫即前欲執知友其尼高聲叱而告曰隨汝自身及諸男女一時俱死

何干我事即走還寺諸尼見問昨夜共誰於何處宿答言無伴尼曰若遇惡人豈不壞爾淨梵行耶答曰我若共語定招斯過尼問具答尼白苾芻苾芻白佛佛以此緣集諸尼衆問知支曰汝實夜從尼寺向餘處宿耶答言實爾佛言此非出家女人之所應作世尊同前訶責乃至制其學處應如是說

若復苾芻尼獨從尼寺向餘處宿者僧伽伐尸沙

苾芻尼者謂是知友或復餘人獨者謂更無伴餘處宿者謂離本寺向他家宿釋相結罪事並同前

獨向俗家學處第七

緣處同前時吐羅難陀尼於晝日中獨一無伴往俗人舍為長者等說法諸尼告言汝莫晝日獨往他家恐有淨行難吐羅難陀報曰汝等不見賣香男子我以脚蹋口中血出諸尼曰未必衆人同彼怯弱尼白苾芻苾芻白佛佛以此緣同前集尼問實訶責乃至制學應如是說

若復苾芻尼獨從尼寺晝向俗家者僧伽伐尸沙

苾芻尼者謂吐羅難陀或復餘人獨行無伴向他俗舍乃至日沒犯衆教罪若與求寂女同去者犯窣吐羅底也與正學女同去者得惡作罪

獨在道行學處第八

緣處同前時有商旅向王舍城吐羅難陀尼獨隨而去向餘六城悉皆獨去後時歸來至本住處諸尼即為按摩解勞令其歇息問曰

比在何處獨行而來答曰我唯單已偏往六城諸尼告曰獨行遊歷不將伴侶若遇惡人來相陵逼豈非淨行爲大難耶聞已答曰汝等不聞賣香男子欲來相逼我即打令仰倒脚蹋口中便嘔熱血何有餘人輙相忤犯諸尼報曰未必諸人同彼怯弱尼白苾芻苾芻白佛佛以此緣同前集尼問實訶責乃至制其學處應如是說

若復苾芻尼獨在道行者僧伽伐尸沙

苾芻尼者謂吐羅難陀或復餘人獨在道行者謂無伴侶獨在道行犯衆教罪若與求寂女同去者犯麤罪與正學女同去得惡作罪

獨渡河學處第九

緣處同前時衆苾芻尼遊行人間至阿市羅伐底河船在彼岸時有苾芻尼名迦利迦其夫先是船師尼曰我入河浮往取船來便入河浮至中疲困諸尼告曰迦利迦勿怖勿怖當須努力其尼報言我今力盡幾將欲死方得渡河尼白苾芻苾芻白佛佛以此緣同前集尼問實訶責乃至制其學處應如是說

若復苾芻尼獨浮渡河者僧伽伐尸沙

苾芻尼者謂迦利迦或復餘人獨浮渡河者謂無伴侶獨於河中浮水而過犯衆教罪若縛栰渡者得惡作罪若與求寂女同渡者犯窣吐羅底也與正學女同渡者得惡作罪

度他婦女學處第十

緣處同前時勝光王有大將軍名能執劒常出征伐其妻在室爲欲情所惱遂與外人交通夫後歸來聞知此事遂加鞭杖雖受苦楚而不懲息將軍便念我爲國王降伏他邑令

使調順如何已妻不能整肅作是念已便往白王唯願大王與女人立制若不修婦德汙染憲章者罪當極法王言善事次於後時有將軍女違斯國憲夫與離別白王依法其女遂往告法官曰我之一過幸願相容法官曰此無容恕女曰必不免死請活七年官云不可若不許者如是乃至六五四三二一年中願存活命官云不可如是七月乃至一月放活官云不可若爾幸留七日官云隨意既蒙許已作如是念我活七日當必斬形泣涕交流修諸福業時吐羅難陀尼於小食時執持衣鉢入城乞食至彼女家見其啼泣報言少女因何心苦流淚而行施耶答曰我爲自身死將不遠尼曰勿作如是不吉祥言女即行啼次第陳說尼曰若爾何不捨俗出家答曰誰復於我共相携接尼曰我與出家女便禮足報言聖者施我性命吐羅難陀即與出家執鉤將軍聞彼惡女今已出家遂作是語豈可彼入無畏城耶待七日滿當斷其命尼聞是語即將其女爲求朋扇即往十二衆尼處告言此是某官人女已歸依佛已歸依法今歸汝等次第向說十二衆曰斯爲善事我今攝受誰復敢言若有輒來吾當自解又將其女向大世主處白言聖者當知此是某官人女身心歸依佛法僧寶今來歸依大世主足彼問其故即便具說世主告言姊妹此無行女何所用爲吐羅難陀復將此女詣勝鬘夫人處告言夫人此是某官人女已歸三寶今歸夫人彼問其故具說如前夫人曰此無行女何用輒度與其出家斯成非法此事已過

我與白王既至王所具説其緣王曰此實非法然是事難裁若依法殺戮便傷佛教我招惡響若令釋放復損刑科進退兩途難爲處斷即令使告執劒將軍具説其事將軍覆奏所立嚴令衆並同知如何此女王欲違制而釋放耶王曰此宜放捨因制餘人將軍聞已廣作譏嫌云何度此非法女人令出家也尼白苾芻苾芻白佛佛以此緣同前集尼問實訶責乃至制其學處應如是説

若復苾芻尼知他婦女作非法事衆人共嫌爲夫所棄若白王知度令出家僧伽伐尸沙

尼謂吐羅難陀或復餘人知謂自知廣説乃至如此之人不合出家若有度者得衆教罪

索亡人物學處第十一

緣處同前於此城中有一長者其家巨富忽嬰重疾久爲醫療竟無瘳損長者自知命不久存遂廣行檀布施供養沙門婆羅門貧窮孤寡時吐羅難陀苾芻尼於小食時著衣持鉢因乞食入其舍告長者曰頗爾無病比安隱不長者白言聖者我於身命無希活心更無瘳損所有家資行檀修福尼曰賢首我深隨喜此是合宜然我女人利養寡薄捨施之次分惠少多長者報言我所有財皆已捨施聖者何故先不早來尼曰使我從舍空手而出是爲損害長者曰聖者更無餘物欲何所爲尼曰賢首必須多少共相濟給其時長者唯有他人負財契券便即示尼聖者我於家中唯有此契若須可受尼曰賢首若與我自將去即取其契復告長者曰

由此施福故　必獲妙莊嚴　常受諸資具

得至無上樂
長者言聖者彼負債人家縁貧弊不能總還辦得多少隨意而取勿惱其人尼曰賢首我是出家人豈不商度惱亂於他此不合理長者不久便即命終尼聞死已捉負債人於四衢路中共相牽拽長者婆羅門見已譏嫌云何苾芻尼依他死契牽拽債人尼白苾芻苾芻白佛佛以此縁同前集尼問實訶責乃至制學應如是説
若復苾芻尼依他舊契自爲已索亡人物者僧伽伐尸沙
尼謂吐羅難陀或復餘尼依他舊契者謂他人債契自爲已索亡人物者謂他死後將契從索欲求入已若有索者得衆教罪無犯者爲僧伽故以理追索

輒作解擧學處第十二
縁處同前時有苾芻尼名曰亂意性懷瞋恚常以惡言共相罵辱時諸尼衆悉皆嫌賤彼出乞食諸尼見無即便共集説其惡行彼尼有女名曰寂靜既見諸人説母過惡乞食來至悉皆向説彼聞説已更發瞋心於諸尼衆麤語期剋衆皆尋問誰作如是鬪亂兩邊知是寂靜向母陳説大衆即與寂靜作捨置羯磨其女啼泣詣於母所禮足言曰諸尼與我作捨置羯磨亂意聞已忿怒倍增作如是語頽汝總與國人作捨置羯磨即將其女出向界外爲作解法諸尼告言衆爲汝女作捨置羯磨汝復何因界外爲解答曰衆强作法我解何過問曰汝於何處共誰作法答曰是我界外共人爲解尼曰豈合如此作解法耶答

曰從合不合我已作訖何干汝事尼白苾芻苾芻白佛佛以此事同前集尼問實訶責乃至制其學處應如是説

若復苾芻尼知苾芻尼被苾芻尼衆爲作捨置羯磨便出界外爲作解法者僧伽伐尸沙

尼謂亂意或復餘尼知苾芻尼者謂是寂靜彼尼衆者謂是如來聲聞尼衆作捨置羯磨者謂白四羯磨便出界外爲作解法者謂解羯磨法得衆教罪此謂初犯此中犯相其事云何若苾芻尼輒作如是出界外作解舉者得衆教罪

不捨惡見學處第十三

縁在室羅伐城有一苾芻尼名曰黑色曾作外道每恒共諸苾芻尼鬪諍紛擾常言捨佛法僧非但此沙門釋女持戒德行情懷質直純善梵行餘處亦有如斯善人我當就彼而修梵行諸尼以縁白諸苾芻苾芻白佛佛告諸尼應可屏諫此黑色尼若復餘尼作如是諫汝黑色尼鬪諍之時勿言我捨佛法僧非但此沙門釋女有持戒德行情懷質直純善梵行餘處亦有如斯善人我當就彼而修梵行黑色尼汝今可捨如是惡見諸尼依教作屏諫時彼尼於事堅執不捨作如是語唯此是實餘皆虛妄尼白苾芻苾芻白佛佛告諸尼汝等應與作白四羯磨諫黑色尼鳴揵椎乃至尼衆盡集一尼作白次作羯磨大德尼僧伽聽此黑色苾芻尼自起惡見鬪諍時作如是語我今捨佛法僧非但此沙門釋女有持戒德行情懷質直純善梵行者餘處亦有如斯善人我當就彼而修梵行諸苾芻尼而

往屏諫屏諫之時惡見不捨云此是實餘皆虛妄若苾芻尼僧伽時至聽者苾芻尼僧伽應許苾芻尼僧伽今與此黑色苾芻尼作不捨惡見羯磨白如是次作羯磨大德尼僧伽聽此黑色苾芻尼自起惡見鬪諍時作如是語我今捨佛法僧非但此沙門釋女有持戒德行情懷質直純善梵行者餘處亦有如斯善人我當就彼而修梵行諸苾芻尼而往屏諫屏諫之時惡見不捨云此是實餘皆虛妄苾芻尼僧伽今與此黑色苾芻尼作不捨惡見羯磨若諸具壽聽與黑色苾芻尼作不捨惡見羯磨者默然若不許者説此是初羯磨第二第三亦如是作苾芻尼僧伽已與黑色苾芻尼作不捨惡見羯磨竟苾芻尼僧伽已聽許由其默然故我今如是持時諸尼衆依教與作白四羯磨諫彼尼時於事堅執惡見不捨云此是實餘皆虛妄我何所執令我捨耶即以此緣尼白苾芻苾芻白佛佛以此事同前集尼問實訶責廣説乃至制其學處應如是説

若復苾芻尼共諸苾芻尼鬪諍紛擾作如是語我捨佛法僧非但此沙門釋女具戒具德有勝善法於餘沙門亦具戒具德有勝善法我當詣彼修習梵行時諸苾芻尼語言汝可捨此罪惡之見作如是諫時捨者善若不捨者應可再三慇懃正諫隨教應詰令捨是事捨者善若不捨者僧伽伐尸沙

若復苾芻尼者謂黑色尼或復餘尼廣釋同前如是諫時捨者善不捨者應可再三諫白四羯磨乃至僧伽伐尸沙廣如前説此中犯

相其事云何若苾芻尼别諫時事不捨者皆得惡作若作白時捨者善不捨者得麤罪初羯磨時捨者善不捨得罪同前第二番了時亦得麤罪若第三番羯磨結了之時而不捨者得僧伽伐尸沙若作非法而衆和合若作如法而衆不和合若作似法而衆和合若作似法而衆不和合若不如法如律如佛所教而秉法者作法不成彼皆無犯彼苾芻尼若於座上告大衆言大德我苾芻尼某甲犯僧伽伐尸沙罪者善若不説者乃至其罪未如法説悔已來若共餘苾芻尼作白羯磨乃至白四法一一皆得惡作罪

説他有愛恚學處第十四

縁在室羅伐城時窣吐羅難陀苾芻尼常共諸尼鬬諍紛擾懷恨而住諸苾芻尼言聖者莫爲鬬諍懷恨而住答言汝等有愛恚怖癡於鬬諍人有遮不遮尼以此事白諸苾芻苾芻白佛佛告諸苾芻尼應屏諫吐羅難陀尼言勿作是語汝等有愛恚怖癡於鬬諍人有遮不遮姊妹可止此語應捨此見諸苾芻尼依佛依教諫時仍不改悔云此法實餘皆虛妄尼白苾芻苾芻白佛佛告諸尼應與吐羅難陀尼白四羯磨當如是作鳴揵椎敷座褥僧伽悉集一尼作白大德尼僧伽聽此窣吐羅難陀苾芻尼常共諸尼鬬諍紛擾懷恨而住諸尼諫言聖者勿鬬諍紛擾答言汝等有愛恚怖癡於鬬諍人有遮不遮堅執不捨唯此法實餘皆虛妄若苾芻尼僧伽今與此吐羅難陀苾芻尼作不捨有愛恚怖癡白四羯磨白如是次作羯磨大德尼僧伽聽此窣吐

羅難陀苾芻尼常共諸尼鬪諍紛擾懷恨而住諸尼諫言聖者勿鬪諍紛擾答言汝等有愛恚怖癡於鬪諍人有遮不遮堅執不捨唯此法實餘皆虛妄苾芻尼僧伽今與此吐羅難陀苾芻尼作不捨諸具壽聽與此吐羅難陀苾芻尼作不捨有愛恚怖癡羯磨者默然若不許者說此是初羯磨第二第三亦如是說苾芻尼僧伽已與吐羅尼作不捨愛恚怖癡白四羯磨竟苾芻尼僧伽已聽許由其默然故我今如是持如是再三慇懃正諫隨教應詰令捨是事諸苾芻尼聞佛教已與窣吐羅尼再三白四羯磨彼懷堅執而不悔捨復以此緣尼白苾芻苾芻白佛佛以此緣同前集尼問實訶責乃至制學應如是說若復苾芻尼共諸苾芻尼鬪諍紛擾諸苾芻尼語是苾芻尼言姊妹莫鬪諍紛擾此苾芻尼作如是語汝有愛恚怖癡於鬪諍人有遮不遮諸苾芻尼語言大德他諫誨時莫作是語汝有愛恚怖癡於鬪諍人有遮不遮姊妹可止此語諸苾芻尼如是諫時捨者善若不捨者應可再三慇懃正諫隨教應詰令捨是事捨者善不捨者僧伽伐尸沙

尼謂吐羅難陀或復餘尼諸苾芻尼語者此法中尼謂諫令止鬪諍紛擾若言有愛恚怖癡可作屏諫捨者善若不改悔同前再三白四羯磨慇懃正諫隨教應詰捨者善不捨者得衆教罪此中犯相其事云何屏諫之時捨者善若不捨得惡作罪作白之時捨者善不捨者窣吐羅底也初羯磨時捨者善不捨亦得麤罪第二羯磨時亦然第三羯磨未竟時

捨者善不捨者得衆教罪無犯者若作非法而衆和合若作如法而衆不和合若作似法而衆和合若作似法而衆不和合若不如法如律如佛所教而秉法並皆無犯時彼苾芻尼若於座上告大衆言大德我苾芻尼某甲犯僧伽伐尸沙罪者善若不説者乃至其罪未如法説悔已來若復共餘苾芻尼作白羯磨乃至白四法一一皆得惡作罪又無犯者初造過人或癡狂心亂痛惱所纏

雜亂住學處第十五

佛在室羅伐城有二苾芻尼一名可愛二名隨愛雜亂而住掉舉戲笑更相打拍諸苾芻尼語言姊妹莫雜亂住掉舉戲笑更相打拍若雜亂住時令善法衰損不得增益應可別住別住之時令善法增益不復衰損諸尼如是教語竟不從諫即以此緣尼白苾芻苾芻白佛佛告諸尼應可屏諫廣如上説諸尼雖諫亦不悔捨復白苾芻苾芻白佛佛告諸尼汝等應與可愛隨愛作白四羯磨對衆勸諫若更有餘如是流類同前集衆一尼作白大德尼僧伽聽此可愛隨愛二苾芻尼雜亂而住掉舉戲笑更相打拍諸尼屏諫莫雜亂住掉舉戲笑若雜亂住時令善法衰損不得增益應可別住別住之時善法增益不復衰損彼二堅執不捨云此法實餘皆虛妄若苾芻尼僧伽時至聽者苾芻尼僧伽應許此可愛隨愛二苾芻尼作不捨雜住白四羯磨白如是次作羯磨准白應爲諸苾芻尼既奉教已即以白四羯磨諫彼二尼時彼堅執不捨云此是眞實餘皆虛妄時諸苾芻尼以緣白苾

芻苾芻白佛佛以此緣同前集尼問實訶責乃至制學應如是說若復苾芻尼共餘苾芻尼雜亂而住掉舉戲笑諸苾芻尼語是苾芻尼言姊妹莫雜亂住掉舉戲笑汝雜亂住時令善法衰損不得增益應可別住別住之時令善法增益不復衰損諸苾芻尼如是諫時捨者善若不捨者應可再三慇懃正諫隨教應詰令捨是事捨者善若不捨者僧伽伐尸沙尼謂可愛隨愛或復餘尼雜亂而住者謂不別住掉舉戲笑者縱逸身心高聲談笑諸苾芻尼語者謂此法中尼謂是別諫如教廣說捨者善若不捨者應可三諫白四羯磨乃至廣說僧伽伐尸沙者事如前說此中犯相其事云何若苾芻尼別諫之時事不捨者皆得惡作若作白四羯磨如法如律如佛所教諫誨之時捨者善若不捨者白了之時得窣吐羅底也罪作初番了時得罪同前若第二番了時亦得前罪若第三番羯磨結了之時而不捨者得僧伽伐尸沙若作非法而衆和合若作如法而衆不和合若作似法而衆和合若作似法而衆不和合若不如法如律如佛所教而秉法者並皆無犯時彼苾芻尼若於座上告大衆言大德我苾芻尼某甲犯僧伽伐尸沙罪者善若不說者乃至其罪未如法說悔以來若復共餘苾芻尼作白羯磨乃至白四法一一皆得惡作罪又無犯者最初犯人或癡狂心亂痛惱所纏

勸莫獨住學處第十六

緣處同前時可愛隨愛苾芻尼雜亂而住僧與白四羯磨後各別而住時吐羅難陀尼詣

二尼所作如是語姊妹何故不共同居別別而住姊妹若共雜亂而住得善法增長即以此緣尼白苾芻苾芻白佛佛告諸苾芻尼汝等應可屏諫吐羅難陀尼應如是諫姊妹勿作是語莫爲別住若別住時令善法衰損不得增長應可共住令善法增益不復衰損姊妹可捨此別住惡見諸苾芻尼聞佛教已即往屏諫其吐羅尼堅執不捨答言唯此法實餘皆虛妄復以此緣尼白苾芻苾芻白佛佛告諸尼汝等應與吐羅尼白四羯磨對衆諫之若更有餘如是流類同前集衆一尼作白大德尼僧伽聽可愛隨愛二苾芻尼雜亂而住僧與白四羯磨後各別住此吐羅難陀苾芻尼詣二尼所告言姊妹可共同住善法增長若別住時善法衰損僧已屏諫堅執不捨云此法實餘皆虛妄若苾芻尼僧伽時至聽者苾芻尼僧伽應許此吐羅難陀苾芻尼作不捨別住惡見白四羯磨白如是次作羯磨准白應爲諸苾芻尼既奉教已即以白四羯磨諫吐羅尼時彼亦堅執不捨云此眞實餘皆虛妄時諸苾芻尼以緣白苾芻苾芻白佛佛以此緣同前集尼問實訶責乃至制學應如是說若復苾芻尼知餘苾芻尼樂爲獨住諸苾芻尼語是苾芻尼言大德莫爲獨住汝獨住時令善法衰損不得增益姊妹應可共住令善法增益不復衰損諸苾芻尼亦應告言大德勿樂獨住令善法衰損大德應可捨此獨住惡見作是諫時捨者善若不捨者應可再三慇懃正諫隨教應詰令捨是事捨者善若不捨者僧伽伐尸沙尼謂吐羅難陀或

復餘尼雜亂住者謂不別住廣釋同前如教廣説捨者善若不捨者應可三諫白四羯磨乃至廣説僧伽伐尸沙此中犯相其事云何若苾芻尼别諫時事不捨者皆得惡作若作白時捨者善不捨者得麤罪初羯磨時捨者善不捨得罪同前第二番了時亦得麤罪若第三番羯磨結了之時而不捨者得僧伽伐尸沙若作非法而衆和合乃至若不如法如律如佛所教而秉法者並皆無犯時彼苾芻尼若於座上告大衆言大德我苾芻尼某甲犯僧伽伐尸沙罪者善若不説者乃至其罪未如法説悔已來若復共餘苾芻尼作白羯磨乃至白四法一一皆得惡作罪

破僧伽學處第十七

縁在王舍城羯蘭鐸迦池竹林園中于時大聲聞衆苾芻尼而於此處夏三月安居所謂准陀尼印陀尼摩羅婆尼鉢吒折羅尼阿吒毗迦尼佉史摩尼蘇摩尼瘦喬答彌尼蓮華色尼大世主尼復有如是衆多諸尼皆於此處夏三月安居時世飢饉乞食難得時吐羅難陀尼常與諸尼鬪諍紛擾而住告歡喜近歡喜珠髻歡喜尼言汝等可來共破和合苾芻尼僧伽及和合法輪時彼諸尼報言佛聲聞尼衆中有大威德天眼明淨觀知他心凡所進趣無不知覺我等何能輒破和合時吐羅尼曰我有方便問言有何方便答曰我等可以衣鉢飲食醫藥卧具攝諸尊宿苾芻尼少苾芻尼隨身親近或與腰絛絡囊衣鉢教授誦持令其作意歡喜尼曰吐羅難陀我等籌量實有斯理纔興方便諸尼覺察即以此

緣白諸苾芻苾芻白佛佛告諸苾芻尼汝等應可屏諫窣吐羅尼應如是諫姊妹勿與方便破和合僧伽於破僧伽事勿堅執住與諸僧伽和合共住歡喜無諍一心一說如水乳合大師教法令得光顯安樂久住可捨破僧伽事諸苾芻尼聞佛教已即往屏諫其吐羅尼堅執不捨答言唯此法實餘皆虛妄復以此緣白諸苾芻苾芻白佛佛告諸尼汝等應與吐羅尼白四羯磨對大衆諫若更有餘如是流類同前集衆一尼作白大德尼僧伽聽此吐羅難陀苾芻尼與方便欲破和合苾芻尼僧伽僧伽已屏諫彼尼堅執不捨云此法實餘皆虛妄若苾芻尼僧伽時至聽者苾芻尼僧伽應許此吐羅難陀尼作不捨破僧伽方便惡見白四羯磨白如是次作羯磨准白應爲諸苾芻尼既奉教已即以白四羯磨諫吐羅難陀尼時彼堅執不捨云此眞實餘皆虛妄吐羅伴尼復作是語大德莫共彼尼有所論說若好若惡廣說乃至白四羯磨云此眞實餘皆虛妄尼白苾芻苾芻白佛佛以此緣同前集尼問實訶責乃至制其學處應如是說若復苾芻尼與方便欲破和合僧伽於破僧伽事堅執不捨諸苾芻尼應語彼苾芻尼言姊妹莫欲破和合僧伽堅執而住姊妹應與僧伽和合共住歡喜無諍一心一說如水乳合大師教法令得光顯安樂久住姊妹汝可捨破僧伽事諸苾芻尼如是諫時捨者善若不捨者應可再三慇懃正諫隨教應詰令捨是事捨者善若不捨者僧伽伐尸沙尼謂吐羅難陀或復餘尼言和合者謂是一味

僧伽者謂是如來聲聞之衆欲破者謂欲為二分方便者欲為進趣勸作諍事堅執而住者謂窣吐羅難陀尼助伴四人為鬬諍事攝受而住諸苾芻尼者謂此法中尼語彼苾芻尼者謂吐羅難陀言者謂是别諫如教廣説捨者善若不捨者應可三諫乃至廣説僧伽伐尸沙者事如前説此中犯相其事云何若苾芻尼别諫時事捨者善不捨者皆得惡作罪作白四羯磨如法如律如佛所教諫誨之時捨者善不捨白了之時得窣吐羅底也羯磨了時而不捨者得僧伽伐尸沙若不如法如律如佛所教秉法者並皆無犯時彼苾芻尼若於座上告大衆言大德我苾芻尼某甲犯僧伽伐尸沙罪者善若不説者乃至其罪未如法説悔已來若復共餘苾芻尼作白羯磨乃至白四法一一皆得惡作

助伴破僧伽學處第十八

爾時世尊即於本座為諸聲聞尼弟子欲制破僧伽隨伴學處告諸苾芻尼曰汝諸苾芻尼且未須起僧伽有少事業世尊知而故問廣説如前世尊即便問吐羅難陀助伴尼曰汝等實知吐羅難陀欲破和合僧伽作破僧伽方便勸作諍事堅執而住汝共為伴順耶違正告諸苾芻尼曰姊妹莫共彼苾芻尼有所論説若好若惡何以故而彼苾芻尼是法律語依於法律而作言説知而方説非不知説彼愛樂者我亦愛樂汝等實作如是語不答言實爾世尊告曰汝非沙門女非出家女之所應作非隨順行是不清淨世尊種種訶責已告諸苾芻尼廣説如前乃至我觀十利

爲諸聲聞弟子制其學處應如是説若復苾芻尼若一若二若多與彼苾芻尼共爲伴黨同邪違正隨順而住時此苾芻尼語諸苾芻尼言大德莫共彼苾芻尼有所論説若好若惡何以故彼苾芻尼是順法律依法律語言無虚妄彼愛樂者我亦愛樂諸苾芻尼應語此苾芻尼言具壽莫作是説彼苾芻尼是順法律依法律語言無虚妄彼愛樂者我亦愛樂何以故彼苾芻尼非順法律不依法律語言皆虚妄汝莫樂破僧當樂和合僧應與僧和合歡喜無諍一心一説如水乳合大師教法令得光顯安樂久住具壽可捨破僧惡見順邪違正勸作諍事堅執而住諸苾芻尼如是諫時捨者善若不捨者應可再三慇懃正諫隨教應詰令捨是事捨者善若不捨者僧伽伐尸沙若復苾芻尼者謂吐羅難陀或復餘尼一二多者謂吐羅尼伴歡喜近歡喜珠髻難陀等三人已去名多順邪違正者共彼爲伴順其邪見違失正理諸苾芻尼者謂此法中人若好若惡者勿復共論行善止惡何以故彼是知法律人有所言説皆是隨順大師教法廣説乃至堅執而住者是別諫之辭若不捨者僧伽應三諫廣如上作羯磨法此中犯相其事云何若諸助伴苾芻尼知彼苾芻尼欲破和合僧伽廣説如前作惡方便共彼爲伴順邪違正得惡作餘有犯相如前已説

根本説一切有部苾芻尼毗柰耶卷第六

音釋

嘔 烏后切吐也
栰 房越切簰栰也
療 力嶠切治也
瘳 敕周切病瘉也
契券 契苦計切券去願切契券謂要約之書也
拽 羊列切拖也
揵椎 梵語也此云鐘亦云磬律云隨有瓦木銅鐵鳴者皆曰揵椎揵巨寒切椎音槌

根本說一切有部苾芻尼毗柰耶卷第七

唐三藏法師義淨奉　制譯

汙家學處第十九

爾時薄伽梵在室羅伐城時枳吒山有十二衆苾芻尼謂難陀鄔波難陀吐羅難陀珠髻難陀底沙底沙蜜怛羅底沙波離多底沙洛綺多跋陀羅蘇跋陀羅孫陀羅逝延多斯等皆爲汙家惡法與諸男子共爲戲笑歡言交涉作掉舉事身相打觸同一牀坐同盤而食同觴飲酒採華摘果隨情所好歌舞作樂粧粉嚴身放逸掉舉倒身反擲狀若魚翻或作馬鳴或爲牛吼口中更出種種音聲鳥雀共鬪及男女相擒如是戲弄作諸非法由是因緣於枳吒山聚落惡名流布所有諸尼欲來此者聞斯穢響皆不復來諸舊住人並皆四散時有衆多苾芻尼遊行至此於日初分執持衣鉢入聚落行乞食空鉢而還一無所獲諸尼便念此大衆聚落人民熾盛安隱豐樂諸乞求者咸得充軀因何我等一無所獲豈非尼衆先於此住作諸非法爲汙家行作不軌事身相觸近遂令人衆生不信心耶時聚落中諸長者等因有籌議同聚一處中有鄔波索迦名嗢路迦見諸乞食尼空鉢而入還空鉢出見已在一邊立問諸尼曰何故空歸諸尼即便具說其事鄔波索迦曰若爾仁等可往室羅伐城宜以此事白世尊知哀愍我等故諸苾芻尼默受其語時鄔波索迦禮諸尼足白言聖者今日慈愍於我宅中爲受微供尼衆爲受既至宅所以上妙食手自持奉皆令飽足嚼齒木澡漱已屏除鉢器施主取

席上座前坐尼爲說法示教利喜從座而去
時諸尼衆於憍薩羅人間遊行漸至室羅伐
城時彼尼衆見客尼來即爲解勞共相問訊
得安樂不諸尼以緣悉皆具報諸尼聞已告
諸苾芻苾芻白佛佛告大世主曰喬答彌頗
能與五百上座苾芻尼往枳吒山爲十二衆
尼作驅遣羯磨不答言大德我實能去佛言
喬答彌有五因緣作驅遣羯磨非法非律尼
衆得越法罪云何爲五謂一不詰問二不令
憶念三不審其事四彼不自言五人不現前
雖實犯罪應合責心令其說悔已說之罪更
令重說是謂五種非法驅遣衆得越法罪復
有五緣作驅遣羯磨如法如律衆無越法翻
上應知欲至彼山可於路次一處而住應差
詰問苾芻尼若無五法即不應差設差應捨
云何爲五有愛恚怖癡於詰不詰不能解了
若有五法合差不應捨棄云何爲五翻上應
知如是應差如常集僧已應先問彼汝某甲
苾芻尼能往枳吒山詰問十二衆苾芻尼行
非法不彼尼答我能次令苾芻尼作白羯磨
大德尼僧伽聽此某甲苾芻尼樂欲往彼枳
吒山詰問十二衆汙家苾芻尼若尼僧伽時
至聽者僧伽應許僧伽今差某甲苾芻尼爲
詰問人往枳吒山詰問十二衆汙家苾芻尼
白如是羯磨准白應作次當往至枳吒山城
敷座席鳴揵椎若彼聞聲來集者善如不來
者即應爲作驅遣羯磨若來應告原由汝等
共作如是種種非法不清淨事若臣其罪應
告彼言由此因緣故來爲汝作驅遣羯磨時
十二衆聞大世主欲爲我等作驅遣事是時

跋陀羅蘇跋陀羅孫陀羅逝延多作如是念若餘十二衆由其惡行毀壞正法我等同爾令大世主爲彼諸人作驅遣羯磨者亦爲我等作驅遣事便持衣鉢出城西門漸漸遊行至室羅伐所犯之罪可説悔者如法對説可責心者依法責除與清淨尼共爲受用其大世主與五百人城東門入至所住處敷座席鳴揵椎餘十二衆聞皆來集其詰問尼問十二衆曰今由汝等行其惡行毀壞正法是事實不答言實爾時詰問尼知衆集已作白羯磨

大德尼僧伽聽此難陀鄔波難陀吐羅難陀珠髻難陀苾芻尼作汙家行此等諸尼作諸惡行毀壞正法若苾芻尼僧伽時至聽者苾芻尼僧伽應許難陀等苾芻尼作汙家行無棄捨心僧伽今爲作驅遣羯磨白如是（羯磨准白）

時有嗢路迦鄔波索迦見是事已往詣大世主喬答彌處頂禮足已在一面坐時大世主喬答彌爲嗢路迦鄔波索迦説法示教利喜勸令修善發歡喜心告言彼汙家惡行苾芻尼已驅遣訖時嗢路迦鄔波索迦白大世主喬答彌願哀愍我明日就家爲受微供喬答彌默然受請時嗢路迦鄔波索迦既見受已即於其夜備辦飲食明日清旦令使往請喬答彌飲食已辦幸願知時喬答彌與諸尼衆執持衣鉢往嗢路迦鄔波索迦宅苾芻尼衆就座而坐鄔波索迦持淨飯食依次行與令衆飽滿洗手齒木漱口已時鄔波索迦於大世主喬答彌前卑座聽法示教利喜從座起去時大世主喬答彌遊行人間至室羅伐城

置衣鉢洗足已往詣佛所頂禮佛足在一面住白佛言我爲難陀鄔波難陀等苾芻尼作汙家惡行驅遣羯磨法訖白佛已禮足而去時難陀鄔波難陀等苾芻尼共相謂言若人隨地還依地起我等共往室羅伐城於佛及大世主喬答彌苾芻尼衆所求哀懺謝即漸行至室羅伐城時喬答彌聞難陀鄔波難陀苾芻尼等來至此城時大世主喬答彌共五百尼衆往詣佛所頂禮佛足在一面坐時大世主喬答彌曰佛言世尊我聞難陀鄔波難陀苾芻尼等今來至此若相見者如何逢迎佛言若見彼時不須共語若尊老者亦莫禮拜少者來拜莫言無病若求居止當與邊房若覓牀席卧具與故破物若言我是尊老何爲與我故破之物即可語言汝是癡老爲佛大慈與汝等此物時大世主喬答彌聞佛説已禮佛而去

時給孤長者詣世尊所頂禮佛足退坐一面合掌白佛言大德世尊我聞難陀鄔波難陀苾芻尼等來至此城行汙家惡法我今云何佛言不應敬禮問訊然須施食時難陀鄔波難陀尼詣大世主及諸耆宿尼所頂禮問訊皆不報言無病安樂年少諸尼不申敬禮從索卧具皆得故破之物求居止處得下惡房便作是語我等尊老何因與惡物時大世主方便告言汝等實是癡老大師悲愍令與汝等故破之物不生歡喜時難陀鄔波難陀尼等作如是議我等所爲言語意趣彼跋陀羅孫陀羅逝延多等與我相似事無有別我今宜往共彼籌量既至彼已時跋陀羅等見彼

尼來皆不共語歡懷問訊彼旣見已報言理合諸老宿尼不共我語仁等先時所有行跡語言與我相似何因亦復不見逢迎諸尼答曰我等所有行跡語言誠先不異然我於犯應說悔者已爲說悔應責心者我已責除無犯清淨是故我等不能與汝惡行破戒之人共爲受用如持戒者聞是告已便作是語彼諸尼衆有愛恚怖癡有如是同罪苾芻尼有驅者有不驅者即以此緣尼白苾芻苾芻白佛佛告諸苾芻尼汝等應可屏諫難陀鄔波難陀等苾芻尼廣說乃至作白四驅擯羯磨堅執不捨云此眞實餘皆虛妄復以此緣尼白苾芻苾芻白佛佛以此緣同前集尼問實訶責乃至制學應如是說若復苾芻尼於村落城邑住汙他家行惡行汙他家亦衆見聞知行惡行亦衆見聞知諸苾芻尼應語彼苾芻尼言具壽汝等汙他家行惡行汙他家亦衆見聞知行惡行亦衆見聞知汝等可去不應住此彼苾芻尼語諸苾芻尼言大德有愛恚怖癡有如是同罪苾芻尼有驅者有不驅者時諸苾芻尼語彼苾芻尼言具壽莫作是語諸大德有愛恚怖癡有如是同罪苾芻尼有驅者有不驅者何以故諸苾芻尼無愛恚怖癡汝等汙他家行惡行汙他家亦衆見聞知行惡行亦衆見聞知具壽汝等應捨愛恚等言諸苾芻尼如是諫時捨者善若不捨者應可再三慇懃正諫隨教應詰令捨是事捨者善若不捨者僧伽伐尸沙尼者謂是難陀鄔波難陀等尼或復餘尼乃至三人或多人於聚落中者謂枳吒山汙他家者有二因緣

而汙他家云何爲二一謂共住二謂受用何謂共住謂與男子同一牀坐同一盤食同觴飲酒歡娛戲笑何謂受用樹葉華果及齒木等行惡行者謂行麤重罪惡之法家者婆羅門居士等舍見謂眼識聞謂耳識知謂餘識諸苾芻尼者謂此法中尼應語彼苾芻尼者謂別諫言詞如前廣說若別諫時捨者善若不捨者苾芻尼應再三諫以白四法皆如上說此中犯相其事云何苾芻尼知彼如法爲作驅擯羯磨而後說言有愛恚等皆得惡作苾芻尼別諫時若捨者善若不捨者得窣吐羅底也餘並同前破僧處說

惡性違諫學處第二十

緣處同前時底沙洛綺多苾芻尼有其過惡諸尼詰念令其改悔利益而住語言姊妹有過可如法發露勿作覆藏若發露者得安樂住時底沙尼語諸尼曰汝等種種家族廣說如餘莫向我說少許若好若惡我亦不向諸大德說若好若惡諸大德止莫勸我莫論說我即以此緣尼白苾芻苾芻白佛佛告諸苾芻尼汝等應可與彼屏諫廣說乃至作白四羯磨堅執不捨云此法實餘皆虛妄復以此緣尼白苾芻苾芻白佛佛緣此事同前集尼問實訶責乃至制學處應如是說若復苾芻尼惡性不受人語諸苾芻尼於佛所說戒經中如法如律勸誨之時不受諫語言諸大德莫向我說少許若好若惡我亦不向諸大德說若好若惡諸大德止莫勸我莫論說我諸苾芻尼語是苾芻尼言具壽汝等莫不受諫語諸苾芻尼於佛所說戒經中如法如律如勸

誨之時應受諫語具壽如法諫諸苾芻尼諸苾芻尼亦如法諫具壽如是如來應正等覺佛聲聞衆便得增長共相諫誨具壽汝等應捨此事諸苾芻尼如是諫時捨者善若不捨者應可再三慇懃正諫隨教應詰令捨是事捨者善若不捨者僧伽伐尸沙尼者謂底沙苾芻尼或復餘尼惡性不受人語者若善苾芻尼以隨順言不違正理正勸諫時自用已情不相領納諸苾芻尼者謂此法中尼於佛所說戒經中者佛謂大師於戒經中說八波羅市迦法二十僧伽伐尸沙法三十三泥薩祇波逸底迦法一百八十波逸底迦法十一波羅底提舍尼法衆多學法七滅諍法經者是佛所說或弟子說與理相應是略詮義依如是等法律勸諫之時不受他語自守惡性

堅執而住諸大德莫向我說若好若惡等者謂好事不須勸惡事勿相遮此等皆是別諫之詞大德止者更重慇懃彰不受語乃至三諫廣說如前此中犯相其事云何知諸苾芻尼如法諫時得罪輕重亦如前說若得羯磨已所有行法應可順行云何行法所謂不應與他出家近圓及爲依止不畜求寂女不應差往苾芻處而請教授設先被差亦不應去有犯苾芻尼不應詰問羯磨等事亦不應訶若有二十法者所有羯磨不應爲解及出罪何謂二十謂衆所不現恭敬身不輕利故或於衆處不生卑下不蠲傲慢故或於出離不肯隨從不從治法故或於衆邊不行恭敬乖敬法故或於界中不求解放於罪無悔故或仗王家及斷事官或依外道及以別人不依

於衆著俗人衣及外道服承事外道作不應行苾芻尼學處而不修習或罵苾芻尼或時瞋恚或復訶叱或令衆失利或不欲同住若有此二十法不應與解諸大德我已說二十僧伽伐尸沙法十二初犯八至三諫若苾芻尼隨一一犯故覆藏者二部僧伽應與作半月行摩那馳行摩那馳竟餘有出罪若稱可二部僧伽意者二部僧伽各二十衆當於四十衆中出是苾芻尼罪若少一人不滿四十衆是苾芻尼罪不得除二部僧伽得罪此是出罪法今問諸大德是中清淨不（如是三說）諸大德是中清淨默然故我今如是持

第三部三十三捨墮事

諸大德此三十三尼薩祇波逸底迦法半月半月戒經中說（尼無二不定）

初攝頌曰

持離畜浣衣　取衣乞過受　同價及別主

遣使送衣直

有長者不分別學處第一

緣在室羅伐城時諸苾芻多畜長衣每於嚼齒木時洗濯手足禮拜二師及禮世尊掃灑寺宇或塗牛糞或入村乞食或噉飲食受教聽法於此等時各別著衣舒張卷揲多有營務廢修善品讀誦思惟時諸少欲苾芻見共嫌恥云何苾芻多畜長衣廢修正業諸苾芻以緣白佛佛集二衆廣說如前問知實已種種訶責多欲不足難養難滿讚歎少欲知足易養易滿知量而受修杜多行告諸苾芻曰廣說乃至我觀十利爲二部弟子制其學處應如是說若復苾芻尼作衣已竟羯恥那衣

復出得長衣分別應畜若過畜者尼薩祇波逸底迦爾時世尊爲諸聲聞弟子制學處已時有長者施衣具如苾芻律乃至前是創制今更隨開應如是説

若復苾芻尼作衣已竟羯恥那衣復出得長衣齊十日不分別應畜若過畜者尼薩祇波逸底迦

若復苾芻尼者謂此法中尼作衣已竟羯恥那衣復出者有作衣竟非出羯恥那衣有出羯恥那衣非作衣竟有出羯恥那衣作衣亦竟有非作衣竟非出羯恥那衣初句者若苾芻尼浣染縫刺作衣已竟然僧伽未出羯恥那衣第二句者若苾芻尼作衣未竟僧伽已出羯恥那衣第三句者若苾芻尼作衣已了僧伽復出羯恥那衣第四句者若苾芻尼作衣未竟羯恥那衣未出言得長衣齊十日者謂是十夜長衣者謂守持衣外別有餘衣作分別法應畜若過畜者尼薩祇波逸底迦者此物應捨其罪當説波逸底迦者謂是燒煑墮落義謂犯罪者墮在地獄傍生餓鬼惡道之中受燒煑苦又犯此罪若不慇懃説除便能障礙所有善法故名波逸底迦此中犯相其事云何若苾芻尼月一日得衣於十日內應持應捨應作法若與他若不持捨不作法不與他至十一日明相出時尼薩祇波逸底迦若苾芻尼一日得衣二日不得衣乃至十日得衣不爲持等至十一日明相出九日中所得衣皆犯捨墮如是乃至八日等所得衣作句日數多少准事應知若苾芻尼一日得衣二日得衣彼苾芻尼於十日內前所得衣

應持後所得衣應捨等可翻此若不作法至十一日明相出時二日中所得衣皆尼薩祇波逸底迦如是乃至三日等得衣准事應知若苾芻尼一日得五衣乃至二日等得衣應同前作法若不作法至十一日明相出時皆尼薩祇波逸底迦若苾芻尼一日得衆多衣若前若後應持一衣餘皆作法若不作法至十一日明相出時皆尼薩祇波逸底迦若苾芻尼一日得衆多衣二日已去亦得衆多衣作法同前若不作法至十一日明相出時得罪同前此等皆是由前染後相續生過故若苾芻尼犯尼薩祇衣此衣不捨不經宿其罪不說悔若得餘衣皆犯捨墮若苾芻尼其尼薩祇衣雖捨而不經宿罪不說悔餘所得衣並犯捨墮若捨衣經宿而罪不說悔得所餘衣並犯捨墮由前染故若苾芻尼畜長衣已犯捨墮不爲三事凡所得衣若鉢鉢絡水羅腰條乃至隨有所得沙門女資具養命之緣並尼薩祇波逸底迦由前染故若捨衣經宿其罪說悔得所餘衣並皆無犯

離五衣學處第二

緣處同前時諸苾芻多畜三衣隨安居處所得衣財浣染刺已內衣帒中繫縛使牢寄主人苾芻著上下二衣遊行人間既去之後主人爲彼藏舉曝曬開張多有作務遂廢讀誦攝念思惟省事苾芻便生嫌賤咸作是語如何苾芻多畜長衣妨他正業時諸苾芻以事白佛佛以此緣同前集衆問實訶責廣說乃至制其學處應如是說若復苾芻尼作衣已竟羯恥那衣復出於五衣中離一一衣界外

宿下至一夜尼薩祇波逸底迦如是世尊爲
諸聲聞弟子制學處巳時大迦攝波衣重如
苾芻律乃至前是創制今更隨開應如是說
若復苾芻尼作衣巳竟羯恥那衣復出於五
衣中離一一衣界外宿下至一夜除衆作法
尼薩祇波逸底迦
衣巳竟羯恥那衣復出有四句差別如前離
一一衣者於僧伽胝嗢呾羅僧伽安嗢婆娑
俱蘇落迦僧脚崎五衣之中離一一衣異界
而宿乃至明相出除僧伽羯磨尼薩祇波逸
底迦此犯捨物同前作法此中犯相其事云
何
攝頌曰
一二多舍村　牆籬壍圍繞　家樂外道舍
店鋪及樓場　堂車船林樹　皆有四不同

於四威儀中　彼衣應善識
有一舍村二舍村多舍村牆圍村籬圍村壍
圍村一村有一勢分有多勢分多村有一勢
分有多勢分一家有一勢分有多勢分多家
有一勢分有多勢分如是應知若伎樂家外
道家若鋪店樓及場堂車船林樹皆有一多
勢分四種不同云何一舍村謂山野人同居
一舍此齊幾何是其勢分謂盡舍内外有一
尋又復齊其舂擣炒磨飡噉飲食聚會之處
亦名勢分若苾芻尼衣在舍中身居勢分或
衣居勢分身在舍中明相出時此無有犯若
置衣舍内及勢分中身居異處便得捨墮一
舍既爾二舍亦然云何多舍村謂村内人家
門無次第撩亂而住此齊幾何名爲勢分爲
異爲同答此村無勢分亦無共處離衣分齊

據家爲准云何牆圍村謂村四面以牆圍繞此齊幾何名爲勢分謂盡牆內外有一尋又復齊其鷄飛墮處又齊懷慚愧人便利之處是其勢分餘如前說云何籬圍村謂村四面以籬圍繞此齊幾何名爲勢分謂盡籬內外有一尋又復齊其牛羊足塵所及之處又齊六牛竹車迴轉之處是其勢分云何塹圍村謂村四面以塹圍繞此齊幾何名爲勢分謂盡塹內外有一尋又復齊其十二肘梯所及之處又齊棄糞掃時麤大塼石所及之處是其勢分云何一村有一勢分謂於此村有一園林一神廟衆集之處是謂一村有一勢分此齊幾何名爲勢分謂盡園林外有一尋又復齊其舂擣炒磨飡噉飲食聚會之處是其勢分云何一村有多勢分謂於此村有多園林多神廟衆集之處是謂一村有多勢分此齊幾何名爲勢分爲異爲同答此無勢分但齊室中云何多村有一勢分謂此多村有一園林一神廟衆集之處是謂多村有一勢分此齊幾何名爲勢分村中並是外各一尋又復齊其舂擣炒磨飡噉飲食聚會之處亦名勢分云何多村有多勢分謂此多村有多園林多神廟衆集之處是謂多村有多勢分此齊幾何名爲勢分爲異爲同答此無勢分餘並如前云何一家有一勢分謂此家中唯一家長兄弟姊妹是謂一家有一勢分事並同前一舍村說云何一家有多勢分謂此家中有多家長等分別是謂一家有多勢分此齊幾何名爲勢分謂齊門來更無勢分云何多家有一勢分謂諸家中唯一家長兄弟不分

是謂多家有一勢分云何多家有多勢分謂此諸家有多家長兄弟分別此齊幾何名爲勢分此無勢分餘並同前云何一伎樂家有一勢分宅中總是外有一尋又復齊其安置竿鼓瑟琶簫笛料理供具聚會飲食處來亦是勢分云何一伎樂家有多勢分謂此家中有多家長兄弟分別是謂一家有多勢分此齊幾何名爲勢分何共何別別謂據彼兄弟所居分齊共謂安置幡竿處來云何多伎樂家有一勢分謂此諸家唯一家長兄弟不分是謂多家有一勢分此齊幾何名爲勢分宅中總是外有一尋又復齊其安置竿等並名勢分云何多伎樂有多勢分謂此諸家有多家長兄弟分別此齊幾何名爲勢分何共何別答此無勢分云何一外道家有一勢分謂此家中同一見解無別意趣此之勢分宅中總是外有一尋又齊曬曝牛糞安置柴薪皮服君持祠祀笵杓火鑪呪祭舂擣飲食聚會處來云何一外道家有多勢分謂此家中有多見解意趣不同此之勢分何共何別謂齊天祀云何多外道家有一勢分謂諸家中同一見解無別意趣此之勢分宅中總是外有一尋又齊曬曝牛糞等處云何多外道家有多勢分謂此諸家有多見解意趣不同此之勢分何共何別此無勢分云何一鋪有一勢分謂此鋪中有一家長兄弟不分此之勢分中間總是外有一尋又齊安置貨物計料量度交易之處云何一鋪有多勢分謂此鋪中有多家長兄弟分別此之勢分何共何別謂交易坐牀云何多鋪有一勢分謂此諸鋪唯

一家長兄弟不分此之勢分中間總是外有一尋又齊安置貨物等處云何多鋪有多勢分謂此諸鋪有多家長或兄弟分別此齊幾何是其勢分何共何別此無勢分云何一店有一勢分謂此店中有一家長兄弟不分此之勢分中間總是外有一尋又齊安置小麥大麥油麻小豆粟米粳米劫貝絲綿衣裳等物計料量度交易之處云何一店有多勢分謂此店中有多店主或兄弟分別此齊幾何是其勢分何共何別謂著物板處云何多店有一勢分謂此諸店唯一店主兄弟不分此之勢分中間總是外有一尋又齊安置麥豆等物云何多店有多勢分謂此諸店有多店主或兄弟分別此齊幾何是其勢分何共何別答此無勢分云何一樓有一勢分謂此樓中有一樓主兄弟不分此之勢分中間總是外有一尋又齊聚會飲食處來云何一樓有多勢分謂此樓中有多樓主或兄弟分別此齊幾何是其勢分何共何別謂安置梯處云何多樓有一勢分謂此諸樓有一樓主兄弟不分此之勢分中間總是外有一尋此齊幾何是其勢分何共何別謂安置梯處云何多樓有多勢分謂此諸樓有多樓主或兄弟分別此齊幾何是其勢分何共何別答此無勢分云何一場有一勢分謂此場中有一場主兄弟不分此之勢分中間總是外有一尋安置穀麥筐升之處云何一場有多勢分謂此場中有多場主或兄弟分別此齊幾何是其勢分何共何別謂場界畔云何多場有一勢分謂此諸場有一場主兄弟不分此之勢分

中間總是外有一尋安置穀麥之處云何多場有多勢分謂此諸場有多場主或兄弟分別此齊幾何是其勢分何共何別答此無勢分云何一堂有一勢分謂此堂中有一堂主兄弟不分此之勢分中間總是外有一尋謂繫牛馬處剉草棄糞所及之處云何一堂有多勢分謂此堂中有多堂主或兄弟分別此齊幾何是其勢分謂到門内云何多堂有一勢分謂此諸堂有一堂主兄弟不分此之勢分中間總是外有一尋繫牛馬剉草棄糞所及之處云何多堂有多勢分謂此諸堂有多堂主或兄弟分別此齊幾何是其勢分何共何別答此無勢分云何一車有一勢分謂此一車有一車主兄弟不分此之勢分謂駕車行住中間總是外有一尋飡噉飲食繫牛剉草棄糞及處云何一車有多勢分謂此一車有多車主或兄弟分別此齊幾何是其勢分謂齊車軛何共何別共爲軾處云何多車有一勢分謂此諸車有一車主兄弟不分此之勢分謂駕車行處云何多車有多勢分謂此諸車有多車主或兄弟分別此齊幾何是其勢分何共何別答此無勢分云何一船有一勢分謂此一船有一船主兄弟不分此之勢分謂船行住中間總是外一尋謂繫船處飡噉食處云何一船有多勢分謂此一船有多船主或兄弟分別此齊幾何是其勢分謂齊船邊云何多船有一勢分謂此諸船有一船主兄弟不分此之勢分謂船行住云何多船有多勢分謂此諸船有多船主或兄弟分別此齊幾何是其勢分何共何別答此無勢分

云何一林有一勢分謂此林中有一林主兄弟不分此之勢分謂此林內中間總是外有一尋又復齊其採華之處飡啖飲食之處云何一林有多勢分謂此一林有多林主或兄弟分別此齊幾何是其勢分謂齊井來云何多林有一勢分謂此諸林有一林主兄弟不分此之勢分中間總是外有一尋及採華處云何多林有多勢分謂此諸林有多林主或兄弟分別此齊幾何是其勢分何共何別答此無勢分云何一樹有一勢分謂枝葉交密所及之處中間總是外有一尋又於五月日正中時樹影及處若無風時華葉果子墮落之處天雨時水滴及處云何一樹有多勢分謂樹枝葉踈散不交此齊幾何是其勢分何共何別謂是齊樹根云何多樹有一勢分謂此諸樹枝葉相交覆所及處中間總是云何多樹有多勢分謂此諸樹各各相離枝葉不交此齊幾何是其勢分何共何別此無勢分苾芻尼有犯無犯准上可知爾時具壽鄔波離白佛言世尊大德若苾芻尼行住坐卧時齊幾許來是離衣勢分佛言如生聞婆羅門種菴没羅樹相離七尋華果茂盛此七樹間有四十九尋齊此已來是行苾芻尼不失衣分齊過此便失若住坐卧時但一尋內若二界中間卧時衣角不離身來是其勢分若苾芻尼離衣宿應為三事犯文並如前說

根本說一切有部苾芻尼毗奈耶卷第七

音釋

觴（式羊切酒卮也）擒（巨金切捉也）虵（甲切也）擸（達協切摺擸也）曝曬（曝步木切曬所戒切曝曬並日乾物也）僧脚崎（梵語也亦云僧祇支此云掩腋崎丘奇切）瑟（色櫛切琴瑟也）琶（蒲巴切琵琶也）蟠竿（蟠薄官切竿古寒切）篦（邊迷切竹器也）軛（於革切車軛也）軾（賞職切車軾也）

根本說一切有部苾芻尼毗奈耶卷第八

唐三藏法師義淨奉　制譯

一月衣學處第三

爾時薄伽梵在室羅伐城時諸苾芻多畜長衣有得青衣不即作衣但知舉畜更望餘者若得如是相似之物我當作衣如青旣然黃赤白衣及得厚薄亦皆貯畜時少欲苾芻共生嫌賤云何苾芻多畜衣物積而貯畜不肯作衣苾芻白佛佛以此緣同前集衆問實訶責廣說乃至制其學處應如是說

若復苾芻尼作衣已竟羯恥那衣復出得非時衣欲須應受受已當疾成衣若有望處求令滿足若不足者得畜經一月若過者尼薩祇波逸底迦

苾芻尼者謂此法中尼衣已竟羯恥那衣已出有四句廣如前說言得非時衣者何者是時何者非時若住處不張羯恥那衣者一月謂從八月十六日至九月十六日若住處張羯恥那衣者五月謂從八月十六日至正月十五日是名時餘名非時若有望處者謂衣少更求得畜一月者謂有望處於父母兄弟姊妹師主等處當與我衣若五年會若六年會若頂髻會若盛年會我當得衣若足者善五衣隨一不足者得齊一月若過畜者尼薩祇波逸底迦廣如前說此中犯相其事云何

攝頌曰

有望無望處　望斷不同衣　新故糞掃殊
條數肘量等

若苾芻尼月一日得少青色衣未作而畜有希望處若得如是同色衣時我當作衣即於

是日得同色衣彼苾芻尼於十日内作衣應持應捨應作法若不持不捨不作法至十一日明相出尼薩祇波逸底迦
若苾芻尼一日不得餘衣二日方得衣三日得衣乃至十日得衣彼苾芻尼於十日内作衣應持應捨應作法若不持不捨不作法至十一日明相出亦尼薩祇波逸底迦
若復苾芻尼十日不得餘衣十一日不得十二日不得乃至十九日不得衣二十日方得餘衣即應如前作法若不作法犯捨墮若復苾芻尼二十一日不得餘衣乃至二十九日得餘衣三十日内作衣應持應捨應作分别若不作法三十一日明相出尼薩祇波逸底迦如得青色衣既爾得餘色衣事皆同此
若苾芻尼一日得青色衣不作而畜無别望處便作是念若得如是同色衣者我當作衣即於是日得同類衣時苾芻尼於十日内作衣應捨應作法若不作法者至十一日明相出時尼薩祇波逸底迦若一日不得餘衣二日得衣乃至三十日得衣廣如前説如得青色衣既爾得餘色衣等事皆同此若苾芻尼一日得青色衣不作而畜有希望處然希望處時節長遠不稱所求無力能得或於是日得青色衣於十日内應作衣如是廣説乃至三十日方得餘色衣事同前説
若苾芻尼一日得青色衣不作而畜有希望處其所望處雖未得衣心不斷絶或於是日得青色衣如前廣説若苾芻尼一日得青色衣不作而畜情有希望若所望處皆斷絶者彼苾芻尼所得之衣於十日内應持應捨如

前廣說

爾時具壽鄔波離白佛言大德有幾種衣佛言有二種一新二故新謂新織故謂曾經四月著用鄔波離復有五種衣一有施主衣二無施主衣三往還衣四死人衣五糞掃衣云何有施主謂有男女半擇迦爲其施主云何無施主衣謂無男女半擇迦爲其施主云何往還衣如有死人眷屬哀念以衣贈送置於屍上送至燒處既焚瘞已還持此衣奉施僧衆云何死人衣於屍林中死者之衣無主攝受云何糞掃衣此有五種云何爲五一道路棄衣二糞掃處衣三河邊棄衣四蟻所穿衣五破碎衣復有五種一火燒衣二水所漬衣三鼠齧衣四牛嚼衣五妳母棄衣

若苾芻尼得新衣欲作衣者應浣染裁縫兩重爲僧伽胝兩重爲尼師壇一重爲嗢呾羅僧伽一重安呾婆娑若苾芻尼二重爲僧伽胝時若欲更著第三重者帖時得惡作罪至十一日明相出時便犯捨墮若苾芻尼於新僧伽胝擿去舊裏擬將別用擿時得惡作罪至十一日明相出便犯捨墮若苾芻尼於新僧伽胝擿去其裏浣染縫治還欲安此者無犯至十一日明相出時不安了者尼薩祇如僧伽胝既然於尼師壇事皆同此若苾芻尼有新嗢呾羅僧伽帖第二重帖時得惡作至十一日明相出時便犯捨墮安呾婆娑亦復如是若苾芻尼得故衣欲作衣者應浣染裁縫四重爲僧伽胝四重爲尼師壇兩重爲嗢呾羅僧伽及安呾婆娑若苾芻尼於二重嗢呾羅僧伽及安呾婆娑若欲更著第三重者

帖時得惡作罪十一日明相出時犯捨墮罪若苾芻尼於此重衣若欲擿去或安不安有犯無犯廣如上說若苾芻尼有主住還死人衣准其新故重數應知若糞掃衣時隨意重數作無齊限

爾時具壽鄔波離白佛言大德僧伽胝有幾種條數云何佛告鄔波離有九種別云何爲九謂九條十一條十三條十五條十七條十九條二十一條二十三條二十五條鄔波離初三種衣二長一短次三種衣三長一短後三種衣四長一短應作應持過此已上便成破納鄔波離白佛言大德衣之大小有幾差別佛言僧伽胝有三謂上中下上者竪三肘橫五肘下者竪二肘半橫四肘半二内名中若嗢呾羅僧伽及安呾婆娑亦有三種謂上中下量如僧伽胝說鄔波離復有二種安呾婆娑竪二橫五竪二橫四若極下安呾婆娑但蓋三輪是持衣中最小若泥薩祇衣最極小者但齊縱橫一肘若苾芻尼犯捨墮應爲三事應如上說此中略言三衣法式其厥蘇洛迦及僧脚崎具如餘處

與非親苾芻浣故衣學處第四

爾時菩薩從覩史天下託生劫比羅城淨飯王家于時四方有大名稱云釋族生太子在雪山邊分鹽河側劫比羅仙人所住之處去斯不遠有婆羅門仙人名阿私多善解占相王召觀察授記有二種瑞若在家者爲轉輪王化四天下爲大聖主七寶具足所謂輪寶象寶馬寶珠寶女寶主藏臣寶主兵臣寶千子圓滿有大威力勇健無雙能降怨敵盡斯

大地窮四海邊無諸盜賊亦無酷罰以法理人安隱而住若出家者剃除鬚髮以正信心從家至非家當得成佛應正徧知名聞十方弘濟群品是時所有諸國大王皆悉聞知釋迦太子生在雪山乃至弘濟群品各作是念我今宜往承事太子當於後時受其福祿又作是念今我無緣能見太子若我承事淨飯王者即為承事太子身也時諸國王咸皆遣使并持國信至淨飯王所後時菩薩養在深宮年漸長大由見老病死故心懷憂惱遂往林中屏棄人事時諸國王聞是事已咸作斯念我今所以事淨飯王者意事太子而今太子既往林中情求出離我今何事徒為費損於是使人及諸國信悉皆斷絕時憍薩羅國勝光大王與淨飯王國界隣近信物雖絕使尚往還時時遣使相問所遣使人是國大臣名曰密護是時密護至淨飯王所論國事已便於大臣鄔陀夷舍而為停止若淨飯王遣使往問勝光王時便遣大臣鄔陀夷往時鄔陀夷至室羅伐城見勝光王論王事已於密護舍而為停止時密護有婦名曰笈多顏貌端嚴人所樂見是時鄔陀夷便與笈多共行非法彼密護聞婦與鄔陀夷私有交密便作是念此二惡人當斷其命後更思念我若殺者擾亂王城為大驚怖如何為此罪過婦女殺婆羅門耶即便捨而不問後於異時密護身死時勝光王以無子故所有資財收入王庫時鄔陀夷聞斯事已便作是念我今現在如何令彼笈多無所憑託便於夜中思利害事曉便往詣淨飯王所作如是白王與勝光

王國界隣接見有如是不穩便事應遣使人往彼籌度若不問者當招禍敗王便報曰若如是者卿當爲使往彼商量時鄔陀夷即便往詣室羅伐城作如是念我今爲當先見大王先見臣耶作是念已復更思量求事之法理從下起即便往至國大臣所陳其本意云我啓王欲取笈多幸願仁恩助我言及大臣聞已然可其事時鄔陀夷即便往詣勝光王所共論國事即白王曰幸願大王賜與停處王曰卿先曾來何處停止白言我先停在密護之舍王曰今者宜應還停彼處便白王曰密護身死王曰家主雖死宅豈死耶鄔陀夷曰宅雖不死産業皆無王命臣曰可覓停處安鄔陀夷臣言更無停處然彼先與笈多交通本意緣斯欲爲啓白王今若能攝受此人即是攝受淨飯王矣時勝光王即令使者命鄔陀夷至便告曰鄔陀夷我實不知卿與笈多先有交密今以笈多與卿爲婦宅及財物亦並相供時鄔陀夷拜謝而去是時笈多聞鄔陀夷來詣其舍即出當門大聲啼哭鄔陀夷至門問笈多曰何意啼泣笈多報曰我之所愛夫主身亡仁豈於今亦當棄我鄔陀夷曰我本相爲而來至此已白王訖汝及家資皆蒙賜與汝爲此住爲向劫比羅城笈多自念我今若往劫比羅者婆羅門婦不存我命我今宜應留住本宅是時鄔陀夷便有兩宅一在劫比羅一在室羅伐城

爾時菩薩於六年中一無所有修苦行已後便隨意欲受上妙飲食即以飲食及諸酥油徧塗身體以暖湯水而爲沐浴遂便往詣勝

軍聚落二牧牛女所一名歡喜二名歡喜力受十六倍乳糜飽足食已復詣善行男子所取吉祥草時黒龍王讃歎菩薩向菩提樹下手自布草不令撩亂跏趺而坐端身正意心念口言若我諸漏未斷盡者我終不解此跏趺坐是時菩薩未解跏趺衆惑皆盡爾時世尊降伏三十六億魔軍兵已證一切智受梵王請往婆羅痆斯三轉十二行法輪度五苾芻及以隨五苾芻已即便行詣白疊林中度六十賢部令住見諦又至勝軍聚落度二牧牛女亦令見諦又至烏盧頻螺林側度千外道出家近圓又至伽耶山頂現三神變教化令住安隱涅槃又至杖林令摩揭陀主頻毗婆羅王住於見諦并度八十百千諸來天衆無量百千摩揭陀國婆羅門等次至王舍城

受竹林精舍亦與身子目連出家近圓次往室羅伐城受逝多林給孤獨園次至憍薩羅國説少年經令勝光王得見諦已住逝多林時勝光王遣使持書往淨飯王所白言大王王今慶喜太子已證無上正覺亦令有情同飡甘露今現住在逝多林中時淨飯王聞此信已以手支頰懷憂而歎往日一切義成太子修苦行時我常遣使問其安不使者尋還報我住處比令使問竟無一還今者來至逝多林內其事如何時大臣鄔陀夷前詣王所便白王曰大王何故以手支頰懷憂而住王曰我今豈得不懷憂耶往日一切義成太子修苦行時我常遣使問其安不使者尋還報我住處比令使問竟無一還今有信云一切義成太子證無上正覺亦令有情同飡甘露

來逝多林寧不憂也時鄔陀夷即白王曰若如是者臣請爲使持信還歸王曰卿若去者還於彼住亦不歸來鄔陀夷曰奉大王命豈敢不來時淨飯王自裁書曰

始從受胎後　長養於世尊　煩惱火恒然
常希最勝樹　今既得成佛　徒衆數無邊
餘人受安樂　唯吾未除苦

書了印訖付鄔陀夷時鄔陀夷持王勑書往室羅伐奉上世尊世尊受已便自披讀時鄔陀夷白世尊曰世尊能向劫比羅城不佛告鄔陀夷我共汝去時鄔陀夷憶昔太子踰城出家父王頻召竟不還國重白佛言必若世尊不肯歸者我今有力强自將去爾時世尊聞斯語已即説伽他報鄔陀夷曰

生死愛網若全除　此即誠無將導者
世尊威力無處所　汝何方便能將去
生死愛網若全除　此即誠無將導者
世尊境界無處所　汝何方便能將去

爾時鄔陀夷聞佛世尊説伽他已頂禮佛足白佛言世尊我欲還宫白父王知佛告鄔陀夷爲佛使者理不應然鄔陀夷白佛言爲佛使者其事如何佛告鄔陀夷凡出家者方爲佛使鄔陀夷言我願出家然爲要契事須還報淨飯大王我今且去佛言待出家已方報前信鄔陀夷言善哉我今出家然而世尊爲菩薩時生生之處於二師二親及尊重類有如法教令曾不違逆由此因縁言無違者時鄔陀夷白佛言我今出家佛告舍利子汝與鄔陀夷出家令其長夜永得利益舍利子言如是世尊便與出家并受圓具所有行法略

並告知時鄔陀夷既受教誡禮舍利子已詣世尊所禮佛雙足白佛言世尊我已出家佛言汝今可去然而造次勿入王宮宜至其門立而告曰釋迦苾芻今至門外若喚入者即應隨入彼若問言更有諸餘釋迦苾芻不答言更有若問一切義成太子亦作如是形狀耶答言亦作如是形狀汝亦不應宿王宮内若問一切義成太子宿王宮不答言不宿問何處宿止答言或阿蘭若或毗訶羅若問一切義成太子欲來此不答言欲來若言何時欲來答言過七日後方來至此時鄔陀夷禮佛而去爾時世尊神力加被令鄔陀夷如伸臂頃即至劫比羅城立王門外告守門者曰爲我白王釋迦苾芻今在門外門人問曰更有諸餘釋迦苾芻不報言更有門人即入白王釋迦苾芻來在門外得令入不王言喚入我觀釋迦苾芻其狀如何門人引入既至王所王識顔狀問言鄔陀夷汝今出家耶報言我已出家王便問曰一切義成太子亦作如是形狀答言大王亦同此狀時淨飯王無始劫來恩愛情重聞是語已即便悶絶投身躃地以冷水灑良久乃甦從地起已問鄔陀夷曰一切義成太子欲來此不答言欲來何時欲來過七日已方來至此時王即便命諸臣曰一切義成太子過七日已欲歸故居卿等應可修飾城隍莊嚴道路宮中内人亦令灑掃太子欲來鄔陀夷言世尊不住王家及内宮裏王曰何處居停答曰或阿蘭若或毗訶羅王告諸臣曰卿等往阿蘭若處屈路陀林同逝多林造一住處有十六大院院六十房

是時諸臣奉王命已遂往阿蘭若屈路陀林同逝多林造十六大院有六十房然大王教今隨言即成諸勝天人舉心事辦相應定力意念皆就於此城中街衢巷陌屏除諸穢以栴檀香水而徧灑之處處皆有殊妙香供懸衆繒綵建立幢旛布列香華誠可愛樂猶如帝釋歡喜之園時諸大德衆各懷渴仰瞻望世尊企想而住

爾時世尊在逝多林命大目連曰汝今宜往告諸苾芻如來欲向劫比羅城若諸具壽情樂欲見父子相遇者應持衣鉢時大目連受佛教已告諸苾芻曰諸具壽世尊欲向劫比羅城若諸具壽情樂欲見父子相遇者應持衣鉢隨從世尊時諸苾芻既承告已俱來從佛爾時世尊自調伏故調伏圍繞自寂靜故寂靜圍繞解脱解脱圍繞安隱安隱圍繞善順善順圍繞離欲離欲圍繞阿羅漢阿羅漢圍繞端嚴端嚴圍繞如栴檀林栴檀圍繞猶如象王象子圍繞如師子王師子圍繞如大牛王諸牛圍繞猶如鵝王諸鵝圍繞如妙翅王妙翅鳥圍繞如婆羅門學徒圍繞猶如大醫病者圍繞如大軍將兵衆圍繞猶如導師行旅圍繞猶如商主商客圍繞如大長者人衆圍繞如諸國王大臣圍繞猶如明月衆星圍繞猶如日輪千光圍繞如持國天王乾闥婆圍繞如增長天王鳩槃荼圍繞如醜目天王龍衆圍繞如多聞天王藥叉衆圍繞如淨妙王阿蘇羅衆圍繞猶如帝釋三十三天圍繞如梵天王梵衆圍繞猶如大海湛然安住猶如大雲靉靆垂布猶如象子屏息狂醉調

伏諸根威儀寂靜三十二相而爲莊飾八十種好以自嚴身圓光一尋朗逾千日安步徐進如移寶山十力四無所畏大悲三念住無量功德皆悉圓滿諸大聲聞尊者阿愼若憍陳如尊者高勝尊者婆瑟波尊者大名尊者無滅尊者舍利子尊者大目連尊者迦攝波尊者名稱尊者圓滿等諸大聲聞及餘人衆往劫比羅漸次而行至盧呬多河時諸苾芻或有洗濯手足或嚼齒木或濾淨水或時澡浴是時劫比羅城所有人衆聞一切義成太子今欲來至皆大歡喜競共奔走往屈路陀林時淨飯王於寬廣處敷設牀座以待太子是時乃有無量百千大衆雲集或有先世善根共相驚覺或有情生喜樂作如是念爲父禮子爲子拜父耶時佛世尊便作是念我若足步入城中者諸釋迦子各起慢情共生不信作如是議一切義成太子大有所失昔時去日百千天衆隨從空中於劫比羅城圍繞而去今者獲得無上妙智便乃足步而還欲令諸人息輕慢心故我今應以神變入劫比羅城爾時世尊隨心所念入三摩地既入定已於座不現共諸苾芻涌在虛空猶如滿月共相圍繞亦如鵝王舒翼而住行住坐卧四威儀中廣現神變爾時世尊先於東方入火光定現種種焰青黄赤白紅頗胝色或現神變身上出水身下出火身上出火身下出水如東方既然南西北方亦復如是次攝神通於虛空中高七多羅樹時諸苾芻但高六樹世尊高六苾芻高五佛五衆四佛四衆三佛三衆二佛二衆一佛一衆與六人等佛六衆

五佛五衆四佛四衆三佛三衆二佛二衆一佛一衆便居地世尊去地高踰一人行空而去并與無量百千俱胝人天大衆圍繞而去至劫比羅城時淨飯王既見佛已頭面禮足說伽他曰

佛初生時大地動　贍部樹影不離身
今是第三禮圓智　降伏魔怨成正覺

時諸釋迦及餘大衆見淨飯王禮佛足已情生不忍共相唱言云何尊父禮子之足時淨飯王告諸釋子釋女曰汝等不應作如是語當時菩薩初生之日大地震動放大光明普照世界其色晃耀過於三十三天於世界中間黑闇之處日月威光之所不及當爾之時並蒙光耀彼處所有舊住有情蒙光耀已互得相見共作是語仁等有情亦居此處爾時我見希有事已便禮佛足又復菩薩曾往田中觀諸產業於贍部樹影結跏而坐遠離欲界惡不善法有尋有伺得喜樂定入初靜慮日已過午其餘諸樹影悉東移唯贍部樹陰而獨不移轉以覆蔭菩薩身爾時我見希有事已復禮佛足此是第二禮世尊足爾時世尊於苾芻衆中及諸大衆就座而坐時淨飯王復禮佛足對面而坐此是第三禮世尊足時諸釋迦於屈路陀林中殊妙之處敷設勝座并上供養以待世尊及苾芻衆爾時世尊詣彼林所於大衆中就座而坐時淨飯王即以種種盡世微妙殊勝供養供佛僧已時淨飯王白飯王斛飯王甘露飯王及餘百千諸來大衆禮佛足已在一面坐或有諸人但為合掌復有諸人遙望世尊默然而坐時淨飯

王即以伽他而問佛曰

佛昔在王宮　出乘象馬輿　云何以雙足
遊於棘刺中

世尊報曰

我以神通足　自在乘空去　周行大地盡
煩惱刺無傷

王復問曰

昔衣上妙服　容色多光彩　今著麤弊衣
如何得堪忍

世尊報曰

慚愧爲上服　披著甚端嚴　見者起歡心
寂靜居林野

王復問曰

昔飡香稻飯　咸以妙金盤　乞丐噉麤踈
云何得充濟

世尊報曰

我飡微妙法　味與定相應　蠲除飲食貪
愍物故哀受

王復問曰

昔升妙樓殿　隨時以自安　比在山林中
云何不驚怖

世尊報曰

我斷怖根本　煩惱悉蠲除　雖處林野中
永絕諸憂懼

王復問曰

昔在王宮內　沐浴以香湯　比居林野中
牟尼以何浴

世尊報曰

法池功德水　清淨人所歎　智者浴於中
永絕諸塵垢

王復問曰

昔日在王宮　金瓶灌水浴　比在江池處

何器以澆身

世尊報曰

我浴淨戒水　灌以妙法器　智者共欽讚

能淨身心垢

爾時世尊以妙伽他答淨飯王已次觀大衆意樂隨眠界性差別稱彼根機而爲說法其聽法者所謂白飯王斛飯王甘露飯王及餘百千諸來大衆同聞妙法得預流果或得一來果或得不還果或有出家斷諸煩惱證阿羅漢果或發獨覺菩提心或有發起無上菩提心自餘諸衆皆令歸依三寶住正信中時淨飯王由極歡喜故未得見諦淨飯王及諸大衆禮佛足已恭敬而去其淨飯王便於夜中作如是念唯我一子有此威德餘無及者爾時世尊知淨飯王心念欲令降伏宗親慢故至天曉已命大目連曰汝當觀察慜念父王目連白佛言唯然世尊即持衣鉢詣淨飯王所王見尊者便唱善來奉迎就座是時目連即如所念入三摩地旣入定已隱身於座涌現空中先於東方現大神變入火光定現種種焰青黄赤白紅色頗胝迦色身上出水身下出火身上出火身下出水於南西北方亦復如是次攝神通現於本座時淨飯王白大目連曰世尊弟子更有如是具大威德如尊者不時大目連即爲父王說伽他曰

年尼諸弟子　皆有大威德　三明及六通

無不具足者

時淨飯王便作是念非唯我子有大威德於

餘亦有如是苾芻具大神力前起慢心即便除斷時王復念今者世尊唯人供養不見諸天大目連知王念已白言大王我今還欲往世尊所白言隨意時淨飯王亦詣佛所爾時世尊知父王念即於屈路陀林悉皆化作蘇頞胝迦王欲東門入門人報曰大王勿入王曰何意門人報曰佛今純爲諸天説法王問門人曰賢首汝是何人門人答曰大王我是東方持國天王便往南門欲見世尊門人白言大王勿入王問何意門人報曰佛今純爲諸天説法王問門人曰賢首汝是何人答曰我是南方增長天王便往西門欲見世尊門人白言大王勿入王問何意門人報曰佛今純爲諸天説法王問門人曰賢首汝是何人門人答曰我是西方廣目天王便往北門欲見世尊門人白言大王勿入王問何意門人報曰佛今純爲諸天説法王問門人曰賢首汝是何人門人答曰我是北方多聞天王爾時世尊便以神力加被淨飯王令於門外見佛世尊與諸天衆説微妙法時王見已便作是念今佛世尊非唯人衆之所供養亦爲諸天而來親奉令淨飯王慢心息已便攝神變時大目連引淨飯王入見世尊既至佛所禮佛足已在一面坐爾時世尊隨淨飯王及餘諸衆意樂隨眠界性差别隨機説法令淨飯王以智金剛杵摧破二十身見高山得預流果既證果已白佛言世尊我今所證非高祖所作亦非父母所作非王非天非沙門婆羅門非諸宗親之所能作我依世尊善知識故方獲斯事於捺落迦傍生餓鬼三惡道中拔

濟令出安置人天能盡未來生死邊際乾竭乳血巨海越度白骨大山無始已來曾所積集身見窟宅今並除棄證斯妙果大德於生死流我今得出我今歸依佛法僧寶爲鄔波索迦唯願世尊慈悲鑒察我從今日乃至盡形不斷有情命乃至不飲諸酒頂受世尊五支學處時淨飯王禮佛而去便詣白飯王所報言弟今可受王位彼便報曰有何意耶王曰我今見諦不能爲王問言何時報言今日彼便報曰我於世尊初來之日已得見諦次往斛飯王後往甘露飯王所與禪王位彼悉自云我已見諦淨飯王曰若如是者我今欲灌誰頂令受王位彼便報曰釋迦童子名曰賢善可紹王位知王意正即便默受時淨飯王即灌彼頂以其王位授與賢善爾時世尊及苾芻僧衆於日日中入王宮內受其供養時淨飯王作如是念今佛弟子先是外道數有千人心雖端正身非嚴好由昔苦身形容瘦悴云何得令世尊門徒容儀可愛見者生善若令釋種陪隨世尊方是端嚴人共尊重時淨飯王集諸釋種告言諸君當知一切義成太子若不出家者當何所作彼皆報曰作轉輪王又問曰君等作何報言我等稱臣皆爲從者王復告曰今一切義成太子證甘露法亦令有情同飡斯味仁等何因不爲隨從彼皆報曰我願出家隨世尊後王曰各隨汝意諸釋子曰爲全家並去爲家別一人王曰家別一人時淨飯王搖鈴宣令告釋種曰家別一人出家奉佛若不肯者必招咎責即於是時釋種之中賢善無滅等五百釋子悉皆

出家如世尊説若捨貴族而出家者多獲利養時五百釋子苾芻極招利養

根本説一切有部苾芻尼毗奈耶卷第八

音釋

瘞於罽切埋也　漬疾智切浸也　擿陟革切取也　嗢呾羅僧伽梵語也亦云鬱多羅僧此云七條衣嗢烏沒切呾當割切　僧伽胝梵語也亦云僧伽梨此云重複衣胝張尼切　安呾婆娑梵語也亦云安陀會此云中宿衣　酷苦沃切慘刻也　籌度籌直由切算也度達各切量度也　乳糜乳而主切糜靡爲切乳糜酪粥也

根本說一切有部苾芻尼毗奈耶卷第九

唐三藏法師義淨奉　制譯

與非親苾芻浣故衣學處之餘

爾時薄伽梵便作是念此諸釋子本爲解脫而求出家今捨少欲耽著財利世尊欲令絕利養故即還室羅伐城在逝多林如昔安住時具壽鄔陀夷於日初分執持衣鉢入室羅伐城次第乞食巡至故二笈多宅所門外而立是時笈多遥見便識即手椎胷告曰鄔陀夷仁今何意棄我出家答言賢首如我世尊爲菩薩時棄捨寶女耶輸陀羅（持稱）瞿比迦（密護）密栗伽闍（鹿子）等六萬婇女而爲出家誰能共汝塵垢之類而沉溺耶笈多報曰若如是者我亦出家答曰善哉笈多曰我今故斂家業尋當出家鄔陀夷曰宜疾勿遲遂捨而去然鄔陀夷於時時中數來看問告曰汝未出家答曰我之家業尚未收斂鄔陀夷曰要待憍薩羅國煨燼之後汝之家業方可了耶笈多曰今即收斂明當出家時鄔陀夷便作是念我於今時由昔俗累尚被黑鉢同梵行者之所輕賤況復令彼出家更招譏議云六衆苾芻度苾芻尼便生追悔至天曉已執持衣鉢向王舍城既至彼已安居坐夏是時笈多付家業已便於他日詣逝多林問諸苾芻曰彼向何處苾芻問曰彼者是誰報言聖者鄔陀夷諸苾芻報曰彼以遠趣王舍大城既聞告已即便啼泣苾芻問曰笈多何意啼泣報言聖者鄔陀夷令我棄俗許與出家我已付囑家産彼便遠棄而去我今非俗復非出家寧不憂惱一人報曰爲剃刀故彼向王城欲取

新刀剃汝新髮于時苾芻尼衆爲請教授來逝多林見彼笈多行啼憂悒問言笈多何意啼泣笈多具以前事告苾芻尼諸尼報曰汝誠無識豈有苾芻度苾芻尼耶還令尼衆度汝出家可隨我來至大世主喬答彌所度汝出家時諸尼衆便將笈多至大世主處白言聖者此笈多女情願出家時大世主即與出家時鄔陀夷在王舍城作如是念我為護惜諸黒鉢者故不與笈多出家我當喪失腰絛等物資身之具若餘黒鉢度笈多者乃至暫欲見我亦無由得雖復安居心常不樂時有摩訶羅苾芻從室羅伐夏安居已來至王城時鄔陀夷至竹林精舍外近大道邊瞻望而住遂遥見彼老苾芻來髮似荻華眉長下覆傴肩垂臂徐步而行時鄔陀夷便作是念此

之來者何上座耶既相近已告言善來善來上座老苾芻云敬禮阿遮利耶敬禮鄔波馱耶時鄔陀夷見無軌則不識二師即知定是摩訶羅也遂將入寺問言爾從何來報言從室羅城來時鄔陀夷念曰若我先問笈多消息聞者譏醜我應次第而問汝摩訶羅既從彼來得知世尊少病少惱起居輕利安樂行不在室羅伐爲夏安居彼便報言世尊無病安樂在彼安居又問苾芻苾芻尼鄔波索迦鄔波斯迦衆並得無病安樂如常所居於時時中奉覲世尊聽正法不答言所問之人並得安隱亦時時中來聞正法又問住位了教憍陳如住位迦攝波住位舍利子大目連等諸餘尊宿大世主喬答彌及勝光王長者仙授故舊鹿母毗舍佉善生夫人悉得無病安

樂住不答言並安樂住又問汝識長者婦笈多不答言我識彼是大德鄔陀夷昔日之妻鄔陀夷曰彼豈今時尚爲長者之婦答曰已出家訖鄔陀夷問曰誰與出家報曰是大世主鄔陀夷便作斯念既是出家或容再面即便喚言摩訶羅且來濯足時鄔陀夷取彼衣鉢掛在極高象牙杙上遂多與油令塗手足報言令此房中有食有利宜當安隱歡喜而住彼言我不樂住時鄔陀夷便付鎖鑰告言如世尊說苾芻不應輒棄住處而去摩訶羅此是鎖鑰汝自當知説是語已涉路而去漸至室羅伐城逝多林内灑掃房宇牛糞塗已掩戸一扇偃卧牀上作歌詠聲而誦正法時有苾芻尼爲請教授而來至此諸尼聞此諷誦之聲識其響韻共至鄔陀夷所問言大德往時走去比何處來答曰我前頃向王舍城中尼問知已歸告笈多汝今喜滿阿遮利耶現已來至笈多問曰是何阿遮利耶報言是鄔陀夷笈多曰因何彼是我阿遮利耶我豈從彼而受學業諸尼報曰汝無所識作如是語多有諸尼與大苾芻共相繫屬汝今宜往問其安不彼即具持屑香及油澡浴之物往詣彼房扣門而喚鄔陀夷問曰扣門者誰報曰我是笈多鄔陀夷曰善來善來長者之婦隨意當進是時笈多入而告言大德我今豈是長者婦耶我已出家問言誰與汝出家報言聖者大世主鄔陀夷曰我有他事頃向王城汝復何縁急求離俗彼便報曰豈非大德前作斯論汝當收斂家業我度汝出家我依斯教付囑家産大德棄我遠向王城若大世

主不度我者我誠非俗亦非出家鄔陀夷曰我豈當時自持重擔許言教汝今且可坐爲汝説法禮已便坐端心聽法時鄔陀夷即爲説法追念昔時歡笑之事問言汝憶往時在某園林天祠堂處飡噉如是美妙飲食作是語時欲心便起情生錯亂凡智慧女人有共事表知男女有欲心無欲心笈多覺知鄔陀夷欲心熾盛告言聖者我暫須出事了即來鄔陀夷作如是念此爲便利而欲出耶遂令暫出笈多出已褰衣急走時鄔陀夷聞其走聲遂出房外隨後而趂喚言禿女走向何處復更急趂生支觸髀其精遂泄欲心即歇徘徊而住笈多知已亦復還來報言聖者我若住者我非苾芻尼仁非苾芻鄔陀夷曰姊妹如世尊説若自護者即是護他若護他者便成自護云何自護即是護他自能修習多修習故有所證悟由斯自護即是護他云何護他便成自護不惱不恚無怨害心常起慈悲愍念於物是名護他便成自護笈多報曰聖者可脱裙來我當爲浣時鄔陀夷即以衣付是時笈多見衣精已便生悔心即便自念我之身分未爲聖者之所觸見我不隨彼斯非善事作是念已倍發染心如佛經中説伽陁曰

諸有耽欲人　不見於義利　亦不觀善法
常行黑暗中

時彼笈多欲心亂故取精一滴置於口中復取一滴著女根内有情業力事不思議時有中蘊是最後生而來依託笈多至寺便爲浣衣諸尼見問笈多具答其事諸尼謂曰我意

言汝爲求勝法往大德處寧知更有此惡事耶笈多報曰彼之大德是持戒者自出家後我之身分曾不重觸諸尼報曰不觸身分尚有斯事如其觸著汝欲如何諸苾芻尼知其事已往白苾芻苾芻白佛佛告諸苾芻彼尼無犯波羅市迦若有娠者應安屏室與食供給無令闕事後時生子當名童子迦攝波於我法中而爲出家斷諸有漏成阿羅漢我弟子中辯才巧妙善能宣說最爲第一爾時世尊遂作是念若有苾芻尼與非親族苾芻浣故衣者有斯過失世尊以此因緣如前集衆問實訶責廣說乃至制其學處應如是說

若復苾芻尼與非親苾芻浣染打故衣者尼薩祇波逸底迦

苾芻尼者謂是笈多或復餘尼言親者謂從七祖父母兩人已來皆是親族過此便非苾芻者謂是鄔陀夷故衣者七種衣中隨是一數云何爲七一者毛二者芻摩迦三者奢搦迦四者羯播死迦(白氎)五獨洛迦(紵布)六高詀薄迦(是上毛緂)七者阿般蘭得迦(是北方地名其處有此衣也亦有釋云即是絁紬之類)言浣者謂以水浸染者下至一入色打者乃至以手一打尼薩祇波逸底迦者廣說如前此中犯相其事云何若苾芻尼知非親族苾芻作非親族想令浣故衣犯捨墮染打亦如是於三事中或令三事俱作或令作二或令作一又於三中隨一爲初與非親苾芻皆得本罪若非親苾芻疑亦捨墮若是親作非親想得惡作若是親而起疑心得惡作罪

從非親苾芻取衣學處第五

爾時佛在室羅伐城逝多林給孤獨園未遮苾芻尼住阿蘭若時有諸尼往靜林中修靜慮受勝定樂時蓮華色苾芻尼與其徒衆五百人俱往暗林中在一樹下半跏而坐入滅盡定是時餘尼至日晡後各欲還向室羅伐城有作是言聖者蓮華色我喚令起復有說言聖者具大威神或容在前入寺便不喚起各自歸還時蓮華色至日暮時出定徧觀諸尼盡去便作是念我爲入城爲當住此即便入定時有五百群賊行劫盜已至此林邊諸賊議曰半人分物半爲防守遂於林內見入定尼有云是木有云是人有云苾芻時彼賊中有還俗人報言是苾芻尼非苾芻也餘人問曰爾何得知報言苾芻全跏尼則半跏此既半跏明知是尼時諸賊徒生希有念君等當知如斯可畏大暗林中一苾芻尼能宿於此即便往詣賊將軍所將軍問曰仁於林內頗見希奇事不答言見有如斯可畏大暗林中一苾芻尼能宿於此將軍聞已告防守人曰我試往看便見苾芻尼顏容端正人所樂觀寂定威儀覩而深敬歎曰今此林中有二可愛所謂朗月光明及苾芻尼希奇容彩將軍曰宜應喚起我奉其食彼還俗人報曰此不非時食將軍曰林中苾芻尼有二可愛所謂容儀端正不非時食將軍曰令其飲酒彼還報曰此不飲酒將軍曰於此林中復有二種可愛所謂苾芻尼顏容端正不飲諸酒將軍曰今我幸會遇上福田而竟不果施一飡食便以貴價氎衣裹上妙食掛於樹枝作如是說即此聖者容儀寂定無所不覺無所不

知我今留此衣食幸願慈悲當爲受用作是語已捨之而去時蓮華色尼至天明已從定而起便見大衆行跡之處便入定觀見彼五百賊徒至此而去復觀於我無醜惡事不知無有過復見裹食掛在樹枝便作是念此由淨心敬信所致復作是念若更待餘授食之者恐禽獸來壞其淨施我今宜可持此上食奉施僧伽然佛有教若尼曾觸苾芻是淨苾芻曾觸尼亦是淨遂即自手持去詣逝多林六衆之法每一二人鎮居門首時鄔波難陀在寺門前經行而住遥見苾芻尼來問言大妹豈天未曉城門已開尼言大德我非城宿從暗林來報言大妹我曾晝日入彼林中起怖畏心身毛皆竪大妹如何獨住於彼手所持者是何物耶時苾芻尼具以緣告此是賊徒淨心留與鄔波難陀曰大妹由汝威儀賊生敬愛獲得此物彼若見我必當與杖令貿物去鄔波難陀告言大妹若有得此新好白氎剌作兩重僧伽胝衣少欲而住修諸善品誠亦佳矣尼言聖者須此衣耶答曰必若有餘隨情處分答言具往我持初食奉施僧伽迴來至此以衣相施鄔波難陀作如是念若更有餘黑鉢見者必乞此衣我無由得報言大妹可住於此我當爲喚受初食人尼便許可時鄔波難陀即入寺中見受食人無事而住報言具壽施主在門擔食辛苦汝今無事閑住房中宜可急行受其施食彼便持器往詣寺門就苾芻尼受取初食尼與食已持白氎衣施與鄔波難陀既得衣已喜而呪願曰汝所施物是心瓔珞爲心資助定慧莊嚴得

人天道隨情受用精妙衣服終至無上安隱涅槃即便捨去時蓮華色苾芻尼便作是念我今爲向本處爲禮世尊我今已來當禮佛足便詣佛所禮世尊已在一面坐時苾芻尼五衣破碎世尊見已告阿難陀曰苾芻尼衆於安居時足利養不阿難陀白佛言足佛言何意蓮華色尼五衣破碎阿難陀曰大德此苾芻尼深信堅固意樂淳善其所得物於三寶中咸皆喜捨來從乞者不逆其意今於住處得好大氎施與尊者鄔波難陀佛告阿難陀苾芻於非親族尼處受取衣耶答言受佛告阿難陀然非親苾芻不生是念此苾芻尼具五衣不隨所與時悉皆受取若親苾芻則不如是見其闕乏不肯受衣爾時世尊告阿難陀曰於大房中貯衣之處應取五衣與蓮華色苾芻尼時阿難陀奉佛教已便取五衣授與蓮華色尼爾時世尊以此因緣告諸苾芻尼亦不應從苾芻取衣乃至我爲二部弟子制其學處當如是說若復苾芻尼從非親苾芻取衣者尼薩祇波逸底迦世尊如是制學處已室羅伐城有一長者大富多財受用豐足所有家產如毗沙門王便於望族娶女爲妻雖久共居竟無男女情懷憂悒作如是念我今舍内多有珍財無一紹繼我死之後所有資產以無子故没入王家來世路粮又未修集以手支頰長歎而住其妻問曰何故情懷憂悒支頰住耶報言賢首我今寧得不憂具述其事妻曰云何修集來世資粮報言賢首若能以好飲食供佛及僧食已人人各奉一雙上好白氎是謂修集來世路粮妻言

何故不爲是時長者往詣佛所禮佛足已在一面坐佛説妙法示教利喜默然而住是時長者從座而起整衣一肩合掌白佛言世尊唯願哀愍并苾芻僧明當就宅受我微供世尊默然而受長者知佛哀受禮足而去於其夜中具辦種種上妙飲食安置坐席并淨水器令使白佛世尊於日初分著衣持鉢與苾芻衆至長者家就座而坐長者旣覩佛僧如法坐已便以上妙飲食手自供養次第充足澡漱旣訖佛及衆僧各奉一雙上妙白氎便取卑座於世尊前聽受妙法佛隨根性示教利喜爲説法要如常呪願已從座而去是時長者隨世尊出旋繞三帀禮足而退於高樓上修捨施念告其妻曰賢首應生極喜我今已作來世資粮妻便報曰仁今雖作我尚未修長者報曰今所修福豈非共有妻曰雖知共有然我情願請大世主及苾芻尼衆就宅食已各施一雙上妙白氎此即是我來世資粮長者告曰善哉善哉隨汝意作時長者婦即便往詣大世主苾芻尼所隨禮雙足在一面坐聽妙法已從座而起白言聖者及苾芻尼衆唯願哀愍明就我家廣如前説乃至淨澡漱已時長者婦便以大箱盛妙白氎在上座前開張而住時大世主作如是念世尊制戒不許苾芻尼受上妙衣服我今若受便違學處若不受者障施主福諸苾芻尼失其利養尼衆各念若大世主受此衣者誠亦善哉時大世主知衆心已作如是念世尊亦應緣此事故聽受好衣時大世主總爲受衣爲長者婦説呪願伽陀已從座而去詣世尊所如

常威儀具以前事而白世尊佛告大世主善哉善哉我未許者汝已知時從今已去聽苾芻尼受貴價衣於苾芻邊共為換易時大世主奉佛教已禮足而去至尼住處報言世尊有教聽苾芻尼受貴價衣於苾芻邊易取麤者隨意受用時苾芻尼受得衣已往逝多林共諸苾芻欲為換易時十二衆苾芻尼便持貴價衣至六衆所報言聖者世尊有教聽苾芻尼受貴價衣於苾芻邊共為換易今者宜可取此好衣與我麤者六衆報曰姊妹直爾持施我尚不受況復共汝愚昧無識不自由者為換易耶諸餘尼衆各隨自意持所得衣詣老苾芻所述如上事以衣共易老苾芻言姊妹且住我當問佛時彼苾芻往詣佛所而白佛言大德有苾芻尼持好衣財來至我所求換麤者不知如何佛言我聽苾芻從尼受衣除換易換衣之時令苾芻尼歡喜無恨爾時世尊讃歎持戒少欲知足告諸苾芻尼曰前是創制此是隨開當如是説

若復苾芻尼從非親苾芻取衣者除貿易尼薩祇波逸底迦

苾芻尼者謂此法中尼餘義如上親非親義衣有七種廣如上説除貿易者易得無罪尼薩祇義捨悔之法並如上説此中罪相其事云何若苾芻尼於非親苾芻作非親想或復生疑從彼取衣得捨墮罪若苾芻尼於親族苾芻作非親想或復生疑得惡作罪又無犯者若苾芻將衣施僧或為説法故施或為近圓時施或見被賊故施或時買得或換易得此皆無犯若苾芻衆人共識多獲利養便持

衣物到苾芻尼前以衣置地作如是語姊妹我今多有如是財物當顧慈悲爲我受取作是語已棄之而去取亦無犯

從非親居士乞衣學處第六

緣在室羅伐城時鄔波難陀從長者乞衣等緣具如大苾芻律中廣説乃至制其學處應如是説若復苾芻尼從非親居士居士婦乞衣尼薩祇波逸底迦爾時世尊爲諸聲聞弟子初制學處時有衆多苾芻遊行人間被賊劫剥無有衣服時諸苾芻共作是議如世尊制不許從非親居士居士婦乞衣我於此處無有親族宜可還向室羅伐城於同梵行者邊從覓衣服我等如何露形而去乃至以緣白佛佛告諸苾芻由此緣故應除餘時若苾芻被奪衣失衣燒衣吹衣漂衣此是時前是創制今更隨開應如是説若復苾芻尼從非親居士居士婦乞衣除餘時尼薩祇波逸底迦餘時者若苾芻尼奪衣失衣燒衣吹衣漂衣此是時尼者謂此法中人乃至衣義並如上説乞者謂從彼乞求言奪衣者被賊奪失衣者自失衣燒衣者被火燒吹衣者被風吹去漂衣者被水漂有此難緣乞便無犯若異此得者犯捨墮此中犯相其事云何事有三種謂價色量價者若苾芻尼不爲難緣從非親乞一迦利沙波拏直衣（迦利沙波拏義已如上不與取戒中具説）若還得一迦利沙波拏直衣者乞時惡作得便捨墮如是增數乃至五十迦利沙波拏等隨乞隨得罪之輕重准上應知若苾芻尼從非親乞一迦利沙波拏直衣得二迦利沙波拏直衣乞時惡作得時無犯如是乃至五

十迦利沙波拏等乞少得多有犯無犯亦准應知色者若苾芻尼從他乞青色衣還得青色衣乞時惡作得時犯捨墮如青既爾黃赤白色及以厚薄應知亦然若苾芻尼乞青色衣得黃色者乞時惡作得時無犯如是餘色厚薄更互相望應知亦爾量者若苾芻尼從他乞五肘衣還得五肘乞時惡作得時捨墮或乞五得十乃至五十等准上應知是名三事若乞縷纑便得小片若乞小片他與寬衣皆無犯又無犯者謂初犯人

過量乞衣學處第七

緣處同前時衆多苾芻被賊劫奪鄔波難陀語彼諸苾芻何故著此破碎衣服不從他乞世尊聽許有遭賊者乞求無犯報曰我等不能從他乞求鄔波難陀曰若不能求我當爲乞答言隨意時鄔波難陀由是事故詣諸婆羅門居士長者家說法教化多獲衣服其上妙者皆將入已故破之物與諸苾芻時諸苾芻白佛佛以此緣同前集衆問實訶責廣說乃至制其學處應如是說

若復苾芻尼奪衣失衣燒衣吹衣漂衣從非親居士居士婦乞衣彼多施衣苾芻尼若須應受上下二衣若過受者尼薩祇波逸底迦

尼謂此法中人言奪衣等並如上說應受上下二衣者有二種上下衣一苾芻尼上下衣二俗人上下衣苾芻尼上下者若是新衣兩重作僧伽胝豎三橫五若泥婆珊豎二橫五俗人上下者上衣長十一肘闊三肘下衣者長七肘闊二肘應受者謂作心領受若過受者謂過前數乞得衣時便犯捨墮餘義廣如

前說此中犯相其事云何若苾芻尼從他乞俗人上下衣時依量而得若更乞時得惡作罪得便捨墮若乞苾芻尼上下衣時事亦同此若從他乞俗人上下衣時縱減俗量不應更乞若有長不却還主若從他乞苾芻尼上下衣時若少不充苾芻尼衣量應更從乞若有長應却還主若俗衣少更乞若苾芻尼衣有長不還得罪輕重准事應識若元心擬過乞者乞時得惡作得物犯捨墮若犯罪已更得餘物悉皆同犯廣說如前

知俗人共許與衣就乞學處第八

緣處同前於此城中有一長者棄捨自妻外爲邪行其妻告曰仁者不應作此邪行其妻屢諫夫不隨語婦起瞋嫌共餘男子亦爲私合其夫每以家物贈彼私婦其妻亦以家物遺彼邪夫夫婦兩人破散財物幾將略盡長者禀性暴惡打其婢使常與弊衣惡食告言由汝散我家貲婢曰我實久知破散所以然爲二俱曹主不敢斥言時彼夫婦知婢識刺俱懷慚愧廣說具如大苾芻律乃至世尊訶責廣說制其學處應如是說

若復苾芻尼有非親居士居士婦共辦衣價當買如是清淨衣與某甲苾芻尼及時應用此苾芻尼先不受請因他告知便詣彼家作如是語善哉仁者爲我所辦衣價可買如是清淨衣及時與我爲好故若得衣者尼薩祇波逸底迦

尼者謂此法中人親非親等義如上說言衣價者謂金銀貝齒等辦者求覓也如是衣者謂七種如上買者謂從他買言清淨者謂得

如是堪受用衣與者謂施衣時其甲者謂鄔波難陀不受請者先未言許因他告知者見他陳説往彼求衣强索其價爲好故若得衣時便犯捨墮釋罪相等義如上説此中犯相其事云何事有三種謂價色量云何爲價若苾芻尼從非親人得五迦利沙波拏直衣受時無犯不受此衣更過索者索時犯惡作得時犯捨墮如是乃至五十迦利沙波拏等隨覓隨得輕重准上應知是謂爲價云何爲色苾芻尼得青色衣受時無犯不受此衣更過索者索時得惡作得時犯捨墮如青旣爾乃至餘色准此應知是謂爲色云何爲量若苾芻尼得五肘衣時受取無犯不受此衣更過索者同前得罪如是乃至多肘罪之輕重事並同前是謂爲量此尼薩祇衣捨衣方法事亦同前無犯者若乞縷纊便得小片若乞小片他與大衣此皆無犯又無犯者謂最初人

知俗人別許無衣就乞學處第九

緣處同前時有長者及婦各與外人私通鄔波難陀因爲説法捨惡修善事並同前但以二人各辦衣價爲異令彼二價共爲一衣致使長者受大辛苦廣説乃至制其學處應如是説

若復苾芻尼有非親居士居士婦各辦衣價當買如是清淨衣與某甲苾芻尼此苾芻尼先不受請因他告知便詣彼家作如是語善哉仁者爲我所辦衣價可共買如是清淨衣及時與我爲好故若得衣者尼薩祇波逸底迦此中犯相三種不同並如前説

過限索衣學處第十

縁處同前時鄔波難陀苾芻在王舍城而作安居晨朝著衣持鉢爲行乞食入行兩大臣婆羅門家爲説三種福業事經(謂施戒修)行兩大臣聞法歡喜發淨信心作如是語聖者我當奉施六十金錢廣如大苾芻律乃至制其學處應如是説

若復苾芻尼若王若大臣婆羅門居士等遣使爲苾芻尼送衣價彼使持衣價至苾芻尼所白言聖者此物是某甲王大臣婆羅門居士等遣我送來聖者哀愍爲受是苾芻尼語彼使言仁此衣價我不應受若得順時淨衣應受彼使白言聖者有執事人不須衣苾芻尼言有若僧淨人若鄔波斯迦此是苾芻尼執事人彼使往執事人所與衣價已語言汝可以此衣價買順時清淨衣與某甲苾芻尼令其披服彼使善教執事人已還至苾芻尼所白言聖者所示執事人我已與衣價得清淨衣應受苾芻尼須衣應往執事人所若二若三令彼憶念告言我須衣若得者善若不得者乃至四五六返往彼默然隨處而去若四五六返得衣者善若不得衣過是求得衣者尼薩祇波逸底迦若竟不得衣是苾芻尼應隨彼送衣價處若自往若遣可信人往報言仁爲某甲苾芻尼送衣價彼苾芻尼竟不得衣仁應知勿令失此是時尼者謂此法中人王者若男若女或復餘人以王法灌頂者悉名爲王大臣者執王政事相依而立婆羅門者貴種多聞居士者謂在家富贍等諸餘雜類遣使者謂女男黃門送衣價者謂金錢銀等彼持衣價等者謂持衣價到苾芻尼所

白言聖者謂命前人此物是某甲等者謂送衣來處願為納受是苾芻尼等者報不應受願時清淨者謂稱理而得彼使語苾芻尼等謂問執事人苾芻尼言有者指告其人若僧淨人者謂大衆淨人若鄔波斯迦者謂歸依三寶受五學處彼使等者明使意也買者或買或織與某甲苾芻尼者指所與人言清淨者謂堪受用善教已者謂善教示具報苾芻尼若二若三等者出往返數令彼憶念得者善者謂稱求心若不得者乃至四五六返默然隨處而住者出默住數言隨處者有四處一廠處二舍處三田處四店處廠謂作瓦器等或剃髮處舍謂居宅田謂稻蔗等田店謂賣貨物處有六詰問見彼六言隨事應詰云何為六若彼問云仁今何緣得至苾芻尼答

云為彼事來若云仁極善來此處應坐答云為彼事來若云食餅答云為彼事來若云噉餅答云為彼事來若云飲水答云為彼事來若於此六種隨一事中見他語時尋聲即報不徐緩答令彼前人不暇作餘言者是則不名圓滿善好六種詰問若隨一事中見他語時尋聲未道徐徐緩答令彼前人得有容暇作餘語者是則名為圓滿善好六種詰問若作如是求時得衣善若不得衣過是求得衣者尼薩祇波逸底迦過謂三語六默而更往求得衣若竟不得衣從衣來處或自去或遣可信人去言可信者謂弟子門人是可委信報彼令知遣其收取勿使虛失此是還報法式若苾芻尼遣使報已彼報事人來至苾芻尼所作如是語聖者可受此衣價苾芻尼應

報彼曰此之衣價我已捨訖汝當還彼送衣來處如是報善若取衣者犯捨墮若執事人作如是語聖者仁可受此衣價彼之施主我共平章令其心喜若如是者取衣無犯苾芻尼若不作如是次第受衣者皆犯捨墮既犯罪已捨悔之法廣說如前此中犯相其事云何若人爲施主人爲使者人爲給事如法得衣者無犯異斯捨墮若人爲施主人爲使者非人爲給事如法得衣者無犯異斯惡作若人爲施主非人爲使者非人爲給事同前惡作若人爲施主非人爲使者人爲給事同前捨墮若非人爲施主非人爲使者非人爲給事同前惡作若非人爲施主非人爲使者人爲給事同前捨墮若非人爲施主人爲使者人爲給事同前捨墮若非人爲施主爲使者非人爲給事同前惡作若苾芻尼從非人乞衣價時得惡作罪得便捨墮從龍乞衣價時得惡作罪得便捨墮若苾芻尼遣使法式以書印乞時惡作得便捨墮又無犯者廣說如前

根本說一切有部苾芻尼毗奈耶卷第九

音釋

煨燼　煨烏回切燼徐刃切煨燼火餘也　憂悒　悒於汲切不安也　傴　於武切俯也　娠　失人切妊也　縷繢　縷力主切綫也繢求位切織餘也　廠　昌兩切屋無壁也　店　都念切停物舍也

根本説一切有部苾芻尼毗奈耶卷第十

唐三藏法師義淨奉　制譯

捉金銀等學處第十一

爾時薄伽梵在室羅伐城逝多林給孤獨園時六衆苾芻自手捉金銀或教他捉造作房舍或置牀座上時外道見生嫌賤言此沙門釋子自手執捉金銀錢等或教他捉廣説如上諸餘俗人亦皆如是斯與我等有何別處云何令他婆羅門居士等深生敬信持諸飲食惠此禿人苾芻白佛佛以此緣同前集衆問實訶責廣説乃至制其學處應如是説

若復苾芻尼自手捉金銀錢等若教他捉尼薩祇波逸底迦

尼者謂此法中尼自手者謂以手捉金銀者謂金銀及貝齒錢者金等錢教人亦爾皆犯捨墮捨悔之法廣説如上此中犯相其事云何若教他取時其事不同有十八種咸成其犯謂告彼云

汝取此物　汝於此取　汝取此爾許

汝將此物　汝於此將　汝將此爾許

汝置此物　汝於此置　汝置此爾許

汝取彼物　汝於彼取　汝取彼爾許

汝將彼物　汝於彼將　汝將彼爾許

汝置彼物　汝於彼置　汝置彼爾許

言汝取此物者謂金銀等於可見處教他取得惡作罪捉舉之時犯捨墮罪言汝於此取者謂於諸帒反鐵木等箱器之中教他取物得罪同前已下諸句罪皆同此言汝取爾許者謂百千億等教他取物言汝將此物者謂金銀等物教他將來言汝於此將者謂於帒

等箱器之中教他取物言汝將此爾許者謂百千億等教他取時言汝置此物者謂金銀等教他置時言汝於此置謂於箱器等中教安置時置此爾許者謂百千億等教他置時此九皆據可見之處教他作也言汝取彼物者謂金銀等於不見處教他取物得惡作罪捉舉之時犯捨墮罪言汝於彼取者謂於諸帒及鐵木等箱器之中教他取物言汝取彼爾許者謂百千億等教他取物言汝將彼物者謂金銀等物教他將來言汝於彼將者謂於帒等箱器之中教他取物言汝將彼爾許者謂百千億等教他取時言汝置彼物者謂金銀等教他置時言汝於彼置者謂於箱器等中安置汝置彼爾許者謂百千億等教他置時得罪同前此九皆據不可見處教他作也若苾芻尼自捉金銀錢貝齒等犯捨墮若苾芻尼捉成未成金銀者犯捨墮苾芻尼捉文相成就金銀錢貝齒者犯捨墮苾芻尼觸末尼寶薜瑠璃寶犯捨墮苾芻尼捉方國共許用錢犯捨墮若捉非方國所用錢得惡作罪若捉赤銅鍮石銅鐵鉛錫者無犯如是世尊爲諸聲聞制學處已佛在逝多林于時占波國有一長者在此城住深信純善以上妙物而爲惠施時彼長者爲佛及僧造立住處門戶窻牖欄楯校飾殊妙莊嚴令人樂見爲生天路多諸尼衆在此安居既安居了隨意事訖白長者曰我等今欲向室羅伐城禮大師足及諸耆宿尊老苾芻尼現闕衣服時當見施長者報言聖者此處之人無上妙衣氎今聞商侶將欲到來待來至時當以奉施苾

芻尼曰長者若無好物與麤惡者長者答曰聖者我之立性常施好物云何於今以惡物與若不待者衣直之錢可持將去答言長者世尊制戒遮我捉錢長者報曰若如是者我寧不施不能以惡物惠人時諸尼衆竟無所獲即便捨去隨路而進至室羅伐城諸尼見告善來姊妹豈非仁等於安居處多得衣服云何著此麤破衣服而至此耶彼便答曰無衣可得苾芻尼曰仁在何處而作安居答曰在占波國又問依誰而住答曰某甲長者諸尼告曰聞彼長者好施上衣豈不施耶答曰秖緣此故我不得衣諸尼問曰有何所以彼具陳事諸尼聞已白諸苾芻苾芻白佛佛作是念諸有敬信婆羅門長者居士等歡喜欲施苾芻尼衣價我諸弟子情欲得衣我應作法令諸苾芻尼得無礙闕告諸苾芻尼曰若有他施衣價欲須便受受已即作彼人物心而爲持畜然諸苾芻尼應可求覓執事人苾芻尼不知欲覓何人佛言應求寺家人或鄔波斯迦寺家人者謂是淨人鄔波斯迦者謂受三歸五戒應問彼云汝能爲我作施主不若言能者即作委寄此人心而畜其物可使人持不應自捉時有苾芻尼向他方處作如是念我今至此亦未有施主起追悔心尼白苾芻苾芻白佛佛言縱令遠去但令彼人命存已來常是施主時有苾芻尼未求得施主他施與物苾芻尼疑不敢爲受佛言應受受已持物對一苾芻尼作如是語具壽存念我苾芻尼某甲得此不淨物我當持此不淨之物換取淨財如是三說隨情受用勿致疑心

時有施主於邊隅處造寺施僧時時有賊來相驚怖彼苾芻尼棄寺而去便有賊來取寺家物佛言若僧伽物若窣堵波物所有金銀錢寶等應牢藏舉方可移去雖言遣藏尼便不知欲遣誰藏佛言若淨人或鄔波索迦令其藏舉彼藏舉者便偷其物佛言有深信鄔波索迦令其藏舉若無深信應使求寂女求寂女若無尼自手藏尼復不知若爲藏舉佛言應可穿坑不知使誰佛言應使淨人若鄔波索迦彼便偷物應令信者此若無者應令求寂女求寂女若無應自穿掘賊去之後應可如前而取其物還與僧伽佛言如我爲難緣事開者難去之後則不應行若仍行者得越法罪

出納求利學處第十二

緣在室羅伐城世尊在逝多林給孤獨園遠近皆聞中國有佛出現於世彼諸聲聞弟子有大神變作諸變化廣說妙法若有人能於彼弟子作供養者得大果報饒益增廣是時北方有諸商客聞此聲譽自相謂曰諸君當知我等宜往中國興易一則多得利潤二乃供養三寶時諸商人多賫貨物至室羅伐城於此城中有一露形外道善識天文占察前事詣商主所告言善來商主汝父名某甲母名某甲將如是貨來詣此方齊其日來得爾許利商主聞已作如是念我比曾聞世尊弟子有大神通騰煙注雨未萌先測此則其人便以北方朱色毛毯及諸奇果持奉外道彼既得已即便披毯往同徒處伴見便問彼具陳說同徒告曰仁者我等常被沙門釋子之

所輕蔑每告我曰汝等曾不親近貴勝好人但唯狎習傭力賤品旃荼羅類仁今宜可披此貴服詣釋子處刺其心胷即披毛毯詣逝多林時鄔波難陀於逝多林門經行遊步遥見彼來便作是念外道披者是好貴物我若不能得此物者不復更名鄔波難陀矣既漸相近問言外道汝今豈可新歸俗耶答言我不歸俗若如是者何得披此俗衣彼具陳說鄔波難陀曰此非善事此非善事豈容年邁衰朽爲破戒耶宜應暫坐聊聽法要時彼外道隨言即坐鄔波難陀以歡喜心爲其說法若鄔波難陀爲他宣說捨施法時聞者皆欲自割身肉持以相施復告外道汝之大師性愛麤弊教汝門徒露形拔髮多行少住常卧于地若汝大師情所愛樂好衣食者當許汝著價直千萬上妙之衣百味飲食隨意飡噉所住房舍價直百千由彼狹情不見容許我之大師情懷廣大許我弟子著萬價衣食百味食所居房舍數直千金若汝披此貴價好服行乞食者信敬之人作如是念今此外道身行破戒至於飲食難以供身汝此上衣宜應與我我有毛毯持以相換我當披著巡家乞食若淨信人來問於我我當答曰有露形人姓名某甲輟已相惠彼便知汝是深信人汝乞食時彼若見者當以酒糟盛滿銅器供養於汝時彼露形聞是語已便生信喜作如是言大德若如是者可取此衣鄔波難陀便即呪願曰無病長壽然汝徒黨貧苦當聞汝施時還令相奪彼言大德此之毛毯豈彼物耶是我自由幸見無慮若如是者我當爲受

旣受得已即便與一麤鞕毛毯時彼外道披著而去至同梵行邊彼便問曰仁者何處更得此衣彼即具陳換衣所由聞皆怒言仁者此之釋子常思殺我餘雖見欺不同六衆六人之内無越彼一仁若施與餘大德者我亦隨喜而鄔波難陀欲飲我血將衣施彼誰堪忍耶即宜往索若得者善若不得者我同擯汝移汝坐處覆汝食器不相共語彼便怕怖往鄔波難陀所彼遥見來即作是念看此外道舉動形勢必當奪我上好毛毯便急入房閉戸而住外道即至扣門相喚鄔波難陀默然不對諸苾芻見問言外道汝何所須報言將我毛毯故來相覓苾芻報曰汝若欲得往世尊所求哀歸向時彼外道往詣佛所爾時世尊遥見外道來告諸苾芻汝等見彼外道來不白佛言見佛言彼爲毛毯故來若索得者善若不得者便嘔熱血而致命終外道來至佛所作如是白大德鄔波難陀取我毛毯唯願世尊慈悲哀愍令彼還我若不還者我等同梵行者擯斥於我如前具說爾時世尊告具壽阿難陀曰汝自往告鄔波難陀言汝得無病仍告之曰汝當還彼外道毛毯若不還者當嘔熱血而死時具壽阿難陀依佛言告彼聞語已即從座起我今敬禮無上尊教豈敢有違若非佛教遣我還者縱令外道滿贍部洲數如竹葦皆嘔熱血一時命終我鄔波難陀一毛不動具壽阿難陀可去我當還彼便語外道曰汝之大師先行妄語欺誑世間彼命終已墮在無間大地獄中在彼舌上有五百犂晝夜耕墾汝今妄語更倍於彼當

有千犂常耕汝舌汝已著我毛毯汝物我曾不用外道答言我亦不著時鄔波難陀取彼毛毯解其邊結襵爲四疊安左手中右手撥拍開張其毯搭彼頭上遂便倒地脚蹴其脅語言外道急去急去勿令糞穢汙我僧田外道報言大德我今命存得出去者更不敢入逝多園林此是縁起然佛世尊尚未制戒

爾時六衆苾芻種種出息或取或與或生或質以成取成以未成取成以成取未成以未成取未成言取者謂即收取他方愛樂所有貨物載運將去覓防守人立諸券契是名爲取言與者謂與他物八日十日等而立契證是名爲與言生者謂是生利與他少物多取穀麥或加五或一倍二倍等貯畜升斗立其券契是名爲生言質者謂納質取寶珠等同前立契求好保證與其財物是名爲質言成取成者謂以金銀等器取他成器言未成取成者謂以金鋌取他金器言成取未成者謂以金器取他金鋌言未成取未成者謂以金鋌取他碎金苾芻如是交易以求其利時諸外道婆羅門居士長者見是事已皆生嫌賤云何沙門釋子出物求利與俗何殊誰能與彼衣食而相供給諸苾芻白佛佛以此縁同集衆問實訶責廣説乃至制其學處應如是説

若復苾芻尼種種出納求利者尼薩祇波逸底迦

言苾芻尼者謂此法中尼言種種者謂非一事出納求利者謂作取與出納而覓利潤得捨墮罪者廣説如上此中犯相者若苾芻尼

爲求利故收聚貨物作諸方便驅馳車乘往詣他方立契保人持輸稅物乃至未得利來但惡作罪若得利時便招捨墮若苾芻尼爲求利故以諸財貨金銀等物出與他人共立契保乃至得罪如前廣說若苾芻尼爲求生利將諸財穀舉與他人升斗校量共立契證乃至得罪如前苾芻尼爲求利故納取珍寶眞珠貝玉計時取利得不得利亦如上說若苾芻尼爲利故以已衣共他換易得惡作罪得利犯捨墮

爾時世尊在廣嚴城獼猴池側高閣堂中於此城中栗呫毗等自所住宅舉高六重見諸苾芻尼所居卑下即便爲造高六七重嚴好房舍其舍經久多並隤壞施主見已咸作是念我等現存寺皆破壞命過之後其欲如何我等宜應施無盡物令其營造便持施物到苾芻尼所報言聖者此是無盡施物爲擬修補當可受之諸苾芻尼報曰世尊制戒我不合受時諸苾芻尼白諸苾芻苾芻白佛佛告諸苾芻尼若爲僧伽有所營造得受無盡物然苾芻毗訶羅應三重作若苾芻尼應兩重作時諸苾芻尼得無盡物置僧庫中時施主來問言聖者何意毗訶羅仍不修補苾芻尼報言賢首爲無飲食施主曰我豈不施無盡物耶報言賢首其無盡物我豈敢食安僧庫中今皆現在施主報曰其無盡物不合如是我之家中豈無安處何不迴易求生利耶尼曰佛遮我等不許求利諸尼白苾芻苾芻白佛佛言若爲僧伽應求利潤聞佛語已諸有信心婆羅門居士等爲佛法僧故施無盡物

此三寶物亦應迴轉求利所得利物還於三寶而作供養時諸苾芻尼還將此物與彼施主索利之時多興諍競便作是語聖者豈我巳物合鬪諍耶時諸苾芻尼白諸苾芻苾芻白佛佛言不應共彼而作出息復共富貴者而爲出息索物之時恃官勢故不肯相還佛言不應共此而作交易復共貧人而爲出息索時無物佛言若與物時應可分明兩倍納質書其券契幷立保證記其年月安上座名及授事人字假令信心鄔波索迦受五學處亦應兩倍而納其質

販賣學處第十三

緣處同前時六衆苾芻種種交易取與買賣賤糴貴糶貯畜而住諸婆羅門長者見共譏恥諸苾芻白佛佛以此緣同前集衆問實訶責乃至制其學處應如是說

若復苾芻尼種種賣買者尼薩祇波逸底迦

苾芻尼者謂此法中尼種種者謂非一事取與買賣者取謂餘處物賤此處物貴即從彼取與者謂此處賤餘處貴即從此持去豐時買取儉時當賣尼薩祇者廣如前說此中犯者苾芻尼爲利故而作賣買買時惡作賣時犯捨墮若爲利故買不爲利賣買時惡作賣時無犯若不爲利買爲利故賣買時無犯賣時捨墮不爲利買不爲利賣二俱無犯若向餘方買物不爲求利到處賣時雖復得利而無有犯

乞鉢學處第十四

緣起廣說具如苾芻律乃至制其學處應如是說

若復苾芻尼有鉢減五綴堪得受用爲好故更求餘鉢得者尼薩祇波逸底迦彼苾芻尼當於衆中捨此鉢取衆中最下鉢與彼苾芻尼報言此鉢還汝不應守持不應分別亦不施人應自審詳徐徐受用乃至破應護持此是法

苾芻尼者謂此法中尼餘義如上減五綴者謂不滿五綴堪受用者謂得守持爲好故更求餘鉢者爲欲貪好更求第二鉢好謂勝妙得者謂求得入手尼薩祇者廣說如上彼苾芻尼謂是犯人彼苾芻尼應於衆中捨此鉢者當於衆中應差一苾芻尼令行有犯鉢若無五德不應差若巳差不令作云何爲五愛恚怖癡不知行與不行若具五德未差應差差巳令作云何爲五反上應知應如是差鳴揵椎集衆先問能不汝某甲能與僧伽行有犯鉢不彼答言能次一苾芻尼作白羯磨如是應作廣如百一羯磨佛言行有犯鉢苾芻尼所有行法我今說之其苾芻尼應在和合衆中作如是白大德我苾芻尼某甲當行有犯鉢諸大德明日各各自持巳鉢來至僧中既至明日行鉢苾芻尼敷座褥鳴揵椎諸苾芻尼各持巳鉢往至衆中時行鉢苾芻尼應持其鉢向上座前立讚歎其鉢上座此鉢清淨圓滿堪得受用若欲得者隨意應取若其上座取此鉢者行鉢之人應取上座舊鉢轉與第二上座若不取者轉與第三第三取時上座更索初不應與第二索亦不應與第三索應與上座得越法罪如法應悔如是乃至衆中最小者取此鉢時行未第三方索鉢者其法與

上座相似乃至行了所得一鉢行鉢苾芻尼應持此鉢付彼苾芻尼作如是語苾芻尼此鉢不應分別亦不與人詳審徐徐如法而用乃至破壞此是其法若行鉢苾芻尼不依法行者得越法罪佛言得鉢苾芻尼所有行法我今當制應畜二鉢倆好者應安長鉢不好者應安舊鉢若乞食時應將二鉢得乾飯者著長鉢中若得濕飯者著舊鉢中至住處已作曼荼羅安置二鉢應於舊鉢中食食已應先洗長鉢次洗舊鉢如是乃至曬曝安置皆以長鉢爲先若內安龕及火熏時皆於好應先安長鉢若道行時舊鉢遣人持長鉢當自持無人爲擎者長鉢安在左肩舊鉢應安右畔自持而去若得鉢苾芻尼於此行法不依行者得越法罪此之治罰乃至盡形或鉢破來應好守護得尼薩祇者廣如上說此中犯相其事云何若苾芻尼鉢破堪爲一綴雖未安綴尚得受用更求餘鉢者求時犯惡作得便招捨墮若苾芻尼鉢破堪爲二綴雖未安綴尚得受用更求餘鉢得罪同前如是三綴四綴事亦如前苾芻尼鉢破堪爲一綴安一綴已現得受用更求餘鉢求時惡作得便捨墮如是乃至四綴得罪亦爾若鉢堪爲五綴隨綴不綴或堪用不堪用更求餘鉢者無犯若鉢是買得或施得此亦無犯

自乞縷使非親織師織作衣學處第十五

緣處廣說具如苾芻律乃至制其學處應如是說

若復苾芻尼自乞縷線使非親織師織作衣若得衣者尼薩祇波逸底迦

苾芻尼者謂此法中尼餘義如上自乞縷者或一兩半兩等使非親者廣說如上織師者謂客織人衣有七種亦如上說若得衣者犯捨墮捨墮法如上此中犯相其事云何若苾芻尼從非親乞縷使非親織皆得惡作得衣之時便犯捨墮苾芻尼從非親乞縷使親織衣乞時惡作得衣無罪苾芻尼從親乞縷使非親織乞時無犯得衣捨墮苾芻尼從親乞縷使親而織二俱無犯苾芻尼從非親乞縷自織其氎乞時惡作衣成亦惡作苾芻尼從親乞縷自織其氎乞時無犯衣成惡作若酬價者無犯

勸織師學處第十六

緣處廣說具如苾芻律乃至制其學處應如是說

若復苾芻尼有非親居士居士婦爲苾芻尼使非親織師織作衣此苾芻尼先不受請便生異念詣彼織師所作如是言汝今知不此衣爲我織善哉織師應好織淨梳治善揀擇極堅打我當以少鉢食或鉢食類或復食直而相濟給若苾芻尼以如是物與織師求得衣者尼薩祇波逸底迦

苾芻尼者謂此法中尼餘義如上親非親義乃至七種衣廣如上說先不受請者謂未曾告知便生異念者謂心欲求衣語彼織師等者謂自述其意爲我織者明爲已身應好織者欲令衣長善應量故淨梳治者欲令衣廣及鮮白故善揀擇者謂除其結纇令精細故極堅打者欲令滑澤及密緻故我當以鉢食者謂與五種珂但尼食五種蒱膳尼食或以

鉢食之類者謂生穀等或復食直者謂與其價言苾芻尼者謂此法中尼以如是物者謂是上事得衣者得衣入手尼薩祇者並如上說此中犯相其事云何若苾芻尼爲求衣故從座而起整理衣服持二五等食授與織師勸令好織皆得惡作得衣犯捨墮親非親等並如上說

奪衣學處第十七

緣處同前時難提苾芻與弟子衣告言共汝遊行人間弟子情不欲去難提苾芻却奪其衣時諸苾芻以事白佛佛以此緣同前集衆問實訶責廣說乃至制其學處應如是說

若復苾芻尼與苾芻尼衣彼於後時惱瞋罵詈生嫌賤心若自奪若教他奪報言還我衣來不與汝若衣離彼身自受用者尼薩祇波逸底迦

苾芻尼者謂此法中尼與苾芻尼者謂與餘尼衣有七種如前廣說與衣者謂與共住門人或復餘類後時者謂於別日惱瞋罵詈生嫌賤心者謂身語心現瞋恚相自作使人奪取彼衣離身者謂總離身自受用者謂是屬已釋罪名者廣如前說此中犯相其事云何有三種相謂身語二俱身者若先與衣後懷瞋恨手自奪取或牽或挽然口不言乃至衣角未離身來得惡作罪離身之時便招捨墮是名身業語者謂出其言而奪彼衣不動身手結罪同前二俱者謂以身語而奪其衣結罪同前言教他者若教苾芻尼奪彼衣時衣未離身二俱惡作若離身者俱得墮罪主有捨過若教苾芻奪罪亦同此下之三衆皆得

惡作若諸俗人男女奪者得無量罪無犯者有二種一爲難事二爲順教言難事者若其二師見已門徒於恐怖等處或在非時河岸涉險恐其失落强奪彼衣此皆無犯言順教者若師見門徒與惡知識而爲狎習或同路行去奪取其衣勿令造惡是名順教

廻衆物入已學處第十八

縁處廣説具如苾芻律乃至制其學處應如是説

若復苾芻尼知他與衆物自迴入已者尼薩祇波逸底迦

苾芻尼者謂此法中尼知者或自知或因他告知僧伽者謂佛聲聞弟子衆物者有二種謂食利物衣利物此處所言謂是衣利迴者物定屬他化將入已尼薩祇波逸底迦釋罪如上此中犯相其事云何若苾芻尼知屬一苾芻尼物自迴入已迴時惡作得便捨墮如是乃至知屬二人三人或屬僧伽自迴入已得罪同前若苾芻尼知屬一苾芻尼物迴與他人迴時惡作得時亦惡作如是乃至知屬一人迴與二人三人或迴與僧伽得罪同前若苾芻尼知屬僧伽物與一人迴時惡作得時亦惡作如是乃至知屬僧伽迴與二人三人迴時惡作得時亦惡作若苾芻尼知屬一僧伽物迴與多僧伽迴時惡作得時亦惡作若知與苾芻尼僧伽迴與苾芻僧伽知與苾芻僧伽迴與苾芻尼僧伽知與二部僧伽迴與苾芻僧伽知與二部僧伽迴與苾芻尼僧伽若知與苾芻僧伽迴與二部僧伽知與苾芻尼僧伽物迴與二部僧伽若其僧伽破爲

二部知與此部迴與彼部或知與此寺迴與彼寺知與此房迴與彼房知與此廊迴與彼廊或於房廊更互迴與或與此柱間迴與彼柱間或柱間物迴與門處或以門物迴與閣上如是廣說乃至展轉相迴皆得惡作若苾芻尼知與此佛像物迴與餘佛像若知與此窣堵波物迴與餘窣堵波若知與踏道初踏迴與第二等或迴與塔身或與簷級或此畔物迴與餘畔或迴與覆鉢或迴與方臺輪相初級乃至寶瓶法輪立柱或復從此迴至下基如上迴互皆得惡作罪若王力使迴者無犯若欲與此貧人物迴與彼貧人得惡作罪若覓不得者迴與無犯若苾芻尼與此傍生食迴與彼傍生得惡作罪若覓不得迴與無犯若擬與傍生物迴將與人擬與人物迴與傍生得惡作罪若與出家物迴與俗人或復翻此得惡作罪若覓不得者無犯如是女男半擇迦苾芻及下三衆若多若少與此與彼更相迴互准前應說若覓不得雖違本心與餘無犯

服過七日藥學處第十九

緣處同前時尊者畢隣伽婆蹉門人弟子所有諸藥自觸令他觸或與飲食細末相雜或更互相和或自類相染同在一處不知應捨不捨時與非時任情取食諸有少欲苾芻見是事已起嫌賤心以緣白佛佛以此緣同前集衆問實訶責廣說乃至制其學處應如是說如世尊說聽諸病苾芻尼所有諸藥隨意服食謂酥油糖蜜於七日中應自守持觸宿而服若苾芻尼過七日服者尼薩祇波逸底

迦如世尊者謂如來應正等覺説者有所曉示病苾芻尼者謂此法中尼身嬰疾病所有諸藥隨意服食者謂與病狀相宜清淨堪食酥者謂諸酥油謂諸油糖沙糖蜜謂蜂蜜於七日者謂七日夜應自守持觸宿而服者謂得自取而食過七日者謂越限齊尼薩祇波逸底迦者此物應捨罪應説悔此中犯相其事云何若苾芻尼月一日得藥此藥即應於七日内自作守持或可捨或與餘人若不持不捨不與餘人至第八日明相出時得捨墮罪若苾芻尼一日得藥二日不得三日得乃至七日得此藥即應於七日内自作守持或可捨或與人若不持不捨不與餘人至八日明相出得捨墮罪若苾芻尼一日得藥二日亦得於七日内此初日藥應守持二日藥或捨與餘人或第二日藥自作守持初日藥或捨或與餘人若不持不捨不與餘人至八日明相出時得捨墮罪若苾芻尼如於一日二日相對作法如是二日三日乃至六七日相對作法餘如上法若苾芻尼月一日得衆多藥此藥即應於七日内自作守持或捨或與餘人若不持不捨不與餘人至第八日明相出時得捨墮罪若苾芻尼如於一日如是乃至七日得衆多藥此藥應於七日内自作守持或捨或與人若不持不捨不與人至第八日明相出時得捨墮罪若苾芻尼一日得衆多藥二日亦得衆多藥此初日藥於七日内應守持二日藥或捨或與人或第二日藥自作守持初日藥或捨或與人若不捨不與餘人至第八日明相出時捨墮罪若苾芻尼一

日不得衆多藥二日亦不得衆多藥乃至第六第七日方得衆多藥第六日藥於七日內應守持第七日藥或捨與人若不捨不與人至第八日明相出時得捨墮罪若苾芻尼所有諸藥自觸令他觸或與餘食細末相觸或更互相和或同類相雜同在一處不能分別者此藥即應與寺家淨人或施求寂女若復苾芻尼於此諸藥不自觸不令他觸不與餘食細末相觸亦不更互相和亦不同類相染亦不同在一處捨與不捨時與非時能善分別於七日內自爲守持自取服食應如是守持應在午前當淨洗手受取其藥對一同梵行者作如是說具壽存念我苾芻尼某甲有此病緣清淨醫藥我今守持於七日內自服及同梵行者第二第三亦如是說若已服一日即告同梵行者我此病藥已服一日餘有六日在我當服食如是乃至七日皆應告知若滿七日已尚有餘藥應捨與淨人或與求寂女若不捨者至第八日明相出時犯捨墮罪若苾芻尼有捨墮藥不捨與人不爲間隔罪不說悔若更得餘藥悉犯捨墮由前染故若苾芻尼犯捨墮藥雖已捨訖未爲間隔罪未說悔若更得餘藥皆犯捨墮由前染故若苾芻尼犯捨墮藥雖已捨訖已爲間隔罪未說悔若更得餘藥皆犯捨墮若苾芻尼藥犯捨墮未爲三事若更得餘鉢絡腰絛但是沙門所畜資具活命之物若受畜者皆犯捨墮由前染故若苾芻尼犯捨墮藥已捨已爲間隔罪已說悔更得餘藥者無犯

畜長鉢學處第二十

縁處同前時十二衆苾芻尼所得長鉢唯知貯畜自不受用亦不與他尼白苾芻苾芻白佛佛以此縁同前集尼問實訶責廣説乃至制其學處應如是説

若復苾芻尼畜長鉢得經一宿若過者尼薩祇波逸底迦

苾芻尼畜長鉢唯得經一宿過一宿者謂過一宿長鉢者除守持鉢餘者名長畜者作屬已心若更畜者得捨墮罪捨法如上此中犯相其事云何若苾芻尼月一日得鉢於一日内應持應分别應捨應與他如是次第及以起問如初衣戒中廣説具事乃至捨之法式皆悉同前若小若白色或為擬與欲受戒人者無犯

根本説一切有部苾芻尼毗奈耶卷第十

音釋

鍮 他侯切石似金曰鍮 鈆 與專切錫類 欄楯 欄落干切勾闌也楯食閏切闌欄也 傭 餘封切顧作謂之傭 耕墾 耕古行切墾康很切用力反土也 襵 陟葉切猶摺也 毯 吐敢切毛席也 撥 所轄切側手擊也 糴 徒歷切買米穀也 糶 他弔切賣米穀也 綴 陟衛切聯也 纇 盧對切絲節也 密緻 緻直利切亦密也